Dora Heldt

Drei Frauen und ein falsches Leben

Dora Heldt

Drei Frauen und ein falsches Leben

Roman

MIX
Papier | Fördert gute Waldnutzung
FSC® C019821

2. Auflage 2024
Ungekürzte Ausgabe 2024

Dieses Werk wurde vermittelt durch die Literarische Agentur
Thomas Schlück GmbH, Hannover
Umschlaggestaltung: dtv nach einem Entwurf von
Lisa Höfner | buxdesign, München
Umschlagmotive: DEEPOL by plainpicture; DEEPOL by plainpicture;
plainpicture / Hartmann + Beese; shutterstock.com
Satz: Fotosatz Amann, Memmingen
Gesetzt aus der Aldus nova
Druck und Bindung: Druckerei C.H.Beck, Nördlingen
Printed in Germany · ISBN 978-3-423-22078-1

Für Edith,
die nur die guten Seiten von Esther hat!

Prolog

5. März 1960

Ein Rosenblatt fiel kreiselnd zu Boden. Esther verfolgte es mit dem Blick, bis es vor ihrer Schuhspitze landete, erst dann lockerte sie den Griff, mit dem sie den Strauß auf ihrem Schoß hielt. Hinter ihr schnäuzte sich Anneliese Brenner lautstark. Esther widerstand der Versuchung, sich umzudrehen, außer der schluchzenden Frau Brenner und der aufgeregten Hilde saß da ohnehin niemand.

Sie hob den Blick und betrachtete den Mann im schwarzen Anzug ihr gegenüber, der mit einer unangenehm monotonen Stimme die ganze Zeit redete. Esther hatte kaum zugehört, es waren nur lauter langweilige Sätze, nichts davon hatte etwas mit ihr zu tun.

Jetzt sah er sie plötzlich direkt an. Er hatte kalte Augen, Fischaugen, dachte Esther und überlegte, ob er auch ein Nazi gewesen war. Aber das wollte doch niemand mehr wissen, die schlechten Zeiten waren ja vorbei. Wobei sie heute vielleicht wieder anfingen.

»Und so frage ich Sie, Fräulein Esther Maria Schulze, wollen Sie den hier anwesenden Dieter Hermann Brenner zu Ihrem rechtmäßig angetrauten Ehemann nehmen, ihn lieben und ehren, bis dass der Tod Sie scheidet, so antworten Sie mit Ja.«

Hermann, dachte Esther. Sie spürte dem Schmerz nach, den dieser Name verursachte, das war auch noch Dieters zweiter Name. So wie Hermann Hohnstein. Sie schloss kurz die Augen und ließ das Gesicht des freundlichen Hermann

Hohnstein in ihrem Kopf aufblitzen, der ihr wie ein Vater gewesen, aber dann aus ihrem Leben verschwunden war. So wie alle anderen. Von denen jetzt niemand hier war. Keiner der Hohnsteins war hier. Die Tränen stiegen hoch, sie fühlte sich sehr verlassen.

»Fräulein Schulze?«

Sie öffnete die Augen und sah den Standesbeamten durch einen Tränenschleier stumm an. Er hatte doch keine Ahnung, warum sie jetzt hier saß. Lieben und ehren. Bis dass der Tod sie scheide. Es war verrückt. Total verrückt.

»Soll ich die Frage wiederholen?«

Hinter ihr japste Anneliese plötzlich, Esther drehte sich jetzt doch um. Nicht, dass sie gleich tot vom Stuhl fiel. Sie hatte ja was am Herzen. Aber sie saß aufrecht und starrte Esther mit aufgerissenen Augen an. »Du musst antworten, Kind.«

Esther wandte ihren Blick wieder nach vorn, der Standesbeamte runzelte die Stirn, Hilde stieß sie von hinten an. Vielleicht hielt das Fischauge sie für taub, er wiederholte seine Frage etwas lauter.

»Und so frage ich Sie, Fräulein Esther Maria Schulze, wollen Sie den hier anwesenden Dieter Hermann Brenner zu Ihrem rechtmäßig angetrauten Ehemann nehmen, ihn lieben und ehren, bis dass der Tod Sie scheidet, so antworten Sie mit Ja.«

Plötzlich umschlossen Dieters Finger ihre Hand. Esther betrachtete sie. Seine Hände waren kaum größer als ihre, weiche Hände mit sauberen Nägeln. Alles an Dieter war weich und sauber. Jetzt sah er sie fragend an. Sein rotblondes Haar war wie immer mit Brisk-Pomade straff zurückgekämmt, auf seiner Krawatte war ein winziger Fleck. Kaum sichtbar. Nicht schlimm.

»Esther?« Seine Finger drückten ihre Hand. »Ist alles in Ordnung?«

Nein, dachte sie, nichts ist in Ordnung. Gar nichts. Aber woher sollte er das wissen?

Sie sah Dieter an, er erwiderte besorgt ihren Blick. Esther nickte. »Ja«, ihre Stimme war leise und kratzig, sie musste sich räuspern. »Ja«, wiederholte sie lauter. »Ja, ich will das.«

Sie würde sich nicht unterkriegen lassen, sie nicht, die Hohnsteins würden sich noch wundern. Hilde fing jetzt auch an zu weinen, Dieter Hermann Brenner hielt sanft Esthers Hand. Die Tränen liefen ihr langsam über die Wangen. Aber es war geschafft.

1.

Ihre Mutter hatte einen Sahnefleck am Kinn. Friederike überlegte, ob sie ihr das sagen sollte, ließ es aber, weil ein solcher Hinweis auch schnell einen Wutausbruch zur Folge haben konnte.

»Schmeckt dir die Torte?«

Esther sah hoch und fragte undeutlich, aber freundlich: »Was ist das für ein Obst?«

»Maracuja.«

»Das gab's früher auch nicht«, Esther kratzte den Rest der Torte vom Teller. »Meine Mutter hat zu besonderen Feiertagen Erdbeertorte gemacht. Oder Nuss. Aber diese Mara… dings, das gab's noch nicht.«

»Mhm«, Friederike nickte. »Möchtest du noch ein Stück?«

»Nein.« Esther hob den Kopf und sah Friederike unsicher an. »Mehr als eines gibt es nie. Das ist ja viel zu teuer.«

Bevor Friederike etwas sagen konnte, klopfte es an der Tür, die sofort danach geöffnet wurde. »Frau Brenner, es gibt Kaffee«, die blonde Frau mit der Thermoskanne blieb sofort stehen. »Ach, Sie haben Besuch von Ihrer Tochter, guten Tag, ich habe Sie gar nicht kommen sehen.«

»Hallo Schwester Sandra«, Friederike lächelte, blieb aber sitzen. »Ich habe Kaffee mitgebracht. Und zu viel Torte. Möchten Sie auch ein Stück? Maracuja-Sahne.«

»Sie hat immer Erdbeertorte gemacht«, murmelte Esther, »oder Nuss.«

»Nusstorte mag ich auch gern«, Sandra hatte die Stimme

gehoben und ihre Hand wie beiläufig auf Esthers Schulter gelegt. »Aber Maracuja-Sahne auch. Haben Sie schon genug Kaffee oder möchten Sie noch eine Tasse?«

Esther schüttelte nur den Kopf, schob den Teller zur Seite und legte ihre Hände in den Schoß. »Ich muss jetzt gleich arbeiten«, sagte sie. »Meine Mittagspause ist fast vorbei. Und Frau von Mandel holt nachher ihr Cape ab.«

»Ja, ich weiß«, antwortete Sandra ernsthaft, bevor sie sich an Friederike wandte und leise sagte: »Können Sie nachher noch mal in mein Büro kommen, bevor Sie fahren? Ich wollte gern noch was mit Ihnen besprechen.«

»Natürlich«, Friederike nickte. »Ich komme gleich.«

»Fein«, Sandra lächelte kurz, dann legte sie die Hand auf den Türgriff. »Und falls wirklich Torte übrig ist, nehme ich sie gern. Die Kollegen freuen sich. Dann gehe ich mal wieder. Ach, Frau Brenner, bevor Sie ins Geschäft gehen, Sie haben ein bisschen Sahne am Kinn.«

Sofort zog Esther ein Taschentuch aus dem Ärmel und rieb sich den Fleck weg. Sie kicherte kopfschüttelnd. »Na, das wäre was gewesen. Danke. Oh Gott, oh Gott.«

Erstaunt hob Friederike die Augenbrauen, Sandra zog die Tür leise hinter sich zu.

»So«, Esther schob das Taschentuch zurück in den Ärmel und stand etwas schwerfällig auf. »Ich müsste mich dann jetzt umziehen. Hilde ist sonst allein.«

»Hilde?«

»Ja«, Esther blickte sie fragend an. »Natürlich. Wollen wir uns ein anderes Mal treffen? Wenn ich mehr Zeit habe? Oder passt es Ihnen nur heute?«

»Esther«, mit einem kleinen Seufzer erhob Friederike sich. »Weißt du nicht, wer ich bin?«

Ihre Mutter starrte sie an. Plötzlich lächelte sie. »Doch, natürlich. Friederike. Aber ich muss jetzt trotzdem los. Frag doch Marie oder Jule, ob sie Zeit für dich haben. Bis später.« Hoheitsvoll nickte sie ihr zu, dann ging sie langsam in ihr Badezimmer und schloss die Tür hinter sich.

Unschlüssig blieb Friederike noch einen Moment stehen. Anscheinend war ihr Besuch jetzt beendet. Sie nahm die Tortenschachtel, die mitgebrachte Thermoskanne und ihre Handtasche, warf einen letzten Blick ins Zimmer ihrer Mutter und machte sich auf den Weg zu Schwester Sandra.

Das Büro lag am Ende des breiten Flurs, in den das Sonnenlicht durch die bodentiefen Fenster schien und die blühenden Zimmerpflanzen zum Leuchten brachte. Irgendjemand hier musste einen grünen Daumen haben. Friederike blieb vor einem der Fenster stehen und sah in den Garten. Es gab schmale Wege, die über das parkähnliche Grundstück führten, kleine Terrassen, auf denen weiße Bänke standen, sie sah Eichhörnchen über den Rasen flitzen und einen Pfleger, der eine alte Dame im Rollstuhl spazieren schob.

Sie gaben sich hier wirklich alle Mühe, trotzdem ließen der Geruch, die Rollatoren in den Gängen und die ganze Atmosphäre keinen Zweifel daran, dass es sich hier um ein Pflegeheim handelte. Natürlich hatte sie Glück gehabt, in dieser Einrichtung einen Platz für Esther bekommen zu haben, sie wurde gut betreut, fühlte sich offenbar wohl und die Pflegekräfte waren nett, aber Friederike war immer heilfroh, wenn sie wieder fahren konnte. Und blieb nie länger, als sie musste.

Sie wandte sich ab und ging langsam den Flur entlang, bis sie vor der Bürotür stand, an die sie kräftig klopfte. Nach einem lauten »Herein« öffnete sie die Tür.

Schwester Sandra sah ihr schon entgegen und lächelte. »Ach, schön, nehmen Sie doch Platz, Frau Brenner. Einen Kaffee muss ich Ihnen wohl nicht mehr anbieten?«

»Nein, danke«, Friederike balancierte die Tortenschachtel immer noch vor sich her. »Kann ich das irgendwo abstellen?«

»Die können Sie mir geben«, Sandra kam mit ausgestreckten Armen auf sie zu. »Ich stelle sie in die Teeküche. Vielen Dank, ist die Torte wieder von Ihrem tollen Konditor im Hotel?«

»Selbstverständlich«, Friederike stellte ihre Tasche ab und ließ sich auf einen Sessel sinken. »Ich habe im Moment so viel zu tun, dass ich sehr froh bin, nur in der Küche anrufen zu müssen, um eine Torte oder irgendwelche anderen Lebensmittel zu organisieren, ich komme kaum noch raus. Augen auf bei der Berufswahl, ich wollte ja unbedingt Hotelchefin werden.«

»Das ist auf Dauer aber auch nicht gesund«, Sandra sah sie an. »Das Leben besteht doch nicht nur aus Arbeit.«

»Es kommen auch wieder andere Zeiten«, Friederike schlug die langen Beine übereinander. »Was wollten Sie mit mir besprechen? Hat meine Mutter Terror gemacht? Mit Gegenständen geworfen? Personal beleidigt? Sagen Sie es ganz unverblümt, solange Sie sie nicht rausschmeißen, kann ich mit allem leben.«

Sandra schüttelte nur leicht den Kopf, während sie sich, einen Kaffeebecher in der Hand, auf den Sessel gegenüber setzte. »Um Himmels willen, nein, es geht um etwas ganz anderes.« Sie trank einen Schluck, dann stellte sie den Becher auf den Tisch und lächelte Friederike beruhigend an. »Ich weiß, dass Ihnen die aggressiven Schübe Ihrer Mutter zu Beginn ihrer Demenz Angst gemacht haben, aber es passiert häufig, dass die Patienten aus Unsicherheit oder Angst Aggressionen entwickeln. Oft verliert es sich wieder. Ihre Mutter fühlt sich bei uns augenscheinlich wohl und sicher, sie reagiert kaum noch aggressiv, im Gegenteil, sie ist fast immer sanft und freundlich.«

»Aha«, Friederike klang nicht überzeugt. »Sanft und freundlich? Das war sie früher selten. Aber gut, vielleicht ist sie auch einfach altersmilde geworden. Neben ihrer Demenz. Entschuldigen Sie, ich will gar nicht zynisch sein, aber meine Mutter war immer schon ein etwas, wie soll ich sagen, spröder Typ. Warum auch immer.« Das Wort *böse* hätte es besser getroffen, aber Friederike wollte die nette Sandra nicht verschrecken. Die nickte jetzt entschlossen und beugte sich vor. »Ja, und da sind wir beim Thema: Die Uni Lübeck hat uns eine Kooperation vorgeschlagen. Im Rahmen eines Projekts wollen Studierende mittels einer Biografiearbeit mit Dementen untersuchen, ob und wie sich die individuelle Betreuung verbessern lässt. Wir sind sehr stolz, dass unser Haus dafür ausgesucht wurde, und möchten das natürlich sehr unterstützen. Sind Sie einverstanden, dass auch Ihre Mutter einbezogen wird? Und können Sie sich als Angehörige vorstellen, die eine oder andere Frage zum Leben Ihrer Mutter zu beantworten?«

Friederike sah sie gespannt an. »Was sollen das denn für Fragen sein?«

»Es geht dabei um die Biografien unserer Bewohner«, antwortete Sandra geduldig. »Die Studierenden unterhalten sich mit ihnen oder deren Angehörigen und rekonstruieren so die Lebensgeschichten. So ausführlich wie möglich. Also zum Beispiel: Wie war Ihre Mutter früher? Was hatte sie für eine Kindheit? Wie hießen ihre Freundinnen? Wie war ihre Ehe? Welche Erlebnisse haben sie geprägt? Was auch hilfreich wäre, sind neben den Erzählungen auch Fotos, vielleicht Briefe oder Tagebücher. Können Sie uns da etwas zur Verfügung stellen? Oder sich vielleicht selbst mal mit den Studierenden unterhalten?«

Friederike verschränkte die Arme vor der Brust und sah Sandra ratlos an. »Also ganz ehrlich, dabei werde ich keine große Hilfe sein. Meine Mutter hat nie viel über früher geredet, das ist nicht ihre Art gewesen. Ihre alten Fotoalben sind hier, wobei die nicht besonders ergiebig sind, Esther hat anscheinend viel weggeworfen. Ich kann noch mal nachsehen, ob in den Kisten, die bei mir im Keller stehen, noch irgendwas Wichtiges liegt. Ich glaube es aber nicht, ich hatte das ja schon mal flüchtig durchgesehen. Ich weiß also nicht, was ich Ihnen da erzählen könnte. Und was es nützen soll.«

Sandra sah sie nachdenklich an. »Es kann sehr viel nützen. Wenn wir mehr über Ihre Mutter wüssten, könnten wir uns auch eher einen Reim darauf machen, was sie uns erzählt. Nur mal so ein paar Beispiele: War Ihre Mutter auf einer Modeschule? Oder wo hat sie ihre Ausbildung gemacht?«

»Modeschule? Esther?«, Friederike schüttelte lächelnd den Kopf. »Nein, ganz sicher nicht. Sie war früher Verkäuferin in einer Boutique, also vor meiner Geburt. Und später hat sie als Änderungsschneiderin gearbeitet. Bei uns zuhause. Wie kommen Sie auf Modeschule?«

»Weil sie …«, Sandra zog ein Handy aus ihrer Kasacktasche und wischte ein paar Mal über den Bildschirm, bis sie fand, was sie gesucht hatte, und Friederike das Telefon hinhielt. »Weil sie dieses Kleid für unsere Küchenhilfe Jenny auf unserer uralten Maschine genäht hat.«

Friederike nahm das Handy und betrachtete das Foto, auf dem eine junge Frau in einem langen blauen Kleid in die Kamera strahlte. Achselzuckend gab sie Sandra das Telefon zurück. »Esther hat früher viel genäht. Ich musste als Kind ständig selbst gemachte Sachen tragen. Dabei habe ich früher Röcke und Kleider gehasst, irgendwann hatte meine Mutter dann ein Einsehen und ich durfte mir meine Sachen kaufen.«

»Ja, aber«, Sandra warf noch einen abschließenden Blick auf das Foto, bevor sie das Handy wieder einsteckte. »Aber das ist nicht irgendeine Hobbyschneiderei. Jenny war auf eine Hochzeit eingeladen und wusste nicht, was sie anziehen sollte. Und Ihre Mutter hat das mitgekriegt. Und plötzlich stand sie mit einem Zentimetermaß vor Jenny und hat sie ausgemessen.

Und selbst einen Schnittbogen gemacht. Nachdem sie uns gesagt hatte, was sie alles dafür braucht. Danach hat sie tagelang an der alten Nähmaschine gesessen, die wir ihr hingestellt haben. Nach einer Woche war dieses Kleid fertig. Und es ist perfekt gearbeitet, ich habe es einer Freundin gezeigt, die sich auskennt, die war ganz begeistert. Und sagte mir, dass das eine Profiarbeit sei.«

Friederikes Begeisterung hielt sich in Grenzen. »Soviel ich weiß, hat meine Mutter nie eine Modeschule besucht«, sagte sie ruhig. »Zumindest habe ich davon noch nie etwas gehört. Aber das muss ja nichts heißen.«

»Es gibt auch noch andere Dinge, mit denen Ihre Mutter sich beschäftigt und die wir nicht nachvollziehen können. Wir wissen dann nicht, in welcher Zeit ihres Lebens sie sich im Kopf gerade befindet«, erklärte Sandra langsam. »Sie hat beispielsweise neulich lange über eine Laura geredet, so als wäre sie gerade da gewesen.«

»Laura van Barig war die älteste Freundin meiner Mutter. Und meine Patentante. Sie ist aber schon seit Jahren tot.«

»Sie waren immer zusammen auf Sylt, hat Ihre Mutter erzählt. Und dass die Hohnsteins böse seien.«

Jetzt hob Friederike die Augenbrauen. »Laura war eine geborene Hohnstein. Aber sie war nie böse. Und auf Sylt? Keine Ahnung, ob sie da mal zusammen waren. Das habe ich auch noch nie gehört.«

Sandra nickte bestätigend. »Und genau dafür bräuchten wir ein bisschen mehr Informationen. Damit wir darauf eingehen können. Vorhin zum Beispiel, als Ihre Mutter sagte, dass sie jetzt ins Geschäft muss, da habe ich ihr zugestimmt. Damit sie nicht unsicher oder wütend wird. Sie denkt, dass sie ins Geschäft muss, und ich lasse sie in dem Glauben. Und schon ist alles friedlich. Wissen Sie, welches Geschäft sie meint?«

»Die Änderungsschneiderei?« Friederike zuckte die Achseln. »Aber sie hat noch gesagt, dass Hilde sonst allein ist. Sie hatte aber nie Angestellte. Vielleicht doch die Boutique? Ich weiß es wirklich nicht.«

»Sie haben mit Ihrer Mutter wirklich nie viel über früher gesprochen, oder?« Sandra neigte den Kopf und musterte sie. »Das ist schade, es macht für uns vieles leichter, wenn man auf diese Erinnerungen eingehen kann. Wissen Sie, manchmal fallen Namen, die wir natürlich gar nicht einordnen können«, sie beugte sich vor und griff nach einem kleinen Notizbuch, das auf dem Tisch lag. »Zum Beispiel«, sie blätterte ein paar Seiten um. »Da muss es einen Willi gegeben haben, der für sie wichtig war. Und einen Herrn Lemke. Oder eine Martha.« Sie hob den Blick und sah Friederike fragend an. »Sagt Ihnen das was?«

»Nein«, Friederike überlegte kurz, dann schüttelte sie den Kopf. »Keine Ahnung. Vielleicht irgendwelche Nachbarn von ihr? Ich kann mich nicht erinnern, dass meine Mutter jemals einen Freundeskreis oder Bekannte hatte. Laura und Carl van Barig waren die Einzigen, die es mit ihr ausgehalten haben, und das habe ich schon nicht verstanden. Meine Mutter war immer schon eine sehr schwierige Person.« Sie schluckte weitere Erklärungen hinunter. Das Gespräch wurde langsam unbehaglich. Was nicht an der engagierten Sandra lag, es wurde ihr jetzt nur alles viel zu privat. Und zu viel. Sie beugte sich hinunter und hob ihre Handtasche auf den Schoß. »Wir hatten nie ein gutes Verhältnis«, sagte sie knapp. »Sie war nicht der mütterliche Typ, ich nenne sie auch Esther und nicht Mama oder Mutti. Und sie wollte nie über ihre Vergangenheit reden. Und das wenige, was sie mir erzählt hat, entsprach leider auch nicht immer der Wahrheit. Deshalb kann ich nicht sehr viel dazu beitragen. Es tut mir leid.«

Nach einem Blick auf die Uhr stand sie abrupt auf. »Ich muss leider los«, sie versuchte, einen leichten Ton anzuschlagen. »Ich habe noch einen Termin. Aber ich finde Ihr Bemühen toll. Und wenn ich noch irgendwelche Fotos oder andere Zeugnisse aus der Vergangenheit finde, bringe ich sie mit.«

»Das wäre schön«, Sandra nickte. »Und es ist für Sie auch in Ordnung, dass die jungen Leute mit Ihrer Mutter sprechen?«

»Natürlich«, Friederike schob sich den Riemen ihrer Handtasche über die Schulter und knöpfte ihre Jacke zu. »Vielleicht finden sie sogar noch etwas Interessantes raus. Ich bin gespannt. Wobei ich glaube, dass meine Mutter ein ziemlich langweiliges Leben hatte. Aber das werden Sie ja sehen.«

Sandra begleitete sie langsam zur Tür und gab ihr die Hand. »Trotzdem danke, Frau Brenner. Dann bis zum nächsten Mal, einen schönen Tag noch.«

»Den wünsche ich Ihnen auch«, Friederike lächelte etwas angestrengt. »Bis bald.«

Während sie auf ihr Auto zulief, suchte sie mit einer Hand in der großen Tasche nach ihrem Telefon. Als sie es ertastet und herausgezogen hatte, blieb sie kurz stehen und tippte eine Nummer ein. Beim Weitergehen zählte sie die Freizeichen, nach dem dritten wurde abgenommen.

»Hallo Fiedi.«

»Hey, Jule, ich befürchte, dass ich mich etwas verspäte, ist das ein Problem?«

»Nein, nach dir habe ich keine anderen Patienten, alles gut. Bis gleich.«

Friederike schob das Handy zurück in die Tasche und schloss ihr Auto auf. Ihr Nacken brannte, sie hatte wieder mal verkrampft gesessen und war deshalb heilfroh, gleich auf Jules Massagebank liegen zu können. Jule würde das Brennen der Muskeln und die Unruhe im Kopf hoffentlich vertreiben. Dafür waren Freundinnen schließlich da.

2.

»Meine Güte, was bist du verspannt«, konzentriert massierte Jule Friederikes Schulter, bis sie stöhnte. »Das muss wehtun, ich komme da kaum durch. Was ist los? Hast du gerade so viel Stress?«

»Geht so«, war die gepresste Antwort. Bäuchlings durch die Öffnung in der Kopfstütze zu sprechen, machte eine Unterhaltung schwierig. Das schien Jule egal zu sein.

»Du solltest regelmäßig Yoga oder Pilates machen. Das hilft gegen diese Verspannungen. Du hast doch bestimmt auch öfter Kopfschmerzen, oder nicht?«

»Ich hasse Yoga und Pilates«, murmelte Friederike. »Und Kopfschmerzen bekomme ich nur nach zu viel Rotwein.«

Es knackte im Schultergelenk, als Jule den Druck ihrer Finger erhöhte. »Pia hat mir erzählt, du würdest gerade dermaßen viel arbeiten, dass die Kollegen sich schon fragen, ob du auch im Hotel wohnst. Du hast Stress.«

»Ich werde nie wieder die Tochter einer Freundin einstellen«, Friederike hob den Kopf, um besser sprechen zu können. »Und dann noch eine, die rumquatscht.«

Sanft drückte Jule ihren Kopf wieder runter. »Meine Tochter quatscht nicht rum, sie macht sich Sorgen um dich. Sie meint es gut. Außerdem bist du die Patentante ihrer Tochter, es wäre schade, wenn die kleine Marie nichts von dir hat, weil du tot umkippst, bevor sie eingeschult wird.«

Friederike stöhnte leise und hob wieder den Kopf: »Die kleine Marie ist gerade mal eineinhalb Jahre alt und wackelt noch mit Windelpo durch die Gegend. Ich habe also noch jede Menge Zeit, dem Umkippen vorzubeugen. Wenn du allerdings weiterhin so brutal massierst, bin ich da eher skeptisch, ob ich das schaffe.«

Leise lachend ließ Jule ihre Hände abschließend sanft über Friederikes Rücken wandern. »Du bist erlöst, Fiedi. Bleib noch einen Moment liegen, ich mache uns einen Tee. Oder musst du gleich los?«

»Nein, Tee ist gut«, sie sprach in das Loch unter ihrem Gesicht und bewegte sich vorsichtig hin und her. »Bis gleich.«

Jule ging hinaus, die Tür klappte hinter ihr leise zu. Friederike atmete tief durch und schloss die Augen. Es war schon praktisch, in ihrem Alter eine langjährige Freundin zu haben, die eine eigene Physiotherapiepraxis hatte und eine Massagegöttin war. Stress ging Friederike immer auf den Rücken und im Moment nahm der ihr vieles übel. Wobei es nicht nur die Arbeit als Hotelchefin war.

Langsam drehte Friederike sich auf die Seite und betrachtete die Bilder an der Wand des Behandlungsraums. In der Mitte hing eine große Schwarz-Weiß-Fotografie, die drei junge Frauen von hinten auf einem Bootssteg sitzend zeigte. Sie hatten ihre Füße ins Wasser getaucht, zwei lachten mit zurückgeworfenen Köpfen, eine sah über ihre Schulter zu einer vierten Frau, einer schmalen Blonden, die gerade durch eine Kamera schaute.

Friederike stützte ihren Kopf auf den Arm und lächelte melancholisch. Ein Sommer im Haus am See. Es war so lange her, dass Jule und Alexandra so gelacht und sie selbst Marie so angesehen hatte. Sie waren noch so jung gewesen, jetzt waren Jahrzehnte vergangen, sie waren nicht mehr jung und Marie war schon seit zwei Jahren tot. Das Haus am See gab es immer noch, nur gehörte es jetzt Jule, Alexandra und ihr. Friederike hätte viel dafür gegeben, dass Marie noch die Eigentümerin wäre. Und lebendig.

Die beginnende Melancholie abwehrend, schwang sie ihre Beine von der Liege und tappte barfuß zu ihren Sachen. Während sie sich anzog, schüttelte sie den Kopf. Wenn man zu oft an die Vergangenheit denkt, ist man alt, hatte mal jemand gesagt. Dazu hatte Friederike überhaupt keine Lust. Jetzt noch nicht.

Sie machte die letzten Knöpfe der Bluse zu, musterte sich abschließend im Spiegel und verließ den Behandlungsraum. Der Empfangstresen lag schon im Dunkeln, die Türen der anderen Zimmer standen offen, nur im Aufenthaltsraum hörte Friederike das Klappern von Geschirr.

Als sie hereinkam, stellte Jule gerade Tassen auf den Tisch und sah hoch, als sie das Knarren der Tür hörte. »Und? Wie fühlt sich dein alter Rücken an?«

»Wie neu«, antwortete Friederike und ließ sich auf einen Stuhl fallen. »Ich glaube, ich mache nächste Woche noch mal einen Termin. Hast du noch Lücken im Plan?«

»Keine einzige«, Jule schenkte Tee ein und setzte sich. »Du kannst höchstens am Wochenende kommen. Das Wetter soll schön werden, dann könnten wir anschließend zum See fahren und in die Sauna gehen. Und Alex würde Besuch guttun, seit Hanna ihre Familie in Dänemark besucht, hängt sie ganz allein im großen Haus herum und arbeitet. Ich weiß gar nicht, ob sie überhaupt noch spricht.«

»Sie spricht noch«, Friederike rührte Zucker in den Tee. »Ich habe gestern mir ihr telefoniert, da konnte sie es noch. Sogar ganze Sätze.« Sie hob den Blick. »Ihr Buch erscheint ja demnächst, ich bin echt gespannt.«

Jule nickte. »*Der besondere Blick – Die Fotografin Marie van Barig, eine Künstlerbiografie von Alexandra Weise*. Du kannst sagen, was du willst, ich finde den Titel wahnsinnig dröge.«

»Sie hat ja keinen Krimi geschrieben«, entgegnete Friederike. »Es geht um Maries berufliches Leben und ihre Fotokunst, nicht um irgendwelche Liebes- und Familiengeschichten. Das ist schon gut so. Und sehr seriös. Es steht drauf, was drin ist. So soll es sein. Ich freue mich auf die Premiere. Wie viele Leute kommen da eigentlich?«

»Über hundert«, Jule schenkte sich Tee nach. »Micha Beermann ist schon wieder aufgeregt. Sein Anzug passt nicht mehr, er macht jetzt eine Diät.«

Friederike lächelte. Ihr alter Freund Micha hatte sich noch nicht daran gewöhnt, dass in einem Teil seines Ausflugslokals am See nun eine Galerie war. Seit Maries Tod wurden ihre Fotos noch höher gehandelt, der Erfolg der Galerie, die Michas Tochter Anne mithilfe von Maries Erbin und Lebensgefährtin Hanna führte, hatte das in die Jahre gekommene *Café Beermann* gerettet. Jetzt fanden hier auch ab und zu kulturelle Veranstaltungen statt. Vor jeder einzelnen verlor Micha die Nerven, das kulturbeflissene Volk schüchterte ihn ein.

»So ist er eben«, stellte Friederike fest. »Aber vielleicht hilft es, dass es dieses Mal nur Alex ist, die ihr Buch über Marie vorstellt und nicht irgendein berühmter Künstler oder eine berühmte Künstlerin, die kapriziös und schwierig ist.«

»Apropos kapriziös und schwierig«, Jule stützte ihr Kinn auf die Hand und sah sie an. »Du hast noch gar nicht erzählt, wie es deiner Mutter geht. Oder willst du nicht darüber reden?«

Friederike lehnte sich mit der Tasse in beiden Händen zurück. »Schwester Sandra hat sie gerade als sanft und freundlich beschrieben. ›Fast immer sanft und freundlich‹, um genau zu sein.«

»Esther?« Jule hob erstaunt die Augenbrauen. »Deine Mutter Esther?«

»Ja«, Friederike nickte. »Und ohne Medikamente. Ich war auch überrascht. Aber anscheinend fühlt sie sich dort sicher und ist wie verwandelt.« Sie machte eine nachdenkliche Pause, die Teetasse schwenkend, den Blick auf die schwappende helle Flüssigkeit gerichtet. »Sag mal«, begann sie zögernd, bevor sie sich nach vorn beugte und die Tasse auf den Tisch stellte, »könntest du die Geschichte deiner Mutter erzählen? Wie ihre Kindheit war, wie ihre Freundinnen hießen, wie ihre Ehe war, was die besonderen Ereignisse ihres Lebens gewesen sind? Weißt du das alles?«

»Ach Gott«, Jule stöhnte leise. »Warte mal, also ihre Kindheit war natürlich schwierig, so nach dem Krieg, da haben mein Bruder und ich es immer besser gehabt, wir sollten dankbar sein, meine Mutter und ihre Schwestern hatten ja nichts und wir alles. Und ihre Freundinnen hießen oder heißen immer noch Gisela und Rosi, die hatte sie damals schon und sie ist ja nie aus ihrem Dorf rausgekommen. Die beiden anderen auch nicht. Ihre Ehe, na ja, du kannst dich vielleicht noch erinnern, dass mein Vater vor Jahrzehnten mal eine Affäre hatte, danach hat meine Mutter ihm ein paar Jahre lang die Hölle heißgemacht, inzwischen ist das aber augenscheinlich vergessen. Und die Ereignisse ihres Lebens sind vermutlich die Enkelkinder und ihre Kreuzfahrten. Warum willst du das wissen?«

Friederike sah sie lange an. »Das Heim macht gerade ein Projekt. Studenten schreiben die Biografien der Bewohner auf, damit die Betreuer wissen, in welcher Zeit sich die Dementen gerade gedanklich befinden. Und Schwester Sandra wollte in diesem Zusammenhang unter anderem wissen, ob Esther mal auf einer Modeschule war. Oder mit den Hohnsteins auf Sylt. Mit den *bösen* Hohnsteins übrigens. Davon hat Esther nämlich gesprochen. Und über einen Willi und eine Hilde.«

»Und?« Neugierig neigte Jule den Kopf. »Wieso die bösen Hohnsteins? Was hast du geantwortet?«

»Maries Mutter Laura war doch eine geborene Hohnstein, aber nie böse. Das war die einzige Antwort, die ich geben konnte. Alles andere habe ich noch nie gehört. Ich weiß eigentlich so gut wie nichts über das Leben meiner Mutter. Nur dass ihre Eltern tödlich verunglückt sind, als sie siebzehn war, dass sie danach ein paar Jahre bei Lauras Familie gelebt und dann Dieter Brenner geheiratet hat.«

Jule sah sie an und legte ihre Hand auf Friederikes. »Vielleicht kommt ja durch dieses Projekt einiges raus. Es gibt doch eine ganze Menge Dinge, die du immer wissen wolltest und über die sie nie geredet hat. Oder sie erzählt es dir durch dieses Projekt noch selbst. Du hast doch gesagt, sie habe ab und zu noch klare Momente und könne sich plötzlich erinnern.«

»Da bin ich aber nicht immer dabei«, langsam zog Friederike ihre Hand zurück und hob die Schultern. »Ich weiß auch gar nicht, ob ich das alles so genau wissen will. Nach all den Jahren. Sie war mir gegenüber immer ablehnend, ungeduldig und desinteressiert. Also, warum sollte ich mich jetzt für sie interessieren?«

»Weil du wissen willst, warum sie immer so war. Kein Mensch ist von Natur aus böse und unglücklich«, wandte Jule vorsichtig ein. »Vielleicht wäre es doch ganz spannend rauszukriegen, was deine Mutter in ihrem Leben alles gemacht hat. Warum sie so geworden ist.«

»Toller Vorschlag«, Friederike schüttelte den Kopf. »Jetzt, wo sie dement ist. Glaubst du, wir fallen uns noch versöhnt in die Arme?«

»Sei doch nicht gleich so sarkastisch«, entgegnete Jule. »Wahrscheinlich wird das nicht passieren, aber du könntest doch mal mit Alex sprechen.«

»Wieso mit Alex?«

Jule richtete ihren Blick gespielt verzweifelt an die Decke und antwortete langsam, als wäre Friederike begriffsstutzig:

»Alex, eigentlich Alexandra, unsere langjährige Freundin, die im Haus am See lebt und ein Buch über unsere gemeinsame Freundin Marie geschrieben hat. Und die von Hanna, Maries Lebensgefährtin und Erbin, kistenweise Unterlagen von Marie und deren Eltern für die Recherche zur Verfügung gestellt bekommen hat. Vielleicht sind da ja private Briefe dabei. Laura hat auch Tagebuch geschrieben, daran kann ich mich noch erinnern. Frag doch Alex, ob du die Sachen mal durchsehen kannst. Vielleicht findest du da was über deine Mutter, sie war immerhin Lauras beste Freundin. Und es könnte bei diesem Projekt helfen.« Sie trank einen Schluck Tee und sah Friederike wieder an, bevor sie mit normaler Stimme weitersprach. »Oder dir.«

»Ach, ich weiß nicht«, Friederike schob ihren Stuhl abrupt zurück und stand auf. »Ich hätte ein komisches Gefühl, mich durch das Leben von Maries Familie zu wühlen. Die sind alle tot. Das ist wie Leichenfledderei. Aber danke trotzdem für den Tipp. Ich denke darüber nach. Entschuldige, aber ich muss jetzt los, ich bin noch mit Tom zum Essen verabredet.«

»Oh«, Jule nickte. »Tom. Über den müssen wir auch noch mal sprechen. Ich bin da gar nicht auf dem Laufenden. Ist das immer noch eine aufgewärmte Bettgeschichte oder wird dieses Mal was Richtiges daraus?«

Mit den Händen an der Stuhllehne sah Friederike kopfschüttelnd auf Jule herab. »Aufgewärmte Bettgeschichte? Jule Petersen, du bist so spießig. Was Richtiges? Echt jetzt? Was soll das sein? Eine Verlobung im Frühling?«

Auch Jule hatte sich langsam erhoben. »Du hast ihn uns noch nicht mal offiziell vorgestellt«, sagte sie vorwurfsvoll. »Wenn du nicht in einer schwachen Stunde am See die Geschichte erzählt hättest, wüsste ich gar nicht, dass es ihn gibt. Und wenn ich nicht mit Pia in deiner Hotelbar gewesen wäre, hätte ich ihn überhaupt noch nie gesehen. So hat er uns wenigstens mal einen Drink gemixt. Und Pia hat ihn mir vorgestellt. Ich weiß gar nicht, warum du ihn vor uns versteckst. Nur weil er zehn Jahre jünger ist?«

»Acht«, korrigierte Friederike, »es sind nur acht Jahre. Und vielleicht bringe ich ihn mit zur Buchpremiere. Dann lernt er mit einem Schlag gleich alle kennen. Damit du zufrieden bist. Und vergiss die Geschichte mit der schwachen Stunde. Sonst erzähle ich nie wieder was.«

»Machst du doch sowieso nie«, Jule folgte ihr langsam durch die dunkle Praxis bis zur Tür. »Aber das ist okay so.«

»Genau«, Friederike beugte sich herunter, um Jule auf die Wange zu küssen. »Danke für die Massage und den Tee. Wir telefonieren.«

»Ja.«

Jule hielt die Tür auf und ließ Friederike vorbeigehen. Sie wartete einen Moment, dann rief sie ihr nach: »Sprich mit Alex. Sie ist gerade so gut drin im Recherchieren.«

Friederike hob nur stumm die Hand und stieg ein. Erst als die Rücklichter aus Jules Sichtfeld verschwanden, ging sie wieder rein und schloss die Tür.

April 1955

»Junges Fräulein!«

Ertappt fuhr Esther herum und stieß mit der Hüfte gegen das gerade abgestellte Fahrrad, das scheppernd auf den Kiesweg fiel.

»Oh, einen schönen guten Tag, Frau Hohnstein. Ich wollte nur schnell …«

»Was soll das Fahrrad da? Das gehört da nicht hin.«

Karla Hohnstein stand plötzlich oben auf der Treppe, die zur Haustür führte. »Das habe ich dir schon tausend Mal gesagt. Was verstehst du daran nicht? Herrgott.«

Mit einer Hand auf der Steinbalustrade kam sie, den Blick unverwandt auf Esther gerichtet, die Treppe hinunter. Ihr schwarzer Mantel hatte einen Pelzkragen, der Hut saß etwas schräg auf dem strengen grauen Dutt, der Blick war eisig. Sie blieb vor Esther stehen und hob das Kinn. »Du bringst es auf der Stelle weg.«

Sie hatte unzählige Falten um Mund und Augen, das Gesicht war schmal, ihre Nase lang und spitz. In einem der Romanhefte, die Esther sich ab und zu aus dem Nachtschrank ihrer Mutter lieh, hatte die böse Gräfin eine aristokratische Nase. Genau so eine.

»Natürlich, Frau Hohnstein.« Esther deutete einen Knicks an. »Entschuldigen Sie.«

Sie bekam keine Antwort, Karla Hohnstein wandte sich ab und sah ungeduldig zur Haustür, die immer noch offen stand und in der jetzt ihr Sohn auftauchte. Hermann Hohnstein blieb einen Moment stehen und knöpfte sich den Mantel zu. Er war groß und breitschultrig, mit dunklen Haaren, die langsam grau wurden, und einem immer noch jugendlich wirkenden Lächeln. Er warf einen flüchtigen Blick auf Esther und nickte ihr zu, bevor er seine Mutter wieder ansah und die Treppe hinunterstieg. »Entschuldige, Mutter, ich musste noch etwas klären.«

Karla Hohnstein sah sich um. »Wo ist Herr Lemke?«

»Ich fahre den Wagen selbst.« Er bot ihr den Arm, sie hakte sich bei ihm ein. »Wollen wir?«

»Gute Fahrt, Herr Hohnstein«, Esther stand immer noch auf der Stelle und knickste wieder. »Fahren Sie jetzt zum Bahnhof?«

»Ja, Esther«, er lächelte sie freundlich an. »Die Kinder kommen mit dem Zug um 17:35 Uhr an.«

»Ich …«

»Wir sind spät, Hermann«, unterbrach ihn Karla Hohnstein und presste missbilligend die Lippen zusammen. »Kommst du bitte?«

Esther sah ihnen nach, bis Hermann seiner Mutter in den Wagen geholfen und selbst eingestiegen war. Sie wartete, bis die Hohnsteins langsam den Kiesweg zur Ausfahrt hinunterrollten, erst dann ging sie zu ihrem umgestürzten Fahrrad und hob es mühsam hoch. Zwischen den Speichen hatten sich ein paar Tulpenblätter verfangen, das Rad war mitten ins Beet gekippt. Esther stellte es auf den Ständer und bückte sich, um die platten Tulpen und Narzissen aufzurichten – es brachte nicht viel, nur ihre Finger wurden schmutzig. Sie wischte die Erde ab, dann stieg sie auf ihr Fahrrad und fuhr holpernd über das alte Kopfsteinpflaster zum Hintereingang.

Sie musste einmal um die Villa herumfahren, bis sie schwungvoll in den Hinterhof bog und sofort in die Bremse treten musste, weil plötzlich der alte Gärtner aus der Schuppentür kam.

»Hoppla, willst du mich umbringen?« Seine Stimme war unwirsch, seine Augen freundlich. Er sah sie kopfschüttelnd an. »Du kannst doch nicht so einfach hier auf den Hof jagen. Pass ein bisschen auf.«

»Hallo, Willi«, Esther lächelte ihn an. Er hatte eine Schwäche für sie, er tat immer nur so streng.

»Ist doch nichts passiert, ich habe doch gebremst.«

Willi humpelte auf sie zu und legte die Hand auf den Lenker. Die Franzosen hatten ihm im ersten Krieg ein Bein weggeschossen. Deshalb hatte er nicht in den zweiten gemusst, sondern war bei den Hohnsteins geblieben und hatte hier weiter als Gärtner gearbeitet. Anfangs hatte Esther sein Holzbein gruselig gefunden, mittlerweile war sie daran gewöhnt. Er war nicht der Einzige im Dorf, dem ein Körperteil fehlte, aber Willi kam damit am besten zurecht. Vieles machte er noch selbst, für anderes hatte er mittlerweile Helfer. Viele von den Flüchtlingen arbeiteten jetzt auch bei den Hohnsteins, Willi musste nur noch Anweisungen geben.

»Deine Bremse muss mal geölt werden«, sagte er jetzt und legte auch die andere Hand aufs Fahrrad. »Das ist ja ein schlimmes Geräusch. Lass mir das Rad mal hier, ich mach dir das.«

»Willi, du bist der Beste«, Esther stellte es auf den Ständer und lächelte ihn an. »Danke. Und, da wäre noch was. Ich habe das Beet neben der Eingangstreppe ein bisschen platt gemacht. Das Fahrrad ist auf die Tulpen gefallen. Tut mir leid.«

»Was machte dein Rad denn da?«

»Ich habe es da abgestellt und wollte schnell vorn rein, weil ich dachte, Laura und Lorenz sind schon da«, unbekümmert hob Esther die Schultern. »Ich konnte ja nicht wissen, dass die so spät kommen. Und die alte Frau Hohnstein hat es übrigens gesehen.«

»Es heißt: die gnädige Frau«, korrigierte Willi sofort. »Das andere habe ich nicht gehört. Und das Fahrrad hat nicht vorn zu stehen. Das weißt du doch.« Er sah sie tadelnd an, bevor er einen Schritt zurückging und sie kopfschüttelnd musterte. »Deern, Deern. Ich sehe mir das Beet gleich mal an, das du verwüstet hast.«

»Mein Fahrrad hat's verwüstet«, stellte Esther fest. »Ich bin ja nicht selbst auf die Tulpen gefallen.«

Sie warf ihm eine Kusshand zu und beeilte sich, durch die Hintertür ins Haus zu kommen. In dem schmalen Gang, der zur Küche führte, standen Holzkisten mit Kartoffeln, Zwiebeln und gelben Rüben, auf den Regalen darüber Gläser mit eingemachtem Obst und Gemüse. Der erdige Geruch, der von den Kisten ausging, verlor sich durch den Duft frischgebrühten Kaffees, der stärker wurde, je näher Esther der Küche kam. Die Tür stand weit offen und gab den Blick auf die kräftige Gestalt von Esthers Mutter frei, die mit beiden Händen einen Teig knetete und den Kopf hob, als sie jemanden eintreten hörte.

»Was machst du denn schon hier?« Rosemarie hielt sofort inne und sah ihre Tochter erschrocken an. »Ist was passiert?«

»Nein, Mutti«, Esther ließ ihre Tasche auf einen Stuhl fallen und schüttelte den Kopf. »Frau Bellmann hat die Schneiderei heute früher geschlossen. Ihre Schwester kommt über Ostern zu Besuch, sie musste noch was vorbereiten. Dafür soll ich Sonnabend früher anfangen.« Mit einer schnellen Bewegung wischte sie ein paar Teigkrümel von der Tischplatte und schwang sich darauf. »Hier riecht es aber gut. Ich habe mich so beeilt, ich dachte, Laura und Lorenz wären schon hier.«

Rosemarie ließ ihre Hände wieder in den Teig sinken und knetete weiter. »Herr Hohnstein und seine Mutter holen sie gerade vom Bahnhof ab.«

»Ich weiß«, Esther beugte sich nach vorn und griff einen Apfel aus einem Korb, den sie an ihrem Ärmel abwischte. »Ich habe sie abfahren sehen. Herr Hohnstein ist selbst gefahren. Was ist denn schon wieder mit Lemke?«

»Herr Lemke«, Rosemarie sah kurz hoch. »Er ist ein bisschen unpässlich. Aber sei still, er ist nur kurz rausgegangen und kommt gleich zurück. Ich habe ihm gerade einen Kaffee gekocht.«

Esther grinste und biss in den Apfel. Herr Lemke war der Chauffeur der Hohnsteins. Schon immer, sogar in den vergangenen schlechten Jahren. Nur in der letzten Zeit war er ab und zu etwas, wie hier alle sagten, »unpässlich«. Sie war nicht so dumm, es nicht zu verstehen. Vor ein paar Wochen hatte er ihr einen Flachmann hingehalten, weil sie in ihrer dünnen Jacke im plötzlich einsetzenden Schneeregen so gefroren hatte. »Estherkind«, hatte er sehr launig gesagt, »das wärmste Jäckchen ist immer noch ein Konjäckchen.« Er hatte einen großen Schluck genommen und danach einen sehr langen Witz erzählt.

»Oh, hoher Besuch«, die tiefe Stimme war etwas verwaschen, das Gesicht rot. »Welch Glanz in unserer armseligen Hütte.«

»Guten Tag, Herr Lemke«, sagte Esther sofort und glitt vom Tisch, um sich neben ihre Mutter zu stellen. »Geht es Ihnen gut?«

»Bestens«, war die prompte Antwort. »Was denn sonst?«

»Esther, nimm mal eine Tasse raus und schenk dem Herrn Lemke Kaffee ein«, Rosemarie deutete mit dem Kopf auf den Geschirrschrank. »Mit zwei Löffeln Zucker.«

Sofort schoss Esther zum Schrank und befolgte den Befehl. Sie wartete, bis er sich gesetzt hatte, bevor sie die Tasse vor ihm abstellte. »Bitte schön.«

Er nickte, dann begann er, geistesabwesend in der Tasse zu

rühren. Mit jeder Runde wurde seine Miene trübsinniger. Esther sah zu ihrer Mutter, deren Blick mitleidig auf dem alten Herrn Lemke lag. »Nun trinken Sie mal schön aus und danach legen Sie sich einen Moment aufs Ohr. Dann sieht die Welt schon wieder ganz anders aus.«

»Ich habe mir ja den Magen verdorben«, sagte er plötzlich. »Gestern Abend im *Grünen Jäger*. Da gab es Sauerfleisch. Das war nicht gut.«

»Ja, das kann passieren«, Rosemarie knetete wie zur Bekräftigung den Teig und nickte ernsthaft. »Das kann ganz schnell gehen.«

»Ja«, er nickte, legte plötzlich den Löffel zur Seite und trank den kochend heißen Kaffee ohne abzusetzen. Esthers Hals brannte schon vom Zuschauen. »Danke für den Kaffee, Frau Schulze. Ich gehe dann mal.« Umständlich zog er sich am Tisch hoch, setzte seine Mütze auf und schlurfte langsam aus der Küche. »Wiedersehen.«

»Bis später, Herr Lemke.«

Mutter und Tochter warteten, bis er außer Hörweite war, dann sagte Rosemarie mitfühlend: »Der arme Kerl. Seit seine Frau an der Grippe gestorben ist, ist er aus dem Tritt gekommen. Das ist nicht gut.«

»Deswegen muss er ja nicht so viel Schnaps trinken.«

»Das geht uns nichts an.« Rosemarie presste die Lippen zusammen. »Er hat Kummer und jeder hat Schwächen.«

»Lorenz hat übrigens Weihnachten gesagt, dass Herr Lemke betrunken immer noch besser Auto fährt als Herr Hohnstein nüchtern.«

»Esther«, energisch schob Rosemarie den Teig von den Händen und die Schüssel ein Stück zur Seite. »Rede nicht so dummes Zeug. Und wenn du hier schon rumstehst, kannst du auch helfen. Das Gemüse da muss noch geputzt werden.« Sie wischte ihre teigigen Finger an einem feuchten Lappen ab und legte ein sauberes Tuch über die Schüssel. »So, der Teig muss jetzt gehen. Und du nimmst dir das Gemüsemesser.«

»Aber Mutti, ich habe das gute Kleid an. Kann das nicht Martha machen? Oder Elisabeth? Ich kann doch …«

Statt zu antworten, griff ihre Mutter nach einer Schürze, die an einem Haken an der Tür hing und warf sie ihr zu. »Das war kein Vorschlag. Das Messer ist in der obersten Schublade. Martha und Elisabeth haben noch im Haus zu tun.« Ihr Gesichtsausdruck ließ keine Widerworte zu. Seufzend schlang Esther die Bänder um die Taille. Wenn sie ohnehin auf die Ankunft von Laura und Lorenz warten musste, konnte sie sich auch nützlich machen.

Seit acht Jahren arbeitete Rosemarie Schulze nun schon in der Villa als Haushälterin. Sie kochte, kümmerte sich um den Haushalt und sorgte dafür, dass hier alles reibungslos lief. Beim Putzen gingen ihr zwei junge Frauen zur Hand, Martha und Elisabeth, um den Garten kümmerte sich Willi, aber alles andere lag in Rosemarie Schulzes Verantwortung. Und darüber war sie froh und dankbar. Und Esther sollte es auch sein. Das war sie auch. Schließlich bekam ihre Mutter einen guten Lohn, deshalb hatten sie auch eine Wohnung mit zwei Zimmern, einem Badezimmer und zwei Öfen. Die Villa der Hohnsteins war allerdings fünfmal so groß.

»Wenn du in dem Tempo weiterschälst, gibt es die Kartoffeln zum Frühstück«, unterbrach Rosemarie Esthers Gedanken. »Jetzt leg mal einen Zahn zu.«

Sie riss sich zusammen und griff rasch nach der nächsten Kartoffel. Die gnädige Frau wartete nicht gern aufs Essen. Das hatte ihre Mutter schon oft gesagt. Die gnädige Frau wartete überhaupt nicht gern. Alle ihre Befehle mussten sofort ausgeführt werden, da war sie unerbittlich und sehr streng. Was Esther nur zu gut wusste, als Schülerin hatte sie oft genug hier in der Küche gesessen und auf ihre Mutter gewartet und alles mitbekommen. Mittlerweile saß sie nicht mehr jeden Tag am Küchentisch, sondern machte eine Lehre zur Schneiderin im Modeatelier von Frau Johanna Bellmann in Weißenburg. Jetzt schon im zweiten Lehrjahr. Und heute war sie nur hier, weil endlich Laura und Lorenz kamen. Laura, ihre beste Freundin seit Kindertagen, und deren Zwillingsbruder.

Eines Tages hatte die drei Jahre ältere, aber sehr schüchterne Laura vor dem Küchentisch gestanden, an dem Esther sich hatte unsichtbar machen sollen, und sie gefragt, wer sie denn sei und ob sie ihre Freundin werden wolle. Esther wollte. Und Laura war glücklich, weil sie ihre erste Freundin war. Das stille Mädchen hatte sich bei den anderen Kindern aus ihrer Klasse nie wohlgefühlt. Esther war die Erste, in deren Gegenwart sie sich nicht stumm und langweilig vorkam. Und die mutige und lustige Esther riss Laura mit. Kein Spiel war ihr zu verrückt, kein Baum zu hoch, kein Wasser zu kalt. Laura blühte in ihrer Gegenwart auf.

Esther ließ die letzte Möhre in die Schüssel fallen und wischte sich die Hände an der Schürze ab, bevor sie sie rasch abband. »Ich bin fertig, Mutti. Alle Kartoffeln, alle Möhren, alles geschält und geputzt. Und die Zwiebeln habe ich auch geschält, dann gehe ich jetzt raus, die kommen bestimmt jeden Moment.«

»Gut«, Rosemarie bestrich einen Hefezopf mit Butter und wandte sich nur kurz um. »Du kannst die Schürze aber umbehalten, hier ist noch nicht alles fertig. Und Laura kommt bestimmt sowieso gleich in die Küche, wenn sie eingetroffen ist. Also kannst du auch hier auf sie warten.«

»Ich empfange sie doch nicht in der Schürze«, Esther sah empört auf Rosemaries Rücken. »Ich habe extra das gute Kleid an.«

Resigniert schüttelte ihre Mutter den Kopf. »Kind, sei nicht so eitel. Wenn Flecken auf das Kleid kommen, ist das Geschrei wieder groß. Und Laura ist das doch egal, du bist ihre beste Freundin.«

Esther strich stolz über den dunkelblauen glänzenden Stoff. Sie hatte dieses Kleid erst in der letzten Woche genäht, Frau Bellmann hatte ihr den Stoff überlassen, den eine Kundin nicht hatte haben wollen. Natürlich wurde er von ihrem Lehrlingslohn abgezogen, aber selbst Frau Bellmann hatte sie für die Arbeit gelobt und ihr den Stoff etwas billiger gelassen.

Laura trug immer die schönsten Kleider, ihre Mutter Adelheid legte Wert auf die richtige Garderobe. Schließlich war sie eine höhere Tochter. Esther wollte nicht wie das Küchenmädchen aussehen, wenn ihre Freundin endlich wieder nach Hause kam. Sie kannte sich nämlich inzwischen aus in der Modewelt. Und das sollte Laura auch sehen. Sie hob den Kopf, als Martha in die Küche kam und ihr zunickte. Esther nickte zurück und musterte sie mitleidig. Martha sprach fast nie und starrte auch immer auf den Boden. Sie war ihr ein bisschen unheimlich, diese traurige, dünne Frau, die auf einem Pferdewagen aus Ostpreußen vor den Russen geflohen und irgendwie hier in Weißenburg gelandet war. Willi hatte ihr erzählt, dass sie ihren Mann im Krieg und zwei ihrer drei Söhne auf der Flucht an die Diphterie verloren hatte. Hermann Hohnstein hatte sie an einem Abend bei Bauer Piepke gesehen, als sie die Kartoffeln aus dem Schweinetrog geklaut hatte. Piepke hatte angefangen zu schreien, aber Herr Hohnstein hatte ihn beruhigt und Martha gefragt, ob sie in der Villa arbeiten wolle, sie bräuchten noch Hilfe in der Küche. Und so könne sie Geld für Essen und ihren Sohn verdienen und müsse nicht das Schweinefutter stehlen. So war Herr Hohnstein: immer edel und freundlich. Deshalb arbeiteten nun Martha und auch ihre Schwester Elisabeth hier. Und auch zwei andere Flüchtlinge aus Schlesien, Josef und Karl, die Willi unterstützten, der mit seinem Holzbein ja nicht so schnell war.

»Also, was ist jetzt?« Rosemaries laute Stimme holte sie aus ihren Gedanken. »Die Servietten müssen noch gefaltet werden, dabei bekleckerst du dich nicht und machst trotzdem etwas Sinnvolles.«

Was an gefalteten Servietten sinnvoll sein sollte, wusste Esther zwar nicht, trotzdem holte sie den Stapel gestärkter Servietten von der Anrichte und begann, sie dekorativ zu falten. Mit einem verstohlenen Blick zur Uhr lächelte sie. Alle würde sie ohnehin nicht schaffen, Laura müsste jeden Moment in die Küche kommen. Und sie hatten sich jede Menge Neuigkeiten zu erzählen. Aus der Schweiz, woher Laura gerade kam, und aus Weißenburg, wo Esther ihre beste Freundin in den letzten drei Monaten vermisst hatte.

3.

Ohne den Blick vom Bildschirm zu nehmen, tastete Friederike nach dem Telefonhörer auf dem Schreibtisch. »Ja, Frau Kessel, was gibt es?«

»Sie haben Besuch, Frau Brenner. Alexandra Weise ist hier.«

»Oh, ist es schon so spät? Schicken Sie sie rein.« Sie legte auf, überflog die Mail ein letztes Mal und schickte sie ab, im selben Moment wurde die Tür geöffnet und Alexandra trat ein.

»Na? Bin ich zu früh?«

»Nein«, Friederike sprang auf und ging auf sie zu, um sie zu umarmen. »Du bist pünktlich, ich bin auch gerade fertig. Wir können sofort essen gehen.«

Sie wandte sich um und bückte sich nach ihrer Handtasche, die unter dem Schreibtisch stand, während sie fragte: »Wann musst du denn im Verlag sein? Wie viel Zeit haben wir?«

»Jede Menge«, Alexandras Stimme klang stolz, sofort hob Friederike den Kopf und sah ihre Freundin genauer an. Sie strahlte, ihre Augen glänzten, als sie antwortete: »Ich war schon im Verlag, ich hab es dabei.«

»Was?« Erst jetzt bemerkte Friederike den flachen Karton, den Alexandra unter dem Arm trug. Sofort ließ sie die Tasche fallen und riss die Augen auf. »Wirklich? Lass sehen. Sofort. Ich bin so gespannt.«

Langsam stellte Alexandra den Karton auf den Schreibtisch, nahm den Deckel ab und ein opulentes Buch heraus. Mit beiden Händen überreichte sie es feierlich Friederike und sagte: »Ich habe mir erlaubt, es schon zu signieren. Bitte schön.«

Friederike nahm es ihr ehrfürchtig ab und betrachtete es. *Alexandra Weise: Der besondere Blick – Die Fotografin Marie van Barig, eine Künstlerbiografie*

Den Umschlag zierte eine Schwarz-Weiß-Fotografie von Marie. Sie stand in einem schwarzen Hosenanzug, die Kamera in den Händen, an eine Terrassenmauer unter Palmen gelehnt. Ihr Lächeln war entspannt, das helle Haar leuchtete im Sonnenlicht, ein glücklicher Moment in Cannes während der Filmfestspiele. Friederike kannte das Foto, sie hatten es in Maries Nachlass gefunden. Hanna hatte es damals aufgenommen, Jule, Alex und sie hatten es erst nach Maries Tod gesehen. Und einstimmig beschlossen, dass es das schönste Bild von Marie sei, die sich selbst so ungern fotografieren ließ. Und dass es unbedingt auf den Umschlag des Buches musste.

»Wirklich ein tolles Foto«, murmelte Friederike jetzt und schlug das Buch vorsichtig auf. Auf der ersten Seite stand in Alexandras schönster Schrift die Widmung: *Für Fiedi, eine von uns vieren.*

»Du hättest wenigstens Friederike schreiben können«, sie sah Alexandra stirnrunzelnd an. »So kann ich es niemandem zeigen, der mich ernst nehmen soll.«

»Wer nimmt dich denn nicht ernst?«, Alexandra lächelte. »Aber ein: ›Danke, Alex, ich freue mich sehr über eines der ersten Exemplare‹, hätte auch gereicht.«

»Danke, Alex, ich freue mich sehr«, wiederholte sie und blätterte langsam die Seiten um. Sie überflog die ersten Sätze der Einleitung, betrachtete die Bilder, blätterte etwas weiter, stutzte und hob das Buch höher. »Da sind ja auch Fotos vom See«, sagte sie erstaunt. »Von uns. Und da ist ja auch …«, sie verstummte und kniff die Augen zusammen. »Ist das da am Ufer Esther? In dem schwarzen Kleid?«

Alexandra sah ihr über die Schulter und nickte. »Ja. Sommer 1972. Da war Marie zehn und hat mit ihrer ersten kleinen Kamera schon solche Fotos gemacht. Deswegen habe ich es mit reingenommen. Als Zehnjährige so ein Motiv zu wählen, finde ich schon erstaunlich.«

Esther stand mit dem Rücken zum Betrachter, sehr aufrecht, hatte ihren Rücken durchgedrückt und bildete in ihrem schwarzen schlichten Kleid und den straff zu einem Knoten gedrehten dunklen Haaren einen harten Kontrast zu dem in der Sonne glitzernden See und der Sommerstimmung, die über dem Foto lag.

»Wie die dreizehnte Fee«, murmelte Friederike.

Alexandra sah nachdenklich auf das Bild. »Ich finde, sie sieht total einsam aus. Aber vielleicht wirkt das auch nur auf dem Foto so. Wenn ich mich richtig erinnere, waren auch Carl und Laura an dem Tag mit am See.«

»Vermutlich«, Friederike blätterte weiter. »Esther war nie allein da. Aber es ist tatsächlich ein irres Motiv. Die kleine Marie.«

Zahlreiche Fotos, die Marie in ihrer beeindruckenden Karriere geschossen hatte, unterbrachen den von Alexandra geschriebenen Text. Friederike überflog die eine oder andere Passage beim Blättern, lächelte mal anerkennend, mal belustigt, schließlich schlug sie das Buch zu und sah hoch. »Ich will mir das in Ruhe ansehen«, sagte sie. »Aber es ist wirklich sehr schön geworden. Bist du wenigstens auch ein bisschen stolz?«

»Schon«, Alexandra lächelte verhalten. »Ich habe zwar gedacht, dass ich als ehemalige Verlegerin das Erscheinen eines Buches etwas neutraler sehe, aber beim eigenen stimmt das nicht. Und schon gar nicht, wenn es um Marie geht. Die Recherche, das Lesen ihrer Tagebücher, das Sortieren der ganzen Fotos und Artikel waren schon eine große Herausforderung. Ich weiß gar nicht mehr, wie oft ich dabei geheult habe.«

Nachdenklich strich Friederike mit dem Zeigefinger über das Foto von Marie. »Aber du hast es geschafft. Ich bin jedenfalls stolz auf dich. So und bevor wir jetzt in Melancholie versinken, gehen wir essen und trinken einen Champagner auf dieses erste Exemplar.«

Sie legte das Buch zurück in den Karton. »Auf dass es ein Erfolg wird.«

Der Weg zum Italiener, bei dem Friederike einen Tisch für's Mittagessen bestellt hatte, führte an der Alster entlang. Alexandras ruhiger Blick war auf das Wasser gerichtet, auf die Alsterbarkassen, die Segler und die beiden Ruderboote, die ihre geraden Bahnen zogen. Friederike sah ihre Freundin von der Seite an. Sie hatte sich in den letzten Monaten verändert, seit sie nicht mehr die gestresste Verlegerin war, die in einer Penthouse-Wohnung in München gelebt, ununterbrochen gearbeitet und nie Zeit gehabt hatte. Ihre Züge wirkten weicher, sie bewegte sich ruhiger, redete langsamer und auch weniger als früher. Als hätte sie Friederikes Gedanken gelesen, sagte sie plötzlich: »Du starrst mich an. Warum?«

»Du hast dich verändert«, stellte Friederike fest. »Deine Entscheidung, München zu verlassen und zurück in den Norden zu kommen, war anscheinend richtig. Zumindest wirkst du tiefenentspannt.«

»Ja, das mag sein«, Alexandra sah sie nachdenklich an. »Vielleicht bin ich manchmal zu entspannt. Egal, die Entscheidung war sicher richtig. Aber ich hätte mir das vor zwei Jahren noch nicht vorstellen können. Hättest du mir damals gesagt, dass ich heute im Haus am See lebe, zusammen mit einer siebzigjährigen ehemaligen Starpianistin, die die Frau meiner verstorbenen Freundin war, dass ich ein Buch über diese Freundin geschrieben, meine langjährigen Freundinnen nach einer lange fälligen Versöhnung wieder um mich habe, mein

Liebesleben aufgeräumt ist und ich jetzt darüber nachdenke, mir einen Hund anzuschaffen, hätte ich dich für verrückt erklärt.«

»Wenn du dir einen Hund anschaffst, halte ich dich für verrückt«, entgegnete Friederike prompt. »Leih dir die Töle von Steffi aus und üb die Nummer mit den Kackbeuteln, dann vergeht dir das.«

Alexandra lachte. »Es ist bislang nur eine Überlegung. Hanna hat damit angefangen. Damit sie gezwungen ist, jeden Tag spazieren zu gehen. Das wäre gut für ihr Rheuma, sagt sie, aber ihr innerer Schweinehund ist zu groß. Ein echter Hund würde sie zwingen. Und wenn sie, so wie jetzt, ihre Familie in Dänemark besucht, kann ich mich um ihn kümmern. Und ansonsten sind du und Jule ja auch noch da.«

»Ich kümmere mich garantiert nicht um so ein Tier«, widersprach Friederike sofort. »Warum sollte ich das tun? Ich kann Hunde nicht mal leiden.«

»Weil du gern mal ein paar Tage am See verbringst und dir Spazierengehen auch guttut«, Alexandra schob ihren Arm unter Friederikes. »Und wenn ich sehe, wie du mit der kleinen Marie umgehst und ganz in deiner Patentantenrolle aufgehst, das Kind mit verklärtem Blick betrachtest und mit ihr redest, als wärst du nicht ganz dicht, dann bin ich überzeugt, dass so ein niedlicher Welpe auch dir das Herz brechen würde. Du tust ja nur so ruppig, in Wirklichkeit bist du doch ganz weich. Ich kenne dich.«

»Vergiss es«, Friederike schüttelte entschlossen den Kopf. »Mit Marie ist das was ganz anderes. Das ist nicht irgendein Kind. Es ist Pias Tochter und Jules Enkelin, außerdem schreit sie kaum, guckt schon klug und nervt nicht. Apropos nerven, geht dir das Landleben nicht doch ab und zu auf den Geist? Das Haus ist ja schön, aber es ist auch am Ende der Welt. Jule hat sich schon Gedanken gemacht, dass du mit niemandem mehr redest, niemanden siehst und nichts mehr machst. Nicht dass du so ein Landei wirst, das von jedem Ausflug in die Stadt überfordert ist. Und vor lauter Langeweile anfängt, Marmelade einzukochen. Oder Hundespaziergänge zu machen. Wir haben ein bisschen Sorge, dass du dich zu sehr vergräbst.«

»Nein, ich vergrabe mich nicht«, Alexandra lächelte. »Ich hatte einfach viel mit dem Buch zu tun, deshalb habe ich in den letzten Wochen nichts anderes gemacht. Aber ansonsten sehe ich euch doch regelmäßig, fahre ab und zu nach Berlin, um Jan zu besuchen, da bin ich sogar in der Hauptstadt, ohne überfordert zu sein.«

Friederike musterte sie. »Aber du verbringst trotzdem die meiste Zeit allein am See. Oder mit Hanna. Wie oft siehst du Jan denn, seit er in der Berliner Redaktion ist?«

»Na ja«, wand Alexandra sich. »Ich hatte ja nun in den letzten Wochen den Abgabetermin vor der Brust und Jan steckt auch bis zum Hals in Arbeit. Er kommt jetzt aber Ende der Woche und bleibt bis zur Buchpremiere. Vielleicht fahren wir vorher auch noch ein paar Tage zusammen weg. Du musst dir keine Sorgen machen, ich vereinsame schon nicht.«

»Na gut«, prüfend sah Friederike sie an. »Und jetzt ist das Buch fertig. Dann kannst du auch wieder mal mehr unter Menschen gehen. Es schadet nicht.«

»Sagt Friederike Brenner, die zu jedem privaten Treffen gezwungen werden muss.«

»Ich sehe jeden Tag im Hotel massenhaft Menschen, ich brauche abends meine Ruhe. Das ist was ganz anderes.«

»Ach so«, achselzuckend erwiderte Alexandra ihren Blick. »Apropos abends, was ist denn eigentlich mit dir und Tom?«

»Ich weiß es noch nicht«, Friederike folgte der nächsten Barkasse mit ihrem Blick. »Ich bringe ihn mit zu deiner Buchpremiere. Mal sehen, wie er sich da schlägt. Vielleicht rennt er auch schreiend weg, wenn er euch alle richtig kennenlernt.«

»Du bist unmöglich«, Alexandra entzog ihr den Arm. Das italienische Restaurant war jetzt schon in Sichtweite, sie überquerten die Straße und gingen mit langen Schritten auf den Eingang zu. »Tom wird überrascht sein, dass eine so komplizierte Frau wie du so einen liebenswürdigen Freundeskreis hat. Das wird er kaum fassen können. Und sich fragen, wie wir es alle schon so lange mit dir aushalten und warum wir dich nicht schon im See ertränkt haben.«

»Witzig, sehr witzig«, Friederike zog die Eingangstür auf und betrat das Restaurant. »Ich hoffe nur, dass ihr euch alle benehmt. Noch findet Tom mich nämlich toll. Mario, come stai?«

Während Friederike mit dem kleinen dicken Inhaber in atemberaubender Geschwindigkeit und auf fließendem Italienisch noch im Gespräch war, setzte Alexandra sich schon an den Tisch und beschränkte sich auf ein Lächeln. Sie verstand kein Wort der sprudelnden Sätze, es war nicht jeder so ein Sprachwunder wie Friederike.

»Siamo affamati. E non molto tempo«, sagte Friederike und gab ihm einen Klaps auf den Rücken, bevor sie sich gegenüber Alexandra auf den Stuhl fallen ließ.

»Subito, mia cara, subito«, war Marios Antwort, bevor er zwei Speisekarten auf den Tisch legte und verschwand.

»War was Wichtiges?« Alexandra klappte ihre Karte auf. »Ich habe nichts verstanden.«

»Seine Schwiegermutter ist zu Besuch«, antwortete Friederike. »Deshalb arbeitet er jetzt auch mittags. Sonst kommt er immer erst um fünf.«

»Kennst du Toms Mutter schon?« Alexandras Frage klang harmlos, Friederike rollte trotzdem mit den Augen.

»Sie lebt in Schweden«, antwortete sie. »Weit genug weg. Und ist im Übrigen nur knapp zehn Jahre älter als ich. Sie war neunzehn, als sie Mutter wurde. Ich kenne sie nicht, es gab bislang auch keinen Grund dafür. Haben wir auch noch ein anderes Thema? Oder beschränken wir uns heute auf Mädchengespräche?«

Mario kam mit einer Platte Antipasti und einer Flasche Wasser und ersparte Alexandra die Antwort. »Für den ersten Hunger, cara«, sagte er laut. »Was möchtet ihr danach?«

Sie bestellten beide die Pasta von der Mittagskarte, Mario verschwand mit den Speisekarten, während Alexandra ihre Serviette auseinanderfaltete und auf den Schoß legte. »Wenn du weiterhin nicht über Tom reden willst, dann wird Jule ihn bei der Buchpremiere komplett ausfragen, das weißt du, oder?«

»Wird sie nicht«, Friederike griff nach einem Stück Brot. »Sie ist im Alter auch diskreter geworden. Aber wenn du es genau wissen willst, Tom und ich fangen gerade erst wieder an. Ich weiß noch nicht, ob es dieses Mal klappt.«

Ihre erste On-Off-Beziehung hatte fast zehn Jahre gedauert und war letztlich daran gescheitert, dass Friederike unverbindlich geblieben war. Sie hatten nie zusammengewohnt, es hatte keinen Alltag und kaum gemeinsame Bekannte gegeben. Tom hatte damals die Bar in dem Bremer Hotel geführt, in dem Friederike Hotelchefin gewesen war. Sie war gegen Beziehungen am Arbeitsplatz, was Tom nicht hatte verstehen können. Ihre Unverbindlichkeit war ihm zu wenig gewesen. Er hatte es sich anders gewünscht. Enger, alltäglicher, gemeinsam. Friederike hatte es damals nicht gekonnt und nach einem quälenden Streit alles beendet. Trotzdem hatte sie ihn im letzten Jahr wieder angerufen, um ihn zu fragen, ob er die Bar im *Grandhotel* übernehmen wolle. Jetzt war er seit einem halben Jahr zurück in ihrem Leben und es wurde immer verbindlicher. Das mussten die anderen aber noch nicht wissen.

Alexandra hielt ihre großen grünen Augen fest auf sie gerichtet. Leise fragte sie: »Hatte die Trennung damals mit Ulli zu tun? Dass du dich nicht festlegen wolltest? Weil du noch nicht darüber weg warst?«

Ruckartig hob Friederike ihr Kinn. »Vielleicht. Ja. Damals. Aber inzwischen hat sich viel verändert. Wir werden sehen. Man macht manche Fehler ja nicht wieder. Hoffentlich.«

»Jedenfalls bin ich gespannt auf Tom. Als wir uns nach Maries Tod wiedergetroffen haben, warst du ja gerade von ihm getrennt. Für Jule und mich ist er also ganz neu.«

Friederike hob die Schultern. »Apropos neu. Was hast du jetzt vor? Neues Buch? Neues Thema? Oder doch Marmeladekochen?«

»Das war jetzt aber ein brutaler Themenwechsel«, Alexandra lächelte. »Okay, alles Weitere dann demnächst. Tja, was habe ich vor? Ich weiß es noch nicht so richtig. Jan hat mich gefragt, ob ich mir vorstellen könnte, Dossiers oder kleine Artikel für das *magazin* zu schreiben. Der Verlag möchte ein zweites Buch, mir fehlt nur im Moment eine zündende Idee. Für Vorschläge bin ich dankbar.«

»Ich hab da einen«, mit einem ironischen Gesichtsausdruck zerkrümelte Friederike ihr Brot. »Schreib doch ein Drama mit dem Titel *Die dreizehnte Fee*. Wird vielleicht kein dickes Buch, aber du würdest mir und Schwester Sandra einen Gefallen tun.«

»Meinst du damit Esther?« Erstaunt sah Alexandra sie an. »Und wer ist Schwester Sandra?«

»Die Stationsleiterin im Heim meiner Mutter«, Friederike stützte ihr Kinn auf die Faust. »Sie hat mich bei meinem letzten Besuch nach der Lebensgeschichte meiner Mutter gefragt, weil das Haus mit der Uni Lübeck so ein Projekt macht. Die Biografien der Bewohner sollen rekonstruiert werden. Unter anderem wollte sie von mir wissen, ob Esther mal auf einer Modeschule war. Oder ob ich die Namen Willi oder Hilde schon mal gehört hätte. Und ob sie häufig auf Sylt war. Ich hatte davon noch nie gehört. Weil ich eigentlich kaum etwas von dem Leben meiner Mutter weiß, sie hat ja nie darüber gesprochen. Zumindest nicht mit mir. Also kann ich Schwester Sandra nur die Dinge erzählen, die passiert sind, als ich noch zuhause gewohnt habe. Und ich bin mit neunzehn ausgezogen.«

»Du weißt nichts von Esthers Kindheit und Jugend?« Erstaunt sah Alexandra sie an. »Von deinen Großeltern? Hat sie dir nie was erzählt? Oder mal Bilder gezeigt?«

»Darf ich dich daran erinnern, dass …« Friederike verstummte, weil Mario mit zwei dampfenden Tellern erschien, die er vor ihnen abstellte. »Buon appetito.«

»Grazie molto, Mario«, antwortete Friederike und streute sich großzügig Parmesan über die Nudeln.

»An was darfst du mich erinnern?«

Friederike schob ihr die Schale mit dem Parmesan zu und antwortete: »Dass du dabei warst, als ich nach fünfzig Jahren Funkstille die Adresse meines Vaters Dieter Brenner in München ausfindig gemacht habe, dass wir ihn besucht haben und er mir beim Kaffeetrinken freundlich eröffnet hat, dass er gar nicht mein Vater ist. Esther hat es mit der Wahrheit in ihrem Leben nicht immer genau genommen.«

»Okay, aber du hast ja zumindest rausbekommen, wer dein Vater war«, Alexandra sah sie an, »und …«

»Ja genau«, unterbrach Friederike sie sofort. »*Ich* habe es rausbekommen, Esther hat es mir bis heute nicht gesagt. Auch nicht, warum sie mich angelogen hat. Und jetzt soll ich erzählen, was im Leben meiner Mutter sonst noch so passiert ist? Das ist doch ein Witz.«

Sie machte eine kleine nachdenkliche Pause, bevor sie zögernd sagte: »Ich habe Jule neulich auch von diesem Projekt erzählt, als ich bei ihr zur Massage war. Sie meinte, ich solle mit dir sprechen. Weil du die ganzen Kisten aus dem Nachlass hast. Jule sagte, es wären eventuell auch private Unterlagen von Laura dabei. Oder vielleicht Lauras Tagebücher.«

Alexandra hob die Schultern. »Es gibt im Nachlass von Marie noch ganze Kartons mit Unterlagen von ihren Eltern. Das meiste sind allerdings Papiere, die die Firma betreffen, ich habe sie mir nicht weiter angesehen, weil sie nichts mit Maries Leben als Fotografin zu tun hatten. Und ich fand, dass mich der Nachlass von Laura und Carl nichts angeht. Aber ich kann natürlich mal sehen, ob etwas über deine Mutter irgendwo auftaucht. Sie war ja fast ihr ganzes Leben mit Laura befreundet.«

Achselzuckend rollte Friederike Nudeln auf ihre Gabel. »Es wäre vielleicht ganz gut für das Projekt«, antwortete sie langsam, »falls da noch irgendetwas auftaucht. Allerdings gehörte Esther nicht zur Familie, sie war nur eine Freundin von Laura. Also wird bei den Familienunterlagen nicht viel zu finden sein. Ich glaube auch nicht, dass Esther ein besonders spannendes Leben hatte, sonst hätte sie bestimmt mehr darüber geredet. Der Vorschlag mit dem Buch war natürlich ein Witz. Über die dreizehnte Fee hat man schon im Märchen nichts erfahren. Vielleicht ist es auch ganz gut so. Vergiss es einfach.«

April 1955

Die Tür, durch die jeden Moment ihre Lehrherrin kommen könnte, im Blick behaltend, lehnte Esther sich zurück und blätterte die nächste Seite um. »Schau mal«, sie hob das Heft hoch und zeigte es Hilde, die mit gesenktem Kopf konzentriert an der Nähmaschine gegenübersaß. »Sieht sie nicht toll aus in diesen Caprihosen? Ich glaube, ich werde mir auch so eine nähen. Ich brauche nur ein gutes Schnittmuster.«

»Wer ist das denn?«

»Die Frau?« Erstaunt sah Esther hoch. »Elisabeth Seeler, du Dummchen«, sie hielt ihr die Illustrierte hin und tippte nachdrücklich auf das Foto. »Und sie sieht in echt noch besser aus, als auf den Fotos.«

Erst jetzt hob Hilde den Blick und folgte Esthers Finger. »Ach. Tatsächlich«, sagte sie langsam. »Aber ich glaube, meine Mutter würde mir nicht erlauben, so herumzulaufen. In solchen Hosen.« Sie lachte ein bisschen. »Aber es sieht wirklich toll aus.« Sie streckte den Arm aus. »Lass mich mal sehen.«

Etwas widerstrebend stand Esther auf und reichte ihr das Heft. »Aber nicht die Finger ablecken, um zu blättern«, sagte sie und ließ sich wieder auf ihren Stuhl sinken. »Das ist die ganz neue *Libelle*, die habe ich heute Morgen erst am Kiosk gekauft.«

»Ja, ja«, Hilde schob ihr Maßband zur Seite und betrachtete das Foto von Elisabeth Seeler. »Woher weißt du, wie sie in echt aussieht? Habt ihr jetzt etwa ein Fernsehgerät?«

»Nein. Ich habe sie Ostern kennengelernt.«

»Was?« Hilde riss die Augen auf. »Wen? Elisabeth Seeler? Wo?«

Esther lächelte. »Bei den Hohnsteins.« Sie versuchte, genügend Beiläufigkeit in die Antwort zu legen. »Sie war dort zum traditionellen Osterfrühstück. In der Villa trifft sich ja immer alles, was Rang und Namen hat.«

Die schiere Bewunderung stand in Hildes Blick, was Esther genoss. »Und ich bin ja mit Laura und Lorenz Hohnstein befreundet, deshalb war ich natürlich auch da und habe sogar mit der Seeler geredet.«

Natürlich verschwieg Esther, dass sie nicht als Gast, sondern als Serviermädchen beim traditionellen Osterfrühstück in der Villa Hohnstein gewesen war. Weil ihre Mutter der Meinung gewesen war, dass Elisabeth und Martha nicht schnell genug mit den Sekttabletts wären. Esther hatte sie das aber selbstverständlich zugetraut, die das natürlich auch souverän gemacht hatte. Auch wenn Karla Hohnstein, Lauras Großmutter, wieder einmal so miesepetrig geguckt hatte. Dabei hatte Laura sich gefreut, dass ihre Freundin auch dabei war, mit oder ohne Tablett. Damit sie jemanden hatte, mit dem sie hinterher schön lästern konnte. Über die schreckliche Veronika von Hippel zum Beispiel, dieses pummelige Mädchen, das so ein schreckliches gelbes Kleid getragen hatte und ständig hinter Laura hergelaufen war. Esther musste lächeln, als ihr die Szene wieder einfiel. Laura und Veronika hatten zusammengestanden, als sie dazugekommen war.

»Ein Glas Sekt, die Damen?«

»Nein, danke«, Veronika hatte Esther bei der Antwort noch nicht einmal angesehen. Stattdessen hatte sie zu Laura gesagt: »Aber wenn ihr in den Osterferien noch ein paar Tage da seid, können wir uns doch mal treffen. Vielleicht können wir zu dritt ins Kino gehen, du, Lorenz und ich.« Als sie Esthers Blick auf sich gespürt hatte, war ihr Kopf herumgeruckt. »Ich habe doch gesagt, ich möchte keinen Sekt. Sie können weitergehen.«

Peinlich berührt hatte Laura sie angesehen, doch Esther hatte es lustig gefunden und gegrinst, als Laura schließlich gesagt hatte: »Ach, Veronika, das ist übrigens Esther, meine beste Freundin, sie hilft nur heute hier aus, sie wird Modeschöpferin.«

»Ach?« Zweifelnd hatte Veronika sie gemustert und dann die sehr dünn gezupften Augenbrauen gehoben. »Ich muss mich mal frischmachen, entschuldigt. Wir sehen uns bestimmt später noch.« Sie war gegangen, während Esther leise »Veronika, der Lenz ist da« gepfiffen hatte. »Was für eine dumme Gans«, war Lauras Kommentar gewesen. »Und ich glaube, sie ist in Lorenz verliebt.«

»Ich glaube aber nicht, dass der sich für aus der Form geratene Osterküken begeistern kann«, hatte Esther noch leiser geantwortet, als plötzlich die alte Frau Hohnstein neben ihnen aufgetaucht war. Immer noch miesepetrig.

»Das Osterbüffet wird gleich eröffnet«, hatte sie streng zu Laura gesagt. »Sag deinem Bruder Bescheid. Und bitte kümmere dich mehr um unsere Gäste, und zwar ausschließlich um unsere Gäste. Die Leute müssen ja nicht denken, dass du dich lieber mit dem Personal unterhältst.«

»Großmutter, Esther gehört nicht zum Personal«, empört sah Laura sie an. »Wir sind …«

»Liebes, ihr seid keine Kinder mehr, jede hat hier ihren Platz. Und deiner ist bei den Gästen. Und wenn du jetzt bitte deinem Bruder Bescheid sagen könntest. Ich gehe schon mal in den Salon.«

Sie hatte Esther überhaupt nicht beachtet. Sie behandelt, als wäre sie Luft.

»Was hat die Seeler denn jetzt gesagt?«, Hilde war ganz aufgeregt. »Sag doch mal!«

Die laute Stimme holte Esther wieder zurück. »Was die Seeler gesagt hat?«

Nein, danke, ich möchte keinen Sekt. Das war zumindest das gewesen, was sie zu Esther gesagt hatte. Aber damit konnte sie Hilde nun weiß Gott nicht beeindrucken. Also hob sie das Kinn und antwortete: »Ach, du, man redet auf diesen Veranstaltungen ja nicht richtig viel miteinander. So ein bisschen dies und das, aber sie sah wirklich unglaublich gut aus. Allein ihr Kleid ...« Esther beugte sich hinunter und zog eine Zeichnung aus ihrer Tasche. »Ich habe eine Skizze gemacht, ich werde mir noch Schnittmuster anfertigen.«

Hilde sah bewundernd auf die Skizze, die Esther auseinandergefaltet hatte. »Schön. Wirklich schön. Da musst du nur noch den richtigen Stoff finden.«

»Den finde ich schon.« Sie legte die Skizze sorgfältig zusammen und schob sie zurück in ihre Tasche. »Ich denke, ich nehme roten Stoff. Vielleicht schwere Baumwolle. Ich muss mal überlegen.«

Hilde stützte ihr Kinn auf die Faust. »Du kannst das alles so gut. Du nähst dir jetzt schon so schöne Kleider und machst alles, was Frau Bellmann sagt, auf Anhieb richtig. Und ich quäle mich schon den halben Vormittag mit diesem blöden Kragen ab. Ich wünschte, ich hätte dein Talent.«

»Lass mal sehen«, Esther stand plötzlich auf und umrundete Hildes Tisch. »Du hast die Naht hier falsch angesetzt. Das kann so nichts werden. Pass auf, ich zeige es dir.«

Dankbar überließ ihr Hilde den Stuhl und sah Esther über die Schulter zu, wie diese mit routinierten Griffen und sehr sicher den runden Kragen an die schwarz-weiß gepunktete Bluse nähte. Resigniert seufzte sie. »Ich glaube, aus mir wird nie eine gute Schneiderin. Ich kann das einfach nicht. Ständig sind meine Hände klebrig, die Stoffe rutschen unter der Nähmaschine herum, die Nähte sind schief, nichts sieht so aus, wie es aussehen soll. Wie machst du das bloß?«

Esther nähte den Kragen an, prüfte noch einmal die Naht, schnitt den Faden ab und zog die Bluse vorsichtig unter der Maschine heraus. »Hier bitte. Das ist doch gar nicht so schwer. Du darfst nur nicht ungeduldig werden. Jetzt kannst du die Bluse plätten, dann ist sie fertig.«

»Danke«, Hilde lächelte zaghaft.

»Was ist das hier? Ein Kaffeekränzchen?« Die Tür flog auf und Frau Bellmann stand plötzlich im Raum. »Esther, warum sitzt du an Hildes Nähmaschine? Und was ist mit dem Kostüm für Frau Geller?«

»Es hängt auf der Puppe«, Esther deutete auf die kopflose Schaufensterpuppe in der Ecke. »Es ist fertig.«

Mit wenigen Schritten durchquerte Frau Bellmann den Raum und beugte sich zu dem zartgelben Plisseerock, um den Saum zu begutachten. Ihr Gesichtsausdruck entspannte sich, während sie die Falten durch Daumen und Zeigefinger gleiten ließ. Sie griff an den runden Kragen der Jacke, prüfte die Abnäher an der Brust, nickte schließlich zufrieden und sah Esther an. »Gut gemacht. Dann weiter an die Arbeit, ihr werdet hier nicht fürs Schwatzen bezahlt.«

So schnell, wie sie aufgetaucht war, verschwand sie wieder. Hilde stieß erleichtert die angehaltene Luft aus. »Puh«, sie schüttelte sich. »Ich dachte schon, sie hält mir wieder eine Standpauke. Ich kann ihr irgendwie nichts recht machen.«

Esther überließ ihr wieder den Stuhl und ging zurück an ihren Platz. »Du musst Frau Bellmann nicht so ernst nehmen. Sie meint es gar nicht so böse, wie es sich immer anhört.«

»Das sagst du so leicht«, Hilde sah sie an wie eine ängstliche Maus. »Du machst ja auch nicht so viele Fehler wie ich. Sobald bei mir ein Knopf nicht richtig sitzt, sieht Frau Bellmann das und schimpft los. Und irgendwas findet sie immer bei mir, es ist furchtbar. Ich habe einfach keine Begabung fürs Schneidern.«

Neugierig sah Esther sie an. »Warum willst du eigentlich Schneiderin werden, wenn du eigentlich gar keine Lust dazu hast?«

»Das kommt mir später zugute«, war Hildes prompte Antwort. »Ich kann dann alles selbst nähen, Kinderkleidung, Gardinen, meine Kleider. Ich brauche nichts zu kaufen, wenn ich mal verheiratet bin. Was hätte ich sonst lernen können? Kinderkrankenschwester, aber ich kann kein Blut sehen. Oder Köchin, aber dafür habe ich noch weniger Begabung als fürs Schneidern.«

»Das geht gar nicht«, Esther lachte. »Wenn du noch schlechter kochst, als du nähst, wird dein Mann die Flitterwochen nicht überleben.« Sie zog einen Stoffstapel aus dem Regal über ihrem Platz und warf einen kurzen Blick darauf. »Hier«, sagte sie und legte ihn auf Hildes Tisch. »Das sind drei Hosen für Dr. Böcker, ich habe sie schon zugeschnitten und zusammengesteckt. Lauter einfache Nähte.«

»Das ist doch der Doktor aus der Heidestraße, oder? Der so lange in Gefangenschaft war.«

»Ja, und?« Esther hob die Brauen. »Was hat das mit den Nähten zu tun?«

»Nichts«, beeilte sich Hilde zu sagen, »aber meine Tante hat mir neulich erzählt, dass seine Frau nach dem Krieg ein Techtelmechtel mit einem Nachbarn hatte und wohl ganz erschrocken war, als ihr Mann plötzlich wiederkam.«

»Mhm«, Esther hatte schon Stecknadeln im Mund und heftete einen Schnittbogen auf ein Stück Stoff.

»Kannst du dich eigentlich an deinen Vater erinnern?«

»Hm?« Esther nahm die letzte Nadel aus dem Mund und steckte sie fest, bevor sie den Blick hob. »Was ist mit meinem Vater?«

Hilde stützte ihr Kinn auf die Faust und sah sie mit großen Augen an. »Ob du dich an ihn erinnern kannst, habe ich gefragt. Ich weiß gar nicht mehr, wie meiner aussah. Jetzt ist er schon elf Jahre tot. Und deiner?«

»Keine Ahnung«, Esther hob die Schultern. »Seit '43 vermisst. Ich war vier, als er das letzte Mal zuhause war. Ich weiß nur noch, dass er sehr groß war und dunkle Locken hatte. Aber so richtig, nein. Aber ehrlich, Hilde, ich brauche auch keinen Vater. Meine Mutter und ich kommen wunderbar alleine zurecht und außerdem haben wir noch Willi und Herrn Lemke und Herrn Hohnstein. Wobei ...«, sie ließ die Hände sinken und lächelte, »so einen Vater hätte ich schon gern. So einen wie Herrn Hohnstein.«

»Ja, der Herr Hohnstein«, Hildes Blick wurde schwärmerisch. »Ich habe ihn neulich gesehen, da kam er gerade mit Lorenz aus der Sparkasse. Er ist ja wirklich sehr groß und Lorenz ist so, so ...«

»Wie?«

»Er sieht aus wie ... wie ein amerikanischer Filmstar.« Hilde hatte plötzlich ganz rote Wangen. »Finde ich.« Sie lächelte verlegen. »Wie ... wie ist er eigentlich so?«

Verständnislos starrte Esther sie an. »Lorenz? Ja, nett. Und ganz lustig. Aber, Hildchen, der ist doch nichts für dich.« Sie grinste plötzlich. »Ganz bestimmt nicht. Und jetzt fang mit der Hose an, sonst kommt Frau Bellmann gleich wieder rein und schreit dich zusammen.«

»Ich bin wieder da«, rief Esther in den Flur, bevor sie sich die Mütze vom Kopf riss und ihre Locken durchwuschelte. »Mutti?«

»Zieh die Schuhe aus, ich habe gerade gewischt.« Rosemarie stand in der Küchentür. »Du bist spät.«

»Ja«, Esther hängte den Mantel an den Haken, bevor sie die

Tasche nahm und damit an ihrer Mutter vorbei in die Küche ging. »Ich musste Hilde noch helfen. Sie ist ja furchtbar nett, kann aber wirklich gar nichts.«

»Wir können gleich essen, die Bohnensuppe muss nur aufgewärmt werden.«

»Schön. Ich wasche mir schnell die Hände.«

Während sie darauf wartete, dass die Suppe heiß wurde, sah Esther sich in der Küche um, die mindestens dreimal in die moderne Hohnstein'sche Küche gepasst hätte, in der es einen elektrischen Herd, eine helle Arbeitsplatte und einen riesigen Tisch aus Resopal gab, nicht so wie hier, wo der alte Holztisch mit den drei Stühlen neben der dunklen alten Vitrine stand. Auch wenn Rosemarie immer bunte Tischdecken auflegte und auf der Fensterbank Topfblumen standen, wirkte ihre Küche wie ein dunkles Loch. Und irgendwie ein bisschen armselig. Mit einem Anflug von Neid dachte Esther an Lauras Zimmer, das einen eigenen Balkon hatte, von dem aus sie in den weitläufigen Garten sehen konnte, der wie ein englischer Park angelegt war. Sie selbst schlief in einer kleinen Abseite ohne Fenster auf einem schmalen Bett und musste sich mit ihrer Mutter den Kleiderschrank im Schlafzimmer teilen. Das Wohnzimmer war auch dunkel und meistens kalt, weil der Ofen während des Tages ausging. Und es dauerte abends mindestens zwei Stunden, bis die Stube wieder warm wurde.

»Guten Appetit«, Rosemarie füllte Suppe auf und schob ihr einen Teller mit dünn gebuttertem Graubrot hin. »Hattest du einen schönen Tag?«

»Ja«, Esther pustete auf den Löffel, bevor sie sich ihn in den Mund schob. »Frau Bellmann hat mich gelobt und Hilde ist, glaube ich, ein bisschen in Lorenz verknallt.«

»Woher kennt sie ihn denn?«

»Sie hat ihn nur gesehen«, Esther grinste. »Als er mit Herrn

Hohnstein aus der Sparkasse gekommen ist. Aber für Hilde hat es gereicht.«

»Er ist ja auch ein hübscher Junge«, antwortete Rosemarie lächelnd. »Hat ein bisschen zu viel Unsinn im Kopf, aber vielleicht vergeht das auch, wenn er jetzt so viel in der Schweiz studiert. Ich habe ja immer gedacht, dass Laura auch da studieren will. Aber jetzt kommt sie doch im Sommer zurück.«

»Sie hatte die ganze Zeit Heimweh«, erklärte Esther ihr. »Und jetzt beendet sie im Juni die höhere Töchterschule und will bei ihrem Vater in der Firma arbeiten. Ich hätte da ja keine Lust zu. Die verkaufen doch nur Medizin und diese furchtbaren Prothesen. Das ist doch langweilig.«

Tadelnd sah ihre Mutter sie an. »Willi ist heilfroh, dass es diese Prothesen gibt. Das ist ein Segen, dass die Hohnsteins so etwas herstellen. Viele Soldaten haben im Krieg Arme oder Beine verloren und sind dankbar, dass es die Firma Hohnstein gibt. Also pass ein bisschen auf, wie du redest.«

»Ja, Mutti«, unbeeindruckt wischte Esther den Rest der Suppe mit dem Brot aus. »Ich freue mich jedenfalls wie Bolle, dass Laura zurückkommt. Sie ist ja die Tochter vom Chef, vielleicht muss sie dann gar nicht so viel arbeiten und wir können uns wieder oft sehen.«

Rosemarie beendete schweigend ihr Essen, stellte die Teller zusammen, stand auf und trug das benutzte Geschirr zum Spülbecken. Während sie Wasser ins Becken laufen ließ, sagte sie plötzlich: »Ihr seid beide keine Kinder mehr, ihr habt jetzt euer eigenes Leben. Nicht dass du enttäuscht bist, denn so viel Zeit wie früher werdet ihr nicht mehr zusammen haben.«

»Da fällt uns schon was ein«, Esther nahm den leeren Topf und den Brotteller vom Tisch, stellte alles auf der Spüle ab und griff nach einem Geschirrtuch. »Wir können mal ins Kino gehen oder ins *Café Schlüter*. Oder nach Hamburg fahren, ich möchte doch so furchtbar gern mal zu Hagenbeck in den Zoo.

Ich habe neulich Fotos in Willis Zeitung gesehen. Das würde Laura auch gefallen.«

Ihre Mutter warf ihr nur einen stummen Blick zu und ließ die Teller ins Becken gleiten. Esther seufzte. »Und wenn ich in so einer Villa wohnen würde, hätte ich auch Heimweh gehabt.«

»Träum nicht«, Rosemarie hielt ihr einen tropfenden Teller hin. »Und mach dir keine falschen Vorstellungen. Laura kommt nicht zurück, um sich mit dir ein lustiges Leben zu machen. Für sie sind ganz andere Dinge vorgesehen. Und im Übrigen könnten wir uns so ein lustiges Leben auch gar nicht leisten, oder glaubst du, dass der Zoo oder das Kino kein Geld kosten? Also hör auf mit diesen Traumtänzen, so ist das Leben nicht. Wenigstens nicht für Leute wie uns. Und jetzt trockne endlich den Teller ab, ich möchte auch mal fertig werden.«

4.

Suchend blieb Pia am Eingang der noch leeren Bar stehen, bis sie Tom telefonierend am Tresen entdeckte. Sie ging sofort auf ihn zu, blieb jedoch wieder stehen, um ihn nicht bei seinem Gespräch zu stören. Er hatte sie aber schon entdeckt. »Das können wir so machen«, sagte er laut und winkte sie zu sich. »Ich habe es mir notiert, wenn noch etwas unklar sein sollte, dann melden Sie sich, okay? Also dann, einen schönen Tag und bis demnächst.«

Er schob das Handy in seine Jackentasche und sah Pia an, die jetzt direkt vor ihm stand. »Hallo, was kann ich für dich tun?«

»Hey«, sie lächelte ihn an. »Ich wollte dir die Liste mit den Reservierungen für nächste Woche bringen.« Sie legte den Umschlag auf den Tresen und schwang sich auf einen Barhocker. »Und außerdem habe ich jetzt endlich Feierabend und zwei Tage frei, deshalb könntest du mir doch einen schicken alkoholfreien Cocktail mixen.«

»Das klingt doch gut. Was macht deine Lütte?«

»Marie ist bei meiner Mutter in Weißenburg. Ich fahre auch gleich hin, nutze den freien Tag, um morgen im Haus am See Hanna oder Alex das Kind in die Hand zu drücken, einmal in die Sauna zu gehen, anschließend in den See zu springen, bevor wir abends alle ins *Café Beermann* zu Alexandras Buchpremiere gehen. Du kommst doch auch, oder?«

»Ja«, Tom nickte und sah an ihr vorbei. Einer der Geschäftsmänner, die an einem der runden Tische saßen, hatte ihm ein

Zeichen gegeben. »Ich bin gleich wieder für dich da«, sagte er und ging an ihr vorbei. »Ich glaube, die Herren wollen zahlen.«

Während Tom an der Kasse stand und die Rechnung ausdruckte, sah Pia sich in der Bar um. Sie war groß, zur Hälfte verglast und mit einem atemberaubenden Blick auf die Alster. An der hohen Decke hingen überdimensionale Kronleuchter, die Ledermöbel waren schlicht und bequem, auf den kleinen Tischen standen graue Gläser, in denen weiße Kerzen flackerten.

Als Tom die Geschäftsführung der Bar übernommen hatte, hatte das die übrige Belegschaft in Aufruhr versetzt. Kein Wunder, immerhin war Tom Henries einer der bekanntesten Barkeeper der Szene, seine Bar in Bremen war legendär, sein Ruf auch. Er hatte so ziemlich alle Preise abgeräumt, die man kriegen konnte. Außerdem, fand Pia, sah er irgendwie aus wie Hugh Grant. Die männlichen Kollegen waren begeistert von seinen Mixkünsten, die Kolleginnen von ihm. Allerdings hatte sich die weibliche Begeisterung nur so lange gehalten, bis durchgesickert war, dass er nicht nur eine geschäftliche Beziehung zur Chefin hatte. Wobei weder Friederike noch Tom es offiziell bestätigten. Sie hielten ihr Privatleben privat. Und ignorierten die Gerüchte.

»Lässt du mich was mixen? Oder willst du was Bestimmtes?« Tom war inzwischen zurück und stützte sich mit den Händen auf den Tresen.

»Mach was Schönes. Nicht so sauer.« Pia beobachtete ihn und konnte Friederike verstehen. Tom war wirklich toll, deshalb konnte sie auch nicht nachvollziehen, dass Friederike die Beziehung so unter Verschluss hielt. Sie wusste nicht genau, wie lange das schon ging, aber Friederike hatte ihn weder Jule noch Alexandra noch Hanna vorgestellt, dabei war das doch ihr engster Kreis. Dass Tom zurück in ihrem Leben war, das hatte sie ihren Freundinnen erzählt, in sehr knappen Sätzen allerdings. Woraufhin Jule an ihrem freien Tag sofort nach Hamburg gekommen war, um Pia im Hotel abzuholen und sie in die Bar zu schleppen.

»Ich will ihn wenigstens mal sehen«, hatte ihre Mutter gesagt. »Und wir fliegen auch nicht auf, weil Fiedi heute frei hat und ihre Mutter im Heim besucht. Komm Pia, eine Weinschorle und du stellst uns mal vor. Sonst kann ich nicht schlafen und Alex und Hanna wollen auch wissen, wie er so ist.«

»Ihr seid doch keine fünfzehn mehr«, hatte Pia protestiert, aber Jule war das egal.

»Du gehst mit mir in die Bar. Das ist ein mütterlicher Befehl und kein Vorschlag.«

Jule hatte ihn sofort gemocht.

»Bitte schön«, Tom stellte das bauchige Glas mit einer orangefarbenen Flüssigkeit, Eiswürfeln, Strohhalm und gezuckertem Rand vor ihr ab und wandte sich an den jungen Mann, der gerade ankam. »Hallo Patrick, Tisch drei muss noch abgeräumt werden und die Gäste an der sieben sind gerade gekommen.«

»N'Abend, Chef, hallo Pia.« Patrick griff nach einem Tablett und machte sich schon auf den Weg. »Geht sofort los.«

»Viel Spaß«, rief Pia ihm noch nach, er hob die Hand.

Tom ließ den Blick durch die Bar wandern, bevor er sich wieder Pia widmete. »Du siehst aber auch ein bisschen müde aus.«

»Bin ich auch«, sie lächelte angestrengt. »Und echt froh, dass ich jetzt zwei Tage frei habe und ausschlafen kann. In Weißenburg und am See sind genug andere, die sich um Marie kümmern. Das ist herrlich.«

Er nickte. »Du hast ganz schön was um die Ohren. Alleinerziehende Mutter, volle Stelle als Assistentin der Geschäftsführung, es ist kein Wunder, dass du bei dem Pensum müde bist. Aber du machst das toll, Respekt.«

»So schlimm ist das alles gar nicht«, Pia rührte mit dem Strohhalm durch die Eiswürfel. »So ganz alleinerziehend bin ich ja gar nicht, wenn man berücksichtigt, wer sich da alles um Marie kümmert und kümmern will. Und sich leider Gottes auch manchmal ein bisschen zu viel einmischt.« Sie guckte ihn in gespielter Verzweiflung an. »Meine Tochter hat Friederike, Alex und Hanna, dann noch meine Mutter, meine Großeltern, meine Tante Coco und nicht zu vergessen: meinen Vater und die one and only Steffi. Als meine Stiefmutter hat sie ja versagt, aber als Stiefoma läuft sie zu Hochform auf. Die macht mich manchmal wahnsinnig.« Sie hob den Kopf und sah Tom an. »Oh Gott, du lernst die ja alle morgen erst kennen, oder?«

»Ja«, seufzte er und fuhr sich nervös durch die Haare. »Und soll ich dir was sagen? Ich kann mir noch nicht mal die Namen merken, geschweige denn, wer wer ist.«

»Wieso? Erzählt Friederike dir nichts?«

»Doch, schon«, Tom griff nach einem Glas und einer Wasserflasche. »Aber sie redet wenig über Vergangenes und ist auch nicht besonders ausführlich, was die Personenbeschreibungen angeht. Du kennst sie ja.«

Pia grinste. »Aber anders als du.« Die Eiswürfel klirrten im Glas, als sie trank. Nach einer kleinen Pause fragte sie: »Soll ich dir eine kurze Einführung geben? Auch auf die Gefahr hin, dass die subjektiv wird?«

Tom trat einen Schritt näher. »Ja«, sagte er erleichtert. »Mach das mal. Damit ich vorbereitet bin. Es sind so viele.«

»So schwierig ist es auch nicht«, entgegnete Pia und dachte kurz nach, bevor sie anfing. »Also, die Hauptperson des Abends ist Alexandra. Sie hat die letzten Jahre in München gelebt, war Verlegerin, ist gefeuert worden, wieder zurück in den Norden gekommen, wohnt jetzt im Haus am See, das deshalb umgebaut wurde und das ja sowieso ihr, meiner Mutter und Friederike gehört. Weil sie es geerbt haben, aber das weißt du ja vermutlich.«

Tom nickte. »Von ihrer verstorbenen Freundin Marie, ja, die Geschichte kenne ich.«

»Genau«, fuhr Pia fort. »Jedenfalls ist Alex die Schönste von allen, hat jetzt das Buch über ihre Freundin Marie geschrieben, das im Hamburger *Verlag an der Alster* erschienen ist, bei dem sie ganz früher auch mal gearbeitet hat. Ihr Freund heißt Jan Magnus, ist Chefredakteur beim *magazin* und leitet gerade das Hauptstadtbüro. Für ein Jahr, deshalb haben sie momentan eine Fernbeziehung. Jan ist super. Alexandra auch.«

Sie lächelte Tom an. »Meine Mutter Jule hast du ja neulich mal kurz kennengelernt, sie wohnt seit zwei Jahren mit Torge zusammen, den wirst du auch mögen. Sehr cooler Typ, regt sich nie auf, ist immer gut gelaunt. Über Friederike muss ich dir nichts erzählen und die drei sind ja schon der harte Kern. Also Jule, Alex und Friederike. Die kennen sich wirklich ihr Leben lang, hatten dann diese zehn Jahre Kontaktpause, weil sie sich zerstritten hatten, da lebte Marie noch, und haben sich dann erst nach deren Tod und durch das Erbe wiedergetroffen und versöhnt. Aber das weißt du bestimmt auch, oder?«

»Ich habe nicht verstanden, warum sie sich so zerstritten hatten«, räumte Tom ein. »Es ging um einen Mann?«

»In diesem Fall auch noch um meinen Vater«, antwortete Pia achselzuckend. »So ganz genau habe ich es auch nicht kapiert, aber meine Mutter dachte wohl, er hätte eine Affäre mit Alex gehabt und hielt das auch für den Grund ihrer Scheidung, aber das stimmte gar nicht. Und dann hat eine was gesagt, die andere es falsch verstanden, jede Menge Missverständnisse und anschließend falscher Stolz. Alles in allem völlig beknackt.

Irgendwann ist Marie gestorben und es gab nur noch drei, die sich versöhnen konnten. Das haben sie zum Glück auch gemacht.«

»Und dein Vater hatte also keine Affäre mit Alexandra?« In Toms Stimme lag ein Zögern. Pia lachte. »Also hast du doch was gehört. Doch, er hatte eine Affäre mit ihr, aber die hat erst nach der Scheidung angefangen. Ging aber ewig. Von daher ist ein Zusammentreffen zwischen meinem Vater und Alex immer ein bisschen spröde. Zumal meine Stiefmutter Steffi – und sie war während der Affäre schon mit ihm verheiratet – wohl etwas ahnt und deshalb immer mit schmalen Augen beobachtet, wie ihr Philipp Alexandra anguckt. Hat einen großen Unterhaltungswert.«

»Das ist ja wie im Film.«

»Stimmt«, Pia lächelte. »Geht auch noch weiter. Du lernst morgen auch noch Hanna kennen. Sie war die Frau von Marie, ist auch die Verwalterin ihres Nachlasses und hat meine Mutter, Alex und Friederike wieder zusammengebracht. Sie war Pianistin, sehr berühmt, gibt aber keine Konzerte mehr. Sie wohnt auch im Haus am See, ist aber oft in Dänemark, wo die Familie ihres verstorbenen Bruders lebt. Hanna ist die Grande Dame, sehr beeindruckend, sehr kultiviert, ich habe immer ein bisschen Respekt vor ihr. Ja, das sind so die Wichtigen. Und Micha Beermann, dem das Café gehört, in dem die Galerie ist, der sich immer um alles im Haus gekümmert hat, einschließlich der Bewohner, und der ein echter Schatz ist. Habe ich noch jemanden vergessen? Ich glaube, das sind die, bei denen du einen guten Eindruck hinterlassen musst.«

»Jetzt bau hier keinen Druck auf.« Tom stupste sie an und grinste. »Aber danke für deine Zusammenfassung. Obwohl das immer noch ein paar Namen zu viel sind. Wenn ich morgen ins Schwimmen gerate und Friederike nicht in der Nähe ist, komme ich zu dir und lass mir helfen.«

»Mach das«, Pia massierte mit geschlossenen Augen kurz ihren Nacken, dann trank sie den Cocktail aus und ließ sich vom Barhocker gleiten. »Ich würde ja gern noch ein bisschen bei dir sitzen, aber ich muss langsam los. Sonst komme ich erst bei meiner Mutter an, wenn Marie schon schläft. Und ich muss sie noch einmal knuddeln nach diesem Tag. Also, dann bis morgen. Und du brauchst nicht nervös zu sein, das wird schön.«

»Bestimmt«, Tom verschränkte die Arme vor der Brust und sah sie an. »Fahr vorsichtig. Bis morgen.«

Er sah ihr nach, bis sie die Bar verlassen hatte, und widmete sich dann den Reservierungslisten, nur um wenig später von einer sanften Berührung am Rücken unterbrochen zu werden. »Hey.«

»Hey«, er drehte sich sofort um. Friederike stand dicht vor ihm, die braunen Augen auf ihn gerichtet, ein leichtes Lächeln auf den Lippen. Er beugte sich vor, um sie flüchtig auf den Mund zu küssen, obwohl er wusste, dass sie das im Hotel nicht wollte. Aber ihm war jetzt danach. »Ich dachte, du wärst schon los.«

»Das dachte ich auch.« Sie hatte nicht protestiert, stattdessen strich sie sich eine Haarsträhne hinters Ohr, die sich aus ihrer Hochsteckfrisur gelöst hatte, und lehnte sich an den Tresen. »Aber die Sitzung hat so lange gedauert, Peter war von Norderney aus zugeschaltet und du kennst ihn ja, er kommt nie zum Punkt und schon gar nicht zum Ende. Aber ich soll dich grüßen.«

»Danke«, Tom grinste. Peter Engel war ein langjähriger Freund und der Spross einer Hoteliersfamilie, der mehrere Häuser gehörten. Das *Grandhotel* war das Flaggschiff, er mischte sich aber so gut wie nie in Friederikes Geschäftsführung ein. Höchstens mal in ihr Privatleben.

»Und was wollte er wissen? War er sehr indiskret?«

»Erst als die anderen aus der Leitung waren«, Friederike

strich mit der Hand über die Lehne des Barhockers, auf dem Pia gerade gesessen hatte. »Aber dann hat er sofort gefragt, wie es dir geht, wie es mit uns so läuft und ob wir nicht mal ein Wochenende zu ihm ins *Meerhotel* kommen wollen. Wir müssten doch auch mal hier raus.«

»Aha«, Tom nickte. »Sagt Peter. Und was hast du geantwortet?«

»Dass ich in den nächsten Wochen keine Zeit habe.« Sie verschränkte die Arme vor der Brust. »Und dass ihn das mit uns nichts angeht.«

»Schon klar«, Tom nickte wieder. »Möchtest du noch was trinken, bevor du fährst?«

»Nein, danke«, Friederike legte kurz die Hand auf seine Brust. »Ich will los. Ich muss noch Alex anrufen. Und meine Tasche packen. Du weißt noch, dass wir morgen Mittag direkt von hier aus zum See fahren?«

»Selbstverständlich. Ich denke an nichts anderes.«

»Gut«, Friederike schulterte ihre Handtasche, sah sich kurz um und küsste ihn. »Dann bis morgen.« Sie wandte sich langsam zum Gehen, verharrte plötzlich und drehte sich noch mal um. »Du musst dir übrigens wegen morgen keine Gedanken machen, sie werden dich alle lieben.«

»Du, ich bin ganz cool, ich mache mir gar keine Gedanken.« Tom hob die Schultern. »Wie kommst du darauf?«

»Weil ich dich kenne.« Sie warf ihm eine Kusshand zu. »Du machst dir Gedanken. Aber es wird alles gut. Also, wir telefonieren nachher noch. Tschüss.«

Nachdenklich blieb er noch einen Moment stehen. Er kannte sie jetzt schon seit Jahren, diese kluge, spröde, wunderbare Frau. Die ihm oft immer noch ein Rätsel war. Vielleicht half es, dass er morgen ihre alten Freunde kennenlernen würde. Und damit einen Teil ihrer Vergangenheit. Es wurde allmählich Zeit.

5.

Das leise Pochen in der Schläfe kündigte den Kopfschmerz an. Friederike schloss kurz die Augen und massierte die Stelle mit ihrem Zeigefinger. Vielleicht war es das Licht der Leinwand, auf der, begleitend zum Vortrag, Fotos gezeigt wurden, vielleicht war es auch die Vergangenheit, mit der sie sich hier auseinandersetzen musste. Was auch immer, es fuhr ihr in den Kopf.

»Alles gut?«, flüsterte ihr Tom zu. Sie nickte stumm, ohne ihn anzusehen, und versuchte, sich weiterhin auf die Bühne zu konzentrieren.

Alexandra im schwarzen engen Kleid, die Haare offen, perfekt geschminkt, deutete gerade auf die Leinwand, von der die junge Patricia Montpellier lasziv ins Publikum lächelte.

»Die Fotoserie, die Marie van Barig 2001 bei den Filmfestspielen in Cannes von der weltberühmten Schauspielerin Patricia Montpellier machte, bedeutete ihren endgültigen Durchbruch als sogenannte Promifotografin«, Alexandra blickte auf die Leinwand, dann sah sie lächelnd ins Publikum und fuhr fort. »Es war nie das, was Marie van Barig angestrebt hatte, aber das Fotoshooting mit der exzentrischen Patricia Montpellier, die als extrem schwierig galt und deren Abneigung gegen Fotografen legendär war, öffnete ihr damals die Türen zum internationalen Filmgeschäft. Nicht nur, dass die Montpellier den Preis für die beste Hauptdarstellerin gewann, eines der Fotos dieses Shootings wurde auch noch zum Pressefoto des Jahres gewählt. Nämlich dieses hier.« Sie hob die Hand mit der Fernbedienung, auf der Leinwand wechselte das Motiv und zeigte die Montpellier nach der Preisverleihung. Ganz allein lehnte sie an einer Wand, in einer Hand ihre High Heels, in der anderen die Trophäe, die Augen geschlossen, die Haltung entspannt, das Lächeln entrückt. »Diesen privaten, einsamen Moment einzufangen, das war das Talent von Marie van Barig. Sie sah immer die Menschen, nie das, was sie darzustellen versuchten. Der Betrachter sollte hinter die Bilder sehen, das hat sie ihm ermöglicht. Und das war auch schon mein Schlusswort.«

Friederikes Aufmerksamkeit fiel auf eine junge Frau, die in der Reihe vor ihr saß. Sie hatte die ganze Zeit mitgeschrieben, vermutlich war sie Journalistin, jetzt hob sie den Kopf und die Hand. Alexandra nickte ihr zu. »Sie haben eine Frage?«

»Ja, Sie waren ja auch eine enge Freundin von Marie van Barig. Erfährt man denn auch private Dinge von der Künstlerin? Von der Familie van Barig zum Beispiel?«

Alexandra lächelte. »Auf den frühen Fotos sind zwar Motive, die bei privaten Gelegenheiten entstanden sind, aber es sind nur Gegenstände zu sehen, Füße im Wasser zum Beispiel. Marie hat privat so gut wie nie Gesichter fotografiert, höchstens mal bei Schnappschüssen. Und die sind in diesem Buch selbstverständlich nicht vertreten, die sind wirklich privat. Überhaupt hat Marie van Barig sehr viel Wert auf ihre Privatsphäre gelegt. Und deshalb geht es heute auch um ihre Kunst und um ihre Begegnungen innerhalb ihres Berufs. Aber das sind sehr viele.«

»Das mag sein«, die junge Frau schien nicht zufrieden mit der Antwort. »Haben Sie sich in Ihrem Text auch mit der Marie-van-Barig-Stiftung befasst? Und ihrer Entstehung?«

Etwas irritiert ob des scharfen Tonfalls sah Alexandra sie an. »Natürlich wird die Stiftung erwähnt, auch wenn die

Wohltätigkeit Marie van Barigs nur am Rande erwähnt wird. Wie gesagt, es geht in meinem Buch um ihre Fotokunst.«

»Und die Geschichte der Stiftung? Die ist ja äußerst interessant.«

Friederike beugte sich vor, um die Frau besser sehen zu können. Sie fragte sich, wohin das führen sollte. Was interessierte sie so an der Stiftung?

Alexandra nickte. »Das ist sie tatsächlich. Und heute wichtiger denn je. Aber das ist, wie gesagt, nicht das Thema des Buches.«

Die junge Frau blickte stirnrunzelnd auf ihre Notizen und sah aus, als hätte sie noch mehr Fragen. Bevor sie die nächste stellen konnte, erhob sich der Mann, der neben Alexandra gesessen hatte. Er war groß, hatte graue Schläfen und eine tiefe Stimme. Wolf Mohn war Alexandras Verleger, jetzt nahm er ihr das Mikro aus der Hand und sagte: »An dieser Stelle möchte ich Ihnen für Ihre Aufmerksamkeit danken. Und der wunderbaren Alexandra Weise für diesen äußerst interessanten Einblick in ihr hervorragendes Buch über die Ausnahmefotografin Marie van Barig. Ich wünsche diesem Werk einen großen Erfolg, von dem ich übrigens ausgehe, weil es ein Muss für alle Fans der Fotokunst ist. Und natürlich auch für die Leser, deren Herz für die Schönen und Berühmten dieser Welt schlägt. Um es flapsig auszudrücken: Marie van Barig hatte sie alle. Es gibt im Anschluss noch die Möglichkeit, dieses Buch zu kaufen und von der Autorin signieren zu lassen. Liebe Alexandra, ich bedanke mich bei dir. Für diesen wunderbaren Vortrag und natürlich auch dafür, dass du dieses Buch mir und dem *Verlag an der Alster* anvertraut hast.« Er beugte sich zur Seite, wo ein junger Mann mit einem Blumenstrauß stand, den er ihm abnahm und Alexandra überreichte. Er küsste sie auf beide Wangen, bevor er ihr das Mikrofon zurückgab und einen Schritt zurück trat. Alexandra drückte kurz seine Hand, dann sagte sie ans Publikum gewandt: »Auch ich bedanke mich bei Ihnen für Ihr Interesse, außerdem noch mal besonders bei Micha Beermann, unserem Gastgeber am heutigen Abend, bei Jan Magnus, dessen Idee das Buch war, bei Hanna Herwig, ohne die es niemals entstanden wäre, und bei Jule Petersen und Friederike Brenner, ihr wisst schon wofür. Und nun wünsche ich uns noch einen schönen Abend.«

Unter dem Applaus des Publikums ging sie neben Wolf Mohn von der Bühne. Erst als sie unten war, hörte Friederike auf zu klatschen. Und suchte in ihrer Tasche nach einer Kopfschmerztablette.

Von einem Stehtisch aus, mit Sektgläsern vor sich, beobachteten Friederike und Tom kurz darauf die lange Schlange, die sich vor dem Signiertisch gebildet hatte. Alexandra beantwortete Fragen und signierte gut gelaunt die Bücher, die man ihr reichte, sie wirkte gelöst und sehr zufrieden.

»Es sieht nach einem sehr erfolgreichen Abend aus«, sagte plötzlich eine Stimme hinter ihnen. »Hallo Friederike, schön dich zu sehen.«

»Jan«, Friederike drehte sich um und ließ sich von ihm zur Begrüßung auf die Wangen küssen. »Hallo, ich freue mich auch. Alex war toll, oder? Ich bin jedenfalls sehr beeindruckt. Ach, Tom, das ist Jan, Jan Magnus, er war damals derjenige, der die Idee für Alex' Buch hatte. Jan, das ist Tom Henries.«

»Angenehm«, Jan streckte die Hand aus und lächelte. »Freut mich. Ich habe schon viel von Ihnen gehört.«

Tom warf einen flüchtigen Blick auf Friederike. »Ach ja?«

»Nichts Privates«, Jan lächelte. »Eine Kollegin hat vor zwei oder drei Jahren mal einen Gastrotipp über Ihre Bar in Bremen gemacht. Aber jetzt sind Sie auch im *Grandhotel*?«

»Ja, als Geschäftsführer der Bar. In Bremen habe ich einen

Mitinhaber, der führt den Laden im Moment allein, ich bin nur noch ein- oder zweimal im Monat dort.«

»Falls das die nächste Frage wird«, mischte Friederike sich jetzt ein, »es waren rein private Gründe, die Tom bewogen haben, unsere Bar zu übernehmen.«

»Auch«, Tom lächelte sie an. »Aber nicht nur. Das Angebot war außerdem beruflich reizvoll. Immerhin ist es das *Grandhotel*. Und ich mag Hamburg.«

»Sag mal«, Friederike sah jetzt an Jan vorbei. »Diese junge Frau, die gerade an der Garderobe steht und die zum Schluss nach der Stiftung gefragt hat, kennst du die? Ist das eine Kollegin von dir?«

Sofort folgte Jan ihrem Blick. »Ich habe sie schon mal getroffen, ich weiß nur nicht, wie sie heißt. Sie arbeitet als freie Journalistin, eher investigativ, ich frage mich, was sie hier will. Soviel ich weiß, ist sie gar nicht in der Kultur unterwegs. Na ja, heute kann man sich seine Aufträge auch nicht immer aussuchen.«

»Um was für eine Stiftung handelt es sich denn eigentlich«, fragte Tom neugierig, »von der sie gesprochen hat?«

»Die haben Carl und Laura schon gegründet«, erklärte ihm Friederike, ohne die Journalistin aus den Augen zu lassen, die gerade eine Jacke anzog und sich einen Schal um den Hals wickelte. Erst als diese auf den Ausgang zusteuerte, sah sie Tom wieder an. »Maries Eltern. Sie wollten Familien von herzkranken Kindern helfen. Marie war ja von Geburt an herzkrank, sie wussten, was das an Organisation, an Betreuung bedeutet und auch an Geld kostet. Mittlerweile engagiert sich die Stiftung in allen möglichen Bereichen für kranke Kinder und ihre Angehörigen. Sie hat sogar eigene Rehakliniken und Hotels, in denen betroffene Familien Urlaub machen können. Hanna sitzt jetzt im Stiftungsrat, das hat sie von Marie nach deren Tod übernommen.«

»Entschuldigt mich für einen Moment«, sagte Jan jetzt und legte seine Hand auf Friederikes Arm. »Ich wollte noch etwas mit Hanna besprechen und sie steht da gerade allein. Wir sehen uns gleich.«

»Ja«, Friederike lächelte und sah ihm nach, bevor ihr Blick zu Tom ging. »Er ist der richtige Mann für Alex, ich bin froh, dass sie es im letzten Jahr endlich begriffen hat. Fühlst du dich noch wohl hier?«

»Ja«, er griff nach Friederikes Hand und küsste sie. »Solange du in meiner Nähe bleibst …«

»Hey, hier seid ihr«, Jule stieß plötzlich an den Stehtisch, ein bisschen Sekt schwappte aus Toms Glas. »Wie fandet ihr Alex? Also, ich fand sie sagenhaft souverän. Hallo Tom, ich weiß nicht, ob du dich an mich erinnerst, ich bin Jule, Pias Mutter, sie hat uns vor einiger Zeit mal vorgestellt.« Sie sah ihn erwartungsvoll an, er nickte. »Natürlich. Du hast Grauburgunder getrunken. Und mir gesagt, wie unmöglich es ist, dass Friederike und ich noch nie bei dir zum Essen waren.«

Jule lächelte und legte Friederike den Arm um die Hüfte. »Schön, dass du jetzt endlich mal dabei bist. Du musst nicht die Augen verdrehen, Fiedi, ich habe es gesehen.« Sie stutzte und senkte die Stimme. »Was ist los? Du siehst angestrengt aus. Alles in Ordnung?«

»Es war halt sehr viel Marie«, antwortete Friederike leise. »An manchen Tagen kann ich es nicht so gut ab. Und ich habe ein bisschen Kopfschmerzen. Die Tablette fängt aber schon an zu wirken. Da kommt Pia.« Sie hob sofort den Arm. »Hat sie die Kleine nicht mit?«

»Hat sie nicht«, Pia hatte den letzten Satz noch gehört und trat an den Tisch. »Sie ist mit Elke drüben.« An Tom gewandt fügte sie hinzu: »Elke ist Micha Beermanns Frau. Und sie passt sehr gern auf meine Tochter auf.« Sie sah sich suchend im Raum um. »Wenn ihr jemanden mit einem Sekttablett seht, sagt mir Bescheid.«

»Ich besorge dir ein Glas.« Bevor sie etwas sagen konnte, hatte Tom sich schon auf den Weg gemacht und verschwand in der Menge. Jule sah ihm nach. »Wahrscheinlich ist er froh, dass er mal einen Moment wegkommt.«

»Du musst ihn auch nicht so anstarren, Mama«, sagte Pia vorwurfsvoll. »Wie fandest du es denn, die Freunde von Torge kennenzulernen? Das war doch auch ziemlich anstrengend oder nicht?«

»Ach was«, entgegnete Jule. »Wir sind nicht anstrengend, und das ist eben so, wenn man sich erst im fortgeschrittenen Alter findet, dann hat der andere schon jede Menge Leben hinter sich. Wobei Tom natürlich noch nicht in so einem fortgeschrittenen Alter ist wie wir.«

»Komm jetzt bitte nicht wieder mit dem jugendlichen Liebhaber«, stöhnte Friederike. »Er ist acht Jahre jünger als ich, keine zwanzig.«

»Er sieht aber jünger aus«, konterte Jule. »Lass mal, ich bin nur neidisch. Und nicht die Einzige. Weißt du übrigens, wer diese etwas schlampig angezogene Frau war, die nach der Stiftung gefragt hat? Die wirkte so, als wäre sie auf Krawall aus.«

Achselzuckend antwortete Friederike: »Jan sagte, sie sei eine Journalistin. Keine Ahnung, was genau sie eigentlich wissen wollte. Gegen die Marie-van-Barig-Stiftung kann ja nun wirklich niemand etwas sagen.«

»Eben«, Jule nickte. »Deswegen habe ich es auch nicht verstanden. Guck mal, dahinten kommt Tom mit einem ganzen Tablett, Pia. Er hat was vor.«

»Vielleicht will er sich Mut antrinken«, mutmaßte sie. »Für die Inquisition durch Mama nachher im Haus am See. Ihr schlaft doch heute auch hier, oder?« Die letzte Frage richtete sie an Friederike. Die nickte. »Ja. Damit Jule, Hanna und Alex

Tom in Ruhe kennenlernen und ihn alles fragen können, was sie immer schon wissen wollten.« Sie warf Jule einen kurzen Blick zu. »Das war ein Witz. Wir wollen mit Alex ihren Erfolg feiern. Und wenn du zu indiskret und nervig wirst, werde ich dich k. o. schlagen. Also, reiß dich zusammen.«

Als Tom, das Tablett mit gefüllten Sektgläsern balancierend, den Tisch erreichte, hielt er inne. »Habe ich was verpasst?«

»Nein«, harmlos lächelte Jule ihn an. »Ich habe nur gesagt, wie sehr wir uns freuen, dass du auch endlich mal einen Abend mit uns am See verbringst. Und dass ich hoffe, dass es dir hier gefällt. Prost, mein Lieber.«

Es war kurz nach zwei, als Friederike aus dem Schlaf schreckte. Ihre Augen mussten sich erst an das schummrige Licht gewöhnen, sie wandte den Kopf und sah zu Tom, der auf dem Rücken liegend tief und fest schlief. Langsam streckte sie ihren Arm aus und legte ihre Hand sanft auf seine Brust, die sich regelmäßig hob und senkte. Sie strich mit dem Daumen zärtlich über seine Haut, bevor sie vorsichtig die Beine aus dem Bett schwang. Auf Zehenspitzen bewegte sie sich durch das Zimmer, nahm eine Strickjacke von einem Stuhl und schloss langsam die Tür hinter sich.

Es war still im Haus, Friederike blieb einen Moment stehen und lauschte, dann tappte sie auf bloßen Füßen die Treppe hinunter und zog sich dabei die Strickjacke übers Nachthemd. Die Küchentür war geschlossen, ein kleiner Lichtstreifen schien trotzdem unten durch. Anscheinend war sie nicht die Einzige mit Schlafstörungen. Fast geräuschlos öffnete sie die Tür und entdeckte Alex im Schlafanzug, mit hochgezogenen Beinen und einem Teebecher in der Hand auf der Bank sitzen. »Hey«, flüsterte sie und schloss die Tür leise hinter sich, bevor sie etwas lauter sagte: »Störe ich dich?«

»Nein«, Alexandra lächelte und deutete auf den Schrank. »Wenn du auch einen Tee willst, musst du dir einen Becher nehmen.«

Sie wartete, bis Friederike sich gesetzt und die volle Tasse vor sich stehen hatte. »Ich kann auch nicht schlafen. Prost Tee, ich finde es sehr schön, dass wir alle heute im Haus sind. Fast so wie früher.«

Friederike lächelte. »Ja, finde ich auch.« Sie zog ein Bein auf den Stuhl. »Es hatte vorhin wirklich was von früher, alle um einen Tisch und dann noch Pizza. Nur der Wein war besser.«

»Diese blöde Pizza hat mich auch aus dem Bett getrieben«, Alexandra legte ihre Hand auf den Magen. »Die hängt mir quer. Aber Jule hatte sie vorbereitet und vorbeigebracht, da wollte ich auch nicht undankbar sein. Aber doppelt Käse und das so spät, das kann mein alter Magen nicht mehr ab.«

»Vielleicht wäre Schnaps sowieso besser als Tee«, schlug Friederike vor. Sie schnupperte an ihrem Tee und stellte den Becher mit angewidertem Gesichtsausdruck zurück. »Das ist ja Pfefferminze, grauenhaft.«

»Ich habe genug Alkohol getrunken. Erst Sekt, dann Wein, mir reicht 's. Aber da ist noch ein Rest Rotwein in der Flasche, trink den doch.«

»Mach ich auch«, Friederike stand auf und goss den Tee schwungvoll in die Spüle, bevor sie sich ein Weinglas aus dem Schrank nahm. »Hast du deinen erfolgreichen Abend denn trotzdem genossen? Also, trotz zu viel Alkohol und Pizza?«

»Habe ich«, Alexandra sah sie lange an. »Es war toll. Nach diesen langen einsamen Wochen des Schreibens und der Recherche hier auf dem Land war es einfach toll, unter so vielen Leuten zu sein. Und wieder vorn zu stehen und ihnen etwas zu erzählen. Es war wie früher, als ich Autoren auf Lesungen vorgestellt und moderiert habe. Alle hören einem zu, alle sehen dich an, ich liebe es. Ich hoffe, das klingt nicht arrogant.«

»Nein«, Friederike kam mit Glas und Flasche zurück an den Tisch. »Nicht arrogant, eher sehnsüchtig. Fehlt dir dein alter Job? Hättest du ihn gern wieder?«

»Nein«, die Antwort kam prompt. »Nicht den alten Job. Aber die Struktur. Ich brauche eine Aufgabe. Und jetzt ist das Buch fertig. Und ich muss mir was Neues überlegen.«

»Kann ich verstehen«, Friederike nickte. »Was ist denn mit dem *Verlag an der Alster*? Da hast du damals angefangen, bevor du nach München gegangen bist. Vielleicht kannst du da wieder regelmäßig was machen.«

Alexandra hob die Schultern. »Ich habe auch schon drüber nachgedacht. Vielleicht ist die Idee gar nicht so schlecht. Ich werde mal mit Wolf Mohn essen gehen. Aber was ganz anderes …«

Sofort hob Friederike die Hand. »Falls du mir jetzt Fragen zu meiner Beziehung mit Tom stellen willst, bitte nicht, das habe ich vorhin schon bei Jule abgelehnt. Ich rede nicht über jemanden, der nur ein paar Meter entfernt im Bett liegt.«

»Nein«, Alexandra lachte leise. »Das wollte ich gar nicht. Ich habe mir mein Bild gemacht, das ging sehr gut im Verlauf des Abends und dem anschließenden Essen hier, ich muss dich nichts mehr fragen.«

»Aha«, Friederikes Blick war skeptisch. »Du hast dir ein Bild gemacht.«

»Ja«, bekräftigte Alexandra. »Willst du es hören? Er betet dich an, du bist verrückt nach ihm, willst das nur nicht vor allen anderen zeigen, lachst aber über jeden seiner, zugegeben guten, Witze, er ist klug, du auch, ihr habt denselben Humor, ich war bei dir selten so sicher, dass eine Beziehung funktioniert. Chapeau, ein wirklich toller Mann.«

»Hm.« Friederikes Mundwinkel zuckte. »Und was war dann das andere? Was du mich fragen wolltest?«

Etwas umständlich stand Alexandra auf und ging zu einem

Stuhl, an dem ihre große Tasche hing. Sie kramte einen Moment herum, dann kam sie mit einem Umschlag in der Hand wieder zurück. »Wir haben doch neulich über dieses Projekt im Heim deiner Mutter gesprochen und du hast mir erzählt, dass diese Schwester Dings, wie heißt die noch?«

»Sandra.«

»Genau«, Alexandra nickte und schob ihr den Umschlag zu. »Die hat dich doch gefragt, ob deine Mutter mal auf Sylt war. Mit den Hohnsteins.«

»Ja«, Friederike sah neugierig hoch, »das hat sie. Und ich hatte noch nie davon gehört. Warum fragst du?«

»Ich habe was gefunden«, Alexandra öffnete den Umschlag. »Es hat mir keine Ruhe gelassen, weil ich das Gefühl hatte, ich hätte irgendwo irgendetwas gesehen. Deshalb habe ich noch mal in meinen Rechercheunterlagen gesucht. Und diese beiden Bilder gefunden.«

Überrascht nahm Friederike die Fotos und hielt sie näher ans Licht. Auf dem ersten sah man ein großes Haus mit einem Reetdach, dahinter das Meer, davor eine weiße Bank, auf der zwei sehr junge Frauen saßen. Die eine groß und schlank, die blonden Haare zu einem strengen Pferdeschwanz gebunden. Sie trug ein gepunktetes Kleid und strahlte in die Kamera. Die andere war etwas kleiner, in Caprihose und weißer, kurzärmeliger Bluse, die dunklen Locken vom Wind zerzaust und von einem gepunkteten Stirnband aus dem Gesicht gehalten. Sie lächelte die neben ihr Sitzende mit offener Zuneigung an. Das nächste Foto zeigte eine Strandszene. Junge Leute in leichter Bekleidung, die neben einer Sandburg saßen und lagen. Auch die beiden jungen Frauen waren unter ihnen. Sie hatten Gläser in der Hand und lachten den Fotografen an, während im Hintergrund Menschen in den Wellen badeten. Friederike runzelte die Stirn und tippte mit dem Zeigefinger abwechselnd auf die Frauen. »Das sind doch Esther und Laura, oder?«

Alexandra folgte dem Finger und nickte. »Dreh mal um, es steht auch drauf. Esther und Laura, 1955. Auf dem Strandbild steht nichts, nur Sylt 1955. Damit ist die Frage beantwortet. Deine Mutter war mit Laura auf Sylt.«

»Und was ist das für ein Haus?« Friederike sah das Foto genauer an. »Und wer sind die anderen Leute?«

»Keine Ahnung«, Alexandra hob die Schultern. »Aber vielleicht sagt Esther es dir, wenn sie die Fotos sieht. Vielleicht fällt es ihr wieder ein. Probier es doch beim nächsten Besuch aus, ich bin gespannt.«

»Ja«, antwortete Friederike und betrachtete nachdenklich das Foto. Esther war bildschön gewesen. Und wirkte auf diesen Fotos unglaublich lebenslustig. So hatte sie ihre Mutter noch nie gesehen. »Ich auch.«

Juli 1955

»Ich glaube, mir wird schlecht«, Esther saß kerzengerade auf ihrem Sitz und starrte gebannt aus dem Fenster. »Der Zug fährt ja durchs Wasser.« Sie beugte sich weiter nach vorn. »Schau mal hin, überall ist Wasser. Was machen wir, wenn der Zug hier entgleist?«

»Es ist hier noch nie ein Zug entgleist«, antwortete Rosemarie und lehnte sich entspannt zurück. »Seit fast dreißig Jahren, in denen es diesen Hindenburgdamm gibt. Und der Zug fährt auch nicht durchs Wasser, sondern auf Schienen. Ich hatte dir doch diesen kleinen Reiseführer hingelegt. Hast du gar nicht reingelesen?«

»Doch«, Esther löste sich vom Anblick der glitzernden Wasserfläche und sah ihre Mutter an, »aber ich habe nicht alles gelesen. Nur die Kapitel über die Strände und die berühmten Badegäste und die Hotels und Lokale.« Sie wandte sich wieder um. »Ich bin so gespannt, ob das alles genauso aussieht wie auf den Bildern. So schön. Und ich freue mich aufs Meer und aufs Eisessen. Eben auf richtige Ferien.« Der letzte Satz klang begeistert, Rosemarie sah sofort von ihrer Illustrierten auf. »Esther, auch wenn wir ans Meer fahren, vielleicht musst du mir auch ein bisschen helfen, wir sind nicht nur zum Vergnügen da. Vergiss das nicht.«

Esther winkte in Gedanken ab. Was auch immer sie tun musste, es war egal, sie fuhren nach Sylt. Auf Einladung der Hohnsteins. Und die miesepetrige Karla Hohnstein war nicht dabei, nur Hermann und Adelheid und die beiden

Wichtigsten: Laura und Lorenz. Esther lächelte vor lauter Vorfreude.

Als sie vor zwei Tagen von der Arbeit nach Hause gekommen war, hatte ihre Mutter sie schon an der Tür empfangen, mit geröteten Wangen und einem breiten Lächeln. »Da bist du ja. Wasch dir schnell die Hände, ich hab eine Überraschung für dich.«

Aber es war nicht um eine Besonderheit zum Abendbrot gegangen, es hatte nur Kartoffeln mit Quark gegeben, sondern es war eine wirkliche Überraschung gewesen. Ein kleines Buch hatte auf Esthers Teller gelegen: »Die schöne Insel – Mein Sylt« und daneben zwei Fahrkarten der Deutschen Bahn. Hamburg – Westerland, gültig am 1. Juli.

»Ich durfte dir nichts sagen«, Rosemarie hatte sie angestrahlt, »aber morgen fahren wir beide mit dem Zug nach Sylt und sind rechtzeitig zum Geburtstag von Laura und Lorenz am dritten Juli da. Und? Was sagst du dazu?«

»Aber ich muss doch arbeiten.«

»Ich war schon bei Frau Bellmann und habe sie gebeten, dir eine Woche Ferien zu geben. Und auch gesagt, dass es eine Überraschung für dich sei. Und weil du so gut gearbeitet hast, hat sie es erlaubt.«

Esther konnte gar nichts sagen, vor lauter Freude waren ihr die Tränen gekommen.

Und jetzt saß sie hier tatsächlich im Zug, umgeben von leicht bekleideten Menschen, die alle gut gelaunt in die Sommerfrische fuhren, und war auf dem Weg zu ihrer besten Freundin Laura, die morgen zwanzig wurde. Genau wie ihr Zwillingsbruder.

Plötzlich fiel ihr etwas sein, alarmiert sah sie ihre Mutter an. »Wo werden wir eigentlich schlafen?«

»Im Haus der Hohnsteins«, Rosemarie lächelte. »Es muss

ein großes Haus sein, das Herr Hohnstein gekauft hat. Es liegt übrigens in Kampen, direkt am Watt, man kann aufs Wasser sehen. Und es gibt einen Gästeflügel, dort werden wir untergebracht.«

Erleichtert atmete Esther aus. Es wäre zu schade gewesen, wenn sie woanders als Laura hätte wohnen müssen. So konnten sie sich wenigstens jeden Tag sehen. Eine ganze Woche lang.

Der Zug fuhr jetzt plötzlich wieder über Land statt durchs Wasser. Sie hatten die Insel erreicht. Rechts und links lagen weite Wiesen, auf denen Schafe und Pferde grasten. Die Häuser, an denen sie vorbeiratterten, sahen aus, als würden sie sich ducken, die reetgedeckten Dächer hatten keine Fenster, aber hübsche Gauben, die Häuser sahen sich alle ähnlich. Der Himmel war blau und mit kleinen weißen Wolken betupft, die Sonne schien ihr ins Gesicht, seitlich der Bahnschienen blühten rosafarbene Heckenrosen. Esther löste sich von dem Anblick und sah ihre Mutter an, die mit geradem Rücken dasaß und die Landschaft betrachtete. »Ist der Weg weit bis Kampen?«

»Ich weiß es nicht«, antwortete Rosemarie. »Ich war ja auch noch nie auf dieser Insel. Aber Herr Hohnstein holt uns mit dem Wagen ab, damit wir nicht laufen und die Koffer tragen müssen. Das finde ich sehr freundlich.«

»Wie ist das Auto denn hierhergekommen?«

»Es gibt einen Zug, auf den man mit dem Auto rauffährt.«

»Wirklich?« Erstaunt riss Esther die Augen auf. »Wie soll das gehen?«

»Das kann ich dir auch nicht so genau sagen.« Rosemarie drehte sich um, weil es plötzlich Unruhe im Waggon gab. Die anderen Fahrgäste standen nach und nach auf, Koffer wurden in den Gang gestellt, die Gespräche lauter. Die Ersten gingen langsam in Richtung Tür, die Herren vorneweg, die Damen folgten. »Wir sind wohl gleich da«, sagte Rosemarie. »Pass auf, dass du nichts liegen lässt.«

Auf dem Bahnsteig herrschte aufgeregter Betrieb. Esther sah sich mit großen Augen um. Man konnte sofort sehen, wer gerade ankam und wer jemanden abholte. Die Abholenden waren sonnengebräunt, die Männer trugen leichte Anzüge, einige kurzärmelige Hemden und Sonnenhüte, die Frauen bunte Sommerkleider und große Sonnenbrillen, sogar Damen mit Caprihosen und bloßen Beinen kamen ihr entgegen. Überall wurde gelacht, umarmt und laut geredet, immer mehr Leute schoben sich an ihr vorbei.

»Herr Hohnstein«, rief Rosemarie in diesem Moment und streckte den Arm in die Luft, bevor sie sich zu Esther drehte. »Da vorn sind sie, jetzt nimm den Koffer und trödle nicht.«

Sie bahnten sich einen Weg zum Ende des Bahnsteigs, aber bevor sie es erreicht hatten, war Hermann Hohnstein ihnen schon entgegengekommen.

»Esther.« Sie entdeckte Laura erst in dem Moment, als diese ihr um den Hals fiel. Der Koffer krachte auf den Boden, sie verlor fast das Gleichgewicht. »Das ist die schönste Überraschung, dass du gekommen bist.« Laura hielt sie eine Armlänge entfernt, um sie anzusehen, dann zog sie ihre Freundin wieder an sich. »Mein Vater hat es mir erst auf der Fahrt zum Bahnhof gesagt, ich hatte ja keine Ahnung, dass ihr auf dem Weg hierher seid. Das ist so schön.«

»Laura, ihr versperrt den Leuten den Weg«, mahnte Hermann Hohnstein lächelnd. »Hallo Esther, herzlich willkommen auf dieser schönen Insel.«

»Danke«, sofort gab sie ihm die Hand, etwas verlegen, weil sie ihn nicht als Erstes begrüßt hatte und an Rosemaries Gesichtsausdruck merkte, dass sich das natürlich nicht gehörte.

Eilig schob sie hinterher: »Und vielen Dank für die Einladung.«

Statt einer Antwort griff er nach ihrem, dann nach Rosemaries Koffer und ging voraus. Laura schob ihren Arm unter Esthers und sagte: »Du kannst dir gar nicht vorstellen, wie schön es hier ist. Morgen werde ich dir alles zeigen.« Sie drückte ihren Arm und schob sie Richtung Bahnhofsvorplatz. Sie mussten sich beeilen, um Rosemarie und Hermann Hohnstein einzuholen. Und überall war Sonne.

Es war ein weißes Haus unter Reet, vor dem Herr Hohnstein seinen Wagen parkte. Beeindruckt sah Esther aus dem Fenster. Es war groß, größer als die Häuser, die sie am Anfang der Insel gesehen hatte, der Garten schien bis zum Meer zu reichen, man sah das blaue Wasser am Ende des Grundstücks durch die Bäume blitzen. Sie öffnete die Tür und stieg aus, der Duft von Rosen und salziger Luft war sofort in ihrer Nase, ein wunderbarer Duft. Beim Aussteigen klebte ihr Unterrock an den Beinen, sie hatte ihn heute das erste Mal an, ein lavendelfarbenes, kunstseidenes Stück, das Frau Bellmann ihr überlassen hatte, nachdem Hilde den Unterrock falsch zugeschnitten hatte. Esther hatte ihn abends für sich geändert, er war nicht perfekt in der Passform, dafür hatten selbst ihre Nähkünste nicht gereicht, aber er sah trotzdem schön aus, auch wenn er jetzt klebte.

»Ich zeige euch schnell eure Zimmer«, Laura zog Esther mit sich, bis ihr Vater sich laut räusperte. »Laura, zunächst will deine Mutter Frau Schulze und Esther begrüßen und …«

Eine laute Stimme hinter ihm unterbrach den Satz: »… außerdem kommt auch noch Lorenz.« Bevor Esther etwas sagen konnte, wurde sie hochgehoben, sie hatte ihn nicht kommen sehen. »Hey«, rief sie und schlug ihm protestierend auf die Schulter. »Du zerknitterst mein Kleid.«

»Es ist zerknittert«, antwortete er grinsend und stellte sie wieder auf den Boden. »Willkommen auf Sylt. Ich bin so froh, dass ihr hier seid. Du nimmst mir meine Schwester ab, die mich dauernd verfolgt und mir auf die Nerven geht, und Frau Schulze«, er wandte sich mit seinem charmantesten Lächeln an Rosemarie, »Sie retten uns vor dem Hungertod. Es gab, seit wir hier sind, nur scheußliches Essen.«

»Lorenz«, rügte ihn sein Vater scharf. »Rede nicht so ein dummes Zeug. Frau Schulze, ich zeige Ihnen Ihre Zimmer und danach freut sich meine Frau, Sie zu begrüßen.«

Esther warf einen kurzen Blick auf Lorenz, der nun mit den Augen rollte. Plötzlich sah er sie an. Anders als sonst. Und Esther sah zurück, mit einem eigenartigen Gefühl in der Brust.

Die Zimmer waren klein, die Decken niedrig, die Holzböden knarrten bei jedem Schritt, aber es war gemütlich und es gab viele Zimmer. Esther hatte sogar ein eigenes. Sie hatte sich beeindruckt umgesehen, neben dem dunklen Holzbett stand ein kleiner Nachtschrank, vor dem Fenster ein ovaler Tisch mit einem Stuhl, der Kleiderschrank war hinter der Tür. Sie hatte ihre Sachen ausgepackt und ordentlich auf die Bügel gehängt, dann kurz entschlossen ihr Kleid und den neuen Unterrock ausgezogen und es gegen Hose und kurzärmelige Bluse getauscht. Sie war schließlich in der Sommerfrische. Und auch noch am Meer.

Esther trat ans Fenster und sah in den Garten, der sich fast bis zum Meer erstreckte. Ihr war warm, es wäre zu schön, gleich ins Wasser zu springen. Sie öffnete das Fenster und beugte sich nach draußen, mit geschlossenen Augen atmete sie tief die Seeluft ein und zuckte zusammen, als es energisch klopfte.

»Esther?« Ohne abzuwarten war Laura reingekommen. »Hast du schon ausgepackt? Kommst du mit raus?« Sie drehte sich sofort um, etwas enttäuscht betrachtete sie Lauras blauweiß gepunktetes Kleid, sie sah nicht so aus, als würde sie sie zum Baden abholen.

»Ich …«, begann sie, wurde aber sofort von Laura unterbrochen. »Du siehst ja hübsch aus, die Hose ist toll, hast du die auch selbst genäht?«

Esther sah an sich herunter, die Caprihose war mintgrün, niemand konnte sehen, dass sie aus einem ausrangierten Kleid von Rosemarie gemacht war. »Ja«, antwortete sie stolz. »Aber die Bluse habe ich mir beim *Modehaus Schröder* gekauft. Ich kann dir auch so eine Hose nähen, wenn sie dir gefällt.«

»Sehr gern«, sagte Laura. »Komm, wir gehen in den Garten, ich muss dir so viel erzählen.«

Die weiße Holzbank stand neben einem kleinen Tisch an der geschützten Seite des Hauses in der Sonne, Laura steuerte darauf zu und sagte: »Möchtest du Limo? Ich habe so einen Durst.«

Sie nahm die beiden Gläser vom Tisch, reichte eines Esther und goss die Limonade aus der Karaffe ein. »Es ist zu schön, dass ihr gekommen seid, das ist die beste Geburtstagsüberraschung von allen.«

»Welche hast du denn schon bekommen?« Vorsichtig nippte Esther am Glas, die Limo war sehr sauer. »Ihr habt doch erst übermorgen Geburtstag.«

»Dieses Haus«, Lauras Geste umspannte das Haus und den Garten. »Mein Vater hat vorgeschlagen, dass wir unseren Geburtstag auf Sylt feiern, ich habe überhaupt nicht verstanden, warum. Und dann fuhren wir hierher und er hat uns erzählt, dass er dieses Haus gekauft hat.«

Sie sah Esther an, deren Augen aufs Meer gerichtet waren. »Was ist?«, fragte sie plötzlich besorgt. »Du guckst so ernst. Freust du dich nicht?«

»Doch«, sie nickte, bevor sie sich Laura zuwandte. »Aber … zieht ihr jetzt hierher? Ins neue Haus? Weg von Weißenburg?«

»Was? Nein!« Laura lachte. »Das wird jetzt nur unser Sommerhaus. Meine Mutter möchte gern den Sommer an der See verbringen. Sie … Ihr geht es gerade nicht so gut, glaube ich. Sie ist ja manchmal etwas …«, Laura machte eine kleine Pause, bevor sie fortfuhr, »ein bisschen schwermütig. Lorenz sagt, es liege an meiner Großmutter. Und dass meine Mutter einfach mal ein paar Wochen von ihr wegmuss, damit es ihr wieder besser geht. Ich hoffe, er hat recht.«

»Das kann ich verstehen«, antwortete Esther und schlug sich sofort die Hand vor den Mund. »Entschuldige, sie ist deine Großmutter.«

»Geschenkt«, winkte Laura ab. »Ich hab sie lieb, aber Lorenz hat recht. Wenn sie jemanden nicht mag, dann kann sie unausstehlich sein. Und ihr Verhältnis zu meiner Mutter war nie besonders gut. Jetzt, wo ich wieder hier bin, sehe ich das ja jeden Tag. Und habe das Gefühl, es wird immer schlimmer.«

Vielleicht trank Adelheid Hohnstein deshalb jeden Tag Frauengold und war immer so traurig, dachte Esther mitleidig. Rosemarie hatte ihr das neulich erzählt, weil sie gefragt hatte, warum Lauras Mutter so blass aussah und manchmal so unsicher ging. Es seien die Nebenwirkungen vom Frauengold, hatte Rosemarie geantwortet. Aber das musste sie Laura ja jetzt nicht sagen. Stattdessen fragte sie: »Was wolltest du mir erzählen? Fang an.«

»Er heißt Carl«, platzte es aus Laura heraus. »Wir waren am Strand, in Kampen, also Lorenz und ich. Und da war eine Gruppe junger Leute, du kennst ja Lorenz, der ist da sofort hingegangen. Die saßen in Strandkörben, einige haben Faustball gespielt und mein Bruder hat gefragt, ob wir uns dazusetzen können. Es war so lustig mit denen. Die meisten von ihnen haben sich auch erst hier kennengelernt, sie sind auch Badegäste. Du wirst sie kennenlernen, wir haben sie alle zu unserem Geburtstag eingeladen. Und der Beste von allen …«, sie wurde plötzlich rot und lächelte verlegen, »der Beste heißt Carl. Er ist groß, er ist ganz blond, wenn er lacht, hat er Grübchen, und er …«, sie legte ihre Hand aufs Herz, »er ist mit einem Freund hier in den Ferien. Sein Freund heißt Hans. Der ist auch nett. Und am zweiten Tag hat Carl mich zu einem Eis eingeladen. Allein. Ohne Hans und ohne Lorenz. Ach, Esther, ich glaube, ich hab mich verliebt.«

»Verliebt? In Carl?« Aufgeregt rutschte Esther näher. »Erzähl mehr. Wo kommt er her? Was macht er? Hat er sich auch in dich verliebt? Kommt er zum Geburtstag? Wie fühlt sich Verliebtsein an? Wie alt ist er?«

Laura griff Esthers Hand und drückte sie aufgeregt. »Er kommt aus Hamburg, studiert Jura, weil er Rechtsanwalt werden will, er ist während des Krieges in Schweden aufgewachsen, weil sein Vater Sozialist war, der ist aber schon gestorben. Carl kommt auch zum Geburtstag, er ist drei Jahre älter als ich und Lorenz sagt, dass er sich in mich verguckt hat. Er hat blöde Witze darüber gemacht, na ja, du kennst ja Lorenz.«

Esther bekam wieder dieses merkwürdige Gefühl in der Brust. Es war seltsam. Ihr fiel wieder ein, wie Lorenz sie hochgehoben hatte. Einfach so. Er hatte so gut gerochen. War er immer schon so stark gewesen?

»Esther?«

»Das klingt alles so schön«, beeilte sie sich zu sagen. »Ich bin so gespannt auf diesen Carl.«

Laura lächelte versonnen. »Ich hoffe sehr, dass du ihn auch magst. Weil … weil ich … es fühlt sich so an, als hätte man Brausepulver gegessen. Der ganze Bauch kribbelt, wenn ich an ihn denke.«

»Bitte recht freundlich, die Damen«, die laute Stimme fuhr

Esther direkt in den Magen. Als sie hochsah, stand Lorenz mit einem Fotoapparat vor ihnen. »Danke, das war's«, er ließ die Kamera sinken und sah die beiden an. »Darf ich mich dazusetzen? Oder habt ihr Mädchengeheimnisse?«

»Darfst du«, Esther schluckte. Brausepulver im Bauch. Sie wusste plötzlich genau, was Laura gemeint hatte. Und verstand es trotzdem nicht.

6.

»Guten Morgen«, Tom blieb sofort an der Tür stehen, er hatte nicht damit gerechnet, dass er in der Küche schon auf jemanden treffen könnte, im Haus war es noch ganz still gewesen. Hanna hatte sich langsam zu ihm umgewandt und lächelte. »Guten Morgen, Tom. Komm rein und mach die Tür zu, ich glaube, die anderen schlafen alle noch.«

Er schloss leise die Tür hinter sich und blieb unschlüssig stehen, bis Hanna ihn mit einer Geste aufforderte, sich zu setzen. »Tee oder Kaffee? Ich habe beides fertig.«

»Kaffee bitte«, Tom nahm auf der Küchenbank Platz. »Ich will aber nicht stören.«

»Du störst nicht«, Hanna kam mit zwei Tassen an den Tisch und stellte eine vor ihm ab, bevor sie sich setzte. »Hast du gut geschlafen?«

»Wie ein Stein«, Tom rührte Milch in seine Tasse. »Es ist ja so ruhig hier, das bin ich gar nicht gewöhnt. Meine Wohnung liegt zwar an einer kleinen Nebenstraße, aber auch da fahren ab sechs Uhr die ersten Autos durch und machen einen Heidenlärm.«

»Deshalb war die Stadt auch nichts für mich.« Hanna sah ihn an. »Es hat sich ja so gut gefügt, dass Friederike meine Wohnung in der Hafen City übernommen hat und ich dafür mit Alexandra hier ins Haus gezogen bin. Mir war es in der Stadt einfach zu unruhig und zu laut. Und ich bin mit fast siebzig auch zu alt, um mich daran zu gewöhnen.«

»Und außerdem haben Sie …«

»Du«, unterbrach ihn Hanna. »Bitte lass das Sie weg, sonst komme ich mir noch älter vor, als ich ohnehin schon bin. Wenn ich die Einzige bin, die du siezt.«

»Entschuldige«, Tom lächelte sie an. »Das ist mehr dem Respekt geschuldet. Friederike hat mir viel von dir erzählt. Nicht nur von deiner musikalischen Karriere, auch davon, dass die Frauen sich nach Maries Tod ohne dich niemals wiedergefunden hätten. Und dass du das in deiner Trauer geschafft hast, das finde ich schon bemerkenswert.«

Mit einem angedeuteten Achselzucken winkte Hanna ab. »Meine Karriere war zu der Zeit schon so gut wie vorbei. Du weißt von Friederike vermutlich, dass ich an Rheuma leide, das fing kurz vor Maries Tod an. Mit rheumatischen Fingern kannst du nicht mehr perfekt Klavier spielen. Ich war aber immer perfekt. Und dass ich nach Maries Tod ihrem Wunsch entsprechend die drei wieder zusammengeführt habe, das hat mich abgelenkt und mir sehr geholfen. Und dass ich jetzt mit einer von ihnen hier lebe und die anderen regelmäßig sehe, ist ein großes Glück.«

Hannas klarer Blick ruhte auf Tom, er sah sie aufmerksam an. Sie hatte etwas Warmes, eine freundliche Art, ohne aufdringlich zu sein. Sie war mit sich im Reinen, das strahlte sie aus.

»Das war ein schöner Abend gestern«, sagte Tom langsam. »Man merkt, dass ihr eng miteinander seid, aber man fühlt sich trotzdem nicht ausgeschlossen.«

»Das freut mich, dass du das sagst«, entgegnete Hanna gerührt. Manchmal denke ich, dass Marie immer noch die Fäden zieht. Das ist ein gutes Gefühl.« Sie sah an ihm vorbei aus dem Fenster zum See. »Du tust Friederike gut. Sie ist gelöster als sonst. Und ich habe den Eindruck, sie hat wieder ein Leben außerhalb des Hotels. Und Freude daran.«

»Ich bemühe mich«, Tom lächelte. »Wobei das nicht nur an mir liegt. Ich glaube, sie hat auch ihren Frieden mit der

Vergangenheit gemacht. Als wir uns vor drei Jahren getrennt haben, war ihr das noch nicht gelungen.«

»Ist es ihr denn schon gelungen?« Zweifelnd hob Hanna das Kinn. »Ich glaube, es gibt noch ein paar unbearbeitete Felder. Vielleicht kannst du sie bestärken, sich damit auseinanderzusetzen.«

»Was genau meinst du?«

Hanna lächelte. »Das kann ich dir leider nicht sagen, das weiß nur Friederike selbst. Aber sie hat noch etwas Dunkles in sich, es wäre schön, wenn sie das auch noch irgendwann klären könnte.«

Tom sah sie nachdenklich an. Dann stand er langsam auf und schob die Hände in die Jeanstaschen. »Ich …«

Er brach ab, als sich die Tür öffnete und Jule mit verwuschelten Haaren, in Jogginghosen und langem T-Shirt auftauchte. »Guten Morgen«, sie sah beide neugierig an. »Störe ich bei geheimen Gesprächen?«

»Nein«, Hanna drehte sich zu ihr um. »Wir sind nur anscheinend die Einzigen, die nicht die halbe Nacht durchgemacht haben, deshalb haben wir uns schon ein bisschen unterhalten. Kaffee ist fertig. Ich wollte gleich anfangen, Frühstück zu machen.«

Jules Flipflops machten quietschende Geräusche, als sie zur Arbeitsplatte ging. »Ich helfe dir. Was ist mit Fiedi? Die ist doch sonst immer die Erste.«

»Gerade hat sie noch geschlafen«, Tom nahm einen Becher aus einem Regal. »Sie ist auch erst um halb vier oder so ins Bett gekommen.«

»Ach, dann haben die hier noch Küchenparty gemacht«, kopfschüttelnd goss Jule sich Kaffee in einen Becher. »Ärgerlich, sie hätten mir ja auch Bescheid sagen können. Ich kriege überhaupt nichts mehr mit. Friederike trinkt keinen Kaffee, falls du ihr einen ans Bett bringen wolltest.«

»Ich weiß«, Tom lächelte sie an. »Ich bin mit ihr zusammen.« Er hielt ihr die Teekanne hin. »Aber danke für den Tipp.«

»Sorry«, Jule ging an ihm vorbei zum Tisch, »ich muss mich noch daran gewöhnen. Aber ich bin sehr zufrieden, dass sie dich ausgesucht hat, Tom. Nur dass du es weißt.«

»Ich bedanke mich«, er verbeugte sich und goss Tee in den Becher.

»Ohne Zucker«, Jule grinste. »Nur, falls du mich gefragt hättest.«

»Hätte ich nicht«, sein Mundwinkel zuckte. »Bis gleich. Ich gehe sie mal wecken.«

Friederike hupte zum Abschied, bevor sie langsam den Kiesweg entlangrollte. Im Rückspiegel sah sie Alex und Hanna an der Tür winken. »Es ist schon lustig«, sagte sie zu Tom. »Früher standen da immer Laura und Marie. Und winkten uns genauso hinterher.«

Tom legte ihr eine Hand aufs Bein. »Danke, dass du mich mitgenommen hast«, er sah sie an. »Es war schön.«

»Ja«, Friederike nickte, ohne den Blick von der Straße zu nehmen. »Jetzt hoffe ich nur, dass Alex mit dem Buch auch Erfolg hat. Sie hat so lange daran gearbeitet. Sie hätte es verdient.«

»Gestern Abend wurden zumindest eine ganze Menge Exemplare verkauft. Das ist doch schon mal ein guter Start. Und was macht sie als Nächstes? Eine Biografie über Hanna?«

»Die Idee ist gar nicht schlecht«, überrascht sah Friederike ihn an. »Das kann ich ihr vorschlagen. Beziehungsweise beiden. Allerdings steht Hanna nicht gern im Mittelpunkt und schon gar nicht, seit sie nicht mehr auftritt. Also vielleicht doch keine gute Idee. Außerdem hat Alex mir gesagt, dass ihr die Struktur fehlt. Ich glaube, sie würde ganz gern wieder im

Verlag arbeiten. Um unter Menschen zu kommen. So schön das Haus am See ist, es liegt am Arsch der Welt. Und da ist es in der Regel sehr einsam. Alex will mal mit ihrem Verleger essen gehen und ein bisschen vorfühlen, ob es da eine Möglichkeit gibt.«

»Klingt doch gut«, stimmte Tom zu. »Die beiden schienen auch so, als würden sie sich mögen.« Er sah für einen Moment nachdenklich aus dem Fenster. Die Straße führte schnurgerade an blühenden Rapsfeldern, Pferdekoppeln und kleinen Höfen vorbei. »Es ist ja idyllisch«, sagte er plötzlich, »und sehr ländlich. Ich weiß allerdings nicht, ob ich so leben könnte.«

»Könntest du nicht«, Friederike warf ihm einen liebevollen Blick zu. »Du bist ein Stadtmensch, du hast doch noch nie auf dem Land gelebt. Es würde dich in den Wahnsinn oder in den Alkoholismus treiben.«

»Vermutlich«, Tom grinste und strich ihr mit dem Daumen über die Hand, die am Lenkrad lag. »Obwohl Landmenschen ja oft was sehr Zufriedenes ausstrahlen. Das habe ich auch gestern gedacht. Egal ob Jule, Torge, Hanna oder Alexandra, sie haben alle etwas Heiteres, Gelassenes. Von eurem Micha Beermann ganz zu schweigen, der ist ja wirklich so ein Gute-Laune-Bär. Vielleicht hat das was mit Land und Natur und Idylle zu tun. Dass man so zufrieden mit seinem Leben ist und nichts mehr in Frage stellt.«

»Das ist Unsinn«, Friederike lachte auf. »Davon abgesehen, dass ich weder Hanna, die weltweit als Pianistin in allen großen Konzertsälen unterwegs war, noch Alex, die über zwanzig Jahre mitten in München gelebt hat, als Landmenschen bezeichnen würde. Auch wenn sie jetzt im Haus am See leben. Und dass alle, die du gestern kennengelernt hast, wirklich immer gelassen und heiter sind, stimmt natürlich nicht. Bis auf Micha vielleicht. Der ist wirklich ein Gute-Laune-Bär.«

»Aber Jule und Torge wirken auf mich sehr zufrieden. Die sind doch angekommen in ihren Leben. Oder nicht?«

»Tom«, Friederike schüttelte den Kopf, »wenn ich es dir erkläre, bröselt die Idylle.«

»Also los«, er lehnte sich an die Kopfstütze und verschränkte seine Arme vor der Brust. »Klär mich auf.«

»Okay«, Friederike sah in den Rückspiegel, dann zu Tom. »Jule und Torge. Gute Beziehung, nach erheblichen Anfangsschwierigkeiten, aber mittlerweile eingespielt. Jule war ja nach der Scheidung von Philipp alleinerziehend, sie hat Torge erst kennengelernt, als Pia schon aus dem Haus war. Sie hat ihr Leben mit Pia wirklich gut hinbekommen, nur jetzt ist ihre Tochter auch alleinerziehend und Jule wird plötzlich zur Glucke. Ihr halbes Hirn kreist um Tochter und Enkelin, in jeder freien Minute fährt sie nach Hamburg, um Pia zu unterstützen oder die Kleine abzuholen. Ich habe die Befürchtung, dass sie am liebsten ihr altes Leben beenden und ein neues als Vollzeitoma anfangen möchte. Und das auch noch in Pias Nähe. Sie hat sogar schon eine Andeutung gemacht, dass sie sich vorstellen könnte, wieder in Hamburg zu wohnen.«

»Und was sagt Torge dazu?«

»Der ist ja ziemlich entspannt«, Friederike hob die Schultern. »Ich hoffe, dass er gegensteuert und sie zur Vernunft bringt.«

»Weißt du das von Jule?«

»Nein. Das ist nur so eine Ahnung von mir, die sich aus Jules Andeutungen ergibt. Ich habe nächste Woche wieder eine Massage, dann nehme ich sie mir mal zur Brust. So ein Schwachsinn, in ihrem Alter jetzt nur noch Oma sein zu wollen. Sie ist dafür noch viel zu jung. Solche Ideen kommen einem vielleicht auf dem Land, in der Idylle, weil man da nicht nachdenkt. Das kann natürlich sein.«

»Jetzt bist du zynisch«, Tom lächelte leicht. »Vielleicht will sie ja nur in die Stadt ziehen, weil auf dem Land zu wenig los ist. Das klingt doch gut. Nach Neuanfang.«

»Eben nicht«, Friederike atmete laut aus. »Jule mag keine Veränderungen. Das macht sie nicht für sich oder für Torge, das macht sie, um ihrer Tochter und Enkelin zu helfen. Dabei will Pia das überhaupt nicht. Das will Jule. Weil sie glaubt, dass ihre Tochter das nicht allein hinbekommt. Und sie unentbehrlich ist. Dabei hat sie es selbst auch allein geschafft.«

»Friederike«, Tom schüttelte lächelnd den Kopf, »wenn man nach Hamburg ziehen will, um näher bei seiner Tochter und der Enkelin zu sein, gibt man doch nicht gleich sein Leben auf.«

»Doch«, antwortete Friederike sofort. »Du kennst Jule noch nicht. Nach Pias Geburt war sie auch so eine Übermutter, sie hat das in sich. Und jetzt konzentriert sie sich auf die kleine Marie. Und die große Pia. Das ist nicht gut. Der arme Torge.«

Tom schwieg, während Friederike die Lippen zusammenpresste und nach vorn schaute. Nach einer Weile räusperte sich Tom und sagte: »Kann man das wirklich beurteilen, wenn man selbst keine Kinder hat?«

Sie warf ihm einen kurzen Seitenblick zu. »Das ist ein Totschlagargument, Tom. Aber Jule ist noch zu jung, um das Großmuttersein zum Mittelpunkt ihres Lebens zu machen, und darüber muss ich mit ihr reden. Das sieht Alex genauso.«

»Na dann«, Tom sah amüsiert aus dem Fenster. »Die arme Jule. Apropos Alex, hast du sie jetzt nach den Hinterlassenschaften in den Kisten gefragt?«

Den ersten Satz ignorierend antwortete sie: »Alex hat vorgeschlagen, dass ich sie selbst durchsehe. Ich habe aber nur die Fotoalben mitgenommen. Lauras private Dinge, die persönlichen Briefe und Aufzeichnungen, die gehen mich überhaupt nichts an.«

Tom hob überrascht den Kopf. »Aber das ist doch jetzt die

beste Gelegenheit, eure ganzen Familiengeheimnisse zu klären. Und Laura war nicht nur deine Patentante, deine Mutter war ihre Freundin, natürlich geht es dich was an. Und es gibt in den Tagebüchern und Briefen bestimmt auch Hinweise auf Erlebnisse, die Laura mit deiner Mutter hatte. Die haben doch ihr halbes Leben oder noch mehr miteinander verbracht. Warum zögerst du jetzt?«

»Weil es alles alte Kamellen sind«, ungehalten sah sie auf die Straße. »Das Heim macht dieses Projekt, um die Geschichten der Bewohner besser einordnen zu können. Das ist ehrenwert, aber mir, gelinde gesagt, ziemlich egal. Meine Mutter hat mir nie was erzählt, und wenn, dann stimmte die Hälfte nicht, ich kann mittlerweile gut damit leben. Und ob sie jetzt mit Laura auf Sylt oder in Timbuktu gewesen ist, was ändert das? Ich sage es dir: nichts. Und deswegen muss ich mich auch nicht durch Lauras Leben wühlen, in der Hoffnung, irgendetwas zu finden, was irgendeiner Studentin hilft, die gerade alten Leuten ihre Erlebnisse entlockt. Ich habe keine Lust dazu, ich würde die alten Briefe am liebsten schreddern.«

»Fahr da vorn mal rechts ran.«

»Was?« Verblüfft bremste Friederike ab. »Was ist los?«

»Fahr einfach rechts ran.« Tom deutete auf eine Feldeinfahrt. Friederike setzte den Blinker, bevor sie verlangsamte und vor einem Gatter zum Stehen kam. »Musst du mal?«

»Nein«, Tom wartete bis sie den Motor ausgestellt hatte, dann nahm er ihre Hand. Er küsste ihren Handrücken und sah sie mit einem intensiven Blick an. »Du warst fassungslos, als du im letzten Jahr die ganzen Geschichten über deine Mutter erfahren hast. Und du weißt immer noch nicht, was da genau passiert ist. Ich weiß, du willst nicht darüber reden, aber ich kann mir nicht vorstellen, dass du wirklich nicht wissen willst, wie das alles zusammenhängt.«

Friederike starrte ihn eine Weile stumm an. Bis sie schließlich achselzuckend fragte: »Wozu? Was soll das noch ändern? Ich habe eine schwierige Mutter, die sich nicht immer an die Wahrheit gehalten hat, mein Vater hat sich nicht um mich gekümmert und war dann noch nicht mal mein Vater, meine Kindheit war im Großen und Ganzen ziemlich blöd, ich habe sie trotzdem überlebt. Und meine Mutter ist heute dement. Was soll es bringen, dass ich weiß, wo sie ihre Urlaube verbracht hat? Und wie ihre Freundinnen hießen?«

Langsam schüttelte Tom den Kopf. »Ich verstehe dich nicht. Ich würde es wissen wollen. Es sind ja nicht nur Urlaube und die Namen der Freundinnen. Es betrifft ja auch dein Leben.«

»Es ändert doch heute überhaupt nichts mehr«, entgegnete Friederike scharf. »Und ich …«, sie stockte einen Moment. Dann sagte sie ruhiger: »Ich habe einfach keine Lust, Sachen zu erfahren, die ich gar nicht wissen will.«

»Das ist der Punkt«, Tom strich ihr eine Strähne aus dem Gesicht. »Du hast Schiss.«

»Blödsinn«, Friederike runzelte die Stirn. »Wovor? Vor den alten Geschichten? Die haben doch gar nichts mit mir zu tun.«

»Wenn das so ist«, mit einem provokanten Lächeln sah Tom sie an, »dann kannst du ja anfangen, die Briefe und Tagebücher zu lesen. Und die Alben durchzusehen. Die Studentin, die sich mit deiner Mutter beschäftigt, wird dir sehr dankbar sein und du machst es für die Wissenschaft und die Lübecker Uni. Dir kann doch gar nichts passieren.«

Stumm betrachtete Friederike die Kühe, die näher zum Gatter gekommen waren und jetzt in ihre Richtung sahen. Ihr Wiederkäuen hatte etwas Beruhigendes, etwas Friedliches. In ihrem Kopf tauchten plötzlich unsortierte Bilder auf: ein sehr kleines, sehr vollgestelltes Wohnzimmer und das freundliche Gesicht von Dieter Brenner. Eine Szene im Haus am See, sie selbst war noch ein Kind gewesen und ins Zimmer gekommen, in der die noch junge Laura auf Esther eingeredet, aber sofort von ihr abgelassen hatte. Ein Haus, das Esther gehörte und von dem Friederike nicht wissen sollte. Ein verfilzter Plüscheisbär, der älter war als sie und der immer noch auf Esthers Bett saß. Und dann die Fotos eines jungen Mannes, dem sie so ähnelte. So viele Dinge, die ungeordnet waren.

»Ich denke darüber nach«, sagte sie schließlich. »Aber höchstens die Fotos. Und du bist dabei.«

Tom lächelte. »Deal.«

Juli 1955

Wenn sie ganz fest die Augen zusammenkniff, roch sie wieder das Meer. Und hörte das Rauschen, das immer entstand, wenn die Welle anrollte, sich auftürmte, voller Kraft brach und unter tanzender weißer Gischt auf dem Sand auslief. Sie war jeden Tag am Strand gewesen, abends mit Laura durch den kleinen Ort Kampen gebummelt, sie hatten im Watt Muscheln gesucht und auf der Westseite flache Steine, waren mit den Fahrrädern zum Hafen nach List gefahren, um Krabben zu kaufen, und hatten danach mit Lorenz, Carl und den anderen neuen Freunden Eis gegessen. Sie hatte sich ihren ersten Sonnenbrand geholt, einen roten Badeanzug mit weißen Punkten getragen, eine Sandburg mit Muscheln verziert und war im Meer geschwommen. Sie spürte noch das kalte Wasser auf der sonnengewärmten Haut, die Welle, die sie sanft hochhob, bevor die nächste sie mit sich riss. Lorenz, dessen Arme sie festhielten und der mit ihr im Strudel untertauchte, sein Lachen, als sie wieder hochkamen, nach Luft schnappend, mit salzigen Lippen und strahlenden Gesichtern. Das Trocknen auf Handtüchern im Sand liegend, der Blick in den blauen Himmel, die Arme hochgereckt, die Finger gespreizt, um die Sonnenstrahlen fächerförmig einzufangen.

Ganz langsam öffnete Esther die Augen, das einzige Geräusch war das Rattern des Zuges. Nur widerwillig ließ sie die Bilder verblassen, nur langsam kehrte sie in die Gegenwart zurück.

Sie saßen ganz allein in einem Zugabteil, Hermann Hohnstein hatte ihnen die Erste Klasse reserviert, was Rosemarie erst ablehnen wollte, Herr Hohnstein hatte aber darauf bestanden. »Sie haben uns ein wunderbares Geburtstagsfest beschert, Frau Schulze«, hatte er gesagt. »Mein Freund John Coe hat ja noch am nächsten Tag von Ihrer Bowle geschwärmt. Von Ihrem Büffet und der schönen Tischdekoration ganz zu schweigen.«

Jetzt warf Esther einen verstohlenen Blick auf ihre schlafende Mutter und bekam sofort den Anflug eines schlechten Gewissens. Rosemarie hatte sich tatsächlich allein um den ganzen Haushalt und im Besonderen um die Geburtstagsfeier für Laura und Lorenz gekümmert. Lediglich beim Servieren hatte Esther ihr ein bisschen geholfen, bis Rosemarie ihr gesagt hatte, sie solle ruhig zu den anderen Gästen gehen, schließlich sei ihre Freundin eines der Geburtstagskinder.

Jetzt saß Rosemarie, mit geschlossenen Augen an die Kopfstütze gelehnt, Esther gegenüber und schlief. Sie sah erschöpft aus, ganz im Gegenteil zu ihrer braun gebrannten Tochter. Aber sie hatte ja das Angebot, sich von ihr helfen zu lassen, abgelehnt. Esther schluckte das schlechte Gewissen herunter und sah nach draußen: vereinzelte Höfe, eingefasst von gerade gezogenen Feldern, dazwischen neigten sich windschiefe Bäume. Auf den Wiesen grasten schwarz-weiße Kühe, der klare Himmel war mit fedrigen Wolken betupft, die Sicht frei bis zum Horizont. Die Landschaft hier schien unendlich zu sein, sie ließ plötzlich eine brennende Sehnsucht in Esther hochsteigen. Es war die schönste Woche ihres Lebens gewesen, dachte sie wehmütig. Und jetzt war sie vorbei. Morgen würde sie wieder an der Nähmaschine in Frau Bellmanns Schneiderei sitzen, so weit weg vom Meer, vom Strand, von den duftenden rosa Rosen, die überall blühten, von der kleinen Eisbude am Hafen, vom Garten des neuen Hohnstein-Hauses, von wo aus man aufs Watt sah, von den Möwen, der salzigen Luft … und von Lorenz. Tränen stiegen ihr in die Augen, sie wischte sie schnell weg und riss sich zusammen.

Als hätte Rosemarie ihre Gedanken gelesen, schlug sie plötzlich die Augen auf. Sie setzte sich sofort aufrecht hin und sah Esther an. »Da bin ich wohl einen Moment eingenickt.« Sie unterdrückte ein Gähnen, sah auf ihre Uhr und dann aus dem Fenster. »Noch eine Stunde, dann haben wir es geschafft.«

»Ja«, Esther schob ihre Hand in ihre Rocktasche und fühlte die Rillen der Herzmuschel. Lorenz hatte sie ihr feierlich überreicht, gestern, an ihrem letzten Abend am Strand, als sie sich alle noch einmal getroffen hatten. »Eine Herzmuschel für eine Herzfreundin«, hatte er gesagt. »Damit du dich immer an dein erstes Mal am Meer erinnerst.« Ihr Gesicht war ganz heiß geworden, ihr Bauch kribbelte vom Brausepulver.

»Woran denkst du denn gerade?«, fragte Rosemarie plötzlich, was Esther zusammenzucken ließ. »Du bist ja ganz weit weg. Und was ist mit deinen Augen? Tränen die?«

»Nein«, sofort wischte Esther sich mit dem Ärmel über die Augen. »Ich habe da wohl was reinbekommen, eine Wimper oder so. Es ist nichts.«

»Aha«, forschend sah Rosemarie sie an, »ich dachte schon, du hättest Kummer.«

»Ich wäre nur gern noch länger geblieben«, gab Esther zu. »Es war so schön in dem Haus und am Strand und mit Lorenz … und Laura. Die Tage waren nur so furchtbar schnell vorbei. So schön hatten wir es noch nie. Aber Lorenz hat schon gesagt, dass wir beim nächsten Mal gleich von Anfang an mitfahren sollen.«

»Lorenz«, wiederholte Rosemarie und hob dabei eine Augenbraue. Das konnte sie gut, das Heben von nur einer Braue, und sie konnte es besonders gut, wenn sie mit irgendetwas nicht einverstanden war. Esther nickte nur und redete lieber nicht weiter. Das tat dafür aber ihre Mutter. »Esther, du weißt, dass ich Lorenz mag, aber du solltest ihn nicht so anhimmeln. Dafür bist du noch ein bisschen zu jung und Lorenz meint nicht alles so, wie er es sagt, das wissen wir doch. Er ist ein kleiner Hallodri, nicht dass du dir was einbildest und anschließend enttäuscht wirst.«

»Ich himmle ihn doch gar nicht an«, Esthers Protest kam lauter heraus, als sie es beabsichtigt hatte, sie fühlte sich ertappt. »Er war nur immer dabei, wenn Laura und ich was zusammen unternommen hatten, da kann ich doch nichts dafür. Und ich habe überhaupt nichts gemacht.«

»Du musst nicht gleich beleidigt sein«, entgegnete Rosemarie besänftigend. »Ich meine es doch nur gut. Ich möchte nur nicht, dass du dir falsche Vorstellungen machst. Leute wie wir haben mit Familien wie den Hohnsteins nicht viel gemeinsam. Auch wenn Laura, Lorenz und du mal ein paar schöne Tage gemeinsam hattet. Ab jetzt sind eure Leben wieder getrennt, vergiss das nicht.«

Du erinnerst mich dauernd daran, dachte Esther bissig, sprach es aber nicht aus. Obwohl sie fand, dass ihre Mutter unrecht hatte. Laura, Lorenz und sie hatten sehr viel gemeinsam, aber es hatte jetzt keinen Zweck, mit Rosemarie darüber zu streiten, ihre linke Augenbraue war schon wieder oben.

»Ich vergesse das nie«, schwindelte Esther deshalb und suchte nach einer Möglichkeit, das Thema zu wechseln. Ihre Mutter kam ihr zuvor. Sie sah ihre Tochter nachdenklich an, dann sagte sie unvermittelt: »Mister Coe hat mich übrigens gefragt, ob wir Lust hätten, mit ihm ins Blumenburg-Kino zu gehen. Es gibt dort einen Film mit Marianne Koch und Curd Jürgens. *Des Teufels General*. Es wäre am nächsten Sonntag, wenn ich frei habe. Mister Coe würde uns am Bahnhof abholen.«

Hätte Rosemarie nicht plötzlich einen so eigenartigen Gesichtsausdruck gehabt, wäre Esther nicht verwundert gewesen. Aber so stutzte sie und sah ihre Mutter neugierig an. »Mister Coe hat uns ins Kino eingeladen? Nur uns beide?«

»Ja«, antwortete Rosemarie etwas zu schnell und wich ihrem Blick aus. »Warum auch nicht? Schließlich kennen wir ihn schon lange und er ist seit dem Tod seiner Frau wohl etwas einsam. Und er weiß, dass ich gern Filme schaue. Und du auch.«

Esther nickte langsam, dann breitete sich ein Lächeln auf ihrem Gesicht aus. Mister Coe und ihre Mutter? Warum war ihr das noch nicht früher aufgefallen?

John Coe hatte als Besatzungsoffizier nach dem Krieg in einem Teil der Hohnstein'schen Villa gelebt. Dort hatte man ihm eine Wohnung zugewiesen, das wusste sie von Laura. Karla Hohnstein war anfangs entsetzt gewesen, hatte sich aber nicht dagegen wehren können. Mister Coe wohnte noch in der Villa, als Rosemarie ihre Stelle als Haushälterin antrat, ein Jahr später sollte seine Frau endlich aus England nach Hamburg kommen. Er mietete ein Haus in Hamburg Harvestehude, aber bevor seine Frau die Reise antreten konnte, starb sie bei einem Reitunfall. Seitdem lebte er allein, war aber weiterhin ein gern gesehener Gast der Hohnsteins. Wenn er kam, trank er immer eine Tasse Tee bei Rosemarie in der Küche und unterhielt sich mit ihr, daran hatte Esther nie etwas seltsam gefunden. Auch jetzt war er zum Geburtstag von Laura und Lorenz auf Einladung der Hohnsteins gekommen. Und in diesem Urlaub hatte Esther ihn ein paar Mal mit ihrer Mutter zusammen im angeregten Gespräch gesehen, sie hatte sich nur nie etwas dabei gedacht. Aber nun lud er sie allein ein, ohne die Hohnsteins, und ihre Mutter war errötet, als sie ihr das erzählt hatte.

»Mister Coe ist furchtbar nett, oder?«, fragte Esther jetzt und wartete neugierig auf die Reaktion ihrer Mutter. »Aber ich kann am Sonntag gar nicht ins Kino gehen, weil ich Frau

Bellmann helfen muss, die Schaufenster neu zu dekorieren. Du musst die Einladung also allein annehmen.«

»Ach?« Überrascht sah Rosemarie hoch. »Ist das diesen Sonntag? Ja, dann geht das ja leider nicht.«

»Warum? Du kannst doch auch allein mit ihm ins Kino gehen?«

»Ich …«, Rosemarie strich sich flüchtig über die Frisur, »ich weiß nicht recht, ob sich das …«

»Mutti«, gespielt empört beugte Esther sich vor, »Mister Coe ist ein freundlicher Mann und du bist schon viel zu lange allein. Warum solltest du denn nicht mit ihm ins Kino gehen? Ich finde, du musst die Einladung annehmen. Sobald wir zuhause sind, überlegen wir, was du anziehen wirst. Das wird bestimmt sehr schön, ich bin mir ganz sicher.«

»Meinst du?«

»Ja, das meine ich«, entschlossen schlug Esther die Beine übereinander. »Du gehst mit Mister Coe ins Kino, das ist abgemacht.«

Rosemarie sah sie lange an, bis sie schließlich nickte. »Gut. Es ist ja auch nur ein Kinobesuch. Da ist ja gar nichts Anrüchiges dabei.«

»Eben«, Esther lächelte und lehnte sich zufrieden zurück. Wenn ihre Mutter mit Mister Coe ausging, hätte sie gar keine Zeit mehr, sich über Esther Gedanken zu machen. Ihre Hand fuhr wieder in die Rocktasche und umschloss die Muschel. Sie würde Lorenz nicht mehr sehen, bevor er in die Schweiz zurückfuhr. Aber sie würde ihm schreiben, so wie sie früher Laura geschrieben hatte, bevor die wieder nach Hause gekommen war. Und im Herbst waren Semesterferien, da würde auch Lorenz in der Firma Hohnstein arbeiten und wäre wieder in Esthers Nähe. Sie seufzte leise und schloss die Augen, um die Bilder von Lorenz und sich am Strand heraufzubeschwören. Vielleicht würden im Herbst neue Bilder entstehen. Sie sah sich schon mit ihm im Kino sitzen. Oder auf den Fahrrädern durch den bunten Herbstwald vor Weißenburg radeln. Vielleicht fuhren sie auch mal zusammen zum Tanztee in das neue Ausflugslokal am See. Es war eine Vorstellung, die sofort Herzklopfen auslöste: Die kleine Combo, die die neuesten Schlager spielte, Lorenz, in dessen Armen sie durch den Saal tanzte, sein Lächeln, wenn er sie ansah. Sie würde ein gelbes Kleid tragen, beschloss sie, ein gelbes Kleid über einem Petticoat. Oben eng anliegend, der Rock weit und schwingend, damit er bei jeder Drehung flog. Wie im Film.

Unter halb geschlossenen Lidern sah Esther zu Rosemarie, die gerade gedankenverloren nach draußen blickte. Vermutlich dachte sie gerade an Mister Coe, das verriet ihr Lächeln. Vielleicht wurde ja sogar mehr aus dem Kinobesuch. Mister Coe hatte ein großes Haus in Hamburg und er wohnte allein. Auch Rosemaries Mann war seit zwölf Jahren verschollen und mit Sicherheit schon lange tot. Und Mister Coe mochte ihre Mutter offenbar, genau wie sie ihn. Warum also sollten sie nicht sogar irgendwann heiraten? Und gemeinsam in dem großen Haus leben? Dann könnte Rosemarie auch aufhören, bei den Hohnsteins zu arbeiten, und Esther wäre somit nicht mehr die Tochter der Haushälterin, sondern nur noch die Freundin von Laura. Und Lorenz. Und dann gäbe es auch keine Unterschiede mehr.

Ihre Finger strichen verstohlen über die Ränder der Herzmuschel. Vielleicht war diese Muschel ihr Glücksbringer und ließ jetzt endlich das richtig schöne Leben anfangen. Esther schloss die Augen und lächelte.

7.

Die schiefe Pforte am Friedhofseingang quietschte, seit Alexandra denken konnte. Sie drückte sie auf und ging durch, hinter ihr fiel sie wieder zu. Nur ein paar Tropfen Öl, dachte sie, während ihre Schritte auf dem Kiesweg knirschten. Damit die Friedhofsruhe durch die Besucher nicht gestört würde. Aber vielleicht war der Friedhofswärter ja der Ansicht, die Toten sollten hören, dass Besuch kam. Und ölte die Scharniere deshalb nicht. Das war eigentlich ein ganz tröstlicher Gedanke.

Die alten Bäume warfen ihre Schatten auf den Weg und schützten so vor der flirrenden Hitze. Alexandra schob ihre Sonnenbrille hoch und blieb einen Moment stehen. Die friedliche Stille wurde nur von Vogelgezwitscher unterbrochen, niemand sonst war auf dem Friedhof zu sehen. In dieser Mittagshitze hatte wohl keiner Lust, Gräber von Unkraut zu befreien oder neu zu bepflanzen. Oder jemanden zu besuchen.

Ihr grünes Leinenkleid klebte am Rücken, sie fuhr sich mit der Hand über den erhitzten Nacken, bevor sie sich langsam wieder in Bewegung setzte. Nur noch eine Biegung, dann hatte sie ihr Ziel erreicht. Auf dem Weg kam sie an einem Brunnen vorbei und füllte eine dort stehende Gießkanne mit Wasser, sie ließ das kalte Brunnenwasser einen Augenblick über ihre Handgelenke laufen, bevor sie den Hahn wieder zudrehte und die Kanne durch die Hitze trug.

Die kleine Holzbank vor Maries Grab stand im Schatten einer großen Magnolie, erleichtert stellte Alexandra die Gießkanne ab und wickelte das Papier von den Blumen. Es waren bunte Sommerblumen, für die ein Strauß verblühter Rosen aus der Vase weichen musste. Alexandra entfernte sie, wechselte das Wasser und stellte den mitgebrachten Strauß hinein. Sie ordnete die Blüten so an, dass die üppige Pracht richtig zur Geltung kam und alles überstrahlte. Zufrieden warf sie einen abschließenden Blick darauf, trat zurück und blieb einen Moment stehen, die Augen auf den Stein gerichtet, auf Maries Namen. Und auf das heutige Datum.

»Herzlichen Glückwunsch zum Geburtstag, Marie«, sagte sie laut. »Du hast dir den bisher heißesten Tag des Jahres ausgesucht. Nur, damit du das weißt. Jule kommt auch gleich und ich habe sogar einen Piccolo mitgebracht, um auf dich anzustoßen, aber ich glaube, der ist inzwischen lauwarm.«

Sie trat zurück, sah sich noch einmal um und setzte sich auf die schattige Bank. Sie war tatsächlich ganz allein hier, nur sie und Marie.

»Als ihr achtzehn geworden seid, du und Fiedi, war es auch so heiß«, fing sie unvermittelt an. »Weißt du noch? Wir waren abends essen, ganz vornehm, in diesem wahnsinnig teuren Restaurant, nur ein Stück hinter dem *Café Beermann*. Die hatten da diese Terrasse, direkt am See und ich habe den ersten Champagner meines Lebens getrunken. Es war ein so schwüler Sommerabend, dass dein Vater vorgeschlagen hat, nach dem Essen noch mal baden zu gehen. Das haben wir gemacht. Mitten in der Nacht sind wir noch in den See gesprungen, das werde ich nie vergessen. Der Mond hat den See zum Glitzern gebracht. Deine Mutter hatte Angst, dass wir untergehen, weil wir vorher so viel gegessen hatten. Aber es ist alles gut gegangen.«

Sie zog eine Wasserflasche aus der Tasche neben sich und schraubte sie langsam auf. Bilder von damals tauchten auf, Marie in ihrem schwarzen Badeanzug, die helle Haut ganz blass im Mondschein, Jule, die an ihr vorbeikraulte, und Friederike, die ihren Hals lang aus dem Wasser reckte, damit ihre zum Dutt gedrehten Haare nicht nass wurden. Sie hatte sie erst am Morgen mit Henna gefärbt, worüber Esther sich den ganzen Abend echauffiert hatte. »Nicht dass du jetzt auch noch Drogen nimmst«, hatte sie gesagt. »Du siehst aus wie diese Hausbesetzer, die neulich im Fernsehen waren. Die hatten auch diese komische Haarfarbe.«

Alexandra vertrieb den Gedanken an Esther, die sich an dem Abend über die ihrer Meinung nach arroganten Kellner und die ambitionierte Speisekarte beschwert hatte, und setzte die Flasche an die Lippen. Das Wasser war warm und schmeckte nach Plastik. Welten entfernt vom kalten Champagner damals auf der eleganten Terrasse. Schon vor langer Zeit hatte das Restaurant Pleite gemacht, das Gebäude war abgerissen worden und an seiner Stelle gab es jetzt einen Campingplatz.

»Im Sommer darauf haben wir die Überraschungsparty im Haus am See gemacht«, fuhr sie laut fort. »Ich erinnere mich noch, das Motto war 4x18, weil Jule und ich inzwischen auch volljährig geworden waren. Und du hast die Party zusammen mit Laura organisiert, ganz heimlich, wir hatten keine Ahnung. An dem Tag war es auch so heiß und wir sind bei Mondschein geschwommen. Weil wir vom Tanzen so verschwitzt waren.«

Sie ließ ihren Blick über die anderen Gräber wandern und blieb schließlich wieder an Maries Geburtstagsblumen hängen. »Es ist schon blöd«, sagte sie leise. »Heute ist euer Geburtstag, es ist wieder heiß, Friederike ist mit Tom übers Wochenende weggefahren und du bist tot. Und kannst noch nicht mal antworten.« Alexandra legte den Kopf in den Nacken und sah in den wolkenlosen Himmel. »Du fehlst mir. Ich würde so gern mit dir über ein paar Dinge reden und wissen, was du darüber denkst.«

Ein Eichhörnchen schoss plötzlich von einem Baum, huschte

über das Grab und blieb hinter dem Stein hocken. Nur sein buschiger Schwanz lugte hervor. Alexandra lächelte und beugte sich nach vorn. »Heißt das, du hörst zu? Und gibst ein Zeichen?«

Das Eichhörnchen sprang auf den Grabstein, die dunklen Augen auf Alexandra gerichtet. Sie nickte. »Okay.« Sie trank noch einen Schluck und schob die lauwarme Flasche zurück in die Tasche. »Weißt du, dass ich jetzt seit fast einem Jahr im Haus am See wohne? Und weißt du auch, wie oft ich schon nachts bei Mondschein gebadet habe? Ich sage es dir: kein einziges Mal. Null. Nada. Es gab genug heiße Tage, ich habe ganz oft nachts schlaflos im Bett gelegen und geschwitzt, aber mir ist jetzt erst wieder eingefallen, wie schön es ist, nachts in den See zu springen. Ich hätte es an jedem heißen Sommertag machen können, aber ich hatte es vergessen. Weil ihr nicht dabei seid, weil du nicht mehr da bist. Deswegen ist es auch so oft still im Haus, das fühlt sich immer noch komisch an, ich war früher nur mit euch allen da. Und plötzlich sind da nur noch Hanna und ich. Und Hanna geht nicht schwimmen. Schon gar nicht nachts.«

Das Eichhörnchen sprang vom Stein und in die Magnolienzweige, Alexandra verfolgte es mit den Blicken. »Du findest mich undankbar? Vermutlich hast du recht. Natürlich ist es ein Traum, hier zu leben. Und auch Hanna ist wunderbar, das weißt du ja, sie war ja deine Frau. Aber sie ist immer öfter bei ihrer Familie in Dänemark. Sie liebt es da, das finde ich auch schön, sie soll es genießen, schließlich hat sie ihre Schwägerin und die Kinder ja erst nach deinem Tod wiedergefunden.« Sie machte eine Pause und sah sich nach dem Eichhörnchen um. Nach einer Weile entdeckte sie es ganz oben in der Magnolie. Als hätte Alexandra es gerufen, schwang es sich über die Zweige wieder herunter und blieb auf der untersten Astgabel sitzen.

»Weißt du, ich habe durch die Recherche für das Buch über dich in den letzten Monaten fast nur in der Vergangenheit gelebt. Und das auch noch im Haus am See. Jetzt habe ich das Gefühl, ich schaffe es gar nicht mehr richtig zurück in die Gegenwart. Ich fühle mich alt, müde, langsam. Alles, was über das normale Alltagsleben hinausgeht, strengt mich schon im Vorfeld an.« Sie biss sich auf die Lippe und schloss kurz die Augen. Als sie sie wieder öffnete, saß das Eichhörnchen immer noch auf der Astgabel. »Ich will meine alte Energie zurück«, fuhr sie in seine Richtung fort. »Ich muss sie zurückkriegen. Und ich muss etwas ändern. Diese Tage am See, von denen einer wie der andere ist, tun mir nicht gut. Aber Hanna hat sich so gefreut, dass wir da zusammen einziehen. Gegen die Einsamkeit im Alter. Jetzt kann ich ihr doch nicht sagen, dass es vielleicht doch ein Fehler war. Was soll ich machen, Marie?«

Das Eichhörnchen sprang mit einem Satz von der Magnolie und flitzte über die Gräber an Alexandra vorbei. Resigniert sah sie ihm nach. »Du willst dir diesen undankbaren Unsinn nicht anhören, weil du Geburtstag hast. Du hast recht.«

Sie lehnte sich zurück, während sie ihre Hand in die Tasche schob, um die Temperatur des Piccolos zu prüfen. Lauwarm. Es war ein Sinnbild für das Lebensgefühl, das sie gerade hatte. Lauwarm. Früher hatte sie für ihren Beruf gebrannt. Das war vorbei. Brannte sie eigentlich überhaupt noch für irgendetwas?

Alexandra drehte sich um, das Eichhörnchen verharrte noch auf dem Weg, den Kopf in ihre Richtung gedreht. Alexandra sah zu ihm. »Ach, Marie, ich wünschte, du könntest mir die Entscheidung abnehmen. Oder mir zumindest sagen, was ich mit meinem Leben anfangen soll. Ich muss irgendetwas machen.«

Im selben Moment hörte Alexandra die sich nähernden Schritte auf dem Kiesweg und hob den Kopf. Es war Jule, die mit einem großen Korb in der Hand auf sie zukam und sie erstaunt ansah.

»Hallo Alex«, sie hatte die Bank erreicht und den Korb abgestellt, bevor sie sich zu ihr herunterbeugte und sie auf die Wange küsste. »Geht es dir gut?«

»Ja. Wieso?«

»Weil es von Weitem aussah, als unterhieltest du dich mit einem Eichhörnchen. Muss ich mir Sorgen machen? Hast du häufig Kopfschmerzen? Hörst du manchmal Stimmen?«

Alexandra lachte leise. »Nein, mir geht es gut.«

»Fein«, Jule nickte. Sie sah auf das Grab und dann zu Alexandra. »Sind die Blumen von dir? Traumhaft. Dann muss ich mal sehen …«, sie nahm einen weiteren Strauß aus dem Korb, blauer Rittersporn mit weißen Rosen, »wie ich den noch unterbringe.«

Mit den Blumen im Arm trat sie ans Grab und legte kurz die Hand auf den Stein. »Herzlichen Glückwunsch, meine Marie. Heute ist dein Tag. Wir fahren sogar nachher ins *Café Beermann* und essen dir zuliebe Bananensplit. Ich hoffe, du freust dich auf deiner Wolke.«

Sie bückte sich und arrangierte geschickt ihre Blumen zwischen Alexandras, bevor sie sich erhob und zufrieden das Ergebnis musterte. Es war jetzt ein überdimensionaler Strauß, in dem alles perfekt zusammenpasste.

»Als wäre er so gepflückt«, sagte Jule zu Alexandra und ließ sich neben sie auf die Bank fallen. »Hast du an den Sekt gedacht?«

Alexandra nickte und zog die kleine Flasche aus der Tasche. »Der ist aber im Auto warm geworden.«

»Bei der Hitze ist das kein Wunder«, Jule beugte sich zum Korb und entnahm ihm zwei in Servietten eingewickelte Sektgläser. »Ich glaube, wir springen nach dem Besuch bei Beermann noch mal schnell in den See, oder?«

Alexandra lächelte. »Gute Idee.« Sie drehte den Verschluss von der Flasche und verteilte den Sekt auf die Gläser. Jule nahm ihr eins ab und hielt es in die Luft.

»Herzlichen Glückwunsch zum Geburtstag, Marie. Und wir grüßen von Fiedi und trinken den zweiten Schluck auf sie und ihren Geburtstag, den sie aber offenbar dieses Jahr lieber mit Tom als mit uns feiern wollte.«

Beide tranken stumm, den Blick auf die Blumen gerichtet. Die bunten Blüten, die in der Sonne leuchteten, nahmen dem Grab die Traurigkeit.

»Ist ja ekelhaft«, sagte Jule plötzlich in die Stille und sah ihr Glas angewidert an. »Lauwarm ist untertrieben.« Entschlossen kippte sie den Sekt auf das Rasenstück neben der Bank und wickelte das Glas wieder in die Serviette. »Das reicht zum Gratulieren, ich bestelle uns nachher einen kalten Sekt, die Plörre ist ja grausam.«

Alexandra tat es ihr nach und reichte Jule das leere Glas. »Es ging ja nur um die Geste«, sagte sie. »Hast du Fiedi schon angerufen?«

»Ja. Gleich heute Morgen um neun. Es ging aber nur die Mailbox ran. Ich habe draufgesungen und versuche es nachher noch mal. Und du?«

»Auf dem Weg hierher. Sie waren gerade unterwegs zum Strand und sie klang sehr glücklich. Anscheinend hat sie einen sehr schönen Geburtstag mit Tom.«

»Sieht so aus«, Jule nickte. »Ich mag ihn sehr. Ich habe ein gutes Gefühl, was die beiden betrifft. Und du so?« Sie drehte sich zur Seite, um Alexandras Gesicht zu sehen. »Wie geht es mit Jan? Und der Fernbeziehung?«

Alexandra hob unschlüssig die Schultern. »Wir sehen uns zu selten. Jan hat so viel zu tun, der kommt kaum aus der Redaktion raus, und nur übers Wochenende hierherzufahren, ist ja auch immer ein ziemlicher Aufwand.«

»Warum fährst du denn nicht häufiger nach Berlin? Das Buch ist fertig, du hast doch jetzt sowieso nichts zu tun.«

Alexandra seufzte. »Das ist vielleicht genau mein Problem. Was soll ich denn den ganzen Tag in Berlin machen, während Jan in der Redaktion sitzt? Fenster putzen? Oder einkaufen? Ich hänge da in seiner Wohnung rum und warte darauf, dass er nach Hause kommt.«

Mit hochgezogenen Augenbrauen sah Jule sie an. »Sag mal, was ist das denn für eine Antwort? Das klingt ja nur selbstmitleidig. Was ist los mit dir? Wir reden hier über Berlin. Du könntest auch mal ins Museum gehen oder dir eine Ausstellung ansehen. Und davon abgesehen, was machst du denn jetzt den ganzen Tag?«

»Jetzt ist Hanna ja auch da, da ergibt sich meistens irgendwas. Garten, kochen, einkaufen fahren, mal eine Runde um den See spazieren, sie freut sich über jeden Vorschlag. Und wir verstehen uns ja auch gut. Aber wenn sie demnächst wieder ihre Familie in Dänemark besucht, dann muss ich sehen, wie ich meinen Tag strukturiere.«

Jule starrte sie immer noch an, mittlerweile hatte sie die Stirn gerunzelt. »Bist du eigentlich glücklich? Im Haus? Mit der Situation?«

Alexandra atmete tief aus, bevor sie Jule ansah. »Nein«, gab sie unumwunden zu. »Im Moment nicht. Ich habe keine Ahnung, was ich machen soll. Das Buch ist fertig, ich habe keine Idee für ein neues, ehrlich gesagt langweile ich mich gerade zu Tode.« Sie machte eine kleine Pause, dann fuhr sie fort. »Aber erzähl das bitte nicht Hanna, nicht dass sie ein schlechtes Gewissen bekommt und Dänemark absagt, weil sie meint, sie müsse sich um mich kümmern. Du kennst sie ja.«

Jule nickte. »Warum schreibst du kein Buch über sie? Musikalisches Wunderkind am Klavier, schwieriges Elternhaus, weltberühmte Pianistin, mit der bekannten Fotografin Marie van Barig verheiratet gewesen, das ist doch ein spannendes Leben.«

»Ich weiß nicht«, antwortete Alexandra zögernd. »Das hat mir Fiedi auch schon vorgeschlagen. Aber Hanna würde das vermutlich nicht wollen, und es reizt mich, ehrlich gesagt, auch nicht so.«

»Wenn die Dinge anders verlaufen wären«, Jules Blick wurde mitfühlend, »dann wärst du jetzt übers Wochenende ins Haus am See gefahren und hättest in aller Ruhe nachgedacht. Das hast du schon mal gemacht. Und so eine Lösung gefunden.«

»Das kommt davon, wenn der Sehnsuchtsort plötzlich der Wohnort wird«, antwortete Alexandra. »Dann weiß man nicht mehr, wohin man flüchten soll, wenn alles schiefläuft. Das ist irgendwie blöd.«

Jule nickte und sah wieder nach vorn. »Das stimmt. Alex, ich will jetzt nicht wie meine Mutter klingen, aber wir haben dir das schon damals gesagt, Fiedi und ich. Dass wir deinen Plan, aufs Land zu ziehen, und zwar so richtig aufs Land, eher skeptisch sehen. Du warst jahrzehntelang mitten in München und bist jetzt am Ende der Welt. Oder wie Pia es ausdrücken würde: am Arsch der Heide. Vielleicht war das doch ein Fehler. Aber den kannst du doch korrigieren.«

»Nein«, Alexandra schüttelte abwehrend den Kopf, »das war kein Fehler. Der Plan ist ja auch entstanden, weil Hanna ihre Rheuma-Diagnose bekam und dadurch klar war, dass sie irgendwann Hilfe brauchen würde. Und sie hat viel für uns getan, das sind wir, oder ich, ihr auch schuldig. Und unser nachbarschaftliches Zusammenleben ist schön, ich jammere wirklich auf hohem Niveau. Das will ich gar nicht.«

Skeptisch sah Jule sie an. »Das kann aber nicht die einzige Motivation sein. Du sagst, du langweilst dich zu Tode, du bist auch, ehrlich gesagt, ein bisschen phlegmatisch geworden, du hast dein Strahlen verloren, ich kann es nicht besser ausdrücken. Ich glaube, du musst deine Situation wirklich überdenken, du bist nicht Mutter Teresa, die sich aus Dankbarkeit um die siebzigjährige Witwe ihrer verstorbenen Freundin kümmern muss. Zumal Hanna einen Anfall kriegen würden, wäre ihr klar, dass du unglücklich bist, nur weil du dich ihr verpflichtet fühlst.«

»Jetzt übertreibst du«, widersprach Alexandra. »Es ist nicht Hanna oder das Haus. Ich brauche eine Aufgabe, ich brauche wieder mal Termine. Wenn ich regelmäßig arbeiten würde, wenn ich mir morgens einen Wecker stellen müsste, wenn ich einfach wieder eine Struktur hätte, unter Leute käme, dann wäre alles gut.«

»Und was wäre das für ein Job? Was möchtest du machen?«

Alexandra betrachtete nachdenklich Maries Geburtstagsblumen. Nach einer Weile sagte sie langsam: »Ich habe überlegt, ob ich mit Wolf Mohn sprechen soll. Vielleicht gibt es eine Möglichkeit für mich, im *Verlag an der Alster* einzusteigen. Ich glaube, das würde mir gefallen.«

»Das klingt doch nach einem Plan«, Jule nickte begeistert. »Mach das. Obwohl ich an dieser Stelle anmerke, dass der Arbeitsweg vom See nach Hamburg locker eine Stunde dauert. Im Berufsverkehr noch länger. Du könntest natürlich auch ab Weißenburg mit der Bahn fahren, aber du bist in jedem Fall lange unterwegs. Frag mal Torge. Der hat sein Steuerbüro auch noch in Hamburg und fährt regelmäßig von hier aus hin.«

»In der Bahn kann ich Manuskripte lesen. Das würde mir nichts ausmachen. Und falls alles zu stressig wird, könnte ich mich auch mal bei Fiedi einquartieren. Die hat ein Gästezimmer.«

»Dann sprich mit deinem Verleger«, Jule gab ihr einen leichten Klaps aufs Bein. »Hauptsache, du änderst was. Apropos ändern«, sie lächelte plötzlich und setzte sich aufrechter hin, »ich bin neulich mal die Strecke von Toms zu Pias Wohnung abgelaufen. Ich brauche sieben Minuten dreißig, ich habe die Zeit gestoppt.«

»Wozu?« Alexandra sah Jule überrascht an. »Was ist denn mit Toms Wohnung?«

»Ich habe mir überlegt, dass es für alle nur Vorteile hätte, wenn Torge und ich die Woche über in Hamburg wohnen würden. Damit ich Pia unterstützen kann und Torge auch nicht mehr die weite Anfahrt hat. Im Gegensatz zu dir hat er dazu nämlich nicht viel Lust. Am Wochenende könnten wir wieder nach Weißenburg fahren, aber unter der Woche wäre es dann Hamburg.«

Perplex starrte Alexandra sie an. »Und dann wollt ihr bei Tom wohnen? Muss ich das verstehen?«

»Nicht bei Tom«, Jule lachte. »Aber in seiner Wohnung, wenn er zu Fiedi zieht.«

»Er zieht zu Fiedi?« Alexandra kam aus dem Staunen kaum heraus. »Ich wusste gar nicht, dass sie zusammenziehen wollen.«

»Das wissen die auch noch nicht«, antwortete Jule leichthin. »Das muss ich Fiedi irgendwie als sensationellen Plan verkaufen. Sie wollte doch am Wochenende rauskommen, ihren Geburtstag mit uns nachfeiern. Da wird sich schon eine Gelegenheit finden. Nach ihrem Liebeswochenende ist sie bestimmt weicher und dann schlage ich zu.«

»Und das hältst du für eine gute Idee?« Mit hochgezogenen Augenbrauen sah Alexandra Jule an. »Dein ganzes Leben ändern, um deine Tochter und Enkelin zu unterstützen?«

»Liebste Alex«, Jule erhob sich langsam und sah auf sie herab. »Räum du dein Leben auf und lass mich meins sortieren. Und in einem halben Jahr vergleichen wir die Ergebnisse. Du wirst sehen, es wird alles gut.«

Alexandra blieb sitzen. »Ich weiß nicht, ob …«

»Musst du auch nicht«, unterbrach Jule sie gut gelaunt. »Jetzt nicht. Jetzt fahren wir ins *Café Beermann* und trinken kalten Sekt auf Maries Geburtstag. Und einen auf Fiedis. Und nachher springen wir in den See. Um den Rest kümmern wir uns danach.«

8.

Friederike ließ die Tür der Sauna krachend hinter sich zufallen, bevor sie sich aus ihrem Handtuch schälte, um es auf der Bank auszubreiten. Mit einem wohligen Stöhnen legte sie sich hin. »Herrlich, ich kann überhaupt nicht verstehen, dass Alex und Hanna die Sauna nicht regelmäßig anmachen. Immer nur, wenn wir hier sind.«

Jule sah von der oberen Bank auf sie herunter. »Hanna mag nicht schwitzen und Alex hat alleine keine Lust.« Sie wandte den Kopf und sah aus dem kleinen Fenster über den Bootssteg auf den See. Das Wasser war spiegelglatt, nur hier und da kreuzten gemächlich Enten die Oberfläche und hinterließen kleine Wellen.

Sie zog ein Bein auf die Bank und umschloss ihr Knie mit den Händen. »Weißt du noch, wie wir hier auf dem See schwimmen gelernt haben? Marie, du und ich? Wir hatten diese furchtbaren Schwimmflügel um die Arme, die immer beim Abnehmen ziepten.«

Erstaunt hob Friederike den Kopf. »Wie kommst du jetzt darauf?«

»Weil der See so schön aussieht«, Jule deutete nach draußen. »Da fiel es mir wieder ein.«

»Hm«, Friederike ließ den Kopf sinken und schloss die Augen. »Wer hat es uns eigentlich beigebracht? War das nicht dein Vater? Wieso eigentlich?«

»Wer hätte es denn sonst machen sollen? Konnten Laura und deine Mutter überhaupt schwimmen? Ich habe die eigentlich nie baden sehen. Und Carl war ja nur selten hier. Wir waren fast immer nur unter Frauen.«

»Und als ich schwimmen gelernt habe, gab es bei mir schon keinen Vater mehr«, antwortete Friederike träge.« Sie wechselte ihre Position, um aus dem Fenster schauen zu können. »Das ist schon ein sehr schöner Ort hier. Und es verändert sich nichts. Rein gar nichts. Der See sieht immer noch so aus wie früher.«

»Aber es hat sich doch viel verändert«, widersprach Jule sofort. »Wir haben uns doch verändert.«

»Alles andere wäre auch seltsam«, Friederike sah Jule zweifelnd an. »Wenn wir immer noch so wären wie mit zwölf. Wobei du eigentlich schon manchmal …«

»Witzig«, Jule drehte ihre Locken mit einem Handgriff zusammen. »Wie war jetzt eigentlich dein Geburtstagswochenende im Liebesurlaub? Du hast noch gar nicht viel erzählt.«

»Schön«, Friederike lächelte. »Es war sogar superschön. Das Hotel auf Norderney ist ja direkt an der Promenade, wir konnten vom Bett aus aufs Wasser sehen und im Garten frühstücken. Es war traumhaft. Das Wetter war toll, wir sind viel am Strand gelaufen, waren jeden Abend baden, haben an meinem Geburtstag sensationell gegessen, ich glaube, ich werde ab jetzt immer so feiern. Aber ich habe zwei Flaschen Champagner dabei, die können wir nachher zusammen trinken, damit ihr nicht beleidigt seid, weil ich mich um die Feier gedrückt habe.«

»Das ist ja auch das Mindeste«, Jule zog ein Haargummi vom Handgelenk und befestigte damit ihren Dutt. »Wir waren aber nicht beleidigt, du konntest ja nichts dafür, das war Toms Überraschung.«

»Ich hatte auch wirklich keine Ahnung. Tom hatte nur Pia eingeweiht, damit sie meine Termine übernimmt. Und es hat uns beiden gutgetan, mal rauszukommen.«

»Du hast Glück mit ihm, ich hoffe, du weißt das. Er ist wirklich ein Guter. Und ihr passt einfach super zusammen.«

»Ja, das weiß ich«, Friederike wischte sich einen Schweißtropfen von der Schläfe. »Und es ist alles so entspannt.«

Mit harmlosem Gesichtsausdruck sah Jule sie an. »Dann könntet ihr doch eigentlich auch zusammenziehen.«

Erstaunt hob Friederike den Blick. »Zusammenziehen? Warum?«

»Weil das Leben zu zweit schöner ist, weil ihr so gut zusammenpasst, weil ihr euch lange genug kennt, weil du auch nicht jünger wirst, weil deine Wohnung eigentlich zu groß für eine Person ist, weil …«

»Jule, bitte«, mit gerunzelter Stirn hob Friederike warnend die Hand. »Das ist nun wirklich kein Thema. Es gibt im Moment überhaupt keinen Grund, etwas zu verändern. Wir sehen uns sowieso jeden Tag im Hotel, da ist es manchmal auch ganz schön, wenn man abends für sich sein kann. Ich finde, dass Zweisamkeit auch manchmal ziemlich überschätzt wird. Ich brauche die nicht rund um die Uhr.«

Ungerührt hob Jule die Schultern. »Ich meine ja nur. Tom hat neulich hier erzählt, dass seine Wohnung so hellhörig ist und trotzdem ziemlich teuer. Deswegen dachte ich, dass er doch auch eigentlich zu dir ziehen könnte. Und ich hätte auch schon einen Nachmieter für ihn.«

Scharf sah Friederike sie an. »Es geht nur um Toms Wohnung? Wer will die denn haben?«

»Wir«, Jule lächelte. »Torge und ich. Sie liegt doch nur ein paar Minuten von Pias entfernt. Das wäre superpraktisch. Aber ich denke natürlich auch an dein Seelenheil und ich finde wirklich, dass ihr beide gut zusammenpasst.«

Friederike starrte sie ungläubig an, bis sie langsam den Kopf schüttelte und schwer ausatmete. »Das ist doch jetzt nicht dein Ernst. Du willst tatsächlich die Praxis verkaufen, nach Hamburg ziehen, die nächsten Jahre deiner Tochter den Haushalt machen und Oma spielen?«

»Ich muss nicht Oma spielen«, antwortete Jule. »Und vielleicht verkaufe ich die Praxis auch nicht, sondern stelle stattdessen jemanden ein. Torge und ich könnten freitags auch wieder nach Weißenburg ins Haus fahren und sogar die kleine Marie mitnehmen, damit Pia auch mal ein freies Wochenende hat. Und ich kann am Samstag noch Termine machen und mich um die Buchhaltung kümmern. Aber ich wäre unter der Woche in Hamburg.«

»Und was ist mit deinem Tennisverein? Deinen Patienten? Deinem schönen Garten? Das ist alles plötzlich nicht mehr wichtig?«

»Ach«, achselzuckend winkte Jule ab. »Das habe ich alles lang genug gehabt und gemacht. Ich bin ja keine dreißig mehr, die Knochen tun mir auch langsam weh. Sowohl nach dem Tennis als auch nach dem Rasenmähen.«

»Ich fasse es nicht«, Friederike sah sie an. »Was sagt Torge denn dazu? Oder hast du ihn gar nicht gefragt?«

»Was soll er sagen?« Jule stand langsam auf und ging zur Tür. »Er mag Pia und die Kleine auch. Und mich sowieso. Ich springe jetzt in den See, ich habe genug geschwitzt. Kommst du mit?«

»Ich bleibe noch einen Moment«, Friederike streckte ihre Beine aus. »Geh schon mal vor.«

Die Tür klappte zu, sie sah durchs Fenster, wie Jule über den Bootssteg lief, ihr Handtuch auf einen Stuhl fallen und sich in den See gleiten ließ. Vielleicht half das kalte Wasser, ihren Verstand wieder einzuschalten. Es konnte doch nicht sein, dass Jule ihr ganzes Leben ändern wollte, nur weil sie ihrer eigenen Tochter nicht zutraute, das zu tun, was sie doch selbst geschafft hatte. Ein Kind allein großzuziehen.

Friederike seufzte resigniert. Sie hatte kein gutes Gefühl.

Aber Jule eine Idee auszureden, war schon immer schwierig gewesen. Egal wie schwachsinnig sie war. Es hatte gar keinen Zweck, jetzt zu versuchen, sie umzustimmen. Es würde nur das Gegenteil bewirken. Wenn es um Gefühle ging, war Jule Petersen stur.

»Das ist sie doch«, Friederike hörte Alexandras Stimme schon, bevor sie, noch im Bademantel, die Küche betrat, in der Alex mit Hanna am Tisch saß und ihr in diesem Moment den aufgeklappten Laptop hinschob. »Ich bin mir ganz sicher.«

»Wer ist was?« Neugierig trat Friederike hinter Alex' Stuhl, während sie sich noch mit einem Handtuch die Haare trockenrieb.

»Die Journalistin, die auf der Buchpremiere war.« Alex drehte sich zu ihr um. »Hat die nicht vor dir gesessen?«

Friederike ließ das Handtuch sinken und beugte sich über Hannas Schulter, um das Foto auf dem Laptop anzuschauen. »Ja, das ist sie«, sagte sie und las laut vor: »Cosima Wagner. Freie Journalistin, Links zu den Artikeln, lebt in Hamburg … Mein Gott, wer nennt sein Kind denn Cosima? Und was ist mit ihr?«

Hanna hielt ihr eine ausgedruckte Mail hin. »Die habe ich vorhin bekommen. Alexandra hat die Absenderin gegoogelt und festgestellt, dass es die Journalistin ist, die auch an dem Abend dabei war.« Sie sah Friederike fragend an. »Was sagst du dazu?«

Sie nahm Hanna das Blatt aus der Hand und lehnte sich an die Fensterbank, während sie die Seite überflog. Abrupt hob sie den Kopf und sah die beiden anderen verblüfft an. »Was soll das denn? Die spinnt doch.«

»Wenn du von mir sprichst, könntest du wenigstens warten, bis ich auch da bin.« Jule war unbemerkt in die Küche gekommen. »Das ist …«

»Jule, es geht hier gerade nicht um dich«, Friederike hob das Blatt hoch und schüttelte den Kopf. »Wir haben eine andere Baustelle. Hanna hat eine Mail von dieser seltsamen Journalistin bekommen, die auf der Buchpremiere vor uns saß und so komische Fragen gestellt hat. Hör mal zu«, sie räusperte sich und hielt sich das Blatt näher vor die Augen. »*Sehr geehrte Frau Herwig, im Rahmen einer Recherche bitte ich Sie, mir in Ihrer Funktion als Mitglied des Vorstandes folgende Fragen zu beantworten und bis spätestens Ende der Woche zur Verfügung zu stellen. Erstens: Die Marie-van-Barig-Stiftung ist bekanntlich Anfang der 60er-Jahre von Carl und Laura van Barig gegründet worden. Woher kam das Vermögen, das die Grundlage für diese Stiftung bildete? Zweitens: Zu welchem Zweck wurde die Stiftung gegründet? Drittens: Warum fand die Gründung der Stiftung zu diesem Zeitpunkt statt? Viertens: Inwieweit war die Familie Hohnstein in die Stiftungsgründung involviert?*

Und es kommen noch mehr Fragen, ich erspare sie dir. Aber zum Schluss wird noch mal angemahnt, die Antworten innerhalb der nächsten drei Tage zu geben. Was ansonsten passiert, steht hier nicht, aber der Ton ist ja wohl eine absolute Unverschämtheit. Du solltest die Mail einfach ignorieren. Das ist ja wohl das Letzte.«

Sie stieß sich von der Fensterbank ab und ließ das Blatt verächtlich auf den Tisch fallen. »Cosima Wagner. Ich bitte euch, die hat doch einen Knall.«

Sofort trat Jule vor und griff nach dem Schreiben, um es selbst zu überfliegen. Nach einer Weile schüttelte sie den Kopf und blickte Hanna an. »Aber was soll das denn? Was ist mit der Stiftung denn nicht in Ordnung?«

»Ich weiß es nicht«, ratlos hob Hanna die Schultern und warf einen fragenden Blick Richtung Alexandra. »Ich weiß auch gar nicht, was ich da jetzt machen soll. Und ich habe keine Ahnung, warum die Journalistin das alles wissen will.«

Alexandra erwiderte ihren Blick und stand plötzlich auf. »Friederike hat recht, du musst diese Fragen gar nicht beantworten, schon gar nicht unter diesem Zeitdruck, den ich sowieso nicht verstehe. Ich rufe mal Jan an und frage ihn, was er darüber denkt. Ich nehme an, dass die in irgendeiner Form über die Stiftung schreiben will. Und dass sie auf der Suche nach einem kleinen Skandal ist. Anders kann ich mir den Ton nicht erklären.« Sie nahm Jule das Blatt aus der Hand. »Ich bin gespannt, was Jan dazu sagt. Hanna, du musst dir keine Gedanken machen, das wird sich alles klären.«

Friederike sah ihr nach, bevor sie sich zu Hanna an den Tisch setzte. »Unsäglich«, sagte sie. »Dieser fordernde Ton. Kann man so etwas nicht höflich schreiben? Also, falls sie überhaupt eine Recherche zur Stiftung macht.«

»Aber was ist denn daran interessant?«, mischte Jule sich ein. »Es ist eine Stiftung, die seit Jahrzehnten kranke Kinder und deren Angehörige unterstützt. Was will diese Journalistin denn da für einen Skandal finden? Und was haben die Hohnsteins damit zu tun? Also Lauras Eltern?«

»Geldwäsche, Steuerhinterziehung, Schwarzgeld?«, schlug Friederike vor und hob sofort die Hand, als sie Hannas Gesicht sah. »Das war ein Witz, Hanna, ich gehe nicht davon aus, dass die Stiftung verbotene Dinge macht. Außerdem wüsstest du davon, du bist schließlich im Vorstand. Und die Hohnsteins haben insofern damit zu tun, dass sie ihrer Tochter Laura einen großen Teil ihres Vermögens vererbt haben. Was ja nicht das Schlechteste ist. Oder gibt es da noch irgendwelche dunklen Geheimnisse, Hanna?«

»Das glaube ich kaum«, entgegnete diese. »Ich habe den Sitz im Vorstand ja erst nach Maries Tod übernommen. Um die Tagesgeschäfte kümmern sich seit Jahren Menschen, die sich damit auskennen. Unter anderem die Rechtsanwaltskanzlei von Dr. Eisendorf, wie ihr wisst. Vielleicht sollte ich ihm die Mail schicken?«

»Mach das«, Friederike nickte. »In jedem Fall.«

»Das würde ich auch tun«, stimmte Jule ihr zu. »Vielleicht kann er ihr auch antworten, dann musst du dich überhaupt nicht damit befassen.«

Langsam stand Hanna auf. »Gut. Dann warten wir mal ab. Ich kümmere mich jetzt ums Abendessen, damit ich auf andere Gedanken komme. Und nein, ich brauche keine Hilfe, ich habe fast alles schon vorbereitet.«

»Gut, dann ziehe ich mich mal an.« Jule knotete beim Aufstehen ihren Bademantelgürtel fester. »Fiedi, bleibst du den Rest des Tages im Bademantel?«

»Ich komme gleich mit nach oben. Ich wollte nur warten, bis Alex zurückkommt.«

»Da ist sie schon.« Alexandra hatte den letzten Satz gehört, als sie jetzt wieder die Küche betrat. »Schöne Grüße von Jan, Hanna. Du solltest diese Fragen ignorieren, aber die Mail an Dr. Eisendorf weiterleiten.« Sie lehnte sich an den Türrahmen und verschränkte die Arme vor der Brust. »Jan will sich mal umhören. Er hat ja jede Menge Kontakte, vielleicht bekommt er raus, wofür genau Cosima Wagner gerade recherchiert. Er fand es eigenartig, dass sie nach der Familie Hohnstein gefragt hat. Der Name taucht doch im Stiftungsregister gar nicht auf.«

»Da bin ich ja gespannt.« Friederike erhob sich langsam. »Es hört sich fast so an, als suche sie eine Leiche im Keller der Familie Hohnstein. Wobei ich mir nicht vorstellen kann, dass sie eine findet. Mich haben die Hohnsteins immer sehr beeindruckt, weil meine eigene Familie so klein und langweilig war.« Sie schob die Hände in die Taschen ihres Bademantels. »Meine Mutter hat die Familie von Laura ja auch gekannt, aber nie viel darüber geredet. Alles was ich weiß, hat mir Marie erzählt.«

»Apropos«, Alexandra war plötzlich etwas eingefallen, »hast du dir mal die Alben angesehen, die du mitgenommen hast? Die Fotos von Laura? Da sind doch bestimmt auch Bilder von Lauras Eltern oder Großeltern dabei. Du kannst sie doch mitnehmen und deiner Mutter im Heim zeigen. Vielleicht kann sie sich erinnern und dir etwas von damals erzählen.«

»Ich habe sie mir angesehen«, sagte Friederike nachdenklich. »Unmengen von kleinen Schwarz-Weiß-Fotos, von denen die wenigsten beschriftet sind. Die meisten sagen mir gar nichts. Lauter fremde Menschen, viel Landschaft, kleine Autos vor hohen Bergen, Katzen, Hunde, Gärten. Es sind natürlich auch ein paar Bilder von meiner Mutter dabei, aber nichts, was wirklich aufschlussreich wäre. Ich weiß noch nicht, ob ich Esther die Fotos zeige, ich möchte nicht riskieren, dass sie wieder ihre Wutanfälle bekommt. Jetzt gerade ist sie so friedlich. Ich denke noch mal darüber nach. Und jetzt gehe ich duschen.«

Sie sagte nicht, dass sie von den Alben enttäuscht gewesen war. Weil sie insgeheim doch gehofft hatte, andere Fotos zu finden. Fotos, die ihr die Geschichte ihrer Mutter ein bisschen nähergebracht hätten.

Oktober 1955

Esther verlagerte ihr Gewicht auf das andere Bein, damit das Zittern aufhörte. Es klappte nicht. Ihre Knie schlotterten vor Nervosität, ihr war schwindelig, jetzt wurde ihr auch noch ein bisschen schlecht. Sie atmete durch die Nase ein und durch den Mund wieder aus, ein Trick, den ihre Mutter neulich Herrn Lemke gezeigt hatte, als ihm so blümerant geworden war. Es half ihr genauso wenig, wie es ihm geholfen hatte. Ihre Knie zitterten weiter. Der Schwindel blieb.

Am Bahnsteig 4 des Hamburger Hauptbahnhofs drängten sich die Menschen vor, hinter und neben Esther. Es war laut, alle riefen durcheinander, manche weinten vor lauter Aufregung, einige hielten Schilder hoch und liefen damit auf und ab, andere standen nur einfach wartend da. Und merkten kaum, dass sie angerempelt, weggeschoben oder geschubst wurden. So wie Rosemarie. Esther griff nach ihrer Hand. Ihre Mutter war sehr blass, die kleinen Nelken, die sie in der Hand hielt, zitterten. Der Schweiß stand ihr auf der Stirn, sie war ganz kurzatmig, schon wieder drängte sich jemand an ihr vorbei, sie taumelte einen Schritt nach vorn.

»Passen Sie doch auf«, fuhr Esther die kräftige Frau an, die sich gerade an ihnen vorbeischob. Sie bekam keine Antwort.

»Lass doch«, sagte Rosemarie jetzt und wischte sich mit einem Taschentuch übers Gesicht. »Sie sind alle so … Wer hätte denn gedacht, dass …«

»Achtung, am Bahnsteig 4 fährt gleich ein …«

Den Rest der Ansage konnte Esther nicht verstehen, das

Stimmengewirr der Wartenden schwoll zu einem kaum auszuhaltenden Lärm an. Plötzlich raste Esthers Herz, das Zittern wurde immer stärker, am liebsten hätte sie sich die Ohren zugehalten, aber das ging nicht. Seit zwei Wochen konnte sie schon nicht mehr schlafen, seit zwei Wochen war sie zwischen Angst und Freude hin- und hergerissen, seit zwei Wochen hatte sie diesem Tag entgegengefiebert und jetzt war er da. Kein guter Moment, sich die Ohren zuzuhalten.

Alles hatte mit dem Brief angefangen, der so unvermutet im Flur gelegen hatte. Esther konnte sich an jede Sekunde dieses Abends erinnern.

Es war ein Freitag gewesen, an dem sie erst spät von der Arbeit nach Hause gekommen war. Sie hatte Frau Bellmann bei einem Hochzeitskleid geholfen, einem Traum von Kleid, das über und über mit kleinen Glassteinchen bestickt war, die alle mit der Hand aufgenäht werden mussten. Die Braut war die Tochter eines Reeders aus Hamburg, die Hochzeit sollte im *Hotel Atlantic* gefeiert werden. Der Gedanke, dass die gesamte High Society Hamburgs dieses Kleid sehen würde, hatten Frau Bellmann und Esther zur Höchstleistung getrieben. Ohne auf die Zeit zu achten, hatten sie den Traum fertiggestellt und Esther war mit schmerzendem Rücken und stolzem Gefühl durch die herbstliche Nacht nach Hause geradelt.

Der Brief steckte noch im Postschlitz fest, erst als Esther die Wohnungstür aufdrückte, segelte er auf das schwarz-weiße Linoleum im Flur. Die Wohnung war dunkel, Rosemarie noch nicht zuhause.

Musik im Blut hieß der Film, den sie sich heute mit John Coe im *City Kino* anschauen wollte. Und vielleicht hatte Mister Coe sie nach dem Kino wieder zu einem Glas Wein in die Bar vom *Hotel Vier Jahreszeiten* eingeladen, so wie bei ihrer letzten Verabredung. Esther lächelte, als sie ihren Mantel auszog und ordentlich an die Garderobe hängte. Seit drei Monaten ging ihre Mutter nun schon mit Mister Coe aus und hatte seitdem immer gute Laune. Selbst Laura hatte neulich erst zu Esther gesagt, dass Rosemarie noch nie so hübsch ausgesehen habe und das einzig Blöde an dieser Geschichte wohl sei, dass Esther auch nach Hamburg ziehen müsste, wenn ihre Mutter ihn heiraten würde. Esther hatte nur abgewunken, das sei ja noch viel zu früh, wobei ihr die Vorstellung, in diesem schönen Haus nahe der Alster zu leben, sehr gefallen hatte. Aber was noch nicht war, konnte ja noch werden, war Lauras Antwort gewesen. Sie hatte nur lächelnd genickt.

Jetzt zog sie ihre Schuhe aus und stellte sie nebeneinander unter den Garderobenschrank, dabei fiel ihr Blick auf den Brief, der immer noch auf dem Boden lag. Sie bückte sich, um ihn aufzuheben, und erstarrte, als sie den Absender sah. Ganz langsam richtete sie sich wieder auf, die Augen ungläubig auf den Absender gerichtet. *Suchdienst des Deutschen Roten Kreuzes.* Mit weichen Knien ließ sie sich auf den Hocker im Flur sinken und schloss die Augen. Es konnte doch nicht sein, es war doch überhaupt nicht möglich, nach so langer Zeit. Sie hatte von diesen Briefen gehört, von lang ersehnten Nachrichten vermisster Angehöriger, über deren Verbleib nach dem Krieg niemand etwas gewusst und die das Deutsche Rote Kreuz doch gefunden hatte. Nur gab es eigentlich niemanden mehr, der Esther und ihre Mutter vermissen konnte. Eigentlich. Aber Hermann Hohnstein hatte an einem Abend auf Sylt erzählt, dass es Bundeskanzler Adenauer gelungen war, sich mit der Sowjetunion darauf zu einigen, die letzten Kriegsgefangenen nach Deutschland zurückzuschicken. Esther hatte nur halb zugehört, sie hatte neben Lorenz gesessen und nur Augen und Ohren für ihn gehabt. Aber neulich hatte auch Frau Bellmann mit einer Kundin darüber gesprochen, dass es doch zehn Jahre nach Kriegsende endlich mal Zeit würde, die armen Männer wieder nach Hause zu lassen. Von denen man geglaubt hatte, sie wären gefallen. Und vermutlich ohnehin mehr tot als lebendig waren.

Esther hatte einen Moment lang überlegt, darüber mit ihrer Mutter zu sprechen, sich dann aber nicht getraut. Rosemarie war so gut gelaunt, sie musste sie nicht mit solch traurigen Dingen wie Kriegsgefangenen belasten.

Der Brief knisterte zwischen ihren Fingern, die sich ganz kalt anfühlten. Esther warf einen Blick zur Decke, dann holte sie entschlossen tief Luft und riss den Umschlag auf.

Sie hatte den Brief gerade zu Ende gelesen, als sie den Schlüssel in der Haustür hörte. Tränenblind hob sie den Kopf und sah verschwommen ihre Mutter den Flur betreten.

»Hallo mein Schatz, du bist ja noch wach. Ach, es war so schön und …« Rosemaries Lächeln fror ein, als sie ihre Tochter ansah. »Was ist passiert?«

Esther wischte sich mit dem Handrücken über die Wange und hielt ihr schluchzend den Brief hin. Erst als ihre Mutter zögernd die Hand ausstreckte, flüsterte Esther unter Tränen: »Vati kommt zurück.«

Jetzt rollte der Zug schnaufend und quietschend in den Bahnhof, die Menschen drängten zu den Türen, wie versteinert blieben sie und ihre Mutter zunächst stehen. »Es ist so voll«, presste Rosemarie hervor und drückte Esthers Hand so fest, dass deren Finger schmerzten. »Lass uns hier stehen bleiben, einfach hier stehen bleiben.«

Von allen Seiten schoben sich Leute an ihnen vorbei, die hochgehaltenen Schilder versperrten ihnen den Blick auf den Zug, sie wurden geschubst und geschoben, hielten sich immer fester an den Händen. Rufe schallten über den Bahnsteig, Namen wurden laut geschrien, Schluchzen war von allen Seiten zu hören. Esther biss sich auf die Lippe, bis sie Blut schmeckte, erschrocken wischte sie es weg. Ich habe Angst, dachte sie plötzlich. Angst, dass Vati sie nicht hübsch finden würde. Oder nicht stolz auf sie wäre. Oder sie ganz vergessen hätte. Oder dass sie ihn gar nicht mochte.

Esthers Augen tränten, ein Mann mit einer Fotokamera stieß sie zur Seite, um die Ankömmlinge zu fotografieren. Die ersten Männer stiegen aus dem Zug und waren sofort umringt. Esther erhaschte einen Blick auf blasse Gesichter, einige weinten. Sie sahen alt aus, dünn, die Umstehenden versperrten schnell die Sicht. Rosemarie stand unbewegt neben ihr, den Blick auf den unaufhörlichen Strom der Vorbeilaufenden gerichtet, ohne eine Regung, ohne ein Wort. Und plötzlich war er da. Sie sahen ihn nicht kommen, hörten nur die leise, raue Stimme: »Rosi? Esther?«

Der Rest ging in einer sperrigen Umarmung und einem Tränenmeer unter. Und in dem Gedanken, dass ihr Vater ein sehr dünner, sehr grauer, sehr fremder und sehr kleiner Mann war. Aber lebendig. Und ihr Vater.

Der Dezember begann mit grauem Himmel und Schneeregen, es war den ganzen Tag nicht richtig hell geworden und die Kälte kroch Esther auf dem Heimweg trotz des Wintermantels in die Knochen. Sie musste ihre Zähne zusammenbeißen, damit sie nicht laut aufeinanderschlugen, trotzdem radelte sie sehr langsam. So langsam, dass das Fahrrad schon Schlangenlinien beschrieb.

An der letzten Kurve vor der Siedlung hielt sie an. Hier stand ein überdachter Hochsitz. Esther hatte ihn erst vor Kurzem entdeckt, früher war sie so schnell hier vorbeigefahren, dass sie gar keinen Blick an die Umgebung verschwendet hatte. Früher, als sie sich noch auf zuhause und Mutti gefreut hatte, der sie die Neuigkeiten des Tages beim Essen erzählen wollte. Bevor sie Karten spielten oder Radio hörten, während sie beide ihre Handarbeiten im Schoß hatten. Und über die

Hohnsteins, Willi, Herrn Lemke, Frau Bellmann oder Laura und Lorenz redeten. Im Wohnzimmer, in dem es gemütlich warm war, wo Blumen auf dem Tisch standen und bunte Kissen auf den Sesseln lagen. Es schien Esther so lange her, dabei waren es nur wenige Wochen, seit sich ihr Leben so verändert hatte. Niemals hätte sie sich das vorstellen können. Und niemals zuvor war sie so unglücklich gewesen.

Sie unterdrückte ein Schluchzen und stieg vom Fahrrad, das sie mühsam über die kleine Anhöhe zum Hochsitz schob. Sie lehnte es an einen Baum, nahm ihre Tasche vom Gepäckträger und kletterte die Leiter hoch. Es war auch auf dem Hochsitz kalt, aber die Holzwände hielten den Wind und das Dach den Schneeregen ab. Oben angekommen wickelte sie sich in die Wolldecke, die sie neulich hier versteckt hatte, und ließ sich auf die Bank fallen. Um sie herum war es dunkel und still, weit weg bellte ein Hund, mehr war nicht zu hören. Nur friedliche Stille. Die brauchte sie, bevor sie nach Hause kam. Nur einen kleinen Moment Frieden, damit sie es aushalten konnte.

Esther zog die Handschuhe aus und rieb die Hände schnell gegeneinander, bevor sie eine Taschenlampe und einen Umschlag hervorkramte. Sie zog den Brief heraus und knipste die Lampe an, bevor sie den Bogen auseinanderfaltete. Sie las diese Zeilen nicht zum ersten Mal, sie hatte den Brief schon vor ein paar Tagen bekommen, aber sie trug ihn aus Angst, ihr Vater würde ihn finden, immer bei sich. Und es tat ihr gut, ihn immer wieder zu lesen.

Liebe Esther,
das klingt ja überhaupt nicht gut, was du schreibst. Auch Laura hat mir in ihrem letzten Brief einiges mitgeteilt, sonst hätte ich es kaum glauben können. Aber du musst dir auch sagen, dass dein Vater natürlich die Welt kaum noch versteht, nachdem er so lange in Kriegsgefangenschaft war.

Was sich in diesen Jahren alles verändert hat. Und damit meine ich nicht nur dich und deine Mutter. Es ist doch eigentlich kein Wunder, dass er so verbittert ist. Meinst du nicht? Aber dass deine Mutter nicht mehr bei uns arbeiten darf, das kann doch nicht sein Ernst sein! Ich weiß aber, dass mein Vater gesagt hat, er wolle mit deinem Vater reden. Vielleicht fällt ihm etwas ein. Hermann Hohnstein hat doch immer eine Lösung. Ohne Frau Schulze ist meine Familie schließlich aufgeschmissen. Das weiß doch jeder. Was kann ich sonst noch schreiben, um dich zu trösten? Laura hat geschrieben, dass ihr euch auch kaum noch seht, weil dein Vater es dir verboten hat. Unpassender Umgang und so. Aber warte mal ab, liebe Esther, manche Dinge beruhigen sich von selbst, das war in meinem Leben auch oft so. Und wenn du traurig bist, dann erinnere dich an unseren schönen Sommer auf Sylt. Das werden wir irgendwann wiederholen, ich verspreche es dir. Zur Not, wenn du volljährig bist. Aber wir beide werden uns wieder in die Wellen stürzen. Also, Kopf hoch, liebste Freundin, alles wird gut. Daran glaube ich und sende Grüße mit Liebe, Dein Lorenz aus der tief verschneiten Schweiz

PS: An Weihnachten komme ich nach Hause, und wenn alles so schwierig bleibt, dann treffen wir uns eben heimlich. Ich weiß, wo der Hochstand steht, von dem du mir geschrieben hast. Halte es aus, die Zeiten werden besser!

Esther atmete tief aus und strich zärtlich über das Papier. *Aber wir beide werden uns wieder in die Wellen stürzen. Grüße mit Liebe*. Wenn die Zeit doch nur schneller vergehen würde, dachte sie sehnsüchtig. Wenn sie doch nur schon volljährig wäre. Und wenn Adenauer sich doch nur nie mit den Sowjets geeinigt hätte. Das schlechte Gewissen verbot sofort den letzten Gedanken. Viele Familien waren dank Adenauer heute sehr glücklich, nur ihre gehörte leider nicht dazu. Sie seufzte laut, dann faltete sie den Brief sorgsam zusammen, schob ihn zurück in den Umschlag und in die Handtasche. Mit steifen Gliedern stand sie langsam auf und schaute wehmütig auf das dunkle Feld, das unter ihr lag. Zwei Rehe tauchten plötzlich auf, eng nebeneinander blieben sie am Feldrand stehen, eines sah in Esthers Richtung. Sie schaute zurück und fühlte sich plötzlich sehr einsam.

Ganz vorsichtig drehte sie den Schlüssel im Schloss und schob die Tür langsam auf. Auf Zehenspitzen trat sie in den Flur, zog leise Schuhe und Mantel aus und verharrte einen Moment, sich vergewissernd, dass es still blieb. Erst dann tappte sie auf Strümpfen zur Küchentür und drückte vorsichtig die Klinke herunter. Die kleine Lampe in der Fensterbank tauchte den Raum in ein schummriges Licht. Rosemarie saß auf dem Stuhl am Fenster und hob erschrocken den Kopf, als sich die Tür öffnete. Sofort hielt sie den Finger an die Lippen. »Er schläft gerade«, flüsterte sie und wartete, bis Esther die Tür hinter sich geschlossen hatte. Dann fuhr sie mit leiser Stimme fort: »Du kommst spät. Es ist noch Erbsensuppe auf dem Herd.«

»Ich habe keinen Hunger.« Esther ließ sich auf den anderen Stuhl sinken und sah ihre Mutter an. »Hilde hatte gestern Geburtstag und hat Butterkuchen mitgebracht, den habe ich vorhin noch gegessen.« Sie machte eine kleine Pause, bevor sie fragte: »Wie geht es ihm heute?«

Ihr Alltag war seit Friedrichs Rückkehr von seinen Launen bestimmt. Es gab Zeiten, in denen er kaum sprach, sondern nur über Stunden im Sessel saß. Manchmal schlief er, manchmal blätterte er in einem Buch, manchmal starrte er auch nur vor sich hin. An solchen Tagen war er leise, traurig, bemitleidenswert. Aber ganz unerwartet konnte diese Stimmung kippen. Dann tigerte er wie eingesperrt durch die Wohnung, schimpfte über eingeschaltetes Licht, das nur Stromgeld kostete, regte sich über Esthers Rocklänge auf oder über die Illustrierten, die in ihrem Zimmer lagen und ihren Charakter verdarben. Am Abend vorher hatte Rosemarie etwas Besonderes vorbereitet, es gab Toast Hawaii, sie hatte sogar auf jeden eine Cocktailkirsche gelegt. Aber Friedrich hatte nur wutentbrannt den Teller weggewischt. »Wieso gibt es kein richtiges Essen?«, hatte er gebrüllt und die Küche verlassen, die Glasscheibe in der Tür war nach dem Zuknallen zersprungen. Später hatte er reglos am Fenster gestanden und in die Dunkelheit gestarrt, über seine Wangen waren Tränen gelaufen. Es zerriss Esther das Herz, wenn sie diesen grauen, traurigen Mann so leiden sah, aber sie hasste ihn auch, weil er seine Qual an ihnen ausließ. Es war so ungerecht.

Rosemarie nahm ihr Strickzeug wieder hoch. »Er war müde und hatte Schmerzen.« Sie strickte stumm eine Reihe, drehte die Handarbeit um und sagte unvermittelt: »Herr Hohnstein war heute Nachmittag hier.«

»Und? Was wollte er?«

»Er hat Vati gefragt, ob er Auto fahren kann. Und ob er sich vorstellen könne, als Fahrer für ihn zu arbeiten.«

»Was?« Esther riss die Augen auf. »Aber was ist mit Herrn Lemke?«

»Er soll aufhören. Er hat letzte Woche den Wagen wieder an einen Grenzstein gefahren, es ist die dritte Reparatur in kurzer Zeit. Und nur, weil er … Na, egal.«

»Weil er wieder angeschickert war?«

»Esther, bitte«, Rosemarie sah kurz hoch. »Der arme Mann kann einem leidtun. Herr Hohnstein hat gesagt, dass er irgendeine andere Beschäftigung für ihn findet, nur Auto fahren soll er nicht mehr.«

»Und das soll Vati jetzt tun?«

»Vielleicht«, antwortete Rosemarie achselzuckend. »Er soll es sich überlegen. Er bekommt einen guten Lohn, hat Herr Hohnstein gesagt, und er hätte wieder eine Aufgabe.«

Esther blickte auf Rosemaries Hände, die Masche um Masche strickten. Sie wartete die nächsten vier Reihen ab, bevor sie mutlos sagte: »Will er denn eine Aufgabe? Dann muss er doch morgens aufstehen und kann sich nicht mehr in alles hier einmischen. Außerdem kann er die Hohnsteins nicht leiden und sagt immer, dass sie eingebildete Lackaffen sind, ich darf mich ja noch nicht mal mit Laura treffen. Und dann soll er sie durch die Gegend fahren? Das macht er doch nie.«

Rosemarie ließ die Nadeln ruhen und die Schultern resigniert sinken. »Wir brauchen doch aber Geld. Das habe ich deinem Vati auch gesagt. Und vielleicht lässt er mich dann auch wieder zu den Hohnsteins, wenn er doch dann den ganzen Tag da ist. Und wir würden beide verdienen.«

Die Tür ging langsam auf und Friedrich trat ein. Mit gerunzelter Stirn blickte er auf Esther. »Ist das Fräulein auch endlich mal da?« Er lehnte sich an den Türrahmen und schob die Hände in die Taschen der zu weiten Cordhose. »Zahlen die dir wenigstens was extra oder bist du so dumm, es umsonst zu machen?«

»Guten Abend, Vati, ich musste Frau Bellmann bei einem teuren Abendkleid helfen, es mussten lauter Glassteinchen mit Hand draufgestickt werden, das hätte sie allein nicht bis morgen geschafft.«

»Glassteinchen«, er schnaubte ungläubig. »Abendkleider. Dafür haben die Leute Geld, als ob es nichts Wichtigeres gäbe.« Er zog einen Träger seines Unterhemds nach oben. »Ein Firlefanz. Was hast du eigentlich mit deinen Haaren gemacht? Kann man die nicht mal aus dem Gesicht binden? Du siehst aus wie ein Handfeger.«

Sofort versuchte Esther, die wirren Haare glatt zu streichen, was ihr ohne Bürste aber nicht gelang. »Das kommt von der Mütze. Es gab Schneeregen.«

Ohne zu antworten, setzte er sich auf den anderen Stuhl und legte die Unterarme auf den Tisch. »Ich habe Durst.«

Sofort ließ Rosemarie ihr Strickzeug auf den Tisch fallen und sprang auf. »Apfelsaft? Oder willst du ein Bier? Ich habe zwei Flaschen gekauft.«

»Apfelsaft«, er sah sie nicht an, sondern musterte Esther, als wäre sie ein störender Käfer. »Das Kleid sieht billig aus. Viel zu rot. Du siehst aus wie eine …«

»Friedrich, möchtest du noch ein Schmalzbrot? Du hast vorhin ja nicht viel gegessen.«

Dankbar für die Unterbrechung sprang Esther auf. »Ich ziehe mich schnell um. Und ich hätte danach sehr gern ein Schmalzbrot.« Sie floh aus der Küche, während der Vater ihr hinterherrief: »Das kannst du dir ja wohl selbst schmieren oder bist du dafür zu vornehm?«

Als sie ihr rotes Kleid ausgezogen und sorgsam auf einen Bügel gehängt hatte, lehnte sie sich mit geschlossenen Augen an den Schrank und bemühte sich, gleichmäßig zu atmen. Den Schnittbogen für dieses Kleid hatte sie aus einem Schweizer Modemagazin, das Lorenz ihr geschenkt hatte. Für den Stoff hatte sie lange gespart. Sogar Frau Bellmann hatte sie für diese Arbeit in den höchsten Tönen gelobt. Und jetzt saß nebenan ihr Vater und fand es billig. Er hatte einfach keine Ahnung. Nicht von Mode, nicht von Ehefrauen, nicht von Töchtern und schon gar nicht vom Leben. Auch wenn Esther diesen Gedanken hasste, sie wünschte, er wäre verschollen geblieben. Ihr kleines Leben war vorher so viel leichter gewesen.

9.

Das weiße Verlagsgebäude stand auf einer kleinen Anhöhe, man sah es schon von Weitem. Alexandra verlangsamte ihre Schritte und blieb schließlich wenige Meter davor stehen, den Blick auf die Fenster im zweiten Stock gerichtet, hinter denen ihr erstes Büro gewesen war. Hier hatte sie vor einer halben Ewigkeit ihre berufliche Karriere gestartet, anfangs als Volontärin, später als Lektorin. Sie hatte sofort gewusst, dass diese Branche die ihre war, es war eine tolle Zeit gewesen.

Wer weiß, dachte sie wehmütig, was geworden wäre, wenn sie damals nicht gekündigt hätte, um nach München zu gehen. Wenn sie nicht aus Angst vor einer privaten Katastrophe die Flucht nach Bayern angetreten hätte, wobei sie sich heute fragte, ob es das wert gewesen war. Gut ausgegangen war es nicht. Man sollte sich nie in den Mann der besten Freundin verlieben, oft verlor man dann beide.

Alexandra atmete tief durch und setzte ihren Weg fort. Es lag vermutlich am Alter, dass sie sich in letzter Zeit so oft die Frage stellte, was gewesen wäre, wenn sie sich anders entschieden hätte. Nur war heute nichts mehr umkehrbar, sie hatte alle Entscheidungen selbst getroffen, würde sie wahrscheinlich heute genauso treffen. Und letztlich war das meiste in ihrem Leben gut geworden. Nicht alles, aber sehr viel.

Verlag an der Alster stand auf dem großen Messingschild neben der Klingel, Alexandra widerstand der Versuchung, über die Schrift zu streichen, stattdessen drückte sie die schwere Tür auf, durchquerte die hohe Eingangshalle und sah eine junge Frau am Empfang sitzen, die sofort den Kopf hob, als sie Alexandras Schritte hörte.

»Hallo Frau Weise«, sie lächelte und stand auf. »Herzlich willkommen.«

»Danke«, Alexandra lächelte zurück, ohne eine Ahnung zu haben, mit wem sie es gerade zu tun hatte. »Ich habe einen Termin mit …«

»Mit dem Boss, Wolf, ich weiß«, jetzt streckte sie ihr die Hand entgegen. »Entschuldigen Sie, ich erkenne Sie natürlich wegen des Autorenfotos. Mein Name ist Katha Mohn, eigentlich Katharina, ich bin Wolfs Tochter und jobbe hier während meines Studiums. Und ich habe natürlich schon viel von Ihnen gehört, Sie sind ja auch dauernd in der Presse gewesen, die beste Verlegerin ever und ich bin ja ein großer Fan von Sebastian Dietrich, ich habe alles von ihm gelesen und der schwärmt ja in jedem Interview von Ihnen, mein Vater ist ja schrottgenervt, dass der nicht hier im Verlag veröffentlicht, aber ich sage ja immer …«

»Katharina!« Wolf Mohns sonore Stimme unterbrach den Redeschwall, den Alexandra mit halboffenem Mund über sich ergehen ließ. »Du kannst doch nicht jeden Gast gleich so zutexten. Alexandra, entschuldige, meine Tochter ist schwer einzufangen, wenn sie erst mal ins Reden kommt.«

Sie drehte sich um und sah Wolf langsam die Treppe herunterkommen. Er warf seiner Tochter einen grimmigen Blick zu, bevor er sich zu Alexandra beugte, um sie auf die Wange zu küssen. »Wir können gleich nach oben ins Büro gehen, damit wir Katharina entrinnen. Ich weiß nicht, warum ich zugelassen habe, dass das Kind hier arbeitet. Sie macht mich wahnsinnig.«

»Ich bitte dich«, Alexandra verkniff sich das Lachen, »das war doch sehr erfrischend.«

Ungerührt setzte Katharina sich wieder an den Tisch. »Es

hat mich auch gefreut, Sie kennenzulernen«, rief sie Alexandra bestens gelaunt nach. »Lassen Sie sich von meinem Vater nichts erzählen. Bis später.«

Wolf Mohn schüttelte nur mit verzweifeltem Blick den Kopf, während er nach oben zeigte. »Bitte.«

Wolf Mohns Büro war riesig und hatte einen Blick auf die Alster, Alexandra blieb einen Moment am Fenster stehen, während ihr Verleger noch Unterlagen aus dem Nebenzimmer holte. Als er eintrat und die Tür hinter sich schloss, wies er auf die beiden Ledersessel in der Ecke. »Kaffee kommt sofort, nimm doch Platz.«

»Danke«, Alexandra stellte ihre Tasche neben sich auf den Boden und sah hoch. »Sie hat ja viel Temperament, deine Tochter.«

»Hör bloß auf«, winkte er gequält ab. »Der Vorschlag, dass sie hier nebenbei arbeitet, kam von meiner Frau, ich glaube, sie hatte Angst, dass Katha sonst dauernd zuhause herumhängt. Sie wohnt ja noch bei uns, das ist das Ärgerliche, wenn man ein großes Haus hat und die Uni um die Ecke ist.«

»Was studiert sie denn?«

»Medien- und Kommunikationswissenschaften«, er hob die Augenbrauen. »Kommunizieren kann sie ja schon. Sie hat wirklich überhaupt keine Berührungsängste, du hast es ja gerade gemerkt, egal, wer vor ihr steht, Katha legt los. Wahnsinn. Manchmal macht mich diese Generation fertig. Selbstbewusst, unerschrocken, kritikresistent, laut und es gibt kein Thema, zu dem sie nichts sagen können. Und glaub mir, Katha ist nicht die Einzige, die so drauf ist. Bei einigen Junglektoren und -lektorinnen und auch in den anderen Abteilungen habe ich das schon festgestellt. Wir waren doch als Berufsanfänger nicht so.«

»Das weiß ich nicht mehr«, Alexandra lachte leise. »Aber nein, vermutlich nicht. Ich glaube, ich war sehr zurückhaltend und ziemlich eingeschüchtert, als ich damals hier im Haus mein Volontariat angefangen habe. Du bist ja erst später als Verleger gekommen, da war ich schon weg. Deshalb kann ich nicht sagen, ob deine Tochter das von dir hat.«

»Hat sie nicht«, Wolf setzte sich in den Sessel gegenüber und legte die Unterlagen auf den Tisch. »Ich habe mir erst mal alles genau angesehen und angehört, bevor ich mich getraut habe, mich überhaupt zu äußern. Und auch nur, wenn ich wusste, um was es ging. Und ich hatte einen Heidenrespekt vor den langjährigen Kollegen, aber das ist dieser Generation völlig egal. Sei froh, dass du das nicht mehr jeden Tag erleben musst.«

Nachdenklich sah Alexandra ihn an. Nein, dachte sie, er irrte sich. Sie würde das sogar gern wieder jeden Tag erleben. Sie wusste jetzt, dass sie die strukturierte Arbeit, die Autoren, die Texte, ja sogar die jungen Kollegen, über die Wolf sich gerade beklagte, vermisste. Sie wünschte sich, wieder dazuzugehören. Und zwar hier, wo alles angefangen hatte. Ihr neues Leben als Autorin, die Einsamkeit bei der Arbeit und die Langeweile, die sie immer öfter überfiel, machten sie unzufrieden. Sie musste etwas ändern, und zwar jetzt.

»Sag mal, Wolf«, sie hatte einen Frosch im Hals und musste sich räuspern, »was hältst du denn davon …«

»Ach, apropos«, ihm schien gerade etwas eingefallen zu sein, er beugte sich vor, »entschuldige, dass ich dich unterbreche, du kannst gleich weitersprechen, aber ich vergesse es sonst. Also, apropos junge selbstbewusste Berufsanfänger: Sagt dir der Name Cosima Wagner etwas?«

Überrascht sah Alexandra hoch. »Ja. Das ist die Journalistin, die auf der Buchpremiere war. Wie kommst du auf sie?«

»Die ist das?« Wolf nickte. »Das ist die Erklärung, ich habe mich nämlich gewundert. Sie hat eine Mail geschrieben, in der sie in einem, wie ich finde, ziemlich fordernden Ton um ein

Interview mit dir bittet. Warte mal, ich habe sie ausgedruckt und irgendwo …« Er raschelte mit den Papieren, die vor ihm auf dem Tisch lagen, bis er die Seite gefunden hatte. »Hier ist es doch. *Sehr geehrter Herr Dr. Mohn, da es zur Veröffentlichung der Biografie von Marie van Barig noch einige ungeklärte Fragen gibt, möchte ich Sie bitten, einen Interviewtermin mit Frau Weise für mich zu vereinbaren, da ich noch dezidierte Fragen zu ihrer Recherche habe. Mit freundlichen Grüßen, Cosima Wagner.*« Er hob den Blick und sah Alexandra an. »Was für dezidierte Fragen hat die denn zu deiner Recherche?«

»Ach«, antwortete Alexandra achselzuckend, »sie versucht es anscheinend auf allen Kanälen. Sie hat auch eine Mail an Hanna Herwig geschickt, die ja seit Maries Tod im Vorstand der Stiftung ist. Daraufhin habe ich Jan gebeten, sich mal umzuhören. Er hat jetzt herausgefunden, dass Cosima Wagner gerade für eine Dokumentation über die Herkunft des Geldes von Stiftungen und den politischen Verstrickungen der Gründer während der Nazizeit arbeitet. Und dabei ist sie auf mein Buch gestoßen. Aber es ist Schwachsinn, Carl van Barig hat die Stiftung gegründet und der war während der Nazizeit noch ein Kind. Und seine Schwiegereltern haben seiner Frau Laura zwar ihr Vermögen vererbt, waren aber überhaupt kein Bestandteil meiner Recherche. Ich vermute aber, dass die Wagner in diese Richtung recherchiert. Sie hat Hanna nach den Hohnsteins gefragt. Ich habe keine Ahnung, ob sie da einen Verdacht hat oder so drauflos marschiert, mir sind aber keine Unregelmäßigkeiten oder Gerüchte bekannt. Vielleicht sollte ich mich wirklich mit ihr treffen, um das herauszufinden.«

Wolf nickte und legte die Seite zurück auf den Tisch. »Ich sag es ja, diese jungen forschen Leute, die meinen, sie wären die Einzigen, die Anstand und Moral besitzen, und das auch ständig rausblasen müssen. Ich nehme übrigens auch an, dass sie über die Familie Hohnstein recherchiert. Ich kann mich nämlich dunkel erinnern, dass es in den 60er-Jahren mal Gerüchte über Kriegsgewinnler gab, zu denen auch die Hohnsteins gezählt wurden. Mein Vater hat sich damals sehr aufgeregt und fand diese Berichte unmöglich.«

Erstaunt fragte Alexandra: »Kriegsgewinnler? Ernsthaft? Und was hatte dein Vater damit zu tun?«

»Habe ich dir das nicht erzählt?« Wolf hob entschuldigend die Schultern. »Er kannte die Familie. Er war damals Arzt am Eppendorfer Klinikum und in seinen Anfangsjahren hat er Karla Hohnstein mal das Leben gerettet. Aus Dankbarkeit blieb die Familie ihm verbunden. Und später war Hermann Hohnstein auch mal sein Patient. Warum weiß ich nicht mehr, aber er hat ab und zu von ihnen geredet.« Er blickte an Alexandra vorbei auf die Alster. »Ich kann mich sogar noch erinnern, dass meine Eltern mal zu einem Fest bei ihnen eingeladen waren. Meine Mutter trug ein rotes Abendkleid und sah aus wie eine Königin. Und sie wurden mit einem schwarzen Mercedes abgeholt. Das hat mich als kleiner Junge schwer beeindruckt.« Er wandte sich ihr wieder zu und lächelte. »Ist lange her. Aber ich konnte mich noch an den Namen erinnern.«

»So klein ist die Welt«, Alexandra schüttelte den Kopf. »Das hast du mir nie erzählt, das ist ja interessant.«

»Tja«, Wolf verschränkte die Arme vor der Brust. »Ich habe anfangs nicht geschaltet, dass Marie van Barigs Mutter eine geborene Hohnstein war. Und tatsächlich die Tochter *der* Hohnsteins. Das habe ich erst auf der Buchpremiere begriffen. Ich selbst kannte die Familie gar nicht. Aber du wolltest vorhin was ganz anderes sagen. Ich hatte dich unterbrochen.«

»Das ist jetzt ein ziemlich abrupter Themenwechsel«, Alexandra holte tief Luft. »Ich muss erst mal diese Information verdauen. Also, jetzt mal etwas ganz anderes: Wolf, ich habe mir überlegt, dass es bei mir ja weitergehen muss. Auf Dauer ist diese Strukturlosigkeit nichts für mich, ich brauche noch was anderes. Gibt es nicht die Möglichkeit, wieder … «

»Entschuldigt bitte, aber diese blöde Maschine wollte entkalkt werden, sonst wäre der Kaffee schneller gekommen.« Wolfs Assistentin Carina kam mit einem Tablett ins Büro geplatzt und stellte es auf den Tisch. »Sorry, aber darum sollte sich eigentlich Katha kümmern. Hat sie nur nicht gemacht.«

Petze, Petze, ging in Laden, schoss es Alexandra durch den Kopf. Sie überlegte, wie der Reim weiterging. *Wollte ein Stück …*

»Frau Weise?«

Sie fuhr ertappt hoch und sah Carina an. »Ja?«

»Möchten Sie noch etwas anderes als Kaffee und Wasser?«

»Käse«, entfuhr es ihr. »Äh, nein, danke, nichts weiter.« Sie lächelte. »Vielen Dank.«

Genauso schnell, wie sie hereingekommen war, verschwand die Assistentin auch wieder. Wolf nahm den Faden wieder auf, nachdem sich die Tür geschlossen hatte. »Was für eine Möglichkeit?«

»Ich …«, Alexandra brauchte einen Moment, um den Anschluss zu finden. »Ich wollte dich fragen, ob ich nicht wieder hier einsteigen kann. Ich könnte doch für zwei oder drei Tage in der Woche im Lektorat mitarbeiten und …«

»Du willst was?« Unvermittelt fing er an zu lachen und japste: »Hier arbeiten? Das ist doch nicht dein Ernst.«

»Doch, warum nicht?« Irritiert wartete sie darauf, dass sein Lachen verebbte. »Ich weiß nicht, was daran so komisch ist.«

Wolf grinste immer noch. »Alexandra, wie lange kennen wir uns jetzt? Zehn Jahre? Fünfzehn?«

»So ungefähr. Und?«

»In den ganzen Jahren warst du die erfolgreichste Verlegerin der Branche. Jetzt hast du auch noch ein sehr gutes Buch geschrieben, ich zeige dir gleich mal die neuesten Rezensionen, die liegen nämlich hier, und jetzt willst du ernsthaft zurück in einen Verlag? Wieder im Büro vorm Rechner hängen, dich über die Controller ärgern, langweilige Kalkulationen machen, Personalgespräche führen, unsympathische Presseleute abwimmeln? Ach Gott, das kann nicht dein Ernst sein. Du bist doch jetzt auf der anderen Seite und glaub mir, das ist für dich die richtige. Hier, sieh mal«, er hantierte wieder mit seinen Papieren und zog einen zusammengehefteten Stapel kopierter Presseartikel heraus, den er ihr feierlich übergab. »Das Feuilleton bejubelt dich und um es kurz zu machen: Alle, einschließlich meiner Person, warten auf das nächste Werk.«

Stumm betrachtete Alexandra den Stapel, dann richtete sie ihren Blick wieder auf Wolf. »Ein neues Buch? Worüber denn? Und ich meinte es ganz ernst mit der …«

»Alexandra, bitte«, unterbrach er sie wieder. »Schau mal, ich gehe in zwei Jahren in Rente und ich bin froh darüber. Und ja, ich weiß, du könntest sicher noch ein bisschen länger arbeiten, aber trotzdem gehören wir beide derselben Generation an, die so langsam wirklich Platz für die nachfolgende machen sollte. Wir haben doch eingangs darüber gesprochen. Die jungen Kollegen gehen alles ganz anders an. Warum sollen wir mit ihnen noch in den Ring steigen?«

»Du hältst mich für zu alt?« Verblüfft starrte sie ihn an. »Ernsthaft?«

»Was heißt zu alt?«, wand er sich. »Fürs Schreiben natürlich nicht, aber für einen Neuanfang im Verlag unter Umständen schon. Du hast hier im Haus nicht deine Münchner Routine, du kennst die Abläufe und den Großteil der Mitarbeiter nicht, allein die ganzen Befindlichkeiten, glaub mir, das willst du dir nicht mehr antun. Da hätte ich eine viel bessere Idee.«

»Ach ja?« Alexandra musste sich beherrschen, ihn nicht

enttäuscht anzufunkeln, seine Argumente waren so dermaßen hirnrissig, dass sie es kaum fassen konnte. »Und die wäre?«

Statt zu antworten stand er auf und nahm einen Prospekt aus dem Regal, den er vor ihr auf den Tisch legte. *Frauen im Schatten* stand auf der Titelseite. Alexandra nahm die Broschüre in die Hand und fing an zu blättern. Es waren Biografien von Frauen aus verschiedenen Epochen, nicht alle Namen sagten ihr etwas. Allen gemeinsam war aber, dass sie zu ihren Zeiten auf die unterschiedlichsten Arten erfolgreich gewesen waren, es nur kaum jemand bemerkt hatte.

»Und?« Sie hob den Kopf und sah ihn an. »Was ist jetzt deine bessere Idee?«

Ohne ihren spöttischen Unterton zu bemerken, antwortete er sofort: »Wir haben den Namen doch schon genannt: Karla Hohnstein. Sie musste die Hohnstein-Fabrik nach dem Tod ihres Mannes, also schon in den frühen 30er-Jahren, leiten und hat dann, soviel ich weiß, bis zu ihrem Tod weiterhin ihren Sohn unterstützt. Chefin einer so großen Firma zu sein war ungewöhnlich für eine Frau ihrer Generation. Aber du sitzt da in deinem Haus am See viel dichter an den Quellen. Das ist ein interessanter Stoff, da bin ich mir sicher. Und über Hanna Herwig kommst du auch an die Familiengeschichte, schließlich war Karla Hohnstein die Großmutter von Marie.«

»Urgroßmutter«, korrigierte ihn Alexandra. »Nur fürs Protokoll. Und was ich auch noch weiß, ist, dass Karla Hohnstein in dem Jahr gestorben ist, in dem Marie zur Welt kam, nämlich 1961. Also gibt es da vermutlich kaum gemeinsame Geschichten.«

»Das Leben Karla Hohnsteins ist bestimmt auch ohne ihre Urenkelin hochinteressant.« Wolf redete sich schon in Rage. »Komm, Alexandra, das ist doch dein Thema. Fang mal an zu recherchieren und schreib uns ein richtig süffiges Buch über eine ganz besondere und sehr spannende Frau. Leserinnen lieben so was. Und ich bin mir sicher, dass es auch in dieser, wie in jeder Familie, wilde Liebesgeschichten, kleine Skandale, Krieg und Frieden, große Versöhnungen und noch größere Familiengeheimnisse geben muss. Komm, es muss dich doch schon in den Fingern jucken. Von mir aus können wir sofort einen Vertrag machen.«

»Ich weiß nicht.« Noch unentschlossen, wenn auch mit aufkommender Neugier, verschränkte Alexandra ihre Arme vor der Brust. »Was ist, wenn sie eine total langweilige, unsympathische Frau war? Ich habe bislang tatsächlich kaum etwas über sie gehört. Selbst von Marie und Laura nicht. So wild können die Geschichten also nicht sein.«

»Wenn sogar eine jungdynamische Journalistin auf diese Spur kommt, gibt es zumindest die Chance auf eine wilde Geschichte. Denk wenigstens drüber nach. Aber wohlwollend.«

»Falls ich dafür noch nicht zu alt bin«, Alexandra bückte sich nach ihrer Tasche und stand langsam auf. »Ich ruf dich an.«

Auch Wolf war aufgestanden, neben sie getreten und legte jetzt den Arm um ihre Schultern. »Beleidigt sein passt nicht zu dir«, sagte er bestimmt. »Ich habe auch nicht gesagt, dass du zu alt bist, ich habe nur gesagt, dass man wissen muss, wann es reicht. Und ehrlich, was willst du noch im Verlag machen? Du warst eine erfolgreiche Verlegerin, du kannst doch nicht zurück auf Los und wieder irgendwelche Texte redigieren. Und dir vom Jungvolk sagen lassen, wie du das machen sollst. Da wirst du doch wahnsinnig.«

»Lass gut sein, Wolf«, sie gab ihm einen leichten Klaps auf die Brust. »Es wird nicht besser. Ich gehe jetzt mit meiner alten Freundin Friederike einen Seniorenteller essen und denke über Karla Hohnstein nach. Und wenn ich mit allem fertig bin, dann überlege ich mir, ob ich ein nächstes Buch schreiben werde oder nicht. Ich melde mich.«

»Ich bitte darum«, Wolf begleitete sie zur Tür und hielt sie ihr auf. »Bleib mir gewogen, meine Liebe. Ich will nur nicht, dass du dein Talent verschleuderst.«

»Schon klar«, mit einem ironischen Lächeln drückte sie seinen Arm. »Bis demnächst. Du musst nicht mit runterkommen, ich kenne mich ja aus. Ciao, mein Lieber.«

Er blieb in der Tür stehen, bis sie am Fuß der Treppe angekommen war und sich noch einmal zu ihm umdrehte. Sie hob die Hand, er winkte zurück, dann schloss er leise die Tür. Er würde den Vertrag schon mal aufsetzen. Alexandra hatte bereits diesen Blick gehabt, ihre Neugier war geweckt. Sie würde ziemlich schnell auf die Suche gehen, um herauszufinden, ob es wirklich eine Geschichte gab. Und er vermutete, dass es eine gab. Er war sich sogar ziemlich sicher.

10.

»Espresso?« Friederike griff noch einmal zur Speisekarte und reichte sie Alexandra über den Tisch. »Oder kannst du in deinem Alter danach nicht mehr schlafen?«

»Sehr witzig«, Alexandra sah sie ungerührt an, die Speisekarte ignorierend. »Ich nehme einen doppelten Espresso. Und ich weiß gar nicht, warum ich dir die Geschichte überhaupt erzählt habe, wenn du anschließend nur blöde Witze darüber machst.«

»Komm, ich kann so eine Flanke nicht liegen lassen«, Friederike gab der Bedienung ein Zeichen und legte die Speisekarte weg. »Außerdem ist das ein solcher Unfug, darüber kann man nur blöde Witze machen. Tanja, bringen Sie uns noch einen doppelten Espresso und einen Tee mit Sahne? Danke schön.« Sie wandte sich wieder Alexandra zu. »In Wirklichkeit steckt doch was ganz anderes dahinter. Du warst als Verlegerin immer erfolgreicher als Wolf Mohn, das weiß er auch und deshalb wird er sich hüten, dich als Konkurrenz ins Haus zu holen. Der will noch zwei ruhige und entspannte Jahre vor der Rente haben, der macht sich doch keinen Stress mehr.«

»Ich will ihm doch keine Konkurrenz machen«, widersprach Alexandra sofort. »Ich würde als Lektorin arbeiten und in der zweiten Reihe bleiben. Was hätte er denn für einen Stress?«

»Komm«, Friederike betrachtete sie mit einem resignierten Lächeln, »so naiv kannst du doch nicht sein. Er hätte Stress, weil er sich immer fragen würde, was du gerade denkst. Und ob du Umsturzpläne schmiedest.«

»Das ist Blödsinn«, entschieden schüttelte Alexandra den Kopf. »Totaler Blödsinn. Nein, darum geht es mir überhaupt nicht. Ich hätte nur einfach gern wieder einen regelmäßigen Ablauf und ein bisschen Stadtleben.« Sie bemerkte Friederikes Gesichtsausdruck und hob abwehrend die Hand. »Nein, du verstehst mich falsch. Ich lebe gern im Haus am See, auch wenn du mir damals abgeraten hast, aufs Land zu ziehen. Ich möchte nur auch manchmal was anderes sehen. Und wieder mehr arbeiten.«

»Schreib ein neues Buch«, schlug Friederike vor. »Fahr öfter zu Jan nach Berlin. Mach mal wieder eine kleine Reise. Aber fang nicht mehr als kleine Angestellte im Verlag an. Du machst dir was vor, man kann die Zeit nicht zurückdrehen. Du warst zu erfolgreich an der Spitze, du kannst jetzt nicht mehr in die zweite oder dritte Reihe. Es würde dich wahnsinnig machen. Glaub mir.«

»Ein doppelter Espresso? Und ein Tee?« Die Getränke kamen und ersparten Alexandra eine Antwort. Nachdenklich streute sie den Zucker in die Tasse und wartete, bis sich die Bedienung wieder entfernt hatte. »Sag mal«, begann sie schließlich und legte den Löffel langsam auf die Untertasse. »Etwas ganz anderes: Kannst du dich erinnern, dass Marie früher mal über ihre Urgroßmutter gesprochen hat? Uns irgendwelche Geschichten über sie erzählt hat?«

»Ach Gott«, Friederike hob die Augenbrauen, »ich kann mich nur noch dunkel an ihre Beerdigung erinnern, da waren wir so dreizehn oder vierzehn und ich musste mit, weil Laura darauf bestanden hat. Warum auch immer.«

»Das war Maries Großmutter«, Alexandra sah sie an. »Adelheid. Die meine ich aber nicht. Ich rede von Karla, Maries Urgroßmutter und Adelheids Schwiegermutter. Die starb in dem Jahr, in dem Marie und du geboren wurdet. Ich kann mich nicht erinnern, dass Marie irgendwann mal über sie gesprochen hätte, aber du kanntest die Familie ja viel besser. Ich dachte, du wüsstest was über sie.«

»Über Karla Hohnstein?« Friederike stützte ihr Kinn auf die Hand. »Nein, zumindest fällt mir nichts ein. Wie kommst du jetzt darauf?«

»Wolf hat mir vorgeschlagen, ein Buch über sie zu schreiben. Sie war wohl nach dem Tod ihres Mannes die eigentliche Chefin der Hohnstein-Fabrik, das ist für diese Zeit schon sehr ungewöhnlich. Wolfs Vater war übrigens mal ihr behandelnder Arzt, so klein ist die Welt. Draufgekommen ist er durch diese Journalistin auf der Buchpremiere, die ihm auch eine Mail geschrieben hat. Und außerdem gibt es eine Reihe, die *Frauen im Schatten* heißt, da würde es gut reinpassen. Letztlich war der Vorschlag vermutlich die Wiedergutmachung für seine blöde Reaktion auf meine Bewerbung.«

»Okay«, Friederike dehnte die Silben, als sie antwortete. »Meine Mutter muss sie ja noch gekannt haben. Vielleicht fällt ihr in einem hellen Moment was ein. Nachdem ich die Fotoalben zuerst nicht ins Heim mitnehmen wollte, hat Tom mich jetzt doch dazu überredet. Da sind tatsächlich noch Familienbilder der Hohnsteins eingeklebt. Allerdings steht da nichts drunter, ich weiß gar nicht, wer da wer ist oder aus welchen Jahren die Aufnahmen stammen. Aber ich kann es Esther zeigen. Oder ich gebe es dieser Studentin, die versucht, mit ihr die Gespräche zu führen.«

»Die Idee ist vielleicht gar nicht schlecht«, Alexandra sah Friederike nachdenklich an. »Ich werde Hanna fragen, ob sie etwas dagegen hat, dass ich mir mal die Hinterlassenschaften von Maries Eltern und Großeltern vornehme. Ich kann ja sehen, ob ich irgendwas finde und ob es interessant genug für ein Buchprojekt ist. Vielleicht ist es auch nur eine schwache Idee und ich verwerfe es wieder.«

»Genau. Und dann kannst du dir immer noch was anderes

suchen. Etwas, das dich aus deiner Langeweile reißt. Jule hat übrigens neulich erzählt, dass der Sportverein in Weißenburg noch Übungsleiter fürs Kinderturnen sucht. Du bist doch noch ganz gelenkig, das wäre doch was.«

»Du bist wirklich wahnsinnig hilfreich beim …«

»Entschuldigen Sie, Frau Brenner«, die junge Frau in der dunkelroten Hotelkleidung war unbemerkt an ihren Tisch getreten, »ich muss ganz kurz stören. Hallo Frau Weise, tut mir leid.«

»Guten Tag, Frau Sander«, Alexandra lächelte sie an. »Kein Problem.«

»Wiebke, was gibt es denn?« Friederike sah hoch. »Muss es sofort sein? Oder kann ich den Tee noch austrinken.«

»Es geht um die Gäste, die gerade angereist sind«, Wiebke Sander beugte sich etwas nach vorn. »Sie haben nach Ihnen gefragt. Also, ob Sie hier noch arbeiten.«

»Ja, und?« Friederike runzelte die Stirn. »Ich arbeite hier noch. Wie geht es weiter?«

Wiebke Sander warf einen kurzen Blick auf Alexandra, bevor sie Friederike wieder ansah. Die atmete hörbar aus. »Wiebke, bitte. Welche Gäste und was soll ich jetzt machen? Und Frau Weise kann mithören, es wird ja nichts Privates sein.«

»Vielleicht doch, die Gäste heißen Dieter und Martha Brenner, sind aus München angereist, und als sie gerade vor mir standen, hat Frau Brenner zu ihrem Mann gesagt, das sei doch nicht sein Ernst, dass er Sie nicht angerufen habe. Und dann hat sie noch schnell gefragt, ob *eine Friederike Brenner hier immer noch irgendwo arbeiten würde*. Es klang nicht so, als wüssten sie, dass Sie die Hotelchefin sind. Sind das Familienmitglieder von Ihnen? Soll ich ihnen ein Upgrade geben?«

»Dieter und Martha Brenner?«, entfuhr es Alexandra, bevor sie Friederike erstaunt ansah. »Wusstest du das? Hattest du seitdem noch mal Kontakt?«

»Nein«, Friederike schob ihren Stuhl langsam zurück, blieb

aber noch sitzen. »Ich wusste es nicht und wir hatten auch keinen Kontakt mehr. Aber gut. Danke Wiebke, mach ein Upgrade, ich komme gleich.« Sie wartete, bis Wiebke Sander sich wieder auf den Weg zur Rezeption gemacht hatte, dann starrte sie Alexandra an. »Dieterbrennerderarsch. Meine Mutter hat das immer in einem Wort ausgesprochen. Was machen die beiden hier?«

Alexandra hob die Schultern. »Das wirst du sie gleich fragen. Und denk an unser Treffen, er war mitnichten ein Arsch. Und vielleicht ist er nun doch bereit, mit dir über die alten Zeiten zu reden. Soll ich dabei sein, wenn du sie gleich triffst?«

»Nein«, langsam erhob Friederike sich und lächelte Alexandra etwas mühsam an. »Wenn sie etwas Konkretes von mir wollten, hätten sie mich sicherlich angerufen. Beim ersten Treffen damals war ich froh, dass du dabei gewesen bist, aber nach all der Zeit kann ich mich ihnen jetzt durchaus allein stellen, falls das überhaupt nötig ist.« Sie umrundete den Tisch und küsste Alexandra flüchtig auf die Wange. »Die Rechnung geht auf mich. Ich rufe dich später an und erzähle dir, was der Mann, den ich immer für meinen Vater gehalten habe, von mir wollte. Ich bin gespannt.«

»Ich auch«, Alexandra erhob sich jetzt auch und blieb vor ihr stehen. »Danke fürs Essen, Fiedi, und melde dich.«

»Bis später«, Friederike berührte kurz ihre Schulter, dann machte sie sich auf den Weg ins Foyer.

Das ältere Ehepaar stand etwas unschlüssig vor der Rezeption, Friederike blieb mit einem kleinen Abstand hinter ihnen stehen. »Willkommen in Hamburg«, sagte sie laut, sofort fuhren die beiden herum. Martha Brenner trug einen hellen Trenchcoat über einer dunkelblauen Hose, ein buntes Halstuch leuchtete über einer blauen Strickjacke, ihre rote Handtasche baumelte an ihrer Schulter. Sie sah hilfesuchend ihren Mann an. Der war kaum größer als sie und sah aus, als wäre er gerade bei einem Ladendiebstahl ertappt worden. Nach einem kurzen verlegenen Moment streckte er seine Hand aus. »Guten Tag, Friederike.«

Sie ergriff sie. »Hallo … Dieter. Frau Brenner. Das ist ja eine Überraschung.«

Martha Brenner nestelte nervös an ihrem Tuch. »Ja, guten Tag. Also, wir wollten hier auf keinen Fall alles durcheinanderbringen. Wir haben ein Wochenende in Hamburg gebucht, mit Musical und Hafenrundfahrt und allem und ich konnte mich erinnern, dass Sie uns bei Ihrem Besuch damals erzählt haben, dass Sie im *Grandhotel* arbeiten. Deswegen fiel mir der Name ein, als ich auf der Suche nach einem Hotel war. Aber wir wollten natürlich nichts geschenkt haben, wir haben nur nach Ihnen gefragt, weil mein Mann …« Sie stockte und warf ihm einen kurzen Blick zu.

»Das ist schon in Ordnung«, unbewegt sah Friederike sie an. »Kann ich euch denn behilflich sein?«

»Oh nein«, beeilte sich Dieter Brenner zu sagen. »Wir sind wirklich nur zufällig hier. Wie gesagt, ein Wochenende in Hamburg, das hat Martha sich zum Geburtstag gewünscht. Und wer weiß, wie lange wir solche Reisen noch machen können, wir sind jetzt ja beide über achtzig.«

Er schob seine Hände langsam in die Taschen seiner blauen Jacke und sah sich um. »Das ist ja ein sehr schönes Hotel. Und hier arbeitest du also?«

»Ja«, Friederike trat einen Schritt zurück, um einen jungen Mann vorbeizulassen. »Habt ihr eure Zimmerschlüssel schon bekommen?«

Martha Brenner nickte und zog sie aus der Tasche. »Ja, wir haben auch schon alles ausgefüllt.«

»Gut.« Friederike warf einen Blick darauf und nickte. Sie sah über seine Schulter den jungen Mann an, der jetzt an der

Rezeption stand. »Patrick? Bringst du das Gepäck bitte auf die 312. Danke.«

»Aber das ist doch gar nicht nötig«, protestierte Dieter. »Wir haben doch nur die beiden kleinen Koffer, und die haben Rollen.«

Patrick hatte sich schon heruntergebeugt und den Griff des Koffers in der Hand. »Wenn die Chefin das befiehlt, nützt kein Protest«, sagte er und lächelte Martha an. »Darf ich Sie bitten, mir zu folgen?«

»Chefin?« Dieter sah sie überrascht an. »Oh, da haben wir uns wohl gerade ein bisschen blamiert, als wir nach Friederike Brenner gefragt haben. Sag mal …«, er warf einen kurzen Blick auf seine Frau, die ihm aufmunternd zunickte, »hättest du heute vielleicht Zeit für ein Abendessen? Du bist natürlich eingeladen.«

»Das wird leider schwierig«, Friederike hob bedauernd die Schultern. »Heute passt es bei mir nicht, aber wir könnten nachher noch etwas zusammen trinken. Bis acht habe ich Zeit. Und ich kann euch anschließend einen Tisch in unserem Restaurant reservieren.«

»Das wäre nett«, antwortete Dieter Brenner mit einem Anflug von Enttäuschung. »Morgen Abend haben wir ja die Musicalkarten und Sonntag reisen wir schon wieder ab. Aber dann wenigstens ein Glas Wein? Oder was anderes?«

»Gut«, Friederike sah auf ihre Uhr. »In einer halben Stunde in der Bar? Oder braucht ihr mehr Zeit, euch einzurichten?«

»Nein, nein, eine halbe Stunde reicht«, Dieter Brenner sah zu Patrick. »Entschuldigung, wir haben Sie warten lassen, wir kommen jetzt. Also, Friederike, in einer halben Stunde.«

»Ja, bis gleich«, sie nickte, als er sich umwandte und Patrick zum Aufzug folgte. Martha Brenner ging zögernd hinterher, plötzlich drehte sie sich um und kehrte zurück. Als sie vor Friederike stand, sagte sie leise: »Es ist meinem Mann schwergefallen, Sie um ein Essen oder ein Getränk zu bitten. Seit Sie uns besucht haben, gehen ihm die alten Geschichten nach. Es war sein Wunsch, noch mal mit Ihnen zu reden, aber es ist nicht leicht für ihn. Seien Sie nachsichtig, er ist ein guter Mensch.«

Friederike sah sie an und nickte. »Ja, natürlich. Machen Sie sich keine Sorgen, ich kann auch sehr nett sein.«

Ein kleines Lächeln huschte über Marthas Gesicht. »Das glaube ich. Ich werde mich vor dem Essen hinlegen, ich glaube, es ist besser, wenn Sie mit ihm allein etwas trinken. Also, noch mal danke, dass Sie zugesagt haben. Einen schönen Abend.« Sie drückte sanft Friederikes Arm, bevor sie zu ihrem Mann ging, der vor dem Fahrstuhl wartete.

Ihre Sekretärin hob den Kopf, als Friederike kurz darauf das Vorzimmer betrat. »Ich habe Ihnen noch drei Verträge zur Unterschrift hingelegt, machen Sie das bitte als Erstes? Die müssen nämlich heute noch raus.«

»Mach ich«, Friederike ging direkt in ihr Büro, ließ aber die Tür offen. »Ach, Frau Kessel, sind Sie so nett, Jana im Restaurant anzurufen und einen Tisch für heute Abend zu reservieren? So zwischen halb acht und acht?«

Gudrun Kessel hatte den Hörer schon in der Hand. »Auf welchen Namen?«

»Brenner. Zwei Personen.«

Erstaunt ließ sie den Hörer sinken. »Kommen Sie nicht gerade vom Essen aus dem Restaurant?«

»Die Reservierung ist nicht für mich.« Friederike stand inzwischen an ihrem Schreibtisch und hatte schon die Verträge in der Hand. »Es ist für Dieter und Martha Brenner. Sie sind Hausgäste.«

»Ach?« Erstaunt sah Gudrun Kessel sie an. »Familie? Das haben Sie gar nicht erzählt.«

Etwas ungeduldig hob Friederike den Kopf. »War eine Überraschung. Rufen Sie jetzt Jana an oder soll ich selbst …«

»Natürlich.« Während Frau Kessel den Hörer wieder ans Ohr hob und die Kurzwahl drückte, schloss Friederike die Tür. Tief ausatmend ließ sie die Papiere wieder auf den Schreibtisch fallen und stellte sich ans Fenster. Vor ihr lag die Alster unter blauem Himmel, es war einer dieser ganz besonderen Hamburger Frühsommertage. Auf dem Wasser herrschte ein reges Treiben von Segelbooten, Stand-up-Paddlern und Alsterbarkassen, Friederike verschränkte seufzend die Arme vor der Brust. Die beruhigende Wirkung des Wassers blieb aus, wenn sich zu viel darauf bewegte. Dafür müsste sie vielleicht am See sitzen, wo weniger los war. Nur dafür reichte die Zeit nicht, weil sie sich gleich mit Dieter Brenner in der Bar traf.

Familie? Das hatte Gudrun Kessel erstaunt gefragt. Erstaunt war sie gewesen, weil sie in den Jahren, in denen sie schon mit Friederike zusammenarbeitete, nur von Esther gehört hatte. Sonst war Familie nie ein Thema gewesen. Weil es keine gab. Zumindest keine, über die Friederike sprechen wollte. Dieter Brenner hatte ihre Mutter und sie verlassen, als sie drei Jahre alt gewesen war. Danach hatte es keinen Kontakt mehr gegeben, weder Geld noch Anrufe noch Geburtstagskarten, erst recht keine Geschenke oder Treffen. Friederike war mit der Tatsache groß geworden, dass ihr Vater ein egozentrischer Trottel war, der die Familie von heute auf morgen verlassen und sich weder um sie gekümmert noch sich für sie interessiert hatte. Dieterbrennerderarsch, in einem Wort geschrieben, so hatte Esther ihn bei den wenigen Malen, in denen sie über ihn reden musste, genannt. Es hatte für Friederike nie einen Grund gegeben, an dem zu zweifeln, was Esther ihr erzählt hatte. Sie hatte sich irgendwann noch nicht einmal mehr an ihn erinnern können.

Als sie vor zwei Jahren Esthers Wohnung auflösen musste,

hatte sie in den vollgestopften Schubladen seine Adresse gefunden. Völlig unvorbereitet, völlig ahnungslos hatte sie plötzlich Geburtstags- und Weihnachtskarten entdeckt, die er ihrer Mutter geschickt hatte. Mit einem gut lesbaren Absender und einer kompletten Münchener Adresse. Esther und Dieter Brenner hatten Kontakt gehabt, zwar selten, aber durchaus regelmäßig. Kontakt, von dem Friederike nichts geahnt hatte. Esthers beginnende Demenz hatte es schon damals unmöglich gemacht, das zu klären, also war Friederike nach München gefahren, um Dieter Brenner zur Rede zu stellen. Alexandra hatte sie begleitet, so war sie Zeugin dieses seltsamen, in manchen Aspekten aufschlussreichen Gesprächs geworden. Wäre ihre Freundin nicht dabei gewesen, hätte Friederike das Gefühl haben können, sie hätte sich das alles nur eingebildet. Und nun sahen sie sich plötzlich wieder. Und er tat so, als wäre es ein Zufall.

Mit einem Blick auf die Uhr trat Friederike an den Schreibtisch, unterschrieb die drei Verträge, ohne sie noch mal durchzulesen, nahm ihre Handtasche vom Stuhl und ging wieder ins Vorzimmer.

»Bitte schön«, sie legte die Papiere auf den Tisch. »Haben wir noch was Wichtiges? Ich bin jetzt verabredet, aber im Haus. Falls was ist, können Sie mich anrufen.«

Gudrun Kessel nickte. »Ist gut. Wir haben aber nichts Wichtiges mehr.« Sie legte die Verträge ordentlich zusammen, dann hob sie den Kopf und fragte neugierig: »Wie sind die beiden mit Ihnen verwandt? Onkel und Tante? Bruder und Schwägerin? Soll ich noch irgendetwas für sie organisieren? Blumen, Tickets oder Ähnliches?«

»Das haben sie schon alles selbst organisiert.« Friederike ging zur Tür, blieb aber noch kurz stehen. »Es handelt sich um meinen Vater und meine Stiefmutter. Oder so was in der Art.«

Gudrun Kessels überraschten Gesichtsausdruck ignorierend,

schloss sie die Tür hinter sich und ging mit schnellen Schritten zum Fahrstuhl. So was in der Art. Es war die eleganteste Umschreibung, die ihr einfiel.

Dieter Brenner saß schon an einem kleinen Tisch vor der Fensterfront und beobachtete das Treiben auf der Alster. Friederike blieb kurz am Eingang stehen und sah zum Tresen, Tom hatte sie schon entdeckt und kam lächelnd auf sie zu. »Na, Herzdame, wolltest du zu mir?«

»Nein«, sie schüttelte den Kopf und legte ihm kurz die Hand auf den Rücken. »Ich bin hier verabredet. Er ist schon da, der Mann im blauen Hemd mit dem grauen Sakko.«

»Ach so«, Tom drehte sich kurz zu dem Gast um, bevor er Friederike wieder ansah. »Netter Termin?«

Sie bemühte sich um einen gelassenen Gesichtsausdruck. »Es ist Dieter Brenner«, sie hielt ihn am Arm fest. »Jetzt guck nicht sofort wieder hin.«

»Dieter Brenner?« Tom hatte die Augen aufgerissen. »Was habe ich verpasst? Wieso hast du nicht erzählt, dass er kommt?«

»Ich wusste es nicht. Er ist mit seiner Frau übers Wochenende hier, Musical und Hotel und so, es ist ihr Geburtstagsgeschenk. Aber er wollte mich gern zum Essen einladen, ich habe es abgesagt und stattdessen vorgeschlagen, hier noch was zu trinken.«

»Geh doch mit ihnen essen«, widersprach Tom. »Warum denn nicht?«

»Wenn es blöd wird, muss ich zu lange bleiben«, Friederike küsste ihn flüchtig auf die Wange. »Wenn du merkst, dass ich komisch gucke, dann ruf mich an und rette mich. Bis später.«

»Hallo Dieter«, Friederike blieb an seinem Tisch stehen, er hatte sie nicht kommen gehört, wandte sich jetzt um und wollte sofort aufstehen. Sie legte ihm die Hand auf die Schulter. »Bleib sitzen. Hast du schon was bestellt?«

»Noch nicht«, er lächelte sie freundlich an. »Das ist nett, dass du es möglich gemacht hast.«

Ein junger Kellner kam zum Tisch und stellte eine Schale mit Nüssen hin. »Guten Abend, Frau Brenner, was darf ich Ihnen bringen?«

Friederike sah Dieter an. »Was möchtest du?«

»Ein kleines Bier?«

»Und ich nehme ein Glas Weißwein«, Friederike sah den jungen Mann an. »Und ein Wasser.«

»Gern«, er ging, während Dieter Brenner sich neugierig umsah.

»Und du bist also hier die Chefin? Das ist ja ein feines Haus. Ich glaube, wir haben noch nie so schön gewohnt. Wir haben sogar ein anderes Zimmer bekommen, das ist fast eine Wohnung. Ganz oben, wir können die ganze Stadt sehen.«

»Ich weiß«, Friederike lächelte. »Es freut mich, dass es euch gefällt.«

Er nickte nur und betrachtete seine Hände. Schließlich hob er den Kopf und sah Friederike an. »Ich hoffe, du fühlst dich nicht überfallen, dieses Wochenende hatte wirklich nichts mit dir zu tun, nur vielleicht die Wahl des Hotels. In der Hoffnung, es würde sich noch mal ein Gespräch ergeben. Ein zweites.«

Sie erwiderte seinen Blick. »Beim ersten Mal habe ich euch ja überfallen«, sagte sie. »Aber es war wichtig für mich und ich habe damals gedacht, wenn ich dich anrufe, dann lehnst du einen Besuch ab.«

»Hätte ich vielleicht auch«, Dieter verschränkte seine Hände auf dem Tisch. »Ich weiß es nicht. Aber das ist ja jetzt auch egal. Ach so, ich habe da noch etwas für dich, warte …«

Er drehte sich um und durchsuchte die Innentasche seiner

Jacke, die er über die Stuhllehne gehängt hatte. Schließlich zog er ein flaches Päckchen hervor und schob es Friederike zu. »Herzlichen Glückwunsch nachträglich zu deinem Geburtstag«, sagte er leise. »Es ist nur eine Kleinigkeit, aber wenn ich dich schon so kurz danach sehe, dann ist es ja eine gute Gelegenheit.«

Stumm betrachtete Friederike das in hellgrünes Papier eingepackte Geschenk, dann nahm sie es in die Hand und sah ihn an. »Das wäre doch nicht nötig … blöder Satz, ich danke dir.« Sie löste erst die Schleife, dann das Klebeband und wickelte ein schmales Buch aus. *Hotelgeschichten* war der Titel, die plötzliche Rührung schnürte ihr den Hals zu.

»Ich dachte, es interessiert dich vielleicht. Als ich es gekauft habe, wusste ich ja noch nicht, dass du hier sogar die Chefin bist. Aber …«

»Ich freue mich darüber«, unterbrach Friederike ihn. »Und ich kenne es auch noch nicht. Danke schön.«

Dieter lächelte erleichtert. Das folgende Schweigen war kein unangenehmes, trotzdem war Friederike froh, dass er weiterredete. »Wie geht es Esther inzwischen? Ist sie ganz …«

»Ganz dement?«, half Friederike ihm, während sie die Schleife um ihre Finger wickelte. »Nein. Sie hat zwischendurch immer noch helle Momente. Aber ganz oft redet sie über Dinge, die sich niemand erklären kann. Dann kommen irgendwelche Namen oder Orte, irgendwelche Geschichten, von denen ich noch nie etwas gehört habe. Das Heim macht gerade so ein Projekt, bei dem Studenten versuchen, die Lebensgeschichten der Bewohner zu sortieren. Ich soll ihnen helfen und merke dabei, dass ich kaum eine Ahnung von ihrem Leben habe.«

»Esther hat ja auch aus vielen Dingen ein Geheimnis gemacht«, bestätigte Dieter. »Ich habe sie damals auch oft nicht verstanden. Wenn ich sie gefragt habe, warum dies oder das so ist, hat sie alles weggewischt. Ich dachte immer, es läge an mir, dass sie mir nichts erzählen wollte. Es war schwierig, ich stand oft ein bisschen dumm da. Gerade, wenn wir mit ihren alten Freunden zusammen waren. Die kannten sich ja so gut. Und wenn Laura mir nichts erklärt hätte, hätte ich an keinem Gespräch teilnehmen können. Laura war sehr freundlich.«

»Stimmt«, Friederike beugte sich vor und sah ihn plötzlich interessiert an. »Du kanntest die ja alle.«

»Was heißt kennen?« Er hob abwehrend die Hand. »Ich habe sie nur ab und zu getroffen. Esther war meistens …«

Der junge Kellner kam mit den Getränken und unterbrach ihn. »Ein Weißwein, ein Wasser, ein kleines Bier, zum Wohl.«

»Danke, Andi«, sagte Friederike automatisch und zog das aufgewickelte Schleifenband von den Fingern. Sie sah Dieter an. »Kanntest du eigentlich auch noch Karla Hohnstein?«

»Ja«, Dieter griff nach seinem Glas und hob es in Friederikes Richtung. »Aber ich wollte noch etwas anderes sagen. Es tut mir leid, wie alles gelaufen ist, das war nicht richtig. Du warst ja damals noch ein Kind und konntest nichts dafür, dass ich erfahren musste, dass ich nicht dein leiblicher Vater bin. Und glaub mir, dieses schlechte Gewissen dir gegenüber, weil ich so Hals über Kopf gegangen bin, das lag mir mein ganzes Leben lang auf der Seele. Irgendwann konnte ich es nicht mehr gutmachen, irgendwann war der Zeitpunkt verpasst, aber glaub mir, ich habe sehr, sehr oft an dich gedacht. Und ich bin dankbar für diese Gelegenheit, es dir sagen zu können. Auch wenn du es vielleicht nie verstehen kannst.«

Friederike fing an, das Etikett von der Wasserflasche zu knibbeln, eine reine Übersprunghandlung, das feuchte Papier klebte sofort an ihren Fingernägeln. Sie pulte langsam die kleinen Fetzen ab und legte sie neben das Schleifenband auf den Tisch, während sie leise sagte: »Ich kann es schon verstehen, es muss für dich damals ein Schock gewesen sein. Und es wäre vermutlich alles einfacher geworden, wenn Esther liebevoller gewesen wäre. Sie hat sich aber auch nie besonders für mich interessiert.«

»Das glaube ich nicht«, widersprach Dieter entschlossen. »Sie hatte damals, nach deiner Geburt, so etwas wie eine … wie sagt man heute? Wenn man nach einer Geburt so traurig ist?«

»Postpartale Depression«, antwortete Friederike. »Das hatte sie?«

»Ja«, er nickte energisch. »Ungefähr ein Jahr lang. Und ich konnte ihr nicht helfen, ich habe wirklich alles versucht. Zum Glück hatte ich ja dich, du warst so ein reizendes Kind und mein ganzer Stolz. Irgendwann ging es Esther zum Glück besser und dann war sie wirklich eine gute Mutter.«

»Das wusste ich auch nicht«, Friederike sah ihn nachdenklich an. »Aber ihre Gute-Mutter-Phase hat, ehrlich gesagt, nicht lange gehalten. Zumindest kann ich mich nicht daran erinnern.«

»Na ja«, räumte er ein, »dann kam ja auch die Trennung und Scheidung, das war auch für sie schwer. Und ich kann dir nicht sagen, was damals sonst noch passiert ist, in diesen Jahren hatten wir überhaupt keinen Kontakt.« Er sah kurz aus dem Fenster, bevor er sich wieder Friederike zuwandte. »Esther ist kein schlechter Mensch«, sagte er leise. »Vielleicht hat das Leben sie einfach unglücklich und ungerecht gemacht. Aber das kann man nicht richtig beurteilen, wenn man es nicht miterlebt hat.«

»Und weil sie nicht darüber reden will«, fügte Friederike resigniert hinzu. »Und dafür ist es jetzt wohl zu spät. Sie kann es nicht mehr erzählen und ich habe keine Ahnung, was damals alles passiert ist. Und warum. Und was das mit mir zu tun hatte.« Sie dachte einen Moment nach, dann fragte sie plötzlich: »Weißt du eigentlich, wer mein leiblicher Vater ist?«

Dieter senkte den Blick, bis er schließlich nickte. »Ich hatte damals so eine Ahnung. Manchmal ist es ja so, dass man etwas bemerkt, es nicht versteht, aber trotzdem irgendwo im Kopf speichert. Das war so, und als ich dann diese Ahnung hatte, setzte sich der Rest zusammen.« Er hob den Kopf. »Und ich habe Esther vor Jahren mal um ein Foto von dir gebeten, sie hat es mir tatsächlich geschickt. Da warst du vielleicht achtzehn oder neunzehn und da sah man dann auch die Ähnlichkeit.«

Verblüfft starrte Friederike ihn an. »Oh Gott, wenn ich dich früher gefunden hätte, hättest du es mir damals schon erzählen können?«

»Ich hätte es nicht getan«, antwortete er ernsthaft. »Das hätte deine Mutter machen müssen.«

»Das stimmt. Ich verstehe auch immer noch nicht, warum das so ein Geheimnis geblieben ist. Du hast es doch auch gemerkt oder geahnt. Was ist damals passiert?«

Dieter Brenner hob die Schultern. »Ich weiß die Einzelheiten wirklich nicht. Aber vielleicht kommt etwas bei diesem Projekt heraus, von dem du anfangs erzählt hast. Die Frau meines ehemaligen Kollegen leidet auch unter Demenz, aber sie hat neulich einen alten Film aus den 50er-Jahren im Fernsehen gesehen und plötzlich angefangen, über ihre damaligen Nachbarn zu reden. Ganz klar. Sie sprach über sie, als wäre sie am Vortag bei ihnen gewesen. Das war schon sehr erstaunlich.«

»Ja«, Friederike nickte. »Das hat mir die Studentin, die Esther befragt, auch erzählt. Dass so etwas vorkommt.« Sie sah ihn nachdenklich an. »Sag mal, was ganz anderes. Das hat jetzt nichts mit Esther zu tun, aber meine Freundin Alex, die mich damals bei meinem Besuch bei euch begleitet hat, will vielleicht ein Buch über Karla Hohnstein schreiben. Du hast gesagt, du kanntest sie noch.«

Überrascht hob Dieter die Augenbrauen. »Karla Hohnstein

hat eine ganze Menge mit Esther zu tun, so viel kann ich dir schon sagen. Sie war ihre Erzfeindin. Das war ganz schlimm damals.«

»Wie? Erzfeindin?«

»Sie hat Esther das Leben sehr schwer gemacht«, er warf ihr einen verblüfften Blick zu. »Hat sie dir das denn nie erzählt? Sie hat sie gehasst.«

»Warum?« Friederike beugte sich gespannt vor. »Esther hat nie über sie geredet. Sie hat ja noch nicht mal über ihre eigenen Eltern gesprochen. Geschweige denn von der Urgroßmutter meiner Freundin.«

»Über ihre Eltern auch nicht?«

»Nur dass sie mit dem Auto verunglückt sind, als Esther siebzehn war, und sie deshalb bis zu ihrer Volljährigkeit bei Lauras Eltern gewohnt hat.«

»Nicht nur bei Lauras Eltern«, sagte Dieter. »Karla Hohnstein wohnte auch in der Villa und sie war sehr dagegen, dass man Esther in die Familie aufnimmt. Zum Glück hat sich ihr Sohn durchgesetzt. Wenn Hermann Hohnstein nicht die Vormundschaft übernommen hätte, wäre sie in ein Jugendheim gekommen.«

»Warum hat er das gemacht? Oder hat Laura ihn dazu überredet?«

Dieter Brenner nahm gedankenverloren das Schleifenband vom Tisch und wickelte es wieder auf. »Ich glaube, er hatte auch ein schlechtes Gewissen. Schließlich hatte er Esthers Vater Friedrich eingestellt und Rosemarie an diesem Tag überredet, seine Mutter zu begleiten, weil er zu einem Geburtstag gehen wollte.«

Verständnislos sah Friederike ihn an. »Was meinst du damit? Wen hat Rosemarie begleitet?«

»Karla Hohnstein«, abrupt ließ Dieter das Band fallen. »Kennst du die Geschichte wirklich nicht?«

Friederike hob fragend die Schultern. Er sah sie lange an.

»Esthers Vater kam schwer traumatisiert als Spätheimkehrer aus der Gefangenschaft zurück. Hermann Hohnstein hat ihn, wohl Esthers Mutter zuliebe, als Fahrer eingestellt. Und nur ein paar Monate später, im Februar '56 ist er von der vereisten Fahrbahn abgekommen und gegen einen Baum gekracht. Er war auf dem Weg nach Hamburg, um Karla Hohnstein zu einem Arzttermin zu bringen. Sie saß hinten und hat den Unfall mit diversen Knochenbrüchen und gebrochener Hüfte überlebt. Rosemarie, die vorn gesessen hatte, war sofort tot und er starb auf dem Weg in die Klinik. Und plötzlich war Esther Waise.«

Friederike schluckte und sah ihn nur stumm an. Dieter Brenner trank einen Schluck und fügte an: »Karla Hohnstein muss damals sehr lange in der Klinik gelegen haben. Als ich sie einige Jahre später kennenlernte, ging sie am Stock und hatte wohl auch ständig Schmerzen. Sie hat sich von dem Unfall nie mehr vollständig erholt, und das hat sie auch deiner Mutter nie verziehen, die gar nichts dafür konnte. Das war sehr tragisch.«

»Bis sie dann irgendwann gestorben ist«, sagte Friederike. »In dem Jahr meiner Geburt.«

»Ja«, Dieter nickte ernst. »Ein halbes Jahr nach deiner Geburt. Es war der Tag eurer Taufe. Und dann noch auf diese Art. Warum alles so kam, weiß ich nicht. Auch, weil Esther sich strikt geweigert hat, darüber zu sprechen. Das ist auch eines ihrer Geheimnisse.«

»Auf welche Art?« Friederike runzelte die Stirn. »Was meinst du?«

Dieter hob die Schultern. »Ach, ich will da gar keine Gerüchte verbreiten und ich war ja immer nur ein Zuschauer am Rand. Aber ich habe damals ein Gespräch mitbekommen, in dem es hieß, dass sie sich umgebracht hat. Es wurde natürlich alles getan, es zu vertuschen, um einen Skandal zu vermeiden. Aber ich glaube, dass Esther irgendetwas wusste, was sie aber immer abgestritten hat.«

»Großer Gott«, Friederike schüttelte den Kopf. »Das sind ja richtige Abgründe.« Sie sah einen Augenblick aus dem Fenster. »Aber keiner der Beteiligten lebt noch. Und Esther … Na ja, vielleicht sollte ich Alexandra doch überreden, die Recherche aufzunehmen. Wer weiß, vielleicht bekommt sie etwas heraus.«

»Vielleicht«, Dieter lächelte zaghaft, dann trank er sein Bier aus und stellte das leere Glas auf den Tisch. »Oder man lässt die alten Geschichten ruhen. Du wirst wissen, was du willst. Ich danke dir für dieses Treffen, aber ich glaube, ich muss mich langsam fürs Essen umziehen. In diesem vornehmen Restaurant.«

»Natürlich«, sie lächelte ihn an, während er langsam aufstand, und erhob sich ebenfalls. »Danke. Auch für das Geburtstagsgeschenk.«

Er nickte und streckte ihr nach kurzem Zögern die Hand hin. Friederike ergriff sie mit beiden Händen. »Soll ich dich auf dem Laufenden halten? Was Esther und ihre Erinnerungen betrifft?«

Überrascht sah er sie an, dann huschte ein Lächeln über sein Gesicht. »Das würde mich sehr freuen«, antwortete er leise. »Nicht nur wegen Esther, aber es wäre schön, wenn ich ab und zu etwas von dir hören könnte. Ja, das würde mich wirklich freuen.«

11.

»Einen kleinen Cocktail nach dem Essen?« Toms Stimme schreckte sie aus ihren Gedanken auf, sofort hob Friederike den Kopf. Er stand schon vor ihr. Barfuß auf den warmen Holzbohlen der Dachterrasse, in Jeans und weißem T-Shirt, zwei bauchige Gläser mit einer roten Flüssigkeit in den Händen, in denen Eiswürfel klirrten.

»Sehr gern«, Friederike lächelte und zog ihre nackten Füße vom Stuhl, auf den Tom sich setzte, nachdem er ihr ein Glas gereicht hatte. »Prost«, sagte er. »Auf die karibischen Nächte.«

»Herrlich«, Friederike schnupperte am Glas. »Was ist das?«

»Probier selbst«, antwortete Tom, »und frag nie einen Barkeeper nach seinen Rezepten.«

Es schmeckte gleichzeitig bitter und fruchtig, eiskalt und nach Sommer. Und es war genau das Richtige für diesen Moment. Friederike behielt das beschlagene Glas nach dem Probieren in der Hand und legte ihre Füße auf Toms Beine. Seine Hand umfasste einen Fuß und massierte ihn leicht. Sie seufzte leise und schloss die Augen. An diesem sehr heißen Tag fühlte sie sich an ihre Zeiten in Spanien erinnert. Die warme Abendluft, der Duft von Jasmin und Rosen, das Klirren von Eis in einem Glas, die Zufriedenheit darüber, frisch geduscht in einem schnell übergeworfenen leichten Kleid den Tag zu beschließen. Das Einzige, was noch fehlte, war das Meer.

»So schön diese Dachterrasse ist«, murmelte sie träge, »sie müsste näher am Strand sein.«

»Stimmt«, pflichtete Tom ihr bei. »Aber man kann nicht

alles haben. Zumindest ist sie ein botanisches Wunder, ich hätte nie gedacht, dass solche Talente in dir schlummern.«

Friederike öffnete die Augen und betrachtete die zahlreichen Kübelpflanzen, den Federahorn, die Kletterrose, die sich am Spalier neben ihr emporrankte, die Jasminbüsche, die ihren betörenden Duft verströmten. »Ehrlich gesagt bin ich nur das Gießtalent«, gab sie zu. »Matthias war Anfang der Woche hier und hat sich um die Pflanzen gekümmert. Der Gärtnergott meines Vertrauens.«

»Matthias?«

»Alexandras Schwager«, Friederike zog ihren Fuß zurück und setzte sich aufrecht hin. »Der Mann ihrer Schwester Katja. Er hatte früher ein Gartenbauunternehmen, ist jetzt in Rente und hat meine Dachterrasse angelegt. Und er kümmert sich in regelmäßigen Abständen um die Pflanzen, weil auch er mein botanisches Talent bezweifelt. Mit Recht. Und er kann es nicht ertragen, dass es den Pflanzen schlecht geht, also kommt er regelmäßig vorbei und sieht nach dem Rechten. Sozusagen eine Win-win-Situation.«

Tom lachte. »Nicht zu fassen. Du hast einen Gärtner für deine Dachterrasse? Findest du das nicht ein bisschen dekadent?«

Achselzuckend stellte Friederike ihr leeres Glas auf den Tisch. »Ein bisschen vielleicht, aber Matthias hat sich drum gerissen. Was soll ich tun? Er will noch nicht mal Geld dafür haben, deswegen überschütte ich ihn ständig mit Geschenken und Gutscheinen und Essenseinladungen, das ist auch nicht einfach.«

»Du bist zu bedauern«, Tom lächelte und sah sich um. »Aber es ist ein Traum hier oben. Unglaublich, dass wir mitten in der Stadt sind. Es ist so friedlich hier.«

Friederike beobachtete ihn, seine Begeisterung, seine Lässigkeit und Lebensfreude, und dachte an Jules Vorschlag. Vielleicht sollte sie ihn wirklich fragen, ob er nicht bei ihr einziehen wollte. Nach all den Jahren, die sie sich schon kannten, hatten sie jetzt endlich die Beziehung, die beide zufrieden machte. Was Friederike in den Jahren zuvor so oft verhindert hatte, weil sie noch nicht so weit gewesen war. Jetzt war sie es – vielleicht. Sie hatte zumindest das Gefühl. Sie war sich fast sicher. Sie wusste selbst nicht, warum sie sich nicht traute, es war albern. Es fehlt nicht mehr viel, um ihn …

»Du hast noch gar nicht viel über dein Treffen mit Dieter Brenner gesagt«, stellte er unvermittelt fest. »Hat er dir noch irgendetwas erzählt, was deinem Heimprojekt helfen kann oder dir?«

»Was?« Überrascht von diesem Themenwechsel hob sie den Kopf und schob ihre Gedanken ans Zusammenziehen fast erleichtert beiseite. Dabei hätte sie ihn fast gefragt. »Es ist nicht *mein* Heimprojekt«, entgegnete Friederike schnell. »Ich habe mich nur bereit erklärt, es zu unterstützen.«

»Schon klar«, Tom lächelte. »Habt ihr denn über früher gesprochen? Oder will er sich auch an nichts mehr erinnern?«

Sie erwiderte nachdenklich seinen Blick. Tom hatte Esther noch nicht kennengelernt, das hatte Friederike bis jetzt vermieden. Schon während ihres ersten Beziehungsversuchs hatte sie selten mit ihm über ihre Familie, die ohnehin nur aus Esther bestand, gesprochen. Er wusste nur, dass sie ohne Vater aufgewachsen war, ein schlechtes Verhältnis zu ihrer Mutter hatte und auf keinen Fall darüber reden wollte. Erst jetzt, bei ihrem zweiten Anlauf, hatte sie ihn auch in ihr privates Leben gelassen. Das war vorher nicht gegangen.

»Er hat mir ein Buch geschenkt«, sagte sie jetzt. »*Hotelgeschichten,* ganz hübsch verpackt, nachträglich zum Geburtstag. Das hat mir fast das Herz zerrissen. Und er wollte mir sagen, dass es ein Fehler war, von heute auf morgen zu gehen, ich hätte ja nichts dafürgekonnt. Es tut mir inzwischen leid, dass es nie Kontakt gab. Egal ob Erzeuger oder nicht, er war die ersten Jahre mein Vater. Ich könnte Esther dafür erwürgen.«

»Habt ihr denn darüber geredet, warum man es vor dir geheim gehalten hat, dass er nicht dein leiblicher Vater war?«

»Nicht über die Gründe. Nur dass es Esthers Aufgabe gewesen wäre, es mir zu sagen, nicht seine.«

»Weiß er denn, wessen Tochter du in Wirklichkeit bist?«

Friederike nickte. »Der Name ist nicht gefallen, aber er hat gesagt, dass er damals etwas geahnt hätte. Er wollte aber nicht weiter darüber sprechen, sondern hat elegant das Thema gewechselt. Ich habe auch nicht weiter nachgefragt.«

»Es ist schon seltsam«, überlegte Tom laut. »Dieter Brenner hat es geahnt, du hast es geahnt, aber keiner hat darüber gesprochen. Es müssen doch auch andere Leute gewusst haben.«

Friederike atmete tief aus. »Es wurde ja nie über ihn gesprochen, weder Marie noch ihre Eltern noch Esther haben ihn jemals mir gegenüber erwähnt. Deshalb habe ich auch erst vor zwei Jahren erfahren, dass er überhaupt existiert hat. Und auch, dass er vermutlich mein Vater war.«

Tom sah sie fragend an. »Weißt du denn, warum? War es eine Affäre? Oder eine Liebesgeschichte? Wie ist das alles gewesen?«

»Nein«, nachdenklich schüttelte Friederike den Kopf. »Ich habe immer gedacht, es interessiert mich alles nicht, es ist vorbei und vergangen, und jetzt ist meine Mutter sowieso nicht mehr in der Lage, da mal Licht reinzubringen. Aber irgendwie …«

Friederike stand plötzlich auf. Sie lief über die warmen Holzbohlen zur Terrassentür und ging in die Wohnung. Nach kurzer Zeit kam sie zurück, ein in rotes Leder gebundenes Fotoalbum unter dem Arm. »Eigentlich habe ich überhaupt keine Lust, in diesen alten Kamellen zu wühlen, vielleicht habe ich auch Angst davor, was ich dann herausbekomme. Aber vielleicht sollte ich dir mal was zeigen, bevor du meine Mutter das erste Mal siehst. Und den Grund dafür, warum alle eine Ahnung haben, aber doch nichts wissen.«

Sie legte es vor Tom auf den Tisch, setzte sich neben ihn und blätterte die ersten Seiten um. Das dünne Pergamentpapier zwischen den Pappseiten knisterte, bis sie die Stelle gefunden hatte. »Das ist Esther«, sagte sie laut und tippte auf ein kleines Schwarz-Weiß-Foto mit weißem Rand. »Ich habe keine Ahnung, wo das aufgenommen wurde, aber so sah meine Mutter früher aus.«

Die junge Frau, die in die Kamera sah, war klein und sehr zierlich. Ihre dunklen Haare fielen ihr wild und gelockt auf die Schultern, die Augen waren groß und dunkel, das Lächeln breit und fröhlich. Sie stand in einem Garten, eine Katze auf dem Arm, unter einem blühenden Kirschbaum.

Friederike wartete einen Moment, dann blätterte sie rasch weiter und zeigte auf das nächste Foto. »Laura und Lorenz Hohnstein.«

Ein junges Paar stand neben einem Auto, die Frau war eine nordische Schönheit, blond mit klaren Gesichtszügen, der junge Mann neben ihr war hochgewachsen, selbstbewusst, hatte ein ironisches Lächeln auf den Lippen, das braune Haar lag in leichten Wellen. Er lehnte lässig am Auto und hatte die Arme vor der Brust verschränkt.

Verblüfft hob Tom das Album hoch. »Der liebe Gott hat die Gene sehr ungleich verteilt«, bemerkte er und sah Friederike an. »Die Ähnlichkeit ist verblüffend. Okay, und Dieter Brenner habe ich gerade gesehen, es ist unschwer zu erkennen, wer von den beiden dein Vater ist. Und Esther ist ein ganz anderer Typ.«

»Das meinte ich mit den Hinweisen«, Friederike schlug das

Album wieder zu. »Ich habe nie Bilder von früher gesehen, sonst wäre es mir vielleicht auch schon eher aufgefallen. Aber, wie gesagt, meine Mutter spricht nicht über ihre Vergangenheit. Ich habe keine Ahnung, ob sie und Lorenz Hohnstein ein Liebespaar waren, ob sie eine heimliche Affäre hatten oder ob das Ganze ein betrunkener Unfall gewesen ist. Fakt ist, dass Esther nach dem Tod ihrer Eltern vorübergehend in der Villa gewohnt hat, aber das wusste ich schon. Weil sie erst siebzehn war, als mein Großvater – und das war mir neu, das hat mit Dieter jetzt erzählt –, der als Spätheimkehrer aus der russischen Gefangenschaft gekommen war, bei den Hohnsteins als Fahrer gearbeitet hat und bei einem schweren Unfall nicht nur sich und seine Frau totgefahren, sondern auch Karla Hohnstein, das war Lauras Großmutter, schwer verletzt hat. Die deshalb meine Mutter überhaupt nicht im Haus haben wollte und sie gehasst hat. Ich wusste kaum etwas über Karla Hohnstein. Sie ist ein halbes Jahr nach Maries und meiner Geburt gestorben, sie spielte in Erzählungen kaum eine Rolle.«

Gedankenverloren zog Tom das Album näher und fing an, vorsichtig die Seiten umzublättern, Friederike sah ihm dabei zu. Die kleinen Fotos waren nicht beschriftet. Sie zeigten oft Laura, manchmal vor einem Haus, dann in einem Auto, auf einem Segelboot, in einem Café, mal mit Sonnenbrille, mal mit Hut, immer elegant angezogen, immer lächelnd. Es gab Bilder vom jungen Carl van Barig, eines war zweifelsohne das Verlobungsbild, auf dem Laura hingerissen zu ihm aufschaute. Lorenz und Esther standen im Hintergrund. Dann wieder Esther und Laura vor einem Kino, neben ihren Fahrrädern an einem See oder in Badeanzügen an einem Strand liegend, vermutlich auf Sylt.

Auf einem der Fotos stand Esther mit stolzem Blick vor einer Modeboutique. *Coco* stand über dem Eingang, in einer geschwungenen, eleganten Schrift über der Glastür, durch die man in einen vornehmen Laden blickte. In welcher Stadt er war, konnte man nicht erkennen.

»Beschriftungen würden helfen«, murmelte Tom leise, bevor er die Pergamentseiten glattstrich und das Album zuklappte. »Ich denke, es gibt nur eine Möglichkeit.«

Friederike lehnte sich zurück. »Und die wäre?«

»Wir besuchen deine Mutter im Heim, lassen sie diese Alben durchblättern und warten auf die Kommentare. Vielleicht sind die nicht immer klar, aber einen Versuch ist es auf jeden Fall wert. Warum guckst du so skeptisch?«

»Weil ich mir nicht sicher bin, ob das gut ist«, Friederike sah ihn zweifelnd an. »Meine Mutter neigt manchmal zu Wutausbrüchen, zumindest seit ihrer Demenz. Früher wurde sie nur wahnsinnig sarkastisch und beleidigend, jetzt wird sie laut und regt sich auf.« Sie setzte sich aufrecht hin und verschränkte die Hände auf dem Tisch. »Ich bin mir einfach nicht sicher, ob sie daran erinnert werden will. Weil ich nicht weiß, was damals passiert ist. Meine Großmutter Rosemarie war eine Angestellte der Hohnsteins, mein Großvater, wie ich jetzt erfahren habe, auch. Und ich kann mir nicht vorstellen, dass eine reiche Familie in den spießigen 50er-Jahren begeistert gewesen wäre, wenn ihr Spross etwas mit der Tochter der Haushälterin angefangen hätte. Also war es entweder heimlich oder, was schlimmer wäre, von Esthers Seite nicht freiwillig. Stell dir mal vor, ich wäre das Ergebnis einer …« Sie stockte und starrte auf ihre Hände.

»Vergewaltigung?« Tom sprach es aus. »Das ist jetzt aber eine ziemlich wilde Spekulation, finde ich. Weil dagegenspricht, dass deine Mutter anschließend mit der Schwester ihres vermeintlichen Peinigers noch befreundet war. Das halte ich nicht für wahrscheinlich.«

»Hoffentlich«, antwortete sie leise und schob den Gedanken weg, dass sie ihm noch lange nicht alles aus ihrem Leben erzählt hatte. »Vermutlich hast du recht.«

»Gut«, beschloss Tom die Diskussion, »dann werden wir die Alben einpacken, Kuchen kaufen und mit deiner Mutter eine kleine Reise in die Vergangenheit unternehmen.«

»Willst du wirklich mit?«

»Unbedingt«, Tom nickte. »Ich bin jetzt neugierig, ich will sie kennenlernen.«

»Und wenn sie wütend wird? Und ausrastet?«

»Dann klappen wir das Album zu und essen Kuchen«, Tom lächelte sie liebevoll an. »Komm, du bist doch sonst so tough. Und egal, was dabei rauskommt, es verändert ja nicht dein Leben. Aber du musst doch auch neugierig sein, wie es angefangen hat. Und noch hast du die Möglichkeit, es herauszufinden, weil deine Mutter sich noch an einige Dinge erinnern kann.«

Friederike hob die Schultern. »Wir werden es sehen. Mir ist nicht so richtig wohl dabei.«

»Kopf hoch«, Tom beugte sich vor und küsste sie. »So schlimm wird das alles nicht gewesen sein.«

»Dein Wort in Gottes Ohr.« Sie sah nachdenklich an ihm vorbei. »Aber gut. Dann lass uns am Wochenende fahren. Und auf dem Rückweg schauen wir noch bei Jule und Torge in Weißenburg rein, das ist kein großer Umweg und die kleine Marie ist ab Samstag bei ihnen. Nach so viel Vergangenheit brauche ich danach ein bisschen Zukunft. Und ich habe die Kleine schon länger nicht gesehen.«

»Patentantengefühle?« Tom grinste. »Gut. Machen wir. Das wird schön, ich hab mich bei der Buchpremiere lange mit Torge unterhalten, da hatten wir sowieso schon den Gedanken, uns mal zu treffen. Dann ist das doch ein Plan.«

Friederike strich ihm über die Wange. »Danke, dass du alles mitmachst. Und jetzt hätte ich gern noch so einen Cocktail.«

März 1956

Es war alles grau und kalt. Nebelschwaden waberten durch die Bäume, der Himmel hing tief, der Sprühregen benetzte Esthers Gesicht und lief in kleinen Rinnsalen von ihrem Gesicht über den Hals in den schwarzen Mantel, was sie zittern ließ. Der Pelzkragen war schon ganz feucht und klebte unangenehm an der Haut. Vermutlich roch er schon nach nassem Tier. Es war ihr peinlich, sie hatte sich den Mantel von Laura geliehen.

Sie sah nach vorn, der Pastor hatte auch schon nasse Flecken auf dem Talar und redete immer noch. Er stand vor dem breiten, leeren Grab, in das gleich die Särge versenkt werden würden. Sie verstand seine Worte nicht, es rauschte in ihren Ohren, als hätte sie Watte hineingesteckt. Anfangs hatte sie versucht, ihm zuzuhören, er hatte sie nett begrüßt, dieser Pastor, dessen Namen sie schon wieder vergessen hatte, aber dann hatte er angefangen, lauter falsche Sachen zu erzählen. Von wegen Schicksal und Liebe und Gottes Gnade und lauter solches Zeug. Es war kein Schicksal gewesen und schon gar nicht Gottes Gnade und es hatte auch nichts mit Liebe zu tun, sondern nur damit, dass Friedrich Schulze kein guter Autofahrer gewesen war und deshalb ihre Mutti totgefahren hatte. Ein lauter Schluchzer stieg in ihr hoch, Esther schloss verzweifelt die Augen und spürte im selben Moment den Druck von Lauras Hand auf dem Arm. Ihre Beine waren wie aus Pudding, ihr wurde kalt und schwindelig, sie merkte, dass sie wankte, und war froh, dass Laura sie festhielt und sie plötzlich auch auf der anderen Seite gestützt wurde. Im letzten Moment fing sie sich, eine leise Stimme war an ihrem Ohr: »Alles wird gut, ich bin da, weine ruhig.«

Tränenblind wandte sie ihren Kopf zur Seite, ein Arm in einem dunkelgrauen Mantel, über ihr die breite Schulter, die Stimme, die so beruhigend war. »Mister Coe«, die Tränen liefen ihr übers Gesicht. »Ach, Mister Coe.« Sie sackte zusammen und wurde gerade noch rechtzeitig von ihm gehalten, mit letzter Kraft lehnte sie sich an ihn. Wie lange musste sie noch hier stehen? Der Regen wurde heftiger, die dünnen Haarsträhnen des Pastors klebten ihm im Gesicht. Es sah so unwürdig aus. Und alles war so nass und kalt.

Sie wusste nicht mehr, wie sie die Prozedur hinter sich gebracht hatte, aber irgendwann hatte sie vor dem Grab gestanden und mit der kleinen Schaufel, die man ihr hinhielt, Erde auf die beiden Särge geworfen. Beide Rosen waren auf Rosemaries Sarg gelandet. Danach hatte sie Hände geschüttelt und immer wieder Danke gesagt, bis Mister Coe und Hermann Hohnstein sie untergehakt und zu einem Auto geführt hatten, das in die Ortsmitte von Weißenburg zum *Café Schlüter* fuhr. Als sie endlich hinter Mister Coe im Auto saß und in die verschwommene Welt hinter den Scheiben starrte, fragte sie sich, was wohl mit dem Schrotthaufen passierte, der mal der Wagen von Herrn Hohnstein gewesen war, und ob er sich wohl schon ein neues Auto gekauft hätte. Mitsamt einem neuen Fahrer. Die Tränen liefen jetzt unentwegt über ihr Gesicht, sie wischte sie noch nicht einmal mehr ab. Laura saß schweigend neben ihr, hielt ihre Hand und sah sie ab und zu traurig von der Seite an. Erst als der Wagen vor dem *Café Schlüter* hielt, das nur drei Häuser neben dem Atelier von Frau Bellmann lag, sah Esther hoch. Mister Coe drehte sich um und reichte ihr ein gebügeltes Stofftaschentuch. »Du bist nicht allein, Esther«, sagte er mit rauer Stimme und seinem englischen Akzent. »Meinst du, du kannst aussteigen?«

Sie nickte langsam, obwohl sie am liebsten sitzen geblieben wäre. In diesem Auto, nur mit Mister Coe und Laura, in dem es warm, trocken und sicher war. Aber Mutti hätte das ungehörig gefunden, schließlich hatten die Hohnsteins extra den Clubraum des *Café Schlüter* reserviert, damit die Trauergäste belegte Brote, Kaffee und Butterkuchen bekamen. Überhaupt hatten die Hohnsteins alles organisiert, die ganze Beerdigung und auch Esthers weiteres Leben. Das wusste auch Frau Bellmann, die sogar heute die Schneiderei geschlossen hatte, damit sie mit Hilde zur Beerdigung gehen konnte.

»Kind, du hast großes Glück im Unglück«, hatte Frau Bellmann gesagt. »Die Familie Hohnstein nimmt dich auf, sonst hättest du als Waise vermutlich in ein Jugendheim ziehen müssen. Aber so bekommst du ein schönes Zuhause, du kannst deine Ausbildung bei mir weitermachen und hast Menschen um dich, die es gut mit dir meinen. Bei aller Trauer um deine Eltern, und du kannst dir meines Mitgefühls sicher sein, hast du wirklich Glück im Unglück.«

Sie hatte vorgeschlagen, dass Esther schon kurz nach dem schrecklichen Unfall wieder zur Arbeit erscheinen sollte. Das wäre das Beste gegen die Trauer, hatte sie gesagt, und tatsächlich hatte es geholfen, zumal Frau Bellmann viel netter war als sonst und ihr nur schöne Arbeiten auf den Tisch legte. Und jetzt stand sie sogar schon vor dem Eingang des *Café Schlüter* und sah Esther entgegen, die eingerahmt von Mister Coe und Laura durch den Regen lief.

»Es war eine sehr schöne Beerdigung«, sagte Frau Bellmann laut und nahm sie etwas ungelenk in die Arme. »Das hätte deiner Mutter gefallen. Und deinem Vater auch.«

Esther nickte nur und löste sich von ihr, bevor sie sich von Laura und deren Vater in den Gastraum schieben ließ.

»Wir sitzen da vorn«, ordnete Laura an und zeigte auf einen Tisch, der vor dem Fenster stand. »Willst du dich schon setzen? Ich muss noch schnell auf die Toilette.«

»Ich begleite dich an den Tisch«, Hermann Hohnstein legte ihr den Arm um die Schultern. »Komm, ein heißer Kaffee wird dir guttun, du zitterst ja.«

»Ja«, Esther musste sich räuspern, die Tränen hatten ihren Hals ganz verstopft. »Danke, Herr Hohnstein.«

Nach dem Kaffee ging es ihr langsam besser, sie hatte es sogar geschafft, ein Käsebrot zu essen. Nur beim Anblick der Nusstorte wurde ihr übel. Der Clubraum des *Café Schlüter* war voll besetzt. Es waren viele Menschen aus dem Ort zur Beerdigung gekommen, Rosemarie war beliebt gewesen. Esther sah Willi und Herrn Lemke an einem Tisch sitzen, zusammen mit Martha und Elisabeth. Martha sah sehr verweint aus, sie hatte vor lauter Tränen gar nicht kondolieren können. Auch Mister Coe hatte rote Augen. Ob er auch glaubte, dass das alles nicht passiert wäre, wenn Vati nicht zurückgekommen wäre? Wenn Herr Hohnstein ihm keine Arbeit gegeben hätte, wenn er das Auto nicht gefahren hätte, dann würde Mutti noch leben. Vielleicht hätte sie wirklich Mister Coe geheiratet und wäre mit ihm in das schöne Haus nach Hamburg gezogen. So einen Vater hätte Esther sich gewünscht, so einen und nicht Friedrich, der alles so schlechtgemacht hatte. Sie spürte plötzlich den Blick von Adelheid Hohnstein auf sich, sofort fühlte sie sich ertappt, weil sie so böse Gedanken über ihren Vater hatte. Nicht dass man ihr das noch ansah, denn man sollte nicht schlecht über Tote denken. Die Scham stieg ihr ins Gesicht, sie bekam ganz heiße Wangen.

»Alles in Ordnung?« Laura sah sie fragend an, als Esther die Hände auf ihr Gesicht legte.

»Mir ist nur gerade so warm«, sagte sie schnell. »Vielleicht vom Kaffee. Ich geh kurz raus.«

»Soll ich mitkommen?« Jetzt war Laura besorgt. Mühsam schaffte sie ein Lächeln. »Nein, danke, ich bin auch gleich wieder da.«

Von den Trauergästen unbemerkt hatte Esther es geschafft, nach draußen zu kommen. Sie machte den obersten Knopf ihres, oder besser, Lauras Mantel zu und blieb fröstelnd vor der Tür stehen. Neben der Eingangstür war die Einfahrt zum Hof, sie war überdacht, langsam ging sie durch den Torbogen und lehnte sich ausatmend an die Hauswand. Nur fünf Minuten, dachte sie, fünf Minuten, in denen niemand sie mitleidig ansah und niemand ihr Trost zusprechen wollte. Es würde sowieso gleich vorbei sein, dieses Kaffeetrinken, das Leichenschmaus hieß. Ein schreckliches Wort. Aber das gehörte dazu, hatte Adelheid Hohnstein gesagt, dass Menschen nach einer Beerdigung zusammensaßen und sich gegenseitig trösteten. Als wenn ein Käsebrot das brennende Gefühl in Esther löschen könnte, es half überhaupt nichts.

Sie hörte die Tür wieder aufgehen, jemand kam aus dem Café, sie erkannte die Stimmen von Herrn Lemke und Willi und Esther neigte ihren Kopf in die Richtung, aus der sie kamen. Sie konnte sie nicht sehen, aber hören.

»Ich denke immer noch, es ist meine Schuld«, Herr Lemke klang gedrückt, er musste sich räuspern, bevor er weitersprach. »Frau Schulze musste nur mitfahren, weil die gnädige Frau dem Friedrich nicht traute, bei mir ist sie immer allein eingestiegen. Hätte ich am Steuer gesessen, würde die Rosemarie noch leben. Selbst wenn ich den Unfall gebaut hätte.«

»Das ist Unsinn«, widersprach Willi laut. »Es ist einfach Schicksal, niemand trägt die Schuld. Sie müssen sich nicht so quälen. Außerdem hat Herr Hohnstein Friedrich eingestellt, dann müsste er sich ja auch Vorwürfe machen. Aber manche Dinge liegen in Gottes Hand. Da sind wir Menschen machtlos.« Er hustete kurz, dann sagte er: »Was meinen Sie damit, dass die gnädige Frau Friedrich nicht getraut hat?«

»Ich habe gehört, dass sie zu Herrn Hohnstein gesagt hat, dass sie sich nicht unbegleitet von einem Nazi fahren lässt. Und er muss ein schlimmer Nazi gewesen sein, weil er sonst nicht so lange in Gefangenschaft gewesen wäre.«

Willi antwortete nicht, Esther schlich auf Zehenspitzen näher, um besser hören zu können, als Herr Lemke schon fortfuhr. »Und sie hat Angst vor ihm gehabt, weil er immer so finster geguckt und nie geredet hat. Die gnädige Frau hat auch nur über *den Nazi* geredet, sie hat nie *Herr Schulze* gesagt. Das fand ich nicht gerecht, sie kannte ihn doch kaum.«

»Die gnädige Frau …«, sagte Willi langsam. »Ich hoffe nur, dass das gut geht mit ihr und Esther. Da soll sie auch dagegen sein.«

»Wogegen?«, fragte Herr Lemke erstaunt. »Gegen Esther?«

»Nein, aber dass Herr und Frau Hohnstein sie als Pflegetochter aufnehmen. Martha hat gehört, dass er seiner Frau erzählt hat, die gnädige Frau habe im Krankenhaus getobt. Dass sie nicht die unerzogene Göre eines Nazis im Haus haben wolle, dass Esther ein schlechter Umgang für Laura sei, was die Leute denn sagen würden und so was alles. Aber Herr Hohnstein hat sich nicht beirren lassen. Er ist ein guter Mensch.«

Esther hatte die Luft angehalten, ihr Herz klopfte bis zum Hals. Sie presste die Hand auf den Mund, um nicht laut zu stöhnen, als sie plötzlich eine dritte Stimme hörte: »Ach, Herr Lemke, Willi, haben Sie vielleicht Esther gesehen? Ich suche sie überall.«

»Nein, Herr Hohnstein«, antwortete Willi sofort. »Das letzte Mal, als ich sie gesehen habe, saß sie neben Laura am Tisch. Vielleicht ist sie zur Toilette gegangen?«

»Danke. Aber Sie sollten auch wieder reinkommen, es ist kalt hier draußen.«

Esther wartete, bis die Tür sich hinter ihnen geschlossen hatte, bevor sie sich von der Wand abstieß und langsam zurückging. *Die unerzogene Göre eines Nazis*. Was hatte sie Karla Hohnstein eigentlich getan? Sie drückte die Eingangstür auf und stand plötzlich vor Mister Coe, der sie erleichtert ansah.

»Da bist du, wir haben dich gesucht.«

»Ich musste nur einen Moment frische Luft schnappen«, Esther wich seinem Blick aus und hoffte, er würde ihr die dunklen Gedanken nicht ansehen. »Mir war so heiß.«

Er nickte und sah mitfühlend auf sie herab. »Es ist auch sehr warm im Clubzimmer. Ich habe mir überlegt …«, nach kurzem Zögern fuhr er fort, »dass wir schnell noch in … die Wohnung fahren, um deine Sachen zu holen. Laura hat mir gesagt, dass du nicht genug Kleidung hast. Und dir auch noch einige persönliche Sachen fehlen. Ich weiß nicht, ob das der richtige Zeitpunkt ist, aber vielleicht bist du auch ganz froh, wenn du hier wegkommst? Wir könnten mit dem Wagen rüberfahren, dann kannst du in Ruhe alles einpacken. Und ich helfe dir. Natürlich nur, wenn du möchtest.«

Langsam hob sie den Kopf. Am Ende des Flurs standen die Flügeltüren zum Clubraum weit offen, der Geräuschpegel war angestiegen, alle redeten durcheinander. Esther hörte jemanden lachen, ihr Magen zog sich zusammen. Es klang wie eine Feier, dabei hatten sie gerade Esthers Eltern beerdigt.

»Ich möchte da nicht mehr rein«, sagte sie schnell. »Es wäre nett, wenn wir wegfahren könnten.«

Mister Coe nickte. »Ich hole meinen Mantel und sage Hermann Bescheid. Willst du am Wagen warten?«

»Ja, danke«, Esther drehte sich auf dem Absatz um und ging, ohne sich noch einmal umzusehen.

Die ersten Minuten fuhren sie schweigend durch den Nieselregen, bis Esther plötzlich hochschreckte. »Ich habe gar keinen Haustürschlüssel.«

»Ich aber«, Mister Coes Antwort war leise, er hielt seinen Blick auf die nasse Straße gerichtet. »Ich habe einen.«

»Woher?«

Sie betrachtete sein Profil, er wandte ihr kurz sein Gesicht zu, dann sah er wieder nach vorn und räusperte sich. »Deine Mutter hat ihn mir mal gegeben. Ich habe vergessen, ihn zurückzugeben.«

»Meine Mutter …«, Esthers Mund blieb offen stehen. »Wann, wieso?«

Obwohl kein Gegenverkehr zu sehen war, hielt Mister Coe an einer Kreuzung an und kuppelte aus. Ohne Esther anzuschauen, sagte er mit gepresster Stimme: »Vielleicht kann ich es dir auch erzählen. Wir hatten uns verliebt, im letzten Sommer auf Sylt. Beim Geburtstag von Laura und Lorenz. Du hast das vermutlich gar nicht mitbekommen, ihr wart ja den ganzen Tag unterwegs, aber Rosemarie, also deine Mutter und ich, wir dachten, dass es mit uns …«, seine Stimme stockte immer wieder, Esther konnte es kaum aushalten. Er starrte nach vorn, dann fuhr er fort: »Wir haben uns einige Male getroffen, an Rosemaries freien Tagen. Und einmal war ich zu früh und musste länger auf sie warten, da hat sie mir einen Zweitschlüssel gegeben, für Notfälle.« Er lächelte bitter. »Ich hatte nicht gedacht, dass es solch ein Notfall sein würde.«

Fassungslos starrte Esther ihn an. Eine Träne verfing sich in seinen Wimpern, energisch fuhr er sich mit dem Handrücken übers Auge. »Entschuldige, ich sollte dich an einem solchen Tag nicht mit meinen Gedanken belasten.« Er sah sie traurig an und fasste nach ihrer Hand. »Es ist schwer zu begreifen, warum das Leben so mit einem umgeht.«

»Mister Coe«, sie erwiderte den Druck seiner Hand und

schluckte, »dann hätten wir also alle fast ein schönes Leben gehabt.«

Er sah sie stumm an, dann gab er sich einen Ruck, legte den Gang ein und setzte die Fahrt fort. Alles war Vatis Schuld, dachte Esther plötzlich wütend. Und die von Herrn Adenauer. Hätte der nicht dafür gesorgt, dass Friedrich Schulze zurückkommen konnte, wäre das Leben schön geworden. Bestimmt.

Es roch muffig im kleinen Flur, eine Mischung aus Staub und altem Essensgeruch schlug ihnen entgegen, als sie die Wohnungstür aufsperrten. Esther hielt unwillkürlich die Luft an, bevor sie den Lichtschalter drückte. Das Erste, was sie sah, war der Mantel ihres Vaters, der an der Garderobe hing. Sie wandte sofort den Blick ab und ging ins Wohnzimmer, um auch dort das Licht anzuschalten. Nach und nach knipste sie jede Lampe in der kleinen Wohnung an, denn Esther konnte die dunklen Zimmer nicht ertragen. Als auch die kleine Leuchte im Badezimmer brannte, blieb sie an der Tür stehen und sah Mister Coe an, der immer noch im Flur stand, in der Hand einen Schal von Rosemarie, der auf dem Hocker gelegen hatte. Als er ihren Blick sah, ließ er den Schal sofort wieder fallen. »Verzeihung«, sagte er, »ich wollte ihn nur mal …«

»Nehmen Sie ihn mit«, Esther sah sich um, als wäre sie das erste Mal hier. Nur zwei Wochen war sie nicht in der Wohnung gewesen, sie hatte das Gefühl, alles wäre kleiner geworden. Kleiner, dunkler, muffiger. Und wieder ging ihr Blick zum grauen Wollmantel an der Garderobe. Schaudernd wandte sie sich ab. »Ich suche ein paar Sachen zusammen.«

Während sie Kleider, Blusen, Pullis und Wäsche aus dem Schrank nahm, versuchte sie den Blick auf Rosemaries Sachen zu vermeiden. Mechanisch räumte sie ihren Teil des Schranks aus und legte alles in den großen Pappkoffer, der in der Ecke gestanden hatte. Sie hatte keine Ahnung, was mit den Sachen ihrer Mutter passieren sollte, sie würde noch mal herkommen müssen, um alles auszuräumen. Bei dem Gedanken stöhnte sie leise und ließ sich langsam auf die Bettkante sinken. Es war so ungerecht. Wenn Vati nicht zurückgekommen wäre, würde Rosemarie noch leben, sie hätte irgendwann Mister Coe geheiratet, er wäre ihr Stiefvater geworden, sie hätten in einem schönen Haus gewohnt, hätten Geld gehabt, Ferien in England gemacht, wären im Meer geschwommen, sie hätten …

»Esther?«

Durch einen Tränenschleier sah sie Mister Coe an, der leise an die Tür gekommen war. »Ja?«

Verlegen hob er die Schultern. »Kann ich dir irgendwie helfen? Wir sollten nicht so lange bleiben, es war vielleicht doch keine gute Idee hierherzufahren.« Er sah sich in dem winzigen Zimmer um, in dem nur der große Kleiderschrank und Esthers schmales Bett standen. »Du wirst jetzt ganz anders leben. Da oben, in der Villa. Vielleicht ist es gut, ganz neu anzufangen.«

»Vielleicht«, Esther sprang auf und knallte die Schranktür zu. »Ich brauche nur noch meine Schuhe, ein paar Sachen aus dem Bad und aus dem Wohnzimmer. Den Rest kann ich holen, wenn die Wohnung ausgeräumt wird.«

Er hielt sie an der Schulter fest, als sie an ihm vorbeiwollte. »Du bist nicht allein mit der Situation, Esther«, sagte er mit warmer Stimme. »Ich bin da, die Hohnsteins sind da und wir alle helfen dir. Adelheid Hohnstein hat mir gesagt, dass sie die Wohnung auch ausräumen lassen kann, dann musst du das nicht machen. Es sei denn, du möchtest noch mal in Ruhe alles ansehen.«

Die Müdigkeit legte sich plötzlich auf sie wie Blei. Mit hängenden Schultern blieb sie stehen, sah sich um, ging dann langsam durch den kleinen Flur in die Küche, ins Wohnzimmer, zuletzt öffnete sie die Tür zum Schlafzimmer ihrer Eltern. Sie betrachtete mit Widerwillen das Ehebett, die dunkelbraunen Vorhänge, die Hose ihres Vaters, die noch über dem Stuhl hing und drehte sich weg. Sie hatte diese kleine Wohnung nie so schäbig und armselig empfunden wie jetzt. Das Gefühl eines Zuhauses war verschwunden, weil über allem nun die Erinnerung an Friedrich lag. Entschlossen wandte sie sich wieder an John Coe.

»Ich packe nur noch meine Sachen zusammen und den Rest kann jemand anderes holen. Ich will hier nie mehr her.«

»Brauchst du Hilfe?«

»Nein danke, Mister Coe, es dauert auch nicht lange.«

»Gut«, er nickte. »Dann lass ich dich allein und warte draußen.«

Es hatte keine halbe Stunde gedauert, bis Esther alle Gegenstände zusammengesucht hatte. Es waren nicht viele Dinge, alles passte in den alten Pappkoffer. Rosemaries Brosche, die im Nachtschrank gelegen hatte, steckte Esther sich gleich an, die Armbanduhr der Mutter war für ihr Handgelenk etwas zu weit. Sie wickelte sie sorgsam in ein Taschentuch und verstaute sie in ihrer Handtasche.

Mister Coe wartete draußen. Ans Auto gelehnt rauchte er eine Zigarette, die er sofort wegwarf, als er Esther mit dem schweren Koffer herauskommen sah. Er ging ihr schnell entgegen, um ihr das schwere Gepäck abzunehmen. »Alles dabei?«

»Ja«, sie wartete, bis er den Kofferraumdeckel zuwarf und ihr die Tür aufhielt. »Danke.«

Sie saßen eine Weile zusammen im Dunkel des Wagens, bis er sagte: »Deine Mutter war immer sehr stolz auf dich. Sie hat gesagt, dass du talentiert und ehrgeizig bist, dass du Mut und Selbstvertrauen hast und deinen Weg gehen wirst.« Er warf ihr einen Blick zu. »Ich glaube das auch. Lass dich nicht einschüchtern und vertraue auf die richtigen Menschen.«

Esther sah ihn an. »Mister Coe, Sie gehören zu den richtigen Menschen. Und die Hohnsteins auch.« Vielleicht nicht alle, dachte sie, sagte es aber nicht laut. Mister Coe lächelte flüchtig und drückte ihre Hand. »Wir bleiben hoffentlich in Kontakt. Ich würde gern wissen, was das Leben noch mit dir vorhat. Du kannst mir jederzeit schreiben oder mich anrufen, wenn du Hilfe oder einen Rat brauchst.«

»Vielleicht können wir uns ja auch mal treffen«, sagte Esther. Sein Gesichtsausdruck veränderte sich, erschrocken fragte sie sich, ob ihr Vorschlag unverschämt gewesen war.

Er atmete tief aus. »Ich gehe zurück nach England, Esther.«

»Was? Wann?«

»Schon im nächsten Monat.« Er wandte sich ihr zu. »Aber wir können ja trotzdem voneinander hören. Uns schreiben. Und ich verspreche dir, wenn du Hilfe brauchst, bin ich für dich da.«

Sie biss sich vor Enttäuschung auf die Lippe. »Wären Sie auch zurückgegangen, wenn meine Mutter noch …« Ihr Hals schnürte sich zu, Mister Coe sah sie ernst an.

»Vermutlich nicht«, war seine Antwort. »Aber so ist es jetzt das Beste. Sieh mich nicht so an. Du wirst es gut bei den Hohnsteins haben, auch wenn du jetzt noch traurig bist. Aber Hermann und Adelheid sind gute Menschen, sie werden sich um dich kümmern. Es wird ein anderes Leben in der Villa sein, ganz anders als das, was du bisher kanntest. Bleib auf deinem Weg. Aber das wirst du schon schaffen.«

»Schade, dass Sie gehen«, Esther wischte sich über die Augen, »aber ich werde Ihnen schreiben.«

Als Mister Coe rückwärts aus der Einfahrt fuhr, blickte Esther auf die beiden dunklen Fenster ihres ehemaligen Zuhauses. Es war vorbei, dieses Kapitel, jetzt würde ein anderes beginnen und es würde in der Villa spielen. Mit Laura und Lorenz, in eleganten Räumen, inmitten von schönen Möbeln, hübschen Kleidern, viel Licht, reichen Gästen, einem großen Garten und allem, was Esther sich immer gewünscht und ihr Vater immer gehasst hatte. Vielleicht war das die Wiedergutmachung, die der liebe Gott für seinen Fehler vorgesehen hatte. Vielleicht hatte Frau Bellmann recht und sie hatte wirklich Glück im Unglück. Sie würde in der Villa leben. Bei den Hohnsteins. Sie gehörte jetzt dazu und würde alles schaffen. Auch wenn Karla Hohnstein tobte.

12.

»Die Parkplätze dahinten liegen im Schatten«, Friederike deutete nach vorn. »Ein kleines Stück weiter.«

Tom steuerte das Auto in die Richtung, in die sie zeigte, und entdeckte eine schattige Parkbucht unter einer großen Kastanie. »Perfekt«, sagte er und lenkte den Wagen langsam in die Lücke. »Wo ist denn der Eingang? Müssen wir in dieser Brüllhitze jetzt zwei Kilometer laufen?«

»Nein, der Haupteingang ist da vorn rechts«, Friederike schnallte sich ab und öffnete die Autotür. Die Sommerhitze drückte sofort ins Wageninnere. »Mein Gott, ist das heiß. Meine Mutter hat früher schon nicht gern geschwitzt, vielleicht ist dieser Besuch doch nicht die beste Idee der Woche.«

Tom war schon ausgestiegen, umrundete das Auto und nahm eine Tasche aus dem Kofferraum. »Du machst dir vorher immer zu viele Gedanken. Das Schlimmste, was passieren kann, ist doch, dass sie schlechte Laune hat, ihr zu warm ist oder sie keinen Besuch will. Dann fahren wir eben wieder. Wo ist das Problem?« Er sah über den Wagen zu ihr herüber. »Nimmst du die Kühltasche mit dem Kuchen?«

»Noch lächelst du, warte ab, bis du sie kennengelernt hast.« Sie hob das Kinn, warf ihm einen Kuss zu und schnappte sich die Tasche. »Dann also auf ins Gemetzel.«

Nachsichtig schüttelte Tom den Kopf und folgte ihr. Er war viel zu gespannt auf Esther Brenner, als dass er sich diesen Besuch hätte ausreden lassen.

Der Eingangsbereich war angenehm klimatisiert. Friederike atmete tief durch und sah sich nach Tom um, der noch einer alten Dame mit Rollator behilflich war.

»Reizend, junger Mann«, sagte sie gerade und lächelte ihn mädchenhaft an, während sie langsam an ihm vorbeizuckelte und hinzufügte: »Wir sollten bei dieser Hitze alle nackt baden gehen.«

»Eine sehr gute Idee«, antwortete Tom ernsthaft. »Ich glaube, ich komme später nach.«

»Tun Sie das, tun Sie das«, die alte Dame kicherte fröhlich und verließ das Gebäude.

»Siehst du«, triumphierend sah Tom Friederike an, »ich habe Schlag bei alten Damen. Mach dir keine Sorgen.«

»Hallo Frau Brenner, Sie sind ja auf die Minute pünktlich.« Schwester Sandra kam ihnen schon entgegen. »Und das bei diesem Traumwetter.«

»Hallo Schwester Sandra«, Friederike lächelte und streckte die Hand aus. »Ich hoffe, es geht Ihnen gut. Darf ich Ihnen meinen Lebensgefährten vorstellen? Tom Henries, Tom das ist Schwester Sandra, von der ich dir schon erzählt habe.«

Sandra sah Tom neugierig an. »Freut mich, hallo. Ist das nicht ein herrlicher August dieses Jahr? Nur Sonne und sommerliche Temperaturen, unsere Bewohner sind jeden Tag im Park, man hat ja gleich ganz andere Laune. So leicht und unbeschwert.«

Friederike fragte sich, ob sie damit auch die dementen Bewohner meinte, verkniff sich aber den Kommentar. »Stimmt«, entgegnete sie stattdessen. »Dann hoffe ich mal, dass meine Mutter heute auch sonnige Laune hat. Wir haben sicherheitshalber Kuchen mitgebracht und die Fotos, von denen ich Ihnen am Telefon erzählt habe.«

»Das ist sehr schön«, antwortete Sandra. »Unsere Studenten sind wirklich mit Feuereifer dabei, es ist absolut beeindruckend, was sie an Geschichten schon zu hören bekommen haben. Wir sind überzeugt, dass dieses Projekt ein großer Erfolg wird.«

»Hat meine Mutter denn …«, Friederike zögerte, trotzdem beantwortete Sandra schon die nicht gestellte Frage. »Es ist zu schade, dass Paula, so heißt die Studentin, die Ihre Mutter betreut, heute nicht da ist. Aber samstags kommen die nicht ins Haus. Sie hat aber bereits einiges aufgeschrieben, ich habe es neulich mitbekommen, als ich kurz im Zimmer war. Nur hat sie die Unterlagen mitgenommen, ich kann Sie da gerade nicht auf den Stand bringen.«

»Das macht nichts«, Friederike wechselte einen kurzen Blick mit Tom. »Vielleicht kann ich bei einem meiner nächsten Besuche mal mit ihr sprechen. Und jetzt gehen wir zu meiner Mutter. Können wir eine Kanne Kaffee haben?«

»Bringe ich Ihnen«, Sandra nickte. »Ihre Mutter sitzt schon draußen auf der Terrasse. Soll ich Sie begleiten?«

»Ich finde sie schon«, Friederike trat einen Schritt zurück. »Vielen Dank, dann bis gleich.« Während Schwester Sandra so schnell verschwand, wie sie aufgetaucht war, machten Friederike und Tom sich auf den Weg nach draußen.

Die Terrasse war mit einer Buchsbaumhecke eingefasst und gab den Blick auf die angrenzenden Felder frei. Jedes der drei Wohnhäuser hatte eine eigene Terrasse, die weißen Tische standen unter aufgespannten Sonnenschirmen, in den Ecken blühten Geranien und Margeriten in blauen Kunststoffkübeln. Esther saß mit dem Rücken zu ihnen allein an einem Tisch, Friederike entdeckte sie sofort. Sie war die Einzige, die einen Sonnenhut trug, und schien in Gedanken versunken. Sie hörte ihren Besuch nicht kommen und starrte vor sich hin, bis Friederike sie flüchtig am Arm berührte.

»Esther?«

Ihre Mutter zuckte zusammen und fuhr herum. Sie beschirmte ihre Augen mit der Hand und sah zu Friederike hoch. »Ach«, murmelte sie. »Du.« Als sie Tom entdeckte, ließ sie die Hand sinken und sagte überrascht: »Du lieber Gott, Hans?«

»Nein«, Tom lächelte, »mein Name ist Tom. Tom Henries. Ich freue mich, Sie kennenzulernen, Frau Brenner.«

»Ich heiße Esther«, sie setzte sich so hin, dass sie ihn besser sehen konnte. »Sie sehen Hans aber sehr ähnlich. Was ist in der Tasche?«

»Kuchen«, Friederike stellte sie auf einen freien Stuhl und zog Tom an sich. »Ich wollte dir Tom vorstellen. Er ist mein Lebensgefährte. Wer ist Hans?«

Esthers Blick verharrte auf der Kühltasche. »Sag doch mal Bescheid, dass wir Kaffee und Geschirr brauchen, ich kann heute schlecht laufen.«

»Das habe ich schon.« Friederike zog einen Stuhl zurück, um sich hinzusetzen. »Schwester Sandra kommt gleich.« Sie wartete auf Esthers Antwort, die nicht kam, während Tom neben ihrer Mutter Platz nahm. Neugierig betrachtete sie ihn. »Kennen Sie Hans?«

»Nein«, er lächelte sie an, »leider nicht. Wie heißt er denn mit Nachnamen?«

»Keine Ahnung«, antwortete Esther schulterzuckend. »Da müsste ich Carl fragen, aber der ist ja schon tot. Dann bleibt es wohl sein Geheimnis. Sie sehen ihm jedenfalls wahnsinnig ähnlich. Nur in alt.«

Toms Mundwinkel zuckte, Friederike wandte den Blick von ihm ab, um nicht zu lachen. Es fing schon wieder so absurd an, wie es letztes Mal geendet hatte. Vermutlich würden auch die Fotos nicht zur Erhellung beitragen. Die Ankunft Schwester Sandras, die ein Tablett vor sich balancierte, unterbrach ihre Gedanken. Sie stand auf, um ihr das Geschirr abzunehmen.

»Danke schön«, sagte Friederike laut, während sie das

Tablett auf dem Tisch abstellte. »Ich bringe alles wieder rein, bevor wir gehen.«

»Danke, das ist nett«, Schwester Sandra legte ihre Hand auf Esthers Schulter. »Das ist ja ein schöner Kaffeebesuch, Frau Brenner, die Tochter und dann auch noch der Schwiegersohn.«

»Schwiegersohn?« Esthers Kopf fuhr hoch. »Das wüsste ich aber. Nein, nein, meine Tochter ist zu kompliziert, die kriegt keinen Mann. Und von einem schönen Teller kann man auch nicht essen, das habe ich ihr beigebracht, das können Sie mir glauben. Und ich habe sie nicht allein großgezogen, damit sie jetzt von ihrem Weg abkommt. Die schafft das alles auch allein.« Zufrieden sah sie Schwester Sandra an, dann Friederike. »Stimmt doch, oder? Du kannst dein Geld auch allein ausgeben. Was ist denn jetzt mit dem Kuchen?«

Ohne zu antworten, nahm Friederike ihn aus der Kühltasche und schnitt ihn an. Schwester Sandra warf Friederike einen aufmunternden Blick zu. »Falls Sie noch was brauchen, ich bin in meinem Büro. Guten Appetit.«

»Vielen Dank. Ich schaue nachher noch mal bei Ihnen rein.« Sie sah Schwester Sandra nach, die zurück zum Haus ging, und setzte sich wieder hin.

Tom schob Esther ihren Kuchenteller zu. »Erzählen Sie mir doch von Ihrer Tochter, Esther. Wie ist die denn so?«

Friederike warf ihm einen warnenden Blick zu und fuhr sich dabei mit dem Zeigefinger quer über den Hals. Tom lächelte und legte eine Hand auf Esthers. »Ist sie nett?«

»Nein.« Sie rammte ihre Gabel in die Nusstorte. »Nett ist sie nicht, wozu auch?«

»Stimmt«, Tom nickte ernsthaft. »Wozu auch?«

»Genau«, Esthers Antwort war undeutlich, sie hatte den Mund voller Torte. Kauend musterte sie ihn. »Was wollen Sie eigentlich hier?«

»Ich wollte Sie einfach mal kennenlernen«, er beugte sich etwas näher zu ihr. »Ich habe schon so viel von Ihnen gehört.«

Überrascht beobachtete Friederike, wie sich der Gesichtsausdruck ihrer Mutter schlagartig veränderte. Ihre Augen glänzten jetzt, eine leichte Röte flog über die Wangen, sie lächelte ein bisschen kokett und wandte den Blick nicht von ihm ab. »Ja? Von wem denn?«

»Von allen möglichen Leuten«, erwiderte Tom. »Ich kann mich gar nicht mehr an die ganzen Namen erinnern.«

»Möchte jemand Kaffee?«, mischte Friederike sich nun ein und schwenkte die Thermoskanne vor Toms Gesicht. »Du vielleicht?«

»Waren Sie mal in Weißenburg? Oder haben Sie etwas mit Mode zu tun?« Esther rutschte mit ihrem Stuhl dichter an Tom heran. »Und woher kennen wir uns?«

Friederike räusperte sich laut: »Jemand Kaffee?«

»Ja, schenk doch ein. Mit Milch«, antwortete Esther, ohne sie anzusehen. »Wie heißen Sie noch mal?«

»Tom«, er lächelte sie an, »Tom Henries.«

»Aha.« Sie schob sich die nächste Kuchenladung in den Mund und sah kauend zwischen Friederike und Tom hin und her. Schließlich hob sie die Gabel und deutete abwechselnd auf beide. »Ist das dein Freund?«

Friederike nickte. »Ja, das ist Tom, mein Freund.«

»So«, Esther nickte und schüttelte dann den Kopf. »Schöne Männer hat man nie allein. Du musst aufpassen, dass er dich nicht verarscht.«

Tom verschluckte sich und fing an zu husten. Ohne ihre Sitzhaltung zu verändern, hieb Esther ihm sofort die Hand auf den Rücken. »Na, na«, sagte sie laut und setzte die Schläge so lange fort, bis er die Hand hob. »Danke, danke, ich muss nur was trinken.« Sie ließ ihre Hand sinken.

Während Tom noch mit einem hilfesuchenden Blick um

Atem rang, sagte Friederike: »Ich hatte Besuch von Dieter Brenner.« Sie ließ Esther nicht aus den Augen, doch die betrachtete Tom ungerührt. »Geht's wieder?«

»Erinnerst du dich noch an ihn?« Friederike beugte sich vor. »An Dieter Brenner?«

»Der lebt noch?« Freundlich sah Esther sie an. »Der muss ja inzwischen steinalt sein.«

Mittlerweile hatte Tom seinen Atem beruhigt und einen Schluck getrunken. Nach einem kleinen Räuspern sagte er harmlos: »Wer ist denn Dieter Brenner?«

Esther kicherte leise. »Der hat mir den Hof gemacht. Er kam immer mit seiner Mutter ins Geschäft und dann stand er da plötzlich mit einer Rose, als ob ich ihn ...« Plötzlich runzelte sie die Stirn und presste ihre Lippen zusammen. Ihr Blick wurde unsicher, sie sah Tom an und wirkte verlegen. »Der war nicht nett. Dieterbrennerderarsch.« Sie stockte und wirkte jetzt verwirrt. »Ich weiß nicht ... Gibt es gleich Abendbrot?«

Friederike bekam ein schlechtes Gewissen, als sie die ängstliche Unsicherheit ihrer Mutter spürte. Es war eine blöde Idee gewesen. Aber bevor sie etwas sagen konnte, legte Tom seinen Arm auf Esthers Stuhllehne. »Möchten Sie noch ein Stück Nusstorte? Die schmeckt sehr gut.«

»Ja«, beglückt sah sie ihn an. »Meine Mutter hat an besonderen Tagen immer Nusstorte gebacken. Ist heute ein besonderer Tag?«

»Und ob«, antwortete er laut. »Ihre Tochter ist zu Besuch und wir beide lernen uns gerade kennen.«

»Stimmt«, sie tätschelte ihm die Hand. »Wir beide.« Sie lächelte.

Tom sah über ihren Kopf Friederike an und nickte ihr beschwichtigend zu. Dann nahm er seinen Arm weg und schob Esther ein zweites Stück Torte auf den Teller, sie fing sofort an zu essen. Sie saßen eine Zeit lang schweigend am Tisch, nur das Kratzen von Esthers Gabel war zu hören. Friederike atmete tief aus und betrachtete die anderen Bewohner, die zum Teil allein, zum Teil mit Besuch auf der Terrasse saßen. Auch wenn die meisten von ihnen ganz zufrieden wirkten, fand sie diese Besuche immer zutiefst deprimierend. Nicht nur wegen ihrer dementen Mutter, sondern weil das Altwerden etwas war, das ihr eine bleierne Angst machte. Sie vertrieb den Gedanken und griff zu der Tasche, die zu ihren Füßen stand. Das rote Lederalbum lugte ein Stück hervor. Esther war ihrer Bewegung gefolgt und beugte sich nach vorn. »Was ist in der Tasche? Hast du mir was mitgebracht?«

»Das ist ein Fotoalbum«, antwortete Friederike zögerlich und wartete die Reaktion ab. »Mit lauter alten Bildern.«

Sofort streckte ihre Mutter den Arm aus: »Zeig mal.«

Langsam zog sie das Album aus der Tasche und legte es auf den Tisch. Noch langsamer schob sie es ihrer Mutter zu. »Ich weiß nicht, was für Bilder das sind. Aber auf einigen bist du drauf.«

Hastig hatte Esther das Album näher zu sich gezogen und schlug es auf. Die ersten Seiten blätterte sie schweigend um, bis sie innehielt und auf ein Foto tippte. »Das bin ich«, aufgeregt wandte sie sich an Tom und stieß ihn an, »vorm Geschäft.«

»*Coco*«, las Tom laut vor. »Das war eine Boutique?«

»Ein Modesalon«, Esther nickte. »Damenoberbekleidung für die elegante Erscheinung.«

Sie strich sich über die Haare und sah Friederike an. »Ziehst du das gelbe Kleid eigentlich noch an, das ich dir genäht habe? Das mit dem blauen Gürtel und den Manschetten?«

Friederike hob die Augenbrauen. »Als du es mir genäht hast, war ich zwölf.«

»Ziehst du es noch an?«

Tom hustete das Lachen weg und vermied es, Friederike

anzusehen, während Esther schon weiterblätterte. »Hier ist ja immer nur Laura«, murmelte sie leise und etwas ungehalten, »immer nur Laura.« Sie schlug die Seite um. »Die Hochzeit war ja teuer. Alles so vornehm, die haben so viel Geld bezahlt. Bei mir nicht, nur bei Laura.«

Friederike erkannte Lauras Hochzeitsbild, über das sich Esther anscheinend ärgerte. Auf dem nächsten Foto war Lorenz abgebildet, der neben Esther stand. Unbewegt starrte sie darauf.

»Erkennst du da jemanden wieder?« Friederike konnte sich nicht zurückhalten. »Außer Laura und Carl?«

»Nein«, Esther schlug die Seite energisch um und zerknickte dabei das Pergamentpapier. »Die gibt es sowieso alle nicht mehr. Das Baby auch nicht.« Sie lächelte und nickte bestätigend.

»Welches Baby?« Verständnislos betrachtete Tom das Bild, auf dem jetzt ihr Finger lag. Ein Foto von der Strandpromenade in Westerland, auf der Esther und Laura dick eingemummt auf einer Bank saßen und aufs Meer sahen. »Da ist doch gar kein Baby.«

»Das war ja schon weg.« Esther blätterte weiter. »Dauernd waren die Babys weg, das hat Laura nicht hingekriegt. Dafür habe ich mit … aber das hat keiner gemerkt, weil alle nur an das Baby gedacht haben.«

Friederike sah achselzuckend zu Tom, der legte den Finger auf die Lippen. Erst jetzt sah sie, dass ihre Mutter plötzlich feuchte Augen hatte. Als hätte sie den Blick ihrer Tochter gespürt, schniefte sie lautstark und wischte sich mit einer Serviette übers Gesicht. Nach einem Moment schaute sie Tom an. »Sind Sie gerade verliebt?«

»Ja«, war seine prompte Antwort, »das bin ich.«

Esther nickte. »Das dauert nicht lange. Die große Liebe dauert nie lange. Die ist immer ganz schnell vorbei und dann kommt was anderes. Nichts Gutes. Mister Coe ist ja wieder in England.« Sie klappte das Album plötzlich zu und schob es von sich weg. »Es sind blöde Fotos. Immer nur Laura.«

Friederike konnte sich überhaupt keinen Reim auf Esthers unzusammenhängendes Gerede machen, langsam verlor sie die Geduld. »Okay, dann packe ich es wieder ein. Vielleicht kannst du es dir noch mal mit Paula ansehen.«

»Paula? Kenne ich nicht.« Esther war in sich zusammengesunken, sie sah jetzt verwirrt und erschöpft aus.

Friederike biss die Zähne zusammen, sie konnte mit diesen sprunghaften Stimmungswechseln nicht umgehen, wurde dabei jedes Mal aggressiv. Auch wenn sie das nicht wollte und gleichzeitig ein schlechtes Gewissen bekam. Es war nicht zu ertragen. »Du …«, begann sie, wurde aber sofort von Tom unterbrochen. »Wollen wir mal langsam zurückgehen? Wollen Sie sich vielleicht noch einen Moment hinlegen?«

»Es gibt gleich Abendbrot«, Esther umklammerte die Armlehnen mit den Händen und stemmte sich aus dem Stuhl. »Es ist ein besonderer Tag, dann gibt es Toast Hawaii.«

»Darf ich?« Mit einer höflichen Geste hielt Tom ihr seinen Arm hin. Sie hakte sich bei ihm ein und sah zu ihm hoch. »Wenn Sie meiner Tochter ein Kind machen, dann müssen Sie sie heiraten. Das geht nicht als Frau alleine, das kann man kaum schaffen. Das ist ganz schwer.«

»Gut«, Tom nickte und sah Friederike grinsend an. »In diesem Fall werde ich sie heiraten, das ist ja wohl selbstverständlich.«

Prüfend sah Esther ihn immer noch an. Langsam nickte sie und klopfte ihm mit der anderen Hand gegen die Brust. »Ich bin einverstanden. Tom, oder? Verdienen Sie gut?«

»Ja, ich denke, es reicht.«

»Das ist nicht genug, wenn es gerade reicht. Ich musste mich immer einschränken. Es ging ja immer nur um Laura.

Und ich stand da mit Kind und musste arbeiten. Das wünscht man noch nicht mal seinem Feind. Tom, Sie müssen reich sein, sonst sollten Sie keine Kinder machen. Alleinerziehende sind nicht angesehen.« Sie trat plötzlich einen Schritt zurück, dabei fiel ihr Blick auf Friederike.

»Oh«, sie legte den Kopf schräg und sah sie unwirsch an. »Sie sind zu früh.«

»Wozu?«

»Sie machen mir doch die Füße. Oder etwa nicht? Dann kommen Sie, sonst wird es zu spät mit dem Abendbrot.« Sie drehte sich auf der Stelle um und marschierte erstaunlich schnell zum Eingang.

Tom sah Friederike an und legte ihr den Arm um die Schultern. »Komm, bevor du Esther die Füße machst, atme mal tief durch.«

»Das gibt es doch nicht, dass sie schon wieder nicht weiß, wer ich bin«, ungehalten schüttelte sie den Kopf. »Ich muss es ihr jedes Mal sagen, das macht mich wahnsinnig.«

»Es ist schwer, ich weiß«, Tom verstärkte den Druck seiner Hand und küsste sie auf die Schläfe. »Nimm es nicht persönlich, sie kann nichts dafür. Und um dich auf andere Gedanken zu bringen: Kannst du mir einen großen Wunsch erfüllen?«

»Welchen?«

»Es wäre so schön, wenn du für mich noch mal dein gelbes Kleid anziehst. Das mit dem blauen Gürtel und den Manschetten.«

Friederike lehnte ihren Kopf kurz an seine Schulter. »Nur wenn du mir ein Kind machst und mich heiratest. Und jetzt komm, wir müssen sie einfangen, wer weiß, wohin sie jetzt marschiert.«

»Okay«, Tom grinste und küsste sie auf die Stirn. »Dann komm, mein gelber Traum. Du glaubst nicht, wie gespannt ich auf dieses Kleid bin.«

13.

Hallo Jule, Tom und ich fahren jetzt bei Esther los und sind gegen 17 Uhr da, bis später. F.

Jule runzelte die Stirn und tippte ihre Antwort ins Handy: *Will Marie gerade bei Pia abholen, komme etwas später, aber Torge ist da. Freue mich. J.*

Sie hatte die Uhr nicht im Blick gehabt, als sie beschlossen hatte, nach ihrem Termin gleich die Kleine mitzunehmen. Aber es war egal, Torge würde Friederike und Tom hereinlassen, sie konnten sich auch eine Zeit lang allein unterhalten.

Sie drückte auf Senden und schob das Handy wieder in die Tasche, bevor sie ihren Finger auf die Klingel legte. Sofort ertönte der Summer, Jule drückte die Tür auf und nahm die Treppen zum zweiten Stock. Pias Wohnungstür stand offen, sie trat ein und schloss sie hinter sich.

»Hallo, ich bin …«

»Was machst du denn hier?« Pia kam verblüfft mit Marie auf dem Arm aus dem Kinderzimmer. »Das war doch gar nicht so ausgemacht.«

Die kleine Marie fing an zu strahlen, als sie Jule sah, und zappelte in Pias Arm. Sofort streckte Jule ihre Arme aus und ging ihnen entgegen. »Na, du kleine Maus? Kommst du zu Oma? Freust du dich? Ist das schön? Ja, ist das schön?«

»Mama, bitte rede nicht immer mit dieser blöden Stimme mit Marie.« Pia übergab ihr etwas widerstrebend die Kleine. »Aber ernsthaft, wieso bist du denn jetzt hier? Das haben wir doch gar nicht so besprochen.«

»Haben wir das nicht? Nein?«, Jule schaukelte Marie im Arm und lächelte sie an. »Aber du freust dich, meine Süße, nicht wahr, du freust dich.«

Augenrollend lehnte Pia sich an die Wand und verschränkte die Arme vor der Brust. »Mama! Was! Machst! Du! Hier?«

»Ich hole mein Enkelkind ab«, antwortete Jule jetzt mit ihrer normalen Stimme. »Mein Augenarzttermin ist von nächster Woche auf heute vorgezogen worden, also war ich sowieso in der Stadt und dachte, ich erspare dir die Fahrt nach Weißenburg, dann musst du nicht so hetzen. Und hast Zeit für dich und sparst Benzin.«

»Aber dann hättest du doch anrufen können. Jetzt bringst du alles durcheinander.«

»Sag mal«, stirnrunzelnd sah Jule ihre Tochter an. »Ein *Danke Mama, das ist wirklich nett von dir, dass du mich mal wieder entlastest,* wäre ja auch ein möglicher Anfang gewesen. Du hast doch gesagt, dass du zwischen Arbeit und der Veranstaltung heute Abend so gehetzt bist, und deshalb dachte ich …«

Die Klingel unterbrach ihren Satz, Marie juchzte auf und zeigte zappelnd zur Tür. Langsam stieß Pia sich von der Wand ab. »Das meinte ich mit dem Durcheinander.«

»Wieso?« Fragend sah Jule zur Tür. »Wer ist das?« Sie stöhnte, als sie die lauten Stimmen im Treppenhaus erkannte. Sofort sah sie Pia entsetzt an. »Steffi und Papa?«

»Ja«, mit einem gequälten Seufzen nickte Pia. »Ich habe Steffi angerufen und gefragt, ob ich ihr Auto leihen kann, um Marie zu dir zu bringen. Meins ist mir heute Morgen verreckt und jetzt in der Werkstatt. Und dann hat Papa gesagt, dass sie zusammen Marie abholen und dann nach Weißenburg fahren. Ich dachte ja, dass du nachmittags noch in der Praxis bist.«

Im selben Moment tauchte Steffi schon auf. Sie stieg die

letzten Stufen hoch und blieb etwas atemlos stehen, als sie Jule entdeckte. »Was machst du denn hier?«

Sie trug ein ärmelloses Leinenkleid und Jule ließ den bösen Gedanken zu, dass Steffis Oberarme dafür einfach nicht mehr geeignet waren und der hochrote Kopf sich mit der Farbe des Kleides biss. Sofort presste sie die Lippen zusammen. Nicht dass ihr das herausrutschte.

Dicht hinter Steffi kam Philipp hoch und schob sich an seiner Angetrauten vorbei. »Jule? Wer hat denn wieder was verschusselt?«

»Ich habe hier gar nichts …«, begann Jule, senkte aber sofort ihre Stimme, als Marie den Kopf an ihre Halsbeuge lehnte.

»Kommt erst mal rein«, fuhr Pia dazwischen. »Wir müssen das ja nicht bei offener Tür und vor allen Nachbarn besprechen. Geht doch schon mal ins Wohnzimmer. Und Steffi, komm bitte ganz rein.«

»Jetzt haben wir uns so beeilt, ich hätte heute …«

»Steffi, kommst du?« Pia schob sie sanft weiter und schloss erleichtert die Tür hinter ihr, bevor sie ihnen folgte.

Rasch ging Jule mit Marie auf dem Arm voraus, während Philipp ihr folgte. »Kann man das nicht besser absprechen? Steffi hat extra einen Termin mit einer Freundin abgesagt, weil wir Marie zu dir bringen wollten, und jetzt war das alles umsonst.«

»Sie kann ihre Freundin ja dann gleich anrufen«, antwortete Jule und wandte sich an der Wohnzimmertür zu ihm um. »Und im Übrigen …«

»Wie sieht es hier denn aus?« Abrupt war Philipp stehen geblieben und sah konsterniert über Jule hinweg. »Mein Gott, ist hier was explodiert?«

Tatsächlich lag überall etwas herum. Das Sofa war übersät mit Spielsachen und Bügelwäsche, auf dem Tisch stand noch benutztes Geschirr, daneben lagen bunte Filzstifte und ein Stapel Papier, auf dem Boden verstreut der Inhalt einer ausgekippten Legokiste. Das Bügelbrett stand aufgeklappt in der Ecke, das Bügeleisen auf dem Schrank.

»Huch«, Steffi hatte sich zwischen Philipp und Jule gedrängt und machte einen spitzen Mund. »Hier darfst du ja auch niemanden reinlassen. Ich habe es ja gleich gesagt, sie schafft es nicht …«

»Geht ihr mal ein Stück zur Seite, bitte«, Pias Stimme klang genauso genervt, wie Jule sich gerade fühlte, sofort machte sie ihrer Tochter Platz. »Ich räume das eben weg, dann könnt ihr euch setzen. Jemand einen Kaffee?«

»Nein, vielen Dank«, Philipp schüttelte den Kopf und beschrieb mit den Händen schwungvoll einen Kreis. »Es ist ja nun nicht damit getan, dass du schnell was wegräumst, Pia. Es sieht hier aus wie in einer Höhle.«

»Ach, Papa«, sie war schon am Sofa und schob die Arme unter die Bügelwäsche. »Ich hatte viel zu tun und hab es nicht geschafft, hier aufzuräumen. Das mache ich am Wochenende, wenn Marie bei Mama ist. Jetzt stellt euch nicht so an, es ist nicht dreckig, es ist nur nicht richtig aufgeräumt.« Die Wäsche vor sich hertragend schob sie sich an ihrem Vater vorbei. »Was ist jetzt mit Kaffee?«

»Ich mach schon«, Jule drückte dem überraschten Philipp das Kind in den Arm. »Hier, nimm deine Enkelin. Und tritt nicht auf das Lego.«

Sie ging rasch hinaus und lehnte die Küchentür hinter sich nur an. Gespannt wartete sie auf den Kommentar aus dem Wohnzimmer, der auch umgehend kam: »Ich kann nicht begreifen, dass Jule überhaupt nichts dazu sagt, sie ist schließlich Pias Mutter. Man kann doch nicht zusehen, wie das eigene Kind hier verkommt.«

Philipps Stimme klang etwas gelassener. »Steffi, bitte, jetzt dramatisiere es nicht. Pia ist nur mit ihrem Haushalt überfordert. Vielleicht sollten wir mal mit Frau Kröger sprechen.«

»Frau Kröger?« Steffi japste fast. »Sie will doch weniger arbeiten, ich habe sowieso schon Angst, dass sie die Stunden bei uns reduziert. Wenn sie jetzt noch hier putzt, geht das von unserer Zeit ab. Nein, wir sprechen garantiert nicht mit ihr. Und ich habe gleich gesagt, dass Pia das alles nicht schafft. Als Alleinerziehende ohne Mann. Aber ihr wolltet mir ja nicht glauben.«

Jule schüttelte resigniert den Kopf, während sie die Kaffeemaschine vorbereitete und auf den Knopf drückte. Sie nahm Tassen aus dem Schrank und hielt inne, als sie Pia plötzlich wieder an der Tür stehen sah. Ihre Tochter deutete mit dem Kopf in Richtung Wohnzimmer und flüsterte: »Steffi ist wieder in Hochform, hätte ich sie bloß nicht nach dem Auto gefragt. Jetzt tut sie wieder so, als wenn ich nichts allein hinkriege.«

»Tja«, Jule sah sie kurz an. »Und nur als Tipp: Steffi verleiht ihr Auto nie. Hat sie neulich mal erzählt. Weil der Wagen helle Ledersitze hat. Sie will da keine Flecken draufhaben.«

Als sie, gefolgt von Pia, wieder ins Wohnzimmer kam, blätterte Steffi gerade mit spitzen Fingern in einer Zeitschrift, die auf dem Tisch gelegen hatte. Jule lächelte. »Na? Wo ist eigentlich euer Hund?« Sie stellte die Tassen neben den Papierstapel.

»Bei meiner Nachbarin«, Steffi schob die Zeitschrift weg. »Philipp fand, es wäre besser, wenn unsere Lotta nicht neben Marie im Auto sitzt. Deshalb habe ich mich so abgehetzt, war noch mit ihr Gassi und habe sie anschließend rübergebracht. Nachdem ich den Termin mit meiner Freundin auch noch zwischendurch abgesagt hatte. Und das alles war nun umsonst. Ich habe es schon mal gesagt: Ich halte es für wichtig, dass wir mal einen Plan machen, wie das mit der Betreuung der Kleinen zu bewerkstelligen ist. Wir können das nicht dauernd spontan machen, wir haben schließlich auch Verpflichtungen.«

Jule warf einen kurzen Blick auf Philipp, der sich mit Marie auf dem Arm in eine Spielzeuglücke aufs Sofa gesetzt hatte und jetzt vor seiner Enkelin irgendwelche Plüschtiere in der Luft tanzen ließ. Anscheinend hatte er Steffi nicht gehört, er hatte sich früher schon immer nur auf eine Sache konzentrieren können, Multitasking war ohne ihn erfunden worden.

Pia sah erst Steffi, dann ihre Mutter, dann wieder Steffi an. »Von was für einem Plan sprichst du denn?«

»Na, damit so was wie heute nicht dauernd passiert«, Steffi wischte unwirsch ein paar Krümel vom Tisch. »Wir sehen ja, dass du das Leben als Alleinerziehende nicht richtig gut hinbekommst. Und natürlich können wir die Kleine auch mal nehmen, schließlich ist Philipp der Großvater. Aber es geht natürlich nicht, dass wir unser eigenes Leben vernachlässigen, nur weil wir auf Zuruf kommen müssen.«

»Auf Zuruf?« Pias Stimme war gefährlich leise, Jule sah sie an und sagte schnell: »Du kannst mal gucken, ob der Kaffee schon durch ist, und noch Milch mitbringen. Danke.«

Pia reagierte nicht, sondern sah immer noch Steffi an.

»Danke, Pia«, wiederholte Jule lauter, bevor sie die Hände auf den Tisch stützte. »Und, Steffi, wenn ich das richtig verstanden habe, bestand der Zuruf nur aus der Frage, ob Pia deinen Wagen leihen könnte, weil ihrer in der Werkstatt ist. Hättest du Ja gesagt, hättet ihr gar nicht zu zweit hier aufkreuzen und euer Leben heute überhaupt nicht vernachlässigen müssen.«

»Mama, du musst mich nicht verteidigen, ich kann selbst sprechen«, Pia stand immer noch an derselben Stelle. »Und ich habe auch schon hundertmal …«

»Jetzt fangt nicht an, euch zu streiten«, unterbrach Philipp mit sonorer Stimme. »Und schon gar nicht vor dem Kind. Sag mal, Pia, was hältst du denn von so einem Saugroboter? Steffi hat auch einen gekauft, der funktioniert wirklich tadellos. Ich glaube, ich bringe dir mal so ein Ding mit.«

»Saugroboter«, murmelte Steffi und sah sich um. »Der braucht freie Flächen.«

Philipp warf ihr einen scharfen Blick zu und fuhr trotzdem ruhig fort. »Oder vielleicht solltest du mal über eine Putzfrau nachdenken. Ich kann mich mal umhören, ob ich eine geeignete finde. Die einmal die Woche hier sauber macht, damit du mal Grund reinbekommst.«

»Hier ist es sauber«, Pia funkelte ihn an. »Okay, es ist nicht so clean wie in eurer Musterwohnung, aber das will ich auch gar nicht. Es ist meine Wohnung und mein Leben und mein Kind. Und ich bin nicht die einzige Mutter, die das allein macht. Und wenn es euch zu viel ist, mal zu helfen, dann lassen wir das eben.«

»Dein Vater möchte sein Enkelkind gern etwas regelmäßiger sehen«, antwortete Steffi leicht patzig. »Aber das muss abgesprochen werden. Wir müssen uns auf das Kind vorbereiten können, in Ruhe, damit wir planen können. Das ist alles, was wir wollen.«

»Was wollt ihr denn mit dem Kind planen?« Pia lachte kurz auf. »Sie ist noch keine zwei, da reicht Memory, Puzzle und Vorlesen, da musst du nichts planen. Und außerdem ist das Unsinn, dass Papa sie nicht regelmäßig sieht, er kommt doch mindestens zweimal die Woche nach seinem Dienst hier vorbei.«

»Ach?« Erstaunt sah Steffi ihn an, Philipp legte sich einen Frosch auf den Kopf und schnitt für Marie Grimassen. »Zweimal die Woche?«

Marie fing an zu kichern, Steffi nicht. »Philipp? Wieso weiß ich das nicht?«

»Andere Männer verheimlichen die Geliebte«, Jule grinste, »Philipp sein Enkelkind. Ich würde mal sagen, dabei kommst du gut weg.«

»Sehr witzig«, abrupt sah Steffi auf ihre Uhr. »Schatz, wenn wir jetzt losfahren, kann ich doch noch zu Tanja. Und wir werden hier ja nicht gebraucht.«

»Was hat Opa auf dem Kopf? Mäuschen? Was hat Opa da auf dem Kopf? Ist das ein Frosch? Wie macht der? Quack, Quack?«

»Opa«, antwortete Marie und drosch mit der Hand auf den Frosch. »Opa, Fosch.«

»Ich hole mal den Kaffee«, Pia ging zur Tür. »Und Papa, du sollst auch nicht so albern mit ihr reden. Du hörst dich an wie ein Trottel.«

Jule sah zu Philipp, der sich zu Maries Vergnügen weiter zum Affen machte, zum Missfallen Steffis, die ihn böse anstarrte. »Pia hat recht«, sagte sie laut. »Ich habe neulich einen Artikel über frühkindliche Förderung gelesen, da war genau das ein Thema. Rede anständig mit ihr. Willst du wirklich noch Kaffee trinken? Es ist doch schon so spät, dann schläfst du wieder nicht.«

Jule grinste und schwieg. Es war schon sagenhaft, was aus Dr. Philipp Petersen geworden war. Früher hätte er bei einem solchen Gespräch einen Lachkrampf bekommen, heute ließ er sich von Steffi alles sagen, ohne mit der Wimper zu zucken. Marie krabbelte jetzt von ihm herunter und wackelte in die Küche zu Pia. Bedauernd sah Philipp ihr nach. »Sie ist aber auch eine süße Maus. Was hast du gerade gesagt, Schatz?«

»Dass wir gleich loswollen«, Steffi klang beleidigt. »Ich will noch zu Tanja.«

»Ich trinke noch schnell einen Kaffee«, Philipp stand auf und strich sich über die Hosenbeine. »Du kommst schon noch rechtzeitig hin. Aber wir sollten mal einen Termin ausmachen, Jule, an dem wir darüber reden, wie es hier weitergehen kann.«

»Inwiefern?«, interessiert blickte Jule ihren Ex-Mann an. Der hob erstaunt die Schultern und breitete mit großer Geste seine Arme aus. »Ich bitte dich. Du siehst doch, dass Pia mit dieser Doppelbelastung nicht zurechtkommt. Der Job im Hotel bei deiner Freundin Friederike, die Verantwortung als Alleinerziehende, dann der Haushalt, das schafft sie augenscheinlich nicht.«

»Das stimmt«, pflichtete Steffi sofort bei. »Da müsstest du als Mutter auch mal was dazu sagen. Wenn es wenigstens einen richtigen Vater gäbe, der auch mal Verantwortung übernehmen würde. Aber nein, da lässt sie sich mit einem verheirateten Mann ein. Es ist alles so grauenhaft.«

Jule sah sie lange an. »Ach, Steffi«, sagte sie ironisch, »es ist gut, dass du immer alles so auf den Punkt bringst und uns die Augen öffnest.«

Als Pia mit Marie auf der Hüfte und der Kaffeekanne in der Hand zurückkam, stand Jule auf.

»Komm, Mäuschen, komm mal zu Oma«, sagte sie sanft. Sofort streckte Marie die Ärmchen nach ihr aus und verließ widerstandslos ihre Position. Zufrieden küsste Jule sie auf den Kopf.

Nichts war grauenhaft. Rein gar nichts. Nur Steffi.

Marie war in ihrem Kindersitz eingeschlafen, als Jule ihr Auto neben Friederikes parkte. Sie ließ die Tür offen und lief um ihr kleines Haus zur Terrasse. Friederike, Tom und Torge unterbrachen sofort ihr Gespräch und sahen hoch, als sie um die Ecke kam.

»Hey«, Torge schaute sie erstaunt an. »Wo ist denn Marie?«

»Die schläft noch im Auto«, Jule küsste ihn flüchtig, dann

umarmte sie Friederike und Tom. »Ich hole sie gleich. Wartet ihr schon lange?«

»Eine halbe Stunde«, Friederike war aufgestanden, »höchstens. Ich dachte, Pia wollte die Kleine bringen.«

»Kommunikationsproblem«, Jule winkte ab. »Steffi und Philipp wollten sie gerade abholen, weil sie nicht wussten, dass ich komme, und dann gab es noch eine kleine Schlacht.«

»Oh«, Torge schob ihr einen Stuhl hin. »Dann setz dich und trink ein Glas. Ich hole das schlafende Kind aus dem Auto.«

»Danke«, Jule lächelte ihn an, während Tom ihr ein Glas Wein eingoss.

»Wer hat die Schlacht gewonnen?« Friederike beugte sich vor. »Um was ging es überhaupt?«

Achselzuckend griff Jule nach dem Getränk. »Danke, Tom. Es war wie immer: Steffi erklärt uns die Welt und Philipp pflichtet ihr bei. Sie halten Pia für überfordert, möchten nicht in ihrem Alltag gestört werden, aber trotzdem ab und zu Marie haben, finden es unmöglich, dass Pia Marie allein erzieht und quatschen überall rein. Und dann sah die Wohnung auch noch aus wie Sau«, sie lächelte unvermittelt. »Da haben sie recht gehabt. Als hätten die Schränke Durchfall. Schlimm.«

Tom lachte. »Das Thema hatten wir doch gerade.« Er sah Jules fragenden Blick. »Esther hat mir gerade befohlen, ihre Tochter zu heiraten, wenn ich ihr ein Kind mache. Weil das allein mit Kind nicht geht.«

»Und?« Jule hob die Augenbrauen. »Wirst du es tun?«

»Sobald sie schwanger ist«, Toms Mundwinkel zuckten. »Was glaubst du denn?«

»Dann bin ich ja beruhigt«, Jule stellte ihr Glas ab und schaute zu Friederike. »Wie war es sonst?«

»Schwierig«, Friederike streckte ihre Beine aus. »Sie hat viel erzählt, aber ich habe kaum was verstanden. Wir haben ihr ein Fotoalbum gezeigt und plötzlich redet sie von Babys, die es nicht mehr gibt, wird böse, weil Laura auf den meisten Fotos ist, lässt irgendwelche Namen fallen, einen Mister …«, hilfesuchend sah sie Tom an.

»Mister Coe«, sprang er ihr bei, »der jetzt wieder in England ist.«

Friederike nickte. »Wer auch immer das war. Und dann kommen ihr plötzlich die Tränen. Es ist so wahnsinnig anstrengend, ich verstehe die Zusammenhänge überhaupt nicht.«

»Aber vielleicht setzt sich die Geschichte nach und nach zusammen«, überlegte Jule laut, »wenn die Studenten einen guten Job machen. Jetzt kannst du endlich mal herausfinden, was damals passiert ist, vor und nach deiner Geburt. Ich finde es total spannend.«

»Spannend?« Friederike sah sie skeptisch an. »Als wir gingen, hat sie mich für ihre Fußpflegerin gehalten. Ich habe keine Ahnung, was von ihren Erzählungen stimmt und was nicht. Es kann auch alles nur wirres Zeug sein.«

»Wir werden sehen«, Jule drehte sich um, als sie Torges Schritte und das Gebrabbel von Marie hinter sich hörte. »Sie ist wach? Guck mal, Schnecke, da ist deine Patentante. Die kann sich auch mal um dich kümmern, damit du aus Steffis Dunstkreis kommst.«

Sofort sprang Friederike auf und ging Torge entgegen, um ihm die verschlafene Marie abzunehmen. »Hallo Süße, hat Torge dich geweckt?«

Jule beobachtete Friederike, die Marie jetzt auf dem Arm hatte und entspannt zuließ, dass die klebrigen Kinderfinger sofort in ihren Haaren wühlten. »Sie bekommt doch sofort etwas Mildes, oder, Tom?«

»Bevor du auf irgendwelche Gedanken kommst, ich nehme sie erst mit nach Hause, wenn sie stubenrein ist«, sagte Friederike, ohne den Blick von Marie zu nehmen. »Zum Windelnwechseln bin ich nicht geeignet.« Sie stellte ihr Patenkind vorsichtig auf den Boden, sofort tapste sie zu Tom und hielt sich an seinen Knien fest. »Dafür kann ich ihr aber später erzählen, wie das so bei mir war. Mit einer alleinerziehenden Mutter und einem unbekannten Vater. Falls ich die Geschichte bis dahin richtig zusammenkriege.«

»Das wirst du«, antwortete Tom und setzte Marie auf seine Knie. »Du musst es nur wollen.«

Juni 1959

Esther Schulze stand in geschwungener Schrift auf dem Messingklingelschild. Stolz spuckte sie auf ihr Taschentuch und polierte es nach. Mit geneigtem Kopf las sie noch mal die Schrift, dann seufzte sie zufrieden und steckte den Schlüssel in die Wohnungstür. In ihre Wohnungstür. Immer noch erfüllte sie dieses Klingelschild mit Freude.

Sie trat in den Flur und schlüpfte aus den Schuhen, die sie ordentlich nebeneinander in den kleinen Schrank stellte, bevor sie den Mantel auszog und ihn auf den Bügel hängte. Mit dem Einkaufskorb über dem Arm ging sie in die Küche, stellte ihn auf einen der beiden weißen Stühle und öffnete das Sprossenfenster, um die sommerliche Luft hineinzulassen. Wenn sie den Hals etwas streckte, konnte sie die beiden Türme der Marienkirche sehen, den Glockenschlag hörte sie immer. Er gehörte einfach zu dieser kleinen Wohnung, in der es ein winziges Schlafzimmer, ein etwas größeres Wohnzimmer und diese Küche gab. Im Badezimmer war sogar eine Sitzdusche, über der ein großer Boiler hing, der manchmal seltsame Geräusche machte. Die für Esther jedoch mittlerweile genauso vertraut klangen wie das Glockenspiel der Marienkirche.

Zur Feier des Tages hatte sie für teures Geld zwei Stücke Marzipantorte bei Niederegger gekauft. Um Hilde zu beeindrucken, die sie heute das erste Mal in Lübeck besuchen würde. Die Torte lag in einer edlen Pappschachtel, vorsichtig hob sie die aus dem Korb und stellte sie auf den Tisch. Sie war gespannt, was Hilde zu ihrer Wohnung sagen würde, vermutlich würde sie begeistert sein, sie hatte schon früher immer alles, was Esther gemacht hatte, bewundert. Und sie brauchte jetzt ein bisschen Bewunderung.

Sie warf einen Blick auf die Uhr, die sie immer noch schmerzlich an Rosemarie erinnerte. Sie hatte ihrer Mutter gehört und seit deren Tod vor drei Jahren trug Esther sie täglich. Mister Coe hatte ihr damals ein neues Uhrenarmband geschenkt, eines das genauso aussah wie das alte, das ihr zu weit gewesen war. Deshalb dachte sie auch oft an Mister Coe, der fast ihr Stiefvater geworden wäre, wenn das Leben es besser mit ihnen gemeint hätte. Aber es war alles anders gekommen. Wenigstens bekam sie ab und zu Post von ihm. Aus England, mit Briefmarken, auf denen die schöne Königin lächelte.

Esther stellte den Korb in die Abseite, bevor sie Tassen und Teller aus dem Küchenschrank holte, um den Tisch zu decken, damit alles schön war, wenn Hilde gleich eintraf. Sie selbst eingeschlossen. Das Kleid, das gebügelt im Schlafzimmer hing, war ihr neuestes Meisterstück. Ein traumhaftes Nachmittagskleid aus der aktuellen *Burda*-Zeitschrift, es war weiß mit aufgedruckten blauen Rosen, hatte einen schönen Ausschnitt, kleine Ärmel, einen weit schwingenden Rock und einen weichen Gürtel. Selbst Madame Coco war beeindruckt gewesen, obwohl sie sich manchmal etwas naserümpfend über die Frauen mokierte, die ihre Kleider selbst nähten. Weil sich die meisten auch nicht an die schwierigen Schnittbögen trauten, weshalb man den Kleidern ansah, dass sie selbst geschneidert waren. Nicht so bei Esther. Madame Coco hatte sogar kurz genickt, das größte Lob, das man sich bei ihr vorstellen konnte. Das Kleid war eben auch perfekt geworden. »Danke Änne«, sagte Esther laut, als sie es vom Bügel nahm und an Änne Burda dachte, dank deren Schnittmusterbögen sie eine der bestangezogenen Frauen ihrer Umgebung war.

»Was siehst du elegant aus«, platzte es auch sofort aus Hilde heraus, als Esther ihr eine halbe Stunde später die Tür öffnete. »Meine Güte, dieses Kleid, dieser Gürtel, was hast du bloß für eine schmale Taille? Und deine Frisur, ach Esther, du siehst aus wie eine Dame von Welt, ich freue mich so, dass wir uns treffen, es ist einfach zu schön, wir haben uns ja so lange nicht gesehen, und wie du aussiehst, hast du das …«

»Komm doch erst mal rein«, unterbrach Esther hastig ihre Jubelschreie, weil sie schon die Haustür von Frau Matthiesen hörte, die wissen wollte, wer da im Hausflur so herumkreischte. »Hallo liebe Hilde«, sie zog ihre ehemalige Arbeitskollegin in die Wohnung und schloss hinter ihr die Tür. »Herzlich willkommen.«

»Ich danke dir«, strahlend sah Hilde sie an. Mit großer Geste überreichte sie ihr einen Stauß gelber Freesien mit weißem Schleierkraut und eine kleine Flasche. »Es sind leider keine Rosen, schon gar keine blauen, aber sie sind für dich. Und diesen Johannisbeerlikör habe ich selbst angesetzt, ein kleines Gastgeschenk. Und danke für die Einladung. Ich freue mich so. Das ist ja eine hübsche Gegend, in der du hier wohnst. Karlheinz hat mich hergefahren, der hat das auch gleich gesagt. Und es riecht hier schon so gut nach Kaffee.«

»Dann komm mal mit durch«, Esther nahm ihr beides lächelnd ab und wies auf die geöffnete Wohnzimmertür. »Der Kaffee ist fertig. Und ich habe extra Marzipantorte für uns besorgt, zur Feier des Tages. Setz dich schon mal, ich stelle die Blumen in eine Vase und hole den Kaffee.«

Sie ließ die begeisterte Hilde vorbei und ging schnell in die Küche. Während sie Wasser in eine Vase laufen ließ, versuchte sie, ihre Verblüffung in den Griff zu kriegen. Hilde hatte sich nahezu verdoppelt, seit sie sich das letzte Mal gesehen hatten. Niemand wäre auf den Gedanken gekommen, dass Hilde einmal im Modeatelier von Frau Bellmann gelernt hatte und

Ahnung von Mode haben könnte, so unvorteilhaft wie sie gekleidet war. Esther schüttelte die Gedanken ab und konzentrierte sich auf das Arrangieren der Blumen. Dann nahm sie die Kaffeekanne und die Vase und ging zu ihrem Besuch.

Hilde stand am Fenster und drehte sich sofort um, als sie Esther kommen hörte. »Du hast es so schön hier.« Sie kam auf sie zu, um ihr die Vase abzunehmen und auf den Tisch zu stellen. »Und diese eleganten Gardinen, die hast du doch bestimmt auch selbst genäht, oder? Du kannst das ja auch alles. Und du musst mir alles erzählen, Esther, wirklich alles. Von der Modeboutique, in der du arbeitest, und wie du an so eine tolle Wohnung gekommen bist und wie es den Hohnsteins geht, und, sag mal, stimmt das, meine Mutter hat mir erzählt, dass Laura eine Fehlgeburt hatte? Das ist ja furchtbar. Und was ist mit ihrem Zwillingsbruder? Ist der auch schon verheiratet? Wusstest du, dass Frau Bellmann ihren Laden ihrer Schwester übergeben hat und jetzt im *Alsterhaus* arbeitet? Sie ist da Abteilungsleiterin in der Damenoberbekleidung. Sie fährt sogar ein Auto, sie hat den Führerschein gemacht, stell dir das mal vor. Hast du eigentlich auch einen Freund? Also, ich finde das ja so verrückt, wie du hier so allein lebst, das kann ich mir gar nicht mehr vorstellen, allein, ohne den Karlheinz, wie machst du das alles nur?«

Esther hatte während Hildes Redeschwall den Kaffee eingeschenkt, die Marzipantorte auf die Kuchenteller gehoben, das Sahnekännchen zurechtgerückt und zeigte nun auf den Sessel, auf dem Hilde Platz nehmen sollte, während sie selbst sich auf dem kleinen Sofa niederließ.

Der Sessel knarzte ein bisschen, als Hilde sich setzte. »Das sieht ja gut aus, ist das eine echte Lübecker Marzipantorte? Die habe ich noch nie gegessen, da bin ich ja gespannt.« Sie rammte die Kuchengabel in die Torte und schob sie sich in den Mund. Eine Weile war Ruhe. Es kam nur noch ein leises: »Mhmm.«

Esther atmete tief durch und beobachtete die verzückt kauende Hilde. Ihre Handgelenke waren so speckig, dass ihre silberne Armbanduhr ins Fleisch schnitt. Sie trug jetzt eine Dauerwelle, für die ihr Gesicht viel zu rund war. Der hellgraue Rock sah aus, als wäre er von ihrer Mutter, die blau-weiß gestreifte Bluse war gekauft, nicht selbst genäht und bestimmt nicht billig gewesen, aber mindestens eine Nummer zu klein. Im selben Moment hob Hilde den Kopf, ihr Gesicht glänzte, ihre Augen strahlten. Mit großer Zuneigung sah sie Esther an, die sofort den Anflug eines schlechten Gewissens bekam. »Und was machst du so, Hilde?«, fragte sie schnell. »Dein Sohn muss doch auch schon … Wie alt ist er jetzt?«

»Ein Jahr und zwei Monate«, Hilde lächelte stolz. »Und unser Rüdiger ist ein Prachtjunge.«

Sie kicherte etwas verlegen. »Karlheinz ist befördert worden, er bekommt nun mehr Geld, also können wir uns auch nach einer größeren Wohnung umsehen. Im Moment haben wir nur zwei Zimmer, das ist doch etwas zu eng.« Sie senkte ihren Blick und spießte das letzte Stück Torte auf. Esther hatte noch nicht einmal angefangen zu essen. »Wie schön«, sagte sie jetzt aufmunternd. »Bist du denn glücklich?«

Langsam ließ Hilde ihre Gabel sinken. »Glücklich?«, fragte sie erstaunt. »Ja, natürlich. Karlheinz ist ein fleißiger und netter Mann, Rüdi ist ganz lieb, wir haben eine schöne Wohnung, sogar ein Auto. Und wir fahren damit im August für drei Wochen nach Österreich zum Zelten. Mit den Ullrichs bei uns aus dem Haus. Die fahren schon seit zwei Jahren auf diesen Campingplatz, da fahren wir jetzt auch mal hin. Wir haben es gut.« Sie schwieg einen Moment, bevor sie fragte: »Und du? Erzähl mal. Dein Leben ist doch bestimmt ganz aufregend. Du siehst so verändert aus, wie ein Fotomodell, aus dir ist ja wirklich was geworden. Du triffst doch bestimmt jede Menge reicher und berühmter Leute. Und du bist so hübsch, du hast doch sicher einen Haufen Verehrer. Oder sogar einen festen Freund?«

Esther lächelte. »Ja«, sagte sie stolz. »Ja, ich habe einen Freund. Aber wir halten das noch geheim, bis sich eine gute Gelegenheit bietet, es allen zu erzählen. Du wirst zur Verlobung eingeladen, versprochen.«

Hilde riss die Augen auf und schlug sich die Hand vor den Mund. »Oh, wie spannend«, rief sie. »Und du willst wirklich nichts erzählen? Nur ein kleines bisschen? Eine Andeutung?«

»Nein, erst wenn es offiziell ist. Das habe ich ihm versprochen.« Esther beugte sich vor und sagte verschwörerisch. »Aber du wirst begeistert sein.«

»Noch nicht mal den Namen?«, enttäuscht sah Hilde sie an. »Den Anfangsbuchstaben?«

»Nein«, Esther schüttelte vehement den Kopf, »nicht mal das. Ich habe es versprochen, du wirst das noch verstehen.«

»Na gut«, Hilde zuckte mit den Schultern, während sie auf Esthers Teller sah. »Magst du die Torte nicht?«

Nach kurzem Zögern schob Esther ihr den Teller zu. »Ich kann die ja öfter essen, nimm ruhig noch das Stück.«

»Danke«, Hilde strahlte. »So was Gutes gibt es nicht in Weißenburg. Aber erzähl doch mal weiter. Ich habe dich damals ein bisschen beneidet, als du in die Villa gezogen bist.« Sie stockte und wurde plötzlich ernst. »Versteh das nicht falsch, natürlich tat es mir so leid, das mit deinen Eltern. Aber dass dich die Hohnsteins aufgenommen haben, das war doch schon Glück, oder? In diesem schönen Haus zu wohnen und so. Dass du jetzt zu dieser vornehmen Familie gehörst. Und dann warst du doch in Hamburg am Neuen Wall in einem Modegeschäft? Warum bist du denn da weggegangen?«

»Das hat sich so ergeben«, antwortete Esther in neutralem Ton. »Und die Modeboutique hier in Lübeck ist viel mondäner. Die Besitzerin ist eine Französin, Madame Coco Leclerc, sie war sogar mal ein Fotomodell. Sie ist so elegant und die Schneiderei ist in einem eigenen Raum und riesig. Und wir haben ganz besondere Kundinnen, es ist viel besser als in Hamburg. Ich bin sehr froh, bei ihr arbeiten zu können.«

Was Hilde nicht wissen musste, war die Tatsache, dass es Karla Hohnsteins Idee gewesen war, dass Esther nach Lübeck ziehen sollte. Weil Lübeck weit genug weg war von der Wohnung, in der ihre Enkelin Laura mit deren Mann Carl lebte. Und in der Esther viele Abende verbracht und oft dort übernachtet hatte, weil das Modegeschäft am Neuen Wall nicht weit entfernt war. Für Esther war es bequem und für Laura tröstlich gewesen, dass sie nicht so oft einsam auf Carls Rückkehr aus der Kanzlei hatte warten müssen, sondern ihre beste Freundin bei sich hatte. Aber das hatte Karla Hohnstein nun mal nicht gefallen und daraus hatte sie keinen Hehl gemacht, sondern ein paar Telefonate geführt und eine Entscheidung gefällt. Und Esther knapp mitgeteilt, dass sie nun eine neue Stelle und eine eigene Wohnung habe. Dass Esther diese Entscheidung aus ganz bestimmten Gründen sofort akzeptierte, hatte Karla zwar gewundert, es wurde aber nicht mehr thematisiert. Esther hatte innerlich jubiliert, sich aber gehütet, ihre Erleichterung zu zeigen. Das war im Moment noch ihre Privatsache.

»Wie aufregend«, Hildes Wangen waren rosig, sie hatte Marzipan in den Mundwinkeln und ahnte nichts von Esthers Gedanken. »Und die Hohnsteins? Wie oft bist du denn noch in der Villa? Und wie geht es Laura? Die habe ich neulich im Auto gesehen, da fuhr sie an mir vorbei. So eine schöne Frau. Wie ist denn eigentlich ihr Mann? Ist der nett? Er sieht ja gut aus. Entschuldige«, Hilde sah sie plötzlich zerknirscht an, »aber ich finde die Hohnsteins so aufregend. Und wann habe ich schon mal die Gelegenheit, jemanden zu fragen, der dazugehört.«

»Das ist schon in Ordnung«, Esther lächelte. »Lauras Mann Carl ist sehr nett, er ist Anwalt und arbeitet die ganze Zeit. Das ist nicht so schön für Laura, aber wir treffen uns oft. Als ich noch in Hamburg gearbeitet habe, brauchte ich nur eine Viertelstunde mit der Straßenbahn zu ihrer Wohnung, das war ganz schön. Und ja, die Arme hatte eine Fehlgeburt, im letzten Sommer, aber der Arzt hat gesagt, sie kann wieder schwanger werden. In der Villa bin ich nicht mehr so oft, der Weg ist von hier aus sehr umständlich und ich habe nicht viel Zeit, aber natürlich sehen wir uns alle regelmäßig. Hermann und Adelheid Hohnstein haben mich hier auch schon besucht. Und Laura natürlich auch.«

Tatsächlich waren Hermann und Adelheid kurz nach dem Einzug hier gewesen. Sie hatten ihr Blumen und einen Gutschein für ein Haushaltswarengeschäft geschenkt. Hermann Hohnstein hatte ein spürbar schlechtes Gewissen, schließlich hatte er Esther nie gegen seine Mutter verteidigt, die immer so ablehnend gewesen war. Ihm war nicht ganz klar, warum Esther unbedingt hatte ausziehen wollen, sobald sie volljährig geworden war, aber vielleicht wollte er das auch gar nicht so genau wissen. Sie wiederum hatte nichts erklärt. Aber Hermann Hohnstein zahlte nun die Miete für diese Wohnung, sie nahm es als ausgleichende Gerechtigkeit und war auch froh darüber. So eine schöne Wohnung hätte sie sich von dem Lohn, den Madame Coco ihr zahlte, keinesfalls leisten können.

»Wie schön«, Hilde hatte mittlerweile auch Esthers Tortenstück verzehrt und legte jetzt die Gabel auf den leeren Teller. »Das hat wunderbar geschmeckt, danke. Und Lorenz Hohnstein? Ist er auch schon verheiratet?«

»Nein«, Esther lächelte mit Brausepulver im Bauch. »Nein, er studiert ja noch. Aber demnächst beginnen die Semesterferien in der Schweiz, dann kommt er nach Hause.«

Seufzend stützte Hilde ihr Kinn auf die Faust. Ihre Stimme klang sehnsüchtig. »Ich fand ihn damals so toll. Auf die Frau, die er mal heiratet, könnte ich neidisch werden. Du nicht?«

»Nein«, Esthers Herz klopfte. Sie hoffte, dass Hilde ihr nichts anmerkte. »Ich nicht.«

»Weil du bestimmt einen noch besseren Mann heiraten wirst«, Hilde sah sie mit großen Augen an. »Ganz sicher.« Sie lehnte sich zurück und ließ ihre Blicke durch das Wohnzimmer wandern: über den kleinen Lesesessel, der neben der Stehlampe stand, deren rote Schirmfransen farblich zu den Sofakissen passten, zu der zierlichen Lackkommode, und schließlich blieben sie am Musikschrank hängen. »So einen haben wir jetzt auch«, sagte sie und deutete mit dem Finger darauf. »Mit Radio und Plattenwechsler. Ich höre so gern Rock 'n' Roll, aber das darf Karlheinz nicht wissen, der hasst das und sagt, es wäre Rüpelmusik.« Sie lächelte verlegen, während Esther sofort aufstand und eine Schallplatte unter dem Schrank hervorzog. »Dann pass mal auf«, sagte sie über ihre Schulter, während sie vorsichtig den Plattenarm auf die Scheibe sinken ließ. Nach einem leisen Knistern tönte Elvis Presley durchs Zimmer, was Hilde sofort mit den Füßen wippen ließ.

»Wie toll«, freute sie sich, »du hast sogar Schallplatten von Elvis, ich beneide dich. Ach, ist das toll.« Sie summte selbstvergessen mit, dann sah sie plötzlich hoch. »Ich glaube, das ist eine gute Gelegenheit für den Likör, oder?«

Während Elvis mit schmelzender Stimme von der Liebe sang, hing Hilde mit einem Likörglas in der Hand gebannt an Esthers Lippen, die ihr launig von ihren Ferien auf Sylt erzählte, die Modenschauen bei Madame Leclerc beschrieb und lustige Geschichten aus dem Salon schilderte. Hilde bekam kaum Luft vor Lachen, als Esther eine ihrer schwierigsten Kundinnen nachahmte, die nie einsah, dass sie zu dick für bestimmte Kleider war. »Und dann sitzt auch jedes Mal ihr etwas trotteliger Sohn daneben, dem das Theater ganz und gar peinlich ist«, sagte sie glucksend. »Der arme Dieter Brenner, der muss seine Mutter jedes Mal begleiten und sich ihre Tiraden anhören, wenn Madame Coco sagt, dass dieses Modell nicht für ihre Figur geeignet ist.«

Sie erzählte Hilde von Laura, die manchmal unglücklich war, weil Carl sie so oft wegen seiner Arbeit allein lassen musste und dass sie sich deshalb immer noch oft trafen. Und sie berichtete auf Hildes erneute Frage von der Zeit nach Lauras Fehlgeburt, die sie in ein tiefes Loch gestürzt hatte. »Es war so traurig«, sagte sie leise, »und Carl war so beschäftigt, er konnte nicht aus der Kanzlei weg. Deshalb hat er Lorenz und mich gefragt, ob wir beide Laura nach Sylt ins Hohnstein-Haus begleiten könnten, damit sie auf andere Gedanken käme. Es war im letzten August, ich war da noch bei Frau Bellmann in Anstellung. Aber nachdem Herr Hohnstein mit ihr gesprochen hatte, hat sie mir tatsächlich vier Wochen Ferien gegeben, unbezahlt natürlich, aber immerhin. Und dann sind wir mit Laura auf die Insel gefahren und Carl kam an jedem Wochenende dazu.«

Auch hier ließ sie wieder einige Details weg. Dass Adelheid Hohnstein ihrer Tochter nicht helfen konnte, weil sie damals schwermütig war, die meiste Zeit in ihrem Zimmer verbrachte, allein mit ihrer Flasche Frauengold, auf deren Etikett stand: *Frauengold bringt Wohlbehagen, wohlgemerkt an allen Tagen.*

Und es waren viele Tage, an denen sie Wohlbehagen brauchte, worüber im Hause Hohnstein natürlich nicht geredet wurde. Nur Karla Hohnstein regte sich auf, wenn ihre Schwiegertochter doch einmal mit unsicherem Gang aus ihrem Zimmer kam und sich am Familienleben beteiligen wollte. Der Alltag wurde immer noch von Karla Hohnstein bestimmt und es gab zwei Personen, die sie eigentlich nicht dabeihaben wollte. Ihre Schwiegertochter Adelheid, die sie für schwächlich hielt, und Esther, die in Karlas Augen als Tochter ausgerechnet desjenigen Nazis, der sie zum Krüppel gefahren hatte, auch eine Mitschuld an ihrem steifen Bein und dem Trauma des Unfalls trug. Und Lauras Großmutter ließ keine Gelegenheit aus, sie das spüren zu lassen.

Aber das musste Hilde wirklich nicht wissen. Esther wollte nicht, dass sie einen falschen Eindruck bekam, und sie wollte schon gar kein Mitleid. Auf keinen Fall.

»Also sind wir drei zusammen nach Sylt gefahren«, fuhr sie jetzt fort und verdrängte die unangenehmen Erinnerungen. »Laura war in ihrer Trauer sehr froh, dass ihr Bruder aus der Schweiz kam und Frau Bellmann mich auch fahren ließ. Es hat zwar eine Zeit lang gedauert, aber irgendwann hatte sie wieder Farbe im Gesicht und fing an, über andere Dinge zu reden. Wir haben sie mit zum Strand genommen, sind mit den Rädern über die Insel gefahren, haben alles Mögliche unternommen, damit sie es überwindet, und wir haben es auch geschafft. Es ging ihr im Laufe der Wochen wieder besser.«

Hilde sah sie teilnahmsvoll an. »Es ist schön, wenn man so eine gute Freundin hat«, sagte sie, »gerade in einer solchen Situation. Aber da muss dir die Familie Hohnstein doch auch dankbar sein. Meine Nachbarin ist seit ihrer Fehlgeburt richtig schwermütig geworden, sie geht gar nicht mehr vor die Tür und will mit niemandem reden. Davor hast du Laura bewahrt.«

»Ja«, Esther nickte. »Wobei Laura für mich dasselbe getan hätte. Und natürlich sind die Hohnsteins froh, dass es Laura wieder gut geht.«

Von wegen dankbar für die Freundin, dachte Esther, auch hier war die Realität ein bisschen anders. Karla Hohnstein hatte ihr nämlich kurz zuvor ganz unverblümt gesagt, dass sie sich von Laura fernhalten solle. Genauso wie von Lorenz. Dass sie auf Laura einen schlechten Einfluss habe und Karla sehr dagegen sei, dass Esther mit ihnen nach Sylt fahren wolle.

»Wenn du auf die Insel fahren würdest, um dich dort um den Haushalt zu kümmern, so wie damals deine Mutter«, hatte Karla ihr mit diesem arroganten Gesichtsausdruck gesagt, »das hätte ich noch hingenommen. Aber du hast anscheinend das Gefühl, zur Familie zu gehören. Das ist wirklich sehr, sehr dumm von dir.«

Esther hatte die Fäuste geballt und geschwiegen. Und war gegen Karla Hohnsteins Willen, aber mit der Erlaubnis deren Sohnes gefahren. Laura wusste nichts von diesem Gespräch, Karla war schließlich ihre Großmutter und Esther ihre beste Freundin, wie konnte sie da Partei ergreifen? Das wollte sie ihr ersparen.

Hilde trank ihren Likör aus und stellte das Glas auf den kleinen, dreibeinigen Beistelltisch. »Dann drücke ich mal die Daumen, dass Laura bald Mutter wird«, sagte sie weich. »Aber das wird schon.« Sie nickte bestätigend. »Du wirst sehen, eure Kinder werden schon noch zusammen spielen. Das waren ja alles aufregende Geschichten. Die Zeit ist viel zu schnell vorbeigegangen, wir wiederholen das bald mal, nicht wahr? Dann kommst du zum Kaffee zu mir und vielleicht erzählst du mir dann auch endlich etwas über deinen Freund.«

»Das kann gut sein«, Esther beugte sich vor und drückte Hildes Hand. »Das kann wirklich sein.«

Später trocknete Esther den letzten Teller ab und stellte ihn in den Küchenschrank, während sie mit leiser Wehmut an Hilde dachte. Sie war wirklich ein durch und durch freundliches Wesen, aber ihr Leben schien doch ziemlich trist. Vielleicht war sie auch deshalb so dick geworden: Essen gegen die Tristesse. Sie machte in ihrer Zweizimmerwohnung in Weißenburg den ganzen Tag den Haushalt, versorgte ihren Sohn Rüdiger und kochte das Abendessen für Karlheinz, der sein Essen pünktlich um 18 Uhr auf dem Tisch stehen haben wollte. Es war genau wie in der Reklame: *Eine Frau stellt sich jeden Tag zwei Lebensfragen. Erstens, was soll ich anziehen, und zweitens, was soll ich kochen.*

Viel mehr passierte offenbar in Hildes Leben nicht. Und dann war da noch Karlheinz, den Esther vorhin gesehen hatte. Ein farbloser, etwas zu dicker Mann, der kaum den Mund aufbekam, aber Abteilungsleiter in einem Lampenfachgeschäft in Weißenburg war. *Lampen Hollmann.* Kannte jeder, hatte Hilde gesagt. Und da Karlheinz strikt dagegen war, dass Frauen arbeiten gingen, wenn sie verheiratet waren, hatte sie schon vor der Hochzeit vor drei Jahren bei Frau Bellmann gekündigt.

Kopfschüttelnd schlug Esther die Schranktür zu. Niemals wollte sie so leben. Mit einem langweiligen Mann, einem langweiligen Kind, in einer kleinen langweiligen Wohnung. Niemals. Aber diese Gefahr bestand ja gar nicht, auf sie warteten ganz andere Dinge, ihr Leben würde strahlend werden. Und es hatte schon angefangen.

Esther lachte leise, als sie merkte, dass sie gerade *seinen* Namen laut ausgesprochen hatte. Wie gern hätte sie Hilde alles erzählt, wie schön wäre es gewesen, alles einmal laut zu sagen, seinen Namen zu nennen, die Gefühle zu beschreiben, noch einmal den Zauber des Anfangs heraufzubeschwören. Aber bald, dachte sie, bald würde sie alles herausschreien. *Himmelblaue Serenade* sang sie plötzlich laut und tänzelte wie

Margot Eskens von der Küche durch den kleinen Flur ins Wohnzimmer. Sie drehte sich zweimal auf der Stelle, sodass der Rock um ihre Beine schwang, und blieb dann glückselig am Fenster stehen und sah hinaus.

Es war ein Sonnenuntergang am Strand gewesen. Eine Decke im Sand, zwei Gläser, eine lauwarme Flasche Sekt, die rote Sonne, die so langsam ins Meer tauchte, dass man auf das leise Zischen wartete. Nur sie beide, die Wellen, der Sand, die laue Abendluft, die letzten Möwen des Tages. Vorsichtige Küsse, glänzende Augen, warme Hände auf warmer Haut, das Erstaunen, dass so viel Gefühl die Welt nicht zum Explodieren brachte.

Sie entschieden gemeinsam, niemandem etwas zu erzählen. Noch nicht, weil es vorerst ihr alleiniges Glück bleiben sollte. Ein Glück, das keinen etwas anging. Sie wollten warten. Auf den einundzwanzigsten Geburtstag von Esther im März, auf die erste eigene Wohnung, die dann ihr Nest werden könnte, ein Ort, an dem sie sich trafen. Sie konnten sich nicht sehen, aber sie schrieben sich Briefe. Seine schickte er postlagernd, ihre waren parfümiert und hatten einen Lippenstiftabdruck statt eines Absenders.

Zu ihrem Geburtstag schickte er ein Päckchen, in dem ein kleiner Plüscheisbär lag. »Statt meiner, bis ich endlich komme«, stand auf dem Zettel, der dabei war. Der Bär lag jetzt neben Esthers Kopfkissen und wartete mit ihr zusammen, in dieser Wohnung, die sie auch für ihn schön machte.

Ihr Herz klopfte, als sie ihre Stirn an die warme Fensterscheibe lehnte und nach unten auf den Hinterhof sah, wo Frau Matthiesen Wäsche aufhängte. Bald würde er hier sein und nach der Verlobung würden das alle wissen. Auch Frau Matthiesen.

Die Türklingel riss sie jäh aus ihren Tagträumen. Erstaunt sah sie auf die Uhr. Sie erwartete niemanden, vermutlich war es nur eine Nachbarin, der ein Ei oder Mehl oder irgendetwas anderes fehlte. Sie ging in den Flur und öffnete die Haustür langsam einen Spalt. »Laura?« Sofort riss sie die Tür weit auf. »Ist was passiert?«

»Ja«, Lauras Gesicht glühte, sie strahlte übers ganze Gesicht und fiel Esther um den Hals. »Ich musste sofort herkommen und es dir erzählen.«

»Was denn?« Esthers Herz klopfte, Lauras Aufregung war ansteckend. Sie zog ihre Freundin in den Flur und schloss die Tür. »Was?«

»Ich bin wieder schwanger«, glückselig presste sie eine Hand auf die Brust, »im dritten Monat, ich war gerade bei Dr. Krämer.«

»Ach, wie schön«, Esther strahlte jetzt genauso und zog Laura noch mal an sich. »Weiß Carl es schon?«

»Ich habe ihn sofort in der Kanzlei angerufen«, sie lächelte. »Und du bist die Zweite, die es erfährt. Ich bin sehr glücklich.«

»Komm rein, möchtest du ein Wasser? Oder Tee? Oder Zitronenbrause?«

»Gerne Zitronenbrause«, antwortete sie und folgte Esther in die Küche. Während diese ein Glas aus dem Schrank und die Flasche aus der kleinen Abseite holte, entdeckte Laura plötzlich einen Briefumschlag, der hinter der Glasscheibe des Schranks steckte. Sie beugte sich vor und sagte überrascht: »Hat Lorenz dir geschrieben? Das ist doch seine Schrift.«

»Ja«, Esther bückte sich nach einem unsichtbaren Krümel, damit Laura nicht sah, dass ihr die Wärme ins Gesicht stieg. »Wieso?«

»Dann weißt du es schon?«

»Was?«

Laura sah sie fragend an. »Na, dass er nächste Woche

kommt und dass meine Eltern mit Großmutter in St. Gallen waren. Und dass er gerade eine Menge Ärger mit ihnen hat, aber das hat sich offenbar jetzt geklärt.«

»Ärger?« Esther hatte es lauter gesagt, als sie wollte, ihr Herz raste plötzlich. Sie atmete tief durch und bemühte sich um einen harmlosen Ton. »Er kommt nächste Woche? Und was für einen Ärger hat er?«

Laura band ihr buntes Seidentuch ab und ließ es über die Stuhllehne fallen. Sie fuhr sich mit beiden Händen durch die halblangen blonden Haare, bevor sie sich setzte. »Es ist eine lange Geschichte, die ich noch nicht richtig verstehe. Er hat wohl irgendetwas Dummes angestellt, deshalb hat die Familie ihn sich zur Brust genommen. Zum Glück haben sie es wohl geklärt. Aber dabei ist die größte Neuigkeit herausgekommen, nämlich dass mein verrückter Bruder sich demnächst verloben wird.« Sie machte eine dramatische Pause und sah Esther erstaunt an. »Überrascht dich das gar nicht? Ach so, er hat es dir wohl schon geschrieben, oder?«

Esther sah sie mit unbeteiligtem Ausdruck an und hob die Schultern. »Er hat so was erwähnt. Hat er dir auch den Namen seiner zukünftigen Verlobten gesagt?«

Laura hatte die Frage anscheinend nicht gehört und fuhr fort: »Dann hättest du mich ja auch vorwarnen können. Ich habe vielleicht blöd geguckt, als mein Vater es mir gestern erzählt hat.«

Esther lächelte sie breit an. »Du kannst doch gar nicht blöd gucken.«

»Doch«, Laura lächelte zurück, »das kann ich. Hast du nicht auch blöd geguckt, als du den Namen gelesen hast? Der ist doch wie aus einem Heftchenroman: Rose von Ellerbrock. Wer heißt denn so? Und sie soll ja die Tochter von …«

»Rose von …«, Esthers Stimme versagte, sie brachte nur ein Krächzen zustande.

»… von Ellerbrock«, vervollständigte Laura munter, »so heißt meine künftige Schwägerin. Sie soll sehr hübsch sein und stammt aus St. Gallen, richtig reicher Geldadel und …«

Ihre künftige Schwägerin? Rose von Ellerbrock? ROSE VON ELLERBROCK? Der Name dröhnte in ihrem Kopf, sie konnte nicht mehr verstehen, was Laura noch sagte. Alles versank in einem Rauschen, um sie herum flirrte die Luft, alles wurde unscharf und dunkel, der Boden drehte sich, dann kam er auf sie zu. Erst als es knallte und ein scharfer Schmerz durch ihren Kopf schoss, hörte die Luft auf zu flirren. Ihr war übel, das Rauschen wurde jetzt leiser, dafür pochte ihre Schläfe, sie hörte Lauras Stimme, die ihren Namen rief und versuchte, sie aufzurichten. Ihre Schulter schmerzte, etwas Warmes lief über ihre Wange. Als sie die Augen wieder öffnete, sah sie nur Lauras entsetztes Gesicht.

14.

Alexandra ließ den Puderpinsel in das kleine Täschchen fallen und betrachtete sich kritisch im Spiegel. Sie hatte ihre Haare locker hochgesteckt, trug eine weiße schlichte Bluse, eine cremefarbene enge Hose, hatte sich sogar richtig geschminkt und Schmuck angelegt, auch wenn sie die Kette und den Armreif am Vorabend stundenlang gesucht hatte. In ihrem alten Leben in München hatte sie morgens eine halbe Stunde im Bad gebraucht und war danach perfekt geschminkt und angemessen angezogen in den Verlag gefahren. Heute dauerte alles länger. Sie hatte die Fähigkeit verloren, Dinge nebenbei zu machen, weil es nichts Wichtiges mehr gab, auf das sie sich konzentrieren musste. Es war alles überschaubar, es gab keinen Stress, keinen Termindruck, keine Kollegen, keine Hektik. Sie hatte alle Zeit der Welt, und das machte sie wahnsinnig. Es war nicht zu beschönigen. Und es hatte auch dazu geführt, dass sie auf dem Weg war, sich gehen zu lassen. Die meiste Zeit saß sie in Jeans und Pulli ungeschminkt an ihrem Schreibtisch, es kam ja niemand, der sich daran stören könnte. Und an einem Tag wie heute, an dem sie einen Termin in der Stadt hatte, musste sie zwei Stunden früher aufstehen, um sich wieder in die Alexandra Weise zu verwandeln, die sie früher einmal gewesen war. Mit perfektem Styling und den richtigen Klamotten. Nur jetzt musste sie lange überlegen, was sie anziehen wollte, was sie mit ihren Haaren machte, wo ihr Schmuck war und welche Lidschattenfarbe sie nehmen sollte. Es war nicht zu fassen. Sie verblödete hier in diesem schönen Haus am See.

Entschlossen griff sie in ihr Schminktäschchen und zog sich die Lippen nach. Reiß dich zusammen, dachte sie, es ist nur eine Phase. Und es war Jammern auf hohem Niveau. Sobald sie sich in eine Arbeit stürzen könnte, die sie wirklich interessierte, sobald sie wieder regelmäßig irgendwelche Termine in der Stadt hätte, wieder mehr Menschen treffen würde, sobald das alles wieder passierte, würde sie auch dieses schöne Haus, diese schöne Gegend und die Ruhe wieder genießen können.

Alexandra zeigte sich die Zähne im Spiegel, fand keine Lippenstiftreste und steckte den Stift ein, bevor sie ihr Bad verließ und sich auf den Weg nach unten in die gemeinsame Küche machte. Schon auf der Treppe hörte sie die leise Klaviermusik und roch den Kaffeeduft, der aus der Küche kam. Hanna war wieder da und füllte die Stille mit Musik.

»Guten Morgen«, rief sie, bevor sie die Tür zur leeren Küche aufstieß. »Hanna?«

»Hier draußen«, kam die Antwort prompt. »Bring dir eine Tasse mit, der Kaffee steht hier schon.«

Hanna saß im Bademantel auf der Terrasse in der Sonne und sah sie lächelnd an. Alexandra lächelte sofort zurück. Erst gestern Abend war ihre Mitbewohnerin zurückgekommen, sie hatte Emma drei Wochen lang auf einer Konzertreise begleitet. Die Enkelin ihres verstorbenen Bruders sah Hanna nicht nur verblüffend ähnlich, sie hatte auch das musikalische Talent ihrer berühmten Großtante geerbt und gab bereits erste Klavierkonzerte. Und wurde dabei immer öfter von ihr begleitet. Gestern Abend hatte Hanna nur ganz kurz, aber immer noch stolz und begeistert von Emma, die mittlerweile zurück nach Dänemark gefahren war, geschwärmt. Aber nach wenigen Minuten waren ihr vor Erschöpfung fast die Augen zugefallen, Alexandra hatte sie ins Bett geschickt. »Du kannst mir alles in den nächsten Tagen im Detail erzählen«, hatte sie gesagt. »Ruh dich erst mal aus.«

Dankbar war Hanna auf ihr Zimmer gegangen. Jetzt hatte sie die ersten Sonnenstrahlen des Tages im Gesicht und wirkte ausgeschlafen und entspannt. Sie sah Alexandra überrascht an. »Guten Morgen, du siehst ja sehr schön aus. Was hast du vor?«

»Danke.« Alexandra lächelte knapp, während sie sich im Stehen den Kaffee eingoss und danach Hanna gegenüber hinsetzte. »So bin ich früher jeden Tag losgegangen und heute fällt es dir schon auf, wenn ich mich einmal vernünftig anziehe und schminke. Findest du, dass ich verkomme? Und mich gehenlasse?«

Hanna lachte und schüttelte energisch den Kopf. »Ganz und gar nicht, Alexandra. Du siehst auch in Jeans und T-Shirt wunderbar aus. Mach dir bloß keine Gedanken. Aber im Ernst, hast du was Schönes vor?«

»Ich fahre zum *Verlag an der Alster* und rede noch mal mit Wolf Mohn über das nächste Projekt«, antwortete sie. »Ich werde wohl auf seinen Vorschlag eingehen, eine Biografie über Karla Hohnstein zu schreiben. Aber am Abend bin ich wieder zurück, dann will ich alles von der Konzertreise hören.«

»Das machen wir«, Hanna nickte. »Und du willst tatsächlich über Maries Urgroßmutter schreiben? Wie fängst du das an? Hast du schon eine Idee?«

Alexandra hob die Schultern. »Ich werde die nächsten Wochen sicherlich Stunden im Hamburger Staatsarchiv und in den Bibliotheken verbringen, um Material zu suchen. Und ich hoffe sehr, dass ich dieses Projekt bald genauso spannend finde wie Wolf. Im Moment ist der Funke allerdings noch nicht übergesprungen.«

Nachdenklich sah Hanna sie an. »Das klingt jetzt aber nicht so begeistert, finde ich. Eher so, als würde dich das Thema nicht besonders interessieren. Darf ich dich fragen, warum du trotzdem zusagen willst?«

Alexandra zuckte die Achseln. »Um etwas zu tun zu haben?« Sie sah an Hanna vorbei zum See. »Und weil Wolf nicht so begeistert von meiner Idee war, wieder zeitweise im Verlag zu arbeiten. Irgendwie fühlte ich mich …« Ein Geräusch ließ sie verstummen, sie neigte den Kopf zur Terrassentür. »Ich glaube, dein Telefon klingelt.«

Hanna lauschte und nickte. »Bist du so gut und gehst mal ran? Ich bin heute Morgen nicht so schnell.«

Sie sprang auf und eilte in den Flur, wo das Telefon immer noch klingelte und nahm das Gespräch an: »Alexandra Weise bei Hanna Herwig.«

»Alexandra?« Sie erkannte Emmas aufgeregte, helle Stimme mit dem weichen dänischen Akzent sofort. »Hier ist Emma, ist Tante Hanna da?«

»Hallo Emma, ja, ich war nur schneller.« Sie behielt den Hörer am Ohr und ging mit langen Schritten auf die Terrasse, von wo aus ihr Hanna schon neugierig entgegensah. »Ich gebe sie dir mal. Und Glückwunsch zu deinen gelungenen Konzerten. Warte, hier ist sie.«

Alexandra legte das Telefon in Hannas ausgestreckte Hand und setzte sich wieder, während diese lächelnd sagte: »Guten Morgen, meine Emma, bist du gut nach Hause …«

Plötzlich erstarb ihr Lächeln, sie setzte sich aufrecht hin und runzelte die Stirn, während sie zuhörte. »Ach du Schande. Und wie geht es jetzt weiter?«

Konzentriert hörte sie zu, nickte ein paar Mal, stöhnte leise auf, nickte wieder und sagte dann: »Natürlich kann ich kommen, Astrid soll sich keine Gedanken machen, das ist überhaupt kein Problem. Und was haben die Ärzte gesagt, wie lange das dauert? … Sechs Wochen, oje. … Gut, dann packe ich mal meinen Koffer wieder ein und buche mir einen Zug. Ich rufe dich heute Abend an und sage, wann ich ankomme. Und grüß Astrid von mir, ja? Und dann bis morgen.«

Sie behielt das Telefon in der Hand, ließ es langsam in den Schoß sinken ließ und schaute zu Alexandra. »Astrid ist vorletzte Woche im Garten gestürzt und hat sich den Arm und die Hand gebrochen. Keiner hat es uns gesagt, um Emma während ihrer Konzertreise nicht zu beunruhigen. Sie ist operiert worden, kommt morgen aus dem Krankenhaus und hat dann mindestens sechs Wochen einen Gips. Und es ist auch noch der rechte Arm, sie kann also gar nichts machen. Zu allem Überfluss ist ihre Tochter Lina gerade für drei Monate in Südafrika und ihr Sohn Jakob war zwar jetzt da und hat sich gekümmert, er muss aber wieder zurück nach Kopenhagen. Astrid will nicht, dass einer der Enkel kommt, hat sie gesagt, weder Emma noch die Jungs. Sie hat mich gefragt, ob ich ihr helfen kann.«

»Oh Gott«, erschrocken schüttelte Alexandra den Kopf. »Das ist ja Pech. Die Arme. Sie kann sich mit eingegipstem Arm ja noch nicht mal allein anziehen. Wie geht es ihr denn? Hat sie schlimme Schmerzen? Hat Emma was gesagt?«

»Nicht viel«, Hanna verschränkte ihre Hände so, dass die Knöchel ganz weiß wurden. »Aber sie hat zumindest die Operation gut überstanden. Ich möchte gern hinfahren, am liebsten gleich morgen«, sie sah Alexandra an. »Es ist schon seltsam, vor zwei Jahren wusste ich gar nicht, dass ich noch Familie in Dänemark habe, und jetzt fühle ich mich schon so verantwortlich. Kannst du das verstehen?«

»Fahr nach Ribe«, Alexandra beugte sich vor und legte ihre Hand auf Hannas. »Ich kann das sogar sehr gut verstehen, Astrid ist ein Schatz und der Rest der Familie ist auch eine Wucht. Ich buche dir gleich eine Fahrkarte und fahre dich morgen nach Hamburg zum Bahnhof. Und dann bleibst du so lange in Dänemark, wie es nötig ist.«

»Danke«, Hanna lächelte sie an und drückte ihre Hand. »Ich danke dir.«

Eine halbe Stunde später fuhr Alexandra in Richtung Hamburg. Es war nicht viel Verkehr auf der Straße, die Sonne schien und ihre Laune hob sich zunehmend. Wenn Hanna morgen nach Dänemark reiste, konnte sie ihre eigene Planung auch überdenken und einige Tage in Berlin bei Jan einlegen. Nicht nur ein Wochenende, sondern vielleicht eine oder zwei Wochen. Oder sogar länger. Um der Stille im Haus zu entrinnen, die während Hannas Abwesenheit noch erdrückender sein würde. Sie könnte sich sogar mit dieser investigativen Journalistin treffen, dieser Cosima Wagner. Sie lebte ja in Berlin. Vielleicht konnte sie herausfinden, was genau die Absicht hinter der Recherche über die Stiftung war und warum sie sich so für die Familie Hohnstein interessierte. Es musste irgendein Skandal sein, denn sonst hätte sie sich des Themas wohl nicht angenommen. Und vielleicht war genau das der Punkt, der auch Alexandra interessierte. Ein verborgener Skandal, der sie so anfixte, dass sie mit derselben Leidenschaft über Karla Hohnstein schreiben könnte, wie sie es vorher über deren Urenkelin Marie getan hatte.

Als wäre es Gedankenübertragung, löste in diesem Moment das Telefonklingeln in der Freisprechanlage die Radiomusik ab. *Jan Magnus* leuchtete auf dem Display, lächelnd nahm Alexandra das Gespräch an. »Hey, ich glaube ja nicht an Telepathie, aber ich habe vor zwei Sekunden überlegt, dass ich in den nächsten Tagen nach Berlin komme.«

»Wirklich?« Sie hörte das Lächeln in seiner Stimme. »Ich bin begeistert. Was ist denn passiert, dass du dein Landidyll verlässt? Ärger im Paradies?«

»Nein«, sie lachte. »Kein Ärger, aber wir beide sehen uns im Moment einfach zu wenig, deshalb habe ich überlegt, zu dir zu kommen. Mir tut die Stadt auch mal ganz gut, arbeiten kann ich auch in deiner Wohnung und wir hätten dann mal ein bisschen mehr Zeit als immer nur diese kurzen Wochenenden. Und Hanna ist auch morgen schon wieder weg. Ich bringe sie nach Hamburg zum Bahnhof und setze sie in den Zug nach Ribe, ihre Schwägerin Astrid hat sich den Arm gebrochen.«

»Ach je, die Arme. Aber dass du kommst, finde ich super. Wann willst du fahren?«

»Ich denke übermorgen. Ich bin gerade auf dem Weg zu Wolf Mohn, um mit ihm noch mal über dieses Karla-Hohnstein-Projekt zu sprechen.«

»Sehr schön«, Jans Zufriedenheit war trotz der Freisprechanlage deutlich zu hören. »Ich freue mich. Ich denke mir was Schönes für den Abend aus. Und versuche, an den Tagen nicht so lange in der Redaktion zu kleben. Dann grüß Wolf von mir und wir hören uns heute Abend noch mal.«

»Ja«, Alexandra wollte gerade das Gespräch beenden, als ihr noch etwas einfiel: »Wolltest du eigentlich was Bestimmtes?«

»Ich wollte dir sagen, dass ich am Wochenende komme. Aber wenn du kommst und auch noch länger bleibst, ist das ja viel besser. Also, fahr vorsichtig und Küsse.«

»Ja, Küsse, bis später.« Sie drückte auf die Taste und spürte sofort die Vorfreude. So leid ihr Astrid tat, aber die Tatsache, dass Hanna nun ein paar Wochen nicht da sein würde, erleichterte Alexandras Planung ungemein.

Als sie schon im Stadtgebiet war und Richtung Alster fuhr, kam der nächste Anruf, den sie nach einem Blick aufs Display annahm. »Hallo Wolf, ich bin in etwa zwanzig Minuten bei dir.«

»Wo genau bist du denn jetzt?«

Sie schaute zur Seite. »Am Krankenhaus St. Georg. Warum?«

»Planänderung«, antwortete er, »ich musste meinen Vater zu einer Untersuchung begleiten, reine Routine, nichts

Schlimmes, aber er geht nicht gern allein zum Arzt. Und jetzt möchte er auf die Dachterrasse des *Grandhotels* und einen Tee trinken, dann können wir unser Gespräch auch in etwas feinerer Atmosphäre führen und du lernst ihn gleich mal kennen. Gute Idee?«

»Sehr gute Idee«, Alexandra lächelte. »Dann treffen wir uns da. Das liegt ja in derselben Richtung. Also bis gleich.«

»Wir sind in einer halben Stunde da, du kannst ja schon einen schönen Platz suchen.«

»Mach ich, bis gleich.«

Alexandra ließ die Scheibe herunter und hielt ihr Gesicht in den Wind. Tee im *Grandhotel* mit einem Mann, der Karla Hohnstein noch gekannt hatte. Und den Rest der Familie sicherlich auch. Vielleicht war der Sinn dieses Projekts ja auch, dass sie dabei ein paar Geheimnisse aus dem Leben von Esthers Mutter erfahren würde. Und allein dafür könnte es sich doch lohnen. Ihre Laune stieg.

Im Foyer des *Grandhotels* war es angenehm kühl. Alexandra schob sich die Sonnenbrille auf den Kopf und durchquerte auf dem Weg zum Fahrstuhl langsam die Lobby. Bevor sie ihn erreicht hatte, hörte sie hinter sich eine erstaunte Stimme. »Alex?«

Sofort drehte sie sich um und sah Friederike, die im dunkelblauen Hosenanzug mit einem Stapel Post unter dem Arm auf sie zukam. »Habe ich was vergessen?«

»Nein«, Alexandra beugte sich vor und küsste sie flüchtig auf die Wange. »Das war nicht geplant, ich wäre aber noch bei dir vorbeigekommen. Ich treffe mich mit Wolf Mohn und seinem Vater bei euch auf der Dachterrasse, das hat er mir aber gerade erst auf der Fahrt mitgeteilt.«

»Okay«, Friederike trat einen Schritt zurück und musterte sie. »Hast du dein Schminktäschchen wiedergefunden? Du siehst ja fast aus wie früher, bevor du am See die Jogginghose entdeckt hast.«

»Ich trage nie Jogginghosen«, Alexandra hob die Augenbrauen. »Immer nur bequeme Jeans. Sieh das nächste Mal richtig hin. Und wenn du nicht immer unangekündigt auftauchen würdest, hätte ich auch mal die Chance, mich richtig anzuziehen, es ist nicht nur meine Schuld.«

»Gut, dann kommt hier die Ankündigung: Ich wollte am nächsten Wochenende rauskommen. Und das sage ich dir schon jetzt, damit du noch Zeit hast, dir eine Bluse zu bügeln.«

»Dann kannst du dir aber eine Jogginghose einpacken, da hast du nämlich das ganze Haus für dich. Hanna fährt morgen nach Dänemark, Astrid hat sich den Arm gebrochen.«

»Ich weiß«, Friederike sah sie etwas irritiert an, »Hanna hat mich vorhin angerufen. Aber wo bist du am Wochenende?«

»Ich fahre zu Jan«, entgegnete Alexandra. »Übermorgen. Und bleibe dieses Mal auch ein bisschen länger. Aber fahr doch trotzdem raus, du hast ja einen Schlüssel. Der Garten ist gerade traumhaft schön und es wird wieder heiß, das ist am See besser auszuhalten als in der Stadt.«

»Gut«, nach einem schnellen Blick auf die Uhr sah Friederike sie an. »Dann frage ich Tom, ob er Lust hat mitzukommen. Du, ich muss jetzt hoch, ich habe gleich eine Besprechung. Wie lange bist du denn hier?«

»Keine Ahnung. Ein, zwei Stunden? Ich weiß nicht, wie lange Wolfs Vater Tee trinkt.«

»Meine Besprechung geht höchstens eine Stunde. Dann lass uns doch anschließend auf ein Getränk zu Tom in die Bar gehen, nicht dass du sofort wieder aufs Land flüchtest.«

»Mach ich«, antwortete Alexandra. »Jetzt muss ich hoch, sonst finde ich keinen schönen Platz. Fährst du mit?«

»Ich muss noch was an der Rezeption erledigen«, Friederike

legte kurz die Hand auf Alexandras Arm. »Wir sehen uns später.«

Während sich die Fahrstuhltür langsam schloss und Alexandra Friederike noch beobachtete, die schon an der Rezeption Anweisungen gab, kam in ihr eine Spur von Neid auf. Auf Friederike, ihren Ausdruck, ihre Körpersprache, ihr lässiges Selbstbewusstsein und ihre Professionalität. Sie würde einiges dafür geben, auch wieder im Spiel zu sein, statt ungeschminkt in Jeans und Pulli auf der Reservebank zu sitzen. Und sich gehenzulassen.

Der Fahrstuhl hielt mit einem sanften Ruck in der obersten Etage, Alexandra schüttelte das schlechte Gefühl ab und trat aus der Tür. Der kleine Gang führte auf die großzügige Dachterrasse, an deren Eingang eine junge Frau stand. Sie hob den Kopf und lächelte. »Guten Tag, Frau Weise, geht es Ihnen gut?«

»Hallo Frau Arnold, danke, alles bestens. Ich bin hier verabredet und soll schon mal einen Tisch besetzen, gern unterm Sonnenschirm.«

»Kein Problem«, Frau Arnold forderte sie mit einer Geste auf, ihr zu folgen. Wenig später standen sie vor einem vor fremden Blicken geschützten Tisch, beschattet von einem großen Sonnenschirm und von Blumenkübeln umgeben. Mit einem schnellen Handgriff verschwand das Reservierungsschild. »Bitte schön, darf ich schon etwas zu trinken bringen?«

»Eine Flasche Wasser bitte. Und drei Gläser.«

Sie setzte sich lächelnd hin, erfreut darüber, dass ihre Freundin hier die Chefin war. So wurde man von den Mitarbeitern erkannt und auch bevorzugt behandelt. Und sie musste zugeben, dass sie das genoss.

Der Blick von der Dachterrasse war atemberaubend, die Segelboote sahen aus wie weiße Tupfer auf der Alster, sie betrachtete die Silhouetten der Kirchtürme, die vielen grünen

Baumkronen und lehnte sich entspannt zurück. Nur um sich sofort wieder vorzubeugen, als sie Wolf Mohn und einen alten Mann mit Gehstock und Strohhut entdeckte, die gerade auf die Terrasse traten. Sofort hob sie die Hand und stand auf. Wolf entdeckte sie und lächelte, langsam kamen sie zum Tisch.

»Hallo Alexandra«, Wolf begrüßte sie mit einem flüchtigen Kuss auf die Wange und deutete auf seinen Vater. »Darf ich dir meinen Vater vorstellen? Dr. Johann Mohn. Papa, das ist Alexandra Weise.«

»Sehr angenehm«, formvollendet gab Dr. Johann Mohn ihr die Hand und neigte seinen Kopf. »Ich hoffe, die Planänderung war Ihnen nicht lästig.«

Er hatte eine überraschend feste Stimme und einen ebenso kräftigen Händedruck, was nicht zu seiner ansonsten eher gebrechlichen Erscheinung zu passen schien. Alexandra lächelte ihn an. »Sehr angenehm, Dr. Mohn. Und keinesfalls, es ist ein so schöner Platz bei diesem herrlichen Wetter, ich habe mich darüber gefreut.«

»Gut«, er wartete, bis sein Sohn ihm den Stuhl zurückschob, damit er sich etwas mühsam setzen konnte. Bedächtig lehnte er seinen Handstock an die Brüstung, zog ein Stofftaschentuch aus der Westentasche und tupfte sich damit die Stirn ab. »Es ist sehr warm heute.«

»Wollen wir doch reingehen?«, fragte Wolf und sah die immer noch stehende Alexandra fragend an.

»Nein«, antwortete sein Vater energisch. »Wir haben Sommer. Jetzt setz dich hin, dein Rumstehen macht mich ganz nervös.«

Alexandra setzte sich langsam, auch Wolf nahm Platz, im selben Moment tauchte schon Frau Arnold mit einer Flasche Wasser im Kühler und drei Gläsern auf.

»Guten Tag«, sagte sie laut und freundlich. »Hier kommen

schon mal das Wasser und die Karten, wollen Sie erst schauen oder darf ich schon etwas anderes bringen?«

»Tee«, sagte Johann Mohn. »Ich hätte gern einen schwarzen Tee mit Sahne und Zucker.«

»Gern«, Frau Arnold sah zu den anderen. »Noch einen Wunsch?«

»Einen Kaffee bitte«, antwortete Alexandra, Wolf ergänzte: »Zwei.«

Sein Vater warf einen zufriedenen Blick auf die Alster, bevor er sich Alexandra zuwandte. »Und Sie wollen sich also an ein Buch über die große Karla Hohnstein wagen? Respekt.«

Etwas irritiert, dass er so schnörkellos auf den Punkt kam, hob sie die Schultern. »Sagen wir mal so, ich denke gerade darüber nach. Ich weiß kaum etwas über Karla Hohnstein und habe noch nicht einmal mit der Recherche begonnen. Ob ich es mache, wollte ich ja heute mit Ihrem Sohn besprechen.«

»Der Beginn der Recherche sitzt ja jetzt vor dir«, warf Wolf ein und legte seinem Vater die Hand auf die Schulter. »Oder, Papa? Du hast die Dame ja noch erlebt. Alexandra glaubt noch nicht so richtig, dass dieses Buch spannend werden kann. Davon müssen wir sie jetzt überzeugen.«

Johann Mohn verschränkte seine Hände vor dem Bauch und sah sie an. Seine klaren Augen dominierten das von tiefen Falten und Altersflecken gezeichnete Gesicht und ließen ihn jünger wirken, als er war. Jetzt nickte er langsam. »Sie war eine sehr aufrechte, feine Frau«, sagte er mit tiefer Stimme. »Eine große Persönlichkeit mit einem spannenden Leben. Ich kann ja nicht beurteilen, ob Sie Talent zum Schreiben haben, ich bin nur ein Mediziner, aber wenn, dann wird das auch ein spannendes Buch.«

Alexandra verkniff sich ein Lächeln und antwortete: »Ich hoffe, dass ich genügend Talent habe.«

»Ich auch«, Johann Mohn nickte, »es wäre sonst ein Jammer. Mein Sohn sagte, sie kannten die Urenkelin von Karla? Diese Fotografin? Und sie hat Ihnen die Hohnstein-Villa vererbt? Damals war ich ein paar Mal zu Festen dort eingeladen. Ein riesiger Kasten. Kann man da heute noch wohnen? Bei den Energiekosten?«

Alexandra musste lachen. »Nein, nein, uns gehört nicht die Hohnstein-Villa in Weißenburg. Ich habe mit zwei Freundinnen nach dem Tod von Marie das Sommerhaus am See geerbt, nicht die Villa. Die wurde nach dem Tod von Karla Hohnsteins Enkelin Laura van Barig in die Stiftung überführt und zu einem Hospiz umgebaut. Damit haben wir nichts zu tun.«

»Hätte mich auch gewundert«, sagte Johann Mohn. »Dieser riesige Kasten. Es war dort immer kalt. Meine Frau hat da mal in ihrem Abendkleid so gefroren, dass sie zuhause sofort in die Badewanne musste. Ich hoffe, die haben das anständig saniert. Ah, da kommt mein Tee.«

Während Frau Arnold die Getränke verteilte, sah Wolf Alexandra an. »Übrigens, diese Journalistin, Cosima Wagner, hat sich noch mal gemeldet und wegen eines Interviewtermins mit dir nachgehakt. Was sollen wir ihr denn nun sagen?«

»Ach ja?« Alexandra hob den Kopf. »Schick mir doch mal die Mail mit ihren Kontaktdaten. Ich bin in den nächsten Tagen in Berlin, ich habe schon überlegt, sie mal anzurufen, um zu hören, was sie vorhat. Du kannst ihr antworten, dass ich mich melde.«

»Sicher?«

»Ja«, sie nickte entschlossen. »Ich schreibe ihr.«

»Wie lange muss dieser Tee jetzt noch ziehen?« Johann Mohn stieß seinen Sohn an. »Ich kann das auf dieser winzigen Eieruhr nicht richtig erkennen.«

»Ich mach das schon«, Wolf zog die Eieruhr zu sich. »Noch zwei Minuten.«

»Danke«, sein Vater wandte sich wieder an Alexandra. »Warum ist die Urenkelin so früh gestorben?«

»Sie hatte einen angeborenen Herzfehler«, Alexandra sah ihn an. »Ihre Lebenserwartung war von Geburt an nicht besonders hoch, aber ihre Eltern hatten das Glück, gute Ärzte zu finden, und die Medizin hat ja auch gute Fortschritte gemacht. Aber mit Mitte fünfzig hatte sie dann eine schwere Lungenentzündung, und das hat ihr geschwächtes Herz nicht mehr geschafft.«

»Tragisch«, er nickte. »Das ist zu jung, ich werde in diesem Jahr fünfundneunzig.«

»Das ist toll«, Alexandra nickte anerkennend. »Gesundes Leben oder gute Gene?«

»Gene«, war die prompte Antwort. »Und Glück. Im Gegensatz zu Karla Hohnstein. Die hatte ja so manches Päckchen zu tragen.«

Alexandra rutschte auf dem Stuhl ein Stück nach vorn. »Wie haben Sie sie kennengelernt?«

»In der Klinik.« Er wartete, bis Wolf das Teesieb entfernt hatte und ihm eingoss, dann gab er Sahne und Zucker dazu und rührte um, bevor er weitersprach. »Ich war damals Stationsarzt, ganz jung noch. Es war sehr kalt, daran erinnere ich mich, überall war Glatteis, wir hatten den ganzen Tag schon Arm- und Beinbrüche behandelt. Und dann gab es am Nachmittag diesen schlimmen Unfall. Der Chauffeur war frontal gegen einen Baum gefahren, die Feuerwehr musste zwei Frauen aus dem Auto befreien. Als die Notarztwagen eintrafen, war der Mann tot, eine Frau starb kurz nach der Ankunft und ich habe die ältere Dame behandelt, die als Einzige überlebt hatte. Sie muss wahnsinnige Schmerzen gehabt haben, hat aber die Zähne zusammengebissen und nicht einmal gejammert. Was für eine Selbstbeherrschung. Sie hatte sich die Hüfte gebrochen, das Knie war völlig lädiert, der ganze Körper geprellt, die Milz gerissen, wir haben sie stundenlang operiert, aber wir haben sie gerettet.«

»Karla Hohnstein«, sagte Alexandra, während er nickte. »Die beiden Verstorbenen waren übrigens die Großeltern einer Freundin von mir. Die Welt ist klein, oder?«

»Der Fahrer war ein Nazi«, Johann Mohn sah sie an. »Ich fand das sehr erstaunlich, dass die Hohnsteins sich von einem ehemaligen Nazi haben fahren lassen. Von denen war noch nicht einmal jemand in der Partei gewesen, die hatten alle nach dem Krieg eine weiße Weste. Und Karla Hohnstein hat darauf immer großen Wert gelegt. Wie gesagt, das hat mich gewundert.«

»War er wirklich ein Nazi? Also, ich meine, er war Soldat, aber war er auch Überzeugungstäter?«

»Das hat Karla Hohnstein mir zumindest gesagt«, antwortete er. »Sie lag lange bei uns auf der Station, fast zwei Monate. Wir haben oft miteinander geredet.«

»Wie war sie denn so«, mischte sich jetzt auch Wolf Mohn in das Gespräch ein. »Und wie alt war sie damals?«

»Ende sechzig?«, mutmaßte sein Vater. »Die Schwestern hatten alle Angst vor ihr, vor allem, als es ihr wieder besser ging. Aber mich mochte sie. Sie hat mich als ihren Lebensretter bezeichnet. War ja auch was dran. Und uns später ein paar Mal eingeladen, also meine Frau und mich. Ich habe sie immer bewundert, sie hat ja eine Menge leisten müssen. Und dann diese ganzen Probleme in der Familie. Das hat sie mir alles im Laufe der Zeit erzählt, obwohl ich noch so jung war. Aber ich war ihr Arzt und sie hat mir vertraut.« Seine Stimme klang jetzt stolz.

»Was für Probleme gab es denn in der Familie?«, langsam wurde Alexandra neugierig. »Ich kannte ja nur Laura, und die erschien mir immer so zufrieden und ausgeglichen. Wie man eben ist, wenn man aus einer wohlgeordneten und heilen Familie kommt. Aber vielleicht ist das auch nur ein Vorurteil.«

Johann Mohn sah sie unter seinen buschigen Augenbrauen zweifelnd an. »Ja, vielleicht. Laura war die Enkelin, nicht wahr? Die Tochter von Hermann, dem Erstgeborenen?« Er wartete Alexandras Nicken ab, bevor er fortfuhr: »So richtig heil war die Familie nicht.« Er dachte einen Moment nach und blickte gedankenverloren über die Alster. »Welche Familie ist schon heil? Das ist doch nur in amerikanischen Filmen so. Bei den meisten liegt irgendwo im Keller eine Leiche.«

»Wie hieß denn die Leiche der Hohnsteins?« Neugierig beugte sich Wolf erst zu seinem Vater und dann zu Alexandra. »Unsere Familienleiche hieß übrigens Tante Gigi, eigentlich Gisela. Hat sich mit den englischen Besatzungssoldaten amüsiert und ist danach schwungvoll in den Schwarzmarkt eingestiegen. Letztlich wurde sie beim Zigarettenschmuggeln verhaftet. Ihr Name durfte jahrelang nicht erwähnt werden. Wäre auch ein schöner Roman, übrigens. Also, welche Leiche lag nun bei den Hohnsteins?«

»Gisela war meine Cousine«, entgegnete Johann Mohr, als wollte er sie so verteidigen. »Und meine Tante war herzschwach, sie durfte sich nicht aufregen. Das mit Gisela hat sich aber alles später wieder gelegt. Es war eine andere Zeit damals, da hat man noch solche Dinge gemacht.«

»Und bei den Hohnsteins?« Alexandra fand Tante Gigi im Moment nicht ganz so aufregend. »Gab es da ein schwarzes Schaf?«

»Aber ja«, Johann Mohn nickte entschieden. »Es ist ja oft so, dass bei zwei Söhnen der Erstgeborene gut gerät und der zweite leider aus der Reihe tanzt. Ich habe Gott sei Dank nur einen Sohn, ich weiß ja nicht, wie das mit einem zweiten geworden wäre, Wolf war ja schon anstrengend. Aber gegen Wilfried Hohnstein …«

»Wilfried Hohnstein?« Alexandra sah ihn überrascht an. Sie hatte den Namen noch nie gehört. Im Zuge der Recherchen über Marie hatte sie auch Unterlagen der Hohnsteins durchgesehen. Zwar nur flüchtig, aber es war immer nur Hermann Hohnstein als Sohn und Nachfolger aufgetaucht. »Ist er früh verstorben?«

»Das wäre vielleicht besser gewesen«, antwortete Wolfs Vater, »und hätte seine Eltern nicht so viel Geld und Nerven gekostet. Nein, sagen wir mal so, er war einfach ein labiler Junge mit einem Hang zu den falschen Leuten. Und hat die Familie mehr als einmal an den Rand eines Skandals gebracht.«

»Womit?«

»So ganz genau weiß ich es auch nicht«, gab er zu. »Darüber hat ja keiner geredet. Es ging wohl um Drogen, um einschlägige Lokale in Berlin, um schlechten Umgang und irgendeinen mysteriösen Unfall. Wie auch immer, man hat Wilfried Anfang der 30er-Jahre in die Schweiz gebracht, zum Entzug. Und anschließend ist er wohl auch da geblieben, aber Genaueres weiß ich auch nicht. Es wurde einfach totgeschwiegen.«

»Das soll ja in den besten Familien vorkommen«, warf Wolf ein. »Aber der Erstgeborene hat dann in der Firma gearbeitet und Wilfried war verschollen?«

»Das weiß ich nicht«, Johann Mohn hob die Schultern. »Ich habe ihn weder jemals gesehen noch später irgendetwas von ihm gehört. Vermutlich ist er doch irgendwann gestorben, es kam ja dann auch der Krieg.«

Er wirkte plötzlich müde, die Hitze und das Gespräch strengten ihn offensichtlich an. Alexandra schob ihm das Wasserglas hin, er ignorierte die Geste und sah wieder hoch. »Solche Frauen wie Karla Hohnstein gibt es heute gar nicht mehr. Heute wollen die sich alle verwirklichen«, er sprach es aus, als wäre es etwas Klebriges. »Und fühlen sich wichtig. Aber Karla Hohnstein hat immer nur alles für die Firma gemacht. Die war das Wichtigste. Wichtiger als Freizeit oder Familie. Deshalb konnte sie auch nicht immer nett sein, dafür braucht man Entschlossenheit und Härte.«

»Also war sie nicht nett?«, fragte Wolf und stützte sein Kinn auf die Hand. Alexandra fragte sich, ob er sein Projekt gerade wegschwimmen sah, weil er bezweifelte, dass sie jetzt noch Lust hatte, über die nicht nette Karla Hohnstein zu schreiben.

»Nett?« Johann Mohn sah seinen Sohn an. »Nein. Aber manchmal überraschend. Sie hat ja sogar großherzig die Tochter von ihrem Nazi-Fahrer, der sie fast umgebracht hat, als Pflegekind aufgenommen. Die Größe muss man erst mal haben.«

Dass Alexandra vorhin eingeworfen hatte, dass es sich bei dem verunglückten Paar um die Großeltern ihrer Freundin handelte, war anscheinend an ihm vorbeigegangen. Jetzt beugte sie sich vor und fragte: »Was ist denn aus dem Kind von damals geworden?«

»Weiß ich nicht«, Johann Mohn schüttelte den Kopf. »Die war schwierig und ist verschwunden, als sie volljährig wurde. Undankbar, wirklich undankbar.«

Er zog sein Taschentuch aus der Jacke und wischte sich über das Gesicht. »Ich will jetzt nach Hause. Wolf, können wir?«

»Ich bestelle die Rechnung.« Er sah Alexandra über den Kopf seines Vaters hinweg an und hob die Schultern. Sie lächelte. Eine harte und entschlossene Frau, ein verschollener Sohn, Drogen, schlechter Umgang und ein mysteriöser Unfall. Und ein undankbares Pflegekind mit einem Nazi als Vater. Das auch verschwunden war. Und das Esther hieß. Es gab wirklich genug, für das sich eine Recherche lohnen würde. Sie war wieder im Spiel.

15.

Jule drückte die schwere Haustür mühsam mit der Hüfte auf, um die Einkaufstaschen nicht absetzen zu müssen. Die Tür fiel fast wieder zu, im letzten Moment schob sie ihr Knie dazwischen und zwängte sich durch. Der Henkel einer Tasche blieb am Türknauf hängen und riss an ihrer Schulter, sie stieß einen Schmerzensschrei aus, die Tasche fiel zu Boden und kippte um. Die Tomaten rollten über den Flur, fluchend ging Jule in die Knie und sammelte die Einkäufe wieder ein.

Friederikes Bitte: »Vielleicht kannst du ja schon fürs Wochenende einkaufen, das schaffen wir auf dem Weg nämlich nicht«, hatte dazu geführt, dass sie zwei Stunden über den Markt und durch die Supermärkte gerannt war und jetzt das ganze Auto voller Taschen hatte. Vielleicht hätte sie nicht sofort zusagen sollen, aber sie hatte es gemacht, weil die Aussicht auf ein Wochenende am See, zusammen mit Torge, Friederike und Tom, etwas sehr Reizvolles hatte, vor allem bei diesen hochsommerlichen Temperaturen. Auch wenn Friederike ihre Mutter mitbrachte, wobei Esther allen Erzählungen nach heute mehr die altersmilde Königin als die dreizehnte Fee war. Und Jule war sehr gespannt, wie die alte Dame ihren ersten Besuch in diesem Haus nach fast zwanzig Jahren erleben würde. Dafür lohnten sich auch zwei Stunden Großeinkauf.

Alles hatte damit angefangen, dass Fiedi und Tom ein Fotoalbum mit ins Heim genommen hatten, in dem einige Bilder vom Haus am See gewesen waren. Anscheinend hatte Esther sie erst später richtig angesehen, aber plötzlich angefangen, von den Sommern am See zu sprechen. Sie hatte überhaupt nicht mehr aufgehört, davon zu reden. Wie schön der Garten sei, wie wundervoll das Haus und dass sie jetzt sofort im See baden wolle, weil es doch so heiß sei. Die Studentin, die Esthers Geschichte aufschrieb, hatte Friederike angerufen und gefragt, ob es dieses Haus noch gebe. Und vorgeschlagen, doch einen Ausflug dorthin zu machen, um zu sehen, welche Erinnerungen es bei ihr auslöste. Friederike hatte schon abgelehnt und es erst danach Tom erzählt. Der hingegen war Feuer und Flamme für die Idee gewesen. »Deine Mutter war doch oft da«, hatte er gesagt. »Da kommen garantiert jede Menge Bilder und Erinnerungen hoch. Vielleicht fängt sie plötzlich an, von früher zu erzählen.«

Wenn Tom in Fahrt kam, war er schwer zu bremsen. Schließlich hatte Friederike Jule angerufen. »Ich weiß nicht, ob das eine gute Idee ist«, hatte sie gesagt. »Zumal Hanna noch den ganzen August in Dänemark ist und Alexandra auch noch in Berlin. Wir wären allein mit Esther im Haus. Oder habt ihr Lust, das Wochenende auch zu kommen?«

»Ich bin mir nicht sicher, ob du meinen Rückhalt als Freundin oder als Altenpflegerin brauchst«, war Jules Antwort gewesen. »Aber ich kann natürlich helfen, damit ihr nicht allein mit ihr seid. Das ist es, was dich nervös macht, oder?«

»Ja«, Friederike hatte gar nicht versucht auszuweichen, »macht es. Es wäre schön, wenn ihr auch da wärt, Torge und du. Dann kann ich es aushalten.«

Und so hatten sie ein erinnerungsträchtiges Wochenende geplant, an dem Esther wie früher in ihrem Liegestuhl am See sitzen würde. Niemand hatte sie je im See baden sehen, sie hatte auch selten gute Laune gehabt. Jule hatte nie groß darüber nachgedacht, warum sie sich so verhalten hatte, sie war

Friederikes Mutter und fertig. Kinder zerbrechen sich darüber nicht den Kopf.

In der Küche sah Jule sich kurz um, dann fing sie an, ihre Einkäufe einzuräumen. Sie hatte diese Küche schon früher geliebt. Es war der größte Raum im Haus mit ausladenden Fenstern und Blick auf den See. Mitten im Raum stand der große Esstisch, an dem eine Menge Gäste Platz fanden. Auch seit dem Umbau und Alexandras und Hannas Einzug war hier kaum etwas verändert worden. Es standen immer noch die alten blauen Schränke an der Wand, es waren die alten Stühle, die inzwischen nur neu gepolstert waren, es war das alte Geschirr, nur die Kaffeemaschine und die Küchengeräte waren von Alexandra erneuert worden.

Jule klappte die Kühlschranktür zu und durchquerte die Küche, um die Terrassentür weit zu öffnen. Sie trat einen Schritt hinaus und blieb stehen, um den Blick über den abfallenden Rasen zum See, die üppigen Rosenbeete, die dicken Hortensien- und Lavendelsträucher schweifen zu lassen. Es war herrlich hier, sie freute sich auf das vor ihr liegende Wochenende zu viert, eigentlich zu fünft. Vermutlich würde es mit Esther gar nicht so schlimm, wie Friederike befürchtete.

Als sie eine Bewegung in der Buchsbaumhecke wahrnahm, schaute sie genauer hin. Es sah aus, als würde jemand da herumschleichen.

»Hallo?« Jule ging ein paar Schritte näher, bis sie plötzlich Micha Beermann entdeckte. »Micha?«

»Oh«, sein roter Kopf drehte sich in ihre Richtung, »du bist ja schon da.« Sofort wischte er sich die Hände am Blaumann ab und stapfte zu ihr hoch. »Hallo Jule, Friederike sagte, sie kämen erst gegen 17 Uhr. Das ist aber auch heiß heute.« Er wischte sich den Schweiß von der glänzenden Stirn.

»Ich habe den Wochenendeinkauf gemacht und hergeschleppt und wollte schnell die Betten beziehen, bevor Torge kommt.«

»Das hat Elke doch schon alles erledigt«, Micha sah lächelnd zu ihr herunter. Zusammen mit seiner Frau führte er nicht nur das Café, sondern war auch der gute Geist des Hauses. Das hatte er schon für Marie gemacht und setzte es nun fort. »Esther hat auch das Zimmer, in dem sie schon früher geschlafen hat, damit sie sich auskennt. Wenn man tüttelig ist, dann mag man keine Veränderungen.«

»Ich bin gespannt, wie es wird«, Jule schob ihre Hände in die Jeanstaschen. »Das kann auch fürchterlich schiefgehen.«

»Wenn sie nicht hier sein mag, dann fährt Friederike sie eben zurück ins Heim«, Micha hob die Schultern. »Das ist auch nicht schlimm. Aber man muss sich um alte Eltern kümmern, wenn die nichts mehr richtig können. Das gehört sich so. So, ich habe noch mal nach dem Saunaofen geguckt, der ist wieder in Ordnung, falls ihr Lust habt, könnt ihr ihn benutzen. Dann mach ich mich wieder auf den Weg, wenn was ist, ruft ihr an.«

»Machen wir«, Jule sah ihm nach, er drehte sich nach wenigen Schritten um und sagte ernsthaft: »Das ist gut, dass Friederike sie mitnimmt. Man muss sich mit seiner Mutter versöhnen, bevor sie stirbt, sonst ist das blöd.«

»Ja«, Jule lächelte und hob zum Abschied die Hand. Manche Sachen klangen bei Micha Beermann sehr einfach.

»Ich fahre nicht ohne meinen Badeanzug«, Esther presste ihre Lippen zusammen und verschränkte ihre Arme trotzig vor der Brust. »Ich habe einen roten Badeanzug mit weißen Punkten, kaum getragen, sehr teuer. Am Ballindamm gekauft. Den ziehe ich immer zum Baden an. Ich finde dieses Nacktbaden widerlich, ohne meinen Badeanzug fahre ich nicht. Wenn der nicht da ist, bleibe ich hier.«

»Esther, bitte!« Friederike riss zum wiederholten Mal die Schranktür auf und deutete ungeduldig mit dem Finger auf die Regale. »Du hast keinen Badeanzug im Schrank. Wir können dir gern auf der Fahrt zum See noch einen kaufen, aber hier ist keiner. Können wir jetzt endlich losfahren?«

»Nicht ohne meinen Badeanzug.«

Resigniert lehnte Friederike sich an den Schrank. Sie hatte gleich gewusst, dass es eine Schnapsidee war, Esther übers Wochenende mitzunehmen. Egal, was Paula oder Schwester Sandra sagten, egal, warum ihre Mutter plötzlich angefangen hatte, von den vergangenen Tagen am See zu reden, es war jetzt schon mühselig und sie waren noch nicht einmal losgefahren. Was sollte es bringen, die demente Esther an Orte zu schleppen, die sie schon in der Vergangenheit nicht gemocht hatte. Sofort sah Friederike die Bilder ihrer schlecht gelaunten Mutter, der Spielverderberin im schwarzen, viel zu warmen Kleid, mit schmalen Lippen am Seeufer sitzend, während um sie herum Sommer und Ferienstimmung war. Aber sie schwitzte lieber und lehnte es ab, im See zu baden. Weil sie kaltes Wasser hasste. Warum zur Hölle, redete sie jetzt von ihrem Badeanzug?

»Wo bleiben denn die Damen?« Tom stand plötzlich in der offenen Tür, sofort hob Friederike den Kopf und sah ihn halb verzweifelt an. »Esther will nur mit ihrem Badeanzug fahren, aber der liegt hier nicht.«

»Rot mit weißen Punkten«, sagte sie und nickte. »Hallo Hans.«

»Esther, er heißt Tom«, fuhr Friederike sie an, presste aber sofort die Lippen zusammen, als sie seinen warnenden Blick bemerkte.

»Ich habe die Badetasche schon im Wagen«, Tom stand bereits vor Esthers Sessel und hielt ihr die Hand hin. »Wir können nun losfahren. Darf ich bitten?«

Widerspruchslos ließ sie sich hochhelfen. »Ich bin so weit«, sagte sie und lächelte mädchenhaft zu ihm hoch. »Wenn du mich jetzt begleiten würdest, wäre das nett.«

Mit einem Stoßseufzer richtete Friederike den Blick zur Decke, griff nach Esthers gepackter Reisetasche und folgte dem ungleichen Paar, das eingehakt und sehr langsam den Flur Richtung Ausgang entlangschritt. Als sie in das Foyer bogen, stand Schwester Sandra dort, die ihnen gut gelaunt entgegensah: »Ach, Frau Brenner, jetzt beginnt ja der Ausflug. Dann wünsche ich Ihnen viel Spaß. Wissen Sie noch, wohin es geht?«

»Nach Sylt«, antwortete Esther hoheitsvoll, ohne einen Blick an sie zu verschwenden und ohne stehen zu bleiben.

Friederike hielt inne, sah Schwester Sandra angestrengt an und schüttelte den Kopf. »Natürlich fahren wir nicht nach Sylt«, sagte sie leise, »aber es nützt auch nichts, es zum hundertsten Mal zu erklären. Es ist jetzt schon mühsam.«

Die Schwester nickte. »Sie dürfen nur nie etwas persönlich nehmen«, antwortete sie. »Ihre Mutter ist die meiste Zeit in einer anderen Welt. Es hat nichts mit Ihnen zu tun.«

»Tja, ich weiß«, Friederike lächelte schief. »Es macht mich trotzdem irre. Wissen Sie eigentlich, wer Hans war? So spricht sie meinen Lebensgefährten immer an.«

Schwester Sandra runzelte die Stirn. »Soweit ich mich an Paulas Aufzeichnungen erinnern kann, war das ein Freund auf Sylt. Hatte der irgendwas mit dem Mann ihrer Freundin zu tun? Ich müsste Paula fragen, aber der Name fiel schon mal. Ich erkundige mich. Also, wenn was ist, rufen Sie gern an, ansonsten bringen Sie sie am Sonntagmittag wieder zurück, richtig?«

Falls ich sie nicht vorher erschlage, dachte Friederike, nickte aber und antwortete: »Richtig. Dann bis Sonntag und drücken Sie uns die Daumen, dass alles so klappt, wie wir uns das vorstellen.«

Sie beeilte sich, Esther und Tom einzuholen, die schon am Wagen standen, den er genau vor dem Eingang geparkt hatte.

Als Tom den Wagen langsam über die Ausfahrt des Heimes rollen ließ, sah Esther sich um. »Das ist ein schöner Wagen. So groß. War der teuer?«

»Er ist geliehen«, antwortete Friederike. Sie klappte die Blende nach unten und sah im Spiegel nach hinten. »Tom und ich haben nur kleine Autos, das wäre unbequem für dich gewesen.«

»Weiß Herr Lemke das?« Ihre Finger krallten sich in den Vordersitz. »Ich will keinen Ärger kriegen.«

Friederike wechselte einen Blick mit Tom, der darauf sagte: »Herr Lemke hat uns das sogar vorgeschlagen, es ist alles in Ordnung.«

Esther sah nach vorn und schüttelte den Kopf. »Das kann er gar nicht.«

Friederike drehte sich jetzt um. »Warum nicht?«

Ihre Mutter gab keine Antwort, ihr Blick umwölkte sich, sie wirkte unsicher und drehte hektisch ihren Kopf zur Seite. Nach einer Pause legte sie ihre Hand auf die Kopfstütze hinter Tom und sagte: »Das ist ein schöner Wagen. So groß. War der teuer?«

»Ja«, Tom stellte den Rückspiegel so, dass er sie sehen konnte. »Der war sogar sehr teuer, aber ich verdiene gut.«

»Das ist schön«, Esther zog ihre Hand zurück und setzte sich bequemer hin. »Das ist schön.« Dann schloss sie die Augen und war nach wenigen Sekunden eingeschlafen.

Friederike und Tom sahen schweigend nach vorn. Er gelassen, sie angespannt. Bis sie die Sonnenblende wieder zurückklappte und leise sagte: »Ich sage es dir, dieses Unternehmen geht grandios in die Hose.«

»Wovor hast du Angst?« Er warf ihr einen kurzen Seitenblick zu. »Wir setzen uns nachher mit ihr in den Garten, Jule und Torge sind auch da, deine Mutter kann gemütlich in einem Liegestuhl dabeisitzen, auf den See gucken, uns zuhören, den schönen Garten genießen und ist nicht allein. Ihr kann doch nichts passieren. Dir übrigens auch nicht, du wirst ja nicht mit ihr zusammen in irgendeine einsame Berghütte gesperrt.«

Angestrengt atmete Friederike aus. »Ich habe so eine kurze Lunte«, gab sie zu. »Ich rege mich so schnell auf. Die Sache vorhin mit dem Badeanzug. Ich kann mich überhaupt nicht erinnern, dass sie jemals baden war oder ich sie im Badeanzug gesehen habe. Ich glaube, sie kann gar nicht schwimmen. Und dann macht sie so ein Theater, dass sie nicht ohne ihren Badeanzug losfahren will. Es macht mich wahnsinnig.«

»Du hast mir doch diese Fotos von Sylt gezeigt«, erinnerte er sie sanft. »Das waren doch Aufnahmen vom Strand. Alle, die auf diesen Fotos waren, trugen Badeanzüge. Sie dachte vorhin, wir fahren nach Sylt, hat sie doch auch gesagt.«

»Wir waren aber unzählige Male am See und dass sie überhaupt mal auf Sylt war, habe ich jetzt erst gehört. Wieso kann sie sich daran erinnern und an alles andere nicht?«

»Friederike«, Tom löste eine Hand vom Lenkrad und umschloss ihre. »Vielleicht war das für sie eine ganz wichtige Zeit. Und du weißt doch, es hat nichts mit dir zu tun. Versuch es zu trennen.«

»Das sagt sich so leicht«, entgegnete Friederike, »und ich …«

»Ich muss was trinken.« Esther war aus ihrem Kurzschlaf aufgewacht. »Wann machen wir eine Pause?«

»Auf dem Sitz neben dir liegt eine Flasche Wasser. Du kannst auch jetzt schon was trinken.«

»Das ist ein schöner Wagen. So groß. War der teuer?«

Beruhigend legte sich Toms Hand auf Friederikes Bein.

»Wann wollten die denn hier sein?« Torge verteilte schwungvoll die letzten Polster auf die Gartenmöbel, bevor er sich auf einen Stuhl fallen ließ und seine Beine ausstreckte.

»Gegen vier«, antwortete Jule, die einen Armvoll Gartenblumen in der runden Glasvase auf dem Tisch arrangierte. Sie trat einen Schritt zurück und sah sich zufrieden um. Der große rote Sonnenschirm war aufgespannt, der Tisch zum Kaffeetrinken gedeckt. Es war perfekt, wie auf einem Kalenderblatt.

»Herrlich«, sagte Jule zufrieden und setzte sich neben Torge. »Esther wird es bestimmt sofort wiedererkennen. Hoffe ich. Wobei die Polster neu sind und der Sonnenschirm. Aber egal.«

Torge hielt sein Gesicht mit geschlossenen Augen in die Sonne. »Ist das still. Ich war noch nie allein hier, es ist mir vorher nie aufgefallen. Man hört ja nichts.«

»Was willst du denn hören? Außer uns ist ja noch niemand hier.«

Er öffnete die Augen und sah sie an. »Dass Alexandra das aushält, nach jahrelangem Großstadtleben.«

»So richtig gut hält sie es ja nicht aus. Deswegen ist sie ja jetzt in Berlin.«

Torge lehnte seinen Kopf wieder an und blinzelte in die Sonne. »Man wird in dieser Ruhe ganz dösig, ich glaube, ich gehe noch mal schwimmen. Oder ich warte, bis Tom hier ist. Vielleicht ist er ganz dankbar, wenn er aus den Fängen seiner Fast-Schwiegermutter erlöst wird.«

»Es war seine Idee«, erwiderte Jule sofort. »Fiedi hätte ihre Mutter niemals für ein Wochenende hierhergeschleppt. Tom ist der Gute.«

Torge wandte sich ihr zu. »Wie war Friederikes Mutter denn früher? Bevor sie dement wurde?«

»Früher?« Jule blickte auf den See und dachte nach. »Esther war so ganz anders als die anderen Mütter. Sie trug immer

Lippenstift, war toll angezogen, eine ganz schöne Frau. Und es ging eigentlich immer nur um sie. Sie tat so, als hätten alle etwas an ihr gutzumachen, besonders Laura und Carl. Ich kann mich gut an die Sommer hier erinnern, als wir Kinder waren. Friederike, Alex, Marie und ich waren ja fast immer die ganzen Ferien hier, meistens allein mit Laura. Esther kam ab und zu an den Wochenenden, saß dann am See und ließ sich bedienen. Mit einer solchen Selbstverständlichkeit, als wäre Laura ihre Zofe. Das fand ich damals schon komisch. Auch weil keiner verstanden hat, warum Laura das alles mitgemacht hat, aber es hat auch keiner was gesagt. Nur Friederike hat sich manchmal aufgeregt, abends, wenn Laura und Esther im Bett waren.« Sie wandte den Blick vom See ab und verschränkte ihre Hände hinter dem Kopf. »Fiedi tat mir leid. Sie hat nie besonders viel Rückhalt von ihrer Mutter bekommen, aber ich wusste auch nie so richtig, wie ich ihr da helfen sollte.«

»Woran lag es denn, dass sie kein gutes Verhältnis hatten?«

Achselzuckend sah Jule ihn an. »Ich glaube, es lag schon mehr an Esther. Sie hatte so eine schroffe Art und hat sich augenscheinlich nur wenig für Friederike interessiert. Und du kennst Fiedi ja schon ein bisschen, wenn sie verletzt ist, wird sie schnell bissig und zieht sich zurück. Da ist dann kaum mehr ein Gespräch möglich. Friederike ist direkt nach dem Abitur nach Fuerteventura gegangen, danach hat sie in Hamburg studiert und war anschließend viel im Ausland. Ich glaube, Esther hat sie an keinem dieser Orte besucht, und Fiedi ist auch kaum noch zu ihrer Mutter gefahren. Frieden gab es nur unter Funkstille.«

»Puh«, Torge stieß den Atem aus. »Klingt ja nicht so sympathisch. Die arme Friederike und alles auch noch ohne Vater.«

»Dabei waren es eigentlich sogar zwei Väter«, fügte Jule

hinzu. »Einen, den sie dafür hielt und der es nicht gewesen sein kann, und den anderen, der es vermutlich war, von dem aber niemand von uns wusste. Viel blöder geht es kaum.«

»Tragisch«, Torge erhob sich aus seinem Stuhl und streckte sich. »Es gibt Familiengeschichten, die könnte man sich nicht viel dramatischer ausdenken. Meine Süße, ich schwitze mich gerade tot und muss mal kurz in den See springen. Springst du mit? Wir haben noch mindestens eine Stunde Zeit.«

»Ich springe mit.« Sofort schoss Jule hoch. »Und zwar gleich.«

Nach dem Baden saßen sie in Handtücher gewickelt auf dem Bootssteg, die Füße ins Wasser getaucht und ließen sich von der Sonne trocknen. Bis sie in die Stille sagte: »Ich glaube, wir müssen uns anziehen.«

»Ja«, Torge seufzte und bewegte seine Füße im Wasser. »Wir sollten wirklich öfter hier rausfahren, es ist traumhaft.«

»Mhm«, Jule hatte ihre Arme hinter sich auf den Steg gestützt und blinzelte ihn gegen die Sonne an. »Ich befürchte, die kommen jeden Moment.«

»Gut«, entschlossen schwang er die Beine auf den Steg, »dann komm hoch, damit es nicht schon zu Beginn hektisch wird.«

»Wann sind wir denn da?«

Tom fuhr gerade von der Autobahn ab und sah Esther im Rückspiegel an. »In einer halben Stunde.«

»Aha«, sie schaute mit gerunzelter Stirn aus dem Fenster. »Früher waren hier gelbe Rapsfelder. Aber jetzt ist hier ja gar nichts mehr, nur langweilige Wiesen.«

»Raps blüht im Frühsommer, Esther, nicht im August«, Friederike drehte sich zu ihr um. Ihre Mutter hatte immer wieder geschlafen und von der Fahrt kaum etwas mitbekommen. Jetzt sah sie wacher aus und erwiderte Friederikes Blick. »Wo fahren wir denn hin?«

»Zum Haus am See.«

»Warum das denn?« Esther beugte sich vor. »Was wollen wir da?«

Friederike drehte sich wieder zurück, während Tom antwortete: »Wir sitzen da im Garten, schauen auf den kühlen See, es gibt Eistee und Obsttorte und es wird ganz schön.«

»Ich mag keinen Eistee und den See auch nicht. Da schwimmen irgendwelche Viecher drin, die sich um die Beine wickeln.«

»Die wickeln sich nicht um deine Beine«, ihre Tochter bemühte sich um einen beruhigenden Ton. »Und du musst ja gar nicht baden gehen, du kannst einfach gemütlich auf dem Liegestuhl sitzen und alles beobachten.«

»Ich bade nicht im See«, sagte Esther bestimmt. »Nie. Kommt Carl auch?«

»Nein.«

»Ist auch besser so«, sie sah wieder aus dem Fenster. »Und Laura? Laura ist doch bestimmt da. Die ist ja immer da. Sie muss nicht arbeiten. Musste sie nie. Ist sie da?«

»Auch nicht.«

»Dann kommen wir ja nicht rein«, Esther lachte trocken. »Personal haben sie auch nicht, die müssen alles selbst machen. Ich rühre da keinen Finger, damit das klar ist.«

»Das hast du ja nie gemacht«, sagte Friederike leicht pampig. »Laura hat dich ja immer bedient.«

»Warum wohl?«, sagte Esther schnippisch. »Das hatte ja auch seinen Grund.«

Friederikes Kopf fuhr herum. »Welchen denn?«

Ganz unerwartet legte sie ihre Hand sanft auf Friederikes Schulter. »Das erzähle ich dir vielleicht, wenn du älter bist. Jetzt noch nicht. Später, wenn du alles verstehen kannst.«

»Esther!« Friederike stieß es lauter aus, als sie wollte, ihre Mutter zuckte zusammen und wich zurück. Sie sah verwirrt aus dem Fenster, der Moment war vorbei.

»Ich möchte wieder nach Hause.«

»Warum hat Laura dich bedient?«

Esther presste die Lippen zusammen und sah aus, als würde sie gleich anfangen zu weinen.

»Friederike«, murmelte Tom leise und berührte sie am Arm, »lass sie.«

Es waren nur noch wenige Kilometer, sie schwieg und betrachtete ihre Mutter im Seitenspiegel. Sie wirkte so klein, wie sie dasaß und nach draußen sah. Friederike schluckte die Enttäuschung herunter. Es gab einfach nicht genug klare Momente, um jetzt noch herauszufinden, was damals genau passiert war. Vermutlich würde sie es nie mehr erfahren. Daran würde wohl auch die vertraute Umgebung nicht viel ändern.

Vor ihnen tauchten die ersten der riesigen Rhododendrenhecken auf, die das Seegrundstück umschlossen. Esther zeigte keine Regung, erst als Tom verlangsamte und den Wagen durch die Toreinfahrt lenkte, setzte sie sich gerade hin. Mit großen Augen betrachtete sie die von Bäumen und Sträuchern eingefasste Auffahrt, das vor ihnen liegende große weiße Haus, drehte sich aufgeregt um, wieder zurück, wartete, bis Tom geparkt hatte, und fragte dann laut: »Was soll ich hier?«

»Das war doch unser Ziel«, antwortete Friederike, während sie den Gurt löste und sich zu ihr umdrehte. »Du hast doch Paula so viel vom See erzählt, deshalb sind wir hergefahren.«

Verblüfft starrte Esther sie an. Dann sah sie zu Tom und schüttelte den Kopf. »Nur über meine Leiche«, sagte sie laut, »ich steige nicht aus.«

»Jetzt komm«, Friederike sprang kurz entschlossen aus dem Auto und riss die hintere Tür auf. »Wir haben uns zwei Tage frei genommen, dieses Auto geliehen, alles vorbereitet, jetzt steig wenigstens aus und komm mit rein.«

»Nein«, Esther schüttelte den Kopf. »Sie haben dich nicht

bekommen, ich muss nicht mehr aufpassen, also, was soll ich da?«

»Wer hat mich nicht bekommen?«

Demonstrativ drehte Esther den Kopf weg und starrte aus dem Fenster. Auch Tom war ausgestiegen und stand jetzt neben Friederike, eine Hand an der Autotür. Er beugte sich ins Wageninnere und sagte sanft: »Wir können doch wenigstens Kaffee trinken. Im Garten.«

»Ich steige nicht aus, ich will nach Hause.« Sie sah ihn noch nicht einmal an. »Sofort.«

Am liebsten hätte Friederike geschrien, aber sie schloss nur die Augen und zählte leise bis zehn. Dann schob sie sich an Tom vorbei und sagte sehr ruhig: »Dann bleib im Auto sitzen, wir gehen jetzt rein.«

»Nein«, Esther griff unvermittelt nach ihrem Handgelenk und umklammerte es mit unerwarteter Kraft. »Steig schnell ein, wir müssen hier weg.«

»Esther, aua, du tust mir weh«, mühsam befreite sie sich aus dem Klammergriff und trat einen Schritt zurück. »Wir sind gerade erst gekommen, wir fahren nicht gleich wieder.«

Tom legte ihr die Hand auf den Rücken. »Geh schon rein, ich versuche es noch mal.« Er umrundete das Auto, öffnete die Tür und setzte sich neben Esther. Friederike stand immer noch regungslos auf der anderen Seite und hörte ihre Mutter plötzlich aufgeregt sagen: »Sie sehen Hans wirklich sehr ähnlich. Und Sie sind bestimmt nicht mit ihm verwandt?«

»Wer war denn Hans?« Toms sonore Stimme schien die alte Dame zu beruhigen. Nach einer Weile antwortete sie: »Ein Freund von Carl. Laura hat aber Carl geheiratet, der sah besser aus und war auch klüger. Der wusste alles, aber er hat mir nicht geholfen. Nicht ein Mal. Er hat alles vertuscht, für Laura, nicht für mich. Sie hätte Hans heiraten sollen. Der war lustiger.«

Friederike hielt die Luft an, während Tom fragte: »Was hat Carl denn vertuscht?«

Erschrocken sah Esther ihn an, dann legte sie plötzlich die Hände über die Augen. »Darüber darf ich nicht reden.« Es klang wie ein Wimmern. »Wegen Friederike, das habe ich unterschrieben.«

»Was hast du unterschrieben?« Friederike ging in die Hocke, um Esther anzusehen. »Dass du nicht sagen darfst, wer mein Vater war?«

»Vater?« Esther sah ihre Tochter eine Zeit lang verständnislos an. »Mein Vater ist tot. Aber sie haben gelogen. Alle haben gelogen. Wegen Karla, dieser Hexe.«

Friederikes Beine gaben fast nach, langsam zog sie sich an der Autotür wieder hoch. Sie fing noch einen warnenden Blick von Tom auf, als sie plötzlich ein Rufen von der Haustür hörte. »Hallo, da seid ihr ja. Wir haben uns schon gefragt, wo ihr bleibt.«

Jule kam unbekümmert und strahlend zum Auto, ahnungslos, dass hier gerade ein kleines Drama stattfand. Als sie Friederikes Gesichtsausdruck bemerkte, verlangsamte sie ihre Schritte. »Hey, alles in Ordnung?«

Sie beugte sich ein Stück herunter, um ins Wageninnere zu sehen. »Hallo Esther.«

»Wer sind Sie denn?« Esther schaute unbeteiligt hoch. »Gehören Sie zum Hotel? Dann sagen Sie meiner Tochter doch bitte, dass wir jetzt fahren müssen.«

»Oh«, Jule sah zwischen den beiden Frauen hin und her und hob die Augenbrauen. »Ist was passiert?«

»Irgendetwas in ihrem Kopf«, flüsterte Friederike und hob in leiser Verzweiflung die Schultern. »Sie weigert sich auszusteigen und erzählt wieder Sachen, die ich nicht verstehe. Aber ich glaube nicht, dass wir sie aus dem Wagen kriegen. Sie will wieder zurück.«

Unschlüssig blieb Jule stehen, dann beugte sie sich wieder ins Auto und sagte: »Es gibt Kaffee und Obsttorte. Vielleicht doch eine Tasse und ein Stück Torte, bevor ihr wieder losfahrt?«

Esther sah sie stirnrunzelnd an. »Ich will keinen Kaffee. Ich will nach Hause.« Sie schloss die Augen und lehnte sich zurück.

Tom war wieder ausgestiegen und lächelte Jule achselzuckend an. »Tut mir leid«, sagte er leise, »aber ich denke, ich fahre sie wieder ins Heim. Wir wollen sie nicht überfordern. Friederike, willst du nicht lieber hierbleiben? Mir macht es nichts aus, allein zu fahren, und ich glaube, sie lässt es sich gefallen. Ich sehe ja aus wie der lustige Hans.«

»Ich weiß nicht«, sie beugte sich kurz entschlossen wieder ins Auto. »Esther, soll ich mitkommen?«

»Ich möchte jetzt bitte fahren.«

Von allen unbemerkt stand Torge plötzlich neben dem Wagen. Er hob kurz die Hand. »Hallo, es scheint schwierig zu sein. Ich kann mitfahren, dann muss Tom nicht allein wieder los. Und Friederike bleibt hier.«

Ohne auf Antwort zu warten, setzte er sich neben Esther, drehte sich zu ihr und sagte: »Mein Name ist Torge, ich bin der Begleiter.«

»Guten Tag«, Esther nickte ihm huldvoll zu. »Können wir nun endlich los? Ich muss noch ins Geschäft.«

Friederike starrte sie an und löste sich erst aus ihrer starren Haltung, als Tom den Motor startete und ein Stück zurückfuhr, um zu wenden. Als der Wagen an ihnen vorbeirollte, hoben die beiden Männer die Hand, während Esther ihren Blick abwandte. Jule und Friederike sahen dem Auto hinterher, als es langsam den Schotterweg zum Tor entlangfuhr und hinter der Kurve verschwand.

»Es ist nicht zu fassen«, sagte Friederike plötzlich laut. »Es ist echt nicht zu fassen. Sie hat gerade erzählt, dass sie irgendetwas unterschrieben hat, über das sie nicht reden darf. Carl hat was vertuscht und alle haben gelogen. Ich habe keine Ahnung, ob sie in ihrer Verrücktheit Verschwörungstheorien entwickelt oder ob tatsächlich etwas dran ist. Ich frage mich nur, was ich damit anfangen soll.«

»Lass uns erst mal reingehen«, Jule schob sie in Richtung Haus. »Im Moment kannst du gar nichts tun, es war halt ein Versuch.«

»Hat ja grandios geklappt«, Friederike kickte einen Kieselstein weg und sah ihre Freundin an. »Dieses Heimprojekt kann mich mal. Soll diese Studentin sich an Esther die Zähne ausbeißen, ich bin raus aus der Forschung. Mich regt diese Geheimnistuerei nur noch auf. Es ist mir egal, wann, wo und mit wem meine Mutter was gemacht hat. Ich will das gar nicht mehr wissen.«

»Okay«, Jule sah sie zweifelnd an. »Dann nicht. Tee? Und reden?«

»Nein«, Friederike kickte den nächsten Stein. »Tee und Torte. Und danach einen Schnaps.«

September 1960

»Esther?« Madame Leclerc, in der Hand die qualmende Zigarettenspitze, schob plötzlich den Vorhang zurück und sah sich suchend um. »Wo stecken Sie? Ah, da sind Sie ja. Vorn steht eine Dame, die nach Ihnen gefragt hat.«

Der Vorhang fiel wieder zu, eine Tabakwolke waberte durch den Raum. Seufzend legte Esther die Schneiderschere zur Seite und richtete sich auf. Vor dem Spiegel zog sie rasch ihre Lippen nach und knetete mit beiden Händen ihre dunklen Locken. Erst dann schob sie den Vorhang zur Seite und ging ins Ladenlokal, um sofort verblüfft stehen zu bleiben. »Frau Bellmann?«

»Esther.« Frau Bellmann, in einem eleganten Kostüm im Pepita-Muster und perfekt geschminkt, kam mit ausgebreiteten Armen auf sie zu. »Esther Schulze, da ist die Überraschung wohl gelungen. Lass dich ansehen.«

»Ich heiße jetzt Esther Brenner«, versuchte sie noch zu sagen, bevor sie in einer parfümschweren Umarmung versank und vom Duft fast ohnmächtig wurde.

»Was?« Frau Bellmann ließ sie sofort los. »Was hast du gesagt?«

»Ich habe geheiratet«, Esther taumelte zurück und musste niesen. »Entschuldigung, ich heiße jetzt Brenner.«

»Nein«, ein ungläubiges Lächeln breitete sich in Frau Bellmanns Gesicht aus. »Das wusste ich ja gar nicht. Warum hat mir das keiner erzählt? Ja, dann gratuliere ich dir natürlich. Wer ist denn dein Auserwählter? Ich wollte dir ja …«

Sie stockte und sah sich unauffällig um, bevor sie ihre Stimme senkte und sich zu ihr beugte. »Vielleicht können wir eine Tasse Kaffee trinken gehen?«

Etwas verwundert sah Esther auf ihre Uhr. »Ich habe aber erst in einer halben Stunde Feierabend.«

»Ja wunderbar«, Frau Bellmann schob ihre Handtasche über den Unterarm und nickte. »Ich erwarte dich im Kaffeehaus hier gegenüber. In einer halben Stunde, bis gleich.« Sie richtete ihren Hut, drehte sich auf dem Absatz um und verließ den Modesalon, die Tür schloss sich fast geräuschlos hinter ihr.

Sprachlos blieb Esther stehen und sah ihrer ehemaligen Lehrherrin durchs Schaufenster nach. Warum war sie gekommen? Und was wollte sie von ihr?

»War das keine Kundin?« Die rauchige Stimme ihrer Chefin ließ sie herumfahren.

»Nein«, sie sah Coco Leclerc an, »Frau Bellmann war meine Lehrherrin. Ich habe keine Ahnung, wie sie mich gefunden hat. Vielleicht war es ein Zufall.«

»Aha«, die exakt gezupften Augenbrauen hoben sich. »Vielleicht. Lieber wäre mir gewesen, wenn sie etwas gekauft hätte. Aber gut. Ist das Cape für Frau Danielsen fertig? Sie will es am Nachmittag abholen lassen.«

»Fast«, Esther straffte die Schultern und ging an ihr vorbei in die hinteren Räume. »Ich mache es noch fertig, bevor ich gehe und hänge es auf die Puppe.«

»Gut«, Coco Leclerc musterte sich bewundernd in dem großen Spiegel und nickte. »Alles gut.«

Eine halbe Stunde später stand sie etwas kurzatmig am Eingang des gut besuchten Lokals und sah sich kurz um, bevor sie Frau Bellmann entdeckte, die an einem Fensterplatz in einer Illustrierten blätterte. Als Esther an den Tisch kam, hob sie den Kopf und legte die Zeitschrift sofort weg. »Da bist du ja, meine Liebe. Setz dich.«

Noch bevor Esther saß, gab sie der Bedienung ein Zeichen. »Was möchtest du? Eiskaffee?« Sie deutete auf ihr Glas. »Der ist hier sehr gut.«

»Gern.« Sie reichte der herangeeilten Bedienung ihren Mantel und nahm Platz, bevor sie fragte: »Das ist ja wirklich eine Überraschung. Haben Sie mich zufällig gefunden?«

»Nein, ich habe Frau von Mandel neulich auf der Straße getroffen«, Frau Bellmann lächelte mitleidig. »Große Güte, was ist die dick geworden. Aber geschwätzig wie immer. Sie hat mir erzählt, dass sie jetzt in Lübeck wohnt und Kundin der berühmten Madame Leclerc ist. Und die hätte so eine hervorragende Schneiderin namens Esther, die für sie einige Sachen geändert hätte. Sie hat dich sofort erkannt, du sie anscheinend nicht.«

»Frau von Mandel?« Esther hob die Schultern. »Ja, das ist eine Kundin. Aber wieso hat sie mich erkannt?«

»Sie hieß früher Fräulein Arnold und war sehr schlank«, erklärte Frau Bellmann. »Wir haben ihr damals das Hochzeitskleid genäht. Wir haben die ganze Nacht daran gesessen.«

»Ach Gott, das ist Frau von Mandel?« Ungläubig sah Esther ihre ehemalige Lehrherrin an. »Das hätte ich nicht gedacht. Und ich habe sie auch nicht erkannt. Deshalb ist sie immer so freundlich gewesen, sie hat nie etwas gesagt.«

»Sie hat sich auch verdoppelt«, Frau Bellmann lächelte ironisch. »Die Ehe macht eben dick. Dich anscheinend nicht, meine Liebe, du bist immer noch so zierlich. Erzähl mal, wie war deine Hochzeit? Was hast du für ein Kleid getragen? Wo habt ihr die Feier ausgerichtet?«

Esther gab sich Mühe, einen neutralen Ton zu finden. »Wir haben erst vor einem halben Jahr und aus familiären Gründen im ganz kleinen Kreis geheiratet.«

»Ach? Warum das?« Neugierig beugte sich Frau Bellmann vor. »Ist dein …«

Dass die Bedienung im richtigen Moment mit dem Eiskaffee kam, gab Esther wenigstens einen Augenblick Zeit, sich die Antwort gut zu überlegen. »Danke schön«, sagte sie leise und betrachtete den Eiskaffee. Es war so viel Sahne auf den Kaffee getürmt, dass ihr schon vom Hinsehen schlecht wurde.

»Vielen Dank«, Frau Bellmann nickte der Kellnerin zu, dann wandte sie sich wieder an Esther. »Ja, dann erzähl mal. Bist du glücklich?«

Esther nickte schnell. »Aber ja, es ist alles gut. Wir haben eine sehr schöne Wohnung in der Altstadt, ich arbeite noch drei Tage die Woche im Modesalon, es macht mir sehr viel Freude.«

Frau Bellmann sah sie zweifelnd an. »Aber du wirkst nicht richtig glücklich. Wie ist denn der Mann, den du geheiratet hast? Wo hast du ihn kennengelernt? Was macht er beruflich?«

Esther hob sofort ihr Kinn und lächelte wie auf Knopfdruck. »Oh, er ist sehr nett. Dieter ist Buchhalter in einer großen Spedition und seine Mutter war eine Kundin von Madame Leclerc. Sie kam regelmäßig ins Geschäft und wurde immer von ihrem Sohn begleitet. Und dann brachte er eines Tages Blumen mit und machte mir ganz altmodisch den Hof. Mehrere Monate – immer mit Blumen. Bis ich seiner Einladung zum Essen zugestimmt habe.«

»Das klingt ja sehr romantisch«, Frau Bellmann hob die Augenbrauen. »Ein Buchhalter also. Seltsam, ich hatte gedacht, du kommst in ganz andere Kreise. Auch durch die Hohnsteins. Aber wie auch immer, ich habe dich eigentlich aufgesucht, um dir den Vorschlag zu machen, wieder unter mir zu arbeiten. Ich leite ja die Modeabteilung vom *Alsterhaus* am Jungfernstieg in Hamburg und ich suche eine Assistentin. Aber das hat sich mit deiner Heirat vermutlich erübrigt.«

Esthers Herz setzte aus, sie begriff nur langsam, was Frau

Bellmann ihr gerade vorgeschlagen hatte. Sie als Assistentin, in der Modeabteilung im *Alsterhaus*. In Hamburg. Mit Frau Bellmann.

Es war der Himmel für sie gewesen, damals, in ihrem alten Leben, als sie das *Alsterhaus* zusammen mit Laura das erste Mal besucht hatte. Sie war aus dem Staunen nicht mehr herausgekommen. Die Größe, die Eleganz, das Funkeln der Leuchter, die glänzenden Messinghandläufe, der Marmorboden, die teuren Stoffe, die extravaganten Kleider, die Hüte, die glatten Stangen, an denen die Modelle exakt nach Größen geordnet hintereinanderhingen, die samtbezogenen Sessel, auf denen man warten konnte, die überdimensionalen Spiegel, die eleganten Umkleidekabinen, die mondänen Schaufensterpuppen. Es war ein Traum. Laura hatte über Esthers Begeisterung gelacht und ein gelbes Kleid mit Manschetten und einem blauen Gürtel anprobiert. Sie hatte umwerfend ausgesehen und Esther zum Dank für ihre Beratung einen grünen Seidenschal geschenkt. Damals, in ihrem alten Leben.

Und nun bot Frau Bellmann ihr tatsächlich eine Stelle in diesem Modetempel an. Jetzt, wo es zu spät war. Jetzt, wo alle ihre Zukunftsträume zerplatzt waren. Jetzt, wo sie nicht einmal mehr selbst entscheiden konnte. Es war zu spät. Es musste die Strafe für die vielen falschen Entscheidungen sein, die Esther in den letzten Monaten getroffen hatte. Jetzt musste sie es ausbaden.

Ihr schnürte sich der Hals zu. Dieter hatte ihr zwar erlaubt, nach ihrer Hochzeit ihre Stelle bei Madame Leclerc zu behalten, und hatte auch den neuen Arbeitsvertrag unterschrieben, weil er wusste, wie gern sie diese Tätigkeit hatte und weil er ihr die meisten Wünsche erfüllen wollte. Nur durfte sie nicht mehr jeden Tag arbeiten gehen, dafür war seine Mutter zu sehr dagegen gewesen. Weil Esther dann ihre Pflichten im Haushalt nicht erfüllen würde und die anderen Leute dann reden könnten. Das war auch Dieters Meinung. Mehr als diesen Kompromiss, drei Tage in der Woche zu Madame Leclerc zu gehen, konnte er ihr nicht erlauben. Nach Hamburg zu ziehen, käme selbstverständlich überhaupt nicht in Frage.

Sie bemerkte Frau Bellmanns fragenden Blick und riss sich zusammen. Mit aller Anstrengung versuchte sie ein bedauerndes Lächeln, ohne vor lauter Enttäuschung in Tränen auszubrechen. »Ja, das hat sich leider erübrigt. Aber vielen Dank für das Angebot, das ist sehr nett von Ihnen.«

»Ich hätte es mir denken können«, Frau Bellmann seufzte und betrachtete Esther mit unverhohlenem Bedauern. »Du bist eine sehr hübsche junge Frau, das war klar, dass irgendwann ein Prinz kommt und dich wegheiratet. Zu schade, ich hätte dich gern in meiner neuen Abteilung gehabt. Du hast so viel Talent, du hättest es in der Modebranche weit bringen können. Aber gut, du hast dich für Mann und Familie entschieden, damit muss ich wohl leben.«

»Ja«, Esthers Hals fühlte sich wund an, sie würde sich nicht mehr lange beherrschen können. »Damit muss ich nun leben«, sie schluckte kurz, bevor sie auf ihre Uhr sah. »Es hat mich sehr gefreut, Sie wiederzusehen, Frau Bellmann, aber ich muss jetzt leider. Meine Hausfrauenpflichten warten.« Sie lächelte angestrengt und schob ihren Stuhl zurück. »Vielleicht sehen wir uns mal wieder.«

»Ja, vielleicht«, Frau Bellmann erhob sich mit ihr. Jetzt gab sie ihr die Hand, statt Sie zu umarmen. »Dann wünsche ich dir alles Gute, Esther, und dass alle deine Wünsche in Erfüllung gehen.«

»Danke«, antwortete sie gepresst. »Vielen Dank. Auf Wiedersehen.«

An der Garderobe suchte sie eilig ihren Mantel und verließ fluchtartig das Lokal. Erst als sie draußen stand, fiel ihr ein, dass sie den Eiskaffee noch nicht einmal probiert hatte. Und dass Frau Bellmann das bestimmt unmöglich gefunden hatte. Sie ging ein paar Schritte, bis ihr schlagartig übel wurde. Zitternd blieb sie stehen und stützte sich mit einer Hand an der Hauswand ab, unfähig, die Tränen aufzuhalten. Sie liefen ihr übers Gesicht, tropften auf den Mantel, wütend wischte sie sich mit dem Ärmel über die Wangen. Eine Passantin sah sie neugierig an, verharrte kurz und kam dann auf sie zu. »Geht es Ihnen nicht gut? Brauchen Sie Hilfe?«

Esther starrte sie an. »Ich …«, ihre Stimme brach, sie musste sich räuspern. Die Frau sah freundlich aus und kam noch ein Stück näher. »Ja?«

»Nein«, antwortete Esther heiser. »Nein danke, es geht schon.«

Die Frau sah sie noch mal prüfend an, dann drehte sie sich um und setzte ihren Weg fort. Esther wandte sich in die andere Richtung und ging langsam in Richtung Trave. Sie würde einen Umweg nach Hause machen, bis sie sich beruhigt hatte. Weil es nicht stimmte, dass es schon ging. Es ging nichts. Es war alles falsch. Wirklich alles.

Als sie später in die Straße einbog, in der sie jetzt wohnte, hatte sie sich wieder im Griff. Die Tränen waren getrocknet, die Übelkeit auf ein erträgliches Maß geschrumpft und die Gedanken an Frau Bellmann in den hintersten Winkel ihres Kopfes geschoben. Sauerfleisch, dachte sie, sie würde zum Abendessen Sauerfleisch mit Bratkartoffeln machen, das aß Dieter gern und sie hatte alle Zutaten im Kühlschrank. Und danach würde sie es sich gemütlich machen und im Fernsehen die neueste Folge der *Familie Hesselbach* anschauen. Sie hatten das Fernsehgerät von Dieters Mutter geschenkt bekommen, weil er so an Sport interessiert war. Jetzt lenkte es von der Sprachlosigkeit zwischen ihnen ab. Sie schaltete es so oft wie möglich an, um nicht mit Dieter reden zu müssen, der dabei Zeitung lesend im Sessel saß und sie ab und zu besorgt ansah. Aber worüber sollte sie mit ihm auch reden?

Das Quietschen einer Fahrradbremse ließ sie zur Seite springen, sie hatte den Fahrer nicht kommen sehen, der bei dem Ausweichmanöver fast stürzte. »Augen auf!«, rief er ihr wütend nach, nachdem er das schlingernde Rad im letzten Moment wieder in den Griff bekommen hatte. »Träumen kannst du zuhause.«

Eben nicht, dachte Esther und sah ihm nach. Er fuhr gerade an einem glänzenden Mercedes vorbei, der direkt vor ihrer Haustür stand und an dessen Fenstern sich drei Jungs in kurzen Hosen und mit schmutzigen Knien die Nasen plattdrücken. Als sie näher kam und den Wagen erkannte, seufzte sie leise. Auch das noch.

Sie blieb neben dem Auto stehen. »Pfoten weg«, sagte sie laut, »sonst kommt der schwarze Mann.« Erschrocken fuhren die drei herum und rannten wie aufgezogen weg. Sie warf einen letzten Blick auf den Wagen, dann suchte sie in ihrer Handtasche nach dem Hausschlüssel und stieg die drei Stufen zur Tür empor.

»Du kommst spät«, Dieter kam ihr im Flur entgegen, als er sie an der Tür hörte. »Wir haben Besuch.« Er lächelte sie verlegen an, unsicher, ob er ihr zur Begrüßung die Hand geben oder sie auf die Wange küssen sollte. Er entschied sich jedes Mal anders. Heute küsste er sie auf die Wange, die sie ihm hinhielt.

»Ich habe ihren Wagen draußen gesehen«, Esther zog ihren Mantel aus und hängte ihn an die Garderobe. »Sind sie schon lange da?«

»Eine halbe Stunde«, Dieter ließ ihr den Vortritt ins Wohnzimmer. »Wir haben uns schon gefragt, wo du bleibst.«

»Eine schwierige Kundin«, antwortete Esther knapp, während sie die Tür öffnete. Laura und Carl saßen nebeneinander auf dem Sofa, Laura sprang sofort auf und umrundete den Tisch.

»Da bist du ja endlich«, rief sie aus und umarmte ihre Freundin fest. »Da müssen wir dich überfallen, um dich mal wieder zu sehen und dann bist du gar nicht da. Endlich. Ich habe dich so vermisst.«

Esther erwiderte die Umarmung halbherzig, bevor sie sich von ihr löste und Carl begrüßte. Sie bemerkte natürlich Lauras erschrockenen Blick, reagierte aber nicht. Stattdessen fragte sie pflichtschuldig: »Kann ich euch einen Kaffee anbieten? Oder etwas anderes?«

»Kaffee wäre schön«, antwortete Laura sofort. »Kann ich dir helfen?«

»Nein, danke«, Esther lächelte schmallippig und ging in die Küche. Sie brauchte einen Augenblick allein, um sich für diesen Besuch zu wappnen. Schließlich hatte sie die beiden nicht gebeten zu kommen. Sie füllte den Wasserkessel und stellte ihn auf den Herd, bevor sie die Kaffeekanne vom Regal nahm. Hinter sich hörte sie Schritte, als sie sich umdrehte, stand Laura in der Tür und schaute sie besorgt an. »Wie geht es dir?«

»Gut«, war Esthers prompte Antwort, während sie den Schrank öffnete, um eine Filtertüte und die Kaffeedose herauszunehmen. »Könnte nicht besser sein, warum?«

Stumm blickte Laura sie an, dann trat sie ganz ein und schloss die Tür. Sie zog den weißen Hocker unterm Tisch hervor und setzte sich. »Du bist so dünn und ganz blass. Du siehst schlecht aus.«

Ungerührt löffelte sie den Kaffee in den Filter. »Neun, zehn, einen für die Kanne«, sagte sie laut und stellte die Dose zurück in den Schrank. »Wolltest du eigentlich etwas Bestimmtes?«

»Esther«, Laura hob den Kopf, »ich sehe, dass es dir nicht gut geht, und ich weiß nicht, was mit dir los ist. Du beantwortest ja keinen meiner Briefe. Du hast noch nicht einmal auf die

Einladung zu Lorenz' Hochzeit reagiert. Ich möchte dir helfen, wir möchten dir helfen. Vielleicht musst du einfach mal ein paar Tage etwas anderes sehen. Vielleicht ist das alles zu viel für dich, die Arbeit im Modesalon, der Haushalt. Wir wollten dir einen Vorschlag machen.«

»Vielen Dank, aber ich komme bestens zurecht«, Esther drehte sich nicht zu ihr um, sie nahm die Tassen aus dem Schrank und stellte sie geschäftig auf ein Tablett. Sie wollte sie nicht ansehen, sie hatte Angst, sie könnte die Beherrschung verlieren. »Macht euch keine Gedanken. Zur Hochzeit kann ich nicht kommen, an dem Tag haben wir bei uns eine Modenschau. Ich wollte noch absagen, ich habe es vergessen. Entschuldigung.«

»Dieter hat mir geschrieben«, stieß Laura aus. »Er macht sich auch Sorgen um dich, weil du so unglücklich und still bist. Er wollte wissen, ob wir uns gestritten haben.«

Esther hielt die Zuckerdose in der Hand und drehte sich langsam zu ihr um. Ihre Blicke trafen sich, Lauras besorgt, ihr eigener abwehrend. Nach einer Weile stellte sie die Dose aufs Tablett. »Und was hast du ihm gesagt?«

»Nichts«, ihre Freundin hob die Schultern. »Ich weiß ja auch nicht, warum du dich so zurückgezogen hast. Du redest ja nicht mehr mit mir. Was soll ich denn machen?«

Esther schwieg, während Laura sie verzweifelt ansah. »Es kann doch nichts mehr mit der Sache aus dem letzten Jahr zu tun haben. Wir haben doch alles geklärt, wir haben danach sogar Silvester zusammen gefeiert. Und ich hatte mich so über deine Verlobung mit Dieter gefreut, ich wäre auch gern als deine Trauzeugin bei eurer Hochzeit dabei gewesen, wenn du mich denn gefragt hättest. Aber ich wusste ja noch nicht einmal, an welchem Tag ihr heiratet.«

Esther sagte immer noch nichts, sie stand nur mit verschränkten Armen vor dem Tisch und sah auf Laura herab.

Die beugte sich nach vorn und legte eine Hand auf ihren Arm. »Du warst meine beste Freundin und ich möchte so gern, dass es wieder so ist. Lass uns die Geschichte vergessen, ich habe mich doch schon entschuldigt. Es war doch alles gar nicht so gemeint und ist so lange her.«

Achtzehn Monate, dachte Esther und ihr Magen zog sich zusammen. Es war achtzehn Monate her und sie hatte nichts vergessen. Von dem Tag, an dem sich alle ihre Träume in Luft aufgelöst hatten. Bis heute träumte sie noch davon, sah sich mit blutender Stirn in der Küche sitzen, während ihre Freundin ein Pflaster auf die Wunde klebte. Hörte noch heute deren Stimme, die dabei plappernd immer wieder den Namen Rose von Ellerbrock erwähnte und munter erzählte, wie froh die Familie war, dass Lorenz bald in den Hafen der Ehe einlaufen und eine Familie gründen würde. Und sie sah Lauras verdutztes Gesicht, als Esther plötzlich herausschrie, dass *sie* und Lorenz doch ein Paar wären, dass *sie* ihn liebte und er sie auch, dass *sie* diese Wohnung als Liebesnest eingerichtet hatte, dass sie nur hatten warten wollen, bis Laura sich von ihrer Fehlgeburt erholt hätte, um dann allen von ihrem Glück zu erzählen. Und sie hörte noch Lauras Satz: »Esther, das ist lächerlich, das würden meine Eltern nie erlauben. Das war doch bestimmt nur ein Spiel, ein alberner Scherz von meinem Bruder. Du kennst ihn doch.«

Und dann hatte es diesen lauten Streit gegeben, die Vorwürfe, die Tränen, bis Laura plötzlich ihre Hand auf den Bauch gepresst und sich gekrümmt hatte, kalkweiß im Gesicht, am ganzen Körper zitternd. Esther war zu Frau Matthiesen gelaufen, die das einzige Telefon im Haus besaß und hatte einen Krankenwagen gerufen, der nach zehn Minuten gekommen war. Und danach hatte sie eine halbe Ewigkeit im Korridor des Krankenhauses gewartet. Niemand hatte ihr etwas gesagt, bis Adelheid, Hermann und Karla Hohnstein eingetroffen waren und Karla schließlich vor Wut zitternd vor ihr gestanden hatte.

»Du hast die Schuld. Du hast Laura nie gutgetan«, hatte sie wütend gezischt. »Sie hat mir gesagt, dass es einen Streit gab, der das ausgelöst hat. Ich weiß nicht, worum es ging, aber schäm dich, du hast das Kind auf dem Gewissen. Komm mir nie wieder unter die Augen.«

Später hatte Laura sich von ihrer Großmutter distanziert und sich bei Esther entschuldigt. Es sei nicht so gemeint gewesen, hatte sie gesagt. Karla habe nur unter Schock gestanden. Und außerdem habe sie nie gesagt, worum es bei dem Streit gegangen sei, und natürlich treffe Esther überhaupt keine Schuld an diesem Unglück, das sei ja Unsinn. Trotzdem hatte sich dieser Tag in Esthers Kopf eingebrannt. Auf alle Zeiten. Weil alles verloren war.

»Jedenfalls«, Lauras Stimme drang nur langsam zu ihr durch, »haben wir uns etwas überlegt. Carl muss Anfang Oktober ins Tessin, nach Locarno, dort ist es zauberhaft. Wir haben ein wunderschönes Hotel reserviert, Carl ist den ganzen Tag beschäftigt, aber wir beide haben Zeit für uns. Nur wir beide – wie früher. Esther, ich vermisse dich. Lass uns alles vergessen und neu beginnen. Im schönen Tessin. Wie findest du das?«

»Ich …«, verwirrt sah Esther sie an. »Ich muss arbeiten … im Modesalon … ich kann nicht.«

Laura ließ sich nicht aus der Ruhe bringen. »Dieter hat Madame Leclerc gesagt, dass du wegen einer dringenden Familienangelegenheit eine Woche frei haben musst. Es ist bereits alles geklärt und du bist natürlich eingeladen. Was sagst du nun? Ich hoffe, du freust dich? Wir fahren mit dem Nachtzug und dann durch die Schweiz ins Tessin.«

Esther starrte sie an. Sie sollte in die Schweiz fahren? In seine Nähe? Mit Laura und Carl?

Die Küchentür wurde vorsichtig aufgeschoben, Dieter

tauchte dahinter auf und sah erst Esther, dann Laura unsicher an. »Störe ich? Hast du es ihr schon gesagt?«

»Gerade eben«, Laura wandte sich ihm zu und nickte.

»Und?« Dieter trat einen Schritt vor und blieb vor ihr stehen. »Ist die Überraschung gelungen? Das Tessin muss sehr schön sein, es wird dir bestimmt gefallen.«

»Aber …«, verstört sah Esther ihn an. Er blickte sie mit seinem freundlichen Gesicht an. Er meinte es gut. Er meinte es immer gut. Sie konnte es kaum ertragen. »Ich weiß nicht …«

»Du musst dir keine Sorgen machen«, beschwichtigte er sofort und berührte sie verlegen am Handgelenk, »mit Madame Leclerc ist alles besprochen und ich kann mittags zum Essen zu meiner Mutter gehen. Sie freut sich.«

»Ja, dann«, Esther hob die Schultern. Sie würde in die Schweiz fahren. Es war nicht ihre Entscheidung gewesen, sie hatte sich nicht darum gerissen, niemand konnte ihr etwas vorwerfen.

Ihr Blick fiel auf ihren Ehemann, der sich so vergeblich um ihre Gunst bemühte und es nie schaffen würde, ihr Herz zu gewinnen. Weil es schon vergeben war. Und plötzlich bahnte sich die lang unterdrückte und brennende Sehnsucht nach ihrem alten Leben ihren Weg, nach der Eleganz der Villa, der Weltläufigkeit und der Bedeutung der Familie Hohnstein, dem Gefühl dazuzugehören. Sie hatte es gegen dieses kleine, unbedeutende Leben getauscht und sie würde es jederzeit ungeschehen machen, wenn es nur möglich wäre. Aber vielleicht hatte der liebe Gott ein Einsehen und gab ihr eine zweite Chance. Vielleicht gehörte sie bald wieder dazu. Vielleicht begann wieder etwas Neues.

»Gut«, sagte sie schließlich und sah Dieter an. »Dann werde ich fahren, danke.«

Er lächelte sie erleichtert an und ihr schlechtes Gewissen explodierte.

16.

Sie war in Hochform und das, obwohl sie noch nie gegen Marie gewonnen hatte. Aber heute war ihr Tag, alles gelang, die Kugeln schossen blitzschnell übers Spielfeld, die Anzeige rotierte, es blinkte, rumpelte und klingelte aus allen Kanälen. Jedes Tschak der Feder katapultierte die Kugeln dahin, wo sie hinsollten, die bunten Lichter tanzten über die Gesichter der Umstehenden. Marie, die bisher uneingeschränkte Flipperkönigin, lehnte staunend am Gerät. Und Alexandra gewann und gewann …

»Guten Morgen.« Die Stimme kam von der Tür, genauso wie der Kaffeeduft, der Alexandra plötzlich in die Nase stieg. Schlaftrunken stützte sie sich auf die Ellenbogen und blinzelte Jan an.

Er lächelte. »Dass du bei diesem Lärm schlafen kannst. Unten rangiert gerade ein Lkw, du musst doch von diesem lauten Gepiepe wach geworden sein. Das geht schon seit zehn Minuten so.«

»Ich hielt es für den Sound meines Flippersieges«, antwortete Alexandra verschlafen und richtete sich langsam auf. »Ich habe Marie geschlagen. Im Traum. Im wahren Leben ist das nie passiert, sie war einfach die Beste. Wie auch immer sie das gemacht hat.«

»Gibt es überhaupt noch Flipperautomaten?« Jan reichte ihr den Becher mit Kaffee und setzte sich auf die Bettkante. »Ich habe seit Jahren keinen mehr gesehen. Früher standen die doch in jeder Kneipe.«

»Keine Ahnung«, achselzuckend sah sie ihn an. »Ich habe seit Jahren noch nicht mal an Flippern gedacht. Guten Morgen, übrigens.« Mit der freien Hand zog sie ihn am Hemd zu sich herunter, um ihn zu küssen. Er war schon angezogen, seine Haare waren noch ein bisschen feucht, er roch nach Duschbad und seinem Rasierwasser. Er erwiderte den Kuss, bevor er sagte. »Ich muss gleich los, ich habe um halb zehn Redaktionssitzung. Wann hast du deine Verabredung am Savignyplatz?«

»Heute Mittag«, antwortete sie und sah ihn an. »Ich fahre aber schon früher nach Charlottenburg, ich wollte noch ein bisschen bummeln gehen. Kochen wir heute Abend? Soll ich noch irgendetwas einkaufen?«

»Nein«, er küsste sie wieder und strich ihr zärtlich eine Haarsträhne aus der Stirn. »Wir haben heute Abend einen Tisch bei *Gianni,* schon vergessen? Ich bin übrigens sehr froh, dass du da bist.«

»Ich auch«, sie sah ihm zu, als er aufstand, ein Jackett aus dem Schrank nahm und zur Tür ging. »Bis später, du Schöne.«

»Einen feinen Tag.«

Mit einer letzten Kusshand verließ Jan das Zimmer, wenig später hörte sie die Haustür zufallen. Mit einem wohligen Gefühl streckte sie die Beine aus und umschloss den Kaffeebecher mit beiden Händen. Draußen tobte schon das Leben, sie sah vom Bett aus ins Grüne, in einen Park, der bereits um diese Uhrzeit von Fahrradfahrern, Joggern und Hundebesitzern bevölkert war. In Berlin war es immer laut, die Tage waren länger und bunter, sie gingen nicht so ineinander über wie am See, jetzt erst wurde Alexandra klar, wie sehr sie diesen Trubel vermisst hatte. Sie schlief sogar mit Stadtlärm besser als in der Ruhe auf dem Land – erstaunlich.

Seit über einer Woche war sie schon hier, mitten in der Hauptstadt, mitten im Leben, und fühlte sich jede Minute ein bisschen mehr zugehörig. Jeder Tag war anders gewesen, Jan und sie hatten nach einem spektakulären Theaterbesuch stundenlang in einer Bar über das Stück diskutiert, hatten sich zwei wunderbare Ausstellungen angesehen, Alexandra war am Tag über Wochen- und Flohmärkte geschlendert, hatte sich am Kudamm eine sündhaft teure Bluse gekauft und die internationalen Feinkostläden mit den Supermärkten in Weißenburg oder dem kleinen Laden am See verglichen. Die Abende hatten sie abwechselnd zuhause und kochend oder in einem der gerade angesagten Restaurants der Gegend verbracht. Sie hatte Jan zu einer Veranstaltung des *magazins* begleitet, bei der sie zufällig Marlene, eine ihrer ehemaligen Autorinnen wiedergetroffen hatte. Und sie hatte es genossen, diese Unterhaltungen über den Buchmarkt, die Berliner Theaterlandschaft und die kleinen Kulturskandale, über die sich hier noch jeder aufregen konnte. Es war wie früher, es war ein Leben inmitten von Kultur, Menschen und Terminen, das sie über so viele Jahre selbst geführt und in der Abgeschiedenheit am See fast schon vergessen hatte.

Mit dem leeren Kaffeebecher in der Hand schwang sie ihre Beine aus dem Bett und stellte sich einen Moment ans Fenster. Der Himmel war blau, die Sonne schien, es würde ein schöner Spätsommertag werden. Die unbändige Lust, in einem Straßencafé Milchkaffee zu trinken und dabei das trubelige Kiezleben zu beobachten, trieb sie auf der Stelle ins Bad. Eine halbe Stunde später stand sie angezogen und geschminkt vor dem großem Garderobenspiegel und musterte sich zufrieden. Es ging doch. Die Stadt ließ sie wieder zu ihrer alten Form zurückfinden.

Am S-Bahnhof Savignyplatz stieg sie aus. Es war noch früh, sie hatte jede Menge Zeit, sich durch das Viertel treiben zu lassen, bis sie sich mit Cosima Wagner treffen würde. Sie hatte der Journalistin eine E-Mail geschickt und sich zu einem Interview bereit erklärt. Innerhalb von zehn Minuten hatte sie schon eine Antwort mit Terminvorschlag und Treffpunkt bekommen. Alexandra hatte keine Ahnung, was Cosima Wagner von ihr wissen wollte und was sie sich von diesem Gespräch versprach. Aber sie würde es nur so herausfinden. Und natürlich war da der Hintergedanke, dass sie auch umgekehrt irgendetwas über die Familie Hohnstein, irgendetwas über die legendäre Karla erfahren könnte, um doch noch die nötige Motivation zu bekommen, das Buch zu schreiben. Nur musste sie ihr das ja nicht gleich auf die Nase binden.

Etwas unschlüssig blieb sie vor dem Bahnhof stehen und sah sich um. Sie würde zunächst ein Café suchen und dann überlegen, womit sie die Zeit bis zum Treffen in der *Paris Bar* füllen könnte. Langsam schlenderte sie los, vorbei an kleinen Läden und unzähligen Lokalen. Sie wich Fahrradfahrern, Müttern auf Lastenrädern und Touristen aus, die man am aufgeschlagenen Reiseführer und hochgehaltenen Handy erkannte. Nach wenigen Metern blieb sie vor einem Café stehen, dessen bunte Terrassenmöbel einladend in der Sonne leuchteten. Ganz vorn war noch ein Zweiertisch frei, zufrieden steuerte Alexandra darauf zu und setzte sich. Noch bevor sie zur Karte gegriffen hatte, sah sie aus den Augenwinkeln jemanden aus dem Café stürmen und hörte eine laute Stimme, die alles übertönte. »Das glaube ich jetzt nicht, das kann doch nicht wahr sein. Ich träume ja wohl: Alexandra Weise.«

Sie erkannte die Stimme sofort und stöhnte leise. Ganz langsam drehte sie sich um, das war vielleicht ein bisschen viel altes Leben, trotzdem knipste sie ein Lächeln an. »Was für eine Überraschung«, sagte sie und wurde im selben Moment hochgerissen und umarmt.

»Das ist ja irre«, Sebastian Dietrich ließ sie nach einer gefühlten Ewigkeit wieder los und sah sie begeistert an. »Wie hast du mich gefunden?«

Ich habe dich gar nicht gesucht, dachte Alexandra und trat vorsichtshalber einen Schritt zurück. »Willst du dich dazusetzen?« Sie hatte sogar vergessen, dass er inzwischen nach Berlin gezogen war.

»Ja, natürlich«, er nickte heftig. »Ich sage der Bedienung Bescheid, dass sie mir mein Frühstück rausbringt, ich bin sofort wieder bei dir.«

Er schoss davon, Alexandra sah ihm nach, während sie sich wieder setzte. Er war ein bisschen mopsig geworden, ihr ehemaliger Starautor, das regelmäßige Schreiben in Cafés und die Leidenschaft für Geschäftsessen mit viel Rotwein hatten Spuren hinterlassen. Es ging sie nichts an, sie war nicht mehr für ihn zuständig, nur wurde aus ihrem leichten, ruhigen Vormittag jetzt vermutlich nichts mehr.

Sebastian war schon wieder zurück, er ließ sich in den Stuhl fallen und betrachtete sie beglückt. »Ich gehe hier regelmäßig frühstücken, das scheint sich ja herumgesprochen zu haben.« Er machte eine kleine Pause, um dann fortzufahren: »Du siehst toll aus, Alexandra«, meinte er, vielleicht eine Spur zu gönnerhaft. »Die kleine Auszeit scheint dir gutgetan zu haben. Aber es wird Zeit, dass du zurückkommst. Ich habe ja schon die Gerüchte gehört und ich kann nur sagen, ich bin sehr froh, dass du wieder zu Verstand gekommen bist. Welcher Verlag wird es denn nun? *Braman*? Oder dieser neue am Prenzlauer Berg? Ist mir fast egal, Hauptsache, es geht endlich weiter.«

Alexandra verstand kein Wort. Dass er davon ausging, sie sei ausschließlich seinetwegen hier, wunderte sie nicht, so war er immer schon gewesen. Aber was das Gerede über die Berliner Verlage sollte, kapierte sie nicht. »Wovon redest du?«

Er breitete seine Arme aus, als würde er ihr seinen Segen

erteilen. »Na, dass du wieder Verlegerin wirst. In Berlin. Und ich diese grauenhafte *Book Group* verlasse, um mit dir und deinem neuen Verlag einen Vertrag abzuschließen.«

»Wie kommst du darauf, dass ich einen neuen Verlag habe?« Alexandra blickte ihn verblüfft an. »Das ist ...«

»... noch geheim, ich verstehe«, unterbrach Sebastian sie grinsend. »Aber komm, nach zehn Jahren Bestsellerkarriere habe ich inzwischen genug Kontakte und diese Neuigkeit habe ich von verschiedenen Stellen gehört. Aber ...«, er legte seinen Zeigefinger auf die Lippen, »ich halte dicht. Nur so unter uns, welcher Verlag wird es nun?«

Eine junge Frau kam mit einem beladenen Tablett an ihren Tisch. Während sie servierte, fragte sie Alexandra: »Möchten Sie auch frühstücken?«

Sie warf einen kurzen Blick auf den Berg Rührei, die kleinen Würstchen, den Korb mit Brot und Brötchen, die Käseplatte, das Nutella-Schälchen und schüttelte den Kopf. Kein Wunder, dass Sebastian mopsig geworden war. »Nur einen Milchkaffee, bitte.«

»Kommt sofort«, sie klemmte sich das leere Tablett unter den Arm und verschwand, während der Starautor sich schon das erste Würstchen in den Mund schob. »Jetzt musst du mir beim Essen zusehen, an deiner Stelle würde ich auch was bestellen, ist geselliger.«

»Ich habe keinen Hunger«, Alexandra versuchte, nicht angewidert zu gucken. »Von welcher Stelle hast du jetzt welche Neuigkeit gehört?«

Sebastian schluckte laut, dann streckte er den Daumen in ihre Richtung: »Erstens: Der Verleger vom *Braman* Verlag geht in Rente, seine Nachfolge wird an eine Frau gehen, das macht hier schon die Runde. Unter den Namen, die gehandelt werden, ist deiner ganz oben.« Der Zeigefinger ging jetzt hoch. »Zweitens: Der neu gegründete Verlag am Prenzlauer

Berg soll auch eine Verlegerin bekommen, auch hier zwitschern die Vögelchen, dass du das sein könntest.« Nun folgte der Mittelfinger. »Drittens: Ich habe gehört, dass du beim Sommerfest vom *magazin* warst, dahin werden nur wichtige Leute aus der Kulturszene eingeladen, außerdem hat mir Marlene Mertens erzählt, dass sie dich dort getroffen hat und du hättest den Eindruck gemacht, dass du geschäftlich in Berlin seist. Marlene war eingeladen, weil sie das große Literaturfestival organisiert, nicht als Schriftstellerin, sonst wäre ich ja auch da gewesen. Und jetzt kommst du. Welcher Verlag wird es? Wie gesagt, meine Lippen sind versiegelt.«

Alexandra schüttelte belustigt den Kopf. »Verrückt«, sagte sie und lachte leise. »Echt verrückt. Mein Lieber, das ist alles nur Klatsch und Tratsch, mich hat noch nicht einmal jemand angerufen, ich höre das alles zum ersten Mal. Es ist nichts dran und auf dem Sommerfest war ich als Begleitung von Jan Magnus, der mein Lebensgefährte ist. Ich bin nämlich ganz privat hier, also vergiss das alles.«

»Jan Magnus ist dein Lebensgefährte?« Sebastian verschluckte sich und presste die Serviette auf den Mund. »Der Chefredakteur vom *magazin*? Das ist ja ein Ding. Wieso wusste ich das nicht? Das ist doch neu, oder?«

»Das geht dich gar nichts an«, Alexandra sah die Bedienung mit ihrem Milchkaffee kommen und wartete, bis sie die Tasse abgestellt hatte. »Danke.« Sie zog den Zucker zu sich heran. »Das ist privat. Was ist mit deinem nächsten Roman? Du hattest noch einen Vertrag bei *Book Group*, wann erscheint der denn?«

»Gar nicht«, Sebastian ließ die Serviette auf den Tisch fallen. »Ich kann diesen Carsten Hansen nicht ertragen. Und schon gar nicht dieses dumme Kind, das jetzt Verlegerin spielt, diese Sattler. Dumm wie ein Toastbrot, genauso blass. Ich war einmal mit ihr essen, die hat mich in ein grauenhaftes veganes

Lokal geschleppt, das ist doch Terror. Und sie guckte mich nur doof an. Die hatte nichts von mir gelesen, verstehst du, nichts. Und dann hat sie mich noch nicht mal was gefragt. Totales Desinteresse an meiner Person. Ich war fassungslos und bin nach zehn Minuten gegangen. Ich bitte dich, das habe ich doch gar nicht nötig.«

»Und nun?« Neugierig beugte Alexandra sich vor. »Was machst du nun?«

»Nichts«, achselzuckend schob er sich ein Stück Brot in den Mund und nuschelte undeutlich: »Schreibblockade. Die kriegen kein neues Buch von mir. Die nicht. Ich kenne noch nicht mal mehr irgendwelche Leute bei denen. Die Alten sind ja alle gegangen, nachdem du weg warst. Soll ich mich da mit diesen ganzen neuen Idioten rumärgern? Vergiss es. Ich will wieder mit dir arbeiten. Und zwar nur mit dir.«

Alexandra schwieg. Sebastian Dietrich war ein egozentrischer Kotzbrocken, aber leider wahnsinnig begabt. Sie hatte ihn vor Jahren durch eine kleine Kolumne, die er für eine Zeitung geschrieben hatte, entdeckt und ihn innerhalb kurzer Zeit zu einem der Shootingstars der Literaturszene gemacht. Seine Romane hatten sich millionenfach verkauft, die Presse und seine Leser liebten ihn, während er Alexandra und ihre Mitarbeiter fast in den Wahnsinn getrieben hatte. Er hielt sich für den Größten und benahm sich auch so, es war schwer, ihn zu mögen, wenn man ihn kannte. Aber alle wollten seine Bücher, und wenn er sich jetzt weigerte, ein neues zu schreiben, dann hatte der *Seltmann Verlag*, der Alexandra so schnöde entlassen hatte, um sich der *Book Group* anzuschließen, tatsächlich ein Problem. Sie konnte sich ein zufriedenes Lächeln kaum verkneifen, riss sich aber sofort zusammen, Rachegefühle machten alt. Entschlossen hob sie das Kinn.

»Nur wird daraus leider nichts«, sagte sie jetzt. »An diesem Gerede ist wirklich nichts dran. Wenn du mit der *Book Group* nicht klarkommst, dann such dir einen neuen Verlag. Wobei du dann den Vertrag auflösen und den Vorschuss zurückbezahlen musst, das ist dir wohl hoffentlich klar.«

»Alexandra«, fast flehend legte Sebastian seine Hand auf ihre, »das interessiert mich doch alles gar nicht. Aber du musst was für mich machen, ich kann auch keine andere Lektorin ertragen, wirklich nicht. Du musst mich beim Schreiben begleiten, ich bin sonst nicht kreativ. Du hast doch Zeit. Ich werde sonst nichts mehr veröffentlichen.«

»Ich habe keine Zeit, ich fange demnächst selbst das nächste Buchprojekt an, meine Zeiten in den Verlagen sind vorbei.« Alexandra kreuzte die Finger unterm Tisch. Von ihrem misslungenen Gespräch mit Wolf musste ja niemand etwas erfahren. »Du wirst jemand anderen finden, der dir beim Manuskript hilft.«

»Dein nächstes Buchprojekt?«, schnaubte Sebastian. »Noch so eine Biografie? Das kann auch jeder andere, deine Talente liegen ganz woanders. Und so doll hat sich dein erstes Buch doch gar nicht verkauft, das war ja noch nicht mal auf der Bestsellerliste.«

Alexandra war versucht, ihm die Speisekarte auf den Kopf zu schlagen. Sie hatte vergessen, wie sehr seine Egozentrik sie schon als Verlegerin genervt hatte. Das war ein Teil ihres alten Lebens, den sie nicht vermisste.

»Wie auch immer«, sie trank ihren Milchkaffee aus und stellte die leere Tasse schwungvoll zurück. »Such dir doch eine Agentur, die werden dich mit Kusshand nehmen und einen neuen Verlag für dich finden – im Handumdrehen. Ich drücke die Daumen.«

Sebastian starrte sie verständnislos an. »Aber wieso hast du mich denn hier getroffen, wenn du mir nicht helfen willst?«

»Zufall«, Alexandra stand langsam auf und sah auf ihn herunter. »Es war reiner Zufall, ich habe dich gar nicht gesucht.«

»Dein Ernst?« Er sah sie eingeschnappt an. »Aber ich glaube nicht an Zufälle, habe ich nie getan. Ich glaube, dass du mich aus einem ganz bestimmten Grund getroffen hast. Irgendetwas passiert gerade im Universum, und das hat mit uns beiden zu tun. Wir werden voneinander hören, da bin ich sicher. Und es wird bald sein, sonst wäre das hier nicht passiert.«

Großer Gott, dachte Alexandra, jetzt wurde er auch noch esoterisch. Sie beugte sich zu ihm und legte ihre Hand auf seinen Oberarm. »Dann warten wir mal ab, wozu das gut war«, sagte sie. »Zahlst du meinen Kaffee mit oder soll ich die Bedienung suchen?«

Er nickte kurz. »Musst du nicht, ich mach das schon. Dann mal bis bald.« Er wirkte beleidigt, trotzdem gab Alexandra ihm einen aufmunternden Klaps, bevor sie sich umdrehte und ohne sich umzusehen ging.

Sie verlangsamte ihre Schritte erst, als sie außer Sichtweite war und in die Kantstraße einbog. An der Fassade einer Apotheke hing eine Uhr, es war jetzt kurz vor zwölf, das Thermometer zeigte fünfundzwanzig Grad, es war ein perfekter Tag. Alexandra lief langsam an den gut besetzten Außenplätzen der Lokale vorbei und entdeckte eine Bank, die vor einem türkischen Gemüseladen im Schatten stand. Kurz entschlossen zog sie ihr Handy aus der Tasche und wischte über ihre Kontakte, bis sie die Nummer gefunden hatte. Während sie das Freizeichen hörte, ließ sie sich auf die Bank sinken und schnipste ein paar Blätter von der Sitzfläche.

»Oh, ein Ruf aus der Hauptstadt. Hast du schon Heimweh?«

»Hallo Fiedi, kein Heimweh, ich wollte nur hören, ob alles in Ordnung ist. Wie ist es mit Esther am See?«

Friederikes Stimme klang neutral. »Sagen wir mal so, es war keine gute Idee. Tom und Torge haben sie gleich nach der Ankunft wieder zurückgefahren, weil sie gar nicht erst aussteigen wollte. Ich habe gestern Abend aber genug kalten Weißwein getrunken, um mich nicht länger aufzuregen. Dafür gefällt es Tom hier ausnehmend gut, wir werden jetzt also öfter mal zusammen rausfahren. Und bei euch?«

»Das tut mir leid mit deiner Mutter«, Alexandra seufzte leise. »Es klang nach einem so guten Plan. Aber wer weiß, vielleicht könnt ihr es auch noch mal versuchen, wenn sie besser drauf ist.«

»Da bin ich eher skeptisch«, antwortete Friederike. »Aber egal, darüber mache ich mir später Gedanken. Und wo bist du jetzt? Es ist so laut im Hintergrund.«

»Das ist Stadtleben«, sagte Alexandra zufrieden. »Ich merke gerade, wie gern ich das habe. Ich bin in Charlottenburg, weil ich hier gleich mit Cosima Wagner verabredet bin, dieser Journalistin, du weißt schon. Und gerade eben habe ich zufällig Sebastian Dietrich getroffen. In einem Straßencafé. Das war wie ein Zucken der Vergangenheit, ganz schräg.«

»Ist das dieser etwas anstrengende Autor, der uns auch mal in München in einer Bar über den Weg gelaufen ist? Der dich den ganzen Abend vollgequatscht hat, obwohl du schon deine Kündigung hattest?«

»Genau der«, Alexandra hatte den Abend sofort wieder vor sich. »Er war damals mit Carsten Hansen verabredet, es war ihr erstes Treffen. Und der saß in der anderen Ecke der Bar und musste auf Sebastian warten, der die ganze Zeit bei uns stand. Vor Wut ist er fast explodiert.«

»Ich erinnere mich«, Friederike lachte. »Zwei seltsame Vögel. Na ja. Und wie geht es dir sonst? Wie ist es mit Jan?«

»Es ist alles schön«, Alexandra musste nicht nachdenken. »Ich genieße jeden Tag, wir haben schon so viel unternommen, Berlin ist eine unfassbar tolle Stadt. Ich würde gern noch länger bleiben. Jetzt, wo Hanna in Dänemark ist, brauche ich auch kein schlechtes Gewissen zu haben.«

»Hast du das wirklich?« Friederike klang irritiert. »Warum? Du musst sie doch nicht dauernd bespaßen.«

»Ich weiß«, Alexandra zerrieb eine klebrige Blüte zwischen den Fingern und ließ die Krümel auf den Boden rieseln, »aber wir haben diese Wohngemeinschaft ja damals gegründet, damit Hanna nicht vereinsamt und wenn nötig Hilfe hat. Falls ihr Rheuma schlimmer wird. Und auch, wenn sie jetzt noch alles allein macht, fühle ich mich trotzdem verantwortlich.«

»Aber das darfst du nicht«, protestierte Friederike. »So war das auch von niemandem gedacht. Wir sind doch auch noch da, falls Hanna was braucht. Und Micha und Elke. Und es war ihr Wunsch, an den See zu ziehen, weil sie sich, im Gegensatz zu dir, in der Stadt überhaupt nicht wohlgefühlt hat. Es ist wirklich nicht deine Lebensaufgabe, Hanna zu betreuen, ganz bestimmt nicht.«

»Na ja«, Alexandra zog die zweite Silbe in die Länge. »Aber es kann schon sehr still im Haus werden, wenn sonst niemand da ist. Und wenn ich weg bin, fühlt Hanna sich auch einsam, das hat sie mir mal gesagt.«

»Alex, darüber müssen wir aber mal in Ruhe reden, ich glaube, das siehst du nicht ganz richtig. Das machen wir, wenn du wieder da bist. Ach übrigens, hier ist jede Menge Post für dich angekommen, soll ich dir das einfach auf den Tisch legen? Oder nach Berlin schicken?«

Alexandra überlegte kurz, dann sagte sie: »Sieh das doch bitte mal durch, wenn was Wichtiges dabei ist, rufst du an.«

»Was ist denn wichtig?«

»Fiedi, das entscheidest du. Wir hören uns und grüß die anderen von mir. Bis bald.«

»Ja, bis bald. Und viel Spaß gleich mit dieser komischen Verschwörungsjournalistin. Was immer sie über Maries Stiftung und irgendwelche Skandale herausfinden will, zieh ihr den Zahn.«

»Mach ich«, Alexandra lachte. »Ich halte dich auf dem Laufenden. Bis bald.«

Sie schob das Handy mit einem Lächeln zurück in die Tasche, stand langsam auf und ging weiter die Straße entlang.

Noch ganz in Gedanken stand sie plötzlich vor einem Haus, über dessen schwarz-weiß gestreifter Markise in geschwungener Schrift *Paris Bar* stand. Von den elegant gedeckten Tischen waren mehrere bereits besetzt, die ersten Flaschen Wein steckten schon im Kühler. Alexandra sah sich kurz um, sie war sich nicht sicher, ob sie Cosima Wagner überhaupt wiedererkennen würde. Ein Kellner im Anzug unterbrach ihre Überlegungen. »Kann ich Ihnen helfen?«

»Ja, hallo, ich bin hier verabredet, Frau Wagner wollte einen Tisch bestellen. Der Termin ist allerdings erst in einer halben Stunde.«

»Draußen oder drinnen?«

»Das weiß ich nicht«, zögernd sah Alexandra sich um, während der Kellner sich umdrehte und im Restaurant verschwand. Kurz darauf kam er wieder und deutete ihr mit einer Geste an, ihm zu folgen. Vom äußersten Tisch entfernte er schnell das Reservierungsschild und zog einen Stuhl zurück. »Draußen«, sagte er lächelnd und wartete, bis sie sich gesetzt hatte. »Ich bringe Ihnen die Karte.«

Während Alexandra wartete, ging sie im Kopf noch mal alles durch. Natürlich hatte sie sich auf dieses Gespräch vorbereitet, war die Unterlagen, die sie von Hanna bekommen hatte, durchgegangen, hatte alles gelesen, was es über die Marie-van-Barig-Stiftung zu lesen gab. Und sie hatte nichts gefunden, was auf Unsauberkeiten, geschweige denn einen Skandal hindeuten könnte. Cosima Wagner würde sich bei dieser Recherche den Zahn, den Alexandra ihr ziehen sollte, selbst ausbeißen. So viel war sicher.

Nur ganz kurz hatte sie ihr Gesicht mit geschlossenen Augen in die Sonne gehalten, als ein Schatten auf sie fiel. »Hallo Frau Weise.«

Sofort öffnete sie die Augen und sah hoch. Sie hätte Cosima Wagner kaum wiedererkannt, in ihrer Erinnerung war sie jünger und lässiger. Die Frau, die jetzt vor ihr stand, hatte die halblangen Haare streng zurückgekämmt, die weiße Bluse unter dem blauen Blazer wirkte spießig. Die Augen waren mit Lidstrich betont, der Blick distanziert.

»Frau Wagner«, Alexandra streckte ihre Hand aus. »Ich dachte schon, ich wäre die Einzige, die immer zu früh kommt.«

»Mir ist ein Termin ausgefallen«, entgegnete die Journalistin knapp und nahm Platz. »Haben Sie es gleich gefunden?«

»Ja«, Alexandra lächelte. »Das war einfach, deshalb bin ich zu früh.«

»Besser als zu spät«, war die Antwort, die Alexandra die Augenbrauen heben ließ. Der Kellner, der die Speisekarten im selben Moment brachte, verhinderte, dass Cosima Wagner es bemerkte. »Eine große Flasche Wasser bitte, mit Gas, und einen doppelten Espresso«, sagte sie und sah Alexandra fragend an. »Möchten Sie auch etwas essen?«

»Vielleicht später«, Alexandra lehnte sich entspannt zurück. »Ich nehme ein Wasser, bitte.«

Cosima Wagner nickte dem Kellner zu, bevor sie einen Block und einen Stift aus ihrer Tasche zog. »Normalerweise zeichne ich Gespräche auf, es ist hier nur zu laut.« Sie blickte Alexandra an, als wäre das ihre Schuld. Diese lächelte, gab aber keine Antwort.

»Also«, sie ließ den Stift wippen, »erst mal vielen Dank, dass Sie dem Interview zugestimmt haben. Ich will Ihnen auch gleich sagen, um was es geht. Ich mache mit meinem Team eine Recherche über deutsche Stiftungen der Nachkriegszeit. Der Verdacht liegt ja nahe, dass das Geld, das für die Gründung von zahlreichen Stiftungen aufgewendet wurde, nicht immer sauber verdient war. Also, dass es durchaus Kriegsgewinnler gab, die auf diese Art und Weise ihr Geld moralisch gewaschen haben.«

»Das vermuten Sie?« Alexandra stellte es mehr fest, als dass sie fragte. »Oder gehen Sie nur davon aus, dass Geld, das nach dem Krieg da war, unmoralisch verdient wurde?«

»Nicht alles«, Cosima Wagner schüttelte den Kopf, »aber das meiste. Wir sind bei der Recherche schon auf einige Stiftungen gestoßen, die ihr Gründungsvermögen den Enteignungen jüdischer Familien oder dem Einsatz von Zwangsarbeitern verdankt haben, Sie können sich nicht vorstellen, welche Abgründe sich da auftun.«

Abgründe, dachte Alexandra und blickte sie an. Diese Frau suchte Skandale, das war ihr Job. »Und einen solchen Abgrund vermuten Sie bei der Marie-van-Barig-Stiftung?« Sie sah den Kellner kommen und wartete, bis er das Wasser und die Espressotasse auf den Tisch gestellt hatte.

Als er weg war, fuhr Alexandra fort: »Carl und Laura van Barig haben diese Stiftung Ende der 60er-Jahre gegründet, um Familien zu helfen, die in einer ähnlichen Situation waren wie sie selbst damals. Carl van Barig ist übrigens mit seiner Mutter vor den Nazis nach Schweden geflohen, nachdem sein Vater als Sozialist ins Gefängnis kam und umgebracht wurde. Er ist erst zum Studium zurück nach Deutschland gekommen und wurde dann ein erfolgreicher Rechtsanwalt. Bei Kriegsende war er zwölf Jahre alt. Ich würde ihn jetzt nicht unbedingt als Kriegsgewinnler bezeichnen.«

»Ein Großteil des Stiftungsvermögens ist aber erst Mitte der 70er-Jahre eingegangen«, stellte Cosima Wagner fest und fixierte sie. »Nach dem Tod von Adelheid Hohnstein, Laura van Barigs Mutter.«

»Ja«, Alexandra zuckte die Achseln. »Es war Lauras Erbe und die Stiftung war eine Herzenssache.«

»Wissen Sie denn auch, wie die Hohnsteins zu diesem Vermögen, das sie ihrer Tochter vererbt haben, gekommen sind?«

»Die Hohnstein-Werke waren bis zu ihrem Verkauf eines der wichtigsten Pharmaunternehmen Deutschlands«, antworte Alexandra. »Sie haben mit Schlafmitteln, Morphin und Narkosemitteln angefangen und später Prothesen entwickelt. Und dafür gab es ja nach zwei Weltkriegen weiß Gott genug Bedarf.« Ihr Ton wurde sarkastisch. »Sind das in Ihren Augen Kriegsgewinnler?«

»Kriegsgewinnler sind für mich die Leute, die mit den Nazis gemeinsame Sache gemacht haben«, sagte sie sehr bestimmt. »Gegen Prothesen und Pharmazie ist normalerweise nichts zu sagen, zumindest, wenn man sich von den Faschisten ferngehalten hat. Wie war das bei den Hohnsteins?«

Alexandra atmete hörbar aus. »Frau Wagner, warum habe ich den Eindruck, dass Sie mich mehr verhören als interviewen?«

»Das ist nur Ihr Eindruck«, Cosima Wagener hob beide Hände. »Ich will Ihnen bestimmt nichts Böses. Nur haben Sie doch vermutlich jede Menge Einblick in die Familiengeschichte Ihrer Freundin Marie gehabt und mir fehlen einfach ein paar Informationen. Ich habe Artikel über Karla Hohnstein und ihren Sohn gefunden, in denen immerzu von ihren weißen Westen gesprochen wurde. Wie verdient sie sich gemacht hätten, obwohl sie noch nicht einmal der Partei angehörten, welch große unternehmerische Leistung ihnen gelungen sei, wie unpolitisch sie gewesen seien. Sehen Sie, und genau da habe ich eine leise Skepsis. Wissen Sie mehr darüber?«

Alexandra sah sie kühl an, bevor sie antwortete: »Glauben Sie ernsthaft, dass Carl van Barig mit seiner Geschichte in eine Familie eingeheiratet hätte, die eine Rolle unter den

Nazis gespielt hat? Und Hermann Hohnstein war noch nicht einmal Soldat, er hatte ein Rückenleiden nach einem Reitunfall als Kind und er ist nie in der Partei gewesen. Sein Vater Otto, der Mann von Karla, war Mediziner, Ottos Bruder Franz war Chemiker. Die Brüder kamen aus einer Apothekerfamilie, übernahmen nach dem Tod der Eltern deren Geschäft und gründeten 1910 die Hohnstein-Werke. Erst als kleine Pharmafirma, dann wurden sie immer größer. Sie haben das Heer im Ersten Weltkrieg mit Narkosemitteln und Schlafmedikamenten beliefert, damit sind sie reich geworden.« Alexandra machte eine Pause, um etwas zu trinken und ihren Triumph auszukosten. Wenn diese Journalistin glaubte, dass Alexandra Weise unvorbereitet zu einem Interview erschien, hatte sie sich geschnitten.

Sie behielt das Glas in der Hand und fuhr fort: »Franz Hohnstein, damals unverheiratet, ohne Erben, ist bei einem Autorennen 1925 gestorben, sein Bruder Otto 1931 an Tuberkulose. Ottos Sohn Hermann war damals erst siebenundzwanzig, gerade mit seinem Pharmaziestudium fertig und musste die Firma übernehmen. Seine Mutter Karla stand ihm dabei zur Seite, sie haben die Geschäfte zusammen weitergeführt. Weder Hermann noch Karla Hohnstein haben Hitler unterstützt, wie gesagt, er selbst wurde wegen seines Rückens noch nicht einmal eingezogen. Ich habe keine Fotos, keine Unterlagen, keine Hinweise auf einen Pakt mit den Nazis gefunden. Und ich habe alles, was ich an Familienunterlagen bekommen habe, durchgesehen. Natürlich haben sie die Wehrmacht beliefert, aber es ging um Medikamente und Prothesen. Sie waren unpolitisch. Die ganze Zeit.«

Cosima Wagner hatte ihr zugehört, das Kinn auf die Hand gestützt. Jetzt hob sie den Kopf und nickte leicht. »Unpolitisch«, wiederholte sie und hob ihre Handtasche hoch, um etwas darin zu suchen. Nach wenigen Sekunden zog sie einen

Umschlag hervor und entnahm ihm mehrere kopierte Fotos. Sie betrachtete eines, dann schob sie Alexandra den Stapel zu.

»Erkennen Sie jemanden auf diesen Bildern?«

Stirnrunzelnd nahm Alexandra sie in die Hand. Auf dem ersten standen drei junge Männer mit kurz geschorenen Haaren und Gläsern in der Hand um einen Mann im hellen Straßenanzug, der mit zurückgeworfenem Kopf lachte. Auf dem nächsten war er wieder zu sehen, dieses Mal auf einer Seepromenade vor einer Bergkulisse, neben ihm ein uniformierter, hoch aufgeschossener Offizier, der die Hand auf seinen Oberarm legte.

Irritiert blätterte Alexandra die Fotos durch. Es war immer derselbe Mann, der an unterschiedlichen Orten fotografiert worden war. Was allen Bildern gemeinsam war, es gab neben der Hauptperson jede Menge Uniformen und alle hatten Hakenkreuze.

»Kennen Sie diesen Mann?« Cosima Wagner beugte sich vor und tippte auf das lächelnde Gesicht. »Haben Sie eine Ahnung, wer das ist?« Ihre Stimme klang triumphierend, sie stellte hier keine Frage, sie wusste, um wen es ging. Langsam schob Alexandra die Fotos wieder zusammen und reichte sie zurück. »Keine Ahnung«, sie sah Cosima Wagner betont harmlos an. »Wer soll das sein?«

Sie ahnte die Antwort schon, bevor die Journalistin sie ausgesprochen hatte. Alexandra hatte genügend Familienalben durchgesehen, um nicht sofort die frappierende Ähnlichkeit zu bemerken. Es ließ sich nicht leugnen, nach dem Fund dieser Bilder hätte auch sie sich in die Recherche gestürzt. Es sah nicht gut aus für die Hohnsteins und ihre weiße Weste. Nur würde sie sich bestimmt nicht an der Demontage von Maries Familie beteiligen. Da hatte Cosima Wagner sich geschnitten.

Oktober 1960

Das Erste, was Esther entdeckte, als sie vor dem Bahnhof in Locarno stand, waren die Palmen auf dem Vorplatz. Mit offenem Mund sah sie sich um, sie hatte noch nie richtige Palmen gesehen. Und überall blühte es, alles voller violetter, roter, gelber und weißer Blumen. Willi wäre begeistert gewesen, das alles hier zu sehen. Sie würde diese Pracht fotografieren und ihm schicken, er könnte ihr bestimmt auch sagen, was das für Pflanzen waren, er kannte sich mit Botanik aus. Die Sonne schien von einem blauen Himmel, hier war noch Sommer, ganz anders als in Lübeck, wo in den letzten Wochen der Herbst begonnen hatte, es war nur grau gewesen und hatte ständig geregnet. Ihre weiße, ärmellose Bluse klebte am Körper, trotzdem behielt sie die Kostümjacke darüber an, sie wollte keinen zerknitterten ersten Eindruck machen. Und sie hatte sich dieses pastellfarbene Chanel-Kostüm extra für diese Reise genäht. Zum Glück hatte Laura ihr noch geschrieben und empfohlen, Sommergarderobe einzupacken.

Es ist hier ein wunderschöner Spätsommer, wir sind ja auch fast schon in Italien. Für abends nimmst du dir am besten eine leichte Jacke mit, damit wir auf der Hotelterrasse den Sonnenuntergang anschauen können. Aber es gibt in Locarno auch wunderschöne Modesalons, was dir fehlt, kaufen wir einfach ein. Ich freue mich so sehr auf dich.

Esther hatte den Brief so oft gelesen, sie kannte ihn fast auswendig. Laura hatte auch geschrieben, dass sie am Bahnhof stehen würde, um sie in Empfang zu nehmen, nur war in diesem Trubel nichts von ihr zu sehen. Etwas unschlüssig sah Esther sich um, dann hob sie ihren Koffer hoch und ging ein paar Schritte aus der Sonne, bis sie im Schatten des Vordachs stand. Überall waren Satzfetzen zu hören, die sie nicht verstand: vermutlich Italienisch oder Schwyzerdütsch, es klang fremd und berauschend zugleich. Ihr Herz klopfte vor Aufregung, ihre Müdigkeit nach der langen Bahnfahrt war schlagartig verschwunden, sie war jetzt hier in einem fremden Land unter der Sonne und tatsächlich echten Palmen, vielleicht würde jetzt alles gut werden.

»Esther!« Der Ruf kam von der Seite, sie drehte sich sofort um und erblickte Laura, die mit ausgebreiteten Armen auf sie zulief. »Endlich.« Sie stand vor ihr, in einem gelb-weiß geblümten Etuikleid, der Strohhut passend, genau wie die Sandaletten und die Handtasche, und fiel ihr freudestrahlend um den Hals. »Entschuldige, wir hatten noch etwas Durcheinander im Hotel, ich bin zu spät losgekommen und dann war der Wagen nicht da, ach egal, jetzt haben wir uns gefunden und ich bin so froh, dass du endlich da bist.« Sie drehte sich um und winkte einem Mann in einer Chauffeuruniform, auf dessen Mützenband der Name des Hotels stand. Sofort eilte er herbei, um das Gepäck zu nehmen.

»Wir fahren jetzt erst mal zum Hotel, damit du dein Zimmer siehst und dich frisch machen kannst, und anschließend zeige ich dir Locarno. Wir können auch eine kleine Bootsfahrt nach Cortina machen, das ist so ein hübscher Ort, es wohnen viele Künstler da, die Häuser sind bunt und schön, du wirst staunen. Und für heute Abend haben wir einen Tisch auf der Terrasse bestellt, man sieht von dort oben auf den Lago Maggiore, es ist großartig, also alles natürlich nur, wenn du von der Reise nicht zu müde bist. Ach, ich freue mich so, dass du da bist, wir werden uns eine schöne Zeit machen, du und ich.«

Laura plapperte wie ein Wasserfall, Esther konnte ihr kaum

folgen, sie lief nur neben ihr her, den Fahrer vor sich, der jetzt ihren Koffer in einem glänzenden Auto verstaute und ihnen anschließend die Türen aufhielt. Die Fahrt dauerte nicht lange, aber Esther konnte schon den See, die Berge, die beeindruckenden Villen, die bunte Sommerkleidung der Passanten und das geschäftige Treiben auf den Straßen bewundern. Laura war jetzt auch verstummt, sie schob plötzlich ihren Arm durch Esthers und drückte ihn sanft. Ohne nachzudenken, erwiderte sie den Druck. Laura war immer ihre beste Freundin gewesen, vielleicht würden sie es an diesem schönen Ort schaffen, einen Neuanfang zu finden. Und sie spürte überrascht, wie sehr sie es sich wünschte.

»Bitte sehr, hier ist es«, sagte der Hotelpage, zumindest war es das, was Esther verstand. »Ich wünsche Ihnen einen schönen Aufenthalt.« Er stellte den Koffer im Zimmer ab und überreichte ihr einen Schlüssel, der an einer schweren Messingkugel hing.

»Merci vielmals«, Laura umrundete ihre Freundin und drückte ihm ein paar Münzen in die Hand, er deutete einen Diener an und verließ das Zimmer.

»Und?« Laura wirbelte herum und sah Esther strahlend an. »Gefällt es dir?«

Mit großen Augen schritt sie langsam durch das Zimmer, betrachtete die dunkelgrün gemusterten Tapeten, die beiden Sessel aus rotem Samt, die polierten Möbel, das große Bett und blieb schließlich vor der Fensterfront stehen, um staunend den Blick auf den See zu genießen. »Es ist …«, antwortete sie schließlich, »wie im Film.«

Laura nickte zufrieden. »Es freut mich, dass es dir gefällt. Unser Zimmer ist nur drei Türen weiter, wenn was ist, kannst du einfach klopfen. Willst du dich jetzt frisch machen und danach trinken wir etwas Kaltes auf der Terrasse? Oder möchtest du dich lieber hinlegen? Immerhin warst du eine Ewigkeit mit dem Zug unterwegs.«

»Ich bin nicht müde«, Esther drehte sich zu ihr. »Ich würde mich nur kurz umziehen.«

»Gut«, Laura sah auf die Uhr. »Wobei dein Kostüm ein Traum ist, aber vielleicht zu warm. Dann treffen wir uns in der Lobby? In einer halben Stunde?« Sie wartete ihr Nicken ab, bevor sie zur Tür ging. »Fein, bis gleich.« Fast geräuschlos fiel die Tür hinter ihr ins Schloss.

Esther blieb noch einen Augenblick stehen, dann hob sie ihren Koffer aufs Bett. Sie hatte ihre beste Garderobe dabei, niemand sollte denken, sie wäre eine Frau ohne Stil. Und niemand, der sie an diesem mondänen Ort sehen würde, käme auf die Idee, dass sie in Wirklichkeit eine langweilige Ehefrau war, die in einer langweiligen Wohnung lebte, ihren langweiligen Haushalt machte und mit Erlaubnis ihres Mannes für ein paar Stunden in einem kleinen Modesalon arbeiten ging. Das alles würde sie selbst nämlich in den kommenden Tagen völlig vergessen. Jetzt spielte sie wieder mit: bei den Reichen und Berühmten.

Eine knappe halbe Stunde später schritt sie die geschwungene Treppe hinunter. Ein entgegenkommender Gast warf ihr einen interessierten Blick zu, sie deutete ein Lächeln an und ging an ihm vorbei. In der Lobby blieb sie stehen und sah sich nach dem Ausgang zur Terrasse um. »Kann ich Ihnen helfen?« Unbemerkt hatte sich ein Hoteldiener genähert, er sprach fast akzentfrei Deutsch, Esther lächelte ihn dankbar an. »Ich bin auf der Terrasse verabredet. Mit Frau van Barig. Wie komme ich denn dahin?«

»Ich begleite Sie, gnädige Frau. Wenn Sie mir folgen wollen?«

Gnädige Frau, dachte Esther und verkniff sich ein Lachen.

Das passte zu Karla Hohnstein, aber doch nicht zu ihr. Sie waren schon komisch, diese Schweizer.

Die Terrasse war nur spärlich besetzt, der Hoteldiener führte sie an einen kleinen Tisch, der ganz am Rand stand, direkt neben einer niedrigen Mauer, auf deren anderer Seite das Grundstück steil bergab ging. Er zog ihr einen Stuhl zurück. »Wenn Sie gestatten. Ich wünsche Ihnen einen schönen Nachmittag.«

»Vielen Dank«, Esther fiel ein, dass sie kein Schweizer Geld dabeihatte, es war ihr peinlich, vermutlich wartete er auf ein Trinkgeld. Wenn, dann ließ er sich jedoch nichts anmerken, er nickte zuvorkommend und verschwand. Erleichtert atmete sie aus. Sie würde Laura später fragen, ob man für alles Trinkgeld geben musste. Sie wollte keine Fehler machen.

Die Aussicht war atemberaubend. Unter ihr lag der Lago Maggiore, umgeben von Bergen, auf dem See kreuzten Segelboote und Fähren, die von hier oben aussahen, als wären sie Spielzeuge. Der Himmel war von einem klaren Blau, die wenigen Wolken sahen aus wie weiße Tupfen. Ganz plötzlich breitete sich ein tiefes Glücksgefühl in ihr aus. Wie sehr hatte sie sich das gewünscht, einfach wegzukommen aus der Enge ihres Ehelebens und aus Lübeck, Luft zu holen, Abstand zu gewinnen, wieder das Leben und sich selbst zu spüren, sich auf neue Dinge zu freuen. Und das alles wieder mit einer Freundin wie Laura teilen zu können. Laura hatte den Anfang gemacht. Und Esther wollte ihn. Sie wollte ihr Leben wieder mögen und sich nicht nur Gedanken über das Abendessen und die Haushaltskasse machen.

»Du siehst hübsch aus, wenn du lächelst«, Lauras Stimme kam unvermittelt von hinten. »Und das ist ein tolles Kleid, das du da trägst. Hast du es bei Madame Leclerc gekauft?«

Sie drehte sich zu ihr um. Laura stand vor ihr, ihren klaren Blick auf sie gerichtet, Offenheit und Zuneigung ausstrahlend.

»Audrey Hepburn hat so ein Modell in *Ein süßer Fratz* getragen. Ich habe es nachgeschneidert, es hat mir so gut gefallen«, antwortete sie schnell und lächelte ihre alte Freundin an. Sie sagte nicht, dass sie sich die Kleider bei Madame ohnehin nicht leisten konnte. Und dass sie als kleine Angestellte niemals eine Kundin sein könnte. Über solche Dinge würde sie mit Laura nicht reden, sie wollte kein Mitleid, sie wollte ihre Freundschaft zurück. »Madame hat solche Modelle überhaupt nicht im Geschäft. Unsere Kundinnen sind älter und dicker, die kaufen andere Mode.«

Laura lachte und rückte ihren Stuhl näher an den Tisch. »Du siehst tatsächlich ein bisschen aus wie Audrey Hepburn. Gerade jetzt, wo du so schlank bist. Und auch noch mit deinem Pferdeschwanz.« Sie musterte Esther bewundernd, dann änderte sich plötzlich ihr Gesichtsausdruck. »Ich soll dich von meinen Eltern grüßen«, sagte sie zögernd. »Vor allem meinem Vater tut es sehr leid, dass er kaum noch was von dir hört. Ich habe ihm gesagt, dass wir uns hier sehen, das hat ihn gefreut.«

»Ich habe ihm zum Geburtstag geschrieben«, widersprach Esther. »Hat er den Brief nicht bekommen?«

»Doch«, Laura rutschte näher an sie heran. »Aber du hast sehr knapp geschrieben und mit keinem Wort erwähnt, wie es dir so geht.« Sie biss sich auf die Unterlippe, bevor sie ihre Freundin ansah. Langsam fragte sie: »Bist du glücklich mit Dieter? Ist dein Leben gut?«

Esther wich ihrem Blick aus. »Doch, doch«, sagte sie leise, »ich kann mich nicht beklagen.«

»Und eure Familienplanung?« Laura hatte ihre Stimme gesenkt, nachdem sie sich vergewissert hatte, dass niemand in der Nähe es hören konnte. »Bist du so still und so blass, weil es bei euch auch nicht klappt?«

Esther sah sie zögernd an. Sollte sie wirklich jetzt mit Laura über so etwas sprechen? Dass die Erfüllung ihrer ehelichen

Pflichten nichts mit dem zu tun hatte, was sie in ihren Heftchenromanen gelesen hatte? Dass sie das Schlafengehen jeden Abend so lange hinauszögerte, bis Dieter so müde war, dass er sofort einschlief? Dass sie an den wenigen Abenden, an denen es doch dazu kam, an etwas ganz anderes dachte? Dass sie sich nicht vorstellen konnte, auf diese Art und Weise ein Kind der Liebe zu zeugen? Nein, das konnte sie keinesfalls alles erzählen, also hob sie nur die Schultern und sagte: »Irgendwann wird es schon klappen. Und bei euch bestimmt auch.«

»Ja«, Laura lächelte traurig. »Das hoffe ich sehr. Aber ich wollte dich nicht in Verlegenheit bringen, ich weiß ja, wie das ist, wenn alle dich fragen, wann es denn endlich so weit ist, und jeden Monat kommt wieder die Enttäuschung.«

Sofort griff Esther nach ihrer Hand. »Es wird schon, du wirst bestimmt bald Mutter, du wirst sehen.« Bekräftigend drückte sie Lauras Hand und fügte eilig hinzu: »Und ich natürlich auch und dann wachsen unsere Kinder gemeinsam auf. Und haben es so gut zusammen wie wir früher.«

»Wie wir früher?« Laura sah sie plötzlich mit tränenfeuchten Augen an. »Lass uns doch bitte diesen Streit ein für alle Mal aus der Welt räumen. Es war doch alles nur den Umständen geschuldet, du gehörst zur Familie. Und es war doch alles nicht so gemeint. Bitte vergiss das alles und vergib mir.« Sie streckte ihre Hand aus. »Bitte. Du bist immer meine beste Freundin gewesen und ich möchte, dass es wieder so wird.«

»Und was sagt deine Großmutter dazu? Sie war so böse auf mich und hat mir die Schuld gegeben.«

Laura winkte eine Spur zu schnell ab. »Glaub mir, sie meinte es nicht so, wie du es verstanden hast. Sie ist fast achtzig, da musst du nicht mehr alles ernst nehmen, was sie sagt. Komm, schlag ein und danach bestellen wir uns ein Glas Pfirsichbowle, die ist hier nämlich ganz hervorragend. Und stoßen darauf an, dass wir ab jetzt wieder beste Freundinnen sind.«

Nach einem langen, nachdenklichen Blick schlug Esther ein.

Zwei Stunden und zwei Gläser Bowle später hatte sich die Stimmung schon merklich gelockert. Esther hatte angefangen, Geschichten aus dem Modesalon von Madame Leclerc zu erzählen, die Laura zu Heiterkeitsausbrüchen veranlassten. Je mehr sie lachte, desto übertriebener wurden ihre Schilderungen. Sie genoss die ausgelassene Stimmung, genoss die Bewunderung ihrer Freundin, das alberne Kichern, als wenn nie etwas gewesen wäre, als wenn es nichts anderes gäbe, außer sie beide.

»Jedenfalls musste das Abendkleid viermal geweitet werden. Je näher die Hochzeit ihrer Tochter rückte, desto dicker wurde die Brautmutter. In der Zeit, die ich für die Änderungen gebraucht habe, hätte ich ihr ein neues Kleid nähen können. Eines, das passte. Und dabei …«

»Hier herrscht ja eine sehr gute Stimmung.«

»Carl?« Immer noch lachend hob Laura den Kopf. »Du bist schon zurück?«

»Ja, Liebling, ich erzähle es gleich. Willkommen, Esther«, Carl legte eine Hand auf die Stuhllehne und beugte sich hinunter, um sie auf die Wange zu küssen. »Schön, dass du da bist.«

»Danke«, Esther lächelte ihn an. Sie mochte ihn, diesen stillen, freundlichen Mann, der so zielstrebig und klug war. »Danke für die Einladung.«

»Ich bin froh, dass du sie angenommen hast«, er wandte sich suchend um, dann zog er einen Stuhl vom Nebentisch heran und setzte sich. »Es war ja nicht mehr mit anzusehen, du hast Laura gefehlt, und wie mir Dieter sagte, hast du deine

Freundin ebenso vermisst. Ich hoffe, dass unser Plan aufgegangen ist und ihr euch wieder versöhnt habt. Es war doch nur ein dummes Missverständnis, jetzt ist die lange Funkstille hoffentlich beendet.«

Erstaunt über seine Offenheit nickte Esther nur. Sie hatte keine Ahnung, was Laura ihm erzählt hatte und was genau er für ein Missverständnis hielt. »Ja«, sagte sie schließlich leise, »ein Missverständnis.«

Laura lächelte sie an, bevor sie sich ihrem Mann zuwandte. »Was wolltest du mir erzählen?«

»Ja«, er sah beide abwechselnd zerknirscht an. »Ich habe leider schlechte Nachrichten, was unseren gemeinsamen ersten Abend betrifft. Dr. Brandt hat einen Tisch zum Abendessen bestellt und uns eingeladen. Seine Frau kommt auch. Ich konnte es nicht absagen, es tut mir leid.«

»Ach«, enttäuscht sah Laura erst ihn und dann Esther an. »Das ist ja ärgerlich. Ich kann das wohl nicht schwänzen, oder?«

Carl schüttelte bedauernd den Kopf. »Leider nein, wir müssen hingehen. Esther, wir holen morgen natürlich alles nach. Es ist wirklich schade, ich hoffe, du hast dafür Verständnis.«

»Aber natürlich«, sie hob sofort die Hand. »Macht euch keine Gedanken. Ehrlich gesagt bin ich sowieso ziemlich müde, ich habe in diesem Nachtzug kaum geschlafen und von Basel an war ich so beschäftigt, mir die Schweizer Landschaft anzusehen, dass ich auf der Fahrt hierher auch kein Auge zugemacht habe. Ich gehe früh ins Bett, dann bin ich morgen zu allen Schandtaten bereit.«

»Ruf bitte den Zimmerservice an und lass dir dein Abendessen hochbringen«, befahl Laura. »Nicht dass du hungrig schlafen gehen musst.«

»Das mache ich«, Esther lächelte. »Wann müsst ihr denn los?«

Carl zog seine Taschenuhr aus der Weste und ließ den Deckel aufspringen. »In einer Stunde, Dr. Brandt schickt einen Wagen.«

»Was?« Laura sah ihn erschrocken an. »In einer Stunde? Dann muss ich mich ja sofort umziehen. So kann ich ja schlecht fahren.« Etwas hektisch sprang sie auf. »Entschuldige, aber diese Brandts sind so wahnsinnig vornehm und konservativ, ich muss mich anstrengen. Bis morgen, ja? Und mach es dir nett und träum was Schönes. Der Traum der ersten Nacht geht in Erfüllung.« Sie beugte sich zu Esther, um sie auf die Wange zu küssen. »Ich freue mich so, dass du da bist.«

Sie eilte über die Terrasse zum Hoteleingang, an der Tür drehte sie sich noch einmal um und warf ihr eine Kusshand zu, bevor sie im Haus verschwand.

»Ich weiß ja nicht genau, was zu eurem Zerwürfnis geführt hat«, sagte Carl nach einem Moment. »Laura ist mir immer ausgewichen, wenn ich sie danach gefragt habe. Willst du es mir sagen?«

»Nein«, sie sah ihn an. »Es war nichts Wichtiges, ein Missverständnis.«

»Gut«, er lächelte. »Dann wird es in Ordnung kommen. Ich muss jetzt leider auch gehen. Möchtest du hier sitzen bleiben oder soll ich dich auf dein Zimmer begleiten?«

»Ich bleibe gern noch etwas sitzen«, Esther blickte auf den See, »wenn das in Ordnung ist.«

»Natürlich«, Carl erhob sich langsam. »Lass die Rechnung bitte aufs Zimmer schreiben, darum kümmere ich mich. Brauchst du sonst noch etwas?«

Siedend heiß fiel ihr eine Sache ein. »Ja«, sie senkte die Stimme. »Ich habe vergessen, Geld zu wechseln. Für …«, sie drehte sich verstohlen um, »für Trinkgeld.«

»Ah«, Carl nickte, »da kann ich helfen, ich habe genug Kleingeld.« Er zog einige silberne Münzen aus der Tasche und legte sie unauffällig unter ihre Handtasche, die auf dem Tisch lag. »Lass einen Franken liegen, das ist etwas mehr als eine Mark. Also, dann bis morgen und erhol dich gut von der langen Reise. Einen schönen Abend.«

»Euch auch«, entgegnete Esther und ließ sich von ihm auf die Wange küssen. Sie sah ihm nach und dachte, dass es ihr jetzt und hier das erste Mal wieder richtig gut ging. Das erste Mal nach dem »Missverständnis«. Das erste Mal nach diesen langen, zähen, ereignislosen, mutlosen Monaten, die sie für ihr Leben gehalten hatte. Es ging bergauf.

Sie saß noch eine Weile auf der Terrasse, beobachtete die anderen Gäste, bewunderte die Kleider und Hüte, die hier getragen wurden, die Frisuren, die Eleganz der Frauen, den zur Schau gestellten Reichtum. Selbst Madame Leclerc wäre von diesem Hotel und ihren wohlhabenden Gästen schwer beeindruckt, dessen war sie sich sicher. Aber nicht sie, sondern Esther war jetzt hier.

Als die Sonne langsam hinter dem Gebäude verschwand und es auf der Terrasse kühler wurde, nahm sie ihre Handtasche vom Tisch und erhob sich langsam. Sofort kam der Kellner zu ihr. »Gnädige Frau, die Rechnung geht aufs Zimmer?«

»Ja, bitte«, sie lächelte ihn an und deutete auf die Münzen, die sie auf den Tisch gelegt hatte. »Das ist für Sie.«

»Merci«, er verbeugte sich kurz. »Ich wünsche eine angenehme Nachtruhe.«

»Merci vielmals«, antwortete Esther, ganz so, wie sie es von Laura gehört hatte. »Wünsche ich Ihnen auch.«

Beschwingt machte sie sich auf den Weg zu ihrem Zimmer, noch überlegend, ob es sich gehörte, einem Kellner überhaupt eine angenehme Nachtruhe zu wünschen.

»Madame, entschuldigen Sie?«

Aus den Augenwinkeln sah Esther den Empfangsdiener auf

sich zukommen und drehte sich zu ihm um. »Meinen Sie mich?«

»Ja«, er lächelte freundlich. »Es ist ein Gast gekommen, der nach Ihnen gefragt hat. Er wartet im Rauchsalon auf Sie.«

»Auf mich?« Erstaunt sah Esther sich um. »Sind Sie sicher? Auf mich? Nicht auf Frau van Barig?«

»Er hat ausdrücklich nach Ihnen gefragt.«

Esther runzelte die Stirn. »Hat er gesagt, wie er heißt?«

»Sein Name ist Herr Lemke.«

Herr Lemke? Was machte der ehemalige Fahrer der Hohnsteins hier? Sie hatte seit der Beerdigung ihrer Mutter nie wieder etwas von ihm gehört. Das war ja seltsam.

»Danke. Wo ist der Rauchsalon?«

Der Empfangsdiener deutete auf den langen Gang, der neben der Treppe lag. »Am Ende des Flures, Sie können es nicht verfehlen. Einen guten Abend.«

»Ja, danke«, neugierig machte sie sich auf den Weg, während der Mann zurückeilte, um die nächsten Gäste in Empfang zu nehmen.

Kurz bevor Esther den Rauchsalon erreicht hatte, schlug ihr schon der Geruch von Zigarren und Zigaretten entgegen. Sie musste husten, blieb einen Moment am Eingang stehen und ließ ihren Blick über den eleganten Salon schweifen. Schwere Ohrensessel standen um kleine ovale Rauchtische, auf denen Kristallaschenbecher funkelten, Kronleuchter hingen von der Decke, dicke Teppiche lagen auf dem Boden, leise Musik kam von irgendwoher. Ein Kellner servierte zwei Herren gerade Kaffee und Cognac, beide pafften dicke Zigarren. Esther konnte Herrn Lemke noch nicht entdecken, sie trat einen Schritt näher. Plötzlich sah sie den Hinterkopf eines Mannes, der in einem Sessel vor dem Kamin saß, und zuckte zusammen. Das konnte nicht sein, ihr wurde schwindelig, sie sah Gespenster, ihre Beine fingen an zu zittern. Als hätte er ihre Anwesenheit gespürt, drehte er sich plötzlich um und sah in ihre Richtung. Sie tastete nach Halt und fand einen Sessel, ihre Finger krallten sich ins Polster. Es rauschte in ihren Ohren, ihr Mund war trocken. In der nächsten Sekunde stand er vor ihr, seine Hand umfasste ihren Ellenbogen. »Ganz ruhig. Sag mir deine Zimmernummer, wir treffen uns da.«

»Ich …« Sie krächzte, ihre Stimme war weg, sie hustete. »Laura ist nicht da, ich …«

»Ich weiß, dass sie nicht da ist, deshalb bin ich hier. Deine Zimmernummer?«

»Aber … ich … 312.«

Er schob sie ein Stück zum Eingang zurück und nickte. »Geh vor. Bis gleich.«

Wie betäubt ging sie den Weg zurück, durchquerte die Lobby und stieg die Treppe zu ihrem Zimmer empor, die Hand um den Treppenlauf geklammert, damit niemand bemerkte, dass sie mehr schwankte als ging. Vor ihrer Zimmertür mühte sie sich mit der schweren Messingkugel ab, bis sie endlich zitternd den Schlüssel ins Schloss bekam und die Tür aufstoßen konnte. Sie ließ sie hinter sich zufallen und lehnte sich schwer atmend mit dem Rücken dagegen. Es konnte nicht sein. Sie musste träumen. Sie wurde verrückt. Sie bildete sich das nur ein.

Es klopfte nur einmal, bevor sie die Tür aufriss. Sie war nicht verrückt und es war kein Traum. Er war da. Sein Mund, seine Arme, sein Gesicht, seine Stimme, sein heißer Atem, seine warme Haut. Und plötzlich war alles genau so, wie es sein sollte.

Es wurde schon langsam hell, als sie aus einem kurzen Dämmerschlaf erwachte und als Erstes sein Gesicht sah. Mit einer Hand stützte er seinen Kopf ab, den Blick auf sie gerichtet, während die andere sanft über ihren Bauch strich. »Du bist die schönste Frau, die ich kenne«, sagte er mit rauer Stimme. »Warum ist das Leben so ungerecht?«

Esther hob die Hand und zeichnete die Kontur seiner Lippen nach. Sie lächelte. »Im Moment finde ich das Leben sehr gerecht. Es ist alles so, wie ich es mir erträumt habe. Du bist da und jetzt sind wir richtig zusammen. Nachdem wir gerade …« Sie küsste ihn auf die Schulter und lächelte. »Du weißt schon.«

Mit einem Seufzer ließ Lorenz sich auf den Rücken fallen und starrte an die Decke. »Du bist süß, aber trotzdem ist es so, wie es nun mal ist. Du hast einen Ehemann, ich heirate im Mai, das ist alles entschieden und beschlossen. Damit müssen wir uns abfinden.«

»Dann lasse ich mich eben wieder scheiden. Und du bläst die Hochzeit ab.« Esther setzte sich langsam auf. »Lorenz, ich habe Dieters Antrag doch nur angenommen, weil ich so schockiert von deiner Verlobung war. Du hast es mir nicht gesagt, ich habe es von Laura gehört, ich konnte das doch alles nicht verstehen. Ich wusste nicht, was ich tun sollte, ich war so verletzt und verzweifelt. Es war mir plötzlich alles egal. Aber ich liebe Dieter nicht, wir können alles wieder ändern. Und von vorn anfangen.«

»Esther«, er stützte sich auf die Ellenbogen und sah sie ruhig an, »ich kann die Hochzeit nicht absagen – aus verschiedenen Gründen. Ich wollte dich nur noch einmal sehen und es dir selbst sagen. Aber ich befürchte, dass diese Nacht einmalig war. Wunderschön, aber vermutlich gibt es keine Möglichkeit, sie zu wiederholen.«

»Aber …«, Esther bekam Gänsehaut, sie fröstelte plötzlich. »Aber warum denn? Liebst du diese Rose? Ist es das? Aber du bist doch zu mir gekommen und wir haben miteinander geschlafen. Du kannst doch nicht so einfach …«

Lorenz richtete sich plötzlich auf und verschloss ihre Lippen mit einem Kuss. Zärtlich schob er ihr eine Locke hinters Ohr. »Wenn ich es mir aussuchen könnte, würde ich für immer hier mit dir in diesem Bett liegen bleiben. Ich kann es mir nur nicht aussuchen.« Er lehnte sich an das Kopfende und streckte die Beine aus. »Es ist keine Liebesheirat«, seine Stimme war kratzig, er musste sich räuspern. Nach einer langen Pause fuhr er entschlossen fort: »Rose hat mir ein Alibi gegeben. Ich habe betrunken einen Motorradunfall gebaut, dabei ist ein Mann getötet worden. Ich bin weitergefahren. Am nächsten Tag habe ich das Motorrad als gestohlen gemeldet. Die Polizei hat mich befragt und ich habe gesagt, dass ich die ganze Nacht mit Rose zusammen gewesen bin. Es war ihr Vorschlag, die Polizei hat es geglaubt, auch weil Roses Vater ein bekannter Anwalt in St. Gallen ist, der hat ebenfalls seinen Einfluss geltend gemacht. Er spielt mit dem Polizeichef Tennis.«

Entsetzt hob Esther den Kopf. »Du hast …? Und sie hat dir ein Alibi gegeben? Warum hat sie das getan?«

Achselzuckend antwortete Lorenz: »Sie ist schon lange in mich verliebt. Mein Vater kennt ihren Vater seit Studienzeiten, ich habe ein Praktikum in der Kanzlei von Ellerbrock gemacht und dort Rose wiedergetroffen. Und seitdem hat sie mich richtig verfolgt. Ohne ihr Alibi wäre ich angeklagt worden und vermutlich ins Gefängnis gekommen. Wenn ich sie jetzt nicht heirate, bin ich erledigt. Das hat mir meine Familie unmissverständlich klargemacht. Meine Eltern waren mit meiner Großmutter in St. Gallen, sie haben alles Weitere mit Roses Vater organisiert.«

Esther rang um Luft. »Weiß Laura das?«

»Nein«, er hob den Kopf und sah sie an. »Sie war damals schwanger, meine Eltern wollten nicht, dass sie sich aufregt. Und kurz danach hatte sie dann doch ihre zweite Fehlgeburt. Wir wollten sie nicht damit belasten.«

Er beugte sich zu ihr, um sie zu küssen. Sie ließ es geschehen, erwiderte den Kuss aber nicht. »Esther«, seine Stimme war liebevoll, »du warst immer meine beste Freundin. Und du bist die schönste und lustigste Frau, die ich kenne, und natürlich wäre ich glücklich, wenn alles anders gekommen wäre. Aber wir kommen einfach aus so unterschiedlichen Familien, meine Eltern wären doch nie einverstanden gewesen, geschweige denn meine Großmutter. Du kennst sie doch.«

»Und deshalb machst du das, was sie wollen?« Ihr war übel, ihre Frage tonlos. »Ist das dein Ernst?«

Abrupt rückte Lorenz von ihr ab. »Erst mal mache ich das, was nötig ist, um nicht ins Gefängnis zu müssen«, verteidigte er sich. »Und außerdem will ich nicht von meiner Familie verstoßen werden. Ich will nicht enden wie mein Onkel.«

»Dein Onkel? Welcher Onkel?«

Lorenz starrte vor sich hin. »Mein Vater hatte einen Bruder«, begann er langsam, als müsste er überlegen, was er ihr erzählte. »Uns wurde gesagt, er sei in der Schweiz an einer Lungenkrankheit gestorben, Anfang des Krieges. Meine Eltern haben nie über ihn gesprochen, wir haben auch nie gefragt. Aber er ist nicht tot. Er lebt seit dem Kriegsende in Argentinien. Er wurde von meiner Großmutter und meinem Vater verstoßen, weil er das schwarze Schaf der Familie ist. Er war in den 20er-Jahren drogensüchtig, hat Medikamente aus der Firma gestohlen und verkauft und wurde zum Entzug in die Schweiz gebracht.« Er schluckte und sah an Esther vorbei. Dann räusperte er sich und fuhr fort. »Auch weil er kurz vorher in Berlin in eine Kneipenschlägerei verwickelt war, bei der es auch einen Toten gegeben hat. Meine Großmutter wollte einen Skandal vermeiden.«

»In Argentinien? Woher weißt du das?« Mit großen Augen sah Esther ihn an.

Lorenz strich gedankenverloren über ihre nackte Schulter,

dann sagte er leise: »Ich habe vor einiger Zeit einen Brief von ihm bekommen. Offenbar hat er noch irgendwelche Bekannte in St. Gallen, einer von denen ist irgendwie auf mich gestoßen. Er arbeitet an der Universität und hat eine Liste gesehen, in der ich aufgetaucht bin. Jedenfalls hat er meinem Onkel geschrieben und ihn gefragt, ob es sein kann, dass ich zur Familie gehöre, der Name Hohnstein ist ja nicht so häufig. Und deshalb hatte Wilfried meine Adresse. Er will mich treffen und mir dann alles erklären.«

»Aber das ist ja …«, verstört richtete Esther sich auf. »Willst du das? Ihn treffen?«

Lorenz hob die Schultern. »Ich muss, weil ich die Geschichte hören will. Und ich will wissen, warum er mir geschrieben hat. Ich habe Angst, dass meine Familie mich auch verstößt. Dass sie es können, dafür ist Wilfried ja das beste Beispiel. Und egal, was war, er ist der Sohn meiner Großmutter und der Bruder meines Vaters, also werden sie es mit mir auch nicht anders machen, wenn das alles rauskommt.«

»Deine Familie ist unbarmherzig«, Esthers Augen schwammen in Tränen. »Ihr tut so edel und vornehm und in Wirklichkeit gönnt ihr keinem anderen sein Glück. Und du machst das mit und verlässt mich jetzt auch?«

Lorenz betrachtete sie wehmütig. Langsam löste er seinen Arm von ihr und setzte sich auf die Bettkante. »Ich weiß, dass du es nicht verstehst«, sagte er leise. »Ich stehle mich jetzt trotzdem raus, bevor ich doch noch meiner Schwester über den Weg laufe. Es ist gleich fünf Uhr, noch schläft hier alles.« Er drehte sich zu ihr um. Sanft strich er die Tränen von ihren Wangen. »Es muss sein, Esther, verzeih mir. Vielleicht war es doch eine dumme Idee hierherzukommen. Aber nachdem ich von Carl wusste, dass du auch hier sein wirst, keine fünf Stunden von mir entfernt, konnte ich mich nicht zusammenreißen, ich wollte dich sehen. Womöglich war es ein Fehler.«

Esther schüttelte den Kopf. Wie konnte er so etwas sagen? Wie betäubt sah sie ihn seine Sachen aufsammeln, sich langsam anziehen, die Hemdknöpfe schließen, die goldene Uhr umbinden, die Schuhe überstreifen. Als er fertig war, ließ er sich auf die Bettkante sinken und streichelte ihre nackte Schulter. »Es war wunderschön, ich werde dich nie vergessen.«

Stumm sah sie zur Seite. Erst als die Tür sich leise hinter ihm schloss und seine Schritte im Flur langsam verhallten, ließ sie ihren Tränen freien Lauf. Das hier konnte nicht das Ende sein, es durfte nicht das Ende sein. Das würde sie nicht aushalten. Das wollte sie nicht aushalten.

17.

Jule drückte genervt auf die Hupe, auch wenn sie wusste, dass es überhaupt keine Auswirkung auf die trödelnde Autofahrerin vor ihr haben würde. Aber es erleichterte sie ungemein. »Das Gaspedal ist rechts, du Schnecke«, brüllte sie laut, ohne Angst vor einer Reaktion haben zu müssen, ihre Fenster waren ja geschlossen. »Beweg dich!«

Es war das dritte Mal in den letzten zwei Wochen, dass sie zu spät zu ihrem Oma-Tag kam. Und das nur, weil ganz Hamburg und Umgebung zur Dauerbaustelle mutiert war. Heute war sie über eine Stunde zu spät, vor der Stadtgrenze hatte sie in einem sieben Kilometer langen Stau gestanden. Und zu allem Überfluss stand an der winzigen Baustelle, die hier zum Nadelöhr geworden war, kein einziger Bauarbeiter. Nur ein einsamer kleiner Bagger.

Als sie Pia angerufen hatte, um ihr zu sagen, dass sie nicht pünktlich sei, war auch die genervt. »Ach, Mama, ich habe doch gesagt, dass da jeden Morgen Stau ist. Wieso bist du denn nicht früher losgefahren? Jetzt muss ich Marie wieder mit ins Hotel nehmen und bei Friederike parken. Die war schon beim letzten Mal etwas ungehalten. Na gut, dann holst du sie nachher im Hotel ab, ja? Bis später.«

Diese Reaktion hatte auch nicht unbedingt zu einer Verbesserung von Jules Laune beigetragen. Anstatt dankbar zu sein, dass ihre Mutter zweimal in der Woche den etwa einstündigen Weg auf sich nahm, um ihre Enkeltochter zu betreuen, wurde Jule sogar noch angemault. So langsam reichte es ihr.

Die Schnecke vor ihr hatte jetzt offensichtlich einen Parkplatz entdeckt und blieb blinkend neben der Lücke stehen, Jule gab Gas und überholte sie forsch, die Schnecke zeigte ihr jetzt auch noch einen Vogel, dafür sah Jule nur ein paar Meter weiter eine große, freie Lücke. Sie parkte zügig ein und stieg aus, während ihre Widersacherin sich immer noch abmühte, ihren Wagen unterzubringen, schließlich jedoch erfolglos aufgab und weiterfuhr. Jule lächelte zufrieden, das Leben war ja doch gerecht.

Während Jule eilig durch die Lobby des *Grandhotels* lief, winkte sie der netten Wiebke Sander an der Rezeption zu. Sie war mittlerweile mit Pia befreundet und auch schon als Babysitterin eingesprungen, wenn es brannte. Es war einfach schwierig, als Oma zu funktionieren, wenn man nicht gerade um die Ecke wohnte und eigentlich auch ein eigenes Leben hatte.

Der Aufzug brachte sie in die Personaletage, wo auch Friederikes Chefbüro lag. Mit einem leisen Pling öffnete sich die Tür, sofort drang Maries wütendes Gebrüll durch den Flur. Jule beeilte sich, zur Lärmquelle zu kommen, die sie hinter der Tür zu Friederikes Vorzimmer ausmachte.

»Hallo Frau Kessel, hallo Fiedi, was ist hier denn los?« Kaum hatte sie die Tür geöffnet, bot sich ihr schon das Bild, das sie befürchtet hatte. Marie strampelte mit hochrotem Kopf und brüllend auf dem Arm von Friederike, während ihre Assistentin Frau Kessel verzweifelt den Plüschelefanten vor Maries Augen tanzen ließ. An den das Kind natürlich keinen Blick verschwendete, sondern nur bockig kreischend auf den Schreibtisch zeigte.

»Hey, hey, hey«, Jule versuchte, den Lärm zu übertönen, was ihr tatsächlich gelang, Maries Kopf ruckte zur Seite, es wurde schlagartig leise und die Tränen versiegten, als sie Jule erkannte. Nur noch leise maulend streckte sie die Arme nach ihr aus, was sofort das Oma-Herz erwärmte und ihre Stimme weich werden ließ. »Na, kleine Maus? Was machen wir denn hier für ein Theater?«

»Auf die Antwort wäre ich dann auch sehr gespannt«, Friederike schob sich eine gelöste Haarsträhne hinters Ohr und richtete mit angestrengtem Blick ihren Blusenkragen. »Wie kann ein kleines Kind so ausflippen, nur weil es nicht den Brieföffner haben darf, um sich die Kehle durchzuschneiden? Die kleine Kröte kannst du ja kaum unter Kontrolle halten.«

Jule lachte leise und sah über Maries Kopf hinweg zu Friederike. »Du hast einen Fleck auf der Bluse, die kleine Kröte hat gesabbert.«

»Oh, Scheiße!« Friederike betrachtete das Missgeschick und wischte erfolglos daran herum. »Toll, ich habe nachher noch einen Termin.«

»Im Schrank hängen noch zwei gereinigte Blusen, Frau Brenner«, mischte sich Gudrun Kessel jetzt ein und deutete mit dem Plüschelefanten in die entsprechende Richtung. »Sie können sich umziehen, ich bringe die Bluse nachher in die Reinigung.«

»Danke«, Friederike nickte. »Das mach ich gleich, jetzt hat Oma das Monster ja unter Kontrolle.«

Sie verließ schnell das Vorzimmer, während Frau Kessel Jule entschuldigend ansah. »Das meint sie nicht so. Sie hat nur gerade so viel auf dem Tisch und musste zwei Telefonate abbrechen, weil Marie so unruhig war.«

»Ich weiß«, Jule lächelte sie an und küsste die Kleine auf den Kopf. »Eigentlich ist sie eine ziemlich gute Patentante, manchmal vielleicht etwas überfordert. Wo ist denn Maries Schnuller?«

»Ihr Schnuller?« Frau Kessel sah sich sofort um. »Keine

Ahnung. Pia hat den Buggy nur hier reingeschoben, sie musste ja sofort zu ihrem Meeting.«

Mit einem Griff in den Kinderwagen hatte Jule ihn gefunden und schob ihn Marie in den Mund, die sofort zufrieden anfing zu nuckeln. »Das hätte vielleicht auch bei der Brüllattacke geholfen«, sagte sie, »ist immer das einfachste Mittel.«

Sie musterte ihre Enkeltochter und schob ihr sanft ein paar weiche Haarsträhnen aus dem Gesicht. »Ich glaube, sie ist einfach hundemüde. Es war vielleicht ein bisschen zu viel Hektik heute Morgen.«

»Das stimmt«, Friederike kam aus dem Nebenraum und knöpfte sich im Gehen den letzten Blusenknopf zu. »Wobei die kleine Dame die Hektik gemacht hat. Pia kam auf den letzten Drücker, da waren die Herren vom Städtemarketing schon da, deshalb ist sie sofort los, und genau das hat Marie überhaupt nicht gefallen.«

»Ja, ich weiß«, gab Jule zerknirscht zu, »und es tut mir leid. Normalerweise wäre ich rechtzeitig bei Pia gewesen, damit sie in Ruhe loskommt. Ich konnte ja nicht ahnen, dass schon wieder Stau ist. Ich bin schon um halb acht losgefahren, habe heute aber über zwei Stunden gebraucht.«

Sie warf einen Blick auf ihr schlafendes Enkelkind, bevor sie zum Buggy ging, mit einem Griff die Rückenlehne verstellte und Marie vorsichtig hinlegte. »So«, sagte sie leise, »jetzt schläft sie erst mal.«

»Ich gehe dann mal runter und hole die Post«, flüsterte Frau Kessel und ging auf Zehenspitzen an Marie vorbei. »Bis zum nächsten Mal, Frau Petersen.«

»Ja«, Jule lächelte. »Und danke.«

»Was für eine herrliche Ruhe«, Friederike lehnte sich an ihren Schreibtisch. Als Frau Kessel die Tür leise hinter sich geschlossen hatte, sah sie Jule an. »Wirst du eigentlich immer dünner? Du siehst ein bisschen gestresst aus, genau wie deine Tochter. Euer kleiner Sonnenschein macht gleich zwei Generationen fertig.«

»Blödsinn«, Jule schüttelte den Kopf. »Aber Pia bekommt den Kindergartenplatz nun mal leider erst im November. Es war in der letzten Zeit eben ein bisschen viel. Ich habe versucht, die Termine an den Tagen, an denen ich in der Praxis bin, ein bisschen enger zu legen, damit ich die beiden Oma-Tage in Hamburg freischaufeln kann. Aber zehn Massagen am Tag gehen doch schon ziemlich auf die Knochen. Das muss sich alles ändern.«

Friederike sah sie mit hochgezogenen Augenbrauen an. »Das geht so nicht. Du siehst echt kaputt aus.« Sie warf einen Blick auf die Uhr. »Ich kann einen Moment hier weg. Lass uns mit dem Buggy auf die Dachterrasse fahren und was trinken. Ich glaube, wir müssen mal reden.«

Die Terrasse war um diese Zeit kaum besucht, obwohl sie so einladend im morgendlichen Spätsommerlicht lag. Jule schob den Buggy unter einen Schirm, bevor sie sich an den von Oleanderkübeln eingerahmten Tisch setzte und über die Alster schaute. »Wie im Urlaub«, sagte sie zufrieden. »Warum macht man das so selten? Es ist so schön hier oben.«

»Weil du dich in deiner Oma-Rolle aufreibst«, Friederike verschränkte die Arme vor der Brust und sah sie ernst an. »Wirklich, Jule, ich mache mir Sorgen um dich. Es ist ja toll, dass du Pia unterstützt, aber eine Praxis zu führen und gleichzeitig zweimal die Woche deine Enkelin durch die Gegend zu schieben, ist einfach zu viel. Gibt es nicht irgendeine andere Lösung? Kann das Kind nicht öfter zur Tagesmutter? Oder zu irgendeinem anderen Babysitter?«

»Irgendein anderer Babysitter?« Jule sah sie entsetzt an. »Auf gar keinen Fall. Die Tagesmutter kennt sie, die kann aber nicht öfter. Und ab November wird es sowieso besser. Und bis dahin übernehme ich eben etwas mehr.«

»Aber du …«, Friederike wurde von einem lauten Wortgefecht unterbrochen und sah in die Richtung, aus der es kam. Zwei Frauen in weißen Hotelbademänteln, die aus dem benachbarten Spa kamen, standen am Eingang und redeten auf die Bedienung ein, die versuchte, sie zu beruhigen. Anscheinend erfolglos, eine der beiden wurde lauter. »Es stand aber auf Ihrer Website, das ist doch unmöglich, das war schließlich einer der Gründe, warum wir …«

»Augenblick mal«, Friederike erhob sich seufzend. »Ich glaube, da muss ich eingreifen.«

Jule wandte neugierig den Kopf und sah zu, wie Friederike auf die Gruppe zuging und sich mit beschwichtigender Geste einmischte. Was sie ihnen sagte, konnte Jule nicht verstehen, aber sie beobachtete beeindruckt, dass ihre Freundin den Disput mit Ruhe und Charme klärte, die beiden Bademantelfrauen beruhigten sich langsam. Friederike war so charismatisch, man sah ihr die Chefin sofort an. Als würde sie jedes Problem mit Leichtigkeit meistern. Jule beruhigte sich mit dem Gedanken, dass die private Fiedi keineswegs so unfehlbar war. Nur hätte sie trotzdem gern ein bisschen mehr von dieser Souveränität gehabt. Und etwas mehr von dieser Weltläufigkeit. Letztlich war Jule ja doch ein Landei, wollte es aber eigentlich nicht mehr sein.

»So«, Friederikes Rückkehr unterbrach ihre Gedanken. »Das wäre dann geklärt. Was man doch alles mit Gutscheinen und Gratissekt lösen kann.« Sie setzte sich wieder. »Der Kaffee kommt gleich oder wolltest du was anderes?«

»Kaffee ist gut«, Jule stützte ihr Kinn auf die Faust. »Um was ging es denn?«

»Ach«, mit einer wegwerfenden Geste schüttelte Friederike

den Kopf. »Ich habe seit Wochen dasselbe Problem. Meine Spa-Leitung hat gekündigt, sie geht mit ihrem Mann nach Berlin, er hat da einen neuen Job. Ihre Vertretung ist schwanger und dauernd krankgeschrieben und eine andere Mitarbeiterin hat einen Bandscheibenvorfall. Das heißt, meine Gäste können zwar schwimmen und saunieren, aber außer Pediküre und Maniküre gibt es keine Anwendungen. Nächste Woche fängt zwar eine neue Kosmetikerin an, aber Masseurinnen gibt es keine, zumindest nicht, wenn man kurzfristig sucht. Und die beiden Damen hatten ein Wellnessangebot gebucht und waren jetzt verstimmt, weil es eben keins gibt.«

»Ach«, Jule setzte sich aufrechter hin. »Und jetzt?«

»Keine Ahnung«, antwortete sie achselzuckend. »Kennst du jemanden, der die Spa-Leitung übernehmen und am besten auch noch massieren kann? Im schlimmsten Fall kannst du es mir auch beibringen und ich stelle mich selbst an die Liege, ich habe ja sonst nichts zu tun.«

»Danke, Frau Brenner.« Die Bedienung kam mit einem Tablett an den Tisch. »Sie haben die Situation gerettet, die Gäste trinken jetzt Sekt am Pool und sind gut gelaunt. Ist der Tee für Sie?«

»Ja«, Friederike sah hoch. »Meine Freundin bekommt den Kaffee, danke. Und ich arbeite dran, dieses Problem wird sich auch noch lösen.«

Die junge Frau lächelte und zog sich wieder zurück, Jule sah ihr nach. Dann sagte sie plötzlich: »Ich habe eine Lösung: Ich mache es.«

»Was? Mir das Massieren beibringen?«

»Nein«, gespannt sah sie Friederike an. »Besser, ich bewerbe mich um die Leitung eures Spa-Bereichs.«

»Klar«, Friederike lachte, »weil du ja auch nichts zu tun hast.«

»Nein, ernsthaft«, Jule beugte sich vor, »ich habe Tina angeboten, meine Praxis zu übernehmen, sie hat sich zwar Bedenkzeit erbeten, aber ich glaube, sie macht es. Dann könnte ich bei dir einsteigen. Ich hätte große Lust.«

Zweifelnd hob Friederike die Augenbrauen. »Jule, versteh mich nicht falsch, aber ich befürchte, dass du das willst, damit du näher bei Pia und Marie bist, falls was ist. Mir nützt ehrlich gesagt niemand, der als Oma auf Abruf hier ein bisschen arbeitet. Ich brauche eine zuverlässige Leitung und du siehst ja, dass du jeden Morgen ewig lange fährst und dauernd im Stau stehst. Wie soll das denn gehen?«

Zu ihrer Überraschung lächelte Jule. »Jetzt hast du das falsch verstanden. Pia ist nicht der Grund für diese Überlegung, ich bin es. Ich bin ihretwegen nach der Scheidung zurück aufs Land gegangen, weil es als Alleinerziehende für mich leichter war, auch wegen meiner Eltern, die ja da wohnen. Aber in den letzten Jahren habe ich immer mehr Sehnsucht bekommen, wieder in Hamburg zu leben, wie damals, während meiner Ausbildung und in den ersten Ehejahren. Und jetzt könnte ich das endlich wieder. Torge findet das auch gut, wir würden unter der Woche in der Stadt wohnen und arbeiten und dann vielleicht ab und zu am Wochenende rausfahren, das Haus will ich behalten. Ich muss mal wieder was erleben, ich will mich nicht dauernd fühlen wie eine Großmutter, auch wenn ich eine bin. Ich möchte noch mal ein bisschen Aufregung in meinem Leben.«

»Du willst …«, fast sprachlos starrte Friederike sie an. »Und ich dachte, du gehst gerade so in deiner Oma-Rolle auf? Ich dachte, du würdest das lieben, mitsamt Häuschen und Garten und allem …«

»Das tue ich auch«, Jule sah sie mit einem klaren Blick an. »Aber es reicht mir nicht. Das ist mir so deutlich geworden, seit ich Alex beobachte. Der ist das Leben am See nämlich viel zu still, viel zu langweilig, viel zu einsam, auch wenn sie es noch nicht zugibt. Mir geht es inzwischen genauso. Ich mache seit Jahrzehnten immer dasselbe. Ich will das nicht mehr. Aber wenn ich es jetzt nicht verändere, mache ich es nie. Wir sind keine vierzig mehr.«

Die Geräusche aus dem Buggy lenkten Jules Blick auf Marie. »Sie wacht auf«, sagte sie und zog das Gefährt näher ran. »Du kannst ja mal darüber nachdenken, Fiedi, und wir reden die Tage darüber. Aber es ist mein Ernst.«

Friederike blieb sitzen, während Jule langsam aufstand und sich über den Buggy beugte. »Na, Schätzchen, bist du langsam wach? Wollen wir mal nach Hause?«

Marie lachte sie an, Jule lächelte zurück. »Zu süß, die Maus«, murmelte sie und fuhr dann lauter fort: »Wenn Marie ab November in der Kita ist, braucht Pia keine Oma auf Abruf mehr. Du musst dir also gar keine Gedanken machen. Wenn wir in Hamburg leben würden, wäre aber vieles einfacher, schöner auch.« Sie drehte den Buggy um und sah ihre Freundin an. »Du sagst ja gar nichts mehr.«

»Ich bin platt«, antwortete Friederike sichtlich verwirrt. »Was sagt Torge denn dazu?«

Jule lächelte. Sie trank im Stehen ihren Kaffee aus und stellte die leere Tasse wieder zurück. »Er wird überrascht und begeistert sein und mir zu dieser Idee gratulieren. Übrigens kann er dann auch mal einspringen, wenn bei Pia die Hütte brennt, wir wären ja um die Ecke. Der Kaffee geht auf dich, oder? Du kannst es ja als Bewerbungsgespräch absetzen.« Sie legte Friederike die Hand auf die Schulter und küsste sie flüchtig auf die Wange. »Ich rufe dich heute Abend von zuhause aus an, damit du nachdenken kannst. Ich könnte übrigens nächsten Monat anfangen. Und ich werde nicht mehr schwanger.«

»Wenigstens was«, Friederike blieb nachdenklich sitzen. »Es wäre schon … Wir telefonieren.«

»Gut«, mit geübten Handgriffen rangierte Jule den Buggy

an Friederike vorbei. »Dann bis später und lass dich nicht stressen.«

Sie schob Marie Richtung Ausgang. Kurz bevor sie ihn erreicht hatte, pfiff Friederike ihr auf zwei Fingern hinterher. Sie drehte sich um und sah die Chefin des *Grandhotels* den Daumen heben.

Als Jule mit der Kleinen verschwunden war, setzte Friederike sich bequemer hin und nahm ihre Teetasse in die Hand. Das war ja ein Ding. Ausgerechnet Jule, diejenige, die Veränderungen am meisten gehasst hatte, die an ihrem Haus und an ihrer Familie hing, die ihre eigene Physiopraxis im Moment für ihre Oma-Tage vernachlässigte, die sich schon schwer damit getan hatte, dass Torge nach seinem Einzug einige Dinge in ihrem Haus und Garten verändert hatte, die sich mit Leib und Seele um ihre Enkeltochter kümmerte, wie sie es seinerzeit schon bei Pia gemacht hatte. Ebendiese Jule wollte jetzt noch mal durchstarten?

Damit hätte sie nie gerechnet. Ganz im Gegenteil, sie hatte Jule überreden wollen, ihr eigenes Leben nicht zu vernachlässigen, endlich mal wieder etwas für sich und ihre Beziehung zu tun, und sie hatte ihrer Freundin vorhalten wollen, dass sie auf dem besten Weg sei, so zu werden wie ihre Mutter Gesa. Die sich seit Jahrzehnten ausschließlich für Familienangelegenheiten interessierte. Warum hatte sie nicht gemerkt, dass Jule auf einem ganz anderen Trip war?

Kopfschüttelnd ließ Friederike den Blick über die Kirchtürme Hamburgs schweifen. Dabei hatte Tom es neulich schon angedeutet. Nach dem verunglückten Ausflug mit Esther zum See, als er, begleitet von Torge, die alte Dame wieder zurück ins Heim gefahren hatte. Torge und Esther hatten auf der Rückbank gesessen und sie hatte nach einem kurzen Schläfchen sehr ernsthaft auf ihn eingeredet. Dass sie doch besser nach Locarno gefahren wären, anstatt in dieses blöde Haus am See, wo alles immer gleich langweilig und öde sei. Locarno hingegen sei sehr elegant, mit schönen Menschen, und wenn man selbst auch schön sei, dann sei man eine gnädige Frau, auch wenn man gar nicht zu den feinen Leuten gehöre, nur merke das da niemand.

Die beiden Männer hatten leichte Verständnisschwierigkeiten gehabt und auch nicht entsprechend reagieren können, so dass Esther irgendwann etwas beleidigt gesagt hatte, dass sie einfach keine Ahnung von der feinen Gesellschaft hätten, sie kämen eben beide vom Dorf.

»Bei mir merkt das niemand, aber bei den Freundinnen von Friederike, da habe ich das sofort gedacht: Richtige Dorftrampel waren das. Wenn ich Friederike nicht ins Ausland geschickt hätte, wäre sie genauso geworden.«

Tom hatte leise gelacht, als er das Friederike abends erzählt hatte, für sie selbst war es ein kleiner Stich gewesen. Esther hatte sie nicht ins Ausland geschickt, sie war vor ihr und ihrem anstrengenden Leben geflohen. Ihrer Mutter war es egal gewesen. Und weder Alex noch Jule und schon gar nicht Marie waren nur ansatzweise Dorftrampel gewesen. Esther hatte sich nur nie für ihre Freundinnen interessiert.

»Und dann hat Torge auf der Rückfahrt gesagt, dass Dorf und Stadt bei ihnen gerade ein Thema sei, weil Jule über eine Veränderung nachdenke. Er fände das gut, hat er angemerkt, aber sie müssten sich dann langsam um eine Wohnung in Hamburg kümmern. Er hat ja nur so ein Mini-Apartment über dem Büro, das ist auf Dauer viel zu klein.«

»Doch nur, damit sie noch mehr Glucke für Pia und Marie sein kann«, hatte Friederike abgewunken. Sie hätte besser zuhören sollen, dann hätte sie Tom endlich auch vorschlagen können, ihnen seine Wohnung anzubieten und doch zu ihr zu ziehen. Sie hatte die Gelegenheit schon wieder verpasst.

Jetzt trank sie ihren Tee aus und warf einen Blick auf die Uhr. Sie hatte überhaupt keine Zeit, hier in der Sonne zu sitzen, die Arbeit wartete. Wobei sie vielleicht eines ihrer Probleme gerade gelöst hatte. Es wäre tatsächlich ein wahnsinniges Glück, wenn Jule den Job übernehmen würde. Eine bessere Lösung gab es gar nicht. Mit ihrer Erfahrung und ihren Fähigkeiten wäre sie perfekt für das Spa des *Grandhotels.* Je länger Friederike darüber nachdachte, umso größer wurde ihre Hoffnung, dass es wirklich klappen könnte. Heute Abend würden sie noch mal telefonieren und am Wochenende wollte sie zu ihr fahren. Auf dem Rückweg von Esther. Da musste sie nämlich auch dringend hin und konnte bei dieser Gelegenheit ihre Mutter nach Locarno fragen. Und sie mit *Gnädige Frau* ansprechen, um zu sehen, was dann passierte. Und wenn sie das alles erledigt hätte, würde sie sich auch endlich trauen, Tom das Zusammenziehen vorzuschlagen. Es wurde Zeit.

Januar 1961

Der Schnee ging langsam in Regen über, die immer kleiner werdenden Flocken verwandelten sich in dünne, traurige Rinnsale an der Fensterscheibe. Alles war grau, die Wolken hingen schwer am Himmel, der Tag war einfach deprimierend. Esther seufzte und legte ihre Stirn an die kalte Fensterscheibe, sie hasste diesen Januar. Und die Gedanken, die sie im Kopf hatte. Sie legte ihre Hand auf den Unterleib und hörte in sich hinein. Es war ein kleines Ziehen, ganz so, als ob doch … Als sie ein Geräusch im Flur hörte, drehte sie sich schnell um und setzte sich wieder in den Sessel. Eine Illustrierte in der Hand, sah sie hoch, als Dieter das Wohnzimmer betrat. »Hier bist du«, er lächelte sie an und beugte sich zu ihr, um sie auf die Stirn zu küssen. »Machst du es dir nett?«

Esther verzichtete auf eine Antwort und bemühte sich um ein freundliches Gesicht, während Dieter einen Schritt zurücktrat und sie fragend musterte. »Bist du schon fertig angezogen? Also, ich meine, das Kleid ist ja hübsch, aber normalerweise …«

»Es ist ein Hauskleid, Dieter«, Esther runzelte die Stirn. »Was heißt denn fertig angezogen? Natürlich bin ich fertig angezogen. Oder fehlt da was?«

»Gehst du denn im Hauskleid zu Laura und Carl?«

Sie starrte ihn an, bis ihr die Einladung einfiel. »Zu Laura und Carl? Ist das etwa heute?«

»Ja«, Dieter sah auf die Standuhr in der Ecke und setzte sich in den anderen Sessel. »Samstag um 16 Uhr zum Kaffeetrinken und jetzt ist es zwei. Wir müssen in einer halben Stunde los, wenn wir pünktlich sein wollen.«

»Ach, das passt mir heute gar nicht«, stöhnte Esther und sah ihn bittend an. »Mir geht es nicht besonders gut, kannst du nicht alleine hinfahren und ihnen sagen, ich wäre unpässlich? Sag ihnen schöne Grüße, ich käme beim nächsten Mal mit.«

Dieter sah sie besorgt an. Schließlich stand er langsam auf und ging vor ihr in die Hocke. »Was ist denn mit dir los, Esther? Langsam mache ich mir Sorgen um dich. Du bist seit Wochen blass und fühlst dich nicht. Ich mache gleich Montag früh für dich einen Termin bei Dr. Lackner, vielleicht brauchst du ja nur Eisen oder so was, Mutti hat auch oft solche Mangelerscheinungen.«

Mutti hat noch ganz andere Mängel, dachte sie und der alte Dr. Lackner war der schlimmste Arzt, den sie kannte. Dass ihre Schwiegermutter seine liebste Patientin war, machte es nicht besser. Zumal er ihr alles, was Esther betraf, brühwarm erzählte. Sonst hätte Anneliese Brenner kaum gewusst, dass Esthers Blutdruck ein bisschen zu niedrig, sie aber ansonsten völlig gesund war. Was sie ihrem Sohn neulich erzählt hatte, nicht ahnend, dass ihre Schwiegertochter es im Flur hören konnte. Gleich am nächsten Tag hatte Esther sich einen neuen Hausarzt gesucht, ohne es jemandem zu sagen. Aber vielleicht sollte sie doch demnächst einen Termin ausmachen. Falls sich das Ziehen in ihrem Unterleib doch wieder als falscher Alarm herausstellte. Und ihre Monatsblutungen wirklich nicht bald einsetzten. Aber das durfte einfach nicht sein.

Sie riss sich zusammen und sah ihren Mann an. »So schlimm ist es auch nicht, ich habe nur ein bisschen Kopfschmerzen. Ich nehme etwas ein, das geht schon.«

»Das ist gut«, Dieter strahlte sie an. »Dann mach dich hübsch, damit wir pünktlich kommen. Ich habe mir erlaubt, eine Schachtel Pralinen für Laura zu besorgen. Wir wollen ja nicht mit leeren Händen kommen.«

Pralinen, dachte Esther resigniert, als würde Laura sich über Pralinen freuen. Die Einzige, die das tat, war Dieters Mutter. »Das ist nett von dir«, antwortete sie bemüht. »Sehr nett. Ich ziehe mich schnell um.« Sie stand auf und fragte sich, wie um alles in der Welt sie diesen Besuch überstehen sollte.

Die Scheibenwischer des VW-Käfer machten ein schmatzendes Geräusch, sofort stellte Dieter den Hebel um. »Der Regen hat aufgehört«, bemerkte er überflüssigerweise, weil Esther das auf dem Beifahrersitz auch sah. »Ich hoffe, dass es nicht friert. Nicht, dass die Straße glatt wird.«

Sie schwieg und sah nach vorn auf die Straße. Dieter hatte den Wagen erst vor einem Jahr gekauft und war sehr stolz darauf. Er wusch ihn jeden Samstag vor dem Haus, es sei denn, das Wetter war richtig schlecht. Dann blickte er vom Fenster aus auf den Wagen und litt, weil er im Regen stand und vielleicht Schaden nehmen könnte. Um das Auto zu schonen, fuhr er langsam und sehr vorsichtig, hochkonzentriert auf den Verkehr und meistens schweigend.

Jetzt aber warf er ihr einen Seitenblick zu und fragte: »Geht es dir schon etwas besser?«

»Ja«, Esther sah ihn an, »danke. Ich habe ein Aspirin genommen.«

»Das ist schön«, er nickte zufrieden und konzentrierte sich wieder aufs Fahren, was ihr die Gelegenheit gab, weiter ihren Gedanken nachzuhängen, die sie nicht losließen und an denen sie langsam verzweifelte.

Laura hatte damals nichts von Esthers nächtlichem Besuch im Tessin mitbekommen, darum hatte Lorenz sie beim Abschied auch inständig gebeten. Ihre Blässe und Müdigkeit am nächsten Tag hatte sie ihren Freunden gegenüber mit den

Reiseanstrengungen und schlechtem Schlaf begründet, obwohl sie sich in ihrem Ausnahmezustand so brennend gewünscht hatte, jemandem von dieser Nacht erzählen zu können. Lorenz zuliebe hatte sie gelogen und geschwiegen. Und jede folgende Nacht fieberhaft überlegt, was sie nun tun sollte. Und dass sie nun eine Ehebrecherin war, deren Regelblutung inzwischen schon seit Wochen ausblieb. Wobei das natürlich auch durch Kummer und Sehnsucht passieren konnte. Das hatte sie zumindest mal irgendwo gelesen.

Als sie ein paar Tage nach der schönsten Nacht ihres Lebens mit Laura an der Seepromenade spazieren gewesen war, hatte diese plötzlich ihren Arm unter Esthers geschoben. »Weißt du was? Ich habe damals, als ich dir von Lorenz' Verlobung erzählt habe, wirklich geglaubt, dass du ganz doll in ihn verliebt bist. Was bin ich froh, dass es nur eine Kleinmädchenschwärmerei war und du jetzt mit Dieter so glücklich bist. Das wäre ja auch niemals gegangen.«

Laura hatte das wirklich glauben wollen und Esther hatte nicht die Kraft gehabt, ihr zu widersprechen. Die Tränen hatte sie mit einem ins Auge geflogenen Insekt erklärt und schnell das Thema gewechselt. Lorenz wäre stolz auf sie gewesen.

Seitdem hatte sie ihre Freundin nur ein einziges Mal gesehen. Gründe, um sich vor einem Treffen zu drücken, hatte sie genug gehabt. Esther hatte mit Madame Leclerc eine Modenschau vorzubereiten, dann war ihre Schwiegermutter krank geworden, für die sie kochen und einkaufen musste, schließlich hatte Dieter sich heftig erkältet und musste ein paar Tage das Bett hüten. Auch die Einladung zum Tee am zweiten Weihnachtstag hatte sie ausgeschlagen. *Die ganze Familie wird da sein und freut sich auf ein Wiedersehen mit dir und deinem Mann,* hatte in Lauras runder Mädchenschrift auf dem Büttenpapier gestanden. Umgehend hatte sie auch das abgesagt und den Besuch ihrer Schwiegermutter vorgeschoben, die sie dann tatsächlich eingeladen hatte. Die Angst, sich beim Anblick von Lorenz nicht beherrschen zu können, war zu groß gewesen.

Kurz vor Weihnachten war Laura dann doch noch unangemeldet vorbeigekommen, um ihr ein Geschenk zu überreichen. Es war ein Bildband vom Tessin und ein teures Parfüm von Chanel. Esther hatte sich mit Herzklopfen bedankt und das Buch später ganz hinten ins Regal gestellt, um es nicht ständig sehen zu müssen. Aber sie hatte es geschafft, mit Laura über ganz banale Dinge wie das geplante Weihnachtsessen im Hause Brenner, den Kinofilm *Ben Hur*, den sie mit Dieter gesehen hatte, und eine verrückte Band namens *Beatles*, von der Laura gehört hatte, zu sprechen. Für Außenstehende hatte es ausgesehen wie ein Treffen von Freundinnen, in Esther tobte aber ein Kampf, weil sie es hasste, Geheimnisse vor ihrer Freundin zu haben, und sie sich vor Kummer und Sehnsucht nach Lorenz verzehrte. Und ständig musste sie aufpassen, sich nicht zu verraten. Trotzdem hatte sie diesen Besuch überlebt.

Die Wohnung, die Laura und Carl in Hamburg bewohnten, befand sich in einer weißen Jugendstilvilla in der Rothenbaumchaussee, in der kaum noch Kriegsschäden zu sehen waren. Die van Barigs bewohnten die gesamte obere Etage, es war eine weitläufige Wohnung, kostspielig eingerichtet, elegant möbliert. Früher hatte Esther es genossen, dort zu sein, jetzt spürte sie nagenden Neid.

Während Dieter das Auto am Bürgersteig zum Stehen brachte und den Motor abstellte, sah sie hoch. Laura hatte vor den Fenstern weiße Gardinen mit schweren Brokatvorhängen, für Esther der Inbegriff von Luxus. Genauso wie die dunkelgrünen Seidentapeten und die wertvollen Brücken, die im Wohnzimmer lagen. Immer wenn sie bei Laura und Carl gewesen war, kam ihr das eigene Zuhause klein und schlicht vor. Genauso wie ihr gesamtes Leben.

»So, da wären wir«, Dieter zog den Schlüssel ab und griff nach der Pralinenschachtel auf dem Rücksitz. »Kaum verspätet, dann wollen wir mal. Und lächle doch bitte.«

Folgsam öffnete Esther die Autotür und setzte ihren Fuß in ihren besten Schuhen vorsichtig auf die schneenasse Straße. Wasserflecken vermeidend stöckelte sie vorsichtig zum Eingang. Dieter richtete sich kurz die Krawatte, bevor er die schwere Haustür aufschob und ihr den Vortritt ließ.

Vor der Wohnungstür drückte sie auf die Klingel, kurz darauf hörte sie Schritte, dann öffnete Laura die Tür. »Willkommen«, rief sie strahlend, »und ein glückliches neues Jahr wünsche ich euch. Ich freue mich, dass ihr endlich mal da seid.« Sie umarmte sie herzlich, Esther roch ihr Parfüm, spürte ihre weiche Wange an ihrer und ließ sie etwas zu schnell wieder los.

»Ich wünsche euch auch ein schönes neues Jahr«, sagte sie gespielt munter, während sie Laura unauffällig musterte. Sie trug ein grünes Blusenkleid, darüber eine blütenweiße kleine Schürze. Die blonden Haare waren hochgesteckt, die Perlenkette passte zu den Ohrringen. Die perfekte Gastgeberin, wie immer. Während Laura einen Schritt auf Dieter zuging, um ihm die Hand zu geben, erschien Carl in der offenen Tür.

»Ein frohes neues Jahr euch beiden«, sagte er lächelnd, bevor er Esther auf die Wange küsste und sie anschließend betrachtete. »Du hast dich rargemacht, meine Liebe, ich hoffe, das wird auch wieder besser.« Er wandte sich zur Seite und streckte die Hand aus. »Guten Tag, Dieter, ich hoffe, es geht euch gut?«

»Wir können nicht klagen«, er machte eine kurze Verbeugung. »Von uns auch die allerbesten Neujahrswünsche und vielen Dank für die Einladung. Und entschuldigt die Verspätung, aber der Autoverkehr in der Stadt wird ja immer stärker.«

»Es werden ja auch immer mehr Autos«, Carl schob die Tür etwas weiter auf und ließ sie eintreten. »Aber jetzt kommt erst mal rein.«

Laura schob sich an ihnen vorbei. »Der Kaffee ist gleich fertig und es gibt Schwarzwälder Kirschtorte. Zur Feier des Tages.«

Der Duft der gemahlenen Kaffeebohnen waberte durch den Flur, Esther fand den Geruch widerlich, sie schluckte schnell und versuchte, flach zu atmen. Angestrengt ließ sie sich von Carl aus dem Mantel helfen. »Danke«, sie nickte und ging langsam ins Wohnzimmer, wo Laura schon den Tisch gedeckt hatte.

»Ich hole nur schnell den Kaffee«, rief diese, bereits auf dem Weg in die Küche. Erleichtert blieb Esther am dunklen Palisandertisch stehen, sie hatte schon befürchtet, dass ihre Freundin sie bitten würde, ihr zu helfen, damit sie allein wären. Aber sie kam nach kurzer Zeit mit einer silbernen Kaffeekanne und jetzt ohne Schürze zurück. »Setzt euch doch bitte«, sie deutete auf die Torte, »bevor der Kaffee kalt und die Torte warm wird.«

Laura fing an, den Kaffee einzuschenken und die Torte zu verteilen. Sie war ungewohnt aufgedreht, erzählte dabei von einem Kinofilm, den sie gern sehen würde, von ihrer Mutter, die das Esszimmer in der Villa neu tapezieren ließ, und von einem Hotel in Rimini, das sie mit Carl im nächsten Sommer besuchen wollte. Als alle Kaffee und Torte hatten, setzte sie sich schließlich hin und sah in die Runde. »Seid ihr eigentlich auch so begeistert von John F. Kennedy? Also, ich finde den ja sehr jung, aber so charmant. Und erst seine Frau. Jackie. Esther, hast du die Fotos in der *Neuen Illustrierten* gesehen? Da war sie auf dem Titelbild, mit Mann und Tochter, und sie hat da ein tolles Kleid an, hellblau, ohne Ärmel …«

Sie lächelte Esther an und faltete ihre Serviette auseinander. »Wenn ich mir dagegen unsere Wilhelmine Lübke ansehe, werde ich ganz neidisch auf die Amerikaner. Schlimme Hüte, schlimme Kleider …«

»Frau Lübke kümmert sich um Dinge wie das Müttergenesungswerk und andere wichtige Wohltätigkeiten«, wandte Carl sofort ein. »Sie ist eben kein reiches Mädchen aus guter Gesellschaft, die sich nur um Garderobe und Frisuren Gedanken macht.«

»Jackie war Journalistin«, Laura funkelte ihn an. »Eine berufstätige Frau. Esther, was sagst du dazu? Steh mir bei.«

Esther lächelte verlegen. Sie hatte weder den Namen Kennedy noch den Namen seiner Frau Jackie jemals gehört. »Ich kaufe mir nie die *Neue Illustrierte*«, sagte sie nur. »Ab und zu die *Burda* oder die *Constanze*. Wegen der Schnittmuster.«

»Ja, aber du musst doch …«, begann Laura, wurde aber vom Klingeln an der Haustür unterbrochen. »Wer ist das denn? Wahrscheinlich wieder die Verrückte von unten, die Eier leihen will. Nur weil sie neugierig ist und gucken will, wen wir zu Besuch haben.«

Sie legte die Kuchengabel zur Seite und sprang auf. »Das geht ganz schnell, lasst euch nicht stören.«

Während Esther sich ein winziges Stück der Schwarzwälder Kirschtorte in den Mund schob, fingen Carl und Dieter an, über Autos und den zunehmenden Verkehr in den Städten zu sprechen. Das interessierte sie überhaupt nicht, genauso wenig wie der amerikanische Präsident, sie tat nur so, als würde sie zuhören, lauschte aber den Geräuschen, die aus dem Hausflur kamen. Wie aus dem Nichts war da diese Stimme. Das konnte gar nicht sein. Die Welt blieb stehen. Die Kuchengabel fiel ihr aus der Hand auf den Perserteppich, ein winziges Kirschstückchen geriet ihr in den falschen Hals, hysterisch fing sie an zu husten, bis ihr die Tränen übers Gesicht liefen.

»Mein Gott, Esther!« Dieter war aufgesprungen und hieb ihr mit der Hand auf den Rücken, bis sie sich beruhigt hatte. »Was machst du denn?«

»Verschluckt«, versuchte sie zu sagen, bemüht, den Hustenreiz unter Kontrolle zu bekommen. Sie wehrte seine Hand ab und bückte sich, um die Gabel aufzuheben, die einen Sahnefleck auf dem Teppich hinterlassen hatte. »Lass nur, es geht schon.«

Jetzt kamen die Stimmen näher, Esther schoss das Blut in den Kopf, sie rutschte aus einem Impuls heraus von ihrem Stuhl und hockte sich unter den Tisch, um wie verrückt mit ihrer Serviette an dem Sahnefleck zu reiben.

»Esther?« Dieters ungläubige Stimme drang wie durch Watte zu ihr, sie rieb verbissen weiter, ohne ihre Position zu verändern.

»Carl, Esther, seht mal, wer hier ist.« Lauras Stimme war jetzt ganz nah. Sie verharrte, die Hand noch auf dem Teppich, bis Lauras bestrumpfte Beine neben ihr auftauchten, kurz danach auch ihr Gesicht. »Warum sitzt du unter dem Tisch?«

»Mir ist die …«, mit letzter Kraft zeigte sie auf den Teppich. »Da ist Sahne.«

Sie stieß sich beim Aufstehen den Kopf, das Geschirr klirrte, sie nahm die Hand, die ihr entgegengestreckt wurde und stand wie in Zeitlupe auf. Sie hatte das Gefühl, alle starrten sie an. Ihr Gesicht war heiß, ihre Gedanken überschlugen sich, sie musste sich zusammenreißen, es durfte niemand etwas merken, sie rang nach Luft, fuhr sich mit einer Hand durch die Haare, dann konnte sie wieder atmen und hob langsam das Kinn. Mit letzter Kraft nickte sie knapp und brachte ein »Hallo Lorenz« zustande.

Der erwartete Tumult blieb aus, stattdessen lachte Laura und schlang ihren Arm um Lorenz. »Wieso bist du hier? Ihr habt doch gesagt, dass ihr am 3. Januar fahren wolltet, bist du allein hiergeblieben? Was ist denn mit Rose? Warum hast du nicht gesagt, dass du kommst? Wie lange hast du Zeit? Warum …«

Esther fing einen fragenden Blick von Dieter auf, weil sie

Lorenz anstarrte. Sofort löste sie sich und trat einen Schritt zurück. Er war es. Leibhaftig. Er stand so nah vor ihr, dass sie sogar sein Rasierwasser riechen konnte. Sie sah sein angestrengtes Lächeln, das Grübchen auf der linken Wange, sie kämpfte gegen einen Schwindel, der sich anfühlte, als würde sie gleich ohnmächtig.

»Liebling, lass ihn doch erst mal ankommen. Lorenz, willst du auch Kaffee und Kuchen oder lieber gleich einen Cognac?« Carl zog jetzt Lorenz' Aufmerksamkeit auf sich. »Setz dich doch. Dieter, würdest du den Stuhl hinter dir holen? Danke. Also, Cognac? Dieter? Kann ich dir auch einen anbieten?«

Während Laura in die Küche eilte und Carl die Gläser aus dem Schrank und die Cognacflasche aus der Hausbar holte, ließ Esther sich wie in Trance wieder auf ihren Platz sinken. Sie war nicht in der Lage, den Sätzen zu folgen, die gesagt wurden, sie sah Lorenz nur verstohlen an. Er sah müde aus, hatte dunkle Augenringe und warf ihr ab und zu einen Blick zu, den sie kaum deuten konnte.

Als schließlich alle wieder saßen und die Herren bauchige Cognacschwenker in der Hand hielten, machte Laura einen erneuten Versuch. »Du hast aber immer noch nicht gesagt, warum du noch oder schon wieder hier bist. Ich freue mich natürlich sehr darüber, zumal ich euch unbedingt eine Neuigkeit mitteilen wollte. Deshalb habe ich doch auch Esther und Dieter eingeladen, sie müssen es gleich wissen. Und du ja eigentlich auch. Und jetzt kann ich es dir sogar selbst erzählen und muss dir nicht schreiben. Oder hast du das geahnt und bist deshalb hier? Als mein Zwilling hast du vielleicht Antennen dafür.« Sie lachte ihn liebevoll an, sein Lächeln war schmaler. »Vielleicht«, antwortete er nur und hob die Schultern. »Was ist es denn für eine Neuigkeit?«

»Ich …«, strahlend blickte Laura einen nach dem anderen an, »ich bin wieder in anderen Umständen. Und dieses Mal fühlt es sich ganz anders an als bei den ersten Malen. Wir sind sehr glücklich.« Sie griff nach Carls Hand und drückte sie, bevor sie Lorenz und Esther aufgeregt ansah. »Ich hätte euch beide so gern als Paten. Was meint ihr?«

Esther sah alles wie im Nebel, sie brachte irgendwie ein kleines Lächeln zustande und nickte. Das Rauschen in den Ohren wurde stärker, der Schwindel kam langsam wieder zurück, ihr ging es gar nicht gut. Und dann saß Lorenz auch noch neben Dieter, der sich sichtlich unwohl fühlte, er ließ sich immer so schnell einschüchtern. Und der Aufruhr um den Überraschungsgast, der teure Cognac und die vorgeschlagene Patenschaft waren ihm anscheinend etwas zu viel. Von ihr ganz zu schweigen.

»Natürlich gern«, sagte Esther und stand abrupt auf. »Und ich gratuliere herzlich, ihr entschuldigt mich einen Moment?«

Sie verließ das Wohnzimmer und ging den langen schmalen Flur hinunter, an dessen Ende das moderne Badezimmer lag. Sorgsam verschloss sie die Tür, bevor sie sich ausatmend anlehnte und für einen Moment die Augen schloss. »Lieber Gott, mach, dass alles gut wird«, flüsterte sie, nicht wissend, was genau sie damit meinte. Hatte Lorenz gewusst, dass sie heute hier war? War er deshalb gekommen? Hatte er die Verlobung gelöst und wollte es jetzt der Familie erzählen? Hatten Esthers Briefe ihn umstimmen können? Er hatte ihr in der Woche nach ihrer Begegnung im Tessin eine Ansichtskarte aus St. Gallen geschickt. Postlagernd. Eine Ansicht der Berglandschaft, auf der anderen Seite der Text: *Ach, Esther, was für eine Nacht! Du bist ein Traum. Sehnsüchtig, L.*

Die Karte lag ganz hinten im Schrank, versteckt zwischen ihrer Unterwäsche, dort würde sie niemand finden. Danach hatte sie ihm Briefe geschrieben, sechs Stück in drei Monaten, von denen er nur den letzten beantwortet hatte. Er habe wichtige Dinge zu erledigen, hatte er geschrieben, und er habe auch

Sehnsucht und Träume, aber er müsse vernünftig sein. Genau wie sie. Aber jetzt war er hier und …

Es klopfte leise an der Tür, dann hörte sie ein Flüstern, sein Flüstern: »Esther, schnell, mach auf.«

Sofort drehte sie den Schlüssel um und ließ ihn leise hineinschlüpfen. »Bist du verrückt«, wisperte sie aufgeregt, »wenn das jemand merkt.«

Lorenz legte seinen Finger auf ihre Lippen. »Nur ganz schnell, ich habe gesagt, ich müsste was aus meinem Auto holen. Esther, du musst mir einen Gefallen tun.« Er machte eine Pause und sah sie dabei durchdringend an. »Du bist die Einzige, die ich darum bitten kann.«

Sie nickte unsicher, bevor er aus der Innentasche seiner Jacke einen dicken Umschlag zog: »Ich habe hier Unterlagen, wichtige Unterlagen, die ich eigentlich bei Laura deponieren wollte. Aber ich will sie nach dieser freudigen Nachricht nicht aufregen, du weißt ja, was dann passieren kann.« Er atmete schwer, dann griff er nach ihrer Hand und umklammerte sie. »Esther, bitte bewahre ihn für mich auf, bis ich wiederkomme und ihn bei dir abhole. Du darfst mit niemanden darüber reden, es darf niemand den Inhalt sehen, verstehst du das? Nur für ein paar Monate.«

»Steckst du in Schwierigkeiten?« Esther schnürte sich der Hals zu. »Ist was passiert?«

Er schüttelte entschieden den Kopf und lockerte den Griff um ihre Hand, ohne sie loszulassen. »Ich nicht«, sagte er leise. »Es geht um meine Familie. Es ist kompliziert. Kannst du mir diesen Gefallen tun?« Er hielt ihr den Umschlag hin, sie griff zögernd danach.

»Du holst ihn wieder bei mir ab?« Esther sah zu ihm hoch, er nickte. »Gut, dann mache ich es. Und niemand wird ihn finden.«

»Danke«, Lorenz lächelte sie erleichtert an, beugte sich

schnell zu ihr und küsste sie sanft auf den Mund. »Das werde ich dir nicht vergessen und alles andere auch nicht. Bis bald.«

Er verschwand und schloss die Tür lautlos hinter sich. Esther blieb verwirrt zurück, den Finger auf ihre Lippen gelegt, dem Kuss noch nachspürend. Sie hob den unbeschriebenen Umschlag hoch und wendete ihn. Er war zugeklebt, es gab auch keinen Absender. Es war nur ein dicker Umschlag. Sie schob ihn in die große Handtasche, die Dieter ihr zu Weihnachten geschenkt hatte. Esther fand sie furchtbar unmodern und viel zu wuchtig, allerdings passten die geheimen Papiere perfekt hinein und fielen gar nicht auf. Sie straffte ihre Schultern, wusch sich die Hände, warf einen abschließenden Blick in den Spiegel und verließ das Bad. Bis bald, hatte er gesagt, bis bald.

»Du warst den ganzen Nachmittag so still«, unterbrach Dieter das Schweigen, als er die Stadtgrenze von Hamburg auf dem Weg nach Lübeck passierte. »Hat es dir bei Laura und Carl nicht gefallen?«

»Doch, doch«, beeilte sich Esther zu sagen. »Es ist ja schön, dass Laura wieder ein Kind erwartet. Hoffentlich geht es dieses Mal gut.«

»Ja«, nickte Dieter. »Das ist zu hoffen.« Er warf ihr einen verlegenen Blick zu, hatte aber nicht den Mut, sie zu fragen. Esther wusste, dass Dieter sich auch ein Kind wünschte, genauso wie seine Mutter sich einen Enkel. Und mittlerweile waren sie schon fast ein Jahr verheiratet, ohne dass es eine gute Nachricht gegeben hatte. Vielleicht konnte man Kinder nur mit Liebe und Leidenschaft zeugen, nur gab es zwischen ihnen nicht sehr viel davon. Das war mit Lorenz ganz anders gewesen. Und jetzt wartete sie auf ihre monatliche Unpässlichkeit, die aber nicht kam. Auch heute nicht. Es wäre eine Katastrophe, eine Katastrophe, von der niemand wissen durfte.

»So nett ich deine Freundin Laura finde«, fing Dieter unvermittelt an, »so seltsam finde ich ihren Bruder. Ein eigenartiger Mensch, oder?«

Sofort fing Esthers Knie an zu zittern, sie drückte ihre Hand darauf. »Seltsam?«, fragte sie betont harmlos. »Wie meinst du das?«

»Na, er platzt einfach so rein, beantwortet keine einzige Frage, geht nach einer halben Stunde wieder, was war denn das für ein sonderbarer Auftritt?«

»Er war auf dem Weg zum Bahnhof, das hat er doch gesagt. Und wollte nur noch mal kurz Laura sehen. Das ist doch ganz normal.« Sie biss sich auf die Lippe, um ihn nicht noch mehr zu verteidigen. »Aber er wirkte ein bisschen durcheinander, das stimmt.« Sie lächelte innerlich, sie wusste ja, woher das Durcheinander kam.

»Er wirkt eher ziemlich eingebildet«, widersprach Dieter. »Manche Menschen können mit ihrem Reichtum nicht gut umgehen und vergessen schon mal ihr gutes Benehmen. Mir scheint, er gehört zu denen. Es ist schade, weil man bei Laura sehen kann, dass man auch freundlich und reich sein kann. Na ja, wir haben ja nichts mit ihm zu tun. Das ist auch gut so.«

Esther senkte den Blick. Dieter hatte wirklich keine Ahnung. Auch das war gut so. Weil sie selbst noch gar nicht wusste, wie jetzt alles weitergehen sollte. Bis bald, hatte er gesagt. Vielleicht würde doch noch alles gut. Die aufkeimende Hoffnung hatte ihre monatelange Traurigkeit weggefegt. Ein erneutes Ziehen im Unterleib ließ sie zusammenzucken. So begannen sonst ihre monatlichen Blutungen. Es würde alles gut werden. Mit einem Lächeln hob sie den Kopf und sah nach draußen in die winterliche Landschaft. Es hatte aufgehört zu schneien und sie sah plötzlich ein kleines Stück blauen Himmels durch die Wolken blitzen.

18.

»Hamburg Hauptbahnhof, der eingefahrene Intercity fährt weiter nach Hamburg-Dammtor. Ihre nächsten Anschlüsse: ICE nach Stuttgart, planmäßige Abfahrt 10:31 Uhr, heute von Gleis 14, ICE nach München, planmäßige …«

Alexandra schlängelte sich noch durch die entgegenkommenden Fahrgäste zur Rolltreppe, als sie ihr Handy in der Tasche klingeln hörte. Im Gehen fischte sie es heraus und hielt es ans Ohr. »Weise.«

»Notariats- und Rechtskanzlei Dr. Eisendorf und Partner, mein Name ist Walter. Hallo, Frau Weise, es geht um Ihren Termin mit Dr. Eisendorf.«

»Guten Tag«, Alexandra presste das Telefon ans Ohr, damit sie überhaupt etwas verstehen konnte. »Ich bin gerade in Hamburg am Bahnhof angekommen, gibt es ein Problem?«

»Ja leider. Dr. Eisendorf ist noch bei Gericht, es gab eine Verzögerung. Ihr Termin war ja um 12:30 Uhr vorgesehen, aber das wird er nicht schaffen. Passt es Ihnen auch um 16 Uhr?«

Alexandra war am Ende der Rolltreppe angekommen und ging mit langen Schritten durch die Bahnhofshalle Richtung Ausgang. »Ja, das geht auch«, sagte sie laut und etwas atemlos. Sie blieb vor einem Blumenladen stehen und sah auf die Uhr. »Ich fahre zwar heute noch nach Berlin zurück, aber das ist kein Problem. Dann also 16 Uhr?«

»Ja, danke, dann wünsche ich bis dahin noch einen schönen Tag.«

»Ihnen auch.« Seufzend schob sie das Handy zurück in ihre Tasche. Hätte sie das vorher gewusst, wäre sie mit einem späteren Zug gefahren. So musste sie überlegen, was sie nun mit ihrer Zeit anfangen sollte. Aber wenigstens fand der Termin heute noch statt, es wäre noch ärgerlicher gewesen, wenn sie unverrichteter Dinge hätte zurückfahren müssen. Dazu war sie jetzt auch viel zu neugierig.

Nach kurzer Überlegung setzte sie ihren Weg zum Ausgang fort und beschloss, einen Spaziergang um die Alster zu machen. Dabei würde sie am *Grandhotel* vorbeikommen und könnte die Gelegenheit nutzen, Friederike zu einem Mittagessen zu überreden. Dann hätte die unvorhergesehene freie Zeit auch etwas Gutes.

Kurz darauf kam sie am *Atlantic Hotel* vorbei und überquerte die Straße, um ans Alsterufer zu gelangen. Sie verlangsamte ihr Tempo, genoss den Blick auf die weißen Häuser und das Wasser, auf dem sich kleine Schaumkronen kräuselten. Es war windiger und kühler als im bunten, schrillen und lauten Berlin, an das Alexandra sich langsam gewöhnte. Hier in Hamburg war alles gediegener, aufgeräumter und übersichtlicher. Und im Haus am See war ihr Leben noch ruhiger und übersichtlicher. Fast schon langweilig.

Alexandra blieb am Ufer stehen und sah auf der anderen Seite die Silhouette des *Grandhotels*. Ihr Plan, dauerhaft am See zu leben und zu arbeiten, war ein Fehler gewesen, das hatte sie in den letzten Wochen in Berlin begriffen. Sie brauchte den Trubel, sie brauchte Menschen um sich, sie brauchte eine Aufgabe und sie brauchte Jan in ihrem Leben. Und das nicht nur am Wochenende. Deshalb wollte sie auch nach ihrem Termin mit Dr. Eisendorf direkt zurück nach Berlin. Auch, um mit Jan zu besprechen, wie es weitergehen sollte. Und das nicht nur in Bezug auf ihr Buchprojekt und die Recherche einer investigativen Journalistin.

Er hatte versucht, sie zu beruhigen, als sie vor einigen Tagen genervt vom Treffen mit Cosima Wagner in die Wohnung gekommen war und damit gehadert hatte, trotz ihrer Vorbereitung auf dem falschen Fuß erwischt worden zu sein.

»Dabei hat mir Wolfs Vater sogar von diesem ominösen Bruder erzählt«, hatte sie verärgert gesagt. »Ich habe es nur nicht verfolgt. Und dann kommt diese Wagner und zeigt mir lauter Nazi-Bilder. Es geht hier um den Bruder von Hermann Hohnstein, den unpolitischen, edlen Prothesenhersteller mit weißer Weste, den Großvater meiner Freundin Marie, aber sein Bruder machte in der Schweiz mit den Nazis Geschäfte. Das ist doch klar, in welche Richtung ihre Recherche geht. Ich dachte, ich kriege einen Anfall.«

Es war Jans Idee gewesen, Hanna anzurufen und sie zu bitten, Einblick in die Stiftungsunterlagen zu bekommen, die in einem Notariat in Hamburg verwahrt wurden. »Wenn Hermann Hohnsteins Bruder doch etwas mit der Firma zu tun hatte und es Verstrickungen mit der Partei gab, dann könnten die Gründungsunterlagen Aufschluss geben. Das Geld aus dem Verkauf der Firma ist doch in die Stiftung geflossen. Vielleicht gibt es noch Unterlagen der Firma Hohnstein, du musst es dir mal ansehen, bevor die Wagner noch mehr findet, mit dem du nicht rechnest. Hanna ist Maries Alleinerbin, sie wird das bestimmt erlauben.«

Hanna hatte ihr, ohne groß nachzufragen, sofort eine Vollmacht ausgestellt und den Termin bei Dr. Eisendorf gemacht. Sie war immer noch in Dänemark und hatte am Telefon sehr zufrieden gewirkt, auch als Alexandra vorsichtig angedeutet hatte, dass das Rechercheergebnis durchaus den Ruf und das Ansehen von Maries Familie beschädigen könnte.

»Dann ist es so«, war Hannas Antwort gewesen. »Marie war immer sehr aufrecht, wenn es da schmutzige Geschäfte gegeben hat, hätte sie es wissen wollen. Außerdem ist sie tot.

Es gibt niemanden mehr aus der Familie und die Wahrheit muss ans Licht. Das ist meine Meinung dazu.«

Dass es niemanden mehr aus der Familie gab, war im weitesten Sinne richtig, wenn auch …

Ein kleiner weißer Hund schoss plötzlich auf Alexandra zu und beendete abrupt ihre Gedanken. Schwanzwedelnd, die Leine hinter sich herziehend, kläffte er aufgeregt, sprang munter um sie herum und wickelte ihr dabei die Leine um die Beine.

»Wer bist du denn?«, beruhigend beugte Alexandra sich zu ihm herab und hielt ihm die Hand hin, die er sofort freudig ableckte und zwischendurch bellte. Sie drehte ihren Kopf, um Ausschau nach dem Besitzer ihres neuen Freundes zu halten, während der kleine Hund sich weiter freute.

»Lotta!« Die energische Stimme kam aus der anderen Richtung, ohne dass der Hund reagierte. Er tobte weiter um sie herum, während Alexandra ihre Hand wegzog und sich aufrichtete. Sie hatte die Stimme sofort erkannt, stöhnte leise und drehte sich langsam um.

»Hallo Philipp.«

»Alex«, Philipp war wie angenagelt stehen geblieben und starrte sie an. »Was machst du denn hier?«

Er brauchte einen kleinen Moment, um den Schock zu überwinden und zu seiner gewohnten Lässigkeit zurückzufinden. »Lotta, bei Fuß!«

Lotta dachte nicht daran, seinen Befehl auszuführen, sie sah schwanzwedelnd zu ihr hoch und warf sich schließlich auf den Rücken.

»Hört ja wie 'ne Eins«, sagte Alexandra und ging in die Hocke, um den Hundebauch zu kraulen. »Ich hatte verdrängt, dass du jetzt einen Hund hast. Ich habe sie nicht wiedererkannt, als ich sie damals gesehen habe, war sie ja noch ein Welpe.«

»Sie gehört Steffi«, entgegnete Philipp achselzuckend. »Ich kümmere mich nur ausnahmsweise drum. Heute mal. Steffi hat einen Arzttermin, da konnte sie Lotta nicht mitnehmen.«

»Aha«, Alexandra zog ihre Hand langsam weg und erhob sich. »Hundespaziergänge sollen ja gesund sein.« Sie sah ihn jetzt an. »Dann will ich euch nicht länger aufhalten, einen schönen Tag noch.«

Sie wandte sich zum Gehen, hatte aber nicht mit der Beharrlichkeit der Hündin gerechnet. Lotta sprang wieder an ihr hoch und dachte nicht daran, sie aus den Fängen zu lassen.

»Sie mag dich«, Philipp beobachtete sie grinsend. »Vielleicht sollten wir einen Kaffee trinken gehen? Da vorn auf dem Steg? Was meinst du?«

Überrascht sah Alexandra ihn an. »Kaffee trinken?«

»Warum denn nicht?« Er lächelte harmlos. »Ich muss den Hund erst in einer Stunde zurückbringen und habe heute Spätdienst. Ich habe Zeit.«

Er bückte sich jetzt, um Lotta an die Leine zu nehmen und streifte dabei ihr Bein. Es schien unabsichtlich, Alexandra trat trotzdem einen Schritt zurück. »Ich weiß nicht«, sie zögerte. Es war noch nicht einmal 11 Uhr, zu früh, um Friederike zum Mittagessen zu überreden. Und im Übrigen war es vielleicht mal Zeit, das Verhältnis zu normalisieren. Sie nickte. »Okay, einen Kaffee, danach muss ich weiter.«

»Fein«, Philipp hielt den Hund jetzt an der Leine und deutete in Richtung Alster. »Gehen wir? Es ist gleich da vorn.«

Der Tisch stand direkt am Ende des Holzstegs, das Wasser plätscherte an die Bohlen, aus einem Lautsprecher klang chillige Musik. Alexandra setzte sich in den Korbsessel, während Philipp noch damit beschäftigt war, den aufgeregten Hund zu beruhigen, der selbstbewusst eine Ente anbellte.

»Leg dich endlich unter den Tisch, sonst schmeiß ich dich ins Wasser«, sagte er nun scharf, woraufhin Lotta sich erstaunlich gehorsam auf Alexandras Fuß legte und mit dunklen Knopfaugen zu ihr hochsah. Sie beugte sich herunter, um den Hundekopf zu streicheln. »Die ist schon süß«, sagte sie eher zu sich selbst, bevor sie hochsah. Philipp betrachtete sie interessiert, griff zur Getränkekarte und gab gleichzeitig der Bedienung ein Zeichen. »Kaffee? Oder etwas anderes?«

»Kaffee bitte«, Alexandra richtete den Blick aufs Wasser, auch von hier aus konnte sie das *Grandhotel* sehen und fragte sich, welchen Kommentar Friederike wohl zu dieser Zweisamkeit mit Hund abgeben würde. Keinen freundlichen, mutmaßte sie und sah Philipp bei der Bestellung zu. Er hatte kaum etwas von seiner Ausstrahlung und Attraktivität eingebüßt, wirkte sehr lässig in Jeans und blauem Pullover, seine dichten grauen Haare waren etwas länger als früher, sie lockten sich am Kragen, es stand ihm. Jetzt gab er der jungen Frau mit einem charmanten Lächeln die Karten zurück und wandte sich wieder an Alexandra.

»Ich wollte diesen Hund ja nie haben, aber wenigstens hat er es zustande gebracht, dass wir beide nun hier sitzen. Vielleicht sollte ich Lotta dankbar sein, sonst gehst du mir ja immer aus dem Weg.«

Sie hob spöttisch die Augenbrauen. »Wird das der Beginn eines Flirts? Oder soll ich das als Kritik verstehen? Ich bin in solchen Dingen ein bisschen aus der Übung.«

»Weder noch«, wehrte Philipp sofort ab. »Aber du musst zugeben, dass wir uns in den über zwei Jahren, seit du wieder hier lebst, kaum gesehen haben. Du bist ja sogar an Jules Geburtstag sofort gegangen, als ich gekommen bin. Ja, es ist vielleicht doch eine kleine Kritik.«

»Wozu sollten wir uns auch sehen?« Alexandra blieb freundlich. »Wir haben doch gar nichts mehr miteinander zu tun.«

»Wirklich nicht? Du bist eine von Jules engsten Freundinnen. Ihr habt zusammen das Haus am See und Pia ist doch auch oft draußen bei Hanna und dir und arbeitet bei Friederike. Ihr seid doch alle wieder fast so eng wie früher. Da läuft man sich häufiger über den Weg.«

»Als häufig würde ich das nicht bezeichnen«, Alexandra lächelte. »Das war vielleicht früher so, als du noch Jules Mann warst. Aber das ist ja vorbei. Du gehörst nicht mehr zum engen Kreis.«

Die Bedienung kam mit dem Kaffee und gab ihr damit Zeit, sich zu überlegen, was eigentlich der Sinn und Zweck dieses gemeinsamen Kaffeetrinkens sein sollte. Vom niedlichen Hund mal abgesehen.

Philipp wartete schmallippig, bis die junge Frau wieder verschwunden war. »Was heißt hier *enger Kreis*? Uns hat ja nun mal mehr verbunden als die Tatsache, dass du früher die Freundin meiner Ex-Frau warst.«

Bedächtig drehte sie den Henkel des Kaffeebechers auf die rechte Seite und hob das Kinn. »Du willst mit mir jetzt aber keine Aufarbeitung unserer Geschichte machen, oder? Dazu habe ich nämlich keine Lust, weil es auch überhaupt keinen Sinn ergibt.«

»Was heißt Sinn? Wir können doch darüber reden. Das haben wir ja bisher nicht gemacht. Du hast es beendet, weil du diesen Journalisten kennengelernt hast. Von heute auf morgen. Und dann bist du plötzlich wieder hier aufgetaucht. Ich hatte im ersten Moment überhaupt keine Ahnung, was du hier machst und ob das was mit uns zu tun hatte. Da habe ich damals vielleicht ein bisschen überreagiert.« Sein Blick war intensiv, dieser besondere Philipp-Blick, bei dem Alexandra früher schwach geworden war. Das war vorbei, wie sie erleichtert bemerkte.

»Meinst du mit ›überreagiert‹ deinen spontanen Besuch am See, kurz nachdem ich aus München hergezogen bin, bei dem du mir panisch eingeschärft hast, mich bitte so zu verhalten, dass bloß niemand auf die Idee kommen könnte, wir hätten was miteinander gehabt?« Süffisant lächelte sie ihn an und lehnte sich entspannt zurück. »Dann ist es richtig, das war überreagiert. Das war übrigens damals mein geringstes Problem. Ich hatte nie die Absicht, Gott und der Welt zu beichten, dass ich jahrelang mit einem verheirateten Mann eine Affäre hatte. Ich bin da nämlich absolut nicht stolz drauf.«

»Alex, ich bitte dich«, Philipp beugte sich vor, »das war doch nicht einfach so eine Affäre.«

Er fixierte einen Punkt am gegenüberliegenden Alsterufer, dann schüttelte er den Kopf. »Das klingt so klein. Das war es aber nicht. Ich habe dich geliebt.« Er sah sie nachdenklich an. »Die Scheidung von Jule war wirklich ziemlich hart und die Trennung von Pia noch mehr. Und als ich dann mit Steffi verheiratet war und dich wiedergetroffen habe, hatte ich einfach Angst, das noch mal durchmachen zu müssen.«

»Dann hättest du mir keine Hoffnungen machen dürfen«, Alexandra trank ihren Kaffee aus und stellte den leeren Becher etwas zu hart auf den Tisch zurück. »Hast du aber. Egal. Es ist gut, dass wir unsere Leben endlich aufgeräumt haben, ich bin froh darüber. Ich habe nach Maries Tod nur mit Jule und Friederike über dich gesprochen, wir wollten die Geheimnisse und Missverständnisse beenden. Und die beiden werden schon aus Rücksicht auf mich nicht darüber reden. Also musst du keine Furcht haben, dass Steffi von deinen außerehelichen Eskapaden erfährt – von mir zumindest nicht. Also, mach dir keine Sorgen, wenn du willst, kann ich es dir auch schriftlich geben.«

Sie griff nach ihrer Tasche, die sie über die Stuhllehne gehängt hatte, behielt sie aber noch auf dem Schoss. »Danke für den Kaffee, ich muss jetzt los. Also, mach's gut.«

Ganz langsam zog sie ihren Fuß unter dem warmen Hund

vor, bemüht, ihn nicht zu stören, was allerdings vergeblich war. Lotta sprang unter dem Tisch hervor und fing sofort an zu kläffen. Beruhigend strich Alexandra ihr über den Kopf und stand auf.

»Lotta, still«, fuhr Philipp den Hund an und zog ihn an der Leine zu sich. »Mach Platz. Alex?«

»Ja?« Sie schulterte die Handtasche und blieb vor ihm und der kläffenden Lotta stehen.

»Frieden?«

»Ich hatte keinen Krieg«, sie sah ihn lange an. »Das war etwas anderes. Also dann.«

Ohne auf seine Antwort zu warten, ging sie.

Sie verlangsamte ihr Tempo, als sie weit genug entfernt war und Seitenstechen bekam. Tief ausatmend blieb sie stehen und ließ sich von einer Joggerin überholen, die mit lauten Schritten immer dichter herangekommen war.

»Danke«, rief die Frau und trabte an ihr vorbei. Alexandra setzte ihren Weg langsamer fort und fragte sich, warum sie selbst nach fünf Minuten forschen Gehens Atemnot bekam, während diese Joggerin noch nicht mal verschwitzt wirkte. Aber vielleicht war die auch gerade erst gestartet und musste sich hinter der nächsten Kurve schon hinlegen. Der erste Eindruck täuschte ja oft. So wie bei Philipp Petersen. Er wirkte auf den ersten Blick so wahnsinnig lässig und souverän, dabei hatte er solchen Respekt vor der Meinung anderer und im Besonderen der seiner Frau. Und er tat alles, um die heile Fassade aufrechtzuerhalten. Er wollte gemocht werden, Ablehnungen und Unfrieden konnte er kaum ertragen. Er hatte sich in den letzten Jahren kaum verändert.

Das Schwerste an der langjährigen Affäre waren die Lügen und das Schweigen gewesen. Alexandra hatte aus Rücksicht auf seine Ehe über ihre Beziehung geschwiegen. Niemand wusste davon, weder ihre Kollegen noch ihre Freunde, noch nicht einmal ihre Schwester. Alexandra galt als überzeugte Singlefrau und Workaholic, die Scham darüber, dass sie in Wirklichkeit tage- und nächtelang verzweifelt auf eine Nachricht, ein Telefonat oder ein heimliches Treffen wartete, war so groß, dass es niemand wissen sollte. Erst als sie in der Lage gewesen war, die Geschichte zu beenden, hatte sie darüber sprechen können. Und das erst hatte ihr geholfen, damit abzuschließen.

Heute fragte sie sich, wie sie das so lange ausgehalten hatte. Die ständigen Ausflüchte, die Schwindeleien, das schlechte Gewissen, die ausweichenden Antworten, weil Freunde banale Dinge fragten, die Antwort aber das Wort Philipp enthalten hätte. Jetzt war diese Anstrengung für sie nicht mehr vorstellbar.

Die weiße Fassade des *Grandhotels* tauchte vor ihr auf. Alexandra lächelte, sie könnte jetzt sogar Friederike von ihrem zufälligen Treffen mit Philipp erzählen. Sie musste nichts mehr verschweigen, ihr Leben war wieder klar. Ganz im Gegensatz zu dem von Friederikes Mutter, die immer mehr im Nebel versank. Wie hatte Esther ihre Geheimnisse bloß aushalten können? Zumal ihre Affäre auch noch Folgen gehabt hatte. Falls es überhaupt eine gewesen war, das wusste ja niemand. Aber Esther hatte nicht nur Dinge verschweigen müssen, sie hatte auch ihren Mann und vor allen Dingen ihre Tochter angelogen. Ihr ganzes Leben lang. Der reine Kraftakt. Und so wie es jetzt aussah, hatte auch ihre beste Freundin Laura eine Leiche im Keller gehabt. Mindestens eine. Den Rest würde Alexandra nachher vielleicht bei Dr. Eisendorf herausfinden.

19.

»Unten ist eine junge Dame, die nach Ihnen gefragt hat.« Gudrun Kessel kam mit der Tagespost in Friederikes Büro und legte sie ihrer Chefin auf den Schreibtisch. »Ihr Name ist de Vries. Sie hat keinen Termin, sagte aber, es sei wichtig und ob Sie vielleicht zehn Minuten Zeit für sie hätten?«

»Worum geht es denn?« Friederike antwortete, ohne den Blick vom Bildschirm zu lösen und die Hand von der Maus zu nehmen. »Der Name sagt mir gar nichts.«

»Es sei privat und wichtig. Sie macht einen äußerst sympathischen Eindruck.«

»Wahrscheinlich sucht sie eine Praktikantenstelle«, Friederike beugte sich zum Bildschirm und tippte ein letztes Mal auf die Maus. »So, fertig, drucken.«

Sie ließ den Stuhl zurückrollen und sah ihre Assistentin an. »Wie heißt sie noch?«

»Frau de Vries.«

»Gut«, Friederike stand auf und nahm die Seiten aus dem Drucker. »Das ist für die Rezeption, ich bringe das selbst runter und sehe mir die äußerst sympathische Frau de Vries mal an. Bis gleich.«

In der Empfangshalle war es laut und trubelig, neue Gäste standen an der Rezeption, andere hatten Getränke bestellt und sich in die Loungemöbel gefläzt, einige saßen mit Laptops und wichtigen Gesichtern in den etwas ruhigeren Ecken.

Friederike begrüßte auf ihrem Weg einen Stammgast, bevor sie hinter die Rezeption trat und die ausgedruckten Listen in ein Fach legte.

»Hallo Wiebke«, sie berührte die Empfangsdame kurz am Arm. »Das sind die geänderten Listen. Und hier soll eine Frau de Vries auf mich warten? Wo denn?«

»Ja«, Wiebke Sander deutete mit dem Kopf diskret in eine Richtung. »Die junge Frau in der roten Bluse, da vorn.«

»Danke«, sie nickte und folgte der Geste. »Die sieht tatsächlich aus, als wollte sie sich um eine Praktikantenstelle bewerben. Na gut, frohes Schaffen weiterhin.«

Während Wiebke Sander schon den nächsten Gast begrüßte, verließ Friederike die Rezeption und durchquerte die Lobby, bis sie vor der sehr jungen Frau stand, die bei ihrem Anblick sofort aus dem Sessel sprang.

»Frau de Vries?«

Die Angesprochene strahlte sie an, Friederike schätzte sie auf siebzehn, höchstens achtzehn.

»Frau Brenner, hallo.« Sie war klein, sie musste zu Friederike hochsehen. »Das ist schön, dass Sie so spontan Zeit für mich haben. Ich bin rein zufällig hier, meine Eltern sind heute angekommen, sie übernachten hier im Hotel. Sie haben nämlich Hochzeitstag und wollen das feiern. Sie haben sich dafür das *Grandhotel* ausgesucht, weil es ja etwas Besonderes ist. Ich habe sie vom Bahnhof abgeholt und hergefahren und dann dachte ich, vielleicht passt es ja auch spontan. Sonst hätte ich Sie sowieso in den nächsten Tagen angerufen, aber wenn ich ohnehin schon mal hier bin, ist das ja noch praktischer.«

Friederike war dem Redeschwall abwartend gefolgt, hakte nun aber ein. »Entschuldigen Sie, worum geht es denn überhaupt?«

»Ach«, Frau de Vries schlug sich die Hand vor den Mund. »Sorry, wir kennen uns ja noch gar nicht. Ich bin Paula, ich gehöre zu den Studierenden, die im Wohnheim Ihrer Mutter das

Projekt betreuen. Und ich bin für Esther Brenner zuständig. Sie kennen mich nicht, ich habe Sie aber mal von Weitem im Heim gesehen und Schwester Sandra hat erzählt, dass Sie hier arbeiten und deshalb immer die tollen Torten mitbringen.«

»Ach so«, Friederike lachte kurz und streckte ihr die Hand hin. »*Die* Paula. Es tut mir leid, ich kannte Ihren Nachnamen gar nicht, sonst wäre ich schon früher draufgekommen. Ich hatte die Vermutung, es ginge um eine Praktikantenstelle. Was kann ich für Sie tun? Möchten Sie etwas trinken?«

»Sehr gern«, Paula nahm wieder Platz und sah sich um. »Ein Wasser wäre schön.«

»Gern. Ich sage der Kollegin Bescheid.«

Nach einem kurzen Augenblick kam sie zurück und setzte sich ihr gegenüber, wenig später servierte ein junger Mann das Wasser und zwei Gläser. Friederike schlug ihre Beine übereinander und betrachtete die junge Frau neugierig. »Wie weit sind Sie denn schon in Ihrem Studium?«

Paula ahnte den Grund der Frage wohl und lächelte schief. »Im siebten Semester. Und ich bin vierundzwanzig, ich sehe nur leider so jung aus. Das sind die Gene. Meine Mutter sagt immer, irgendwann werde ich mich darüber freuen, im Moment nervt es, dass ich tatsächlich noch manchmal meinen Ausweis zeigen muss.«

»Ihre Mutter hat recht«, Friederike lachte. »Irgendwann wird's besser. Also gut, was kann ich denn jetzt für Sie tun? Ich nehme an, es geht um meine Mutter?«

»Ja«, Paula nickte eifrig und fummelte zunächst einmal die Zitronenscheibe aus dem Wasserglas, um sie auf die Serviette zu legen. »Ich hasse Zitronen«, sagte sie in vertraulichem Ton. »Warum wirft man die eigentlich immer in die Gläser? Ohne zu fragen?«

»Ich werde das weitergeben«, Friederikes Mundwinkel zuckte, »sobald ich an der Bar vorbeikomme.«

»Gut«, Paula nickte. »Also, was die Geschichte Ihrer Mutter betrifft, habe ich schon eine ganze Menge Material zusammen. Frau Brenner redet viel mit mir, vor allen Dingen, wenn wir durch den Park spazieren. Sie ist ja auch in einem Haus mit Park aufgewachsen, das erinnert sie alles sehr an ihre Kindheit. Und dann sprudeln die Geschichten natürlich nur so aus ihr heraus.«

Unmerklich hob Friederike die Augenbrauen und sagte: »Kindheit ist vielleicht nicht ganz richtig. Sie hat knapp drei Jahre bei den Hohnsteins in der Villa am Park gewohnt, da war sie aber schon siebzehn.«

»Sie war aber als Kind jeden Tag da, nach der Schule, wenn ihre Mutter noch gearbeitet hat.« Paula sah sie an. »Sie hat damals schon mit ihrer Freundin Laura im Park gespielt, ihr beigebracht, wie man auf Bäume klettert und wie man ein Rad schlägt.«

Friederike sagte nichts dazu, was Paula nicht daran hinderte fortzufahren. »Aber das ist vielleicht auch nicht so entscheidend. Weshalb ich mit Ihnen sprechen wollte: Ich habe Hilde gefunden.« Sie machte eine bedeutungsschwangere Pause und wartete auf Friederikes Reaktion, die aber eher verhalten ausfiel. »Hilde? Ich glaube, meine Mutter hat den Namen mal genannt, es war im Zusammenhang mit dem Geschäft, in das sie musste. Ich kenne aber weder das Geschäft noch eine Hilde.«

»Ich aber«, triumphierend beugte Paula sich vor. »Und um so etwas rauszukriegen, sind wir da. Es ist wie ein Puzzle, die Bewohner erzählen kleine Geschichten, lassen den ein oder anderen Namen fallen, dann tauchen unvermittelt Orte auf, auch mal eine Straße, sogar genaue Daten, an die sie sich plötzlich erinnern. Oder Filme, die sie gesehen haben, natürlich auch Musik, die sie einem bestimmten Ereignis zuordnen. Reklame ist auch bei den meisten in Erinnerung geblieben, sie reden plötzlich über Bauknecht oder den Neckermann-Katalog oder über Constanze-Moden. Es kommt nur darauf an, alles aufzuschreiben oder aufzunehmen, die kleinen Teile zusammenzusetzten, das eine oder andere zu recherchieren, dann wieder zu überprüfen, ob das zeitlich und auch zeitgeschichtlich stimmen kann, ob …«

»Paula?« Friederike schnitt ihr so freundlich, wie sie konnte, das Wort ab. »Bei aller Begeisterung für Ihre Methodik, könnten Sie zurück zu Hilde kommen?«

»Natürlich, Frau Brenner. Also, es war so, dass Ihre Mutter sehr oft über Hilde gesprochen hat. Dass sie in Weißenburg wohnt, ihr Mann Karlheinz und ihr Sohn Rüdiger heißen, dass ihr Mann in einem Lampengeschäft arbeitet und dass Hilde schrecklich dick ist. Na ja, das Letzte war jetzt nicht so superhilfreich. Aber sie hat auch den Namen des Lampengeschäfts genannt: Lampen Hollmann. Und ich habe ein bisschen recherchiert und dabei im Archiv der Weißenburger Zeitung etwas gefunden. Dieses Geschäft hatte nämlich im Jahr 1981 das dreißigste Firmenjubiläum. Und da gab es eine Doppelseite mit Fotos der großen Feier und einem Artikel über die Firmengeschichte. Außerdem ein Bild von einem langjährigen Mitarbeiter namens Karlheinz, zusammen mit seiner Frau Hilde und dem Sohn Rüdiger. Das ist doch ein irrer Zufall, oder? Und deshalb weiß ich jetzt, dass Hilde mit Nachnamen Fabricius heißt. Glücklicherweise nicht Müller oder Schulze, sondern Fabricius, den Namen gibt es ja nicht so oft.«

Paulas Begeisterung steckte Friederike an, sie rutschte gespannt auf ihrem Sessel nach vorn. »Und? Haben Sie sie ausfindig gemacht? Kann sie sich an meine Mutter erinnern?«

»Erste Antwort: Ja. Zweite Antwort: Weiß ich nicht, weil ich sie noch nicht getroffen habe.« Paula war richtiggehend euphorisiert von ihrer eigenen Recherche. Sie trank einen Schluck Wasser und wischte sich mit dem Handrücken die

Lippen ab, bevor sie stolz weitersprach. »Ich habe es tatsächlich geschafft, ihre alte Adresse in Weißenburg ausfindig zu machen. Ich bin hingefahren und habe geklingelt, nur leider wohnt sie nicht mehr da, sondern eine Familie Gerlach. Aber die sehr nette Frau Gerlach hat mir gesagt, dass ihr Vermieter, Herr Fabricius, eine Praxis in Hamburg hat. Der ist nämlich Arzt geworden, der Rüdiger. Augenarzt. Und weil ich sowieso einen Sehtest brauchte, bin ich zu ihm gefahren und habe ihn nach seiner Mutter gefragt und auch gleich erzählt, warum ich das wissen will. Wegen des Projekts und weil ich da eine alte Bekannte seiner Mutter betreue, die so oft über Hilde redet und so. Das fand er ganz toll, weil seine Mutter auch in einer Alteneinrichtung lebt und er das super findet, dass junge Leute sich mit den Bewohnern und ihren alten Geschichten befassen, weil doch …«

»Paula.« Erschöpft hob Friederike die Hand. »Kommen Sie bitte mal auf den Punkt.

»Klar, sofort«, Paula nickte. »Hilde lebt auch in einer Seniorenresidenz.« Sie sah Friederike erwartungsvoll an. »Werden Sie hinfahren? Vielleicht sogar mit Ihrer Mutter?«

Friederike starrte sie an. Sie fühlte sich etwas erschlagen von dieser jugendlichen Leidenschaft und der Fülle an Informationen, gleichzeitig war es das erste Mal, dass sie von einer Freundin ihrer Mutter hörte. Die es tatsächlich noch gab und die vielleicht etwas über Esther wusste, was eine der vielen offenen Fragen beantworten konnte.

Friederike räusperte sich. »Haben Sie die Adresse mit?«

»Nicht direkt«, Paula hob einen Rucksack vom Boden auf den Schoß und fing an, ihn zu durchwühlen. Schließlich zog sie ein besticktes Stofftäschchen hervor, zog den Reißverschluss auf und fummelte eine Visitenkarte heraus, die sie Friederike reichte. »Das ist nur die Karte von Dr. Fabricius. Ich glaube, der hat zu viele Krimis geguckt, ich hatte das Gefühl, dass er dachte, ich wäre so eine Enkeltrickbetrügerin, obwohl er das Projekt so toll fand. Aber vielleicht will er lieber auf Nummer sicher gehen, nicht dass nachher sein Erbe weg ist. Er hat vorgeschlagen, dass Sie ihn ja mal anrufen könnten. Ich habe auch gleich gesagt, wer Sie sind und wo Sie arbeiten. Der weiß also Bescheid.«

»Okay«, Friederike drehte die Karte zwischen den Fingern, nachdem sie die Adresse der Praxis gelesen hatte. Sie war in der Innenstadt, sie war schon mal daran vorbeigegangen. Die Welt war klein. »Paula, ich danke Ihnen für Ihre Mühe. Vielleicht rufe ich ihn an. Ich werde Ihnen erzählen, ob dabei etwas rausgekommen ist.« Sie erhob sich langsam von ihrem Sessel. »Ich habe jetzt leider noch dringende Termine und muss weiter, aber vielen Dank für den Besuch.«

»Sehr gerne«, Paula stand gleichzeitig auf und streckte ihr zum Abschied die Hand entgegen. »Ich mag Ihre Mutter. Das Projekt macht mir so große Freude.«

»Man merkt es«, Friederike drückte ihre Hand und trat einen Schritt zurück. »Behalten Sie diese Leidenschaft. Bis zum nächsten Mal.«

»Ja, klar. Tschüss, Frau Brenner.«

Erst als sie im Aufzug stand, lehnte sie sich kurz an die Wand und stöhnte. Irgendwo hatte sie neulich gelesen, dass man an einem Tag durchschnittlich 16 000 Wörter benutzte. Paula würde damit nicht mal annähernd auskommen.

Oben angekommen, hörte sie plötzlich eine bekannte Stimme durch die offene Tür ihres Büros. Überrascht trat Friederike ein. »Alex? Ich dachte, du bist in Berlin?«

»Ich rufe dich nachher noch mal an«, mit dem Handy am Ohr hob Alexandra den Blick und lächelte Friederike an. »Fiedi ist gerade reingekommen. Ja, mach ich, bis später.« Sie steckte das Telefon weg und erhob sich aus einem Sessel.

»Schöne Grüße von Jule. Frau Kessel hat mich in dein Büro gelassen. Ich wollte dich zu einem Mittagessen überreden, deine Assistentin hat mir schon gesagt, dass du Zeit dafür hast. Also keine Ausreden.«

Friederike umarmte sie überrascht und sah sie erfreut an. »Wieso bist du denn schon aus Berlin zurück? Du wolltest doch bis Ende des Monats bleiben.«

»Will ich immer noch«, Alexandra trat einen Schritt zurück und hob ihre Tasche auf. »Ich habe heute um 16 Uhr einen Termin bei Dr. Eisendorf, aber ich fahre anschließend zurück.«

»Dr. Eisendorf?« Sie runzelte die Stirn. »Maries Anwalt?«

»Er betreut auch die Stiftung«, antwortete Alexandra. »Hanna hat mir eine Vollmacht geschickt, damit ich bei ihm Unterlagen einsehen kann. Das erzähle ich dir gleich in Ruhe beim Essen. Es gibt ganz neue Aspekte in der Familie Hohnstein, die im weitesten Sinne auch etwas mit Marie und dir zu tun haben.«

»Aha«, Friederike schob die Hände in die Jackentaschen. »Du jetzt auch noch. Ich hatte gerade Besuch von einer redegewaltigen Studentin dieses Heimprojekts, die anscheinend die Reinkarnation von Miss Marple ist. Sie hat mir genau erklärt, wie sie mit den Erinnerungen der Bewohner arbeitet und wie sie ihre Nachforschungen betreibt, um die Geschichten zusammenzubekommen. Ich sage es dir, es hört sich an, als ginge es um ungeklärte Mordfälle. Aber sie hat tatsächlich eine alte Freundin meiner Mutter gefunden, die Esther neulich erstmals erwähnt hat.«

Alexandra sah sie gespannt an. »Und? Was hat sie über Esther erzählt?«

»Paula konnte nicht mit ihr sprechen, weil der Sohn dieser Freundin die Adresse nicht rausgerückt hat. Ich soll ihn anrufen.«

»Ja, los«, Alexandra sah sie auffordernd an, »ruf ihn an.

Vielleicht weiß die alte Freundin etwas über deinen Vater. Und was damals passiert ist. Und im Zweifelsfall hat sie auch noch Infos über den Onkel von Laura und Lorenz Hohnstein. Um den geht es bei mir nämlich gerade.«

Langsam zog Friederike die Visitenkarte aus der Tasche und drehte sie um. Auf der Rückseite stand eine handgeschriebene Handynummer. Ohne lange zu überlegen, griff sie nach ihrem Telefon und tippte die Nummer ein. Den Blick auf Alexandra gerichtet, hörte sie das Freizeichen, bis sich eine männliche Stimme meldete. »Fabricius.«

»Friederike Brenner. Hallo, Dr. Fabricius, Frau de Vries hat mir Ihre Karte gegeben. Es geht um unsere Mütter.«

April 1961

»Bitte schön, Frau Brenner, das ist für Sie.« Vor der Haustür stehend, wo sie den Postboten abgefangen hatte, überreichte er ihr die Post mit großer Geste.

»Ist das alles?« Enttäuscht sah Esther auf die beiden Umschläge und den Neckermann-Katalog. »Haben Sie nicht noch mehr für uns?«

»Leider nein«, der rothaarige Mann schob sich die schwere Ledertasche auf den Rücken und lächelte sie an. »Haben Sie auch bei einem Preisausschreiben mitgemacht?«

»Nein. Wieso?«

»Meine Frau hat bei einem mitgemacht. Der erste Preis ist ein Fernsehgerät, deshalb wartet sie jetzt jeden Tag auf die Benachrichtigung.«

»Dann viel Glück für Ihre Frau. Wiedersehen.« Enttäuscht klemmte Esther sich den dicken Katalog und die beiden dünnen Briefe unter den Arm, griff nach dem leeren Mülleimer und ging zurück ins Treppenhaus. Während sie zu ihrer Wohnung hochstieg, kamen ihr fast die Tränen. Schon wieder nichts. Wie schon seit Wochen. Sie verstand es nicht, er könnte doch wenigstens ein paar Zeilen schreiben. Irgendetwas. Nur damit sie wusste, dass sie nicht so allein war mit ihren Gedanken und Erinnerungen. Bevor ihr Herz ganz zersprang.

Die Wohnungstür wurde aufgerissen, bevor sie den Schlüssel ins Schloss schieben konnte. »Warum hast du denn den Müll nach unten gebracht? Das hätte ich doch gleich erledigt.« Dieter hatte kleine rote Pickel im Gesicht, das hatte er immer nach der Rasur, weil er so empfindliche Haut hatte. Und weil seine Mutter ihm immer Pitralon schenkte, das für Männer geeignet war, die sich *auf männliche Art pflegten*, so stand es zumindest in den Anzeigen. Deshalb hatte Dieter nun nach dem Rasieren diese Pickel und roch etwas aufdringlich.

Er nahm ihr den leeren Mülleimer aus der Hand und hielt die Tür weiter auf. »Die Post ist auch schon da?« Auch die nahm er ihr ab und legte sie nach einem kurzen Blick auf die Flurgarderobe. »Jetzt setzt du dich bitte mal einen Moment hin und ruhst dich aus. Du sollst in deinem Zustand nicht so schwer heben, das weißt du doch. Blättere doch ein bisschen im neuen Katalog und such dir was Schönes aus. Mutter wollte dir doch sowieso noch ein Geburtstagsgeschenk kaufen, das kannst du dir ja auch bei Neckermann bestellen.«

»Ich hatte aber schon letzten Monat Geburtstag«, sie versuchte, flach zu atmen, um der Pitralon-Wolke zu entgehen, während Dieter die Wohnungstür hinter ihr schloss. »Was soll ich mir denn aussuchen? Sonst hat sie mir immer Kaffee und Seife geschenkt.«

»Aber jetzt hat sich doch alles geändert«, Dieter strahlte sie so stolz und glücklich an, dass Esther ihren Blick abwenden musste. »Jetzt erwartest du ihr erstes Enkelkind, vielleicht wünschst du dir ja auch Babysachen von ihr. Wir müssen ja langsam mal anfangen, ein paar Dinge zu kaufen. Laura und Carl haben schon das Kinderzimmer fertig eingerichtet, und so viel länger dauert es bei uns ja auch nicht mehr.« Er beugte sich zu ihr und küsste sie auf den Scheitel. »Ich bin sehr glücklich, Esther«, sagte er mit rauer Stimme. »Und ich freue mich so auf das Kind.«

Ihr Hals schnürte sich zu, sie versuchte ein Lächeln und legte ihm dabei die Hand auf die schmale Brust. »Das ist schön, Dieter«, sagte sie so munter, wie es ihr möglich war. »Aber bitte, pack mich nicht so in Watte, ich bin nicht krank, ich bin nur schwanger und mein Frauenarzt hat gesagt, dass alles in Ordnung ist. Ich will mich jetzt auch nicht hinsetzen, sondern ein paar Einkäufe erledigen. Auf dem Markt. Keine schweren Sachen. Auf dem Rückweg gehe ich noch im Handarbeitsgeschäft vorbei und kaufe Wolle für die Babydecke, die ich für Laura stricke. Und du wolltest heute das Auto waschen. Das kannst du doch jetzt machen, während ich weg bin, oder?«

Dieter sah sie besorgt an. »Ich weiß nicht. Soll ich dich nicht vielleicht begleiten?«

»Was willst du auf dem Markt? Unter lauter Hausfrauen«, sie drückte sich an ihm vorbei, um den Einkaufskorb aus der Küche zu holen. »Das ist doch nichts für Männer. Ich bin nicht lange weg«, sie blieb stehen und sah ihn an. »Es geht mir gut, wirklich.«

Die Frühlingssonne blendete sie, als sie wieder auf den Hof kam. Frau Gerhardt hängte gerade frisch gewaschene Bettlaken an die Leine. Ihre Nachbarin, die den halben Tag strickend am Fenster saß und die ankommenden und weggehenden Leute beobachtete, war neugierig und tratschte mit Leidenschaft, trotzdem mochte Esther sie, weil sie immer freundlich war.

»Frau Brenner«, Frau Gerhardt ließ sofort ein Laken zurück in den Wäschekorb fallen, als sie sie sah. »Wie geht es Ihnen denn? Langsam kann man ja sogar was sehen.«

Unverhohlen starrte sie auf Esthers Bauch, der sich unter dem Mantel leicht wölbte.

»Danke, gut, Frau Gerhardt.« Sie legte verlegen die Hand auf den Mantel und fragte sich, wann sie endlich beginnen würde, sich auf dieses Kind zu freuen.

Die Nachbarin nickte, suchte irgendetwas in ihrer Kitteltasche und fand es schließlich auch. Sie streckte Esther auf der flachen Hand ein Stück Traubenzucker hin. »Sie sind so blass und immer noch so zart.« Ihre dunkle Stimme klang besorgt. »Denken Sie daran, Sie müssen für zwei essen.«

Esther lächelte sie an. »Ich bemühe mich und danke.« Sie nahm den Traubenzucker, wickelte ihn aus dem Papier und biss ab. Er schmeckte süß und nach Seife, sie schluckte ihn schnell hinunter. »Ich gehe jetzt auf den Markt. Soll ich Ihnen etwas mitbringen?«

»Nein, nein«, Frau Gerhardt lachte schallend. »Das fehlt wohl noch, dass Sie für mich einkaufen gehen. In Ihrem Zustand. Aber bummeln Sie ruhig durch die schöne Frühlingsluft, das tut dem Baby gut. Damit es bald schon gesund und kräftig zur Welt kommt. Wann soll das Kleine noch mal kommen?«

»Ende Juli«, Esther schob den Korb über ihren Arm. »Es ist noch ein bisschen Zeit.«

»Das geht schneller vorbei, als man denkt«, Frau Gerhardt tätschelte ihr die Schulter. »Und dann sind die ruhigen Nächte vorbei. Aber es kommt auch viel Freude ins Haus.«

Entgeistert starrte Esther sie an, riss sich aber sofort zusammen und bemühte sich um ein heiteres Gesicht. »Bestimmt, ganz bestimmt. Also, dann wünsche ich Ihnen noch einen schönen Tag.«

In Gedanken versunken bog sie um die Ecke und ging langsam in Richtung Marktplatz, vorbei an der Marienkirche und den Backsteinfassaden. Es komme Freude ins Haus. Esthers Magen zog sich zusammen. Wo sollte denn in diesem Wirrwarr die Freude herkommen? Sie konnte sich ja noch nicht einmal über ihre Schwangerschaft freuen. Sie wischte mit dem Handrücken eine Träne von der Wange und beschleunigte ihre Schritte, als würde sie so den bitteren Gedanken entkommen können.

Es herrschte bunte Betriebsamkeit auf der Straße, das Frühlingswetter lockte die wintermüden Lübecker nach draußen, in die Stadt, in die Cafés oder zur Trave.

Esther betrachtete mit einer Spur von Neid die entgegenkommenden Frauen. Die meisten hatten schon die Wintermäntel gegen helle Frühlingskleidung getauscht, ihre Gesichter waren heiter, die Haare leuchteten in der Sonne, die Röcke schwangen um die Beine, sie wirkten, als feierten sie diesen sonnigen Tag und ihr Leben. Seufzend griff sie an den Kragen ihres grauen Wollmantels und öffnete die oberen beiden Knöpfe. In der Sonne wurde es schon richtig warm.

Vor einem Geschäft blieb sie kurz stehen und betrachtete die extravaganten Sommerhüte. Einen ähnlichen besaß Laura, sie hatten ihn gemeinsam auf Sylt gekauft, damals, als Esthers Welt noch in Ordnung und die Freude auf die Zukunft grenzenlos gewesen war. Sie wandte sich resigniert ab. Sie wollte nicht daran denken, aber sie konnte die Gedanken, die sie immer wieder mit Wucht überfielen, auch nicht mehr abwehren.

Im Gegensatz zu ihr hatte Laura auch dieses Mal viele Beschwerden in ihrer Schwangerschaft, aber wenigstens jetzt die Zuversicht, dass es gut ausging. Sie hatte sich so sehr gefreut, als Esther ihr gesagt hatte, dass auch sie in anderen Umständen war und ihre Freundin und Dieter sofort zu einem wunderbaren Essen eingeladen, bei dem Laura sich die Zukunft in den rosigsten Farben ausgemalt hatte. Sie beide und ihre Kinder, die Ferien auf Sylt verbringend oder die Wochenenden bei Hagenbeck oder an der Elbe. Während des ganzen Essens hatte Esther still, mit zugeschnürtem Hals, am Tisch gesessen und sich gefragt, ob dieser Wahnsinn jemals enden würde. Es war zum Glück gar nicht aufgefallen, weil Dieter und Carl sich über die bevorstehenden Vaterfreuden unterhalten hatten und Laura Esther die ersten Babyeinkäufe zeigen wollte. Im schon fast fertig eingerichteten Kinderzimmer hatte ihre Freundin sie angesehen und leise gefragt, ob sie glücklich und ihre frühere Schwärmerei für Lorenz endlich vorbei sei. Esther hatte nur genickt und geschwiegen. Sie konnte ihr ja nicht sagen, dass sie Lorenz geschrieben hatte und dass der sich nicht meldete. Dass sie nicht genau wusste, wann dieses Kind in ihrem Bauch gezeugt worden war. Dass sie nicht wusste, wer es gezeugt hatte. Weil man auch in einer einzigen, wunderschönen, leidenschaftlichen und unvergessenen Nacht schwanger werden konnte. Und dass sie jetzt mit ihrem Schmerz und ihrer Angst ganz allein war und mit niemandem darüber sprechen konnte. Weil sie Lorenz geschworen hatte, nie über diese Nacht zu reden.

Eine Frau mit einem weißen Korbkinderwagen kam ihr entgegen. Sie sah müde aus, sehr blass, gar nicht so, wie man sich eine glückliche Mutter vorstellte. Esther trat vom Bürgersteig auf die Straße, um ihr Platz zu machen, die Frau lächelte sie kurz an. »Danke«, sagte sie und nickte. »Es ist alles nicht so einfach.«

»Das stimmt«, entgegnete Esther, bekam aber keine Antwort und setzte ihren Weg langsam fort.

Unwillkürlich straffte sie ihre Schultern und hob das Kinn. Sie musste jetzt an etwas anderes denken, sonst würde sie verrückt. Die ersten Marktstände tauchten vor ihr auf, die bunten Blumen an den Ständen leuchteten in der Sonne.

Sie atmete tief ein, dann stellte sie sich an einem Obst- und Gemüsestand an, die Schlange der Wartenden schob sich nur langsam vorwärts. Esther verlagerte ihr Gewicht auf das andere Bein und legte eine Hand auf ihren Bauch, sofort kreisten die Gedanken wieder um Laura, Lorenz und das Leben bei den Hohnsteins.

Lauras Zustand hatte es wieder einmal nicht zugelassen, dass sich die Freundinnen in den letzten Wochen gegenseitig besuchen konnten, dafür hatten sie ab und zu telefoniert. In der Straße, in der sie und Dieter wohnten, stand seit Kurzem ein Münzfernsprecher, von da aus hatte Esther Laura manchmal angerufen. Immer in der Hoffnung, irgendetwas von Lorenz zu hören. Jedes Mal ging sie danach enttäuscht nach Hause, weil sie nichts erfahren hatte, aber auch nicht danach fragen konnte. Das hatte sie ihm versprochen. In den letzten Wochen hatten sie dann noch nicht einmal telefoniert, weil es Laura so elend ging, dass sie eine Zeit lang in die Villa zu ihren Eltern gezogen war. Damit sie tagsüber nicht allein war, wenn Carl in der Kanzlei arbeiten musste. Laura hatte ihr geschrieben, dass sie sich melden werde, sobald es ihr besser gehe. Jetzt bekam Esther überhaupt nichts mehr von den Hohnsteins mit, fühlte sich abgeschnitten und allein.

Plötzlich hörte sie hinter sich eine vertraute Stimme. Sie sah sich um und entdeckte beim Fischhändler ihre Schwiegermutter, die mit dem Rücken zu ihr stand und sich laut mit einer anderen Frau unterhielt. Offenbar hatte sie Esther nicht bemerkt.

»Ich hoffe ja sehr, dass das Kind sie von diesen versponnenen Ideen abhält«, sagte sie gerade. »Dieser Modefirlefanz, der ihr so wichtig ist, also ich habe das nie verstanden. Meine Güte, sie war eine kleine Verkäuferin in der Damenoberbekleidung, Madame Leclerc hat sie eingestellt, weil sie gut nähen kann. Aber, Wilhelmine, ich bitte dich, sie tut ja immer noch so, als wäre sie vornehm. Nur weil sie kurz bei diesen reichen Hohnsteins aus Weißenburg gewohnt hat, dabei war ihre Mutter da bloß Haushälterin, trotzdem durfte Esther nach deren Tod dableiben. Ich habe nie verstanden, was mein Dieter an ihr findet, aber bitte, der Junge war immer so verträumt, der ist doch viel zu weich.«

»Aber sie ist ja eine Hübsche, so apart. Und diese schönen dunklen Locken.«

Esther reckte unauffällig den Kopf, um zu sehen, mit wem ihre Schwiegermutter da redete. Sie kannte die Frau nur vom Sehen, es war irgendeine alte Freundin.

»Krause Haare, krause Gedanken«, Anneliese Brenner schnaubte. »Ich hoffe wirklich, dass sie vernünftig wird, wenn das Kind da ist. Wenigstens kann sie jetzt nicht mehr arbeiten und kümmert sich vernünftig um den Haushalt, das ist schon mal gut. Ich wollte mich ja nie einmischen, aber ihre Küche war immer unordentlich. Und du hättest die Wäscheschränke sehen sollen, ich hätte am liebsten alles rausgerissen und selbst geplättet. Dass Dieter ihr nach der Hochzeit überhaupt erlaubt hat, in diesem Modesalon zu arbeiten, also wirklich. Er verdient ja wohl genug. Aber das hat jetzt endlich ein Ende. Und im Juli kommt das Kind und vielleicht ja auch schnell noch ein zweites. Dann ist ihr hoffentlich auch endlich klar, woher sie kommt und wohin sie gehört. Damit diese Spinnerei mit diesen reichen Leuten mal ein Ende hat.«

Die Schlange schob sich jetzt schneller weiter, Esther konnte den weiteren Verlauf des Gesprächs nicht mehr verstehen und warf nur noch einen kurzen Blick auf die stämmige Figur ihrer Schwiegermutter, die sie immer noch nicht entdeckt hatte. Was für eine dumme Frau, dachte sie wütend und presste ihre Lippen zusammen. Tratschend auf dem Wochenmarkt die angeblichen Fehler ihrer Schwiegertochter herauszuposaunen. Egal, was passieren würde, das hier konnte nicht ihre Zukunft sein.

»Na, was darf's sein?«

Sie hatte immer schon geahnt, dass Anneliese Brenner in ihre Schränke guckte, sobald sie allein im Zimmer war. Diese neugierige alte Wachtel.

»Junge Frau, wollen Sie hier stehen und träumen oder einkaufen?«

Sofort zuckte Esther zusammen und starrte den Gemüsemann an, sie hatte gar nicht mitbekommen, dass niemand mehr vor ihr stand. »Entschuldigung«, sie riss sich zusammen und bemühte sich um ein Lächeln. »Ich hätte gern zwei Bund

Suppengrün und ein halbes Pfund Zwiebeln bitte. Und einmal Petersilie.«

Schweigend wickelte der Mann die Petersilie und das Suppengrün in ein Stück Zeitung, bevor er die Zwiebeln abwog und in eine Tüte legte. »Fünfunddreißig Pfennig«, sagte er laut und wartete ab, bis sie ihm das Geld in die Hand zählte. »Firma dankt«, er reichte ihr die Einkäufe über die Kartoffelschütte und nickte kurz. »Die nächste Dame, was darf's sein?«

Esther machte für die nachfolgende Kundin Platz, stellte sich noch beim Metzger an, um ein paar Suppenknochen zu kaufen, und ging dann langsam wieder zurück. Heim, dachte sie zynisch, in ihr trautes Heim, in das Freude einkehren möge. Und wo sie jetzt eine Nudelsuppe kochen musste. Dieser Tag konnte kaum schlimmer werden.

Dieter war noch nicht zurück, als Esther die Wohnung betrat und den Einkaufskorb auf die Küchenbank stellte. Sie tauschte ihr zartrosa Tageskleid gegen einen karierten Baumwollhänger, den sie nur zum Kochen und Putzen trug. Sie hatte sich irgendwann geschworen, sich niemals modisch gehenzulassen. Diese praktischen Hauskleider trug sie tatsächlich nur zuhause, außer Dieter und seiner Mutter und einmal tatsächlich Frau Gerlach hatte sie noch niemand darin gesehen. Esther hasste diese uneleganten Hausfrauenkittel, liebte aber ihre schönen Kleider, die dadurch wenigstens geschont wurden. Wobei sie ihr langsam sowieso zu eng wurden.

Jetzt füllte sie den Suppentopf mit Wasser und stellte ihn auf den Herd, bevor sie die Knochen und das Suppengrün auswickelte. Achtlos schob sie das Zeitungspapier zur Seite, es rutschte vom Tisch, sie bückte sich, um es aufzuheben, als ihr plötzlich eine Anzeige ins Auge fiel. Ungläubig hob sie das Blatt auf, unfähig zu begreifen, was sie da las. Als sie ganz langsam die Worte begriff, fing sie an zu zittern, die Magensäure stieg hoch, ihr Herz raste, sie schaffte es mit letzter Kraft an die Spüle und übergab sich. Am ganzen Körper bebend, die Zeitungsseite immer noch in der Hand, ließ sie sich auf den Boden sinken, immer wieder die Worte lesend, die gerade ihre komplette Welt zerstört hatten.

Plötzlich und unerwartet müssen wir Abschied nehmen
von unserem Sohn, Enkel, Bruder und Verlobten

Lorenz Hohnstein
**3. Juli 1935 †8. April 1961*

Wir sind unfassbar traurig

Hermann und Adelheid Hohnstein
Karla Hohnstein
Carl und Laura van Barig, geb. Hohnstein
Rose von Ellerbrock

Die Beisetzung findet im engsten Familienkreis statt.

Esther las immer wieder seinen Namen. Und wollte nur noch sterben.

20.

Ich sitze jetzt im Zug, komme um 20:20 Uhr an. Freu mich, Küsse.

Mit einem kleinen Lächeln schickte Alexandra die Nachricht ab und lehnte sich an die Kopfstütze, den Blick nach draußen gerichtet, während der ICE aus dem Hamburger Hauptbahnhof in Richtung Berlin rollte. Der Zug fuhr gleich durch die östlichen Vororte Hamburgs, in Richtung des Sees. Sie liebte dieses Haus immer noch, sie mochte Hanna, sie mochte die Nähe zu Jule und Friederike, hier waren ihre Wurzeln, hier hatte sie nach den turbulenten letzten Jahren wieder Ruhe gefunden. Es war viel passiert in dieser Zeit, vieles hatte sich verändert. Aber jetzt war sie auf dem Weg nach Berlin und hatte plötzlich das sichere Gefühl, nach Hause zu fahren. In Berlin war Jan, Berlin war der Neuanfang, Berlin war das richtige Gefühl. Und hier hatte sie auch die Hoffnung, doch noch einen Job zu finden. Es gab genügend Kultureinrichtungen, ein Literaturhaus, verschiedene Zeitungen und mehrere Verlage. Sie musste diesen Schritt gehen. Nur hatte sie keine Ahnung, wie sie das alles Hanna beibringen könnte. Es würde ihr das Herz brechen, auch wenn sie das nie zugeben würde. Trotzdem musste Alexandra eine Lösung finden. Sie schloss kurz die Augen und atmete tief ein und aus. Dieses Problem würde sie später angehen.

Der Zug hatte Hamburg verlassen. Um sich abzulenken, zog Alexandra einen der braunen Umschläge aus ihrer Tasche. Es war ein ganzer Stapel Unterlagen, den Dr. Eisendorf zusammengestellt und auf drei Umschläge verteilte hatte. »Sie haben nach den alten Papieren gefragt«, hatte er gesagt und ihr den Stapel zugeschoben. »Wir haben Ihnen die Gründungsunterlagen sowie einige Akten und Briefwechsel aus den Jahren 1966, '67 und '68 zusammengestellt. Ich weiß nicht, was Sie sonst noch einsehen wollen, es gibt ja eine Vielzahl von Akten im Archiv, aber nach dem, was Sie mir gesagt haben, sind diese Papiere wohl die, die sie suchen.«

Sein Gesichtsausdruck war unbeteiligt gewesen, als sie alles, ohne einen Blick darauf zu werfen, in ihrer Reisetasche verstaut hatte.

»Danke«, hatte sie gesagt. »Darf ich Sie anrufen, wenn ich noch Fragen habe?«

Er machte eine kleine Verbeugung. »Selbstverständlich. Wobei ich zu den Einzelheiten nicht viel sagen kann, das hat ja alles mein Vorgänger gemacht. Ich muss jetzt zurück ins Gericht, auf Wiedersehen.«

Die Tasche war so schwer, dass Alexandra sich ein Taxi zum Bahnhof hatte nehmen müssen.

Jetzt öffnete sie einen der Umschläge und zog den ersten Aktendeckel mit Unterlagen hervor. Langsam blätterte sie ihn durch. Es gab Vertragskopien, Bilanzauszüge, Zahlenkolonnen, handschriftliche Notizen, Kontoauszüge, alle Blätter waren eng beschrieben, auf den ersten Blick erschloss sich das wenigste. Der Name Karla Hohnstein tauchte hier überhaupt nicht auf. So viel zur Recherche für ihr neues Buch. Sie hielt inne, als ihr ein Name auffiel, und sah genauer hin. Es war die Kopie der Gründungsurkunde der Stiftung, datiert in Weißenburg, am 14. Juni 1966, unterschrieben von Adelheid Hohnstein, Laura und Carl van Barig. Sie blätterte zum nächsten Schriftstück, das sie schnell überflog. Es sah aus wie die Kopie eines Kaufvertrages vom 5. Juli 1966. Der Käufer war ein Schweizer Pharmakonzern, die Verkäuferin Adelheid Hohnstein. Angeheftet war ein zerknittertes und mehrseitiges Schriftstück, in dem handschriftlich die Übertragung des gesamten Gewinns in die Marie-van-Barig-Stiftung bestätigt wurde. Verwundert legte Alexandra das Papier zur Seite. Warum steckte man den gesamten Erlös der Familienfirma in eine Stiftung, wenn es doch eine Tochter, einen Schwiegersohn und eine Enkelin als Erben gab? Sie musste das alles systematisch durcharbeiten, vielleicht würde sie dann die Erklärung finden.

Alexandra schob die Unterlagen wieder zusammen, dabei rutschte eine Urkunde heraus und gab den Blick auf eine Unterschrift frei. Sofort zog sie das Blatt hervor und überflog es.

Hiermit erkläre ich, Wilfried Hohnstein,
geb. am 20. Februar 1908 in Hamburg,
dass ich auf jedwede Ansprüche auf das
Firmenvermögen der Hohnstein-Werke,
auch bei einer eventuellen Veräußerung, verzichte.
Wilfried Hohnstein
Beurkundet und beglaubigt
in Hamburg, am 7. Juni 1966
W. Hohnstein

»Da bist du ja«, sagte Alexandra leise und las die Zeilen noch mal. Wilfried, der mysteriöse Bruder von Hermann Hohnstein, der von der Familie totgeschwiegen wurde und nie wieder aufgetaucht war. Bis Cosima Wagner bei ihrer Suche nach was auch immer Fotos gefunden hatte, die ihn mit irgendwelchen Nazis zeigten. Aber jetzt kam Alexandra der Sache näher, in dieser Sammlung von Papieren und Dokumenten spielte er eine Rolle. Jetzt konnte sie anfangen, das Puzzle zu legen. Das würde sie gemeinsam mit Jan lösen, in aller Ruhe und am großen Esstisch seiner und vielleicht auch bald ihrer Berliner Wohnung.

Sie packte alles wieder zusammen und zurück in die Tasche. Nach einem Blick auf die Uhr beschloss sie, ins Bordbistro zu gehen, um sich etwas zu trinken zu holen. Sie fühlte sich komplett ausgetrocknet.

Ihr Ziel befand sich nur zwei Waggons entfernt. Sie trat durch die Schiebetür und blieb wie vom Schlag getroffen stehen, als sie einen Mann entdeckte, der mit Kopfhörern in eine Zeitung vertieft vor einem Glas Weißwein saß und dabei seinen Kopf rhythmisch bewegte. Auf der Stelle wollte sie den Rückzug antreten, in diesem Moment sah er jedoch hoch und riss sich die Kopfhörer herunter. »Alexandra!« Er sprang auf und kam auf sie zu. »Das ist ein Zeichen.«

»Sebastian«, widerstandslos ließ sie sich von ihm umarmen, es war eh zu spät. »Was für ein Zufall.«

»Es gibt keine Zufälle«, deklamierte er wie immer etwas zu laut. »Es gibt nur Schicksal. Ich war in Hamburg, weil ich ein paar Kollegen getroffen habe, das muss ich dir unbedingt erzählen, ich weiß gar nicht, wo ich anfangen soll. Komm, setz dich zu mir, wir haben einiges zu bereden.«

»Haben wir?« Sie sah ihn an und schüttelte leicht den Kopf. »Ich wollte mir eigentlich nur ein Wasser …«

»Auf keinen Fall«, er schob sie entschlossen in Richtung Tisch. »Wir müssen reden. Junger Mann? Bringen Sie noch einen Weißwein?«

»Nein«, widersprach Alexandra, »ein Wasser bitte.«

»Wenn du meinst«, Sebastian sah sie an. »Wobei ich glaube, dass wir gleich was zu feiern haben.« Er wandte sich um und rief: »Also ein Wasser. Aber den Wein können Sie trotzdem bringen, ich muss ja noch eine Stunde fahren.«

Dann wandte Sebastian sich wieder Alexandra zu. »Nun setz dich doch. Ich habe nämlich eine sehr gute Idee. Deshalb ist es ein absoluter Glücksfall, dass wir uns hier treffen, dann brauche ich dich nicht anzurufen.«

Sie zog die Augenbrauen hoch. »Aha. Und die wäre?« Es war schon erstaunlich, wie wenig überrascht Sebastian wirkte, sie zufällig getroffen zu haben. Er benahm sich so, als hätte er gewusst, dass sie kommen würde. Vielleicht gehörte er mittlerweile auch zu den Menschen, die sich Dinge vom Universum wünschten und davon überzeugt waren, dass das klappte.

Der Weißwein und das Wasser wurden auf den Tisch gestellt, Sebastian wartete, bis sie getrunken hatte, dann stützte er seine Ellenbogen auf den Tisch und beugte sich vor. »Welcher Gedanke kommt dir beim Namen Carsten Hansen? Oh, Verzeihung, Dr. Carsten Hansen? Darauf legt er ja Wert.«

»Die Gedanken willst du gar nicht wissen«, antwortete Alexandra und stellte ihr Glas wieder ab. Der kleine Wichtigtuer Hansen, der sie nach der Übernahme ihres ehemaligen Verlags in einen Konzern auf unsägliche Weise aus ihrem Job katapultiert hatte, tauchte ab und zu noch in ihren Träumen auf, die alle irgendwelche Rachegelüste beinhalteten. »Warum?«

In einem ihrer letzten Träume hatte sie ihn aus Versehen mit einer Schrotflinte erschossen, was ihr sogar für einen Moment leidgetan hatte. Dabei hatte sie das Gewehr nur mit einem feuchten Lappen abwischen wollen und war irgendwie an den Abzug gekommen.

»Weil ich mit ihm über dich geredet habe.« Sebastian grinste triumphierend, was Alexandra nur zu einem Schulterzucken veranlasste. »Du hättest sein Gesicht sehen sollen. Ihm fror alles ein, seine schmalen Lippen, die kleinen Schweinsäuglein, seine winzige Nase, er sah aus wie eine Wachsfigur. Und hat angefangen zu stottern. Und wie!«

»Warum? Was hast du ihm erzählt?«

»Tja«, Sebastian lehnte sich aufreizend langsam zurück. »Der Verlag wollte einen neuen Vertrag mit mir machen, nachdem das Gerücht aufgekommen ist, ich verhandele auch mit dem *Verlag an der Alster* und deinem alten Kumpel Wolf Mohn.«

»Tust du das?« Alexandra sah ihn neugierig an. »Die werden dir niemals so viel Vorschuss zahlen wie die *Book Group*. Das können die gar nicht.«

»Ich habe das Gerücht selbst aufgebracht.« Sebastian grinste wieder breit. »Die sind sich meiner zu sicher. Es ist nicht zu fassen, da schmeißen sie die Frau raus, die mich entdeckt und großgemacht hat, und dann glauben die, dass es mich nicht juckt, oder was? Stattdessen tun sie so, als wäre alles wie immer, und bieten mir einen Vertrag an, der genauso ist wie der letzte. Das ist doch eine Frechheit.«

»Was genau ist daran frech?«

»Na, die müssen doch eine Wiedergutmachung anbieten. Dafür, dass du weg bist und ich jetzt ohne dich klarkommen muss. Wobei ich noch keine Ahnung habe, wer jetzt überhaupt meine Lektorin wird. Das letzte Buch hast du ja noch betreut und es war wieder ein Bestseller. Also auch, weil du es betreut hast.«

»Natürlich«, Alexandra lächelte leicht. Sebastian Dietrich hatte nur wenig Selbstzweifel. Sie räusperte sich. »Was genau willst du denn jetzt? Ich habe dir damals schon gesagt, dass ich garantiert nicht für die *Book Group* und Carsten Hansen arbeiten werde, auch nicht als freie Lektorin, wobei die das im Übrigen auch nicht wollen können. Und wie du weißt, arbeite ich auch nicht für einen anderen Verlag. Ich bin raus.«

»Lektorin«, mit einer wegwerfenden Handbewegung schüttelte Sebastian den Kopf. »Wir denken groß, meine Liebe. Ich habe es nicht mehr nötig, mit so einem kleinen Trottel wie Hansen über Verträge zu feilschen, denn das wirst du in Zukunft machen. Du wirst meine Agentin und dann kannst du dich schwungvoll an diesem Affen rächen. Er wird dir aus der

Hand fressen müssen, wenn er mich als seinen Star im Programm behalten will.«

»Agentin?« Alexandra lachte. »Für einen einzigen Schriftsteller? Vergiss es, das geht nicht gegen dich, aber ich habe mit genügend Agenturen gearbeitet, um zu wissen, dass man schon eine ganze Reihe guter Autoren vertreten muss, um ernst genommen zu werden und Geld zu verdienen. Ich mache keine halben Sachen. Aber wenn du eine gute Agentur brauchst, dann kann ich dir gern ein paar Namen nennen. Bislang hast du das abgelehnt, weil du keine Provision zahlen wolltest.«

Sebastian sah sie bedeutungsschwanger an. Dann fing er mithilfe seiner Finger an zu zählen: »Birte Semper, Ricardo Hofmann, Ulli Meininger, Kai Westhoff, Sina Möller, Rafael ten Brink, Jule Hegemann, Anni Nestor, reichen die erst mal?«

Natürlich kannte Alexandra alle Namen, sie waren allesamt erfolgreiche Schriftstellerinnen und Schriftsteller, zwei von ihnen hatte sie selbst unter Vertrag genommen. »Ja und?«, fragte sie. »Was ist mit denen?«

»Sie wollen sich alle von dir vertreten lassen«, jetzt breitete sich ein triumphierendes Grinsen über Sebastians Gesicht aus. »Ich habe das im Vorfeld geklärt. Die meisten haben auch keine Agentur, nur einer, Kai Westhoff, aber der ist mit seiner unzufrieden und hat gekündigt. Und alle warten jetzt auf einen Vertrag mit dir. Die Kontaktdaten kann ich dir geben. Ach übrigens, ich habe ihnen erzählt, dass alles in trockenen Tüchern ist, also die Firmengründung und so. Und falls du keine Lust auf Bürokratie hast, die Schwester einer Freundin von mir, sie heißt Hilke, hat jahrelang in einer Agentur gearbeitet und wegen eines neuen blöden Chefs da aufgehört. Sie hat die Vertragsabteilung gemacht und würde gern bei dir anfangen, sie kennt dich natürlich von früher, wer kennt dich auch nicht? Dann musst du dich gar nicht um den ganzen Papierkram kümmern.«

»Aber, ich …«, verblüfft sah Alexandra ihn an und suchte nach Worten. Mit einer Handbewegung unterbrach er sie. »Was ich noch vergessen habe, bei Hilke im Haus ist gerade eine Büroetage frei geworden, sehr schick, sehr zentral, bezahlbar, sie hat da gestern Abend schon einen Vorvertrag gemacht. Das erspart ihr lange Arbeitswege und sie kann mittags mit ihrem Hund gehen. Also? Was sagst du?«

»Du spinnst.« Alexandra starrte ihn an. »Wo soll das denn alles stattfinden?«

»In Berlin«, Sebastian hob die Schultern. »Wo sonst? Berlin wird zum Hotspot der Literatur. Und du siehst auch entspannter aus, seit du häufiger hinfährst. Warum ziehst du also nicht ganz hin? Eine Frau wie du kann doch nicht in einem Kaff in der norddeutschen Tiefebene unter Kühen und tiefen Wolken leben, ich bitte dich, das hat mich von vornherein gewundert. Hamburg wäre ja noch okay, aber Dorf geht gar nicht. Und nichts ist vergleichbar mit Berlin. Also, was ist? Ein einfaches: *Danke, Sebastian, das ist der beste Coup, von dem ich je gehört habe, den du absolut großartig eingefädelt hast,* würde mir schon reichen.«

Immer noch fassungslos starrte Alexandra ihn an. »Ich muss da erst mal in Ruhe …«

»Was willst du noch in Ruhe?« Sebastian fuchtelte mit dem Finger vor ihr herum. »Es ist ein genialer Plan. Ich habe Carsten Hansen schon mitgeteilt, dass du meinen Vertrag verhandelst, deshalb ist er ja erstarrt und hat sich fast übergeben. Aber er konnte ja nicht widersprechen, er kann nur den Vertrag ablehnen und damit schießt er sich selbst ins Knie. Also, es gibt nichts mehr zu überlegen, es ist alles aufs Beste vorbereitet, du musst dir im Grunde nur die Büromöbel aussuchen und Hilke kennenlernen. Und dann läuft die Party.«

»Das ist doch …«, Alexandra trank das Wasserglas aus, bevor sie erst aus dem Fenster und dann wieder auf Sebastian blickte. »Ein bisschen sehr überstürzt. Warum hast du das alles gemacht?«

»Warum?« Er sah sie mit großen Augen an. Und ganz plötzlich sah er nicht mehr aus wie der berühmte Sebastian Dietrich, der vom literarischen Wunderkind zum extrovertierten Bestsellerautor geworden war, sondern wie der sehr junge, noch etwas schüchterne Journalist einer kleinen Zeitung, den Alexandra überredet hatte, seinen ersten Roman zu schreiben. »Weil ich das alles nicht ohne dich hinkriege«, er sprach jetzt sehr leise. »Ich zögere den Vertrag seit Monaten hinaus, weil ich keine Ahnung habe, was ich schreiben soll. Du hast mich von Anfang an begleitet, ich habe das noch nie allein gemacht und ich glaube, ich kann das auch nicht. Zumindest nicht ohne dich. Bitte, Alexandra, du wirst eine großartige Agentin sein, das weißt du auch selbst. Und ich werde niemals, ich schwöre, niemals über die Provision meckern oder irgendwelche Vorschläge von dir ablehnen.«

Sie lehnte sich zurück und musterte ihn. Sein flehender Blick zeigte, dass er es wirklich ernst meinte. Agentin in Berlin. Und den Anfang hatte er ihr gerade auf einem Silbertablett präsentiert. Es war unglaublich. Sie schwieg immer noch, was er jetzt nicht mehr aushielt.

»Und deshalb habe ich übrigens gesagt, dass es keine Zufälle gibt. Ich hätte dich heute Abend angerufen, ich wusste, dass du heute nach Berlin kommst, für morgen hätte ich einen Termin mit dir gemacht. Jetzt sag doch was.«

»Woher wusstest du, dass ich nach Berlin komme?«

»Ich habe Jan Magnus vorhin angerufen und es ihm erzählt. Also nur kurz, worum es geht. Ich glaube, er fand die Idee auch gut. Was heißt Idee? Wir sind ja schon viel weiter. Oder? Alexandra? Sind wir doch?«

Er hatte mit Jan geredet. Und glaubte, dass der die Idee auch gut fand. Das glaubte Alexandra auch. Falls das alles nicht funktionieren würde, könnte sie auch wieder aufhören. Sie brauchte niemandem mehr etwas zu beweisen, aus dem Alter war sie raus. Aber es wäre etwas, das sie konnte und zu dem sie Lust hatte. Große Lust. Und das in Berlin.

»Alexandra?«

Ganz langsam hob sie das Kinn und lächelte verhalten. »Es könnte eine gute Idee sein«, sagte sie leise. »Trotzdem muss ich vorher noch mit jemandem darüber reden. Gib mir zwei Wochen Zeit.«

»Gut«, Sebastian nickte. »Aber nicht länger. Hörst du? Sonst bin ich im Arsch.«

21.

Das kleine blonde Mädchen im Buggy lachte glucksend und hob die Arme. »Fiefi«, sagte sie und Friederike ging entzückt in die Knie. »Na, mein Mäuschen, was machst du denn hier? Hattest du Sehnsucht nach deiner Patentante?« Sie hob den Kopf und sah Pia an. »Und wie gut sie schon spricht.«

Pia lächelte sie kopfschüttelnd an. »Wenn du ab jetzt auf Fiefi hörst, gebe ich es im Haus bekannt«, sie beugte sich vor und strich Marie eine blonde Strähne aus der Stirn. »Sie kann noch kein d, deshalb wird aus Fiedi Fiefi, aber letztlich ist das vermutlich egal.«

»Ich finde Fiefi aus einem Kindermund zauberhaft.« Sie beugte sich vor und küsste Marie auf die Stirn, bevor sie sich wieder aufrichtete und Pia ansah. »Und man kommt doch nicht auf die Idee, dass dieses süße Kind in Sekundenschnelle zum Monster wird, wenn man ihr einen Brieföffner verwehrt. Wieso bist du schon wieder hier? Ich dachte, du hast deinen freien Nachmittag.«

»Ich habe mein Handy auf dem Schreibtisch liegenlassen«, Pia hob die Schultern. »Das habe ich aber erst gemerkt, als ich Marie bei der Tagesmutter abgeholt habe. Na ja, ist ja schönes Wetter. Und außerdem habe ich gedacht, dass ich mit dir vielleicht noch etwas trinken könnte, wir haben in den letzten Wochen ja kaum Zeit gehabt, mal ein paar Worte privat zu sprechen. Oder wolltest du gerade los?«

»Ja«, Friederike trat einen Schritt zur Seite, um Gäste durchzulassen, die das Hotel gerade verließen. »Entschuldigung, wir blockieren gerade den Eingang. Hallo, Frau Schuster, Herr Schuster, einen schönen Tag wünsche ich.«

»Danke, Frau Brenner«, die Frau blickte lächelnd auf die gut gelaunte Marie, die mit großen Augen zu ihr hochsah. »Was für ein reizendes Kind, ist das der Hotelnachwuchs?«

»Das sehen wir noch«, Friederike betrachtete Marie stolz. »Die Patentante ist Hotelchefin, die Mutter macht hier Karriere, also wird ihr das wohl in die Wiege gelegt sein. Aber vielleicht ist sie auch hochbegabt und wird später Nobelpreisträgerin für Astrophysik. Wer weiß? In ihrem Alter hat man ja noch alle Möglichkeiten.«

»Stimmt«, Frau Schubert lachte. »Beneidenswert. Also, einen schönen Tag allen.«

»Viel Spaß heute in Hamburg, auf Wiedersehen.«

Sie hob zum Abschied die Hand und wandte sich anschließend wieder Pia zu, um sie genauer zu betrachten. Sie hatte die langen dunklen Haare zum Zopf gebunden und trug immer noch Kostüm und Bluse. Working Mum, dachte Friederike und fragte sich, ob sie eigentlich noch ein Leben außerhalb des Hotels und ihrer Tochter hatte. Sie hatte lange nicht danach gefragt.

»Gibt es etwas Neues bei dir?« Friederike musterte sie aufmerksam. »Oder hast du ein Problem, das du mit mir besprechen musst?«

»Nein, kein richtiges Problem«, winkte Pia ab. »Ich …«, sie stockte und sah Friederike zögernd an, »ich wollte mit dir über meine Mutter sprechen. Ich habe die Befürchtung, dass sie nur nach Hamburg kommt, um mich zu unterstützen. Damit sie um die Ecke ist, wenn ich sie mal brauche. Aber ich kann das nicht annehmen. Dass sie jetzt ihr ganzes Leben ändert, nur weil sie ein Enkelkind hat. Und es wird ja ohnehin leichter für mich, wenn Marie im Herbst in den Kindergarten kommt. Mama muss nicht in meine Nähe ziehen. Kannst du nicht noch mal mit ihr reden?«

Friederike lachte leise. »Woher willst du denn wissen, dass Jule nur in die Stadt ziehen will, um mit dir und Marie zu basteln und Kuchen zu backen?«

»Nicht nur«, entgegnete Pia. »Aber es ist doch sicherlich der Hauptgrund. Sie mag doch gar keine Veränderungen und sie liebt ihr Haus und das Landleben. Ich habe ein ganz schlechtes Gewissen. Weil sie das alles für mich machen will.«

Warum glaubten diese jungen Frauen eigentlich immer, dass ihre Mütter kein eigenes Leben und schon gar keine unerfüllten Wünsche hätten?, dachte Friederike in diesem Moment. Sie schüttelte leicht den Kopf und meinte: »Pia, ich würde Jule einfach mal fragen. Ich glaube, du irrst dich, was ihre Beweggründe angeht. Und zwar gründlich. Es geht mitnichten nur um dich und deine Tochter. So, aber ich muss jetzt los, ich habe eine Verabredung. Wir sehen uns. Und ruf deine Mutter an. Bis bald.«

Sie strich Marie über den Kopf, berührte Pia zum Abschied leicht am Arm und machte sich auf den Weg zu ihrem Auto.

Das Seniorenstift, dessen Adresse Friederike in ihr Navi eingegeben hatte, lag außerhalb Hamburgs, direkt an der Elbe. Dr. Rüdiger Fabricius musste als Augenarzt sehr gut verdienen oder seine Mutter Hilde hatte im Laufe ihres Lebens ordentlich gespart, sonst könnte sie dieses edle Domizil nur schwer finanzieren.

Sie parkte den Wagen auf einem Kiesplatz, nur unweit des von Säulen begrenzten Haupteingangs, und stellte den Motor ab. Sie blieb noch einen Moment im Auto sitzen und musterte das rote Backsteingebäude mit seinen weißen Fensterrahmen und dem beeindruckenden Eingangsportal. Gediegen, dachte sie, und verglich es mit dem viel kleineren und weniger vornehmen Heim, in dem ihre Mutter lebte. Die vermutlich auch ein eigenes Leben und unerfüllte Wünsche gehabt hatte, über die Friederike sich bislang keine Gedanken gemacht hatte. Aber vielleicht würde sie gleich etwas darüber erfahren.

Sie nahm ihre Handtasche und einen Blumenstrauß vom Beifahrersitz und öffnete entschlossen die Autotür. Der Kies knirschte unter ihren Pumps, als sie langsam zum Eingang ging. Unschlüssig blieb sie vor der Tür stehen. Sie hatte sich noch nicht einmal genau überlegt, wonach sie eigentlich fragen wollte. Sie wusste auch nicht, wo genau sie eigentlich hinmusste. Im Grunde hatte sie noch nicht einmal eine Ahnung, was genau sie hier wollte.

»Kann ich Ihnen helfen?« Eine helle Stimme befreite sie aus ihren Grübeleien. Sie gehörte zu einer jungen Frau, die gerade aus dem Haus kam und sie freundlich ansah.

»Ja«, sie nickte dankbar. »Ich wollte Frau Fabricius besuchen. Sie erwartet mich, ihr Sohn hat mich angekündigt.«

»Frau Fabricius«, die Frau deutete auf einen Fahrstuhl, den man durch die offene Tür sah. »Sie wohnt im ersten Stock, Wohnung zwölf. Einen schönen Tag noch.«

»Danke«, Friederike sah ihr nach, als sie mit langen Schritten in Richtung Parkplatz davonging. Erster Stock, Wohnung zwölf, da lebte also die vielfach erwähnte Hilde. Wer immer sie auch war.

Sie entfernte das Papier von den Blumen und klingelte. Die Frau, die ihr öffnete, war klein und kräftig. Sie stützte sich auf einen Rollator und musterte sie erst neugierig, dann verblüfft. »Sie müssen Friederike Brenner sein«, sagte sie mit einer überraschend vollen Stimme. »Mein Sohn hat sie angekündigt. Kommen Sie herein, der Tee ist schon fertig. Oh, so schöne Blumen, ich nehme sie Ihnen auch gleich ab. Kommen Sie, kommen Sie.« Mit einer Geste wies sie in den Flur, sie wirkte immer noch erstaunt.

Friederike überging es und lächelte. »Hallo, Frau Fabricius, vielen Dank für die Einladung.«

Hilde Fabricius hatte sich fein gemacht. Ihre dunkelblaue Hose hatte eine Bügelfalte, die geblümte Bluse einen weißen Kragen, um den eine Perlenkette lag. Das feine graue Haar war frisch onduliert, sie hatte sogar eine Spur Lippenstift aufgetragen. Während sie mühsam ihren Rollator anschob, folgte ihr Friederike mit den ausgewickelten Blumen in der Hand langsam in die kleine Wohnung. Der Tisch vor der Balkontür war bereits gedeckt, das Zimmer hell und sonnig, wenn auch etwas vollgestellt.

»Wenn Sie die Blumen hierherlegen können«, sie zeigte auf die Spüle. »Den Rest schaffe ich allein. Nehmen Sie doch Platz, ach, ich bin ganz aufgeregt, Esthers Tochter, das hätte ich mir auch nie träumen lassen, Sie müssen mir gleich alles erzählen.«

»Vielen Dank, dass Sie mich überhaupt empfangen«, entgegnete Friederike und blieb am Tisch stehen. »Es ist ja ein kleiner Überfall.«

»Ach was«, Hilde winkte sofort ab. »Ich bekomme ja nicht so viel Besuch, mein Sohn hat in seiner Praxis so viel zu tun, die meisten meiner ehemaligen Bekannten sind schon tot oder nicht mehr in der Lage, mich zu besuchen, da ist mir doch jede Ablenkung recht.«

Hilde behielt eine Hand auf dem Rollator und nahm mit der anderen eine Vase aus einem Regal. Mit dem Rücken zu Friederike ließ sie Wasser hineinlaufen. »Es ist nicht so leicht, alt zu werden, es ist auch oft einsam. Ich bin jetzt einundachtzig und bis auf meine Beine und Hüften geht es mir zum Glück noch ganz gut.« Sie drehte sich kurz um und tippte sich mit dem Finger auf die Stirn. »Wenigstens ist hier oben noch alles in Ordnung. Und ich habe in der Wohnanlage ein paar nette Bekannte gefunden. Aber die erleben ja auch nichts, deshalb ist diese Abwechslung mal sehr schön. Und Esther, also Ihre Mutter, ist wirklich ganz tüttelig?«

Eine ziemlich verniedlichende Umschreibung für eine Demenzerkrankung, dachte Friederike, antwortete aber trotzdem. »Ja, leider. Wobei sie immer noch klare Momente hat. Ab und zu jedenfalls.«

»Ach, die Esther«, Hilde seufzte. »Das ist ja traurig.« Sie stellte die Blumen auf den Tisch und sah Friederike an. »Nehmen Sie doch bitte Platz, ich habe Tee gekocht. Oder trinken Sie lieber Kaffee? Kann ich auch noch schnell machen.«

»Tee ist wunderbar«, antwortete Friederike im Hinsetzen. »Ich mag gar keinen Kaffee. Danke.«

Umständlich setzte die alte Dame sich in den Stuhl gegenüber und starrte Friederike unverhohlen an. Erst als diese sich räusperte, fing sie sich. »Entschuldigen Sie«, sagte sie rasch und griff sofort nach der Teekanne, um einzuschenken. »Ich war nur so gespannt, wie Sie wohl aussehen, aber damit habe ich ja nun gar nicht gerechnet.«

»Womit?« Friederike hielt ihr die Tasse hin.

»Sie sehen Esther überhaupt nicht ähnlich«, platzte Hilde heraus und ließ die Kanne wieder sinken. »Ich habe Sie mir ganz anders vorgestellt.« Sie hob verlegen die Schultern. »Entschuldigen Sie, das wollte ich gar nicht sagen. Ich bin unhöflich.«

Sie schenkte jetzt den Tee ein und stellte die Kanne auf ein Stövchen. »Ich habe Kuchen gebacken, mögen Sie ein Stück?«

»Gern«, Friederike ließ sich den Kuchen auf den Teller legen, um Hilde einen Gefallen zu tun. Sie hasste Marmorkuchen, aber es musste gehen. Mit viel Tee.

Hilde schob ihr eine kleine Schüssel Schlagsahne zu und sagte: »Entschuldigen Sie, ich bin ganz aufgeregt. Als Rüdiger mich angerufen hat, um mir von Ihnen zu erzählen, konnte ich es erst gar nicht glauben. Aber jetzt erzählen Sie mal. Wie geht es Esther denn?«

Friederike sah sie an. »Nicht besonders gut. Sie hat Phasen, in denen sie glaubt, gerade in einer ganz anderen Zeit zu leben, dann nennt sie plötzlich Namen und Orte, mit denen ich überhaupt nichts anfangen kann. Sie hat ein paar Mal von Ihnen geredet, und da das Heim, in dem sie lebt, gerade Studenten bei sich hat, die die Geschichten der Bewohner aufschreiben sollen, hat eine junge Frau namens Paula, die Esthers Geschichte recherchiert, auf eigene Faust nachgeforscht und Sie gefunden. Das wissen Sie vermutlich, ich habe Ihrem Sohn das schon am Telefon erzählt.«

»Ja«, Hilde nickte. »Das hat Rüdiger mir gesagt. Und dass Sie gefragt haben, ob ich Esther mal besuchen möchte.«

»Möchten Sie?«

»Aber natürlich«, Hilde lächelte sie an. »Sehr gern sogar. Ich bin nur nicht mehr gut zu Fuß, aber wenn wir mit dem Auto fahren und ich meinen Rollator mitnehmen kann, dann geht das schon. Ob sie mich wiedererkennt? Nach all den Jahren?«

»Ich weiß es nicht«, antwortete Friederike vorsichtig. »Es kommt auch immer ein bisschen auf ihre Tagesform an.« Sie machte eine kleine Pause, bevor sie den Kopf hob und fragte: »Wo und wann haben Sie sich eigentlich kennengelernt? Ich kannte Ihren Namen gar nicht, also muss das ja alles vor meiner Geburt gewesen sein.«

Hilde überlegte. »Das war so 1954 oder '55 im Salon von Frau Bellmann. Als ich da Lehrmädchen wurde. Esther hatte vor mir angefangen, ach Gott, die konnte schon alles, ohne sie wäre ich aufgeschmissen gewesen.« Sie kicherte leise. »Ich hatte überhaupt kein Talent. Ich habe ganz viel ruiniert, das meiste hat Esther dann wieder gerichtet, deswegen wusste Frau Bellmann gar nicht, wie schlecht ich war.«

»Frau Bellmann?«, fragte Friederike zögernd, woraufhin Hilde sie erstaunt ansah und erklärte: »Bellmanns Modesalon in Weißenburg. Das einzige Bekleidungsgeschäft, das es da gab und wo wir Schneidern gelernt haben. Also, Ihre Mutter, ich nicht so richtig. Haben Sie nie davon gehört?«

Friederike schüttelte den Kopf. »Meine Mutter hat mir kaum etwas von früher erzählt. Wir … wir hatten nie ein besonders enges Verhältnis. Ich weiß tatsächlich nicht viel von ihrem Leben.«

»Ach so?« Hilde hob verblüfft die Augenbrauen. »Das tut mir leid. Aber dass Esther selten was erzählt hat, das war schon früher so. Sie hat immer gern Geheimnisse aus Dingen gemacht. Leider. Man musste ihr alles aus der Nase ziehen und wurde dann doch nur mit Kleinigkeiten abgespeist.« Als ob ihr plötzlich etwas eingefallen wäre, stockte sie und wandte den Blick ab. Dann fragte sie unvermittelt: »Lebt Ihr Vater denn noch? Der Dieter?«

»Ja«, antwortete Friederike zögernd. »In München.«

»Ach«, Hilde riss erstaunt die Augen auf. »Haben Sie denn noch Kontakt?«

Friederike sah sie an. Auch wenn Hilde Fabricius eine nette Person war, über ihre Geschichte mit Dieter Brenner wollte sie eigentlich gerade nicht sprechen. Sie nickte deshalb nur kurz und dachte an das kleine Buch, das er ihr nachträglich zum Geburtstag geschenkt hatte. Es hatte sie gerührt.

»Ab und zu«, antwortete sie leichthin. »Wenn es sich ergibt. Also kannten Sie ihn auch noch?«

»Natürlich«, Hilde lächelte stolz. »Ich war ja sogar bei der Hochzeit Trauzeugin.«

»Wirklich?« Jetzt war Friederike erstaunt. »So eng waren Sie befreundet? Entschuldigen Sie, aber ich kenne ja nicht mal Hochzeitsfotos, sonst hätte ich vielleicht auch früher von Ihnen gehört.«

»Na ja«, Hilde blickte verlegen auf ihre von Altersflecken übersäten Hände. »Es ist ja lange her und wir haben uns später aus den Augen verloren. Aber dass Sie noch Kontakt zu Dieter Brenner haben …«

»Was ist daran so erstaunlich?«

Achselzuckend spießte Hilde ein Stück Kuchen auf die Gabel. »Ich hatte damals nur gehört, dass er abgehauen war und sich noch nicht mal um sein Kind gekümmert hat. Dann war das wohl nur Klatsch und Tratsch, damit will ich Sie gar nicht langweilen. Haben Sie denn auch Familie?«

»Einen Lebensgefährten«, Friederike beugte sich vor, »keine Kinder. Was meinen Sie mit Klatsch und Tratsch?«

Hilde winkte schnell ab. »Hören Sie nicht auf das Geschwätz einer alten Frau. Wenn man alt ist, dann fallen einem immer mehr Dinge von früher ein und manchmal platzt man damit raus.«

»Mich interessieren aber die Dinge von früher«, hakte Friederike nach. »Auch deshalb bin ich hier. Frau Fabricius, ich habe wirklich so gut wie keine Ahnung, wie meine Mutter früher gewesen ist. Mir war das nie so klar, aber seit Esther dement ist und plötzlich irgendwelche Geschichten erzählt, die ich mir überhaupt nicht zusammenreimen kann, möchte ich doch einiges wissen. Egal ob Klatsch oder Tratsch, mir helfen alle Informationen. Also, was wurde denn geredet?«

Hilde rang offensichtlich mit sich, bis sie zögernd sagte: »Na ja«, begann sie vorsichtig. »Die Leute reden ja viel. Gerade in so einem kleinen Ort wie Weißenburg. Damals war das ja alles viel kleiner und übersichtlicher, da kannte noch jeder jeden, das hat sich erst in den letzten Jahren verändert. Mittlerweile ist es richtig groß geworden. Aber damals …«, sie schenkte Tee nach, mehr um Zeit zu gewinnen, die Tassen waren noch halb voll. »Esther war natürlich im ganzen Ort bekannt. Es war ja eine traurige Geschichte, der Tod der Eltern bei diesem Autounfall, als sie erst siebzehn war. Frau Bellmann, unsere Chefin, war ganz erleichtert, dass die Hohnsteins sie aufgenommen haben. Und damals hat sie noch zu mir gesagt, dass aus der Esther jetzt bestimmt etwas ganz Besonderes werde. Sie sei ja so hübsch und talentiert und jetzt habe sie durch die Hohnsteins auch noch so viel mehr Möglichkeiten. Ehrlich gesagt war ich ein bisschen neidisch.« Sie senkte verlegen den Blick. »Irgendwie hatte Esther alles und konnte alles und war so hübsch und immer so gut angezogen, aber ich blieb das blöde Lehrmädchen. Als sie in die Hohnstein-Villa gezogen war, haben wir uns auch kaum noch gesehen. Vorher sind wir auch mal zusammen ein Eis essen gegangen, aber danach war sie nur noch mit Laura zusammen und dann hat sie plötzlich bei Frau Bellmann gekündigt und in einem vornehmen Modesalon in Hamburg angefangen. Wir waren ihr wohl alle nicht mehr gut genug.«

»Haben Sie sich denn danach gar nicht mehr gesehen?«

Hilde hob das Kinn. »Doch«, plötzlich glänzten ihre Augen. »Zwei oder drei Jahre später. Wir haben uns zufällig in Lübeck getroffen, ich habe damals meine Schwiegermutter im Krankenhaus besucht und dann sind wir uns da über den Weg gelaufen. Sie hatte sogar eine eigene Wohnung, dahin hat sie mich eingeladen. Und mein Karlheinz hat mich hingefahren. Zum Kaffeetrinken.« Sie blickte über Friederike hinweg nach draußen, das Grübeln war ihr anzusehen. Nach einer Weile fuhr sie langsam fort. »Ich erinnere mich noch genau. Sie war so apart angezogen, die Wohnung war klein, aber sehr schön, und Esther war so lustig und gut gelaunt. Sie hat mir aufgeregt erzählt, dass sie sich demnächst verloben wird. Und zur Hochzeit würde sie mich einladen. Sie sah dabei so verliebt und glücklich aus, dass ich dachte, sie hätte ihre ganz große Liebe gefunden. Wie im Film war das. Es sei aber alles noch geheim und sie wollte mir auch nicht den Namen ihres Liebsten sagen, dabei war ich so neugierig. Aber so war sie eben immer, sie machte aus so vielen Sachen ein Geheimnis. Das

Komische war nur, dass sie mir wenige Monate später einen kurzen Brief schrieb und fragte, ob ich ihre Trauzeugin sein könne. Sie werde Dieter Brenner heiraten, allerdings nur im ganz kleinen Kreis. Das fand ich komisch, weil sie mir doch bei meinem Besuch von Herrn Brenner erzählt hatte. Dass er immer mit seiner Mutter im Modegeschäft war und ihr den Hof machte. Sie hat aber nur über ihn gelacht. Der Liebste von dem sie damals gesprochen hat, muss jemand anderes gewesen sein.«

Friederike hatte ihr mit angehaltenem Atem zugehört. »Sind Sie sich da sicher?«

Hilde nickte. »Ja. Esther wirkte bei der Hochzeit überhaupt nicht mehr verliebt und glücklich. Ich war Zeugin, wie sie den falschen Mann geheiratet hat, das habe ich damals im Standesamt gedacht und mich gefragt, warum sie das getan hat, aber ich habe nie eine Antwort bekommen. Danach haben sich unsere Wege auch getrennt.« Sie machte eine Pause. Dann seufzte sie und sagte bedauernd: »Was ich auch nie verstanden habe, war, dass ich zwar Trauzeugin war, aber nicht mehr zur Taufe eingeladen wurde. Ich habe die Geburtsanzeige in der Zeitung gelesen, sonst hätte ich gar nicht erfahren, dass Esther Mutter geworden ist. Ich habe trotzdem einen Glückwunsch zur Geburt geschickt, aber auch darauf nie eine Antwort bekommen. Das lag aber vielleicht auch daran, dass sie sich wieder mit den Hohnsteins versöhnt hatte. Es war eine Doppeltaufe, aber das wissen Sie ja sicher.«

»Erinnern kann ich mich nicht«, Friederike lachte leise. »Aber ich weiß es. Was meinen Sie mit versöhnt? Waren sie vorher zerstritten?«

»Ich glaube schon«, Hilde nickte entschieden. »Sonst wären ja die Hohnsteins auf Esthers Hochzeit gewesen, sie waren schließlich so eine Art Ersatzfamilie. Aber nicht mal Laura und Lorenz waren da, es waren nur Esther und Dieter, seine

Mutter und ich. Und danach haben wir bei den beiden Kaffee getrunken und Schwarzwälder Kirschtorte gegessen. Es war gar keine festliche Atmosphäre, angeblich war das der Wunsch der Braut. Und ihre Schwiegermutter fand das gut, die war ja so fürchterlich geizig.«

»Und haben Sie herausgefunden, wer ihr Liebster in Wirklichkeit gewesen ist?« Friederike sah sie gespannt an.

Hilde legte ihre Hände ineinander. »Ich weiß nicht«, sagte sie zögernd. »Ich hatte eine Ahnung, aber ich konnte mir auch nicht richtig vorstellen, dass sie stimmte. Es sprach so viel dagegen. Mein Karlheinz und ich sind dann aber aus Weißenburg weggezogen, er hatte eine neue Stelle in Hamburg angenommen. Deshalb war ich auch nicht mehr da, als Esther mit Ihnen zurück nach Weißenburg gekommen ist, nachdem sich Dieter Brenner als Raufbold und schlechter Mensch entpuppt hatte. Das haben zumindest die Leute erzählt. Entschuldigen Sie, das wollte ich so gar nicht sagen.«

Mit dem freundlichen Gesicht Dieter Brenners vor Augen winkte Friederike entspannt ab. »Es stimmte auch nicht«, sagte sie. »Er ist ein netter Mann, es waren alles Gerüchte, nichts davon stimmte. Ich befürchte, meine Mutter hat diese Geschichten selbst in die Welt gesetzt.«

»Das denke ich mir«, Hilde nickte bekümmert. »Aber Sie können sich vorstellen, was damals alles geredet wurde. Heute ist das ja alles ganz anders, mein Rüdiger ist auch geschieden und niemanden interessiert das mehr. Aber damals war Esther die einzige Geschiedene in Weißenburg. Und dann noch diese Verbindung zu den Hohnsteins, die so reich waren, dass es natürlich auch Neider gab. Da haben sich viele die Mäuler zerrissen. Dass Esther doch selbst schuld sei, dass sie jetzt allein mit Kind dasitze, weil ja Hochmut bekanntlich vor dem Fall komme. Und sie ja ständig mit den reichen Hohnstein-Kindern durch die Gegend gezogen sei. Und dann redeten sie über Laura und ihre kranke Tochter und dass Geld eben auch nicht alles sei. Und dann war da noch die Geschichte mit Lorenz Hohnstein. Er soll in schlechte Gesellschaft geraten sein. Es gingen Gerüchte um Drogen, Alkohol und Schulden um. Und dann der tragische Hubschrauberabsturz. Er war früher so ein lustiger, netter Junge, ich hatte mich sogar mal ein bisschen in ihn verliebt. Er hatte so wahnsinnig schöne Augen.

Friederike schwirrte schon der Kopf, trotzdem fragte sie nach: »Sie kannten Lorenz Hohnstein noch?«

»Aber ja«, Hilde musterte sie ernst. »Nicht besonders gut, leider. Eher so vom Sehen und von kurzen Gesprächen bei ein oder zwei Gelegenheiten. Ich mochte ihn. Manchmal habe ich versucht, aus Esther etwas über ihn rauszubekommen, aber sie hat nie etwas preisgegeben. Eine Geheimniskrämerin eben. So wie an diesem Tag damals ...« Sie verstummte plötzlich, als ob sie etwas hatte sagen wollen, sich aber nicht traute. Friederike ahnte, was in ihrem Kopf vorging, und sagte: »Ich habe vor zwei Jahren herausgefunden, dass Dieter Brenner nicht mein leiblicher Vater ist.«

»Dann hatte ich recht«, Hildes Zeigefinger fuhr durch die Luft. »Und spätestens seit heute weiß ich, dass meine Vermutung, wer Esthers Freund war, richtig gewesen ist.«

»Warum heute?«

»In dem Moment, als Sie vor der Tür standen war mir das klar«, antwortete Hilde sofort. »Sie haben die Augen Ihres Vaters. Die Ähnlichkeit mit den Hohnsteins ist verblüffend.«

November 1961

»Jetzt regnet es auch noch«, Anneliese Brenner stöhnte, als würde die Welt untergehen. »Du musst langsamer fahren, Dieter, die Straße ist doch ganz nass. Wir kommen bestimmt zu spät. Wie lange brauchen wir denn noch?«

»Eine halbe Stunde«, ihr Sohn stellte die Scheibenwischer an und verringerte das Tempo. »Wir sind rechtzeitig da.«

»Es ist eine solche Schnapsidee«, Anneliese drehte sich kurz um und sah Esther auf der Rückbank böse an. »Diese ganze Fahrerei. Wir hätten das auch schön zuhause machen können. Ich hätte eine Schwarzwälder Kirsch gebacken, abends hätten wir eine schöne Gulaschsuppe essen können, danach Kullerpfirsich, aber nein, da müssen wir mit dem Kind den halben Tag Auto fahren, weil es bei uns nicht gut genug ist.«

Esther senkte den Kopf und hielt Friederike den kleinen Finger hin. Das Baby gluckste und umklammerte ihn mit der winzigen Faust. Esther neigte den Kopf und küsste ihre Tochter auf die dunklen, weichen Haare. Sie atmete tief ihren Duft ein, der sie beruhigte. Alles andere um sie herum hatte nichts mit ihr zu tun. Es gab nur sie und dieses Kind und die sich überschlagenden Gedanken im Kopf, die sie sogar für den Moment ihre Trauer vergessen ließen.

»Also, ich finde es sehr freundlich von den Hohnsteins, dass sie uns eingeladen haben«, versuchte Dieter, seine Mutter zu beruhigen. »Sie haben uns ja auch angeboten, in der Villa zu übernachten, aber das wolltest du ja nicht. Wir hätten gar nicht fahren müssen.«

»Das fehlt mir noch«, Anneliese blieb auf Krawall gebürstet. »Bei wildfremden Menschen in einem Gästebett zu schlafen. Man ist ihnen doch sofort verpflichtet. Und was soll man so reichen Leuten mitbringen? Die haben doch alles.« Sie verschränkte schlecht gelaunt ihre Arme unter der Brust und starrte aus dem Seitenfenster. »Gott, ist das hier alles trist. Wie kann man nur Ende November eine Taufe machen? Wir hätten das Kind wie geplant im Spätsommer in Lübeck taufen lassen sollen, bei schönem Wetter und angenehmen Temperaturen. Stattdessen sitzen wir jetzt bei Wind und Regen in einer fremden, kalten Kirche und frieren uns tot. Und wenn wir Pech haben, hat das Kind anschließend eine Lungenentzündung.«

Esther strich mit einem Finger über Friederikes weiche Haut. Das Baby gluckste wieder und sah sie an. Mit einem Blick, der sie an jemanden erinnerte. Bislang war es nur eine Ahnung gewesen, die aber immer mehr zur Gewissheit wurde. Esther fühlte die Tränen aufsteigen und schluckte schnell.

»Ist alles gut dahinten?«, fragte Dieter jetzt und lächelte sie im Rückspiegel an. »Was macht meine Prinzessin?«

»Sie nuckelt an meinem Finger«, Esther vermied seinen Blick, er musste ja nicht sehen, dass sie schon wieder kurz vorm Heulen war. Wie all die Monate seit Friederikes Geburt. Dieter hielt es für eine kleine Schwermut, unter der viele Frauen litten. Esther wusste es besser. »Alles gut.«

»Fein«, er nickte, bevor er sich wieder an seine Mutter wandte. »Deine Schwarzwälder Kirsch kannst du auch noch nächste Woche backen, wenn die Nachbarn zum Kaffee kommen. Aber die Taufe konnte nicht früher stattfinden, weil Marie bis vor drei Wochen noch in der Klinik war. Das weißt du doch. Wir können ja nur froh sein, dass der kleine Wurm die Operation gut überstanden hat. Ein herzkrankes Kind zu bekommen, das ist für die Eltern auch nicht einfach.«

»Tja«, Anneliese sah ihren Sohn an. »Wahrscheinlich hat Esthers Freundin deshalb so viele Fehlgeburten gehabt, die Natur regelt das von selbst. Da nützt das ganze Geld auch nichts, wenn man kein gesundes Kind kriegen kann. Ich bin nur froh, dass unsere Kleine kerngesund ist.« Sie drehte sich wieder um und stupste Friederike mit dem Finger an. »Nicht wahr?«

Esther starrte sie entsetzt an. Sie fragte sich immer wieder, ob ihre Schwiegermutter einfach dumm war oder nur nie nachdachte. Wahrscheinlich stimmte beides.

»Mutter, so etwas will ich nicht hören«, sagte Dieter laut. »Es sind nette Leute, Laura und Carl gehören zu Esthers besten Freunden. Und die Kinder sind am selben Tag zur Welt gekommen, dann sollten sie auch gemeinsam getauft werden, weil das ein schöner Zufall war. So und jetzt reiß dich bitte zusammen und sei freundlich zu den Hohnsteins. Es geht heute um Friederike und Marie und nicht um dich.«

Und mein Kind ist nicht eures, dachte Esther wütend. Es ist meins, nur meins.

Die Kirche in Weißenburg lag am Ortseingang neben dem Friedhof. Der Regen war jetzt auch noch mit Schneeflocken durchmischt, als Dieter langsam über das Kopfsteinpflaster zum Parkplatz fuhr.

»Die anderen sind schon da«, sagte er und deutete mit dem Kopf zum Eingang der Kirche. Esther folgte seinem Blick und entdeckte eine kleine Gruppe Menschen unter Regenschirmen, von denen sie nicht alle erkennen konnte. Fast alle trugen dunkle Mäntel, es war ein tristes Bild, das nicht zu einer Taufe passen wollte. Dieter parkte den Wagen und stieg aus, um den Kinderwagen aus dem Kofferraum zu holen, während Esther und ihre Schwiegermutter schweigend warteten. Erst als er die Türen öffnete, stiegen sie aus. Der Wind hatte zugenommen, er trieb das Laub über das nasse Kopfsteinpflaster und zerrte an Esthers zu dünnem Mantel. Sie zitterte, als sie Friederike vorsichtig in den Kinderwagen legte und die Wolldecke über sie ausbreitete.

»Pass auf, dass du das Taufkleid nicht so zerknitterst.« Anneliese beugte sich über Esthers Schulter, griff in den Wagen und zupfte an der Decke herum. »Unsere Kleine soll die Schönste sein. Meine Güte, ist das hier zugig. Ich sage ja, wir frieren uns alle tot.«

Esther war versucht, ihr auf die Hand zu schlagen, beherrschte sich aber, als sie sah, dass Carl auf sie zueilte. »Guten Morgen«, rief er ihnen entgegen, »auch wenn das Wetter schrecklich ist.« Er zog seinen Hut und gab Anneliese mit einer kleinen Verbeugung die Hand, bevor er Dieter begrüßte und schließlich Esther flüchtig umarmte. »Endlich mal wieder ein freudiger Tag«, sagte er leise. »Die Trauer frisst die ganze Familie auf. Wie geht es euch?«

»Gut«, Esther bemühte sich um ein Lächeln. »Auch, weil Marie alles so gut überstanden hat.«

»Ja«, Carl nickte erleichtert. »Die Ärzte haben gesagt, sie sei eine kleine Kämpferin. Sie lacht die ganze Zeit, obwohl ihr kleiner Körper schon so viel erleiden musste. Aber sie ist ein richtiger Sonnenschein.«

Esther sah an ihm vorbei zu Laura, die am Kircheneingang unter dem Schirm ihres Vaters neben dem Kinderwagen stand und die Hand gehoben hatte. Beklommen winkte sie zurück und wandte ihren Blick gleich wieder ab. Sie legte ihre Hände um den Griff des Kinderwagens, genau in dem Moment, in dem die Glocken zu läuten begannen. »Wir sollten reingehen«, sagte sie. »Die anderen gehen auch schon.«

Carl warf einen kurzen Blick in den Kinderwagen und lächelte. »Wir sitzen mit den Kindern und den Paten in der ersten Reihe. Und ohne euch kann es nicht losgehen. Also dann.«

Esther nickte und schob den Wagen langsam zum Kirchenportal. Sie blickte in Friederikes Gesicht. Für sie musste sie das alles hier durchstehen – sie war der Grund.

Das Gewicht und die Wärme ihrer Tochter im Arm gaben Esther die Kraft, zwischen Dieter und ihrer Schwiegermutter in der ersten Reihe dieser Kirche zu sitzen, ohne vor Verzweiflung zu schreien. Vor wenigen Monaten hatte sie auch hier gesessen, allerdings drei Bänke weiter hinten, und versteinert der Trauerrede des Pastors zugehört, der über den plötzlichen und tragischen Tod von Lorenz geredet hatte. Die Beisetzung hatte im engsten Familienkreis stattgefunden, zu dem Esther nicht gehörte, deshalb war sie nur zur Trauerfeier eingeladen gewesen. Laura hatte nach der Nachricht von Lorenz' Tod mehrere Male versucht, Esther zu erreichen, aber deren Nachbarin, die als Einzige im Haus ein Telefon besaß und für wichtige Angelegenheiten angerufen werden konnte, war im Krankenhaus gewesen. Sonst hätte Esther es von Laura erfahren und nicht in der Zeitung gelesen, es hätte nur nichts an ihrer Verzweiflung geändert. Sie hatten sich erst bei der Trauerfeier gesehen, sich nur stumm umarmt, es gab keine Worte, die diesen Schmerz hätten ausdrücken können.

Die Trauerfeier selbst war wie ein falscher Film gewesen, das Einzige, was ihr im Gedächtnis geblieben war, war das Bild der völlig verzweifelten, von Weinkrämpfen geschüttelten Adelheid Hohnstein gewesen, die kurz vor einem Zusammenbruch gestanden und unter Tränen geschrien hatte. Und der Moment, in dem Karla Hohnstein ihre Schwiegertochter resolut angestoßen und gesagt hatte: »Adelheid, reiß dich zusammen.«

Und nun saß sie wieder hier, dieses Mal in der ersten Reihe, dieses Mal aus einem freudigen Anlass, dieses Mal mit ihrem Kind im Arm. Aber die Erinnerungen hingen schwer in der Luft. Über allem schwebte das Gesicht von Lorenz. Esther atmete tief durch und ließ ihre Blicke über die Reihen wandern, während die Orgel durch das Kirchenschiff dröhnte. Karla Hohnstein, ganz in Schwarz, die Hände auf ihren Gehstock gestützt, mit strengem Gesichtsausdruck und eisern nach vorn gerichtetem Blick, saß auf der anderen Seite des Ganges. Esther presste ihre Lippen zusammen und sah die Frau an, die ihr das Leben so schwergemacht hatte. Die Angst vor ihr war plötzlich verflogen, die alte Frau tat ihr fast schon leid. Weil sie jetzt etwas wusste, das vieles verändern würde. Und Karla davon noch keine Ahnung hatte.

Neben ihr saßen Hermann und Adelheid. Sie war sichtbar gealtert, saß gebeugt in der Bank, hielt den Kopf gesenkt, während seine Hand auf ihrem Arm lag. Auf der anderen Seite entdeckte sie Laura zwischen Carl und einem dunkelhaarigen Mann, der Esther sofort bekannt vorkam. Sie beugte sich vor, um ihn besser sehen zu können. Es war tatsächlich Hans, Carls Studienfreund. Die Bilder kamen sofort, der Sommer auf Sylt, in dem sich Laura und Carl kennengelernt hatten, der Strand, die Sonne, das Meer, Lorenz, ihre Mutter Rosemarie, das erste Herzklopfen, die Leichtigkeit. Hans war jetzt Pate, weil Lorenz nicht mehr da war. So wie ihre Mutter, so wie das leichte Leben. Es war ungerecht, so wahnsinnig ungerecht.

»Ich bitte jetzt die Täuflinge mit ihren Eltern und Paten nach vorn.«

Langsam erhob sich Esther und ließ sich von Dieter nach vorn führen, stellte sich neben Laura ans Taufbecken und warf einen kurzen Blick auf die kleine Marie. Sie war so klein und zart, so blass und zerbrechlich. Wie würde ihr Leben aussehen, das mit einem angeborenen Herzfehler begonnen hatte und von dem sie bislang die meiste Zeit in einer Spezialklinik verbracht hatte? Sie verstärkte den Griff um ihre eigene Tochter. Friederike war so kräftig, so stark, so gesund, ihr stand die Welt offen. Dafür würde Esther sorgen.

Als sich die Gemeinde endlich zum abschließenden Segen erhob, atmete sie tief durch. Unter dem einsetzenden Gemurmel schritt sie neben Dieter aus der Kirche, ihren Blick auf Friederikes schlafendes Gesicht gerichtet. Sie hatte nicht einmal geweint, sondern die Taufzeremonie friedlich über sich ergehen lassen, unter den Augen ihrer Paten Anneliese und Laura.

»Wir gehen noch zu Lorenz ans Grab«, die spröde Stimme von Karla Hohnstein, die ein Stück vor ihr ging und laut mit ihrem Sohn Hermann sprach, war deutlich zu verstehen. »Carl weiß Bescheid, er fährt schon vor. Und nimm bitte Adelheids Arm beim Gehen, die kippt ja gleich um.«

»Da müssen wir in der Kälte wohl nicht mitgehen«, Anneliese hatte es auch gehört. Sie stand direkt hinter ihnen und tippte Dieter jetzt auf die Schulter. »Ich kannte den ja gar nicht, also entweder warten wir im Auto oder wir fahren schon los. Esther weiß doch, wo das ist.«

»Vielleicht möchte Esther ja mit«, fragend sah Dieter sie an. »Möchtest du das? Ich kann ja mit Mutter und der Kleinen solange im Auto warten.«

»Nein«, entschieden schüttelte sie den Kopf. »Wir können vorfahren.«

Er ahnte ja nicht, dass sie schon ein paar Mal am Grab gewesen war. Heimlich. Allein. Und immer in der Hoffnung, sie würde Lorenz' Tod endlich begreifen, wenn sie nur oft genug seinen Namen auf dem Grabstein las.

»Gut«, Dieter lächelte und strich ihr flüchtig über den Rücken. »Dann mal ab ins Auto, wir fahren. Komm, meine kleine Prinzessin, Papa bringt dich ins Warme.«

Esther ließ sich das Kind aus dem Arm nehmen und es von Dieter in den Kinderwagen legen. Beschämt sah sie ihm zu, wie er so stolz und glücklich seine Vaterrolle ausfüllte. Aber was könnte sie ihm schon sagen?

Im Salon der Hohnstein-Villa war eine lange Tafel festlich gedeckt. Kristallgläser und silberne Kerzenleuchter funkelten unter dem Kronleuchter, der Blumenschmuck bestand aus gelben und weißen Rosen, zwei junge Mädchen, ganz in Schwarz gekleidet und mit kleinen Schürzen, reichten den nach und nach ankommenden Taufgästen Silbertabletts mit gefüllten Sektkelchen.

»Das ist ja sehr festlich«, erfreut sah Dieter sich um. »Es sieht sehr schön aus. Oder Mutti? Allein schon die ganzen Blumen.«

Anneliese Brenner war tatsächlich sichtbar beeindruckt und sah sich staunend im Salon um. Esther bezweifelte, dass sie schon mal so ein elegantes Haus wie dieses betreten hatte. Sie war sonst selten sprachlos. Lediglich ein kleines Nicken rang sie sich ab, bevor sie unauffällig an einer Blume zupfte, um zu sehen, ob sie echt war. Sie ließ die abgerissenen Rosenblätter in ihrer Tasche verschwinden, bevor sie zu Esther sagte: »Kann man sich hier irgendwo die Hände waschen?«

»Ich zeige dir, wo es ist. Dieter, bleibst du beim Kinderwagen?«

Gefolgt von ihrer Schwiegermutter durchquerte sie den Salon, in dem die Gäste in kleinen Gruppen zusammenstanden und auf die Familie Hohnstein warteten. Manche Gesichter kannte Esther, andere waren ihr fremd, sie nickte trotzdem zu allen Seiten, obwohl sie sich fragte, warum man so viele Leute zu einer Kindstaufe einladen musste, und das so kurz nach Lorenz' Tod.

Vor einer Tür am Ende des Flurs blieb sie stehen und drehte sich um. »Hier ist das Bad«, sagte sie. »Ich warte auf dich.«

»Danke«, Anneliese verschwand hinter der Tür, während Esther sich seufzend an die Wand lehnte. Sie fühlte sich plötzlich beklommen in dieser Villa, die für sie jahrelang die Verkörperung des ersehnten Lebens gewesen war. Wie sehr hatte sie sich damals gewünscht, hier zu leben und zu dieser Familie zu gehören. Zu dieser heilen, bewundernswerten Familie, die so vornehm, edel und gut war und keine Eindringlinge wünschte.

Esther stieß sich von der Wand ab und betrachtete die kostbaren Gemälde. Vornehm, edel und gut. Das hatte sie auch geglaubt und sich ihnen deshalb immer unterlegen gefühlt. Bis gestern. Bis sie die Handtasche gesucht und gefunden hatte, die sie von Dieter geschenkt bekommen und nie benutzt hatte. Sie wollte sie zur Taufe tragen, um ihm eine Freude zu machen. Der Umschlag, der seit dem letzten Treffen mit Lorenz noch darin lag, war völlig in Vergessenheit geraten. Sie hatte ihn lange zitternd in der Hand gehalten, bis sie sich endlich getraut hatte, ihn aufzureißen und den Inhalt zu lesen

»Esther«, Laura stand plötzlich vor ihr, sie sah müde aus. »Wir sind wieder da. Ich habe dich schon überall gesucht. Geht es dir nicht gut?«

»Doch, doch«, sie nickte etwas zu schnell und deutete auf die verschlossene Tür. »Ich warte nur auf meine Schwiegermutter.«

»Ah«, Laura sah sie zögernd an. »Ich wollte dir … Ich …« Sie trat einen Schritt vor und schlang unvermittelt die Arme um sie. »Lass mich nicht auch noch allein«, flüsterte sie mit tränenerstickter Stimme in Esthers Ohr. »Das kann ich nicht aushalten. Zieh dich nicht von mir zurück, ich habe doch nur noch dich.«

Bevor sie antworten konnte, öffnete sich die Tür und Anneliese kam aus dem Bad. »So, jetzt ist frei«, sie sah Laura, die sich schnell die Augen rieb, irritiert an. »Ein sehr schönes Haus«, sagte sie laut. »Kommst du, Esther? Ich finde sonst nicht zurück. Hier kann man sich ja verlaufen.«

Mit einem entschuldigenden Lächeln blickte sie Laura an. Die nickte und hustete kurz. »Ja, es gibt jetzt den Kaffee. Ich gehe mal vor, Frau Brenner.« Esther sah ihr nach. Wie um alles in der Welt sollte sie mit dem Inhalt des Umschlags umgehen, ohne Laura und ihrer Familie zu schaden und ohne das Versprechen zu brechen, das sie Lorenz gegeben hatte? Sie seufzte ratlos und folgte ihnen in den Salon.

Die Gäste hatten schon an der Kaffeetafel Platz genommen, als die drei den Salon betraten. Sobald sie saßen, stand Carl auf und schlug mit einem Löffel an sein Glas. Sofort verstummten die Gespräche.

»Liebe Familie, liebe Gäste ...« Er musste sich räuspern, bevor er fortfahren konnte. Hans, der neben ihm saß, reichte ihm ein Glas Wasser, während dessen Frau Marianne sich zu Dieter beugte und flüsterte. »Es ist ja auch rührend, wenn das erste Kind getauft wird.« Dieter lächelte stolz, sparte sich aber seine Antwort, weil Carl gerade weitersprach.

»Wir feiern heute die Taufe zweier kleiner Mädchen, die wie durch ein Wunder am selben Tag das Licht der Welt erblickt haben. Die eine, unsere Marie, hat sich Zeit gelassen, die andere«, er verbeugte sich in Richtung Esther und Dieter, »Friederike, konnte es nicht mehr erwarten und kam ein paar Wochen vor ihrem Termin.«

Dieter lachte laut und stieß seine Frau an. »Sie ist eben eine von der schnellen Truppe.« Esther bemühte sich um ein Lächeln und sah wieder zu Carl.

»Außerdem war es auch noch Lauras Geburtstag, den sich unsere beiden ausgesucht haben, um zur Welt zu kommen. Und so war es auch ein ganz besonderes Geschenk für Laura, für die der Tag sehr schwer war, denn es war der erste Geburtstag, den sie ohne ihren Zwillingsbruder begehen musste.«

Ein lauter Schluchzer von Adelheid unterbrach ihn, Hermann legte ihr beruhigend die Hand auf den Rücken. In der einsetzenden Pause sah Esther, dass auch Laura sich die Augen tupfte, während Karla Hohnstein unbewegt nach vorn schaute. Schließlich fuhr Carl fort: »Manchmal denke ich, dass Lorenz etwas damit zu tun hatte. Dass er quasi vom Himmel aus entschieden hat, seiner Nichte eine Gefährtin zu geben, so wie er der Gefährte seiner Schwester war. Warum sonst sollte es einen solchen Zufall geben: Zwei Mädchen, die im selben Krankenhaus, am selben Tag geboren wurden.«

Laura hob den Kopf und lächelte Esther unter Tränen an, die sich ihrerseits die Augen trocknete und den Blick erwiderte. Wenn er wüsste, wie recht er mit der Vermutung hatte, dass Lorenz etwas damit zu tun hatte, dachte sie wehmütig. Sogar viel mehr, als Carl oder irgendjemand anderes ahnen konnte.

»Und deshalb lasst uns heute, trotz allem, freudig diesen Tag, diese neuen Leben begehen und die Gläser auf Marie und Friederike heben, mit dem Wunsch, dass sie einander für immer verbunden bleiben. Genau wie ihre Mütter. Auf sie und die beiden Täuflinge.«

»Auf sie und die beiden Täuflinge«, erwiderten die anderen im Chor, bevor alle tranken und Carl sich wieder setzte.

Kurz danach öffneten sich die Türen und die Kaffee-, Teekannen und Tortenplatten wurden gebracht. Das Gemurmel schwoll nach einer kleinen Pause wieder an, die Gespräche wurden fortgesetzt, Tortenstücke nachgelegt. Eine Tante von Carl las ein Gedicht vor, zwei Nachbarinnen der Hohnsteins sangen ein selbstverfasstes Lied, Eierlikör und Cognac wurden angeboten, was die Geräuschkulisse noch verstärkte.

Esther schwirrte der Kopf von all den Satzfetzen, ihr wurde warm und ein bisschen übel. Dieter rammte seine Gabel in sein drittes Stück Buttercremetorte und kaute mit glänzenden Augen. »Sehr gute Torte, oder? Esther, nimm dir doch auch noch ein Stück.«

»Vielleicht später«, sie schob ihren Stuhl zurück und drehte sich zum Kinderwagen um, in dem die schlafende Friederike lag. Sie vergewisserte sich, dass die Kleine bei diesem Geräuschpegel wirklich tief und fest schlief, bevor sie zu ihrem Mann sagte: »Entschuldige mich, ich komme gleich wieder.«

Dieter unterbrach sein gerade begonnenes Gespräch mit Hans und nickte ihr zu, bevor er sich wieder abwandte. »Meine Mutter ist ja auch eine ganz stolze Oma und findet, dass die Kleine mir schon ein bisschen ähnelt.«

Esther schob den Stuhl etwas zu schwungvoll an den Tisch und floh. Erst als sie im dunklen, weitläufigen Flur stand, löste sich die Anspannung und sie holte tief Luft. Sie hatte aus dieser Atmosphäre herausgemusst, diesem steifen Salon mit den zu großen, zu glänzenden und zu wertvollen Möbeln, den dunkelroten Samtvorhängen, den dicken Teppichen, den vielen Ölbildern. Was für sie früher das Sinnbild von Eleganz und Reichtum gewesen war, wirkte jetzt nur noch angeberisch, düster und steif. Und dann noch Karla Hohnsteins verkniffenes Gesicht, genau ihr gegenüber, die jeden Blickkontakt mit Esther mied, als würde sie ansonsten tot umfallen. Dabei hätte sie Grund, Esther zu beachten, ob es ihr passte oder nicht.

Sie ging langsam in Richtung Hintereingang, sie brauchte frische Luft und einen Moment Ruhe. Die Tür war nicht abgeschlossen, sie trat hinaus, lehnte die Tür an und blieb fröstelnd stehen. Der Regen hatte aufgehört, der Wind war abgeflaut, aber es war immer noch feuchtkalt. Die Bäume hatten die Blätter verloren, Laubhaufen lagen verstreut dazwischen. Einige wenige Hagebutten hingen noch an der Rosenhecke, die den alten Obstgarten eingrenzte. Der alte Gärtner Willi lebte nicht mehr, man sah es an der Hecke, die nicht gut geschnitten war, an den Blättern, die vermoderten, an den Ästen, die bis zur Hauswand ragten. Hier hatte sie früher mit Lorenz und Laura Verstecken gespielt, sie hatte sich als Einzige getraut, auf den alten Birnbaum zu klettern, auch wenn Willi sie anschließend ausgeschimpft hatte. Nur weil sie nicht mehr allein runtergekommen war. Esther lächelte traurig beim Gedanken daran und wandte sich langsam um. Es war zu kalt, um ohne Mantel draußen zu stehen. Sie hatte die Hand schon an der Türklinke, als sie näher kommende Stimmen hörte. Eine von ihnen gehörte Karla Hohnstein. Schnell trat sie wieder einen Schritt zurück und verharrte auf der Stelle, sie hatte keine Lust, jetzt Karla und ihrer Begleitung zu begegnen. Sie standen direkt hinter der angelehnten Tür, Esther konnte jedes Wort verstehen.

»Die beiden kleinen Mädchen sind ja so unterschiedlich«, Esther glaubte, die Stimme von Hans' Frau Marianne zu erkennen. »Die eine so proper und schon so groß, die andere so klein und zart, ich bin ja ganz gespannt, was einmal aus den beiden wird.«

»Marie hat viel von meiner Familie«, Karlas Stimme klang überraschend freundlich. »Meine Schwestern, die alle schon tot sind, und ich waren auch so zart und blond.«

»Ach ja?« Es war Marianne. »Dann kommt die Friederike wohl nach den Hohnsteins?«

»Was?« Karla schnappte vor Empörung nach Luft. »Die hat doch nichts mit uns zu tun. Wer hat denn so was erzählt?«

»Dann habe ich das wohl falsch verstanden«, beschwichtigte Marianne sofort. »Ich habe gedacht, auch wegen Carls schöner Rede, dass die beiden Cousinen oder so etwas sind. Weil doch auch der Bruder von Laura etwas damit zu tun hatte und …«

»Um Himmels willen«, Karlas Ton war sofort frostig. »Diese Doppeltaufe ist so eine alberne Idee von Laura. Esther Brenner, damals noch Schulze, hat hier mal eine Zeit lang wohnen dürfen, weil mein Sohn nicht Nein sagen kann. Sie ist die Tochter unserer ehemaligen Haushälterin und deren widerwärtigem Nazi-Ehemann. Der hat mich damals halb totgefahren. Seine Frau und sich aber zumindest ganz. Und zum Dank mussten wir das Kind von denen ins Haus holen. Ein großer Fehler. Ein undankbares Mädchen, das einen schlechten Einfluss auf meine Enkel hatte. Ich war froh, als sie auszog und diesen kleinen Mann mit seiner dümmlichen Mutter geheiratet hat. Das ist für sie sogar noch ein Aufstieg.«

»Aber sie sei doch die Freundin von Laura. Und Hans hat gesagt, sie sei eine so Nette.«

»So ein Unsinn. Das Badezimmer ist da vorn rechts. Den restlichen Weg finden Sie wohl allein.«

Esthers Puls hatte sich so beschleunigt, dass ihr fast schwindelig wurde. Plötzlich war ihr nicht mehr kalt, die Wut bahnte sich mit einer regelrechten Hitzewelle ihren Weg.

»Danke«, Mariannes Stimme war jetzt kühl, ihre Schritte entfernten sich rasch. Sie atmete noch einmal tief durch und stieß die Tür auf. Karla Hohnstein stand mit dem Rücken zu ihr. Sie fuhr herum und starrte Esther verblüfft an. »Wo kommst du denn her?«

»Aus dem Garten.« Esther ging auf sie zu und blieb dicht vor ihr stehen. »Und ich bin nicht nur eine Freundin von Laura, ich war auch eine Freundin von Lorenz.«

Karla Hohnstein schnaubte leise und blickte an ihr vorbei in den Garten. »Ach, Kind«, sagte sie plötzlich milde. »Du wolltest immer nach oben, aber glaub mir, da passt du nicht hin. Man sollte nicht vergessen, wo man hingehört. Und schon gar nicht, wenn man Tochter einer Haushaltshilfe und eines Nazis ist, der nur aufgrund des zu weichen Herzens meines Sohnes hier als Fahrer arbeiten durfte. Ich habe gleich gewusst, dass das ein Fehler war.«

»Ein Nazi also?« Esther war jetzt ganz ruhig, sie trat sogar noch einen Schritt näher und senkte ihre Stimme. »Damit kennen Sie sich ja bestens aus, gnädige Frau, nicht wahr? Weil

Ihr Sohn, der Wilfried, ja auch eine Menge Nazis kannte. Deshalb haben die Hohnstein-Werke im Krieg auch so viel Geld verdient. Nazigeld. Mithilfe des verrückten Wilfried, von dem Sie nichts mehr wissen wollten. Aber die Aufträge und das Geld, das haben Sie trotzdem genommen.«

»Was redest du denn da?« Karla war kreidebleich geworden und sah sie mit aufgerissenen Augen an. »Der Wilfried ist tot. Er hatte es an der Lunge und ist im Sanatorium in der Schweiz gestorben.«

»Nein«, Esther schüttelte den Kopf, »er hat für die Hohnstein-Werke Aufträge an Land gezogen. Mithilfe seiner Nazifreunde in der Schweiz. Und nach dem Krieg ist er nach Argentinien gegangen. Aber er ist noch mal zurückgekommen, um sich mit Lorenz zu treffen. Und dem hat er alles erzählt.«

Mit einer Kraft, die Esther ihr nicht zugetraut hatte, stieß Karla ihr so heftig vor die Brust, dass sie ins Taumeln geriet. »Du dummes Ding. Verlass sofort mein Haus und betritt es nie wieder.«

Ohne den Blick von ihr abzuwenden, hatte Esther sich sofort wieder gefangen. »Ich habe Beweise: Lorenz hat mir einen Umschlag zur Aufbewahrung gegeben, in dem alle Papiere sind, die er von Wilfried bekommen hat. Da sind Verträge drin zwischen den Hohnstein-Werken und dem Oberkommando der Wehrmacht. Und Listen von Arbeitern aus Neuengamme, die bei Ihnen beschäftigt waren. Wilfried hat die unterschrieben, ich habe mir alles genau durchgelesen. Es lief alles über die Schweiz, deshalb ist Ihnen niemand auf die Schliche gekommen. Sie haben die ganzen Jahre gelogen. Sie haben mitgemacht. Sie sind ein schlechter Mensch. Wagen Sie es nie wieder, mich oder meine Tochter schlecht zu behandeln. Sonst gebe ich diesen Umschlag einer Zeitung.«

Karla Hohnstein wankte. Mit letzter Kraft stützte sie sich an der Wand ab. »Verlassen Sie mein Haus. Auf der Stelle.«

Esther sah sie lange an. Karla hatte sie gerade das erste Mal gesiezt. Sie trat zurück und ging an ihr vorbei, zurück in den Salon. Hocherhobenen Hauptes.

»Ich muss sagen«, Dieter saß am nächsten Morgen noch im Bademantel auf der Eckbank in der Küche und ließ sich von Esther Kaffee einschenken, »unsere Friederike hatte schon eine sehr elegante Taufe. Ich wäre übrigens auch gern noch länger geblieben. Wir waren ja unter den Ersten, die gegangen sind.«

»Wir hatten ja auch den längsten Weg«, Esther stellte die Kaffeekanne wieder unter die Wärmehaube, »und mussten Mutter noch nach Hause bringen. Hat es gerade geklingelt?«

»Um halb neun?« Verwundert sah er auf die Küchenuhr. »An einem Sonntag? Wer kann das denn sein?«

Esther erhob sich und schnürte den Gürtel ihres Morgenmantels fester, bevor sie zur Tür eilte und sie aufriss. »Frau Gerhardt? Ist was passiert?«

Ihre Nachbarin nickte besorgt. »Ich befürchte, weil die Frau van Barig ist für Sie am Telefon.«

»Oh Gott, geht es um Marie?«, Ihr Herz klopfte, Laura würde nie bei der Nachbarin anrufen, wenn es kein Notfall wäre. So war es ausgemacht. War etwas mit dem Kind? Sie war nicht gesund, der Tag war anstrengend gewesen, die zugige Kirche, die vielen Menschen, vielleicht hatte ihr kleines Herz das alles nicht ausgehalten. Aber das durfte doch nicht sein, das durfte einfach nicht sein. Sie folgte eilig Frau Gerhardt in die Erdgeschosswohnung und nahm den Telefonhörer mit zitternder Hand auf. »Laura? Ich bin dran, ist was mit Marie?«

Sie hörte zunächst nur ein Schluchzen, dann endlich Lauras Stimme. »Nein, nicht Marie. Ach, Esther, meine Großmutter … sie hat sich umgebracht. Mit Tabletten. Wir haben sie vorhin gefunden. Ich verstehe es nicht. Ich verstehe einfach nicht, warum?«

22.

»Das ist ja ganz hübsch hier«, Hilde Fabricius sah sich anerkennend um. »Schön grün. Das kostet bestimmt auch eine ordentliche Stange Geld.« Sie betrachtete die Gartenanlage vor dem Heim, während sie darauf wartete, dass Friederike ihr die Autotür öffnete. »Geben Sie mir mal die Hand, sonst kommt die alte Frau nicht aus diesem kleinen Flitzer.« Leise ächzend ließ sie sich von Friederike beim Aussteigen helfen und griff dankbar nach dem schon danebenstehenden Rollator. »Dann bin ich ja mal gespannt, wie Esther reagiert.«

Ich auch, dachte Friederike und wartete geduldig, bis Hilde ihre Handtasche im Korb des Rollators verstaut hatte. »Kann es losgehen?«

»Unbedingt.« Hilde strahlte. »Ich bin so gespannt, ob sie mich erkennt.«

Trotz ihrer Aufgeregtheit musste die alte Dame sich Zeit lassen, der Weg zum Eingang war etwas ansteigend. Friederikes Hilfe lehnt sie aber ab. »Solange ich das allein kann, mach ich das auch allein. Es wird ja nicht besser, aber noch geht das. Wir müssen ja nicht rennen, oder?«

Friederike lächelte. »Nein, das müssen wir nicht. Wir haben alle Zeit der Welt.«

»Frau Brenner, wollen Sie sich nicht noch umziehen? Vielleicht die hübsche gestreifte Bluse? Und dazu die kleine Brosche?« Paulas Stimme drang bis auf den Flur aus Esthers Zimmer, Friederike erkannte sie sofort und verharrte vor der Tür.

Auch die Antwort ihrer Mutter war zu hören: »Warum soll ich mich umziehen? Die Bluse ist nicht hübsch. Ich ziehe mich nicht um. Schwachsinn. Alles Schwachsinn. Was wollen Sie eigentlich hier? Haben Sie kein Zuhause?«

Friederike seufzte und wandte sich entschuldigend an Hilde. »Es kann sein, dass heute kein guter Tag ist.«

»Egal«, winkte Hilde ab, »jetzt sind wir da.« Sie löste eine Hand vom Rollator und klopfte energisch. »Wir werden alle alt.«

Die Tür wurde fast im selben Moment aufgerissen, Paula musste genau dahintergestanden haben. »Ach wie schön, schauen Sie mal, Frau Brenner, da kommt Ihre Tochter und bringt Besuch mit.« Sie schob die Tür weit auf und wies mit einer Geste in die Wohnung. »Hereinspaziert. Hallo, ach, und Sie müssen Frau Fabricius sein«, Paula baute sich strahlend vor Hilde auf. »Wie schön, Sie kennenzulernen, ich bin Paula, ich habe Sie gefunden.«

»Das haben Sie hervorragend gemacht«, überschwänglich schüttelte Hilde ihr die Hand. »Ich konnte es kaum fassen, als mein Sohn mich anrief, um mir die Geschichte zu erzählen. Das ist ja wie in einem Krimi von Agatha Christie.« Sie spähte neugierig über Paulas Schulter, um einen Blick auf Esther zu erhaschen. Die saß mit verwirrtem Gesichtsausdruck in ihrem Sessel am Fenster und betrachtete verständnislos das Spektakel.

Friederike blieb hinter Paula und Hilde stehen und beobachtete gespannt, wie der Gesichtsausdruck ihrer Mutter plötzlich von Verwirrung zu Empörung wechselte. Sie verschränkte ihre Arme, sah zunächst hilfesuchend zu Paula, dann wieder zu Hilde.

»Sie können sofort wieder gehen«, knurrte sie schließlich und funkelte sie böse an. »Ich habe ein Einzelzimmer und hier zieht niemand ein. Also schieben Sie ab.«

Ungerührt schob Hilde ihren Rollator auf sie zu. »Esther, erkennst du mich nicht? Ich bin es, Hilde.«

Esther starrte sie nur an, bevor sie zu Paula sagte: »Tun Sie was. Die zerschrammt mir mit ihrem Wagen den ganzen Fußboden.«

»Hier liegt Teppich, Esther«, Friederike ging durch den Raum und stellte die obligatorische Torte auf den Tisch. »Da zerschrammt nichts. Und ich habe heute Schwarzwälder Kirsch mitgebracht.«

»Auch das noch.« Ihre Mutter rollte mit den Augen. »Ich hasse Schwarzwälder Kirsch, wir haben doch keine Taufe. Wer ist jetzt diese alte Frau?«

Hildes Rollator stieß gegen Esthers Sessel. »Ich bin's doch, Hilde. Hilde Fabricius, geborene Walter. Wir waren zusammen Lehrmädchen bei Frau Bellmann in Weißenburg. Hast du das wirklich vergessen? Erkennst du mich gar nicht?«

Mühsam erhob Esther sich aus ihrem Sessel und blieb dicht vor ihrer alten Freundin stehen. »Hilde?« Sie runzelte die Stirn, beugte sich vor und starrte sie an. Plötzlich nickte sie. »Sag das doch gleich. Du bist aber alt geworden.«

Paula lachte laut auf und schloss jetzt erst die Tür. »Na bitte, ich habe es doch gewusst. Und, Frau Brenner, freuen Sie sich jetzt über den Besuch? Ist das nicht toll, dass wir Hilde wiedergefunden haben?«

»Wieso?«, irritiert blickte Esther sie an. »War sie denn weg? Was ist jetzt mit Kaffee? Machen Sie den?«

»Ja, natürlich«, Paula nickte sofort. »Ich kümmere mich darum, bis gleich.« Sie verschwand, während Friederike sich so unauffällig wie möglich an den Tisch setzte, um nichts zu verpassen.

Inzwischen hatte Hilde ihren Rollator an die Seite geschoben und musterte Esther von oben bis unten. »Dass wir das noch erleben dürfen«, begann sie gerührt, ihre Stimme war plötzlich ganz belegt. »Das ist doch …«

»Jetzt setz dich hin«, unterbrach Esther sie. »Dieses Rumgestehe macht mich ganz nervös. Du hast es ja auch mit den Beinen. Das kommt wohl, weil du früher so furchtbar dick gewesen bist.« Sie ließ sich zurück in ihren Sessel fallen und legte ihre Hände in den Schoß. Hilde nahm ihr gegenüber Platz und sah sie neugierig an. »Wie geht es dir denn? Du hast es ja hübsch hier. Gefällt es dir?«

»Du warst früher furchtbar dick.« Esther ignorierte ihre Frage. »Du hattest ein blaues Kleid an. Wann hast du das angehabt? Das war teuer.«

»Auf deiner Hochzeit«, beglückt sah Hilde zu Friederike. »Sie erinnert sich.« Dann wieder an ihre alte Freundin gewandt: »Das war auf deiner Hochzeit. Ich durfte Trauzeugin sein, da habe ich mir extra ein neues Kleid gekauft, auch wenn es nur eine standesamtliche Trauung war.«

»Dieterbrennerderarsch«, Esther sprach es in einem Wort aus, Hilde sah erst sie, dann Friederike erstaunt an. Diese zuckte nur die Achseln. »So nennt sie ihn immer«, sagte sie leise und lächelte die alte Dame an. »Daran habe ich mich gewöhnt.«

»Er hat uns sitzen lassen«, Esther schüttelte verärgert den Kopf. »Mich und das Kind. Von heute auf morgen. Dabei hat er sich immer so aufgespielt, was er für ein toller Vater wäre. Genauso wie seine Mutter. Als wäre Friederike ihr Enkelkind gewesen. *Unsere*, hat sie immer gesagt, *unsere*. Dabei hatte sie doch gar nichts mit dem Kind zu tun. Gar nichts. Das war meins. Nicht unseres. Blöde Leute.«

»Ich kann mich noch an deine Schwiegermutter erinnern«, sagte Hilde laut. »Sie war ja auch auf deiner Hochzeit.« An Friederike gewandt ergänzte sie: »Eine sehr strenge Frau. Und sie hatte so ein billiges Kleid an, und das zur Hochzeit ihres Sohnes. So ein billiges Kleid. Fand ich unmöglich. Da macht man sich als Mutter doch ein bisschen schick. Kannst du dich noch an das Kleid erinnern, Esther? Das war so grün mit beigen Blumen. Schlimm. Und so ein billiger Stoff. Aber du warst so hübsch angezogen, auch wenn es nur im Standesamt war und nicht in der Kirche. Warum eigentlich?«

»Ich habe keine Schwiegermutter.« Überrascht sah Esther zu ihrer Tochter. »Ich nicht, oder? Die Hilde war früher unglaublich dick.«

Friederike biss sich auf die Lippe und war froh, dass Paula in diesem Moment mit einem Tablett zurückkam. Sie stellte es so schwungvoll auf den Tisch, dass die Tassen klirrten, und sah freudig in die Runde. »Und? Freuen sich die Damen über dieses Treffen?«

»Wo sind denn hier Damen?«, fragte Esther spitz. »Haben Sie Dosenmilch? Letztes Mal gab es nur diese labbrige H-Milch. Die will ich nicht.«

»Alles dabei, alles dabei«, sang Paula gut gelaunt. »Und das ist eine ganz echte Schwarzwälder Kirsch? Haben Sie die selbst gebacken?«

»Gott bewahre«, Friederike lehnte sich entspannt zurück und ließ die Studentin machen. Sie trug keine Verantwortung für das, was hier heute passierte, es war Paulas Idee gewesen. Deshalb konnte es ihr auch ganz egal sein, dass ihre Mutter offensichtlich keinen besonders guten Tag erwischt hatte und deshalb kaum sinnvolle Gespräche zustande kommen würden. »Die lasse ich unseren Hotelkonditor machen, ich habe für so etwas kein Talent.«

Hilde hatte Esther die ganze Zeit beobachtet. Jetzt beugte sie sich vor und sah Friederike an. »Haben Sie Ihre Großmutter denn gar nicht mehr gekannt?«

»Nein«, sie warf einen kurzen Blick auf ihre Mutter. »Ich glaube, sie ist kurz nach meiner Geburt gestorben. Oder Esther?«

»Beim Autounfall«, Esther krauste die Stirn. »Ich war siebzehn. Karla Hohnstein hatte nur die Hüfte gebrochen. Die hätte sich mal den Hals brechen sollen, das wäre besser gewesen.«

»Sie meint die andere Oma«, mischte Hilde sich ein. »Oma Anneliese.«

»Kenne ich nicht.« Esther stemmte sich aus ihrem Sessel hoch. »Kaffeetrinken. Setzt euch an den Tisch. Gibt es noch anderen Kuchen? Oder nur Schwarzwälder Kirsch?«

»Ich dachte, die mögen Sie so gern?« Paula ignorierte Esthers Blick und schob ihr ein Stück Torte auf den Teller. »Und hier ist die Dosenmilch. Kommen Sie, Frau Fabricius, setzen Sie sich neben Frau Brenner.«

»Danke«, Hilde wechselte ihren Platz und klopfte Esther leicht auf die Schulter. »Weißt du noch das kleine Café neben Frau Bellmann? Da haben wir uns einmal auch Schwarzwälder Kirsch geleistet. Obwohl die so teuer war.«

»Das war Nusstorte«, Esther rutschte ein Stück von ihr weg und steckte die Kuchengabel in die Torte. »Schwarzwälder Kirsch ist so gewöhnlich. Anneliese war auch gewöhnlich. Das hat sie davon, jetzt ist sie tot. Die wäre aber auch tot umgefallen, wenn sie noch mitgekriegt hätte, dass Dieterbrennerderarsch sich verdünnisiert hat. Das macht man doch nicht, oder? Das macht man doch nicht.«

Fragend sah Hilde Paula an. Die nickte ihr beruhigend zu. »Erzählen Sie doch mal von Ihren Lehrjahren«, forderte sie sie auf. »Wie war das so? In den 50er-Jahren in einem Modesalon. Das muss doch aufregend gewesen sein.«

»Aufregend?« Hilde rührte ihren Kaffee um und hob die Schultern. »Es war ja nur eine kleine Schneiderei und Frau Bellmann war sehr streng. Ehrlich gesagt, ich habe es gehasst. Ich habe überhaupt kein Talent zum Nähen, ich bin nur ausgeschimpft worden. Es war schlimm.«

»Aber die Frau Brenner hatte Talent, oder?«

»Oh ja«, fast stolz blickte Hilde zu Esther, die kauend aus dem Fenster sah. »Sie war immer so apart und schick angezogen und sie hat sich damals schon alles selbst genäht. Frau Bellmann hat ihr alle schwierigen Sachen gegeben. Sie wollte sie sogar damals ins *Alsterhaus* holen, da war Frau Bellmann nämlich später die Abteilungsleiterin. Aber da war Esther schon mit Dieter Brenner verheiratet. Nicht wahr? Dabei hättest du noch richtig aufsteigen können.«

»Dieterbrennerderarsch«, ergänzte diese, während Paula nachfragte: »Aber wieso hat sie das denn nicht gemacht?«

»Weil sie schon verheiratet war«, wiederholte Hilde geduldig.

»Ja und?«

»Kindchen«, sie lächelte mitleidig, »sie sind so jung, Sie können sich das alles gar nicht mehr vorstellen, oder? Wir durften früher nicht arbeiten, wenn unsere Ehemänner den Arbeitsvertrag nicht unterschrieben haben. Und das wollten die wenigsten tun, sonst hätten die Leute ja denken können, dass die Männer nicht in der Lage wären, ihre Frauen zu ernähren.«

»Aber das ist doch …«, sprachlos schüttelte Paula den Kopf. »Das ist ja total ungerecht.«

»Nichts im Leben ist gerecht«, murmelte Esther. »Nichts. Er ist abgestürzt und Karla hat sich nur die Hüfte gebrochen. Wäre sie tot gewesen, hätten wir geheiratet. Aber ich habe die Familie gerettet.«

Sofort fuhr Paulas Kopf herum. »Wie haben Sie die Familie gerettet, Frau Brenner? Können Sie uns das erzählen?«

»Könnte ich«, Esther starrte sie an. »Darf ich aber nicht, sonst nehmen die mir mein Kind weg.«

»Wer?« Friederike beugte sich vor. »Esther, wer nimmt dir dein Kind weg?«

Auch Hilde war jetzt gespannt: »Wen hättest du geheiratet, wenn Karla tot gewesen wäre?«

»Fragen, so viele Fragen«, Esther schüttelte heftig den Kopf. »Ich muss gleich ins Geschäft, ich habe keine Zeit mehr. Friederike fragt immer so viel. Sie soll aufhören.«

»Ist klar«, Friederike lehnte sich wieder zurück. Als ob sie ihre Mutter viel gefragt hätte. Warum auch, sie hatte sowieso nie Antworten bekommen. Aber es ärgerte sie, dass Esthers vergessliches Gehirn ihr immer noch die Schuld gab.

Paula blieb besonnen. »Müssen Sie gleich ins Geschäft, weil Hilde auf Sie wartet?«

»Hilde?« Erstaunt sah Esther sie an und deutete mit der Hand auf ihre Freundin. »Die sitzt da doch. Sie erkennen sie vielleicht nicht wieder, weil sie früher so furchtbar dick war. Jetzt ist sie dünner und alt.«

»So furchtbar dick war ich ja nun auch nicht«, protestierte Hilde. »Vielleicht hatte ich nach Rüdis Geburt ein paar Pfund zu viel, aber das war ja nicht furchtbar dick.«

»Doch«, Esther schob ihren Teller weg und stand langsam auf. »Warst du. Furchtbar dick.« Sie wandte sich wieder an Paula. »Hilde arbeitet nicht mehr, sie hat ja einen Mann. Nur ich muss zu der blöden Schwester, weil Dieterbrennerderarsch nichts bezahlt. Und die anderen nicht genug. Und ich wieder in diesem Kaff wohnen muss, wegen Laura und Carl. Und da gibt es nur die blöde Schwester. Es ist alles nicht gerecht. Ich ziehe mich jetzt um.«

Sie schlurfte ins angrenzende Schlafzimmer und schloss die Tür hinter sich. Paula sah die beiden anderen achselzuckend an. »Das geht jeden Nachmittag so. Nach dem Kaffee will sie ins Geschäft. Manchmal legt sie sich auf ihr Bett und schläft und manchmal kommt sie etwas wunderlich angezogen wieder raus.«

»Wer wollte ihr das Kind wegnehmen?« Friederike dachte

laut nach. »Und in welches Geschäft will sie? Wer war die blöde Schwester?«

Hilde hob plötzlich den Kopf. »Die erste Frage kann ich auch nicht beantworten, aber die blöde Schwester war die Renate Bellmann. Johanna Bellmann, also unsere Lehrherrin, ist ja damals ins *Alsterhaus* gegangen und hat ihrer Schwester das Geschäft übergeben. Der Verlobte von der Renate ist im Krieg gefallen und sie wusste nicht, was sie mit sich und ihrem Leben anfangen sollte. Und deshalb hat sie den Modeladen von ihrer Schwester übernommen, obwohl sie genauso wenig Talent zum Schneidern hatte wie ich. Das weiß ich von meiner Cousine Margret. Ich habe sie gefragt, ob sie sich noch an Esther erinnern kann, Margret ist so alt wie ich und hat ja immer in Weißenburg gewohnt.«

»Und?« Friederike und Paula sahen sie gespannt an. Hilde wiegte abschätzend den Kopf.

»Na ja, ihr ist nicht besonders viel eingefallen. Esther hat sich ja nie so unter die Dorfbewohner gemischt. Sie ging nicht auf Schützen- oder Feuerwehrfeste, Margret hat gesagt, sie sei sich wohl zu fein gewesen für so was. Die Hohnsteins waren ja auch nie da und mit denen war sie oft zusammen. Aber Margret ist eingefallen, dass Esther in den 60er-Jahren wieder im Modesalon Bellmann gearbeitet hat, nachdem sie von Lübeck wieder zurück nach Weißenburg gezogen ist. Meine Cousine hat sich damals ihr Kostüm fürs Standesamt da gekauft, deshalb konnte sie sich erinnern. Esther hat die Änderungen gemacht, aber die Frau Bellmann, also Renate, hat sie die ganze Zeit sehr schlecht behandelt. Weil die Johanna Bellmann ihre Schwester wohl überredet hat, Esther einzustellen, obwohl sie eigentlich keine geschiedene Frau mit Kind in ihrem Laden haben wollte. Na ja, was die Leute eben so reden.« Sie deutete eine Wischbewegung vor ihren Augen an.

»Hat Ihre Cousine denn auch über die Hohnsteins gesprochen?«, fragte Friederike in die kurze Stille hinein.

»Gesprochen schon, aber sie kannte die gar nicht.« Hilde hob die Schultern. »Hermann und Adelheid Hohnstein sind ja nach dem Tod von Karla in eine Seniorenresidenz nach Hamburg gezogen. So eine ganz vornehme an der Elbe, aber die hatten ja auch genug Geld. Und Laura hat mit ihrem Mann Carl dann die Villa übernommen. Im Ort waren sie aber selten, Carl van Barig hatte seine Kanzlei in Hamburg und Laura hatte ja das kranke Kind und war viel mit ihr in Kliniken und später dann in ihrem Sommerhaus am See. Meine Cousine hat die so gut wie nie gesehen. Sie hat nur erzählt, dass Karla Hohnstein sich wohl umgebracht hat und das vertuscht wurde, damit es kein Gerede gibt.«

»Das gab es ja anscheinend trotzdem«, Friederikes Mundwinkel zuckten, »wenn Ihre Cousine immer noch darüber spricht.«

Die Tür zu Esthers Schlafzimmer öffnete sich langsam, sie kam in zwei übereinander angezogenen Kleidern heraus. »Was ist denn hier los?«, fragte sie erstaunt und sah Hilde überrascht an. »Hilde? Was machst du denn hier? Hast du abgenommen?«

»Dich besuchen«, war die ungerührte Antwort. »Und ich wollte dich fragen, ob du weißt, ob Karla Hohnstein sich damals wirklich umgebracht hat.«

»Hat sie«, Esther mühte sich angestrengt mit einem Gürtel ab. »Ihr blieb ja nichts anderes übrig. So, könnt ihr jetzt alle bitte gehen, ich erwarte gleich Besuch.«

»Von wem denn?«, fragte Paula harmlos und stand auf, um ihr mit dem Gürtel zu helfen. Esther schlug ihr unwirsch auf die Hand. »Lassen Sie das, ich bin nicht senil.«

»Und wer kommt nun zu Besuch?«

»Meine Tochter«, sie lächelte. »Sie arbeitet im Ausland, aber heute kommt sie vorbei. Mit dem Flugzeug.«

Friederike schloss kurz die Augen und stöhnte leise. Ihr tat Hilde leid, die sich diesen Ausflug sicherlich etwas einfacher vorgestellt hatte. Sie selbst rechnete ja jedes Mal mit solchen Aussetzern. Doch Hilde stand gelassen auf, verstaute ihre Handtasche wieder im Rollator und streckte ihrer Freundin die Hand hin. »Ja, dann wollen wir mal nicht länger stören. Tschüss Esther, dann grüß deine Tochter und bis zum nächsten Mal. Du kannst mich ja auch mal besuchen.«

»Ach nein«, Esther schüttelte ihre Hand. »Komm du mal. Hier gibt es Personal, das macht alles einfacher. Grüß Karlheinz. Und deinen Kleinen.«

»Puh«, sobald Hilde im Auto saß, blies sie die Backen auf. »Das war ja was. Für Sie ist es auch nicht leicht, oder?«

Friederike drehte den Zündschlüssel und legte den Rückwärtsgang ein. »Es ist ein bisschen anstrengend, das stimmt. Aber ich lerne dabei, nichts persönlich zu nehmen. Wobei ich das bei meiner Mutter schon früh lernen musste. Sie war ja immer etwas unberechenbar, das ist eben ihre Natur.«

»Was meinen Sie mit unberechenbar?«

Sie wollte eigentlich nicht mit Hilde Fabricius über das Verhältnis zu ihrer Mutter sprechen, aber die alte Dame hatte etwas so Zugewandtes, dass sie nicht schmallippig antworten wollte.

»Sie war meistens … wie soll ich das sagen? Sie war schnell misslaunig, schnell wütend, hart zu sich und anderen, sie hat sich nicht so sehr für ihre Umwelt interessiert, es ging eigentlich immer nur um sie und ihre Probleme. Sie hat mich selten etwas gefragt, und wenn ich sie etwas gefragt habe, gab es selten eine Antwort. Klingt schwierig, ich weiß«, sie warf einen Seitenblick auf Hilde und bemühte sich um ein Lächeln. »War es auch. Bis heute. Aber deshalb empfinde ich das jetzt auch nicht als großen Verlust. Sie hat an meinem Leben nie richtig teilgenommen.«

Sie konzentrierte sich auf die schmale Ausfahrt und kämpfte die Wut nieder, die plötzlich in ihr hochstieg. So viel Verpasstes war schwer zu akzeptieren. Und die Hoffnung aufgeben zu müssen, dass alles noch mal besser würde, war auch schwer.

»Das ist traurig«, sagte Hilde nach einer Weile. »Es ist schade, wenn Kinder sich nicht mit ihren Eltern verstehen, wobei das weiß Gott keine Selbstverständlichkeit ist.«

»Aber ich verstehe eine Sache nicht«, begann Hilde plötzlich nachdenklich. »Sie sagten, dass Esther schnell misslaunig und wütend wurde. So kenne ich sie überhaupt nicht. Sie war eine bildschöne, immer fröhliche, hilfsbereite junge Frau. Im Geschäft waren alle Kunden, einschließlich Frau Bellmann, in sie vernarrt. Sie hat mir immer geholfen, wenn ich wieder mal eine Näharbeit nicht hinbekommen habe und sie war so liebevoll und eng mit ihrer Mutter und später auch mit Laura Hohnstein. Was ist denn da passiert? Wo ist die alte Esther geblieben?«

Ich habe sie nie kennengelernt, dachte Friederike still und verzichtete auf eine Antwort. Hilde ließ es aber keine Ruhe. »Vielleicht war sie zu lang allein«, mutmaßte sie. »Überlegen Sie mal, da verlobt sich die große Liebe mit einer anderen und stürzt später mit einem Hubschrauber ab, sie heiratet den Falschen und wird von dem dann auch noch verlassen, und das war's dann. Oder gab es noch einen Partner?«

Friederike schüttelte den Kopf. Die wenigen kurzen Affären, die sie mitbekommen hatten, waren nicht der Rede wert.

»Sehen Sie«, Hilde nickte mit Nachdruck. »Mein Karlheinz war jetzt bestimmt nicht der schönste und klügste Mann der Welt, aber er war ein Guter. Der war lustig und hat sich für alles interessiert, der ging gern Tanzen und ins Kino und machte die allerschönsten Geburtstagsgeschenke. Da hatte er ein Händchen für. Gott, was haben wir immer viel geredet. Jeden Abend, über alles Mögliche, und wir haben viel gelacht dabei. Das ist wichtig. Man muss jemanden finden, mit dem das Leben gut ist. Und er hätte mir schon was erzählt, wenn ich plötzlich drollig geworden wäre. Aber zu zweit kommt man gar nicht so schnell in Gefahr, da reißt man sich zusammen. Ich glaube, Esther war sehr einsam. Da hilft auch kein Kind, das kann den Partner nicht ersetzen. Mein Karlheinz fehlt mir jeden Tag. Ich gewöhne mich da gar nicht dran. Haben Sie einen Mann?«

»Ja«, Friederike lächelte unwillkürlich. »Er heißt Tom. Wir sind aber nicht verheiratet.«

»Das ist gut«, Hilde nickte zufrieden. »Aber Sie leben zusammen?«

»Noch nicht.«

»Nein?« Hildes Kopf ruckte herum. »Warum nicht? Ist er anderweitig verheiratet?«

»Nein«, Friederike lachte. »Wir haben es nur noch nicht in Angriff genommen. Anfangs wollte ich es nicht, dann haben wir uns getrennt, dann kamen wir wieder zusammen und jetzt haben wir noch nicht richtig darüber gesprochen.«

»Ja, dann tun Sie es doch«, rief Hilde aus. »Worauf warten Sie denn noch? Auf was Besseres?«

»Nein.« Während Friederike es sagte, wusste sie plötzlich, dass es stimmte. Es gab nichts Besseres als Tom. Sie war sich sicher. »Sie haben recht, ich werde mit ihm darüber reden.«

»Gut«, Hilde lehnte sich zurück und lächelte. »Aber irgendwie«, ihr Gesicht wurde wieder ernst, als Friederike sie kurz von der Seite ansah, »irgendwie ist es trotzdem komisch. Also, dass Esther sich so verändert hat. Es muss noch etwas anderes passiert sein, was sie so hart gemacht hat. Irgendetwas ist da bestimmt noch gewesen. Sie sollten es herausfinden, um sich mit Ihrer Mutter zu versöhnen.«

Hildes Hand legte sich plötzlich über ihre, die auf dem

Schalthebel lag. Friederike blickte zur Seite und sah die alte Dame aufmunternd lächeln. Überrascht und mit einem aufsteigenden Gefühl von Dankbarkeit lächelte sie zurück.

Als Friederike die Wohnungstür aufschloss, klingelte das Handy in ihrer Tasche. Mit der Hüfte die Tür aufhaltend, fummelte sie es heraus, sah aufs Display und nahm das Gespräch an. »Hallo, wo bist du?«

Toms Stimme war wie immer sanft und gut gelaunt. »Ist was passiert? Du klingst gehetzt. War das Damentreffen so furchtbar?«

»Nein«, sie ließ die Tür ins Schloss fallen und legte ihre Handtasche auf den Stuhl neben der Garderobe. »Nicht furchtbar, aber auch nicht ganz so aufschlussreich wie erhofft. Ich habe trotzdem was gelernt.«

»Aha. Und was genau?«

»Erzähle ich dir, wenn du hier bist. Du kommst doch, oder?«

»Ja, hatte ich vor. Ich wollte nur hören, wann du da bist. Dann fahre ich los, bis gleich.«

Sie wartete etwas mehr als eine halbe Stunde, bis es endlich klingelte.

»Sorry, es gab an der Alster einen kleinen Stau nach einem Auffahrunfall«, sagte Tom entschuldigend, bevor er sie küsste. »Sonst wäre ich schneller hier gewesen. Gehen wir was essen? Mir hängt der Magen sonst wo«, er stutzte, als er ihren Gesichtsausdruck sah. »Ist alles in Ordnung? Du guckst so komisch.«

Sie reichte ihm ein Glas Wein. »Glaubst du, dass wir beide noch was Besseres finden?«

»Was?« Tom trank einen Schluck und musterte sie über den Rand des Glases. »Was Besseres als uns? Nein, auf keinen Fall. Also ich jedenfalls bin mir sicher.«

»Ich auch«, sie ließ ihr Glas sinken und küsste ihn. »Was machen wir mit dieser Gewissheit?«

»Keine Ahnung?« Tom sah sie irritiert an. »Das ist für mich ja keine neue Erkenntnis. Das wusste ich schon in Bremen. Und du jetzt seit heute? Was ist passiert?«

»Lass uns zusammenziehen«, Friederike stellte ihr Glas zur Seite. »Ich will diese Verabredungen, die Fahrerei, die zwei Wohnungen, die Absprachen nicht mehr. Und ich bin lieber mit dir als ohne dich. Was meinst du?«

Toms Lächeln war immer breiter geworden. »Was immer heute passiert ist, ich bin dankbar dafür. Und du bist dir sicher?«

»Ja«, sie stand vor ihm und sah ihn an. Sie war sich in ihrem Leben selten so sicher gewesen. »Mein voller Ernst.«

Er lächelte. Und hob sein Glas. »Deal«, sagte er, »das wurde auch Zeit.«

23.

»Da bist du ja«, Jule durchquerte mit wenigen Schritten das Wartezimmer und umarmte Hanna, die sich sofort von ihrem Stuhl erhoben hatte. »Willkommen zurück. Du siehst richtig entspannt und erholt aus, ich dachte, du hättest in Dänemark die ganze Zeit arbeiten müssen.«

»Das musste ich auch«, Hanna erwiderte die Umarmung innig, bevor sie einen Schritt zurücktrat und eine lose Strähne hinters Ohr schob. »Und es war ganz wunderbar.«

Sie trug ihre Haare etwas länger, was ihr gut stand, die Haut war leicht gebräunt, ihre blauen Augen leuchteten. »Aber ich freue mich jetzt auch auf deine Massage. Und darauf zu erfahren, was es hier so Neues gibt.«

»Dann komm mal gleich mit«, Jule ließ Hanna den Vortritt. »Wann bist du denn zurückgekommen? Ich hätte dich doch vom Bahnhof abholen können.«

»Gestern Abend. Und Micha Beermann hatte sowieso etwas in Hamburg zu erledigen und hat es so arrangiert, dass er mich vom Zug abholen konnte.«

»Wir gehen in den ersten Behandlungsraum«, Jule öffnete ihr die Tür. »Du kannst dich in Ruhe ausziehen, ich komme gleich.«

Als sie den Raum nach wenigen Minuten betrat, lag Hanna bereits entspannt auf dem Bauch und hatte die Hände unter ihr Kinn gelegt. Sie seufzte wohlig, als Jules Hände das warme Öl auf ihrem Rücken verteilten. »Herrlich«, murmelte sie. »Das war das Einzige, das mir in diesen Wochen wirklich gefehlt hat.«

»Nur das?« Jule lachte leise. »Dann war ja alles andere perfekt.«

»Das war es«, Hannas Antwort kam mit Inbrunst. »Ich habe selten in meinem Leben eine so schöne Zeit gehabt.«

»Habt ihr denn viel unternommen?« Jules Finger tasteten über Hannas Rücken. »Und kannst du schon ein bisschen Dänisch?«

»Du wirst lachen«, ihre Stimme klang etwas dumpf aus der Bauchlage. »Ich habe mir ein Lehrbuch gekauft und abends mit Astrid geübt. Es wird immer besser, ich werde hier auch weiterlernen.«

Jule nickte anerkennend, was Hanna jedoch gar nicht sehen konnte. »Wir haben auch ein paar kleine Ausflüge gemacht, mal zum Meer, dann waren wir ab und zu in einem Café oder Restaurant, haben uns einen Kunsthandwerksmarkt angesehen, aber die meiste Zeit waren wir zuhause. Es ist so schön in diesem Haus und im Garten, man muss da gar nicht weg.« In ihrer Stimme schwang Sehnsucht, Jule hielt einen Moment inne. »Warum bist du nicht länger geblieben?«

Hanna zögerte mit der Antwort. Dann sagte sie: »Ich muss mich ja hier auch um einige Dinge kümmern. Und Astrid hat ihren Gips abbekommen, jetzt kann sie auch wieder alles allein machen. Sie war zwar traurig, dass ich gefahren bin, aber irgendwann musste ich ja wieder zurück. Aber es war schon komisch, als ich gestern Abend ins Haus gekommen bin. Es war so still, das hatte ich ganz vergessen. Wir hatten ja auch dauernd Besuch und an diesen Trubel hatte ich mich richtig gewöhnt. Erst war Astrids Tochter Lina da, das ist ja auch so eine zauberhafte Person. Und dann kam noch ihre Frau Stella übers Wochenende, sie ist Ärztin in der Klinik in Kopenhagen. Jacob, Astrids Sohn und seine Frau Mette kamen im Anschluss, zusammen mit Mats und Emma, und die Kinder sind sogar noch zwei Wochen geblieben, sie hatten ja

Semesterferien. Und ich habe mit Emma Klavier gespielt, es war einfach wunderbar.«

Nachdenklich massierte Jule weiter, jetzt schweigend, auch Hanna war in Gedanken versunken. Das Glück, nach so vielen Jahren ihre Familie wiedergefunden zu haben, war zwar getrübt von der Tatsache, dass ihr Bruder Henri kurz zuvor gestorben war und es nicht hatte miterleben können, aber dafür hatte sie mit einem Schlag eine Schwägerin mit zwei Kindern, zwei Schwiegerkindern und vier Enkeln geerbt. Und sie blühte in deren Gegenwart sichtbar auf.

Jule fuhr mit ihrer Massage fort, nach einiger Zeit wechselte sie die Position und massierte abschließend Hannas Nacken.

»Weißt du«, sagte diese plötzlich. »Ich hatte ja nie eine richtige Familie. Und jetzt bin ich siebzig und erlebe dieses Glück. Und dann fange ich jetzt auch noch mit Dingen an, die ich früher wegen der Musik nie machen konnte. Gartenarbeit zum Beispiel, Kuchen backen, Marmelade kochen oder einfach mal auf eine Leiter steigen und Äpfel pflücken. Inklusive einer neuen Sprache. Das ist doch schon verrückt, oder?«

»Bereust du, dass du das alles früher nie gemacht hast?«

»Warum?« Hanna hob den Kopf ein Stück. »Ich war Berufsmusikerin, das hat mir Freude gemacht, deshalb gab es keinen Platz für anderes. Ich habe nichts vermisst, weil ich das alles ja nicht kannte, und jetzt kann ich aufgrund des Rheumas nicht mehr berufsmäßig spielen, habe aber das Glück, in diesem neuen Leben all diese Dinge gefunden zu haben. Da gibt es nichts zu bereuen, ich bin dankbar, dass ich das erleben darf. Und es zeigt doch auch, dass sich das Leben auch spät noch verändern kann.«

»Das hoffe ich doch«, Jule ließ ihre Hände mit sanftem Druck auf Hannas Rücken liegen. »Das war's für heute, meine Liebe. Bleib noch ein bisschen liegen und träum von Dänemark. Du warst übrigens viel weniger verspannt als bei den letzten Malen. Die Familie tut dir gut.«

»Ich weiß«, antwortete Hanna lächelnd. »Und sie fehlt mir jetzt schon. Aber ich will nicht klagen, übermorgen kommt Alexandra aus Berlin zurück, dann haben wir beide wieder Gesellschaft. Allein ist das Haus wirklich zu still, zu groß und zu leer.«

Jule ging langsam zur Tür und blieb dort stehen. »Möchtest du noch einen Tee?«

»Gern«, Hanna nickte. »Eine Tasse. Micha holt mich in zwanzig Minuten ab.«

»Das schaffen wir. Ich muss auch in einer halben Stunde los, um Marie abzuholen. Dann bis gleich.«

Mit einem letzten Blick auf Hanna schloss sie leise die Tür. Sie würde ihr gleich ein Wochenende zu viert am See vorschlagen. Und Alex und Friederike anrufen. Es schien, als gäbe es jede Menge Redebedarf.

Weil sie in Gedanken noch bei Hanna war, fuhr Jule später fast an Philipps Wohnung vorbei. Erst im letzten Moment sah sie das große schmiedeeiserne Tor und einen freien Parkplatz davor. Sie angelte ihre Handtasche vom Rücksitz und stieg aus. Mit einem zufriedenen Blick sah sie auf die Uhr. Auf die Minute pünktlich, Steffi konnte sich dieses Mal nicht sofort aufregen. Und eine Idee für das Wochenende am See hatte sie auch schon. Es mussten einfach mal ein paar Dinge auf den Tisch und besprochen werden. Und sie hatte bereits für alles eine Lösung. Die besten Ideen kamen ihr beim Autofahren, es hatte auch heute wieder funktioniert.

Sie drückte den Klingelknopf neben dem Schild *Dr. Philipp Petersen und Stefanie Petersen* und lächelte aufreizend freundlich in die Kamera. Schließlich waren sie eine große Familie, wie Steffi immer allen anderen gegenüber behauptete. Es passierte nichts. Jule verstärkte ihr Lächeln und drückte noch mal, dieses Mal länger. Wieder nichts. »Herrgott, Steffi, sitzt du auf deinen Ohren«, zischte sie leise und hielt die Klingel dieses Mal gedrückt, ohne zu lächeln. Und tatsächlich knisterte jetzt ihre Stimme durch den Lautsprecher. »Jule? Was machst du …«

»Ich stehe seit fünf Minuten vor der Tür, machst du bitte mal auf?«

Der Summer entsperrte das Tor, Jule ging durch und ließ es krachend hinter sich zufallen. Wenig später drückte sie die Haustür auf und nahm den Aufzug nach oben, wo Steffi schon in der offenen Wohnungstür wartete. Lotta, ihr kleiner weißer Hund, sprang wie immer aufgeregt neben ihr auf und ab. »Ist was passiert? Lottaschatz, mach Platz.«

»Was …?« Jule starrte sie verblüfft an. Steffi trug einen hellrosa Kimono und hatte um den Kopf ein Handtuch drapiert, damit nichts von der hellgrünen Maske, die sie sich dick ins Gesicht geschmiert hatte, an ihre Haare kam. Sie war barfuß, die Zehen durch Wattebäusche gespreizt. Sechs Nägel waren knallrot lackiert, vier fehlten noch. »Was machst du?«

»Ich habe heute meinen Wellnesstag. Ich kann ja nicht ahnen, dass du unangemeldet hier aufkreuzt. Was ist denn passiert?«

»Wo ist Marie?«

»Wie, Marie?« Der Moment, in dem Steffi zu begreifen schien, was hier gerade schieflief, ließ Jule resigniert die Augen schließen. »War das heute?«

»Ja«, Jule antwortete lauter, als sie wollte. »Ja, heute. Du solltest sie um vier von der Tagesmutter abholen und nach der Arbeit wollte ich sie hier einsammeln. So hatten wir das ausgemacht. Und jetzt ist es Viertel nach fünf und das Kind ist immer noch bei Iris.«

»Iris?«

»Mein Gott!« Jule schob sie ein Stück zur Seite und ging an ihr vorbei in die Wohnung. Der Hund folgte ihr kläffend. »Die Tagesmutter heißt Iris Berthold und wir müssen das nicht im Hausflur besprechen. Ich rufe sie an, dass ich jetzt erst komme.«

Sofort schloss Steffi die Tür und sah Jule nach, die ihr Handy aus der Tasche zog.

»Ich sieze Frau Berthold«, sagte sie etwas schnippisch. »Woher soll ich denn wissen, wie sie mit Vornamen heißt? Lotta, sei still.«

Jule war mit dem Handy am Ohr stehen geblieben und zog die Stirn kraus. »Anrufbeantworter«, sagte sie und sah Steffi an. »Hat sie dich vielleicht angerufen? Und du hast vor lauter Maske und Nagellack das Telefon nicht gehört?«

»Fußnägel lackieren macht ja nun nicht so einen Krach, dass ich das Klingeln nicht höre«, mit beleidigtem Gesichtsausdruck, der durch die grüne Paste noch verstärkt wurde, nahm sie das Telefon von der Station und schüttelte den Kopf. »Kein Anruf«, stellte sie mit einem Hauch von Triumph fest. »Nichts.«

Jule versuchte es noch einmal. »Wieder Anrufbeantworter«, sie ließ das Handy sinken. »Hast du mal auf deinem Handy geguckt?«

»Wozu?«

»Steffi, bitte«, sie blickte genervt an die Zimmerdecke. »Vielleicht hat Pia Iris deine Handynummer gegeben, was weiß ich. Sieh doch mal nach.«

Mit einem ungehaltenen Kopfschütteln zog diese ihr Telefon aus einer Handtasche, die an der Garderobe hing, und sah aufs Display. »Nichts. Und nun?«

»Ich fahre hin«, Jule drehte sich auf dem Absatz um und ging zur Tür. »Und vielleicht schreibst du dir die Termine mal auf. Tschüss.«

Ohne auf eine Antwort zu warten, verließ sie die Wohnung und drückte den Fahrstuhlknopf. Das Erste, was sie sah, als sie durch das Tor kam, war der silberne Mercedes, der sie eingeparkt hatte. »Das gibt es doch nicht«, Jule zwängte sich an dem Wagen vorbei, es war vergeblich, er stand so idiotisch, dass sie nicht mal ihre Tür aufbekam, um zu hupen. »So ein Volltrottel«, wütend sah sich um und überlegte, was sie jetzt machen sollte. Es half nichts, sie musste wieder hoch und der Wellnessqueen sagen, dass ihr Auto gebraucht wurde. Wieder musste sie mehrfach klingeln, um Steffi zur Haustür zu bewegen. Als es im Lautsprecher endlich rauschte, rief sie sofort hinein: »Die haben mich eingeparkt. Mach auf.«

Auf dem Weg zur Haustür tippte sie noch mal auf die Wahlwiederholung. »Hallo, hier ist die Mobilbox von Iris Berthold, momentan bin ich nicht zu erreichen …«

Immer noch im Kimono, dafür inzwischen mit zehn lackierten Zehennägeln, stand die Hausherrin wieder an der Tür. »Ja, und nun?«

»Jetzt fährst du hin und holst Marie ab.«

Entgeistert sah Steffi sie an. »Wie? So wie ich bin?«

»Warum nicht?« Jule biss sich auf die Lippe. »Du kannst das Grüne ja noch aus dem Gesicht wischen und dir was anziehen. Aber mach hin, es ist gleich halb sechs. Ich verstehe nur nicht, warum Iris nicht ans Handy geht.«

»Also, du musst fahren«, sie stakste mit ihren gespreizten Zehen den Flur entlang. »Wenn ich jetzt Schuhe anziehe, ist der Lack hin. Und in Flipflops kann ich nicht Autofahren. Und falls du fragen wolltest: Ich verleihe meinen Wagen nicht, bei der Versicherung bin ich als einzige Fahrerin eingetragen, wenn was passiert, kriege ich Ärger.«

Jules Handy klingelte, sofort riss sie es aus der Tasche und sah, dass es nicht Iris, sondern Philipp war. »Ja?«

»Sag mal, Iris Berthold war drei Mal auf meiner Mobilbox und hat gefragt, warum Marie nicht abgeholt wird. Sie müsste zum Zahnarzt. Hat sie dich erreicht?«

»Nein, hat sie nicht. Weil ich sie auch nicht abholen sollte, sondern Steffi. Aber die hat Watte zwischen den Zehen und was Grünes im Gesicht und hat es vergessen. Jetzt ist mein Auto eingeparkt, deine Frau verleiht ihre Karre nicht, ich soll trotzdem fahren, weil ihr Nagellack noch nicht trocken ist, aber sie muss sich erst fertig machen. Philipp, ich kriege hier gleich einen Anfall. So geht das nicht, ihr müsst euch auch kümmern, wenn Pia euch bittet.«

»Ist das Frau Berthold?« Steffi kam mit gewaschenem Gesicht und in einem zeltartigen Sommerkleid mit Flipflops zurück.

»Nein, es ist Philipp.«

»Wieso ruft er dich denn an?« Sie riss Jule das Handy aus der Hand und presste es an ihr Ohr. »Wieso rufst du Jule an? Was? Reg dich nicht auf, Schatz, du hast Blutdruck und … was? Beim Zahnarzt? Und wo ist Marie jetzt? Ja, du brauchst mich doch nicht anzuschreien, was soll ich denn da machen? Ja, tschüss.«

Sie reichte das Telefon zurück. »Das ist aber auch immer ein Durcheinander. Ich habe es damals ja gleich gesagt: Alleinerziehend und dann diesen Job im Hotel, das kannst du doch alles vergessen. Wir tun ja schon, was möglich ist, aber wir können ja auch nicht alles …«

»Nein, du kannst nicht alles, das habe ich gerade gesehen«, unterbrach Jule sie und streckte ihr die flache Hand entgegen. »Autoschlüssel. Wir fahren erst mal zu Iris und dann sehen wir weiter.«

In der Tiefgarage ging Steffi auf ihren Hacken, um den Lack nicht beim Trocknen zu stören, Jule musste sich schwer zusammenreißen, um nichts Fieses zu sagen. Als sie schließlich in Steffis rotem Mini-Cabrio saßen, tat sie es doch. »Wenn du überfordert bist, frage ich mich, warum du dich dauernd zum Babysitten anbietest.«

»Dauernd«, Steffi stieß hörbar den Atem aus. »Es ist doch gar nicht dauernd. Aber Philipp will nicht, dass die kleine Marie nur an euch gewöhnt ist. Und sie schläft ja schon oft bei euch auf dem Land. Wir haben sie ja höchstens mal für ein paar Stunden.«

»Weil du Pia gesagt hast, dass du kein Kinderbett in deinem Gästezimmer willst und es woanders nicht reinpasst«, sie warf ihr einen kurzen Seitenblick zu, während sie wartete, dass sich das Garagentor öffnete. »So richtig Lust hast du auf dieses Großmutterdasein auch nicht, oder?«

Steffi sah sie perplex an, Jule schaltete und fuhr die Einfahrt hoch, in der Zwischenzeit hatte ihre Beifahrerin die Sprache wiedergefunden. »Großmutterdasein«, wiederholte sie mit einem gewissen Ekel in der Stimme. »Ich bin gerade mal fünfzig, das ist ein Wort, das wirklich sehr weit von meiner Lebensrealität entfernt ist. Ich mache es nur Philipp zuliebe, und der hat anscheinend das Gefühl, dass er an Marie wiedergutmachen muss, was er bei Pia durch eure Trennung versäumt hat. Ich halte das für übertrieben, andere Alleinerziehende organisieren ihr Leben ja auch, ohne dass vier Erwachsene dauernd einspringen müssen.«

»Dann sag es Philipp und Pia doch.« Jule blieb so ruhig, dass Steffi plötzlich ganz wachsam wurde. »Sag ihnen, dass du auf den ganzen Zinnober keine Lust hast, dass du besser mit deinem Hund zurechtkommst als mit einem kleinen Kind, dann wissen doch alle Bescheid und Marie wird von jemand anderem abgeholt. Und zwar pünktlich.«

»Du verdrehst jetzt alles«, widersprach Steffi sofort. »Ich finde Marie ja süß, aber einen Nachmittag mit Kind und Hund, das ist wirklich reiner Stress. Ihr könnt euch die ganze Zeit ausschließlich um die Kleine kümmern, ich habe aber noch Lotta. Und die ist eifersüchtig, ich muss da sehr aufpassen.«

Jule atmete eine böse Antwort weg und sagte leichthin: »Das ist natürlich ein Problem: ein eifersüchtiger kleiner Hund. Aber es gibt ja für alles eine Lösung und vielleicht brauchst du dich demnächst gar nicht mehr um dein angeheiratetes Stiefenkelkind zu kümmern. Es sind ja noch genug andere da. Torge, Fiedi, Alexandra und meine Eltern gibt es ja auch noch.«

»Du willst mich nur wieder ausschließen«, jetzt war Steffi beleidigt. »Für dich bin ich immer noch ein Eindringling und das jetzt schon seit über zwanzig Jahren. Aber du kannst mit deiner Praxis schließlich nicht dauernd einspringen und bist aus Weißenburg auch nicht in zehn Minuten hier.«

»Ja, ja, die Zeit rennt«, Jule verbiss sich ein blödes Grinsen, sie liebte es, Steffi beleidigt zu sehen. »Zwanzig Jahre schon? Sieh mal an. Aber das mit Weißenburg hat sich bald erledigt. Wir ziehen nämlich ... Oh, ist das Pia? Und Philipp?«

Tatsächlich stand Pia mit dem Buggy, in dem eine müde Marie saß, neben ihrem Vater und diskutierte. Jule stoppte das Auto direkt neben ihnen und ließ die Scheibe herunter.

»Ihr habt aber gesagt, dass das kein Problem wäre. Wenn Iris mich nicht angerufen hätte ... Ach, hallo Mama. Das ist schon wieder so ein Chaos hier.« Sie beugte sich nach vorn und sah Steffi an. »Und? Gab es irgendeinen wichtigen Grund?«

Jule öffnete die Autotür und stieg langsam aus, während Philipp zerknirscht sagte: »Es tut mir leid, Kleines, ich hatte zwei OPs, ich konnte auch nicht früher weg.«

»Hat ja auch keiner gesagt«, Pia hatte sich wieder aufgerichtet. »Das Abholen wollte ja auch Steffi machen. Sie hat das nämlich selbst angeboten. Na egal, ich habe mir freigenommen, bin zu Iris' Zahnarzt gefahren, habe mit Marie im Wartezimmer gesessen und gerade eben noch mal mit Iris geredet. Und mich entschuldigt.«

»Es tut mir leid«, Steffi hatte sich aus dem offenen Autofenster gelehnt, um nicht aussteigen zu müssen, und sah Pia jetzt mit gerunzelter Stirn an. »Kann ja mal passieren.«

»Eben«, beeilte sich Philipp zu sagen. »Und auch wenn das heute schiefgelaufen ist, beim nächsten Mal klappt es wieder.«

»Papa«, Pia verdrehte die Augen. »Bei euch klappen von drei Terminen zwei nicht. Entweder sagt ihr kurz vorher ab oder ihr vergesst es. Und ihr müsst mir auch nicht helfen, das kriege ich allein hin. Nächste Woche ist Ben in der Stadt, dann nimmt er Marie.«

»Ben?« Die Neugier ließ Steffis Stimme beben. »Ihr habt wieder Kontakt? Das wusste ich ja gar nicht. Seid ihr denn auch wieder …«

»Steffi«, Jule drehte sich abrupt zu ihr um. »Er ist schließlich der Vater und um das hier mal abzukürzen: Es wird alles einfacher, wenn die Kita losgeht und Torge und ich auch noch unter der Woche in Hamburg wohnen. Und was ist jetzt, Pia? Soll ich Marie nun mitnehmen oder hast du frei?«

»Wieso wohnt ihr unter der Woche bald hier?« Philipp sah sie fragend an. »Das ist nicht euer Ernst. Und was ist mit der Praxis? Und dem Haus?«

»Hast du es Papa noch nicht erzählt?« Pia sah zwischen ihren Eltern hin und her. »Warum nicht?«

Steffi schnappte hörbar nach Luft, ignorierte Pias Frage und starrte Jule an. »Was willst du denn in der Stadt die ganze Zeit machen? Marie braucht ja nicht dauernd Betreuung und wir haben auch nicht immer Zeit für euch.«

»Ach, Steffi«, Jule lächelte breit. »Wir wollen einfach einen neuen Anfang. Neue Wohnung, neuer Job, neues Leben. Mit euch hat das rein gar nichts zu tun. Das machen wir für uns. Und alles Weitere erzählen wir dann mal später. Was ist jetzt, Pia? Stadt oder Land?«

Juni 1964

»Frau Brenner!«

Esther hielt die Nähmaschine an und hob den Kopf. Was war denn jetzt schon wieder? »Ja?«

Die schrille Stimme von Renate Bellmann drang erneut vom Verkaufsraum nach hinten. »Frau Brenner, sofort nach vorn.«

Resigniert schob sie das Abendkleid, das sie gerade sehr konzentriert und aufwändig änderte, zur Seite und stand langsam auf. Diese dumme Kuh, dachte sie. Dieses Gebrüll durch den ganzen Laden war früher bei Renate Bellmanns Schwester undenkbar gewesen. Diese Frau hatte einfach kein Benehmen. Sie durchquerte die Nähstube und zog den dicken Vorhang zur Seite, der das Atelier vom Verkaufsraum trennte. »Sie haben nach mir gerufen?«

Falls sie die Ironie in der Frage gespürt hatte, ließ sie sich nichts anmerken. Sie stand neben einer aufgeregt wirkenden Kundin und keifte sofort los, als sie Esther sah.

»Haben Sie eine Änderungsarbeit von einem Fräulein Gebauer angenommen?«

Sie nickte. »Ja. Und der Rock ist auch schon abgeholt und bezahlt worden.«

»Und da sind Sie auch noch stolz drauf, oder was?« Renate Bellmann griff zu einem Rock, der auf dem Verkaufstresen lag und warf ihn Esther verächtlich zu. Sie fing ihn im letzten Moment, bevor er auf den Boden fallen konnte, und sah von der wütenden Frau Bellmann zu der nicht minder wütenden

Kundin. Diese kniff die Augen zusammen und zischte: »So etwas Schamloses. Wahrscheinlich war das sogar Ihre Idee. Meine Tochter kommt aus einem anständigen Haus, das wäre ihr nicht im Leben eingefallen.«

»Was genau …?«

»Was genau?«, wiederholte ihre Vorgesetzte schrill. »Sie wagen es, sich auch noch dumm zu stellen? Sie haben diesen Rock verhunzt und dafür auch noch Geld genommen. Dass Sie sich nicht schämen. Ich hätte es wissen müssen. Sie haben einfach kein Gefühl für Anstand und gute Sitten. Das war ja klar, dass Sie den Ruf meines Geschäfts ruinieren.« Sie schnappte nach Luft und drehte sich zu der sehr dicken Frau neben ihr. »Frau Gebauer, ich kann mich nur für das unmögliche Verhalten meiner Angestellten entschuldigen. Aber das wird Konsequenzen haben.«

Esther stand sehr gerade und sehr ruhig da und betrachtete die beiden eher interessiert als ängstlich, was Renate Bellmann noch wütender machte. »Was starren Sie mich so an? Wer bezahlt jetzt den Schaden?«

»Welcher Schaden denn eigentlich?« Esther blieb immer noch ruhig. »Ich habe die Änderung ausgeführt wie bestellt und die Kundin hat den Rock anprobiert und war zufrieden.«

Frau Gebauer trat einen Schritt vor und riss ihr den Rock aus der Hand. »Unverschämt, das ist einfach unverschämt.« Sie hielt das Kleidungsstück ausgebreitet vor ihr Gesicht und wedelte so aufgeregt damit herum, dass der Saum Esther am Ohr traf. »Der ist viel zu kurz, viel zu kurz, es ist schamlos und unmöglich. Was sollen die Leute denken, wenn meine Tochter so herumläuft?«

»Ihre Tochter wollte einen Minirock«, erklärte sie sanft. »Und das ist ein Minirock. Es ist der letzte Schrei, alle jungen Frauen in England tragen ihn bereits. Und Fräulein Gebauer war sehr erfreut.«

»Meine Tochter ist zwanzig«, schrie die beleibte Dame jetzt auf. »Sie ist noch nicht volljährig. Sie durften den Auftrag nicht annehmen. Und wenn mein Mann sie in diesem … diesem … damit sieht, dann gnade Ihnen Gott. Ich werde diesen Laden nicht mehr betreten und auch allen meinen Bekannten erzählen, welche Schamlosigkeit hier herrscht. Und außerdem …«

Esthers Geduldsfaden riss abrupt. »Ich kann mich nicht erinnern, Sie hier als Kundin schon mal gesehen zu haben«, fauchte sie jetzt. »Und Ihr Fräulein Tochter hat mir auch gesagt, dass sie von einer Freundin hergeschickt wurde, weil die wusste, dass ich gut schneidern kann. Also was …«

»Frau Brenner, packen Sie sofort Ihre Sachen und verlassen Sie mein Geschäft. Sie sind fristlos entlassen.« Renate Bellmann sah aus, als würde sie gleich vor Wut ohnmächtig. »Sofort und auf der Stelle.«

Esther drehte sich auf dem Absatz um und stapfte nach hinten. Sie riss ihre Tasche von der Garderobe und suchte einige persönliche Besitztümer zusammen, während sie hörte, wie ihre ehemalige Chefin draußen laut sagte: »Ich habe gleich gewusst, dass es ein Fehler war, sie einzustellen. Ich habe es nur gemacht, weil meine Schwester mich darum gebeten hat. Aber was soll man schon von einer geschiedenen Frau mit Kind erwarten? Die ihre Tochter tagsüber zu einer reichen Freundin bringt, damit sie ungestört arbeiten gehen kann. Die hat doch nur ihr Vergnügen im Kopf. Stellen Sie sich vor, die wollte hier in Hosen arbeiten. In Hosen! Das habe ich sofort untersagt, sie hat wirklich kein Schamgefühl und keine Manieren und man munkelt ja auch so einiges. Wissen Sie, ihr Ehemann ist so mir nichts, dir nichts, holterdiepolter ausgezogen. Da muss doch auch was gewesen sein. So. Und jetzt suchen Sie sich in aller Ruhe einen schönen neuen Rock für Ihre Tochter aus. Das Geld dafür ziehe ich natürlich Frau Brenner von dem ausstehenden Lohn ab.«

Tief ausatmend hielt Esther inne, dann wickelte sie ihre Schneiderschere, die sie von ihrer ehemaligen Lehrherrin mit Gravur zur bestandenen Prüfung bekommen hatte, in ein Stück Stoff und verstaute alles in der Tasche. Sie hielt kurz inne und sah sich um. Das war es dann wohl. Es war eine Frage der Zeit gewesen, Renate Bellmann hatte sie von Anfang an nicht leiden können.

Sie schulterte ihre schwere Tasche und verließ zum letzten Mal das Atelier, in dem damals alles angefangen und jetzt so unrühmlich geendet hatte. Renate Bellmann stand inzwischen neben Frau Gebauer vor der Kleiderstange, auf der die Röcke hingen, und zeigte ihr ein geblümtes Modell, unter das ein Petticoat gehörte. Die Tochter würde einen Schreikrampf kriegen.

Esther blieb kurz stehen, nestelte den Ladenschlüssel von ihrem Bund und legte ihn auf den Tresen. Renate Bellmann drehte sich um und starrte sie an. »Ihren restlichen Lohn schicke ich Ihnen am Monatsende.«

Ohne zu antworten, verließ Esther den Laden.

Mit einem Blick auf die Kirchturmuhr blieb sie einen Moment unschlüssig stehen. Es war gerade einmal halb elf, sie konnte jetzt noch nicht zu Laura fahren. Sie musste erst mal in Ruhe darüber nachdenken, was sie jetzt machen wollte. Sie hatte ein Problem und brauchte eine Lösung.

Ihr Fahrrad stand unter einem Kastanienbaum vor dem Laden. Unter den hämischen Blicken der sauertöpfischen Renate Bellmann und der dicken Frau Gebauer zog sie das Rad vor und schob es lächelnd über den Bürgersteig am Laden vorbei. In einer Stunde würde die Besitzerin des Modegeschäfts nicht mehr so triumphieren. Dann würde nämlich Karin von Elster kommen, die Frau des hiesigen Bankdirektors, und ihr Abendkleid abholen, das noch unfertig in der Nähmaschine lag. Nur leider reichten Renate Bellmanns Fähigkeiten nicht aus, um ein teures Kleid so aufwändig zu ändern. Nicht nur Esther hatte ein Problem.

Der Park war um diese Zeit wie ausgestorben. Sie ließ ihr Fahrrad zu einer Bank am Teich rollen und stieg ab, lehnte es an einen Baum und wischte mit einem Taschentuch die Pollen und Blätter von der Holzbank, bevor sie sich setzte und ihr Gesicht in die Sonne hielt. Vielleicht würde sie hier eine Eingebung bekommen, wie es jetzt weitergehen sollte, vielleicht könnte sie hier auch mal das Glück beschwören, um es zu überzeugen, dass sie jetzt endlich dran war. Nach diesen turbulenten letzten Monaten fühlte sie sich unendlich müde und mutlos. Und heute war wieder so ein Tiefpunkt, irgendwann musste ihre Pechsträhne doch auch mal zu Ende sein.

Sie lehnte sich zurück und verschränkte ihre Arme wie zum Schutz. Sie durfte nicht aufgeben, sie musste weitermachen, nicht unbedingt für sich, aber für Friederike. Ihre wunderbare Tochter hatte es verdient, dass sie alles versuchte, um ihr ein besseres Leben zu ermöglichen. Ein viel besseres.

In wenigen Wochen würde Friederike drei Jahre alt werden. Und mit ihr auch Marie. Und Lorenz war nun schon drei Jahre tot. Sein Name fiel nur noch selten, der Schmerz hatte seine Eltern stumm gemacht. Nicht nur sein Tod lastete auf der Familie, auch der vermeintliche Selbstmord Karlas hatte Spuren hinterlassen. Alle glaubten, sie hätte es aus Trauer um ihren Enkel getan, aber Esther wusste, warum sie in der Nacht nach der Taufe die Tabletten genommen hatte. Das Gerüst war eingestürzt, Hochmut kam vor dem Fall. Das hatte ihre Mutter Rosemarie oft gesagt.

Manchmal nagte das schlechte Gewissen an Esther, allerdings hatte Karla Hohnstein mit ihrem Hochmut und ihren Lügen andere Menschen gequält. Wenn Lorenz nicht gestorben wäre, hätte er es aufgedeckt. Jetzt hatte Esther es genutzt. Auch wenn sie nicht mit dieser Konsequenz gerechnet hatte. Die sie auch gar nicht gewollt hatte.

Adelheid Hohnstein betäubte ihre Schwermut mittlerweile in einer vornehmen Seniorenresidenz mit Frauengold, sie war mit Hermann nach Karlas Tod dort hingezogen. Carl und Laura bewohnten jetzt die Villa, damit die kränkliche Marie frische Luft und viel Natur um sich hatte. Alle sorgten sich nur um Marie, alle bedauerten die Eltern, die dieses herzkranke kleine Mädchen bekommen hatten. Die von einer Klinik in die nächste fuhren, um für ihre Tochter die bestmögliche Behandlung zu bekommen. Niemand sprach über Friederike, dieses schöne, kräftige, aufgeweckte Wesen, das neugierig, wissbegierig, fröhlich und lieb war. Sie lief einfach nebenher, keiner von den Hohnsteins machte sich Gedanken um sie. Das war falsch. Wie falsch, das ahnten sie gar nicht. Noch nicht.

Esther seufzte und schlug ihre Beine übereinander. Ein Marienkäfer ließ sich auf dem zartgelben Stoff ihres Kleides nieder. Drei Punkte hatte er, einen für jeden Monat, in dem sie jetzt schon eine alleinstehende Frau mit Kind war. Der Käfer breitete seine Flügel aus und flog davon. Und sie schloss für einen Moment die Augen.

Es war ein Montag gewesen, an dem ihr Familienleben jäh sein Ende gefunden hatte. »Das kann ich dir nie verzeihen«, hatte Dieter fassungslos gesagt. »Warum, Esther, warum nur?«

Sie sah ihn heute noch an der Tür stehen, seinen alten Koffer in der Hand, mit hängenden Schultern und verzweifeltem Blick. Aber sie hatte nur stumm vor ihm gestanden, was hätte sie sagen können? Drei Jahre lang hatte sie über das Warum nachgedacht und keine Antwort gefunden.

Es war nur eine Routineuntersuchung gewesen, der er sich

unterzogen hatte. Weil er seit Tagen Schmerzen »untenrum« habe, wie er es verschämt beschrieb. Der Arzt hatte ihn gründlich untersucht und dann mitleidig gesagt, dass Kinder ja nicht immer das große Glück seien. Auch ein kinderloses Eheleben könne erfüllt sein. Natürlich hatte Dieter verständnislos reagiert und den Arzt beruhigt, er habe ja eine wunderbare Tochter, er müsse sich irren …

Vielleicht wäre Dieter sogar geblieben, wenn Esther ihm alles erklärt hätte. Aber sie konnte es nicht. Sie weigerte sich, ihm den Namen des Vaters zu nennen, sie hatte Lorenz versprochen, ihr Geheimnis zu wahren. Und sie fühlte sich ihm dadurch immer noch nahe. Das wog schwerer als Dieters Fassungslosigkeit.

Sie öffnete die Augen und vertrieb die Gedanken und ihr schlechtes Gewissen. Als sie es Laura und Carl sagen musste, hatte sie nur vage Andeutungen über die Gründe gemacht. Dieter habe den plötzlichen Tod seiner Mutter nur schlecht verkraftet, er sei schnell wütend geworden und habe dem Alkohol zugesprochen. Insgeheim kreuzte sie die Finger, aber wenigstens zeigten sich beide empört genug, um keine weiteren Fragen zu stellen. Und Esther hatte damit ihre offizielle Erklärung gefunden.

Trotz der andauernden Sorge um Marie hatte Laura sofort die Verantwortung für ihr und Friederikes Leben übernommen. Schließlich war sie die engste Freundin, Esther war das Opfer, zudem war Friederike ihr Patenkind, deshalb empfand sie es als ihre Pflicht. Sie war es vor wenigen Monaten auch gewesen, die Johanna Bellmann zufällig getroffen und sie über Esthers veränderte Situation in Kenntnis gesetzt hatte. Und die wiederum hatte umgehend ihre Schwester Renate überredet, ihr eine Stelle zu geben, während Laura angeboten hatte, auf Friederike aufzupassen. »Die beiden Mädchen lieben sich«, hatte sie gesagt. »Und so wachsen sie auf wie Geschwister. Und tun sich gegenseitig gut.«

Es hatte gut angefangen, nur jetzt war wieder alles anders. Und Esther wollte nicht warten, bis sich durch Zufall eine Lösung fand. Friederike war jeden Tag in der Villa, so wie Esther damals. Aber im Gegensatz zu ihr würde man ihre Tochter nicht wieder vertreiben. Es gab nur einen Weg. Sie musste ihn gehen, und zwar auf der Stelle.

Mit Marie auf dem Arm und Friederike an ihrer Hand öffnete Laura die Tür. »Esther? Bist du krank?«

»Nein, ich …«

»Mama«, Friederike hob strahlend die Arme und sprang auf sie zu. »Da war ein Huhn in Garten und ich wollte steicheln, aber das Huhn ist wegdelaufen und …«, sie brabbelte munter weiter, während ihre Mutter sie auf den Arm nahm und Laura ins Haus folgte.

»Schätzchen, hast du das schon deinem Teddy erzählt? Guck mal, der sitzt da und will das ganz genau wissen. Und danach spielen wir alle vier was zusammen, ja? Jetzt muss ich aber ganz schnell was mit Tante Laura bereden.«

Marie fing an, auf Lauras Arm zu zappeln, sie setzte ihre Tochter vorsichtig auf den Boden. Sofort nahm Friederike Maries Hand und führte sie zum Teddy, der auf dem großen Ohrensessel lag.

»Friederike kümmert sich immer so rührend um Marie, sie will sie überallhin mitnehmen, es ist ganz süß. Wie schön, dass sie immer zusammen sind.« Laura beobachtete die beiden Mädchen, die sich jetzt mit dem Teddy hinter dem Sessel versteckten und leise auf ihn einredeten.

»Frau Bellmann hat mir gekündigt.«

Laura drehte sich erschrocken um. »Was? Warum?«

»Sie konnte mich noch nie leiden. Außerdem hält sie eine

geschiedene Angestellte für geschäftsschädigend. Ich bedauere es nicht, sie ist eine schreckliche Person und war mir gegenüber immer unmöglich.«

»Ja, und jetzt?« Laura sah sie mit aufgerissenen Augen an. »Was willst du jetzt machen?«

»Ich weiß es noch nicht. Irgendetwas anderes.«

»Ach je«, Laura schüttelte aufgebracht den Kopf. »Ich kann die Bellmann auch nicht leiden. Ihre Schwester war ja nett, aber diese Renate … Vielleicht ist das jetzt doch die Gelegenheit, noch mal mit Dieter zu sprechen. Er muss dir doch Unterhalt zahlen. Wenigstens für Friederike. Das kann doch nicht sein, dass er sich davor drückt.«

Esther musterte sie nachdenklich. Dann warf sie einen Blick auf die Mädchen, vielmehr auf die kleinen Beine, die aus ihrem Versteck ragten. Friederikes waren sonnengebräunt, Maries noch blass. Sie sah zurück zu Laura und holte tief Luft: »Dieter muss nicht für Friederike zahlen, weil sie nicht seine Tochter ist.«

Wie vom Blitz getroffen sackte Laura in ihrem Stuhl zusammen. Nach einer langen Pause fragte sie mit belegter Stimme: »Ist Dieter deshalb gegangen?«

»Ja. Er hatte eine Untersuchung, dabei ist rausgekommen, dass er zeugungsunfähig ist. Ich war mir nie sicher, aber ich habe es schon lange geahnt.«

»Es ist Lorenz, oder?«, flüsterte Laura angestrengt. »Wann habt ihr euch getroffen?«

»Im Tessin.« Esther räusperte sich jetzt auch. »Er ist gekommen, als ihr bei diesem Empfang wart. Es war nur diese eine Nacht.«

Laura vergrub ihr Gesicht in den Händen. Undeutlich sagte sie: »Es würde meine Eltern umbringen. Das war Ehebruch, Esther. Und Lorenz war verlobt. Was soll ich jetzt sagen?«

»Hast du es geahnt?«

Laura nickte verhalten. »Ich heiße es nicht gut, deshalb wollte ich das eigentlich auch gar nicht wissen.« Sie knetete ihre Finger im Schoß. »Aber Friederike sieht aus wie Lorenz als Kind. Ich hatte immer Angst, dass es mal jemandem auffällt. Was willst du jetzt machen?«

»Ich weiß es noch nicht. Was ich aber weiß ist: Ich will, dass meine Tochter ein gutes Leben hat, und ihr könnt dafür sorgen.«

Laura starrte auf ihre Hände, die Lippen zusammengepresst. Nach einer Weile hob sie das Kinn. »Ich will, dass es unter uns bleibt. Ich will nicht, dass Lorenz' Andenken beschädigt wird und übrigens auch nicht dein Ruf. Es war Ehebruch, das hätte nicht passieren dürfen. Aber ich werde dafür sorgen, dass Friederike alles hat, was sie braucht. Und dass ihr alle Möglichkeiten offenstehen. Aber du darfst nicht darüber sprechen. Meine Mutter könnte das nicht aushalten. Ich werde mit Carl reden und dann in Ruhe eine Entscheidung treffen. Dieter Brenner ist Friederikes Vater. Das ist es, was deine Tochter wissen soll. Mehr nicht.«

»Gut«, Esther hielt dem scharfen Blick stand. »Meine Tochter soll ein gutes Leben haben. Mehr will ich nicht.«

Laura nickte, dann erhob sie sich langsam. »Ich werde …«

Die schrille Telefonklingel unterbrach sie. Laura ging zum Sideboard und nahm den Hörer von der Gabel. »Van Barig?«

Nach wenigen Sekunden fing sie an zu zittern, jegliche Farbe wich aus ihrem Gesicht, ihre Hand umklammerte den Hörer so fest, dass die Fingerknöchel weiß wurden. »Wann? … Und wo ist er jetzt?«

Von einer schlimmen Vorahnung erfasst, sprang Esther auf und ging zu ihr. Laura drehte sich um und sah sie mit aufgerissenen Augen an. »Ich komme sofort.«

Sie ließ den Hörer wie in Zeitlupe auf die Gabel fallen und

hielt sich die Hand vor den Mund. Esther legte einen Arm um sie. »Was ist passiert? Laura? Sag doch!«

Sie schüttelte fassungslos, immer noch mit der Hand vor dem Mund, den Kopf. Ein Zittern lief über ihren Körper.

»Laura«, Esther schüttelte sie, um sie aus der Schockstarre zu holen. »Hol Luft, was ist passiert?«

»Mein Vater«, das Zittern verstärkte sich, sie ließ die Hand sinken und krallte sich hilfesuchend an ihrer Schulter fest. »Mein Vater. Er hatte einen Schlaganfall. Er ist nicht ansprechbar. Kannst du Carl anrufen? Er muss mich nach Hamburg in die Klinik fahren.«

Die Beine knickten ihr weg, Esther fing sie im letzten Moment auf und bugsierte sie zum Sofa. »Ich hole dir ein Glas Wasser, dann rufe ich Carl an. Laura, atme ganz ruhig, ich bin gleich wieder da.«

24.

»Ich bin da«, rief Jule, als sie schwer beladen durch die offene Haustür trat. »Wo seid ihr?« Sie ging in die Küche, um die Einkaufstaschen abzustellen. »Hanna? Alex?«

Es war niemand zu sehen, obwohl es schon nach Kaffee duftete. Die große Küche war aufgeräumt, aber verwaist, die Doppeltür zur Terrasse stand weit offen.

»Da seid ihr, hallo!« Hanna und Alex saßen schweigend in der Morgensonne am großen Tisch, beide einen Kaffeebecher in der Hand, und sahen hoch, als sie Jules Stimme hörten. »Guten Morgen, die Sonne scheint und ich habe Brötchen mitgebracht.«

»Du bist ja sehr früh.« Alexandra, noch ungeschminkt und die Haare zu einem achtlosen Dutt gedreht, trug noch einen hellblauen Schlafanzug. »Es ist gerade mal halb neun.«

»Der frühe Vogel fängt den Wurm«, deklamierte Jule laut. »Und einen Parkplatz beim Wochenmarkt. Wann bist du zurückgekommen, Alex? Habe ich euch gerade im Gespräch gestört? Ist noch Kaffee da oder soll ich neuen machen?«

Hanna hob die Kanne hoch. »Halb voll. Und hier steht noch ein sauberer Becher.«

Jule griff danach und ließ sich auf einen freien Stuhl fallen. Auffordernd sah sie die beiden an. »Und? Was gibt es Neues? Wie war es in Berlin? Irgendwelche Sensationen?«

Alexandra gähnte, ohne sich die Hand vor den Mund zu halten. »Gott, Jule, du bist schon so fit. Ich bin erst vor einer Viertelstunde aufgewacht, ich kann noch gar nicht denken.«

»Sie ist erst nach Mitternacht hier gewesen«, erklärte Hanna sanft. »Sie muss sich noch besinnen.«

Achselzuckend goss Jule sich Kaffee ein. »Wenn man sich nicht trennen kann und auf den letzten Drücker losfährt, dann ist man morgens müde. Ich dachte, ich höre jetzt mal die aufregenden Neuigkeiten aus der Hauptstadt, und dann gerate ich in so eine verschnarchte Runde. Fiedi kommt übrigens erst am Abend zum Essen. Sie fährt vorher noch zu ihrer Mutter.«

»Was macht die Spurensuche?« Hanna umschloss ihren Becher mit beiden Händen. »Ich habe nur einmal kurz mit Friederike telefoniert, da hat sie mir erzählt, dass eine der Studentinnen eine alte Freundin ihrer Mutter gefunden hat und sie mit ihr Kontakt aufnehmen wollte. Weißt du schon, wie dieses Treffen verlaufen ist?«

Jule rutschte ein Stück nach vorn. »Etwas schwierig, glaube ich. Wir haben aber auch nur kurz gesprochen. Wir hatten ein anderes wichtiges Thema, aber das erzählen wir nachher, wenn sie da ist. Und du, Alex?«

»Später«, sie stand auf und streckte sich. »Ich muss erst mal duschen, sonst kann ich deinem Tempo nicht folgen. Bis gleich.«

Sie tappte auf nackten Füßen zurück ins Haus, Hanna und Jule sahen ihr schweigend nach. Erst als sie verschwunden war, sagte Jule: »Habt ihr euch schon unterhalten?«

»Worüber?« Hanna sah sie arglos an. »Meinst du ihre Recherche zu Karla Hohnstein?«

»Auch«, sie nickte. »Und über die Pläne, die ihr so habt.«

»Welche Pläne?«

»Also nicht«, Jule lächelte. »Dann warten wir, bis alle da sind. Ich packe mal die Einkäufe aus, die stehen noch im Flur. Übrigens habe ich alles fürs Pizzabacken eingekauft. Ich weiß, dass ihr das nicht so mögt, aber ich finde Pizza gehört zum Wochenende am See. Eine Hälfte mit Schinken und Salami, eine Hälfte mit Thunfisch. Wie früher. Wenigstens ein Mal. Zum Gedenken an Marie. Ich mache auch einen Salat dazu.«

»Brauchst du Hilfe?«

»Nein, auf keinen Fall«, Jule lächelte sie an. »Bleib sitzen. Ich habe hier schon den Kühlschrank eingeräumt, als ich noch gar nicht wusste, dass es dich gibt.«

Während sie in der Küche verschwand, blieb Hanna in der Sonne sitzen und ließ ihre Blicke über den See schweifen. Es war wirklich ein wunderschöner Flecken Erde, daran bestand kein Zweifel. Und dieses Haus war auch immer noch mit Erinnerungen an Marie gefüllt, was Hanna mittlerweile auch aushalten konnte, ohne von ihrer Trauer gebissen zu werden. Aber es war eben Maries Geschichte. Maries und die ihrer Freundinnen, Hanna war erst nach ihrem Tod dazugekommen. Und deshalb hatte sie hier keine Vergangenheit, sondern nur versucht, eine Zukunft zu leben. Jule, Friederike und Alexandra hatten sie so selbstverständlich in ihrer Mitte aufgenommen, als hätte sie immer schon dazugehört. Das würde sie ihnen nie vergessen. Und sie wusste auch, dass die Entscheidung, das Haus umzubauen und zwei Wohnungen für Alexandra und sie einzurichten, mit ihrer Rheumaerkrankung zu tun gehabt hatte. Sie war jetzt siebzig, noch konnte sie fast alles machen, aber die Schmerzen und Schübe wurden schlimmer. Irgendwann würde sie Hilfe brauchen, sie war sich sicher, dass das einer der Gründe gewesen war, die Alexandra dazu bewogen hatten, dauerhaft hierherzuziehen. Dafür stand sie in ihrer Schuld. Sie mochte diese Frauen, alle drei, aber es waren die Freundinnen von Marie, es war nicht ihre Familie.

Hanna massierte ihre Finger und warf einen Blick über die Schulter in die Küche. Jule klapperte mit Türen und pfiff dabei mehr schief als melodisch. Aber sehr laut.

Hanna schloss die Augen und rief sich den alten Bauernhof in Ribe ins Gedächtnis. Es war ihr Glück geworden, das alte Reetdach-Gebäude, der eingewachsene Bauerngarten, die Obstwiesen, die Scheune, in der Henris Skulpturen standen, der Flügel im großen Wohnzimmer, die blaue gemütliche Wohnküche und vor allen Dingen die Familie, ihre eigene Familie, die alles mit Leben füllte. Und die sich um sie kümmerte. Und sie liebte. Hanna hatte nie gewusst, wie sich Heimweh anfühlte, sie hatte es noch nie, auch nicht während ihrer zahlreichen Tourneen durch die ganze Welt, empfunden. Jetzt spürte sie es zum ersten Mal.

Alexandra wickelte sich das Handtuch um die Brust und hinterließ feuchte Fußabdrücke auf den grauen Fliesen. Vor dem Spiegel musterte sie sich kritisch und beugte sich vor. Sie hatte Ringe unter den Augen, man sah ihr sofort an, wenn sie mehrere Nächte nacheinander zu wenig geschlafen hatte. In Berlin war sie in den letzten Tagen einfach zu spät ins Bett gegangen, gestern Abend hatte sie nicht einschlafen können, weil es hier so wahnsinnig still gewesen war und ihr die Berliner Nachtgeräusche mitsamt Jans sanftem Schnarchen gefehlt hatten.

Sie verteilte Creme im Gesicht und klopfte sie sanft ein. Ihr Make-up und Puder hatte sie in Jans Badezimmer vergessen. Eine Freud'sche Fehlleistung mutmaßte sie, weil sie es hier auf dem Land überflüssig fand, sich morgens zu schminken. Solche Dinge passten einfach besser nach Berlin. Kurz entschlossen verzichtete sie auch aufs Föhnen, band die noch feuchten Haare einfach mit einem Gummi zusammen und schlüpfte in ein graues, weites Leinenkleid. Kein Figurschmeichler, aber bequem.

In Flipflops stieg sie kurz darauf die Treppe hinunter und ging in die Küche, in der Jule gerade ihre leeren Einkaufsbeutel zusammenfaltete. »Oh«, sagte sie, als sie Alexandra entdeckte. »Lady im Sack? Ist das ein stiller Protest gegen die Weiblichkeit? Oder hast du in Berlin so zugelegt?«

Alexandra griff an ihr vorbei und nahm eine Tomate aus der Schüssel. Sie steckte sie sich in den Mund, statt zu antworten. Kauend musterte sie Jule, die in abgeschnittenen Jeans und einem geringelten T-Shirt vor ihr stand. »Kein Gramm«, sagte sie schließlich, nachdem sie die Tomate hinuntergeschluckt hatte. »Aber ich wollte hier nicht overdressed aufkreuzen. Wie geht es denn Pia und Marie? Du hast neulich am Telefon gesagt, sie wollte sich mit Ben treffen. War das schon?«

»Ja«, Jule lehnte sich an die Arbeitsplatte, »letzte Woche. Er hat jetzt seiner Frau gesagt, dass er eine Affäre hatte und daraus eine Tochter entstanden ist.«

»Wie? Nach fast zwei Jahren hat er ihr das erzählt? Einfach so? Oder ist sie dahintergekommen?«

Jule nickte. »Sie ist über ein Konto gestolpert, das er extra für die Unterhaltszahlungen eingerichtet hat. Da konnte er es dann auch nicht mehr leugnen.«

»Was für ein Idiot. Das kann doch nie funktionieren, so etwas zu verheimlichen. Und nun?«

»Sie hat ihn rausgeschmissen.« Jule sagte es mit einer Spur Schadenfreude. »Das hätte ich auch gemacht. Obwohl er mir schon auch ein bisschen leidtut. Ich habe ihn ganz kurz kennengelernt, er ist eigentlich ein netter Kerl. Und Pia hat gesagt, er sei sogar ganz froh, dass es aufgeflogen ist. Diese Angst vor dem Entdecktwerden ist ja meistens schlimmer, als wenn es dann tatsächlich passiert.«

Alexandra sah sie neugierig an. »Und nun? Kommt er nach Hamburg, heiratet Pia und alles endet unterm Rosenbogen?«

»Rosenbogen?« Sie schüttelte vehement den Kopf. »Hättest du Philipp nach all dem Theater genommen, wenn Steffi euch auf die Schliche gekommen wäre?«

»Anfangs schon, aber später war zu viel Blödes passiert.«

»Siehst du«, Jule deutete mit dem Finger auf sie. »Und hier heißt das Blöde auch noch Marie. Wenn meine Tochter klug ist, dann macht sie ihr Ding allein weiter oder wartet auf jemand anderen. Wobei Ben tatsächlich nach Hamburg kommt, wenn auch erst mal befristet als Gastdozent. Aber er sollte besser nicht versuchen, Pia wieder rumzukriegen.«

»Rede ihr da bloß nicht rein«, warnte Alexandra. »Du neigst ohnehin dazu, dich einzumischen.«

»Ja«, Jule lächelte, »das stimmt. Weil ich offenbar die Einzige bin, die hier noch den Überblick hat. Du kannst draußen den Tisch decken, ich muss langsam mal frühstücken, sonst werde ich wegen Unterzuckerung ohnmächtig.«

Der eingehende Anruf unterbrach die Nachrichten, die Friederike gerade im Autoradio hörte, sie tippte auf die Annahmetaste der Freisprechanlage. »Hallo, Tom.«

»Na? Bist du schon losgefahren?«

»Vor zehn Minuten«, Friederike warf einen Blick in den Rückspiegel. »Ich bin gleich auf der Autobahn.«

»Und wie war es?«

Sie war seit dem Besuch von Hilde nicht mehr bei ihrer Mutter gewesen, wurde aber regelmäßig von Paula angerufen, deren Mitteilungsbedürfnis immens war. »Ihre Mutter redet immer von Illustrierten, solchen mit Schnittbögen. Also nur, falls Sie ihr mal etwas mitbringen wollen.«

Friederike hatte es weniger als Vorschlag, sondern mehr als Befehl verstanden und ihn natürlich befolgt. So war sie mit einer Auswahl an Modezeitschriften, bunter Regenbogenpresse und Frauenmagazinen heute bei Esther erschienen, ein richtiger Erfolg war das aber nicht gewesen.

»Die Zeitschriften waren falsch«, sagte sie achselzuckend. »Sie waren ihr zu dick und am liebsten hätte sie sowieso die

Libelle gehabt. Oder die *Quick*. Ich soll beim nächsten Mal nicht wieder das Erstbeste kaufen.«

»Okay«, Tom lachte leise. »Dann weißt du ja jetzt Bescheid. Und wie war sie sonst?«

»Wie war sie sonst?«, überlegte Friederike laut. »Ich kann es dir gar nicht richtig beschreiben. Als ich ihr die falschen Zeitschriften hingelegt habe, wusste sie genau, wer ich bin. Dann sind wir ein Stück im Park spazieren gegangen, da hat sie gar nicht mit mir geredet und plötzlich wurde sie ganz hektisch und sagte, sie müsse jetzt sofort wieder hochgehen, sie bekomme gleich Besuch und müsse noch Vorbereitungen treffen.«

»Aha. Und wer sollte kommen?«

»Das habe ich sie auch gefragt und sie hat erzählt, dass Paul mit seiner Geliebten komme, was seine Frau aber nicht wissen dürfe. Sie hat die beiden eingeladen, weil die ja nirgendwo zusammen hingehen könnten, das sei doch furchtbar. Aber ich sollte gleich mal nachsehen, ob unten wieder die Presse steht. Und die dann vertreiben.«

»Welcher Paul? Und welche Presse?«

»Keine Ahnung. Vielleicht meinte sie irgendeinen Schauspieler, von dem sie damals in ihrer *Libelle* gelesen hat. Ich habe sie jedenfalls zurück aufs Zimmer gebracht, ihr gesagt, dass niemand von der Presse zu sehen ist, daraufhin hat sie mir die Hand gegeben, sich freundlich bedankt und gefragt, wer ich denn eigentlich sei. Und ob ich zum Senat gehöre. Ich habe es sicherheitshalber mal verneint.«

»Du Arme«, Tom klang mitfühlend. »Nimm es nicht persönlich, du weißt, dass sie nichts dafürkann.«

»Ich weiß«, Friederike seufzte. »Ich sage es mir auch immer. Aber in dem Moment ist es trotzdem bescheuert. Na ja, so ist es. Warum hast du mich denn jetzt angerufen? Nur, um zu fragen, wie es war?«

»Auch, aber ich wollte dir außerdem sagen, dass die Wohnungsverwaltung angerufen hat. Es geht alles in Ordnung, Jule und Torge können im Lauf der Woche unterschreiben.«

»Perfekt«, Friederike lächelte. »Das kann ich ihr ja nachher gleich sagen. Dann können wir mal langsam Kartons bestellen und anfangen zu packen.«

»Bist du dir immer noch sicher, dass du das willst?«

»Ja«, Friederike sah jetzt das Schild, das die Autobahn auswies, und setzte den Blinker. »Ganz sicher und so schnell wie möglich. Ich habe nämlich überhaupt keine Lust mehr auf die zwei Wohnungen, ich musste heute Morgen Schuhe anziehen, die drücken, weil die anderen, die zum Kleid passen, noch bei dir stehen. Ich bin es leid, auch aus ganz praktischen Gründen.«

»Du Romantikerin«, Tom lachte. »Aber gut. So, ich muss los, grüß alle, viel Spaß und wir sehen uns morgen.«

»Ja«, sie fuhr auf den Beschleunigungsstreifen und gab Gas. »Ich freue mich, wir telefonieren später noch mal.«

»Machen wir, ich liebe dich.«

Friederike lächelte und fuhr in die Lücke, die das Auto hinter ihr ließ.

»Das ist jetzt nicht euer Ernst«, Friederike krauste die Nase, als sie später die Küche betrat. »Es gibt Pizza? Hanna, Alex, warum habt ihr nicht eingegriffen? Wir liegen nachher wieder alle mit Sodbrennen komatös im Bett.«

»Das Komatöse kam vom Wein«, Jule wischte sich die Hände an einem Handtuch ab und umarmte Friederike. »Du kriegst nur Wasser heute Abend. Aber ihr habt bei allen letzten Treffen unsere Pizzatradition verhindert. Wäre Marie noch hier, wärt ihr damit nie durchgekommen, Pizza gehört zum Haus wie der See. Wenigstens am ersten Abend.«

»Hallo, Fiedi«, Alexandra erhob sich und küsste die Angekommene auf die Wange. »Schön, dass du da bist. Jule war nicht zu bremsen, sie faselte von früher und alten Ritualen und das schon seit heute Morgen um halb neun. Wir hatten nicht die Kraft, es zu verhindern.«

»Ach, da bist du ja«, Hanna betrat die Küche und strahlte Friederike an. »Wir haben uns lange nicht gesehen, geht es dir gut?«

»Ja, danke.« Friederike beugte sich zu ihr herunter. »Du siehst ja richtig entspannt aus, Dänemark tut dir gut.«

»Oh ja«, Hanna nickte sofort. »Aber hier …«

»Essen!« Jule marschierte mit dem Pizzablech durch die Küche und stellte es auf den Tisch. »Setzt euch hin, es wird sonst kalt. Alex, verteil den Salat, und Fiedi, mach den Wein auf. Reden können wir hinterher.«

Die Pizza war gar nicht so schlecht, wie Friederike sie in Erinnerung hatte, Jule hatte Rücksicht genommen und nicht ganz so viel Käse auf den Teig gehäuft wie früher.

»Nicht übel«, sagte sie mit vollem Mund und etwas undeutlich. »Auch wenn für Marie zu wenig Käse drauf wäre.«

»Sie wird es uns verzeihen«, antwortete Jule und warf eine Kusshand zu dem Schwarz-Weiß-Foto von Marie, das über der Küchenbank hing. »Sie wird zufrieden sein, dass wir hier überhaupt Pizza essen und gleich ganz viel bereden werden.«

»Werden wir?«, neugierig hob Alexandra den Kopf. »Was denn genau?«

»Gleich«, Jule schob sich ein großes Stück Pizza in den Mund und sah sie kauend an.

Erst als das Blech und die Teller leer und abgeräumt waren, schenkte Jule allen nach und legte ihre Hände auf den Tisch. »Ich fange mal an«, sagte sie und sah in die Runde. »Alex hat heute Morgen gesagt, ich würde mich immer einmischen. Da hat sie recht, aber wenn ich das nicht mache, dann gehen hier die Missverständnisse weiter. Und das muss ja nicht sein.«

»Welche Missverständnisse?«, fragte Hanna unsicher. »Ist etwas passiert, während ich in Dänemark war?«

»Vorher schon«, Jule wandte sich an Alex, die mit hochgezogenen Augenbrauen zugehört hatte. »Und dich betrifft es auch.« Dann sah sie Friederike an. »Und bei uns ändert sich auch jede Menge, das wissen die beiden noch nicht.«

»Jule«, Alexandra schob ungeduldig ihr Glas zur Seite. »Jetzt komm auf den Punkt. Um was geht es?«

»Um Veränderungen«, antwortete diese prompt. »Und um unser Haus. Um dieses Haus.«

»Und?« Alexandra runzelte die Stirn. »Was verändert sich hier?«

Jule wechselte einen raschen Blick mit Friederike, die nickte ihr zu und sagte: »Fangen wir damit an: Jule kann demnächst hier keine Blumen mehr gießen und keine Post rausnehmen, wenn Alex in Berlin und Hanna in Dänemark ist, weil sie mit Torge nach Hamburg zieht. Ihr müsst euch was anderes überlegen.«

»Nach Hamburg?« Alexandras Kopf fuhr hoch. »Wegen Pia? Und was ist mit der Praxis? Willst du aufhören zu arbeiten und nur noch deine Enkeltochter hüten?«

»Jule übernimmt die Leitung meines Spa-Bereichs«, Friederike sah sie stolz an. »Und zieht mit Torge in Toms Wohnung, weil der zu mir zieht.«

»Nein!«, Hanna und Alexandra stießen das gleichzeitig aus, Hanna aufgeregt, Alexandra verblüfft. Hanna redete zuerst weiter: »Friederike, das freut mich für euch. Tom ist so ein feiner Mensch und ihr passt so gut zusammen. Und dass du dann auch noch mit Jule zusammenarbeitest, das ist ja ganz toll.«

»Ja«, Jule nickte zufrieden. »Und da Mini-Marie demnächst endlich einen Platz in der Kita bekommt, ihr Vater einen Lehrauftrag an der Hamburger Uni angenommen hat und sich auch kümmern kann, übrigens ohne dass Pia und er wieder ein Paar wären, werden sich meine Oma-Tage reduzieren. Mal zur Not und wenn was ist und sonst nur, weil es Spaß macht. Die Praxis habe ich übrigens an Tina verkauft, die war für die Idee sofort Feuer und Flamme.«

Alexandras Mund stand offen. »Ich fasse es nicht«, sagte sie leise. »Ich weiß gar nicht, was ich sagen soll. Ich war doch gar nicht so lange weg.«

Sofort beugte Jule sich vor und sah sie an. »Du könntest sagen, dass du auch in die Stadt ziehen willst, nämlich nach Berlin. Weil du da eine super Jobidee hast, weil Jan sich freuen würde und weil du überhaupt nicht die Frau bist, die einsam und allein auf dem Land Bücher schreiben will. Sagt Jan auch.«

»Sag jetzt nicht, dass du ihn angerufen und dich eingemischt hast«, sie sah ihre Freundin entsetzt an.

»Im Leben nicht«, Jule lächelte schief. »Das war keine Einmischung. Ich habe ihn nur angerufen, um euch zu Torges Geburtstag nächsten Monat einzuladen. Und dabei hat er mir erzählt, dass du dich gerade mit mehreren Autoren triffst. Ich habe nur gefragt, warum. Und Jan hat sofort erzählt, dass es um eine Agenturgründung gehe und dass Sebastian Dietrich was damit zu tun habe. Ich habe gar nicht so viel nachgefragt, das musste ich auch gar nicht. Ich glaube, er findet die Idee super.«

»Du willst Agentin werden?« Interessiert beugte Friederike sich vor. »Erzähl.«

»Ach, das ist …«, zögernd wischte Alexandra einen Tropfen von ihrem Weinglas, »das ist so eine verrückte Idee von Sebastian gewesen, der der Meinung ist, er könnte ohne mich nicht schreiben. Das ist natürlich alles Blödsinn. Aber er hat …«

»Schon einen Vorvertrag für ein Büro in Berlin gemacht«, unterbrach Jule. »Mitsamt einer Mitarbeiterin und mehreren anderen Autoren, die sich von Alex vertreten lassen wollen. Hat Jan mir erzählt. Du hättest ein Schweigegelübde von ihm fordern sollen.«

»Das ist eine großartige Idee«, sagte Hanna plötzlich und sah sie an. »Du brauchst Menschen um dich herum, dir liegt die einsame Arbeit am Schreibtisch nicht. Und ich hatte auch nicht den Eindruck, dass dich das Schreiben deines Buchs so erfüllt hat, dass du gar nicht erwarten kannst, das nächste anzufangen. Es war für dich nur ein guter Übergang, aber du willst andere Dinge machen, und das ist doch eine tolle Möglichkeit, die sich dir da bietet. Oder hast du keine Lust dazu?«

»Oh doch!« Alexandras Antwort kam prompt. »Natürlich. Sebastian hat wirklich mehrere Autoren ins Boot geholt, die alle mit mir arbeiten möchten. Und diese Büroetage ist bei Jan um die Ecke. Aber letztlich ist das vermutlich schwieriger, als es klingt. Vielleicht ist das auch alles ein bisschen überstürzt und übertrieben. Und es ist auch …«

»Was?« Friederike schenkte Wein nach, ohne Alexandra aus den Augen zu lassen. »Nicht das Richtige für dich? Willst du doch lieber hier auf dem Land bleiben und schreiben? Ungeschminkt und in alten Klamotten? Jetzt, wo sogar Jule weggeht?« Sie stellte die Flasche zurück in den Kühler. »Du willst das hier nicht. Du traust dich nur nicht, es zu sagen.«

»Warum sollte ich mich nicht trauen?«

»Sag mal Hanna«, Jule überging Alexandras Frage, »wenn ich eine Fee wäre und dich fragen würde, wo du am liebsten auf der Welt sein möchtest, was wäre deine Antwort?«

Plötzlich verstehend wanderte Hannas Blick zu Alexandra. »Du hast meinetwegen Skrupel, weil du mich hier nicht allein lassen willst?«

»Hanna, wir haben uns das hier doch damals gut überlegt. Und was willst du in diesem großen Haus allein? Wenn Jule auch noch geht, ist ja außer Micha keiner mehr in der Nähe.

Höchstens mal am Wochenende. Ich kann doch jetzt nicht einfach …«

»Doch«, Hanna legte ihre Hand auf Alexandras Arm. »Doch, das kannst du. Als wir das damals geplant haben, war die Situation noch eine andere. Eine ganz andere. Es ist viel passiert in der Zwischenzeit, wir sollten keine Lebenszeit verschwenden. Geh nach Berlin, das ist das Richtige für dich. Und ich werde über das nachdenken, was Astrid gesagt hat.«

»Was hat Astrid gesagt?«

Hanna lächelte. »Sie hat mir vorgeschlagen, ganz nach Dänemark zu ziehen. Zur Familie. Ich habe es bisher immer abgelehnt, weil ich dich nicht im Stich lassen wollte.«

Leise fing sie an zu lachen, Jule und Friederike stimmten ein. Nur Alexandra starrte sie verblüfft an und schüttelte den Kopf. Plötzlich stand sie auf, küsste Jule auf den Scheitel und sagte leise: »Danke fürs Einmischen.«

»Gern«, Jule sah lächelnd hoch. »Dann haben wir das Wesentliche ja geklärt, jetzt gibt es den Nachtisch. Du stehst gerade, die Schüssel ist im Kühlschrank. Und anschließend will ich die Geschichte von dieser seltsamen Journalistin hören. Und welche Leichen sie bei den Hohnsteins aus dem Keller geholt hat.«

»Eigentlich nur eine«, Alexandra ging um den Tisch und streifte dabei Hannas Schulter. »Aber die könnte es in sich haben.«

Mai 1965

Das Geräusch eines ankommenden Autos ließ Marie aufspringen. »Mama kommt«, rief sie mit ihrer hohen Stimme und lief sofort los. »Und Papa.«

»Marie, Schätzchen«, nuschelte Esther, die noch Stecknadeln zwischen den Lippen hatte. »Bleib hier sitzen, sie kommen doch gleich rein.«

»Warum soll sie nicht rausgehen?« Friederike sah sie ernsthaft an, Esther konnte nie etwas sagen, was nicht sofort von Friederike hinterfragt wurde.

»Weil das gefährlich ist«, antwortete sie deshalb, legte ihre Näharbeit zur Seite und stand auf. »Marie, du rennst nicht raus, Friederike, lauf schnell hinterher, nicht dass sie vors Auto läuft.«

Sofort flitzte Friederike hinter ihrer Freundin her, im selben Moment hörte Esther schon die Haustür aufgehen und folgte den Kindern, um Laura und Carl zu begrüßen.

»Na, wie war's?« Ihre Frage blieb ihr fast im Hals stecken, als sie Adelheid Hohnstein in der Tür stehen sah. Sie war im letzten halben Jahr so sehr gealtert, dass Esther sie auf der Straße vermutlich nicht wiedererkannt hätte. Sie ging gebückt, ihre Haare waren nur nachlässig frisiert, tiefe Falten hatten sich über ihren Mundwinkeln eingegraben, der Gang war unsicher, die Garderobe ohne die frühere Eleganz.

»Frau Hohnstein«, begann sie lahm, wusste aber nichts weiter zu sagen, sondern sah nur hilfesuchend die dahinterstehende Laura an. Die schob ihre Mutter sanft weiter und hatte sofort Maries Hände am Rock. »Mama, Tante Esther hat meiner Puppe einen Mantel genäht, einen Prinzessinnenmantel, einen roten, der ist ganz schön, und die Puppe von Fiedi soll auch einen haben, aber Fiedi will nicht, dass ihre Puppe eine Prinzessin ist. Warum will sie das nicht?«

»Das musst du Fiedi fragen«, antwortete Laura und ging vor ihr in die Hocke. »Aber du musst erst mal Oma guten Tag sagen. Machst du das?«

»Guten Tag«, Marie legte ihren Kopf in den Nacken und sah etwas ängstlich zu Adelheid hoch. Die hatte allerdings gar keinen Blick für ihr Enkelkind, sondern starrte nur Friederike an.

»Mama?« Laura kam wieder hoch und legte ihrer Mutter die Hand auf den Rücken. »Marie will ...«

Adelheid zuckte zusammen und drehte sich sofort um. »Ja?« Sie blickte fragend zu ihrer Enkelin herab. »Hallo Marie.«

»Hallo«, wisperte diese schüchtern, trat ein Stück zurück und schob ihre Hand in Friederikes. Zusammen standen die beiden Mädchen vor Adelheid, das eine klein und blond, das andere einen Kopf größer und dunkelhaarig. Bis Friederike sagte: »Meine Puppe ist keine Prinzessin. Die ist ein König.«

»Ein Puppenkönig«, Carl war inzwischen auch eingetreten und lachte. »Was hast du denn da an deinem Kinn?«

»Aua«, Friederike tippte sich mit dem Zeigefinger auf das Pflaster. »Mama hat ein Pflaster draufgemacht.«

Esther fuhr ihrer Tochter durch die Haare. »Wer nicht hören will, muss fühlen. Das kommt davon, wenn man auf Stühle klettert. Dann rutscht man ab und fällt aufs Kinn. Aber es ist schon wieder gut, oder?«

Friederike nickte. »Mama hat gepustet.«

»Genau. Und jetzt spielt noch ein bisschen im Kinderzimmer. Die Erwachsenen wollen sich auch mal unterhalten.«

Die beiden tobten tatsächlich ohne weitere Gegenfragen los, was auch daran lag, dass Marie an Friederikes Hand zog.

Sie fühlte sich offensichtlich unwohl in der Gegenwart ihrer Großmutter.

Während Laura ihren Hut abnahm und Carl erst seiner Schwiegermutter und dann seiner Frau aus dem Mantel half, musterte Esther unauffällig Adelheid Hohnstein. Der Tod ihres Sohnes und der Schlaganfall ihres Mannes hatten offenbar jeglichen Lebensmut zerstört. Sie wirkte gedankenverloren, als sie Carl zusah, wie er ihren Mantel zur Garderobe brachte. Mit hängenden Armen stand sie da, als wartete sie darauf, dass jemand ihr sagte, was sie nun tun sollte.

Esther fing im großen Spiegel Lauras Blick ein und beeilte sich zu sagen: »Soll ich einen Tee machen? Oder lieber einen Kaffee?«

»Gern«, Laura nickte und hakte ihre Mutter unter. »Mama, Tee oder Kaffee?«

»Tee«, Adelheid nickte. »Tee wäre schön.«

»Gut«, geschäftig ging Esther sofort in Richtung Küche, »dann kümmere ich mich schnell darum.«

Dort angekommen atmete sie einmal tief durch, um den Schreck zu verdauen. Was hatte dieses vergangene Jahr nur alles angerichtet? Adelheid Hohnstein schien es zerstört zu haben, alles, was sie jemals ausgemacht und verkörpert hatte.

Als die Tür sich hinter ihr öffnete, wandte sie sich um. Laura ließ sich auf einen Stuhl sinken und sagte niedergeschlagen: »Sie sieht schlimm aus, oder?«

Esther nickte nur, was sollte sie auch sagen, um es abzuschwächen.

»Mein Vater ist heute Vormittag wieder in die Klinik gekommen. Dr. Mohn hielt es für besser, er war in den letzten Tagen so unruhig.«

Hermann hatte sich noch immer nicht von seinem schweren Schlaganfall erholt. Er war linksseitig gelähmt, konnte nur schleppend sprechen, kaum laufen, er brauchte rund um die

Uhr Hilfe. Die meiste Zeit lag er im Bett und sah irgendetwas im Fernsehen, niemand wusste, was davon er überhaupt mitbekam. Die vornehme Seniorenanlage, in die das Ehepaar Hohnstein nach dem Tod Karlas gezogen war, hatte zwar sehr gute Pfleger, die ihn rund um die Uhr versorgten, Adelheid hatte sich dieses Leben in Hamburg allerdings ganz anders vorgestellt.

Laura seufzte jetzt laut, während Esther den Wasserkessel aufsetzte und eine Teekanne aus dem Schrank nahm. Diese Kanne hatte schon ihre Mutter Rosemarie aus diesem Schrank geholt, es war eine Ironie des Schicksals, dass jetzt Esther ab und zu in der Küche der Hohnsteins herumwerkelte, weil sie darauf angewiesen war, dass Laura und Carl ihr bei der Betreuung von Friederike halfen. Im Gegenzug betreute sie hier beide Mädchen, wenn das Ehepaar ihren gesellschaftlichen Pflichten nachkommen musste. So wie gestern Abend.

»Wie war es mit den Kindern? War Marie lieb?«

»Marie ist immer lieb«, Esther löffelte den Tee ins Sieb. »Die Mädchen haben um acht geschlafen, ich habe in aller Ruhe Fernsehen geschaut. *Spiele ohne Grenzen* hieß das, dabei konnte ich noch das Ballkleid für Maries Puppe zusammenheften. Man musste da nicht dauernd aufpassen.«

»Danke«, Laura lächelte. »Marie freut sich immer so über die schönen Kleider, die du für Bella nähst.«

Ja, dachte Esther mit einem Hauch von Bitterkeit, im Unterschied zu Friederike trug Marie immer gekaufte Sachen, nur ihre Puppe durfte Selbstgenähtes anziehen. Alles, was Friederike trug, hatte sie hingegen selbst genäht.

Die Pfeife des Kessels gab einen schrillen Ton von sich, Esther hob ihn vom Herd und goss den Tee auf. »Wie geht es deinem Vater denn?«

»Nicht besonders gut. Ich weiß einfach nicht, ob er jemals gesund wird.« Laura stand abrupt auf, ging zum Schrank und nahm die Tassen heraus. »Lass uns von etwas anderem reden. Wir haben meine Mutter aus Hamburg mitgenommen, damit sie mal aus ihren trübsinnigen Gedanken kommt. Sie wird immer schwermütiger, das macht mir fast noch mehr Sorgen.«

»Sie braucht eine Aufgabe«, stellte Esther fest. »Das hat meine Mutter früher schon gesagt. Dann hat man auch keine Zeit für Schwermut.«

»Was für eine Aufgabe soll das sein?« Laura sah sie traurig an. »Sie interessiert sich ja noch nicht einmal für ihre Enkelin. Sie hadert nur mit Lorenz' Tod und der Krankheit meines Vaters.«

Achselzuckend griff Esther nach dem Tablett und drückte die Türklinke mit dem Ellenbogen herunter. »Ihr müsst euch was überlegen. Und du hast recht, lass uns von etwas anderem reden. Wie sah Königin Elisabeth denn nun aus?«

Der Grund, aus dem Esther den gestrigen Abend und die ganze Nacht allein mit den Kindern in der Villa verbracht hatte, war der Besuch der englischen Königin in Hamburg gewesen, da der *Anglo-German Club* ein royales Abendessen organisiert hatte. Carl und Laura waren eingeladen gewesen. Carls Mitgliedschaft in diesem Club hatte er seinem Schwiegervater zu verdanken, der Gründungsmitglied gewesen war – gemeinsam mit Mister Coe, an den Esther noch so oft dachte. Er war im letzten Jahr gestorben, seine Schwester hatte ihr eine Traueranzeige geschickt, nur ein halbes Jahr nachdem Dieter sie verlassen hatte. Es war wirklich eine grausame Zeit gewesen. Wenigstens hatte Mister Coe das alles nicht mehr erfahren müssen, sie hätte sich vor ihm geschämt.

»Sie hatte ein grünes Seidenkostüm an«, Laura hielt ihr die Tür auf. »Dazu einen wunderschönen Hut. Sie sah fantastisch aus, noch viel schöner als auf den Fotos.«

»Und er?«

»Ein toller Mann, dieser Prinz Philipp«, schwärmte Laura. »Er trug Uniform. Sehr schneidig. Aber das war nicht das einzige Thema des Abends, es war …« Sie blieb an der Tür stehen und sah in den Salon. Adelheid saß zusammengesunken in einem ledernen Lesesessel vor dem Fenster und beobachtete mit einem seltsamen Gesichtsausdruck die beiden Mädchen, die bäuchlings auf dem Boden lagen und miteinander flüsterten.

Carl saß ihr gegenüber im zweiten Sessel und stopfte sich schweigend eine Pfeife, beide sahen hoch, als die Frauen das Zimmer betraten.

»Der Tee ist fertig«, Esther verharrte einen Moment, dann stellte sie das Tablett auf den Tisch und ging zu den beiden Mädchen. Sie hockte sich vor sie hin und legte jedem Kind eine Hand auf den Rücken. »Hatten wir nicht gesagt, dass ihr im Kinderzimmer spielen sollt? Mit euren Puppen? Warum liegt ihr jetzt hier auf dem Boden?«

»Sie hat das gesagt«, Friederike zeigte mit dem Finger auf Adelheid und bekam von ihrer Mutter einen kleinen Klaps auf die Hand. »Man zeigt nicht mit dem Finger auf andere.«

Sofort sah sie hoch. »Entschuldigen Sie, das Kind weiß es eigentlich besser.«

»Bestimmt«, Adelheid Hohnstein hatte immer noch diesen seltsamen Blick, bei dem Esther plötzlich eine Gänsehaut bekam.

»Lasst sie doch hier liegen«, mischte sich Carl jetzt ein und zündete seine Pfeife an. »Sie stören ja nicht.«

»Dann aber still wie die Mäuse«, flüsterte Esther ihnen zu und stand wieder auf. Friederike legte Marie den Finger auf den Mund, beide Mädchen kicherten leise und rutschten dichter zusammen.

Mit einem kleinen Lächeln ging Esther zurück und deckte den Tisch. Sie hielt die Kanne hoch und sah in die Runde. »Soll ich den Tee schon einschenken?«

»Ich würde gern hier sitzen bleiben«, Adelheids Stimme klang jetzt fester, sofort sprang Laura auf, füllte eine Tasse und brachte sie ihrer Mutter zum Sessel. »Natürlich Mama, warte, ich rücke dir das kleine Tischchen ran, dann kannst du sie abstellen.«

Statt zu antworten, fixierte Adelheid unvermittelt Esther. Sie runzelte kurz die Stirn, kniff leicht die Augen zusammen und starrte sie sekundenlang an. Irritiert wich diese dem seltsamen Blick aus und nahm die nächste Tasse in die Hand. »Laura, möchtest du deinen Tee mit Zucker?«

»Ja, gern«, sie kam ihr entgegen und nahm ihr das Getränk ab. »Carl? Milch und Zucker?«

Adelheids Blicke verfolgten Esther, als sie Carl eine Tasse brachte und sich anschließend zu Laura setzte. »So, jetzt erzählt doch mal von eurem Abend«, begann sie im Plauderton, um die angespannte Stimmung aufzuhellen. »Waren viele berühmte Leute da? Worüber wurde geredet? Was gab es zu essen? Wie nah seid ihr Königin Elisabeth gekommen? Ach, ich beneide euch, ich kenne sie nur von den Briefmarken, die Mister Coe immer auf seine Post geklebt hat.«

»Mister Coe«, wiederholte Laura mit einem melancholischen Lächeln. »Den habe ich so gemocht. Und jetzt ist er auch schon fast ein Jahr tot.«

Esther nickte und presste die Lippen zusammen. Sie wollte nicht über die Toten reden, schon gar nicht, wenn Adelheid Hohnstein mit im Raum war.

»Es haben alle eigentlich nur über ein einziges Thema getuschelt«, warf Carl ein. »Für die Garderobe des Königspaares oder das sehr gute Essen war kaum Zeit.«

»Nein?« Esther vermied es, Adelheid anzusehen, sie hatte

immer noch das Gefühl, von ihr beobachtet zu werden. Es machte sie ganz nervös. »Worüber denn?«

»Es war skandalös«, platzte es aus Laura heraus, in ihrem Gesicht spiegelte sich sowohl Empörung als auch Sensationslust. »Du kannst es dir gar nicht vorstellen. Und das in Hamburg.«

Carl nickte ernst. »Das wird sicherlich Konsequenzen haen«, sagte er. »Ich halte das für einen ganz und gar unmöglichen Vorgang.«

»Wer und was denn nun?« Inzwischen neugierig sah Esther zwischen beiden hin und her. »Nun erzählt doch mal.«

»Paul Nevermann ist mit Ilse Engelhard erschienen«, antwortete Laura aufgeregt und mit einer Spur Schadenfreude. »Stell dir das mal vor. Der Hamburger Bürgermeister kommt nicht mit seiner Gattin, sondern mit der seines Stellvertreters zum Besuch der englischen Königin.«

»Ja, und?« Esther hob die Schultern. »Vielleicht war Frau Nevermann krank. Oder eines ihrer Kinder, das kann doch passieren.«

»Ja, nein«, Laura funkelte sie aufgeregt an, »ich meine, natürlich kann das passieren, aber das ist ja noch nicht der Skandal. Paul Nevermann hat nämlich eine Geliebte. Sie soll zwanzig Jahre jünger und eine Industriellengattin aus Hannover sein. Und das geht schon länger. Aber die SPD hat Nevermann verboten, sich jetzt scheiden zu lassen, weil ja in einem Jahr Senatswahlen sind. Er soll sich diskret verhalten.«

Sie kicherte hinter vorgehaltener Hand, so unerhört fand sie diesen Vorgang. »Aber Grete Nevermann hat sich wohl einverstanden erklärt, gute Miene zum bösen Spiel zu machen, wenn ihr Mann ihr seine Diskretion zusichert. Das hat er auch anfangs gemacht. Aber dann hat er seine Geliebte zur Premiere im Schauspielhaus mitgenommen. Es gab sogar ein Foto von beiden im *Hamburger Abendblatt*. Und vor einigen

Wochen ist er auch noch mit ihr in die Ferien nach Teneriffa gefahren. Stell dir das mal vor. Grete Nevermann muss gekocht haben.« Mit einem bestätigenden Nicken lehnte sie sich wieder zurück.

»Das ist ja …« Verblüfft sah Esther Laura an. »Das ist ja unglaublich.«

»Es kommt noch besser«, winkte Laura ab. »Grete Nevermann hat sich jetzt nämlich geweigert, ihren Mann zu begleiten, und hat die Stadt verlassen. Und unser Bürgermeister musste bei seinem Stellvertreter zu Kreuze kriechen und den fragen, ob er ihm seine Gattin für den Besuch der Königin leiht. Ist das nicht skandalös und peinlich? Vor der Königin?«

»Ein Skandal«, mischte sich unvermittelt Adelheid Hohnstein ein. »Sodom und Gomorrha. Es gibt keinen Anstand mehr in der Welt.« Sie richtete sich auf und atmete hörbar ein. »Keinen Anstand. Lug und Trug.« Sie hob mit einem Ruck ihren Kopf und starrte Esther an. Dann gab sie Laura ein Zeichen. »Meine Tasche. Hol mir meine Tasche.«

Diese sah ihre Mutter erstaunt an, erhob sich und verließ das Zimmer. Mit einer weißen Handtasche kehrte sie kurz darauf zurück und stellte sie ihrer Mutter auf den Schoß. Mit zittrigen Händen knipste Adelheid den Verschluss auf und zog eine kleine Flasche Frauengold hervor, deren Deckel sie mühsam abschraubte, bevor sie sie an die Lippen setzte. Sie lehnte ihren Kopf einen Moment erschöpft zurück, dann öffnete sie wieder die Augen. »Die Kinder«, sagte sie laut, »wo sind die Kinder?«

»Keine Sorge, sie haben diese Geschichte nicht gehört«, antwortete Laura und sah sie beschwichtigend an. »Sie sind rausgegangen.«

Adelheid nickte. »Gut«, sagte sie, bevor sie sich wieder zurücklehnte und die Augen schloss.

Esther und Laura wechselten einen Blick, woraufhin Carl

die Achseln zuckte und sich aus seinem Sessel erhob. »Meine Damen, ihr entschuldigt mich, ich muss noch einen wichtigen Brief schreiben. Esther, sag mir Bescheid, wenn du nach Hause möchtest, dann fahre ich dich. Aber vielleicht wollt ihr euch ja noch ein bisschen unterhalten.«

»Ja, Liebling«, Laura lächelte ihn an, »das wollen wir.«

Er deutete einen Diener an, dann verließ er den Salon. Kurz danach hörten sie seine Schritte auf der Treppe.

Mit einem Blick auf ihre Mutter, die immer noch mit geschlossenen Augen im Sessel saß, legte Laura den Finger auf die Lippen und deutete mit dem Kopf auf die Tür. »Gehen wir in die Küche?«, flüsterte sie. »Dann kann sie hier noch einen Moment schlafen, ohne dass wir sie wieder aufwecken.«

Esther nickte und antwortete leise: »Ich sehe noch schnell nach den Kindern.« Sie war schon im Flur, als sie Adelheids Stimme hörte.

»Laura?«

»Ja, Mama, ich bin hier. Soll ich dir eine Decke holen?«

»Das Kind«, etwas an ihrem Ton ließ Esther erstarren.

»Meinst du Marie?« Laura senkte die Stimme. »Die ist im …«

»Das andere Kind«, unterbrach Adelheid sie lauter.

»Friederike?« Lauras Frage kam zögernd. »Was ist mit ihr?«

»Das will ich von dir hören.«

Esther blieb sofort stehen. Es war eine Ahnung, die sie plötzlich befiel. Adelheids seltsamer Blick, das Mustern von Friederike bei der Begrüßung, das Stirnrunzeln, das Starren.

»Was willst du denn hören?«

»Verkauf mich nicht für dumm.« Jegliche Schwäche, jede Gebrechlichkeit waren jetzt aus Adelheids Stimme verschwunden. Esther trat auf Zehenspitzen an die angelehnte Tür und spähte in den Raum. Die alte Dame saß seitlich vom Eingang, Esther konnte nur ihr Profil sehen. Ihr Körper war angespannt, etwas vorgebeugt, voll auf ihre Tochter konzentriert. »Ich will hören, wie das passieren konnte.«

»Ich weiß nicht, was du meinst, Mama.«

Adelheid Hohnstein erhob sich jetzt. Sie schob das Kinn nach vorn, ihre Lippen waren nur noch ein schmaler Strich, sie trat ein paar Schritte vor und blieb dicht vor Laura stehen. »Du echauffierst dich über die Geliebte des Bürgermeisters. Du redest über die Ehefrau desselben. Und trotzdem hast du nichts gesagt, als deine angebliche Freundin versucht hat, den Ruf deines Bruders zu ruinieren? Deines eigenen Bruders? Wie konntest du nur?«

Esther spürte ihren Puls in den Schläfen und lehnte sich flach atmend an die Wand. Das Blut rauschte in ihren Ohren, sie konnte Lauras Antwort fast nicht verstehen.

»Wieso soll Esther den Ruf von Lorenz ruiniert haben? Er ist tot, Mama. Und er hat selbst genug dafür getan, seinen Ruf zu ruinieren. Sie hat doch gar nichts gemacht.«

»Mein Sohn, mein schöner, kluger Sohn war mit einer standesgemäßen jungen Frau verlobt.« Adelheids Stimme zitterte, jedoch nicht vor Schwäche, sondern vor einer fast greifbaren Wut. »Und deine Freundin, die wir aufgenommen haben, obwohl ihr Vater schuld an dem Unfall war, der deine Großmutter fast umgebracht hat, deine Freundin Esther hat sich Lorenz an den Hals geworfen wie ein billiges Flittchen. Nach allem, was wir für sie getan haben. Und sie hat sich schwängern lassen. Und damit nicht genug, sie muss ja schon eine verheiratete Frau gewesen sein. Sie ist eine Ehebrecherin. Eine gemeine Ehebrecherin, die gedankenlos ihren Mann auf die schändlichste Art betrogen und belogen hat. Pfui Teufel. Wie konntest du das nur zulassen?«

Sie atmete tief aus und stützte sich mit einem Arm auf dem Tisch ab. Nach wenigen Atemzügen sah sie wieder hoch. »Warum?«

Langsam ließ Laura sich in den Sessel sinken und stieß einen resignierten Seufzer aus. »Ich wusste es nicht«, presste sie hervor. »Ich habe es nicht mitbekommen, erst später hatte ich so eine Ahnung, aber da war Lorenz schon tot. Sie kann nichts dafür, Mama, es war nicht Esther allein, dazu gehören immer zwei. Und sei gewiss, sie leidet schon genug unter dieser ganzen Situation.«

»Sie leidet?«, mit höhnischem Unterton nickte Adelheid. »Sie hat sich wohl ausgerechnet, dass wir sie unterstützen. Aber da hat sie sich getäuscht. Diese kleine Schneiderin, eine geschiedene Frau mit Kind, niemals wird sie wieder eine ordentliche Anstellung bekommen, wer will sie denn für sich arbeiten lassen? Ein Flittchen.«

»Mama!« Mit letzter Kraft versuchte Laura zu protestieren, als ahnte sie, dass Esther, einer Ohnmacht nah, hinter der Tür stand und alles hörte. »Rede nicht so über sie. Sie ist meine Freundin, die Patentante von Marie, ich bin die Patentante ihrer Tochter. Carl und ich werden sie unterstützen, wenn es notwendig ist. Du hast gar nichts damit zu tun. Lass sie einfach in Ruhe, sie hat in ihrem Leben genug durchgemacht.«

»Ich habe damit nichts zu tun?« Eine gefährliche Kälte lag jetzt in der sonst so sanften und leisen Stimme von Adelheid. »Da irrst du dich, mein Kind. Ich habe sogar sehr viel damit zu tun. Mein Sohn ist tot, aber seine Tochter lebt. Sie sieht ihm sehr ähnlich, erinnert mich schmerzhaft an ihn. Sie ist meine Enkelin, die ganz sicher nicht bei einer geschiedenen Ehebrecherin in ungeordneten, kleinen Verhältnissen aufwachsen wird. Jetzt ist sie ja schon zeitweise bei euch, also ist noch nicht alles in ihrer Erziehung verdorben. Dass es so bleibt, dafür werde ich sorgen.«

»Mama«, ungläubig sprang Laura auf und griff nach dem Arm ihrer Mutter. »Was soll das?«

»Ich will, dass wir das Sorgerecht für das Kind bekommen.«

Adelheid Hohnstein stand vor ihrer Tochter. Sie hatte ihre Arme entschlossen vor der Brust verschränkt, ihre Stimme war energisch, der Blick entschieden. »Sie ist eine Hohnstein. Sie wird nicht in diesen verkommenen Verhältnissen aufwachsen. Sie wird in der Familie aufwachsen, in unserer Familie, in Lorenz' Familie. Entweder wird Carl vor Gericht gehen oder ich nehme mir einen anderen Anwalt. Und jetzt sag deinem Mann Bescheid, er soll mich auf der Stelle zurückfahren. Ich muss einige wichtige Briefe schreiben.«

»Mama, das werden wir nicht tun, Esther ist eine wunderbare Mutter.«

»Sei still«, Adelheid hob die ausgestreckte Hand: »Du trägst eine Mitschuld, du wirst dich auch dieser Verantwortung stellen. Und jetzt hole Carl, sonst gehe ich selbst nach oben.«

25.

»Ich habe ihn.« Jan warf seine Jacke auf einen Stuhl und umrundete den Schreibtisch, um Alexandra zu küssen. »Hallo, meine Schöne.«

Überrascht nahm sie die Brille ab und schob ihren Laptop zur Seite. »Wen hast du?«

»Den Film«, er zog eine DVD aus der Tasche und wedelte damit vor ihrem Gesicht. »Den Cosima Wagner gemacht hat und der in zwei Wochen ausgestrahlt wird. Sie haben ihn vorab in die Redaktionen geschickt, mit Sperrfrist natürlich. Aber wir können uns heute anschauen, welche Leiche Cosima Wagner im Hohnstein'schen Keller gefunden hat. Bist du bereit?«

»Natürlich«, Alexandra speicherte die Datei, an der sie gerade gearbeitet hatte, und rollte mit ihrem Stuhl zur Seite. »Jetzt gleich?«

»Natürlich«, er lächelte sie an, »oder bist du nicht neugierig?«

»Und wie.«

Parallelwelt lautete der Schriftzug, der in Tannenberg-Schrift über den Bildschirm lief. Danach folgten historische Aufnahmen, Landschaften in der Schweiz, junge Männer in Uniform im Stechschritt, den rechten Arm erhoben, danach eine dunkle Bar und edle Restaurants, Bilder von attraktiven Männern, die an einem Fluss standen, plötzlich die Stimme Cosima Wagners aus dem Off.

»Die Rolle der Schweiz während des Zweiten Weltkriegs ist bis heute umstritten. War das Land wirklich neutral oder hat es wie kein anderes von den Gräueltaten der Nationalsozialisten profitiert? Wie nationalsozialistisch waren die Schweizer? Waren es nur ein paar verlorene Seelen, die sich der deutschen Waffen-SS anschlossen, oder gab es ein System? Welche Verstrickungen gab es? Wer hat von wem am meisten profitiert? Die Siegermächte betrachteten die Schweiz als Kriegsgewinnler, daher verpflichtete das Abkommen von Washington das Land, 250 Millionen Dollar zu bezahlen, damit die Schweizer Konten entsperrt und schwarze Listen entfernt wurden. Aber es fanden auch 300 000 Flüchtlinge dort eine neue Heimat, auch wenn 1942 die Grenzen geschlossen und danach vom Tode bedrohte Flüchtlinge abgewiesen wurden. Und obwohl die Regierung ihre Neutralität und Souveränität bekräftigte, gab es Verstrickungen mit dem Naziregime und einer ganzen Reihe deutscher Firmen. Wir sind einigen Fällen nachgegangen und der Meinung, dass auch aus heutiger Sicht noch sehr viel aufgearbeitet werden muss. Dass die Goldtransaktionen der Reichsbank über Schweizer Konten abgewickelt wurden, ist belegt. Dass ein Großteil des beschlagnahmten jüdischen Vermögens in der Schweiz lag, auch. Aber dass es in Deutschland Firmen gab, die von der nationalsozialistischen Parallelwelt der Schweiz profitierten, das ist keineswegs in Gänze aufgearbeitet. Wir haben uns auf die Suche begeben …«

»Na ja«, achselzuckend sah Alexandra Jan an. »So ganz neu ist das alles ja nicht«, sie wandte ihren Blick wieder auf den Bildschirm. »Dann geh mal auf die Suche.«

Die nächste Einstellung zeigte das Schweizer Bankenviertel in Zürich. Es waren Aufnahmen von heute, die Sprecherin eines Geldinstituts musste Fragen über die Geschichte ihres Hauses über sich ergehen lassen, sie sprach eloquent mit einem charmanten Schweizer Akzent und erzählte nichts, was

Alexandra nicht schon wusste. »Wo ist das denn jetzt investigativ?«, fragte sie amüsiert. »Es gibt darüber bereits jede Menge Bücher und Dokumentationen.«

Jan antwortete nicht, sondern sah weiter auf den Bildschirm, auf dem jetzt ein historischer Ausschnitt aus der Schweizer Filmwochenschau lief.

Mit einem dramatischen Orchester im Hintergrund hörte man die schnarrende Stimme eines Erzählers, der den Zuschauern mitteilte, dass in Bern eine Brücke eingeweiht werde. Die Kamera schwenkte langsam über die am Straßenrand stehenden Menschen und stoppte plötzlich bei einer Gruppe junger Männer. Das Bild fror ein und die Stimme Cosima Wagners löste den blechernen Ton des Erzählers ab.

»Auf unserer Suche sind wir auch auf eine Gruppe junger Männer gestoßen, deren Lebenswandel in dieser Zeit ungewöhnlich war.«

Der Bildausschnitt wurde plötzlich vergrößert, sodass man die Gesichter erkennen konnte. Unwillkürlich hielt Alexandra die Luft an und beugte sich nach vorn. Ein dunkelhaariger Mann stand lachend in der Mitte der Gruppe, den Blick fast liebevoll auf den neben ihm Stehenden gerichtet. Er trug einen Hut, in der einen Hand hielt er eine Zigarre, die andere lag auf der Schulter seines Nebenmannes.

Die nächste Sequenz zeigte eine schmale Straße in Zürich, in der sich ein Lokal an das nächste reihte. Die Kamera fuhr näher an eine Bar heran, vor der eine Traube Gäste stand, die offenbar auf Einlass wartete. Die Kamera zoomte näher, bei genauem Hinsehen erkannte man, dass hier nur Männer standen. Wieder ein Standbild, wieder der dunkelhaarige Mann, derselbe Hut, die Zigarre, nur dieses Mal ein dunkler Anzug. Der blonde Mann neben ihm hatte sich umgedreht und sah erschrocken in die Kamera.

»Derjenige, der hier anscheinend eine Kamera der Schweizer

Wochenschau entdeckt hat, hieß Walter Heinrich und stammte aus Berlin. Die Bar, vor der er steht, war damals ein Treffpunkt für homosexuelle Männer. Was er in der Schweiz gemacht hat, wollten wir wissen, und haben seine Enkelin getroffen.«

Cosima Wagner hatte die letzten Sätze so gesprochen, dass man gespannt auf die Auflösung wartete.

Alexandra rollte ihren Stuhl näher an den Bildschirm. »Der andere Mann, was ist mit dem anderen? Der Dunkelhaarige … Ist das nicht …? Das ist doch Wilfried …«

Die nächste Einstellung zeigte eine etwa sechzigjährige Frau, die Cosima Wagner gegenüber in einer Gesprächssituation saß. Die Kamera fing ihr Gesicht ein, ein Name wurde unten eingeblendet: Felizitas Spohr. Ihre Haare waren halblang und weißgrau, die Augen klar, das Gesicht entspannt. Ihr Schweizerdeutsch war so stark, dass man Untertitel zeigte. Cosima begann das Interview, gespannt las Alexandra die Antworten mit, verstehen konnte sie kein Wort. Während sie der langsamen und sehr ruhigen Ausführung der Enkelin von Walter Heinrich zuhörte und die Übersetzungen las, bekam sie eine Gänsehaut. Während Felizitas Spohr anfing zu erzählen, wurden im Hintergrund Fotos eingeblendet. Einige von ihnen hatte Cosima Wagner ihr in Berlin gezeigt. Es waren Aufnahmen von Wilfried Hohnstein, der sowohl seinem Neffen Lorenz als auch Friederike sehr ähnlich sah.

»Es geht um Ihren Großvater, Walter Heinrich. Der angeblich im Januar 1945 gefallen ist, fünf Jahre vor Ihrer Geburt. Und Sie haben viel später erfahren, dass das nicht stimmte, und haben darüber einen Artikel geschrieben, der vor einiger Zeit in der Neuen Züricher Zeitung erschienen ist. Und durch den wir auf Sie aufmerksam geworden sind.«

Felizitas Spohr nickte ernst. »Ich habe erst nach dem Tod mei-

ner Mutter die Briefe, Tagebücher und Fotos meiner Großmutter gefunden. Vorher hatte ich keine Ahnung. Wir haben das Haus umbauen lassen und dabei kam ein Safe zum Vorschein, in dem der Nachlass lag. Ich vermute, auch meine Mutter hat gar nicht gewusst, dass die Sachen da lagen. Und dabei kam diese ungeheuerliche Geschichte ans Licht …«

Alexandra rutschte auf dem Sessel nach vorn und folgte gebannt den Ausführungen von Walter Heinrichs Enkelin.

»Niemand hat eine Ahnung gehabt, dass mein hochdekorierter Großvater über Jahre ein Doppelleben geführt hat. Das heißt, niemand, bis auf meine Großmutter, seine Ehefrau, die ihn gedeckt hat. Weil es in dieser Zeit unmöglich gewesen wäre, als Frau den Ehemann und Vater der Kinder zu verlassen. Und auch noch einen angesehenen Offizier. Also hat sie geschwiegen. Sie hat ihr Schweigen bezahlt bekommen, ist im letzten Kriegsjahr mit ihren Kindern, meiner Mutter und meinem Onkel nach Zürich gegangen, hatte dort ein großes Haus am Zürichsee, genügend Geld und das Ansehen der Gesellschaft. Während ihr Mann eine homosexuelle Beziehung unterhielt, sich für tot erklären ließ und mit seinem Freund nach Argentinien floh, um der Strafverfolgung der Besatzer zu entgehen.«

»Sein Freund …«, Cosima Wagner machte eine wirkungsvolle Pause. *»Wilfried Hohnstein, verwandt mit der deutschen Industriellenfamilie Hohnstein, die mit medizinischen Prothesen und Medikamenten reich geworden ist, wird in den Tagebüchern Ihrer Großmutter erwähnt. Kannte sie ihn auch?«*

»Nein, natürlich nicht. Wir haben nur seinen Namen gefunden, mehr Informationen gab es nicht. Sie haben sich wohl kennengelernt, als dieser Mann in einem Sanatorium in St. Gallen war und mein Großvater einen Schweizer Freund besuchte. Das ist alles, was wir an Notizen gefunden haben. Er war der Liebhaber meines

Großvaters. Und sie haben sich immer in einem Chalet in St. Gallen getroffen, das ihm wohl gehörte. Die ganze Clique, die aus deutschen und Schweizer Nazis bestand, hat sich dort getroffen.«

Alexandra warf einen Blick auf Jan, der kopfschüttelnd dem Gespräch folgte. Das ernste Gesicht der Enkelin wurde von einer Bilderfolge abgelöst, die uniformierte Männer vor einem Schweizer Chalet, eine Gruppe in ziviler Kleidung auf einem Ausflugsschiff und zwei Männer auf einer Bergwanderung zeigten. Einer der beiden war wieder Wilfried, der andere Walter Heinrich. Dazwischen gab es kleine zeitgeschichtliche Filme, in denen noch mehr hochrangige Offiziere auftauchten, noch mehr gesellige Treffen gezeigt und noch mehr Andeutungen über Doppelleben, geheime Konten, Finanz- und Handelstransaktionen, geheime Bruderschaften und Walter Heinrich gemacht wurden.

Zum Schluss des Films kam Cosima Wagners Stimme aus dem Off.

»Während in Nazideutschland homosexuelle Männer verurteilt wurden, in Konzentrationslager kamen und Tausende von ihnen das Regime nicht überlebten, wurde hier gefeiert. Und es wurden lukrative Geschäfte getätigt. Ob es auch geschäftliche Verstrickungen zwischen diesen Männern gab, die in ihrer Parallelwelt in der Schweiz ihrer Liebesbeziehung nachgingen, die in ihrer Heimat für beide vermutlich tödlich geendet hätte, lässt sich nicht eindeutig belegen. Allein die Vermutung reicht nicht, um einen Menschen zu verurteilen. Ein schlechtes Gefühl hingegen bleibt.«

Während der Abspann noch lief, ließ Alexandra sich erstaunt zurückfallen. »Das ist ein Ding«, sagte sie laut. »So ist Cosima Wagner also auf Wilfried Hohnstein gekommen. Sie hat über Walter Heinrich recherchiert. Es ging ihr gar nicht um die Hohnsteins.«

Jan fuhr sich durch die Haare, während er nachdachte. »Aber das ist wirklich ein Ding. Da trifft ein junger Mann aus einer vermögenden deutschen Familie während eines Sanatoriumsaufenthaltes in St. Gallen einen deutschen, schwulen Nationalsozialisten, der da Ferien macht. Die freunden sich an und plötzlich ist Wilfried Hohnstein mitten in einer Clique von strammen Nazis, die zum Teil der Waffen-SS angehören und sich mit ihren Schweizer Freunden treffen, während zuhause die Ehefrauen sitzen, Deutschland auf den Krieg zusteuert und schwule Männer in Lager gesteckt werden. Es ist doch nicht zu fassen.«

»Und Walter Heinrich hat mit Frau und Kindern in Berlin als ranghoher Offizier alles erfüllt, was der Führer von ihm wollte.« Alexandra stützte ihr Kinn auf die Faust. »Die Hohnsteins hatten in der Schweiz übrigens tatsächlich ein Haus, das noch Otto Hohnstein gekauft hat. Ziemlich abgelegen, irgendwo in der Nähe von St. Gallen. Da hat Wilfried nach seinem Entzug gelebt, das habe ich in den Akten gefunden. Das muss der Treffpunkt dieser Clique gewesen sein, von dem die Enkelin im Film geredet hat.«

Jan nickte. »Und wer weiß, vielleicht bekam Wilfried als Wiedergutmachung für die unendliche Gastfreundschaft von seinen Nazifreunden die Aufträge für seine Familie zugeschanzt. Das zumindest, da bin ich mir sicher, ist der Verdacht, den Cosima Wagner irgendwann hatte. Und deshalb wollte sie von dir auch wissen, woher das Geld der Stiftung kam. Sie selbst hat dafür offenbar keine Belege, sonst hätte sie etwas daraus gemacht.«

»Die weiße Weste der Hohnsteins«, sagte Alexandra nachdenklich. »Das hat der Vater von Wolf Mohn so gesagt. Karla Hohnstein sei eine sehr aufrechte, feine Frau gewesen und niemand aus der Familie habe etwas mit den Nazis zu tun gehabt. Da hat sie wohl großen Wert drauf gelegt.« Sie schüttelte den Kopf. »Und dann lässt sie ihren Sohn von der Schweiz aus die Drecksarbeit machen. Widerlich.«

»Aber man muss trotzdem vorsichtig mit diesen Dingen sein«, Jan sah sie an. »Die Enkelin hat zwar Briefe und Tagebücher gefunden, in denen Walter Heinrich alles zugegeben hat, aber das betrifft ja mehr seine private Situation mit Wilfried. Cosima Wagner konnte nichts belegen. Dafür bräuchte man die Unterlagen aus den Hohnstein-Werken.«

»Die sind garantiert vernichtet worden«, Alexandra streckte sich und stand langsam auf. »Die Hinterlassenschaften der Hohnsteins, die noch bei Dr. Eisendorf lagen, beginnen erst 1966. Das waren aber nur die Unterlagen über den Verkauf und die Überführung des Geldes in die Stiftung. Und, ach warte mal«, sie runzelte die Stirn und ließ sich wieder auf den Stuhl sinken. »Die Verzichtserklärung von Wilfried Hohnstein war dabei. Die hat er kurz vor der Gründung der Stiftung unterschrieben. Und jetzt fällt mir ein, was mich schon beim ersten Ansehen irritiert hat: Er hat sie in der Kanzlei in Hamburg unterschrieben. Aber wir haben doch gerade eben gehört, dass er mit seinem Freund Walter nach Argentinien ausgewandert ist. Warum ist er zurückgekommen?«

»Und warum hat er auf sein Erbe verzichtet?«, ergänzte Jan. »Das muss ein Vermögen gewesen sein. Wer hatte denn da etwas gegen ihn in der Hand?«

»Keine Ahnung«, antwortete Alexandra, »aber irgendjemand muss ja Beweise dafür gehabt haben, mit denen man ihn unter Druck gesetzt hat. Damit er auf alles verzichtet.«

»Man hätte ihn als Kriegsverbrecher anklagen können.« Jan hob nachdenklich die Schultern. »Falls er tatsächlich Geschäfte mit seinen Nazifreunden gemacht hat. Du hast mir doch auch erzählt, dass du den Namen Wilfried Hohnstein noch nie gehört hattest. Der wurde doch von der Familie totgeschwiegen. Natürlich hätte er in dieser Rolle schön unauffällig die Geschäfte vermitteln können und seine Familie hätte die weiße Weste behalten.« Er sah über Alexandras Schulter.

»Das ist aber Spekulation. Die Frage ist doch: Wer hat damals was gewusst?«

»Ich weiß es nicht«, Alexandra starrte auf das eingefrorene Bild auf dem Monitor. Plötzlich fasste sie einen Entschluss. »Und eigentlich will ich das auch gar nicht wissen. Es war Maries Familie, ich kannte Laura seit ich Kind war, ich habe sie immer wahnsinnig gern gemocht. Und sie war die Enkelin von Karla und die Nichte von diesem Wilfried. Ich habe das Gefühl, ich wühle im Dreck und es führt zu nichts. Was soll es bringen? Niemand aus der Familie ist noch am Leben. Den Vorsitz der Stiftung hat Hanna, als Erbin von Marie, die überhaupt nichts mit der Familie Hohnstein zu tun hatte. Ich möchte mich weder mit Karla Hohnstein noch mit ihrem seltsamen Sohn näher beschäftigen. Punkt.« Entschlossen klappte sie den Laptop zu und stand auf.

»Und Friederike?« Jan hob den Kopf. »Da Lorenz ja ihr leiblicher Vater war, ist es für sie ja vielleicht doch interessant, die Zusammenhänge zu kennen. Oder?«

Sie sah ihn nachdenklich an. »Ja, vielleicht. Dabei fällt mir ein, dass Dr. Mohn bei unserem Gespräch etwas gesagt hat. Warte, wie war das noch? Ach so, er hat gesagt, dass Esthers Vater den Unfall verursacht hat, bei dem ihre Mutter gestorben ist und Karla Hohnstein so schwer verletzt wurde. Und dass er sich gewundert hat, dass die Hohnsteins einen Nazi als Fahrer eingestellt hatten. Weil sie doch so aufrichtig und fein waren. Von wegen.« Sie schüttelte aufgebracht den Kopf. »Friederikes Großvater gehörte zu den Spätheimkehrern, das weiß ich. Und Karla Hohnstein hat sich über ihn und seine Kriegsvergangenheit bei Dr. Mohn ausgelassen. So was Scheinheiliges. Die haben wahrscheinlich ganz andere Räder gedreht als so ein kleiner Spätheimkehrer.«

»Du regst dich auf«, Jan lächelte, Alexandra nicht. Stattdessen sagte sie: »Vielleicht hatte Esther Brenner durchaus ihre

Gründe, so ablehnend zu sein, wenn es um Lauras Familie ging. Ich habe das immer als Missgunst ausgelegt, aber vielleicht steckte auch etwas ganz anderes dahinter.«

»Jetzt spekulierst du«, Jan streckte sich und stand auch langsam auf. »Wenn es dich interessiert, kannst du ja noch versuchen, die Einzelheiten rauszukriegen. Und vielleicht doch das Buch über die scheinheilige Karla Hohnstein schreiben, das Wolf sich so von dir wünscht.«

»Auf gar keinen Fall«, sie trat zu ihm und schlang ihre Arme um seine Taille. »Ich hasse Bücher, in denen die Protagonisten unsympathisch sind. Aber ich werde am Freitag den Mietvertag für die Agentur unterschreiben. Die Verwaltung hat heute angerufen.«

»Echt?« Überrascht küsste er sie auf die Nase. »Großartig. Ab wann geht es los?«

»Am 1. Oktober.«

»Und wann ziehst du ganz hier ein?«

»Demnächst«, sie lächelte. »Ich kümmere mich nächste Woche um eine Spedition. Am Wochenende fahre ich zurück zum See, Hanna und ich wollen noch mal die Termine abstimmen. Und wir müssen hier vorher noch einiges umräumen.«

»Und du bist dir ganz sicher?« Jan schob sie ein Stück von sich, um sie anzusehen. »Keine Frauengespräche mehr am Küchentisch, keine Saunatage mit Sprung in den See, keine lauen Sommerabende mit Weißwein auf dem Bootssteg, keine Schlafanzugpartys, um die Welt zu retten, keine …«

»Doch, alles wieder«, Alexandras Augen leuchteten. »Aber so, dass wir uns darauf freuen. Das Haus war früher immer ein Sehnsuchtsort und das soll es auch wieder werden. Für uns alle. Aber mein Zuhause ist es nicht, das wird Berlin und das wirst du.«

Jan nahm ihr Gesicht zwischen beide Hände und küsste sie auf den Mund. »Ich bin begeistert.«

Februar 1966

Es war sehr kalt. Esther fröstelte, sie zog ihren Hut tiefer ins Gesicht und den schwarzen Wollschal fester um den Hals. Sie spürte ihre klammen Finger durch die Handschuhe und schob sie in die tiefen Taschen ihres schwarzen Mantels. Eine bleierne Stille lag über den kahlen Bäumen, der Himmel war grau und schwer, schwarze Vögel zogen ihre Kreise. Der alte Schuppen, in dem der Friedhofsgärtner seine Gerätschaften lagerte, stand auf einer kleinen Anhöhe, verborgen hinter einer Gruppe von Tannen. Esther hatte sich, zum Schutz vor dem kalten Wind, unter den Dachvorsprung gestellt, von hier aus hatte sie freie Sicht auf den Eingang zur Kirche und den angrenzenden Friedhof, ohne dass man sie von unten entdecken konnte.

Von einem Geräusch aufgeschreckt, sah sie eine Krähe hochfliegen, sie landete krächzend auf einem wippenden Ast und drehte den Kopf ruckartig in Esthers Richtung. Der ölig schwarze Vogel starrte sie an, ganz so, als wollte er ihr etwas mitteilen. Er krächzte wieder und wie als Antwort darauf setzte in diesem Moment das Glockengeläut ein und das riesige Kirchenportal öffnete sich schwerfällig.

Esther straffte ihre Schultern, als sie den Sarg sah, der von sechs Männern langsam aus der Kirche getragen wurde. Ihre Schritte knirschten auf dem Schotterweg, das unentwegte Krächzen der Krähen durchbrach den Klang des Glockengeläuts. Die ersten Trauernden kamen aus der Kirche, Laura und Carl hatten Adelheid Hohnstein in ihre Mitte genommen und traten hinter den Sarg. Laura trug Hut und Schleier, sie schien gefasst zu sein, ihre Haltung war aufrecht, im Gegensatz zu ihrer Mutter, die schwankend neben ihr stand und von Weinkrämpfen geschüttelt wurde. Carl nahm ihren Arm und führte sie langsam weiter, die zahlreichen Trauergäste folgten in respektvollem Abstand.

Sie alle waren gekommen, um ihn auf seinem letzten Weg zu begleiten, den freundlichen Hermann Hohnstein, den Wohltäter, den Arbeitgeber, den berühmten Sohn der Stadt. Er war beliebt und angesehen gewesen, die Menschen, die sich auf dem Friedhof versammelt hatten, trauerten wirklich um ihn.

Auch Esther tat es. In ihrem schwarzen Mantel und einem neuen Hut versteckte sie sich unter diesem Vordach, um dabei zu sein. Wie die dreizehnte Fee, die nicht geladen, aber trotzdem gekommen war. Adelheid Hohnstein hatte ihr die Teilnahme an der Trauerfeier verwehrt, was Esther auch nicht sonderlich überrascht hatte. Lauras Mutter machte ihr seit Monaten das Leben zur Hölle. Aber sie dachte nicht daran, klein beizugeben. Auch, wenn es viel Kraft kostete.

Die Krähe flatterte plötzlich in ihre Richtung, ließ sich auf dem Vordach nieder, krächzte, hob wieder ab und landete auf dem Baum, der neben dem Familiengrab der Hohnsteins stand. Dort blieb sie sitzen und drehte den Kopf wieder in ihre Richtung. Ihr schauderte. Wollte die Krähe ihr Trost zusprechen oder war es eine Warnung?

Sie wandte ihre Aufmerksamkeit wieder der Trauergesellschaft zu, die Sargträger hatten mittlerweile die Grabstelle erreicht, die Familie und ein Teil der Gäste bildeten einen Halbkreis. Adelheid Hohnstein stand schwankend und vor Verzweiflung bebend neben Laura und sah aus, als würde sie sich gleich selbst ins Grab werfen. Sie klammerte sich hysterisch an ihre Tochter und schüttelte immer wieder den Kopf.

Vielleicht lag es auch an ihrer morgendlichen Dosis Frauengold, mit deren Menge sie es nicht immer so genau nahm, dachte Esther mitleidlos. Sie hatte Adelheid Hohnstein schon manches Mal in etwas derangiertem Zustand gesehen, auch wenn sie immer behauptet hatte, dass sie es nur für ihre Nerven nahm. Die der Streit so strapazierte.

Die Streitigkeiten schwelten seit Wochen, seit Adelheid Hohnstein Friederike in die Villa holen wollte. Sie hatte alle Hebel in Bewegung gesetzt, um Esthers Ruf zu ruinieren. Im Ort wurde hinter vorgehaltener Hand über die Gründe spekuliert, die Dieter Brenner bewogen hatten, von heute auf morgen Frau und Kind zu verlassen. Es wurde getuschelt, dass Esther im Modesalon Bellmann in die Kasse gegriffen habe, außerdem habe man sie in einem anrüchigen Lokal in Hamburg gesehen, ihr Kind sei schon häufiger mit Verletzungen im Gesicht aufgefallen, ihr werde wohl ab und zu die Hand ausrutschen, weil sie so überfordert sei. Auch ihr Vater war wieder Thema, es sei ja kein Wunder, wenn Esther zur Gewalt neige, schließlich sei der Vater ja überzeugter Nazi gewesen, den Hermann Hohnstein nur aus Gutmütigkeit eingestellt habe, zum Dank habe der Nazi dann die Haushälterin totgefahren und Karla zum Krüppel gemacht. Weshalb sie sich auch später umgebracht habe. Manche Weißenburger grüßten Esther nicht mehr, sondern starrten ihr nur neugierig nach.

Es war eine Frage der Zeit gewesen, bis die Dame vom Jugendamt bei Esther vor der Tür gestanden hatte. Sie müsse den Gerüchten nachgehen, hatte sie entschuldigend gesagt, das sei schließlich ihr Beruf. Aber im Moment habe sie noch keine Beanstandungen, Friederike scheine ja gut genährt und ordentlich gekleidet, es gebe im Moment keinerlei Auffälligkeiten. Sie müsse aber wissen, dass in einer solchen Situation regelmäßige Besuche vonnöten seien. Und sobald sie etwas zu bemängeln habe …

Eine Maus huschte plötzlich über Esthers Stiefel, im letzten Moment unterdrückte sie einen Schreckensschrei. Die Hand auf den Mund gepresst, sah sie sich um, das kleine graue Wesen war so schnell verschwunden, wie es aufgetaucht war. Trotzdem klopfte ihr Herz, sie war nur froh, dass sie nicht geschrien hatte und damit entdeckt worden war. Sie wollte weder mit Laura und noch weniger mit Carl sprechen.

Sie war sich sicher, dass Adelheid Hohnstein die Gerüchte gestreut und auch mit dem Jugendamt gesprochen hatte. In ihrem von Frauengold und gelegentlichen Cognacs vernebelten Kopf war das Erlangen der Vormundschaft für Friederike zur Besessenheit geworden, niemand, auch nicht Laura, konnte sie davon abbringen. Carl war dabei die größte Enttäuschung. Er hatte Esther allen Ernstes vorgeschlagen, vielleicht doch mal über die Möglichkeit nachzudenken, Friederike zusammen mit Marie in der Villa aufwachsen zu lassen.

»Du könntest sie natürlich jederzeit sehen«, hatte er gesagt. »Und sie ist ja ohnehin oft bei uns, dann kann sie auch gleich ganz einziehen, was ihr ja auch mehr Möglichkeiten böte, als du es kannst. Und du bist noch jung und hübsch, du könntest ein neues Leben anfangen, wieder arbeiten gehen, vielleicht auch einen netten Mann kennenlernen. Das ist doch ohne Kind viel einfacher, nicht jeder Mann nimmt eine Frau mit Kind. Und meine Schwiegermutter wäre zufrieden. Es wäre vielleicht tatsächlich die beste Lösung für alle.«

In ihrer Wut hatte Esther eine Tasse nach ihm geworfen. Während Carl sich fluchend den Kaffee von der Krawatte wischte, hatte Esther Friederike geholt und die Villa verlassen. Seither war sie nicht mehr dort gewesen, worunter Laura und Marie gleichermaßen litten. Es war ihr egal. Sie hatte Laura gesagt, dass sie enttäuscht von ihr sei und erst wiederkommen werde, wenn Carl sich bei ihr entschuldigt habe. »Ich werde mein Kind nicht weggeben«, hatte sie gesagt. »Nur über meine Leiche.«

Der Sarg wurde langsam in die Erde gelassen, das Wehklagen und Weinen Adelheid Hohnsteins wurde lauter, Esther drehte sich unangenehm berührt weg, ihre Mutter hatte es gehasst, wenn jemand in der Öffentlichkeit die Fassung verlor. Sie fand, es gehöre sich nicht, und Esther gab ihr bei diesem Anblick recht. Plötzlich drang ein Schrei zu ihr hoch, der sie an die Maus denken ließ. Sofort sah sie in die entsprechende Richtung. Sie hatte den Mann, der sich plötzlich neben Laura und Adelheid gestellt hatte, vorher nicht bemerkt. Er trug einen schwarzen Nadelstreifenanzug mit Lackschuhen, einen dünnen Mantel und statt eines Huts eine altmodische Filzmütze. Er sah aus, als wäre er einem Film entsprungen. Der Mann hatte sich zu Adelheid gebeugt und etwas zu ihr gesagt, während er sich auf einen schwarzen Gehstock stützte. Das Besondere daran war aber, dass der Schrei von Laura gekommen war. Und es war keine Maus, die sie entsetzt ansah, sondern es war der Trauergast mit der Mütze.

Mit einem feinen Lächeln betrachtete Esther die Szene und nickte. Auch die dreizehnte Fee hatte durch ihr Kommen Unheil angerichtet. Sie würde die Familie Hohnstein zwar nicht in einen hundertjährigen Schlaf versetzen, ihrer heilen Welt aber durchaus einen Stoß. Mit einem abschließenden Blick auf Laura, die an der Seite des fremden Mannes zur Salzsäule erstarrt war, stahl sie sich aus ihrem Versteck und verließ den Friedhof durch eine Lücke in der Hecke.

Durchgefroren stieg sie eine halbe Stunde später vom Fahrrad und lehnte es an die Hauswand. Sie rieb ihre kalten Hände, bevor sie den Hausschlüssel aus der Handtasche kramte und ihn ins Schloss schob. Friederike war noch bei der Nachbarin, die freundliche Frau Jachmann war schon ein paar Mal eingesprungen, wenn Esther ihre Tochter nicht mitnehmen konnte. Das Mädchen war gern bei ihr auf dem Bauernhof, die Jachmanns hatten drei Katzen, zehn Kühe und einen alten Hund, das reichte Friederike, um sich wohlzufühlen. Und Frau Jachmann mochte das Kind und genoss seine Gesellschaft, nachdem ihre eigene Tochter vom Hof weggeheiratet hatte und nur noch selten zu Besuch kam. Auf die Gerüchte gab sie nichts, sie hatte mit einer wegwerfenden Geste gesagt: »Ach, Frau Brenner, wenn die Leute über andere reden müssen, dann ist ihr eigenes Leben sehr langweilig. Das Gerede hört auch wieder auf. Sie machen das alles sehr gut mit dem Kind. Und wenn sich erst mal herumspricht, wie gut Sie arbeiten, dann wird auch die Änderungsschneiderei laufen. Meine Tochter und ich machen jedenfalls überall Werbung für Sie.«

Im Flur zog Esther Mantel und Schuhe aus und schlüpfte in die Pantoletten. Der Ofen in der Küche war glücklicherweise noch nicht ausgegangen, sie warf Holzscheite nach und die Klappe wieder zu, bevor sie den Wasserkessel aufsetzte und sich erleichtert an den Tisch am Fenster setzte. Sie war gespannt, wann der schwarze Mercedes vor ihrer Tür halten würde, lange konnte es nicht mehr dauern. Sie hoffte nur, dass sie sich alles richtig überlegt und keinen Fehler gemacht hatte. Es war ihre letzte Möglichkeit, sie musste nur ganz ruhig bleiben und versuchen, ihren explodierenden Puls zu beruhigen.

Die Änderungsschneiderei, die sie nach der Kündigung durch Frau Bellmanns Schwester in ihrem Nähzimmer eingerichtet hatte, warf bislang kaum genug Geld ab, um sich und Friederike über die Runden zu bringen. Sie hatte das Silberbesteck ihrer Mutter versetzt, fast ihre gesamten Ersparnisse verbraucht, so konnte es auf Dauer nicht weitergehen. Laura hatte ihr anfangs Geld zugesteckt, aber seit dem Streit mit Carl hatten sie sich nicht mehr gesehen. Würde nicht Frau Jachmann ab und zu Eier, Milch und Eingewecktes mitbringen, wäre es noch schwerer.

Nächtelang hatte Esther schlaflos in ihrem Bett gelegen und sich den Kopf über Friederikes Zukunft zerbrochen. Und dann, eines frühen Morgens, hatte sie eine Idee gehabt. Eine zugegebenermaßen verrückte, von der sie nicht wusste, ob es gut gehen würde, aber es war die einzige Möglichkeit, die ihr eingefallen war. Und deshalb hatte sie sich vor einigen Wochen an den Tisch gesetzt und die Unterlagen, die ihr Lorenz damals zur Aufbewahrung gegeben hatte, wieder aus den Tiefen ihres Wäscheschranks gezogen. Und schließlich das gefunden, was sie gesucht hatte. Auf der Rückseite eines spanischsprachigen Formulars stand ganz unten in kleinen Buchstaben eine Adresse. Eine argentinische Adresse. Nämlich die von Wilfried Hohnstein.

In ihrer schönsten Schrift hatte Esther einen Brief verfasst:

Sehr geehrter Herr Hohnstein,
Sie wundern sich vielleicht, dass Sie Post aus der alten Heimat bekommen und gar nicht wissen, wer ich bin. Nun, ich war die Freundin Ihres Neffen Lorenz, wir hätten geheiratet, wenn er nicht vor fünf Jahren mit einem Hubschrauber abgestürzt wäre. Vorher hat er mir noch einen Umschlag übergeben, den er von Ihnen bekommen hat. Ich sollte ihn aufbewahren, weil er wichtige Unterlagen enthielte. Ich weiß ja nicht, ob sie wirklich so wichtig sind, aber falls Sie doch mal wieder in die alte Heimat kommen, dann können Sie ihn bei mir abholen. Sie müssten sich allerdings beeilen, wenn Sie noch jemanden aus der Familie treffen wollen. Ihre Mutter Karla ist gestorben und Ihr Bruder hatte einen

schweren Schlaganfall und niemand weiß, ob er sich davon erholen wird. Vielleicht wäre es schön, wenn Sie ihn noch einmal sehen könnten.

Hochachtungsvoll

Esther Brenner

Und jetzt war er tatsächlich gekommen. Pünktlich zur Beerdigung seines Bruders kehrte er in den Schoß der Familie zurück. Obwohl alle dachten, er sei vor über zwanzig Jahren in einem Schweizer Sanatorium an einem Lungenleiden gestorben. Nur Lorenz und sie kannten die Wahrheit, die Karla Hohnstein immer verschwiegen hatte. Diese Wahrheit hatte sich in dem Umschlag befunden, den Lorenz ihr gegeben hatte. Als wäre es sein Vermächtnis. Sie hatte den Inhalt sehr lange studiert, so lange, bis sie fast alles verstanden hatte.

Das Pfeifen des Wasserkessels unterbrach ihre Gedanken, sie goss heißes Wasser in die Teekanne und stellte sich ans Fenster.

Vor einer Woche hatte sie ein Telegramm bekommen, in dem Wilfried Hohnstein sein Kommen ankündigte und sie zum Tee ins *Hotel Vier Jahreszeiten* in Hamburg einlud.

Esther hatte sich große Mühe mit ihrer Garderobe gegeben, hatte eines ihrer alten Kostüme umgeändert, den Rock gekürzt, die Knöpfe der Jacke ausgetauscht, eine weiße Bluse geplättet und ihre besten Pumps poliert. Mit lackierten Fingernägeln, passendem Lippenstift, hochgesteckten Haaren und im figurbetonten, dunkelroten Kostüm war sie in den Bus gestiegen, um ihr Leben und das ihrer Tochter in die richtige Bahn zu lenken.

Es war bereits stockdunkel, als Esther durchs Fenster die Scheinwerfer des Autos sah, das langsam vor dem Haus zum Stehen kam. Der Motor wurde ausgeschaltet, das Licht erlosch und zwei Autotüren klappten hörbar zu. Während Absätze auf dem Weg klackten, beeilte sie sich, zur Haustür zu kommen, damit Friederike, die nach ihrem aufregenden Nachmittag unter Tieren sofort erschöpft eingeschlafen war, nicht durch die Klingel wieder aus dem Schlaf gerissen wurde. Auch wenn es gleich um sie gehen würde, sollte sie nicht dabei sein.

Esther war überrascht, wie ruhig sie war, als sie Laura und Carl aus der geöffneten Haustür entgegensah. Laura stieg vor ihrem Mann die drei Stufen empor und blieb vor ihr stehen. Sie trug immer noch ihre Trauerkleidung und sah Esther verzweifelt und fragend an. »Warum hast du das gemacht? Es ist ein Albtraum.«

Sie gab die Tür frei und legte den Finger auf die Lippen. »Friederike schläft, geht bitte leise durch.«

Auch Carl hatte den Satz gehört und sah sie nur stumm an, bevor er seiner Frau folgte. Esther schloss die Wohnzimmertür hinter sich, bevor sie Laura und Carl musterte, die immer noch im Raum standen. »Wollt ihr euch nicht setzen? Kann ich euch etwas anbieten? Kaffee, Tee, Limonade?«

»Wir sind nicht hier, weil wir dir einen netten Besuch abstatten wollen.« Carl schob die Hände in die Manteltaschen und sah sie ungeduldig an. Er war kreideweiß, seine Halsschlagader angeschwollen, er sah aus, als würde er jeden Moment anfangen zu schreien.

»Ihr könnt aber trotzdem eure Mäntel ausziehen«, unbekümmert streckte Esther die Hand aus. »Ich habe ordentlich geheizt. Möchtest du vielleicht einen Cognac? Habe ich auch da. Den kann man nach einer Beerdigung ja immer brauchen.«

»Du …«

»Carl!« Laura legte ihm warnend die Hand auf den Arm und half ihm aus dem Mantel. »Er nimmt bestimmt gern einen Cognac. Mir kannst du ein Glas Wasser mitbringen.«

Esther nahm ihnen die Mäntel ab und verließ den Raum. Sie atmete tief durch, es würde nicht einfach werden, sie musste jetzt alles richtig machen. Auf dem Weg in die Küche öffnete sie vorsichtig die Tür zum Kinderzimmer und betrachtete die schlafende Friederike. Sie hatte die kleinen Fäuste geballt, das Gesicht wirkte friedlich. Esther zog die Decke über sie und strich ihr sanft eine Strähne aus dem schlafwarmen Gesicht. »Für dich, mein Schatz«, murmelte sie leise, löschte das Licht und verließ auf Zehenspitzen das Zimmer.

»Woher wusstest du von ihm?« Carl fragte schon, bevor sie das Wasserglas vor Laura abgestellt hatte. »Woher wusstest du, dass er noch lebt? Und warum hast du es uns nicht erzählt? Warum um alles in der Welt mischst du dich in unsere Familienangelegenheiten ein? Du hast ihm geschrieben? Was wolltest du damit bezwecken? Und woher hattest du überhaupt seine Adresse?« Er rieb sich aufgebracht das Kinn. »Und du …«

»Carl, bitte.« Lauras sanfte Stimme unterbrach seine Fragen, sie schob ihm das Cognacglas zu und sah ihn an. Nach einem Augenblick wandte sie sich an Esther. »Erklär es uns. Wer hat dir von ihm erzählt?«

Esther setzte sich langsam an den Tisch. »Lorenz hat mir von ihm erzählt, er hat ihn getroffen.«

Carl schlug plötzlich mit der flachen Hand auf den Tisch. »Lorenz ist seit fünf Jahren tot. Warum hat er damals nichts davon gesagt? Und wieso fällt dir jetzt ein, einem wildfremden Mann, der im Ausland lebt, einen Brief zu schreiben? Verdammt, was hast du denn mit ihm zu tun?«

Sein Gesicht war erhitzt, Esther starrte ihn stumm an, dann stand sie plötzlich auf und stellte sich ans Fenster, sie brauchte

Abstand von seiner Wut. Mit verschränkten Armen sah sie einen Moment in die Dunkelheit, kleine Schneeflocken tanzten vor dem Licht der Gaslaterne, es war ein beruhigender Anblick.

Sie holte Luft und drehte sich wieder um. »Ein Jahr bevor Lorenz starb haben wir uns getroffen«, begann sie. »Im Tessin. Laura, du weißt es. Und da hat er mir von seinem Onkel erzählt, von dem er gedacht hat, er sei tot. Onkel Wilfried. Das war er aber nicht. Durch einen alten Bekannten hat Wilfried erfahren, dass ein Lorenz Hohnstein in St. Gallen studiert, also hat er ihm einen Brief geschrieben und ihn um ein Treffen gebeten.« Sie stieß sich von der Fensterbank ab und ging zurück zum Tisch. »Lorenz war fassungslos, weil seine Großmutter und sein Vater ihn angelogen hatten, euch alle, weil Wilfried ja angeblich schon lange tot war, in Wirklichkeit aber ganz vergnügt seit Kriegsende in Argentinien lebte. Wilfried hat Lorenz alles erzählt, sein ganzes schlimmes Leben.«

»Sein schlimmes Leben«, wiederholte Carl ironisch. »Was soll das denn gewesen sein?«

Esther sah ihn an. »Lorenz hat mir bestimmt nicht alles erzählt. Aber ich weiß noch, dass Wilfried als junger Mann in Berlin Drogen genommen und danach einen Mann totgeschlagen hat. Bei einer Kneipenprügelei. Und damit das nicht rauskommt, haben seine Eltern ihn in die Schweiz gebracht. Erst zum Entzug und dann haben sie ein großes Haus gekauft, in dem er bleiben sollte. Und in dem er auch bis zum Kriegsende gewohnt hat – mit seinem Freund übrigens.«

»Das hat er sich doch ausgedacht«, Carl machte eine wegwerfende Geste. »Oder du.«

»Nein«, widersprach Laura leise, »das war so. Ich kenne die Geschichte, ich habe zufällig einen Streit zwischen meinem Vater und meiner Großmutter mitbekommen, als es um den Verkauf des Chalets in der Schweiz ging. Da haben sie sich über Wilfried gestritten, es ist aber schon viele Jahre her. Mein Vater hat sich über ihn aufgeregt, er sei ein schlechter Mensch gewesen, habe nur Drogen und Partys im Kopf gehabt, ein Schmarotzer und Tunichtgut. Und außerdem werde er irgendwann Ärger wegen dem §175 bekommen, ich habe das damals nicht verstanden. Aber ich werde das nie vergessen. Wir haben alle gedacht, er sei an einer Lungenkrankheit gestorben.«

»Deine Großmutter nicht.« Esther sah Laura nach dem Satz erbleichen. »Die hat es die ganze Zeit gewusst. Sie und dein Vater vermutlich auch.«

»Woher …?«

»Das hat Lorenz mir gesagt«, log Esther schnell, sie wollte nicht an den Abend nach der Taufe denken. Und an die Konsequenz, die ihr Gespräch mit Karla Hohnstein gehabt hatte.

Carl ging nicht näher darauf ein, sondern fragte jetzt herrisch: »Aber was hat dich jetzt dazu gebracht, ihm zu schreiben? Ist dir eigentlich klar, was du damit angerichtet hast? Es ist mitnichten so, dass er sich von seinem toten Bruder verabschieden und die Familie kennenlernen wollte, nein, er will sein Erbe. Ihm steht die Hälfte zu, hat er gesagt, also die Hälfte der Hohnstein-Werke und die Hälfte der Villa und aller anderen Immobilien. Meine Schwiegermutter muss ihn auszahlen, was natürlich überhaupt nicht möglich ist, ohne einen großen Teil zu verkaufen. Es ist das Lebenswerk von Lauras Vater und ihrer Großmutter und das zerstörst du gerade.«

»Aber er ist nun mal auch mein Onkel«, wandte Laura ein. »Ihm steht das Erbe ja zu.«

»Das weiß ich auch, ich bin Jurist«, zischte Carl sie an. »Aber ein Mann, der einen derartig obskuren Lebenswandel geführt und die letzten zwanzig Jahre in Argentinien gelebt hat, wie auch immer das finanziert wurde, so ein Hallodri taucht plötzlich hier auf und zerstört ein Lebenswerk. Nur weil Esther nicht nachdenkt oder sich wichtigmachen will oder ihm warum auch immer einen Brief schreibt. Sag es mir, warum hast du das getan?«

Esther sah ihn lange an, dann verschränkte sie ihre Hände auf dem Tisch und sagte: »Lorenz hat mir damals einen Umschlag gegeben, den ich für ihn verwahren sollte. Das war im Jahr seines Absturzes. Ich hatte ihn zwischenzeitlich ganz vergessen, erst später, lange nach seinem Tod, habe ich ihn wiedergefunden und nachgesehen, was darin war. Ich habe es erst gar nicht verstanden, ich brauchte sogar ein Wörterbuch und ein Universallexikon dazu, ich bin ja nicht so klug wie ihr. Den Umschlag hat Lorenz von Wilfried bekommen und den hätte er jetzt gern zurück.« Sie machte eine kleine wirkungsvolle Pause. »Ich habe mich mit ihm getroffen, im *Hotel Vier Jahreszeiten*. Sehr vornehm. Er war sehr aufgeregt, aber nicht besonders freundlich zu mir. Er wollte den Umschlag sofort haben, ich hatte ihn natürlich nicht dabei, aber er hat gesagt, vor seiner Abreise sollten wir uns noch mal treffen und er würde mir zehntausend Mark dafür bezahlen.«

Sie sah von Carl zu Laura. »Das ist eine Menge Geld. Ich könnte sie für Friederikes Ausbildung zurücklegen. Und vielleicht zahlt er sogar noch mehr, wenn er dann an sein Erbe gekommen ist. Der Umschlag scheint für ihn wirklich sehr wichtig zu sein.«

Lauras Gesicht war wie eine Maske, Carls fassungslos. Er war es, der zuerst Worte fand.

»Du bist eine Erpresserin? Du hast das alles nur gemacht, um von Wilfried Hohnstein Geld zu erpressen? Weil du unrechtmäßig zu Unterlagen gekommen bist, die ihm gehören? Um dich zu bereichern, hast du ihm geschrieben und ihn hergelockt? Schäm dich, Esther, das hätte ich nie von dir gedacht.«

»Esther …«, Lauras Stimme war voller Schmerz. »Das ist doch nicht wahr, so bist du doch nicht.«

Sie spürte eine Ruhe in sich, die sie selbst überraschte. Aber sie war sich noch nie so sicher gewesen wie jetzt, dass sie die richtige Entscheidung getroffen hatte. Sie lehnte sich zurück und sah die beiden Menschen an, die für sie jahrelang die engsten Freunde gewesen waren. Dann sagte sie sehr ruhig: »Habt ihr euch denn nicht gefragt, was in diesem Umschlag ist, für den Wilfried so viel Geld bezahlen will? Oder geht es euch auch nur um eure Erbschaft?«

»Es geht um das Lebenswerk von Lauras Familie«, antwortete Carl. »Es geht nicht nur ums Geld, so wie es bei dir anscheinend der Fall ist.«

Ein feines Lächeln umspielte plötzlich ihre Lippen. »Das Lebenswerk«, wiederholte sie und stand langsam auf. »Das Lebenswerk der anständigen Hohnsteins. Auch das ist eine Lüge gewesen, genauso wie der angebliche Tod des schwarzen Schafs dieser Familie.« Sie ging zu einer Vitrine und zog eine Schublade auf, aus der sie einen dicken Umschlag zog. Zurück am Tisch legte sie ihn vor Carl ab. »Wilfried Hohnstein lebt seit mehr als zwanzig Jahren mit einem ehemaligen SS-Offizier, der als Kriegsverbrecher gesucht wird, in Argentinien. Zusammen mit ihm hat er die Hohnstein-Werke im Krieg mit Aufträgen versorgt. Und er hat seiner Mutter Zwangsarbeiter beschafft. Dein Onkel, Laura, war ein Nazi, und zwar ein sehr viel überzeugterer als mein Vater. Und die Hohnstein-Werke haben ihr Geld mit zwielichtigen Geschäften verdient. Hier sind die Beweise. Bitte sehr.«

Sie setzte sich wieder, schenkte Cognac in drei Gläser und wartete, bis Carl die Dokumente, die er gerade mit versteinertem Gesicht überflog, zur Seite legte.

»Wusste Hermann davon?«, seine Stimme war rau, er schaute Laura an, die aussah, als würde sie gleich ohnmächtig.

»Ich weiß es nicht«, antwortete Esther. »Vielleicht, vielleicht auch nicht, wir können ihn nicht mehr fragen.«

»Wenn das rauskommt«, presste Carl hervor und stützte seine Stirn auf die Faust. »Das ist alles grauenhaft.«

»Das ist alles bewiesen?«, flüsterte Laura und krallte ihre Finger in Carls Arm. »Mit den Nazis? Zwangsarbeiter?«

»Ja«, Esther nickte. »Aber nur ich habe diese Unterlagen und ich werde sie euch geben. Dann könnt ihr Wilfried drohen, zur Polizei zu gehen, ich habe alles nachgelesen, er kann immer noch dafür verhaftet werden, von seinem Freund oder wie man ihn nennen soll, ganz abgesehen. Ihr könnt ihn damit zwingen, auf sein Erbe zu verzichten und stattdessen unbehelligt nach Argentinien zurückzugehen. Ich will, dass ihr mir vertraglich zusichert, Friederike zu unterstützen. Sie soll niemals erfahren, wer ihr Vater ist, sie soll nicht zu dieser Familie gehören. Ihr werdet weder die Vormundschaft beantragen noch jemals mehr darüber nachdenken, mir meine Tochter wegzunehmen. Stattdessen will ich, dass ihr Friederike etwas überschreibt, am besten das Mehrfamilienhaus, das ihr gerade in Weißenburg baut, damit sie später ein bisschen Vermögen hat. Und ich will alles schriftlich, im Gegenzug unterschreibe ich euch eine Verschwiegenheitsklausel, so heißt das, glaube ich, und werde niemals mehr ein Wort über die Familie Hohnstein verlieren. Aber ihr sorgt dafür, dass Friederike ein gutes Leben hat. Und zwar für immer.«

Carl war jetzt grau im Gesicht. Er griff zu einem Glas und stürzte den Cognac hinunter. Dann schüttelte er fassungslos den Kopf. »Deshalb hast du ihn hergelockt«, sagte er heiser. »Um alles auffliegen zu lassen. Und um uns oder ihn oder beide unter Druck zu setzen.«

»Natürlich«, Esther nickte. »Es geht um meine Tochter und ich kann euch nicht mehr vertrauen. Deshalb muss ich sehen, wo ich bleibe. Und dafür sind mir alle Mittel recht. Laura«, sie sah ihre Freundin jetzt direkt an, »es tut mir leid.«

26.

»Frau Brenner?« Friederike hielt das Telefon sofort vom Ohr weg. Wenn Paula aufgeregt war, brüllte sie. »Hier ist Paula. Wir würden dann jetzt losfahren und wären so um 16 Uhr bei Ihnen, passt das?«

»Ja, Paula, das war ja auch so abgesprochen. Die Adresse haben Sie?«

»Natürlich. Dann also bis nachher. Und Ihre Mutter freut sich ganz doll.«

Friederike verbiss sich ein Lachen. Paula wollte, dass Esther sich freute. Wie ihre Mutter das sah, war etwas ganz anderes. »Das ist schön. Dann bis später.«

Sie legte das Handy weg und begutachtete den gedeckten Kaffeetisch. Die Studentin hatte ihr gesagt, dass Esther den Wunsch geäußert habe, ihre Tochter zu besuchen. »Ich halte das für eine Bombenidee«, hatte sie gesagt. »Das zeigt, dass Ihre Mutter noch Interesse an ihrem Umfeld hat, und wer weiß, vielleicht kommt ja auch noch die eine oder andere Erinnerung. Also, falls Sie noch irgendwelche Dinge von früher haben, dann wäre das sehr gut. Dann machen wir das so, ich komme auch mit und mache den Fahrdienst.«

Friederike hatte sich etwas skeptisch gezeigt, sich aber darauf eingelassen, letztlich war sie auch nicht wirklich gefragt worden.

Also hatte sie sogar das Geschirr aus dem Keller geholt, das sie vor einer gefühlten Ewigkeit aus den Schränken ihrer Mutter in Brove in Seidenpapier gewickelt und mit in ihre erste

Wohnung genommen hatte. Ein weißes Kaffeeservice mit kleinen blauen Blumen. Friederike hasste es, aber Esther hatte damals gesagt, es sei ja wohl Verschwendung, ein neues zu kaufen, wenn doch der Schrank voll sei. Sie selbst hatte es zur Hochzeit geschenkt bekommen. Friederike hatte kein Gegenargument gehabt und deshalb die Hälfte des Geschirrs mitgenommen. Irgendwann war ihr nicht mehr aufgefallen, woraus sie trank, erst später hatte sie es ersetzt. Seither hatte es verpackt im Keller gestanden. In mehreren Kellern sogar, Friederike hatte den Karton, so wie er war, bei jedem Umzug mitgeschleppt. Vielleicht, weil es das Einzige war, das sie noch aus dem Haushalt ihrer Mutter besaß.

»War das die hektische Paula?«

Friederike fuhr herum, sie hatte Tom gar nicht hereinkommen hören. »Ja«, sie nickte. »Und du musst das, was sie gesagt hat, auch im Bad gehört haben, sie hat wieder so geschrien.«

»Das macht sie bestimmt, weil sie immer mit alten Leuten reden muss«, Tom nahm sich ein Glas aus dem Schrank, ließ Wasser hineinlaufen und lehnte sich an die Kochinsel. »Das merkt sie vielleicht gar nicht. Was ist das denn für Geschirr?« Er runzelte die Stirn. »Das hast du doch nicht gekauft, oder?«

»Nein«, Friederike stellte sich neben ihn und folgte seinem Blick. »Das hat Esther zur Hochzeit bekommen. Und sie hat damals darauf bestanden, dass ich bei meinem Auszug die Hälfte mitnehme. Seit ich aus meiner ersten Studenten-WG ausgezogen bin, habe ich es nie wieder benutzt. Es steht seit Jahren im Keller. Aber von Paula habe ich gelernt, dass bei Demenzkranken eine Erinnerung eine Geschichte auslösen kann, ich lasse einfach nichts unversucht.«

»Das ehrt dich.« Er trank das Wasser aus und stellte das Glas in die Spüle. »Ich hole mal den Kuchen ab. Es ist übrigens scheußlich.«

»Stimmt«, Friederike lächelte ihn an. »Aber es waren die 50er-Jahre. Und das war vielleicht der letzte Schrei. Ich habe Käsekuchen bestellt, falls Anni fragt.«

»Alles klar«, er küsste sie flüchtig und ging zur Tür. »Bis gleich.«

Als die Wohnungstür hinter ihm zufiel, blieb sie noch etwas unschlüssig stehen, dann durchquerte sie das große Esszimmer und schob die Terrassentür auf. Der Sommer neigte sich langsam dem Ende zu, auch wenn es immer noch ein paar schöne Spätsommertage gab. So wie heute. Tom hatte vorgeschlagen, auf der Dachterrasse Kaffee zu trinken, was Friederike aber abgelehnt hatte. Sie konnte sich nicht erinnern, dass ihre Mutter früher gern in der Sonne gesessen hatte. Sie hatte noch die Bilder der Sommer am See im Kopf, Esther, die sich in all den Jahren geweigert hatte, einen Badeanzug zu tragen und im See baden zu gehen. Selbst an den heißesten Tagen hatte sie meist langärmelige, fast immer dunkle Kleider getragen. Esther in Shorts oder kurzen bunten Sommerkleidern war undenkbar gewesen. Friederike fragte sich, warum das eigentlich so gewesen war.

Nachdenklich setzte sie sich auf einen Liegestuhl und sah in den Himmel. Paula hatte in diesen letzten Monaten mehr über Esthers Leben herausgefunden, als Friederike es für möglich gehalten hatte. Ganz langsam entstand ein Bild von ihrer Mutter, von dem sie keine Vorstellung gehabt hatte. Ob es die Jahre in Lübeck gewesen waren, die Arbeit in einem Modesalon, die Begeisterung für schöne Kleidung, die Episoden auf Sylt oder in Locarno, ganz zu schweigen von dem, was Hilde erzählt und wie sie Esther beschrieben hatte, Friederike hatte das alles nicht gewusst. Wann und vor allem warum war aus dem fröhlichen, mutigen, schönen und talentierten jungen Mädchen die verhärmte, missgünstige und zornige Frau geworden, die sie als ihre Mutter kannte? Sie verstand es einfach nicht. Was war so falsch gelaufen?

Sie lehnte ihren Kopf ans Polster und verfolgte die ziehenden Wolken am Himmel. Sie hatte nie gern über ihre Mutter gesprochen, erst mit Tom hatte sie Worte gefunden, um das Unverständnis zu beschreiben, das sie immer gehabt hatte. Sie hatte nie begriffen, warum ihre Mutter so war, sie hatte sich immer jemanden wie Laura gewünscht. Die warmherzige und großzügige Laura, die so viel für sie getan hatte und der von Esther nie gedankt worden war.

Tom sah das alles pragmatisch. »Sei versöhnlich«, riet er ihr. »Du wirst vieles nicht mehr mit ihr bereden oder verstehen können, mach deinen Frieden mit ihr, solange sie noch lebt. Es zerfrisst dich sonst.«

Friederike setzte sich wieder auf und schüttelte die Gedanken ab. Sie würden gleich hier sein und je nach Esthers Tagesform würde der Nachmittag entweder deprimierend oder aufschlussreich werden, es lag nicht in ihrer Hand. Aber sie war auf alles gefasst.

Bereits um Viertel vor vier klingelte es an der Haustür. Friederike sah zu Tom, der sie aufmunternd anlächelte. »Das wird schon«, sagte er und ging zur Tür. »Es ist nur ein Kaffeebesuch.« Er öffnete die Tür und gab den Blick auf Paula frei, die mit einem großen Blumenstrauß in der Hand sofort über die Schwelle trat. »Oh, ist das aber eine schöne Wohnung, hallo Frau Brenner, hallo Herr Henries, da sind wir schon, es war überhaupt kein Verkehr, wir sind viel schneller durchgekommen, als ich dachte. Das ist ja toll hier, wow.« Als wäre ihr plötzlich etwas eingefallen, drehte sie sich um und streckte ihre Hand aus.

»Kommen Sie rein, Esther, wir sind angekommen.«

Sie drückte Friederike den Blumenstrauß in die Hand und ging zurück zu Esther, die steif im Flur stehen geblieben war und sich unsicher umsah. »Hereinspaziert, es gibt Kaffee und Kuchen.«

Die alte Dame gab sich einen Ruck und tippelte langsam durch die Tür, um sofort wieder stehen zu bleiben und Friederike anzusehen. Die beugte sich zu ihr und sagte: »Hallo, Esther, willst du deine Jacke ausziehen?«

»So viele Autos«, sagte sie und schüttelte den Kopf. »Die ganzen Straßen voll. Überall Autos. Und der ganze Müll.«

»Wir hatten die Müllabfuhr vor uns«, erklärte Paula gut gelaunt und drückte Tom das zusammengeknüllte Blumenpapier in die Hand. »Und so viel Verkehr war ja gar nicht. So, Esther, sehen Sie mal wie schön der Tisch gedeckt ist. Wollen wir uns schon mal hinsetzen? Und geben Sie mir Ihre Jacke, hier ist es ja warm.«

Ohne Widerstand ließ sie sich aus der Jacke helfen und an den Tisch führen. »Alles voller Autos und Müll.« Sie ließ sich von Paula beim Hinsetzen helfen und sah zu Tom, der gerade eine Vase füllte. »Arbeiten Sie hier?«

Sie wartete seine Antwort gar nicht ab, sondern sagte zu Paula: »Hübscher Mann, oder? Hat er auch ein Auto?«

Friederike hatte inzwischen die Jacken an die Garderobe gehängt und sich neben Tom gestellt, um ihm die Vase abzunehmen. »Das kann ja was werden«, raunte sie, um sich dann umzudrehen und laut zu sagen: »Danke für die schönen Blumen, Paula. Setzen Sie sich, wohin Sie wollen.«

»Danke sehr«, die Studentin ließ sich auf den Stuhl fallen, der Esther gegenüberstand, und sah Friederike zu, die die Vase auf den Tisch stellte. »Das ist ja auch so eine schöne Vase. Es ist überhaupt alles so schön eingerichtet hier, echt eine tolle Wohnung. Nicht wahr, das ist doch hübsch hier, oder?«

Esther starrte unverwandt Tom an, der jetzt an den Tisch kam. »Setzen Sie sich neben mich«, befahl sie plötzlich und klopfte auf die Sitzfläche des Stuhls. »Hier ist noch frei.«

»Vielen Dank.« Er schenkte ihr sein charmantestes Lächeln und nahm Platz. »Und? Geht es Ihnen gut?«

»Es sind zu viele Autos«, teilte sie ihm mit. »Überall fahren die. Und viel zu schnell.«

»Das stimmt«, pflichtete ihr Friederike bei, um das Thema zu wechseln. »Wer möchte denn Käsekuchen?«

»Oh, ich liiiebe Käsekuchen«, Paula brüllte schon wieder, was Friederike zusammenzucken ließ. »Ich nehme sehr gern ein Stück. Esther, sehen Sie mal, wie toll der Käsekuchen aussieht, den wollen Sie doch bestimmt auch, oder?«

Sie griff nach ihrem Teller, hielt ihn Friederike hin und stellte ihn vor Esther ab. »Ich nehme gern ein größeres Stück, ich habe heute noch gar nichts gegessen.«

Friederikes Blick fiel auf ihre Mutter, die den Teller mit einem Finger anhob und den Kuchen skeptisch betrachtete. Sie legte Paula ein Stück auf den Teller und fragte: »Esther, ist alles in Ordnung?«

»Der ist gekauft«, ihre Mutter ließ den Teller mit einem angewiderten Blick sinken. »Nicht selbst gebacken. Wenn Anneliese das sieht, müsst ihr euch aber was anhören. Nur schlechte Hausfrauen kaufen den Kuchen beim Bäcker. Anneliese macht sogar Schwarzwälder Kirsch selbst.«

»Ist Anneliese eine Freundin von Ihnen«, Paulas Kuchengabel schwebte in der Luft.

»Nein«, Esther schob ihren Teller zurück, ohne zu probieren. »Sie ist tot. Ich war aber nicht traurig. Hat sie euch auch Geschirr geschenkt?« Sie stieß Tom leicht an. »Mögt ihr das leiden?«

»Das hier?« Tom hob seine Tasse hoch.

Esther nickte. »Gab es bei Karstadt im Sonderangebot. Geht nie kaputt. Anneliese war nicht vornehm.«

Sie betrachtete ihre Tasse kopfschüttelnd. »Und überall diese Autos.«

Tom streckte sein Bein aus und berührte unter dem Tisch Friederikes Fuß. Sie sah kurz hoch und zuckte die Schultern. Ihre Mutter hatte heute einfach keinen guten Tag.

»Woran ist Anneliese denn gestorben?« Paula schien die etwas schwerfällige Atmosphäre überhaupt nicht zu stören. »War sie krank?«

»Alt«, antwortete Esther kurz, dann lehnte sie sich zurück und betrachtete den Küchenblock. »Müssen wir hier in der Küche sitzen? Ist das Wohnzimmer nur für gut?«

»Das ist eine offene Küche«, Friederike sprach jetzt selbst etwas zu laut. »Es soll so sein, es gibt hier kein extra Wohnzimmer.«

»Ach nein?«, erstaunt hob sie das Kinn. »Traurig. Na ja, die Küche ist dafür ja schön groß.«

Tom verbiss sich das Lachen und legte den Arm auf Esthers Stuhllehne. »Möchten Sie vielleicht etwas anderes, wenn Sie den Käsekuchen nicht mögen? Kekse vielleicht?«

»Die sind doch auch gekauft«, Esther zwinkerte ihm zu. »Ihre Frau ist wohl keine gute Hausfrau. Hat sie denn einen Beruf?«

»Ja, sie ist ...«

»Anneliese hat das Geschirr bei Karstadt gekauft – im Sonderangebot«, teilte sie ihm jetzt mit. »Ich mochte das ja nie. Ich wollte das weiße mit Goldrand, aber Anneliese war nicht vornehm.«

Sie ließ ihre Blicke ruhig über den großzügigen Wohnbereich wandern, plötzlich blickte sie zu Friederike. »Und Sie sind also die Eltern von Paula? Die ist anstrengend, oder?«

»Aber Esther«, Paula verschluckte sich und musste husten, »das sind doch nicht ...«

Friederike sah sie scharf an, dann antwortete sie freundlich: »Ach, es geht, manchmal redet sie etwas zu laut.«

»Ja«, Esther nickte. »Stimmt.«

»Und Sie?« Toms Stimme war ganz sanft. »Haben Sie auch Kinder?«

»Eine Tochter«, die Antwort kam prompt, ihr Gesicht wurde plötzlich sanft. »Die ist nicht laut.«

»Wie ist sie denn so?«

Friederike bekam eine Gänsehaut, ihr gefiel Toms Frage nicht, warnend sah sie ihn an, er machte eine beschwichtigende Geste. »Ist sie nett?«

»Nett?«, wiederholte Esther und schüttelte heftig den Kopf. Friederike schloss genervt die Augen, sie wusste nicht, ob sie die Antwort wirklich hören wollte.

»Sie ist nicht nett. Sie sollte auch nicht nett werden«, Esther schlug mit der flachen Hand auf den Tisch, die Tassen klirrten. Sie beugte sich zu Tom. »Sie ist sehr klug. Und schön. Mit nett kommt man nicht weit. Ich war nett, Laura war nett, Marie war nett, meine Mutter war nett. Wenn man nett ist, dann tanzen einem alle auf der Nase herum und sagen einem, was man machen soll. Karla war nicht nett, die hatte auch weißes Geschirr mit Goldrand, die war sogar böse. Die hat alles bestimmt. Und Adelheid war auch am Anfang nett, aber dann nicht mehr. Und wenn ich nett geblieben wäre, dann hätte ich kein Kind mehr. Dann bin ich eben böse geworden, das war besser.«

»Aber Sie sind doch nicht böse«, Paula beugte sich vor und legte ihre Hand auf Esthers, die ihre sofort wegzog und Paula einen kleinen Klaps gab. »Man redet nicht dazwischen, wenn sich Erwachsene unterhalten.«

Paula schien es nicht übel zu nehmen, stattdessen fragte sie: »Wieso hätten Sie kein Kind mehr gehabt?«

Die alte Dame wurde plötzlich unsicher, sie zog ihre Schultern zusammen und wich Paulas Blick aus. Nach einer Weile legte sie ihren Finger auf die Kaffeetasse. »Anneliese hat das Geschirr bei Karstadt gekauft. Im Sonderangebot, das geht nicht kaputt.«

Sie summte vor sich hin, bis Tom ihren Arm berührte, sofort sah sie ihn an. »Hans, oder?«

»Tom«, korrigierte er sanft, sofort winkte sie ab.

»Ich bin nicht blöde.« Sie stützte ihre Hände auf die Stuhllehnen, um aufzustehen, sofort war er behilflich. Sie nickte ihm zu, bevor sie zu Friederike sagte: »Wo ist das Badezimmer?«

»Warten Sie«, Paula war sofort aufgesprungen, »ich helfe Ihnen.«

»Ich habe meine Tochter gefragt«, Esther sah Paula strafend an. »Rede nicht immer dazwischen und setz dich hin. Kommst du, Friederike?«

Erstaunt wechselte Friederike einen Blick mit Paula, bevor sie aufstand. »Natürlich, ich zeige es dir. Hier entlang.«

Sie ging langsam vor und wartete, dass Esther ihr folgte. An der Tür zum Bad blieb sie stehen und öffnete die Tür. »Bitte schön. Soll ich draußen warten?«

Ihre Mutter schüttelte den Kopf und sah sie verschwörerisch an. »Komm mit rein«, flüsterte sie, »damit die uns nicht hören.« Sie zog Friederike am Handgelenk mit sich und deutete ihr an, die Tür zu schließen. Dann setzte sie sich mit einem erleichterten Stöhnen auf den Badewannenrand. »Das Kind redet einfach zu viel.«

»Paula?«

Esther nickte und sah Friederike an. »Hier hört keiner die Geheimnisse.«

»Was für Geheimnisse?«

Esther ignorierte die Frage, stattdessen zeigte sie auf die Ansammlung von Fläschchen und Flakons, die unter dem Spiegel standen. »Gehört das alles dir?«

»Ja«, Friederike hob die Augenbrauen. »Möchtest du etwas davon haben?«

»Hast du Parfüm von Chanel?« Sie nahm ein Nagellackfläschchen in die Hand und betrachtete es. »Laura hat mir mal Parfüm von Chanel geschenkt. Das habe ich aber nie benutzt, ich habe es mit dem Buch weggeschmissen. Zu viele Erinnerungen.«

»Ich habe nur einen Lippenstift von Chanel«, Friederike lehnte sich ans Waschbecken und sah auf ihre Mutter herab. »Parfüm nicht.«

»Das ist gut, das ist gut. Zu viele Erinnerungen.« Sie stellte den Nagellack wieder zurück. »Im Badezimmer kann man sich Geheimnisse erzählen.«

»Welche denn?« Friederike setzte sich neben sie auf den Badewannenrand, Esther nahm unvermittelt ihre Hand, eine ungewohnte Geste, die sie rührte. Sie musste sich räuspern. »Was hast du für ein Geheimnis?«

Plötzlich wirkte ihre Mutter zerbrechlich, sie ließ die Schultern sinken und lehnte plötzlich den Kopf an ihre Schulter. »Lorenz hat es mir im Badezimmer gegeben«, sagte sie leise. »Es hat niemand mitbekommen, aber ich darf nicht darüber reden.«

»Worüber?«

»Über den Umschlag«, Esther hob den Kopf und legte eine Hand auf Friederikes Wange. »Aber jetzt fragt Paula dauernd. Nach früher. Aber ich darf ihr nichts sagen, hörst du? Das habe ich unterschrieben. Das ist ein Geheimnis.«

»Was ist ein Geheimnis?«

Esther zog ihre Hand zurück und sah sie erstaunt an. »Dass du eine Hohnstein bist. Das soll doch niemand wissen.«

Mit angehaltenem Atem sah Friederike ihre Mutter an. »Ich …?«

»Pst«, schnell legte sie ihre Hand auf Friederikes Mund. »Nicht darüber reden, sonst holen sie dich weg und dann gehörst du zu denen. Das will ich nicht. Es ist eine schlechte Familie, aber du bist eine Gute. Auch wenn ich dich immer anlügen musste«, plötzlich rollten Tränen über ihre Wangen, sie klammerte sich jetzt mit beiden Händen an Friederikes Arm. »Du darfst das nicht Paula sagen. Die fragt so viel. Wer weiß, wem sie das alles erzählt. Aber Lorenz wird stolz sein, wenn er sieht, was aus dir geworden ist. Und ich …«

Ein kräftiges Klopfen an der Tür und die nachfolgende laute Stimme ließ sie zusammenzucken. »Ist alles in Ordnung? Brauchen Sie Hilfe?«

Ohne den Blick von ihrer Mutter zu nehmen, rief Friederike: »Alles gut, Paula, wir kommen gleich«, dann senkte sie ihre Stimme und flüsterte: »Ich sage nichts, keine Angst.«

Das erleichterte Lächeln, das sich über Esthers Gesicht ausbreitete, war das Lächeln des jungen Mädchens, das Friederike auf den alten Fotos gesehen hatte. Esther berührte sanft die kleine Narbe auf Friederikes Kinn und flüsterte: »Du bist mein Kind. Nur meins.«

Ein halbes Jahr später

Der Rasen zwischen Haus und See war wie jedes Jahr mit bunten Krokussen übersät. Friederike ließ ihre Blicke über das Blütenmeer wandern, bevor sie ihr Gesicht in die Frühlingssonne hielt, deren zaghafte Strahlen tatsächlich schon ein bisschen wärmten. Als sie hinter sich Schritte hörte, öffnete sie die Augen und drehte sich um.

»Oh, entschuldige«, Micha Beermann stand plötzlich hinter ihr und sah sie erschrocken an. »Ich wollte mich nur noch mal überzeugen, dass alles in Ordnung ist, ich wusste nicht, dass schon jemand hier ist.«

»Hallo Micha«, Friederike lächelte ihn an. »Kein Problem, ich bin früher losgekommen, als ich dachte. Und es ist alles in Ordnung. Danke, dass ihr alles vorbereitet habt. Möchtest du einen Kaffee? Ich glaube, er ist fertig.«

»Och«, er sah auf die Uhr, »warum nicht, ein bisschen Zeit habe ich noch.« Er sah über ihre Schulter in Richtung des Sees, dann nickte er. »Geht es dir gut?«

»Ja, sehr gut. Kaffee mit Milch?«

»Schwarz«, Micha zog einen Stuhl heran und setzte sich. »Das ist schön, dass ihr alle mal wieder kommt. Wie früher.«

»Das stimmt.« Friederike ging in die Küche, um den Kaffee zu holen. »Es wurde auch mal wieder Zeit.«

Als sie zurückkam, saß Micha mit dem Gesicht zum See gedankenverloren in seinem Stuhl, er sah sofort hoch, als er sie hörte. »Ich hole Hanna nachher vom Bahnhof ab. Wir haben gestern telefoniert. Sie hört sich gut an, ich habe das Gefühl, dass die Ärztin in Dänemark richtig gut ist und die Therapie anschlägt. Sie hat viel weniger Schmerzen als sonst, das freut mich richtig. Und die Familie tut ihr natürlich auch gut. Es ist so schön, dass sie kommt. Sie war ja seit Silvester nicht mehr hier, aber Dänemark ist natürlich auch weit weg.«

»Ja, leider«, Friederike nickte und beugte sich ein Stück nach vorn, um an ihm vorbeizusehen.

»Alles in Ordnung«, sagte Micha. »Ich habe alles im Blick.«

Sie lächelte ihn an. »Das hast du ja immer. Danke noch mal, dass du dich hier um alles kümmerst. Wobei du ja nicht mehr ganz so viel machen musst, wenn deine Tochter hier bald einzieht.«

»Das glaubst auch nur du«, Micha lachte. »Anne zieht zwar in die Wohnung bei euch oben ein, aber glaub man nicht, dass sie hier morgens Schnee schiebt oder Rasen mäht oder sich um die Heizung oder die Elektrik kümmert. Nein, das macht auch in Zukunft ihr Papa. Und ganz im Ernst, da lasse ich mir auch nicht gern von dem Kind reinpfuschen, die verstellt mir die ganze Heizung und dann haben wir den Salat. Das lasst mich mal lieber weitermachen. Anne übernimmt im nächsten Jahr auch noch das Café, dann hat sie genug zu tun und ich kann mich hier weiter in aller Ruhe um alles kümmern. Es sei denn, ihr wollt das nicht mehr.«

»Bist du verrückt?« Sie gab ihm einen spielerischen Klaps. »Wir sind ohne dich aufgeschmissen. Wir wollten nur, dass das Haus bewohnt ist und nicht alles leer steht, wenn wir keine Zeit haben zu kommen. Ich bin froh, dass Anne bald hier wohnt und Licht brennt, wenn wir mal am Wochenende kommen.«

Sie schwiegen eine Weile, beide die Becher in den Händen, beide der Sonne zugewandt. »Sag mal«, begann Micha nach einem Moment, »kannst du mir noch mal die Adresse von deinem … von Dieter Brenner geben? Ich wollte ihm was schicken.«

»Ach ja?« Friederike drehte sich zu ihm. »Was denn?«

»Als die beiden vor ein paar Wochen hier waren, habe ich ihn mit zum Angeln genommen. Ich glaube, der war noch nie in seinem Leben angeln, aber dafür hat er sich ganz gut geschlagen. Er hatte keine Ahnung von Fischen, deshalb habe ich ihm ein kleines Buch gekauft, da sind alle drin, die man hier fangen kann. Falls er mal wiederkommt, ist er besser vorbereitet.«

Friederike lächelte. »Ich geb sie dir. Da freut er sich und sie wollen im Sommer auch wiederkommen.«

Dieter Brenner hatte ihr mit leuchtenden Augen von seinem Angelabenteuer erzählt, für ihn und für Martha war es ein wunderbares Wochenende gewesen, zu dem Friederike die beiden eingeladen hatte. Sie hatte ihm gesagt, was sie über ihren wirklichen Vater herausgefunden hatte. Sie fand, sie sei es ihm schuldig. Und er hatte sie anschließend in den Arm genommen.

Jetzt stellte Micha seinen leeren Becher auf den Tisch und stand auf. »Ich habe noch Getränke für euch im Auto, die lade ich mal aus. Und dann hole ich Hanna ab. Vielen Dank für den Kaffee.«

»Gern«, Friederike erhob sich ebenfalls und sah zum Seeufer. Micha folgte ihrem Blick.

»Das hast du gut gemacht«, sagte er unvermittelt. »Irgendwann ist es zu spät und dann tut es einem leid. Also, bis später.«

»Ja«, sie sah ihm nach, dann ging sie langsam über den Rasen, an dessen Ende eine schmale Gestalt in einem hellen Mantel stand, die auf den See schaute. Den Mantel hatte Friederike ihr gekauft. Die dunkle dreizehnte Fee war Vergangenheit.

Esther wandte den Kopf, als Friederike neben ihr stand. »Gibt es jetzt Mittagessen?«

»Noch nicht«, sie legte ihr sanft die Hand auf den Rücken. »Hast du schon Hunger? Soll ich dir ein Brot machen?«

»Das ist kein Mittagessen«, Esther schüttelte den Kopf. »Das muss warm sein.«

»Stimmt«, Friederike lächelte, »aber das gibt es noch nicht.«

»Gut, dann müssen wir warten«, Esther lächelte zurück.

Seit sie ihr Geheimnis mit Friederike geteilt hatte, schien sie wie von einer Last befreit. Es gab keine Wutausbrüche mehr, keine Beschimpfungen, keine Ungeduld. Sie war ein ganz anderer Mensch geworden. Jetzt lehnte sie sich an Friederike und fragte: »Wann kommt Hans?«

»Heute nicht, wir bekommen anderen Besuch.«

»Gut.« Esther schwieg einen Moment, dann fügte sie hinzu: »Wie heißt noch mal die Mutter von Hans? Wo ihr wart?«

»Wir waren bei der Mutter von Tom. Und die heißt Svea«, Friederike hatte sich angewöhnt, Esther alles zu erzählen. Sie hatten früher nie miteinander geredet, jetzt hatte sie endlich damit angefangen, obwohl sie nie wusste, was davon Esther überhaupt verstand. »Wir haben sie in Schweden besucht, Tom und ich. Oder wie du ihn nennst, Hans und ich. Sie ist nur zehn Jahre älter als ich, das kommt davon, wenn man sich einen jüngeren Mann sucht. Aber sie ist toll. Wir mochten uns. Und ihr zweiter Mann ist auch jünger als sie. Nur fünf Jahre älter als ihr Sohn. So wie sie aussieht, hält das jung.«

»Laura hätte Hans heiraten sollen«, antwortete Esther ernsthaft. »Carl war eine Enttäuschung. Der wollte mein Kind haben.«

»Er hat es ja nicht bekommen.«

»Gott bewahre!« Esthers helles Lachen klang plötzlich auf. »Unterschätzt hat er mich. Gibt es jetzt Mittagessen?«

»Gleich«, Friederike legte den Arm um Esthers Taille, »wenn die anderen kommen.«

»Kommt Laura auch? Oder ist Marie wieder krank?«

»Die kommen nicht«, Friederike zuckte nicht mehr zusammen, wenn ihre Mutter die Zeiten vertauschte, langsam hatte sie sich daran gewöhnt. »Nur Hanna, Alexandra und Jule.«

»Kenne ich nicht«, unsicher biss Esther sich auf die Unterlippe. »Laura ist deine Tante. Das darfst du nicht erzählen, ist ein Geheimnis.«

»Ich weiß«, sie strich ihr über den Rücken. »Ich sage nichts. Zu niemandem.«

Hanna und sie hatten sich nach einem langen Gespräch entschieden, sämtliche Unterlagen, die noch im Archiv des Notariats gelegen hatten, einem Studienfreund von Jan zu übergeben. Er war Historiker an der Uni in Berlin und hatte bereits angefangen, die zahlreichen Aktenordner aufzuarbeiten. In einem davon war ein Gentest abgeheftet. Den sogenannten Tantentest hatte Laura Anfang der 80er-Jahre in Auftrag gegeben. Laut Dr. Eisenberg juristisch nicht verwertbar, hatte er eine Wahrscheinlichkeit von achtzig Prozent ergeben, dass Laura und Friederike biologisch verwandt waren. Geredet hatte niemand darüber. Warum sie das gemacht hatte, woher sie Friederikes Probe hatte und warum niemand mit ihr gesprochen hatte, würde Friederike vermutlich niemals herausfinden. Sie hatte sich damit abgefunden. Es war einfach ihre Geschichte.

Esther zitterte plötzlich und schlang ihre Arme um sich. »Gibt es jetzt Mittagessen?«

»Gleich«, antwortete Friederike beruhigend. »Wir können schon mal ins Haus gehen, dir wird hier ja kalt.«

Sie hakte sich bei Esther ein und führte sie vorsichtig über den Rasen zurück. Kurz bevor sie das Haus erreicht hatten, blieb ihre Mutter stehen. »Da sind Leute.«

Es war Jule, die plötzlich mit Alexandra auf der Terrasse stand und ihnen winkend entgegensah.

»Das sind meine Freundinnen, Mama«, antwortete Friederike und sah sie an. »Das sind Jule und Alexandra.«

»Meine beste Freundin heißt Laura«, Esther lächelte. »Das ist gut, dass du zwei hast, dann bist du nie allein.«

Friederike küsste ihre Mutter auf die Wange. »Du ahnst gar nicht, wie recht du hast.«

Langsam gingen sie den beiden entgegen. Und Friederike fiel auf, dass sie das erste Mal nach sehr vielen Jahren wieder Mama gesagt hatte. Es fühlte sich richtig an.

Danke

Ich danke ganz vielen, insbesondere Esther Böminghaus, es war und ist eine Freude, Rainer Schmidt, für Stichworte und gute Laune, Bastian Schlück und dem Team der Agentur, besonders ein letztes Mal und für alles: Joachim Jessen, und all denen, die ich trotz besseren Wissens ab und zu vernachlässige. Ich gelobe Besserung.

Leseprobe

ISBN der gedruckten Ausgabe 978-3-423-28430-1
eBook ISBN 978-3-423-44507-8

1

»Das war's«, Johanne Johansen legte eine Unterschriftenmappe auf den Schreibtisch ihres in wenigen Sekunden ehemaligen Chefs und ließ einen Schlüsselbund darauf fallen. »Ich gehe jetzt.«

»Was?« Benjamin Gruber hielt seinen Blick auf den Bildschirm gerichtet. »Die *BCF Primero* läuft um 18 Uhr ein, wo steht denn jetzt hier der Löschbeginn?«

»Vorletzte Spalte, morgen um 7.00 Uhr. Und ich wünsche Ihnen alles Gute.«

»Ach, da!« Er nickte, dann sah er seine Sekretärin plötzlich verständnislos an. »Wie? Alles Gute?«

»Heute ist mein letzter Tag.« Johannes Gesichtsausdruck war neutral. »Ich bin ab sofort in Rente. Die Mappe können Sie nach dem Unterschreiben Svenja geben, sie macht dann die Post fertig. Meine Schlüssel habe ich hier hingelegt. Auf Wiedersehen und einen schönen Feierabend.« Sie wandte sich ab und wollte das Büro verlassen, als Benjamin Gruber plötzlich aufsprang und eilig den Schreibtisch umrundete. »Was? Nein. Heute? Also bitte, Frau Johansen, das ist doch nicht Ihr Ernst? Sie sind doch noch bis Ende des Monats hier?«

»Nein.« Johanne war schon an der Tür. »Ich habe es Ihnen bereits vor vierzehn Tagen mitgeteilt und Ihnen letzte Woche eine Mail geschrieben, mit cc an die Personalverwaltung. Unter Berücksichtigung meiner restlichen Urlaubstage und der Überstunden ist heute der letzte Tag. Also, wie gesagt, alles Gute.«

»Moment, Moment, warten Sie«, er schob sich hektisch an ihr vorbei und versperrte den Weg. »Aber Ihr Abschied? Die Feier? Wir wollten doch noch eine kleine Feier machen, Sie können nicht einfach so gehen. Außerdem wollten wir noch darüber sprechen, ob Sie eventuell doch noch ein paar Tage … Sie können nicht heute so einfach …«

»Doch«, nickte Johanne, »kann ich. Und ich habe Ihnen bereits mindestens zwanzig Mal gesagt, dass ich nicht länger zur Verfügung stehe. Wenn Schluss ist, ist Schluss. Außerdem hasse ich Abschiedsfeiern, ich glaube, auch das habe ich mehrfach erwähnt. Svenja ist eingearbeitet, ich habe alles übergeben, also gehe ich jetzt. Auf Wiedersehen, Herr Gruber.«

Sie schob ihn energisch zur Seite und öffnete die Tür. Er folgte ihr mit hängenden Schultern und warf einen hilfesuchenden Blick ins Nebenbüro, in dem eine junge Frau am Schreibtisch saß. »Bitte, Frau Johansen, einen Moment noch. Svenja, wussten Sie das? Dass Frau Johansen heute geht? Für immer? Was ist denn mit der Feier? Wir können doch nicht einfach so auseinander … nach dreißig oder wie vielen Jahren … Svenja, sagen Sie doch auch mal was.«

»Ja, aber …«, Svenja hatte sich erhoben und sah ihren Chef nervös an. »Was soll ich denn …?«

»Zweiundvierzig«, bemerkte Johanne, während sie ihre Jacke vom Garderobenhaken nahm und sie anzog. »Genau gesagt, zweiundvierzig Jahre, acht Monate und vier Tage Schiffslogistik und Warenverkehr. Das reicht.« Sie drapierte ein Seidentuch um den Hals und knöpfte die Jacke zu, während sie ihren Chef und ihre Kollegin ungerührt musterte. »Also dann. Ich muss los, sonst ist der Bus weg. Svenja, schließen Sie den Mund. Herr Gruber, einen schönen Tag.«

Ohne eine Antwort abzuwarten, verließ sie das Büro und nahm zum letzten Mal die Treppe zum Ausgang. Es war erledigt.

An der Bushaltestelle St. Annen musste Johanne nur zwei Minuten warten. Sie stieg vorn ein und setzte sich auf den freien Platz hinter dem Fahrer. Hier saß sie am liebsten, sie hatte den Busfahrer gern im Blick. Zumal es heute wieder der etwas dickliche mit den dünnen Haaren war, der immer so missmutig guckte. Sie war sich nie ganz sicher, ob er nicht irgendwann einfach aussteigen würde und die Fahrgäste sitzen ließe. Sie hatte da lieber ein Auge drauf.

Während der Bus an den roten Backsteingebäuden der Speicherstadt vorbeifuhr, legte sich eine große Zufriedenheit über Johanne. Es war ihre letzte Heimfahrt nach ihrem letzten Arbeitstag. Ab morgen könnte sie jeden Tag ausschlafen, wenn sie wollte. Sie könnte im Bademantel im Garten sitzen und Vögel beobachten. Oder nächtelang dicke Bücher lesen. Sie musste nicht mehr auf die Uhr sehen, hatte keine Termine mehr einzuhalten und brauchte nicht mehr unter Menschen. Es waren ausgezeichnete Aussichten.

»Mama, ich will ein Eis! Mamaaa. Ich. Will. Ein. Eiiis!« Die durchdringende Stimme des pummeligen Jungen, der gerade von seiner Mutter an der nächsten Station in den Bus gezogen wurde, riss Johanne aus ihren Gedanken. Sie warf ihm einen bösen Blick zu, den nur die Mutter auffing, die genauso böse zurücksah, bevor sie ihren krakeelenden Sohn weiter durch den Bus schob. »Gleich mein Schatz. Mama kauft dir gleich ein Eis.«

Johanne sah den beiden hinterher. In zehn Jahren würde das dicke Kind vermutlich Gelenkschmerzen und Diabetes haben. Sein Weg war vorgezeichnet, Johanne hätte die Mutter gern über dieses Schicksal informiert, aber was sollte das nützen? Sie selbst hatte weder Kinder noch Enkel, dieser Kelch war an ihr vorübergegangen, was sie keinesfalls bedauerte. Die meisten Kinder und jungen Menschen gingen ihr auf die Nerven. Fast so sehr wie Hundebesitzer, von denen jetzt auch noch einer zustieg und sich vor ihr in den Gang stellte. Der Hund sabberte auf den Boden, Johanne wandte ihren Blick angeekelt von den nassen Flecken ab. Widerlich. Jetzt fing der Typ auch noch an, laut zu telefonieren. Mit einer Vanessa. Konnte er dieses Gespräch nicht privat führen? Musste er alle Umstehenden zwingen, sich diesen Unsinn anzuhören? Das war das Problem dieser neuen Generation. Sie waren laut, indiskret und raumgreifend. Und viele von ihnen hatte Hunde oder – fast noch schlimmer – Kinder.

Sie zwang sich, nach draußen zu sehen und all das zu ignorieren, sie hatte es bald geschafft.

»Nächste Station: Goldbekplatz.«

Johanne drückte auf die Haltetaste und stand auf. Sie schlängelte sich am Hund vorbei, um zur Tür zu kommen, der immer noch telefonierende Mann stand mit dem Rücken zu ihr und versperrte den Weg. Sie tippte ihm auf die Schulter, er drehte sich um und sah verblüfft zu ihr hoch, bevor er zur Seite trat. Johanne überragte ihn um einen Kopf, damit hatte er anscheinend nicht gerechnet. Als der Bus hielt, stieg sie aus und blieb noch einen Moment stehen. Das war er also gewesen, der letzte Tag ihres Berufslebens. Und die letzte Fahrt. Ein dickes krakeelendes Kind, ein lauter junger Mann und ein sabbernder Hund. Neben anderen müden Menschen, die bräsig auf ihre Handys starrten und nichts von der Welt mitbekamen. Nichts davon würde sie vermissen. Gar nichts. Sie warf einen letzten Blick auf den abfahrenden Bus und wandte sich um. Jetzt hatte sie endlich ihre Ruhe.

Der bunte Teppich aus Krokussen war so dicht, dass immer wieder Passanten stehenblieben, um die Pracht zu bewundern. Es war das einzig Bunte in ihrem Garten und lenkte wenigstens von der maroden Backsteinwand und dem vernachlässigten Vorgarten ab. Johanne ließ die quietschende

Metallpforte hinter sich zufallen und ging, einigen überhängenden Zweigen ausweichend, über den schmalen Weg an den wilden Narzissen vorbei zu den Steintreppen, die zur Haustür führten. Mit dem Fuß schob sie einen abgebrochenen Ast vom Weg ins Beet und stieg die Treppe hoch. Wie jedes Mal, wenn sie die schwere Tür aufschloss, von der die weiße Farbe abblätterte, dachte sie, dass sie dringend einen Maler anrufen müsste, der die Tür lackierte. Jetzt konnte sie das endlich erledigen.

»Johanne?« Die Stimme kam aus der oberen Etage. »Bist du das?«

»Ja, Edda.«

Sie warf einen kurzen Blick in den hohen Spiegel, der hier schon stand, seit Johanne denken konnte. Sie nahm ihr Tuch ab, zog die Jacke aus und hängte beides an einen Bügel, bevor sie versuchte, ihre grauen, welligen Haare zu glätten. Sie musste dringend zum Friseur, sie hatte es in den letzten Monaten nicht geschafft und dementsprechend konnte man das, was sie auf dem Kopf hatte, nicht mehr als Frisur bezeichnen. Jetzt waren es nur noch sehr viele Haare. Sie war nicht sonderlich eitel, deshalb störte es sie auch nicht, allerdings wurde ihr langsam zu warm auf dem Kopf. Sie rückte den Kragen ihrer weißen Bluse gerade und strich einen Faden von der dunkelblauen Strickjacke.

»Johanne?«

»Ich komme.«

Ihre Schritte hallten auf den alten Steinfliesen als sie den Eingangsbereich durchquerte. Die Hand am Treppenlauf stieg sie schließlich langsam die ausgetretenen Stufen hoch.

»Deine Cousine hat schon dreimal angerufen«, Edda kam ihr langsam entgegen, wie immer im gestärkten weißen Kittel, den sie heute über einem gelben Pullover trug. »Es geht um die Feier. Du sollst sie zurückrufen. Willst du eine Tasse Tee?«

»Ja, bitte«, Johanne folgte Edda ins Wohnzimmer. »Ich ruf sie später an. Ich habe jetzt keine Lust über diese alberne Silberhochzeit zu reden. Fünfundzwanzig Jahre mit diesem schrecklichen Thilo-Alexander, das ist doch weiß Gott kein Grund zu feiern. Hast du wieder Rückenschmerzen? Du gehst so schief.«

»Ja«, leise ächzend ließ Edda sich in ihren braunen Cordsessel fallen. »Aber was will man machen? Ich werde in zwei Jahren achtzig, mein Rücken auch. Der Lack ist ab. Und? Wo sind die Blumen?«

»Welche Blumen?« Johanne stand noch und schenkte den Tee ein, bevor sie sich setzte.

»Deine Abschiedsblumen«, antwortete Edda erstaunt. »Sag bloß, du hast keine bekommen. Du hattest heute deinen letzten Arbeitstag. Das gehört sich doch so.«

»Ich hatte Glück«, entgegnete Johanne und rührte Sahne in den Tee. »Sie haben vergessen, dass heute mein letzter Tag war, deshalb gab es weder Blumen noch alberne Reden noch Geschenke, die sowieso niemand braucht.«

»Johanne!« Edda war empört. »Manchmal übertreibst du es aber auch mit deiner Art. Du stößt die Leute vor den Kopf. Ich bin mir sicher, dass deine Kollegen sehr bedauern, dass du aufhörst, von deinem Chef ganz zu schweigen. Niemand kennt sich so gut in der Firma aus wie du, jetzt ist all das Wissen weg. Du hättest ihnen Gelegenheit geben müssen, sich gebührend von dir zu verabschieden. Du hättest sie zu einem kleinen Abschiedsgetränk einladen können. Und was machst du? Du gehst einfach. Das ist nicht nett.«

»Nett?« Johanne hob die Augenbrauen. »Edda, ich bitte dich. Ich hatte keine Lust unter irgendwelchen schrecklichen Girlanden und Luftballons zu stehen und selbstgebackenen Kuchen zum lauwarmen Sekt zu essen. Svenja hätte vermutlich auch noch ein lustiges Gedicht zum Ruhestand vorgelesen, so was kann ich nicht ertragen.«

»Aber ich hätte wenigstens das Geschenk genommen«, Edda verschränkte ihre Finger im Schoß. »Das Abschiedsgeschenk. Nach all den Jahren hättest du was Schönes verdient. Eine Uhr vielleicht. Oder eine schöne Reise. Der Herr Gruber hätte sich bestimmt nicht lumpen lassen.«

»*Ich* habe immer die Geschenke besorgt«, Johanne lächelte schmal. »Sogar für seine Frau. Er hat doch keine Lust, sich Gedanken zu machen.« Langsam stellte sie ihre Tasse ab und sah sich in Eddas Wohnzimmer um.

»Sag mal, hast du Fenster geputzt? Du sollst doch deinen Rücken schonen.«

»Ach was«, winkte Edda ab und beugte sich ein Stück vor. »Ich kann ja nicht den ganzen Tag rumsitzen. Wie geht es denn jetzt weiter? Gehst du nie mehr ins Büro?«

»Nein. Ich bin jetzt in Rente. Nie wieder Hafengeschäfte, nie wieder Container, nie wieder LKWs, nie wieder Slotbuchungen, nie wieder Geschäftsreisen organisieren, nie wieder Termine. Ich muss nirgendwo mehr hin, ich mache jetzt nur noch das, was ich will.«

»Und was bitte soll das sein?«

Johanne hob den Kopf und sah Edda an. Sie konnte ihr nichts vormachen, Edda Frank war als ganz junge Frau in dieses Haus gekommen, um hier als Haushälterin zu arbeiten. Damals wohnten noch Kurt und Marianne Johansen in der Villa, Johannes Großeltern. Als Edda ihre Stelle angetreten hatte, war sie selbst noch ein Kind gewesen und nur ab und an zu Besuch gekommen, später war sie dann auch in die Villa gezogen. Inzwischen waren nur noch sie beide da. Zwei alte Frauen in einer alten Villa.

»Was?«, wiederholte Edda. »Was willst du nun tun?«

»Nichts«, Johanne sah sie gelassen an. »Eigentlich nichts.

Vielleicht lese ich mal Moby Dick. Oder ich sortiere meine Fotoalben. Oder ich backe Kuchen. Mal sehen. Hauptsache, ich habe meine Ruhe.«

»Dann fängst du bald an dich zu langweilen«, entgegnete Edda. »Und du wirst dick. Außerdem konntest du noch nie backen. Du musst dir ein Hobby suchen und ein paar Freunde. Sonst wirst du wunderlich. Und vergesslich. Apropos, willst du nicht mal Luise zurückrufen?«

Johanne hob die Augenbrauen. Sie war bereits wunderlich, zumindest war das die Meinung der wenigen Familienmitglieder, die es noch gab. Und deren Nähe sie so gut es ging mied. Ihre Eltern und Großeltern waren tot, Geschwister hatte sie nicht. Blieb nur ihr etwas schwieriger und in einer Seniorenresidenz lebender Onkel Friedrich, seine Tochter Luise, deren Mann Thilo-Alexander und deren mittlerweile erwachsene Kinder Henner und Emma. Wobei sie nur mit Emma verwandt war, den etwas bräsigen Henner hatte Thilo-Alexander mit in die Ehe gebracht. Eine fürchterliche Familie, die sie am liebsten ignorierte. Das tat sie auch die meiste Zeit. Es sei denn, Luise rief an. Wie aufs Stichwort klingelte jetzt das Telefon unten im Flur.

»Das wird sie sein«, sagte Edda sofort schadenfroh. »Du kommst heute nicht drumherum.«

»Ich mach es kurz«, Johanne stand entschlossen auf und strich ihre Strickjacke glatt. »Ich bin gleich wieder da.«

Das Telefongespräch hatte tatsächlich nur wenige Minuten gedauert, kopfschüttelnd legte Johanne das Mobilteil zurück auf die Station und ging zurück.

»Und?«, rief Edda ihr schon von oben entgegen. »Was wollte sie von dir?«

»Nichts, was ich machen will«, war Johannes Antwort. »Weißt du, was das Schlimme ist? Die Leute werden alle immer dümmer.«

2

Luise wickelte hektisch ihre lange Perlenkette um den Finger, nachdem sie das Telefon wütend auf den Tisch im Wintergarten geknallt hatte. Ihre Cousine wurde immer schräger, es war nicht zu fassen, sie hatte doch nur eine kleine Frage gestellt. Unmöglich, wirklich unmöglich. Plötzlich war ein leises Knacken zu hören, im nächsten Moment sprangen die Perlen auf den Boden. »Scheiße«, rief Luise und versuchte erfolglos, die kostbaren Stücke mit einer Hand aufzufangen. »Nein, nein, nein.« Sofort ging sie auf die Knie, um die überall herumkullernden Perlen aufzuklauben.

»Emma!« Einige Kügelchen rollten hinter den Schrank, sie würde sie niemals alle wiederfinden. »Herr Gott, Emma! Sitzt du auf deinen Ohren?«

»Was?« Ihre Tochter kam in den Wintergarten geschlurft, Kaugummi kauend, das unvermeidliche Handy vorm Gesicht und keinen Blick an ihre Umgebung verschwendend. Sie hatte weder Augen für ihre auf dem Boden herumkriechende Mutter noch für die atemberaubende Aussicht auf den blühenden Garten und die Elbe dahinter.

»Hilf mir mal suchen. Meine Perlenkette ist gerissen, die ist noch von Oma, du hast keine Ahnung, was die wert ist.«

»Perlen bedeuten Tränen«, sagte Emma gelangweilt und ging aufreizend langsam in die Hocke. »Ich hoffe, du bist nicht abergläubisch.«

»Red keinen Unsinn, leg das Handy weg und hilf mir.« Luise ließ die ersten Perlen in eine Glasschale gleiten, die auf dem Tisch stand, und rutschte auf Knien ein Stück weiter. »Und das alles nur, weil ich mich schon wieder über Johanne aufrege. Ich habe sie lediglich gebeten, für mich bei ihrer Freundin Renate anzurufen, um sie noch mal an die Bestätigung zu erinnern, aber nein, das macht sie nicht. Sagt einfach, sie hätte nichts mit der Feier zu tun. Ist doch unmöglich.«

»Hat sie ja auch nicht«, Emma ließ zwei Perlen in die Glasschale fallen. »Ist ja eure Feier. Wieso soll sie da herumtelefonieren?«

»Weil sie Renate Michaelsen privat kennt«, Luise legte sich auf den Bauch, um mit der Hand unter dem Schrank herumzutasten. Deshalb konnte sie nur mit gepresster Stimme hinzufügen: »Die ist die Chefin von der *Hafenbar Michaelsen*, wo wir den Empfang machen wollen. Und ich habe sie schon zweimal anzurufen versucht, um eine Bestätigung der gemeldeten Personen zu bekommen, die Michaelsen ist aber nie da. Und ruft auch nicht zurück. Ich werde noch wahnsinnig. Deswegen wollte ich Johanne um diesen kleinen Gefallen bitten. Fass mal von deiner Seite unter den Schrank, du kommst da besser ran.«

»Ich habe ein weißes Shirt an«, widersprach Emma empört, »und der Boden ist ganz staubig.«

»Ja, dann hol den Staubsauger.« Luise setzte sich wieder auf und funkelte ihre Tochter an. »Wenn es der Dame zu schmutzig ist, muss sie mal putzen. Du machst hier auch gar nichts mehr.«

»Wieso sollte ich?« Emma zuckte die Achseln. »Hat Frau Arndt Urlaub?«

Luise presste die Lippen zusammen und zählte bis zehn, bevor sie antwortete: »Frau Arndt kommt nur einmal die Woche, was meinst du, wer hier zwischendurch immer putzt?«

»Niemand«, Emma ließ eine Kaugummiblase zerplatzen, »sonst wäre es ja nicht so staubig. Ich muss los, Mama, ich hab jetzt keine Zeit, deine Perlen zu suchen. Bis später.«

Sie drehte sich auf dem Absatz um und verließ den Wintergarten. Luise zog sich an einem Stuhl hoch und beeilte sich, ihr zu folgen. »Emma, ich glaube, wir müssen uns dringend mal unterhalten.«

»Ich muss zur Uni, sorry.« Emma stand schon an der Haustür, griff nach ihrem Schlüssel und einer Jacke und wandte sich nur kurz um. »Viel Erfolg bei der Suche. Bis später.«

»Das machst du jetzt nicht, du …«

Sie hatte die Tür schon aufgerissen, wich aber einen Schritt zurück, als plötzlich eine Frau vor ihr stand, die gerade einen Finger auf die Klingel gelegt hatte. »Ach, da hast du ja jemanden, der mit dir Perlen suchen kann. Hallo, Franziska.«

Unter Luises wütendem und Franziskas irritierten Blick ging sie in die offenstehende Garage und schob ihr Rennrad heraus. »Tschüss, dann.« Sie schoss die Auffahrt hinunter und war schon um die Ecke gebogen, bevor jemand antworten konnte.